張元幹詩文集箋注

〔宋〕張元幹 著

曹濟平 吴新江 箋注

上册

上海古籍出版社

國家古籍整理出版專項經費資助項目

圖書在版編目(CIP)數據

張元幹詩文集箋注 /（宋）張元幹著 ；曹濟平，吴新江箋注. -- 上海 ：上海古籍出版社，2024. 12.
ISBN 978-7-5732-1415-7

Ⅰ. I214. 402

中國國家版本館 CIP 數據核字第 2024TK8392 號

張元幹詩文集箋注

（全二册）

〔宋〕張元幹　著

曹濟平　吴新江　箋注

上海古籍出版社出版發行

（上海市閔行區號景路 159 弄 1-5 號 A 座 5F　郵政編碼 201101）

（1）網址：www. guji. com. cn

（2）E-mail：guji1@guji. com. cn

（3）易文網網址：www. ewen. co

上海顓輝印刷廠有限公司印刷

開本 850×1168　1/32　印張 32. 125　插頁 7　字數 741,000

2024 年 12 月第 1 版　2024 年 12 月第 1 次印刷

印數：1—1,600

ISBN 978-7-5732-1415-7

I·3879　定價：158. 00 元

前　言

北宋末南宋初，靖康之難的歷史劇變，造成了國土分裂、社會動盪的局勢。在這種特殊歷史環境中產生了植根現實生活的詩人，創作了不少憤慨國事的作品，其中就有親歷國家民族大災難的愛國詩人張元幹。

張元幹（一〇九一—一一六一），字仲宗，自號真隱山人、蘆川居士，著有《蘆川歸來集》。祖籍福建永福縣（今永泰縣嵩口鎮月洲村）①，出身於世代仕宦之家。祖父張肩孟，字醇叟，宋皇祐五年（一〇五三）進士。伯父張勵（字深道）、張勔（字臻道）、張勸（字閎道）相繼登進士第而知名當時，可惜《宋史》都没有爲他們立傳。父張動，字安道，以恩奏進士出身，徽宗崇寧間曾出仕於鄚（今河北臨漳）。元幹早歲喪母，十四五歲時隨父至河北官廨。後入太學，爲上舍生。他從小有志於學，胸懷壯志，自稱「少年時，壯懷誰與重論？……奏公車、治安秘計，樂油幕、談笑從軍」（《隴頭泉》）。徽宗政和年間進入仕途。宣和七年（一一二五）任陳留縣丞，周必大稱他「在政和、宣和間，已有能樂府聲」（《益公題跋》卷二《跋張元幹送胡邦衡詞》），可見他在三十歲以前即已顯露詩詞創作才華，知名於世。

徽宗宣和七年冬，金統治者出兵分道大舉侵宋，不久，圍攻汴京。靖康元年正月，主戰將領李綱任東京留守兼親征行營使，張元幹爲李綱的僚屬（胡仔《苕溪漁隱叢話後集》引《詩説雋永》），把自己的生命和力量都投到保衛汴京的戰鬥中，曾冒著矢雨與金兵浴血奮戰。汴京圍解後，由於欽宗聽信讒言，李綱被罷職，元幹也因此獲罪。不久，京都淪陷，徽、欽二帝被擄北去，張元幹也不得不避地江南。高宗建炎年間，他在臨安、湖州等地避亂，又遭流言，故一再表示欲歸故山。其時，沈與求作詩勸勉説：「相逢無日不懷歸，又是春山聽子規。休嘆豺狼迷道路，似聞貔貅仆旍旗。」（《龜溪集》卷三《張仲宗有詩懷歸因次其韵勉之》）

高宗紹興元年（一一三一）八月，秦檜由參知政事拜相，專與金人解仇議和，實自其始（《宋史·奸臣·秦檜傳》）。張元幹不屑與奸佞同朝，「飄然挂冠」（毛晉《蘆川詞跋》）。此年，他以將作監丞致仕②。

張元幹休官還鄉後，仍然關心社會現實並堅持反對議和的抗金主張。他雖然常常出外遊山玩水，寫下不少寄情山水的詩篇，同時由於受到佛教思想的影響，在其作品中也流露出一些消沉自嘲的情調，但創作的主流仍是積極向上的，是關注國事的，最早運用詞來反對和議的《賀新郎》「寄李伯紀丞相」和《賀新郎》「送胡邦衡赴新州」，就是這個時期的代表作品。後來因此而遭到秦檜的迫害，於紹興二十一年（一一五一）被削籍下獄③。秦死後，他又到臨安，羈寓西湖之上，後漫遊江浙一帶。紹興末年，客死異鄉。卒贈正議大夫。寧宗嘉定十二年（一二一九），其孫欽臣謂元幹已歸葬於閩之螺山。

張元幹工於詩文，而以詞著稱。宋曾噩《蘆川歸來集序》云：「蘆川老隱之爲文也，蓋得江西師友之傳，其氣之所養，實與孟（子）、韓（愈）同一本也。」宋蔡戡《蘆川居士詞序》云：「公（元幹）博覽群書，尤好韓集、杜詩，手之不釋，故文詞雄健，氣格豪邁，有唐人風。」張元幹的文章，内容頗爲龐雜，但感情真摯，筆調清朗，具有獨特的個性色彩，尤其是與友人交遊的諸多序跋，常常流露出他一生中至爲寶貴的記憶。如《跋蘇黄門帖》：「蘇黄門頃自海康歸許下，安居云久。政和二年，晚生猶及識之。衣冠儼古，語簡而色莊，真元祐鉅公也。」宋徐度《却掃編》卷十：「蘇黄門子由，南遷既還，居許下，多杜門不通賓客。」按，《四庫全書·〈蘆川歸來集〉提要》謂「元幹及識蘇軾，見所作《蘇黄門帖跋》」，乃誤蘇黄門轍爲軾。

又如《跋了堂先生文集》，記述了他在宣和庚子（一一二〇）春，拜識名儒陳瓘（字瑩中，號了翁，又號了齋、了堂），於廬山之南聆聽教誨的經歷。雖然他與陳瓘相識的時間不長，但陳氏平生剛烈、堅忍不屈地與權奸蔡京等作鬥争的品格，給他的影響是根深蒂固的；而且由於陳瓘的推介，他得以結識李綱，在金兵入侵、民族危急之際，他追隨李綱共同抗金，擔負保衛汴京的重任。關於這一段與李綱同生死、共患難的戰鬥經歷，他自己在《祭少師相國李公文》中，有詳細生動的描述：

> 越明年冬，虜騎大入。公在泰常决策，力贊徽宗内禪之志，已而庭争挽回淵聖南巡之輿，明目張膽，自任天下之重。一遷而爲貳卿，再遷而爲右轄，三遷而爲元樞。建親征之使

名，總行營之兵柄。辟置掾曹，公不我鄙，引入承乏。直圍城危急，羽檄飛馳，寐不解衣，而餐每輟哺，夙夜從事，公多我同。至於登陴拒敵，矢集如蝟毛，左右指麾，不敢愛死，庶幾助成公之奇勛，初無爵禄是念也。

按，紹興十年（一一四〇）正月十日，李綱病逝於福州。元幹「聞訃之日，若噩夢然，不知涕泣之橫集也」。他當即賦詩五首，用以悼念；四月十五日作祭文，十二月十三日又作文再祭。這兩篇極其珍貴的祭文，《蘆川歸來集》失載，今存於《梁溪先生文集》附録。祭文寫得哀痛欲絶，真切感人。

張元幹的詩歌，今存約二百首，有古體、五言律詩、七言律詩、五言絶句、七言絶句等。他的詩歌創作，從一生經歷來看，大致可分爲三個時期，即青少年、中年和晚年。元幹幼年喪母，十四歲隨父至河北臨漳官廨，即能以詩與父執唱和。《蘆川歸來集》附録歐陽懋題跋云：「余崇寧間，與安道少卿同仕于鄴，公餘把酒，以詩相屬。時仲宗年未及冠，往來屏間，亦與坐客賡唱，初若不經意，而辭藻可觀，莫不駭其敏悟。」後又在江西南昌跟從詩人徐俯學作詩「句法」。徐俯《贈張仲宗》稱其「詩如雲態度，人似柳風流」（《苕溪漁隱叢話後集》卷三十六）。大觀四年（一一一〇），他又在南昌與蘇堅、吕本中、汪藻、向子諲等九人「爲同社詩酒之樂」（《蘇養直詩帖跋尾》）。他還十分推崇黄庭堅的「點化金丹手段」（《跋山谷詩稿》），並注重「活法」。可見元幹早年詩歌創作及其理論，都受到江西詩派的影響。

靖康之難發生，元幹親歷這場天崩地陷的歷史大變動，又遭受流離顛沛的避難痛苦。戰亂的社會環境，不僅改變了他的人生命運，其詩詞創作的内容風格，也發生了根本的變化，尤其是那些憤慨國事，大膽揭露和譴責權奸誤國、朝廷割地議和的作品。如《感事四首丙午冬淮上作》其三：

賊馬環京洛，朝廷尚議和。傷心聞徇地，痛恨競投戈。始望全三鎮，誰謀棄兩河！群凶未菹醢，吾合老江波。

其四：

肉食貪謀已，幾成國與人。珠旒輕遺賊，玉册忍稱臣。四海皆流涕，三軍盡奮身。不堪宗社辱，一戰滅胡塵。

又如《建炎感事》：

乾坤忽震盪，土宇遂分裂。殺氣西北來，遺毒成僭竊。議和其禍胎，割地亦覆轍。儻從种將軍，用武寨再劫。不放匹馬回，安得兩宫説。

張元幹詩中直接描述有關靖康之變重大内容的，還有《丙午春京城圍解口號》《過白彪訪沈次律有感十六韵》《李丞相生朝》《上張丞相十首》等，無不具有强烈的愛國激情和鮮明的時代特色，尤其是「壯圖期救難，大節耻和戎」（《李丞相生朝》）的高亢呼聲，唱響了特定時代的愛國主旋律。

張元幹辭官歸隱後，並不一味陶醉在田園山水遊樂生活之中，而是在内心深處有著傷時憂國、渴望收復中原的情愫。他與李綱、李彌遜、富直柔等平生友好，常常「登高望遠，放浪山巔水涯，相與賦詩懷古，未嘗不自適而返」，「迨夫酒酣耳熱，撫事慷慨，必發虞卿、魯仲連之論，志在憂國」（《祭少師相國李公文》）。紹興八年（一一三八），朝廷與金人議和，李綱在福州聞訊，立即上書諫止，寓居福州的元幹慨然作《賀新郎·寄李伯紀丞相》詞，支持李綱反對和議的鬥争；又作《再次前韵即事》詩痛斥秦檜、孫近之流：「群羊競語遽如許，欲息兵戈氣甚濃。」可見其伸張正義的高節清風。

張元幹歸隱之後的詩歌創作，還有一個特點，就是對中原故土的深厚感情和難忘記憶。中原地帶不僅是北宋大業建立的根基，也是他青年時代讀書成長的地方，後又在澶淵做官立家業。他在《高尚居士》詩中説「往在澶淵過我家」。可是金兵入侵的烽火毁了他的家，「中原别業，蕩兵火以無涯」（《戊午歲醮詞》）。國土淪亡的耻辱，不思收復失地的現狀，使他内心的悲憤難平，追憶懷舊與痛苦現實相繼融入他的詩篇：

往昔昇平客大梁，新烟然燭九衢香。車聲馳道内家出，春色禁溝宫柳黄。陵邑祇今稱虜地，衣冠誰復問唐裝。傷心寒食當時事，夢想流鶯下苑墻。（《次友人寒食書懷韵二首》之一）

這種「陵邑衹今稱虜地，衣冠誰復問唐裝」與「懷舊痛京洛」（《陪李仲輔昆仲宿惠山寺》）的亡國痛憤，都是在那個特定時代環境中産生的。此外，如：

小隱故山今去好，中原遺恨幾時休！（《次韻陳德用明府贈別之什》）

腸斷春風楊柳花，中原何日再京華？（《次友人書懷》）

衹今流落天南端，悵望中原莫回首。（《信中、居仁、叔正皆有詩，訪梅於城西，而獨未暇，載酒分付老拙，其敢不承》）

臨分莫話中原事，想見家山只夢游。（《希道使君弭節合沙館，奉太夫人游鼓山，乃蒙封示所和夢錫贈行佳句，輒次嚴韻，少叙別懷》）

這些寄深情於中原的詩句具有强烈的現實性和針對性，其中「中原何日再京華」、「中原遺恨幾時休」，更是對朝廷執宰不思收復的大膽質問，充分顯示出詩人渴望收復中原的愛國激情，而筆力雄健，氣勢豪邁，唱響了那個特殊時代的最强音，成爲南宋愛國詩壇的一個鮮明主題。

當然，張元幹歸隱故里，投閒二十多年的心態是複雜而矛盾的，既有中原未復的憤世之情，又有豁達忘機的淡泊之心。這兩種不同的格調都融進他的詩篇，呈現出自己的個性特色。比如《蘭溪舟中寄蘇粹中》：

氣吞萬里境中事，心老經年江上行。三徑已荒無蟻夢，一錢不直有鷗盟。雲收遠嶂晚風熟，浪打寒灘春水生。鴻雁北飛知我意，爲傳詩句濮陽城。

又如《奉送晁伯南歸金溪》《次錢申伯遊東山二首》《次江子我聞角韵》《止戈堂》《次友人書懷》等詩篇，皆筆力遒勁，其中描寫山水自然景物的佳句，多能於清雄之中寓有深沉的感慨。至於他歸隱後的心態，早在紹興初所作《題王巖起樂齋》詩中已有表白：「萬事付杯酒，百年俱劫灰。搘頤忽長嘯，妙想從天回。人生行樂耳，勿爲華髮催。」按，王傅字巖起，紹興二年至五年任福建路安撫司（在福州）幹辦公事。當時與他交往的詩友題其樂齋者甚多，如劉子翬、曾幾、吕本中、張守等。張守《毗陵集》卷十五《題王巖起樂齋》詩有「静者悦山林，夸者慕鐘鼎」云云，足可印證。

張元幹詩歌中還有一些清新自然的佳句。劉一止《張仲宗判監別近三十年經由餘不訪余有詩次其韵》云：「銜杯儻辦中山醉，覓句誰如小庾新。」（《苕溪集》卷五）他稱贊元幹詩比得上庾信那樣意境清新的風格。《宋詩鈔·蘆川歸來集鈔·小傳》亦稱其詩：「清新而有法度，蔚然出塵。」這些評論都比較中肯地指出張元幹詩作的另一特色，同時也表明他早年雖師從徐俯並參與江西詩派的詩社活動，受到江西詩派理論的影響，但並没有沾染堆砌古典的習氣，如《墨菊》：

老眼驚花暗，斜枝落紙愁。晚來聞冷雨，幻出一籬秋。

又如《夜宿宗公丈室，求詩甚勤，爲賦五字》：

林表登層閣，秋聲隱暮鐘。鴉歸苦竹寺，雨闇亂雲峰。屢乞留新句，重來訪舊踪。松門罕車馬，似喜老夫逢。

據上所引，可知張元幹此類詩作具有平淡情味中見清新、通俗語境裏有雅趣的特點，是有深厚的藝術造詣的。

從總體上來看，現存張元幹詩歌不僅真實地反映特定時代的歷史風雲和社會現實，憤慨國事，筆力遒勁，氣勢豪邁；還有信手拈來、清新自然的一面，構成其詩歌風格的多樣性。可以説他是宋詩由北宋演變到南宋時期的代表人物之一，也許是他以詞著稱於世，其詩名幾乎爲歷史所湮没，以致後代選家往往忽略。今天應該引起我們重視，並給予他在宋代詩歌史上的一席之地。

順便説一下張元幹詩歌中讀禪論佛的傾向問題。在宋代佛教、道家廣爲流布的社會文化背景下，張元幹受到佛道思想的影響是不足爲怪的。從他人生歷程中遇到的種種坎坷不幸來看，他還遭到秦檜的迫害，被捕入獄，削籍除名，長期鬱積内心的怨憤要發洩出來，也要有精神資源來支持，才能得到排解而不致精神崩潰，他選擇了佛教、道家的精神資源調攝自己。如《解嘲示真歇老人二首》云：「前身真衲子，妄念入儒書。」又如《送言上人往見徑山老十四韵》詩中說：「禪許衆人參，院要大家住。無是亦無非，何喜復何怨。」還有《别綬老》《留寄黄檗山妙湛禪師》等，不備舉。至於在紹興十年（一一四〇）作《庚申自贊》中説「一念不生，萬事不理」，不能簡單地指責爲受佛道思想影響的消沉情緒，其實是嘲謔之情緒發洩，也是寓怨憤於淡然之中。張元幹雖然歷經磨難，但在佛道精神養料的支撑下，始終没有精神崩潰。他晚年漫遊江浙一帶時，作《登垂虹亭二首》詩説：「須臾風雨過，萬事笑談中。」可見其晚年的曠達胸襟。因此我們對他此類詩作也應作如是觀。

張元幹《蘆川歸來集》，宋刊本十六卷已經亡佚，今國家圖書館、南京圖書館各藏清鈔殘本一部（簡稱國圖藏本、南圖藏本），兩部同出一源，均存六卷，其中詩二卷、文四卷（含附録）。清乾隆間修《四庫全書》，從《永樂大典》輯得十卷，其中詩四卷、詞三卷、文三卷（含附録）。關於張元幹詞，已有《蘆川詞箋注》行世（曹濟平箋注，上海古籍出版社一九九一年初版、二〇一〇年二版、二〇二四年三版），故本書祇箋注張元幹詩文。本書以文淵閣《四庫全書》本（簡稱文淵閣本）爲底本，編次一仍其舊，以文津閣《四庫全書》本（簡稱文津閣本）、文瀾閣《四庫全書》本（簡稱文瀾閣本）、國圖藏本、南圖藏本參校。《四庫全書》本芟削的「道家青詞」、「禪家疏文」，今從國圖藏本增補，列入附録一。另從《永樂大典》等書輯得詩文若干，列入附録二。王兆鵬《張元幹年譜》（南京出版社一九八九年版）、曹濟平《張元幹詞研究》（齊魯書社一九九三年版）二書多爲本書取資，引用時簡稱《年譜》《研究》。

因箋注工作面廣量大，而我年事已高，精力不濟，遂將初稿委托南京師範大學文學院吴新江副教授，他做了大量工作，成稿篇幅超過初稿兩倍。我們忘不了唐圭璋教授的指導，也忘不了孫望教授、段熙仲教授、徐復教授的幫助。箋注之初，《文教資料》青年編輯王紹林君，録定初稿，不辭辛苦。箋注之中，吴新江的研究生王豐、杨皓月、童垚森三君，檢核引文，時有建議；吴新江的小友史笑添博士，時相討論，是正疏誤。然書中差錯，自分在所難免，懇請讀者不吝賜教，以匡不逮。

曹濟平

【注】

① 張守祥主編《張元幹詩詞》前言，福建美術出版社二〇一一年版。

② 《蘆川歸來集》曾噩原序、卷二《上張丞相十首》詩。

③ 詳見拙文《張元幹生平事迹考略》，載《南京師院學報》一九八〇年第二期。

目録

七言古詩

五言律詩

五言排律

七言律詩

五言絶句

六言絶句

七言絶句

表

啓

書

序

記

題跋

贊

銘

墓誌銘

祭文

四言詩

紫巖九章章八句上壽張丞相〔一〕

紫巖，大丞相張公生朝善頌也。公帥閩之二年，歲在作噩秋九月中澣，有客作是詩獻焉〔二〕。

赫赫紫巖，白虹貫淵〔三〕。玉生其中，匪雕匪鐫〔四〕。登於廊廟，圭璋渾全〔五〕。温如之質，所寶象賢〔六〕。

紫巖赫赫，衆山維則〔七〕。秉國之鈞，百僚是式〔八〕。志殄仇方，力復明辟〔九〕。時方中興，勛冠今昔。

紫巖高兮，上摩穹窿〔一〇〕。雨露潤澤，風雲會同〔一一〕。表宋宗臣，禮泰智崇〔一二〕。皇以昭之，簡在帝衷〔一三〕。

紫巖廣兮，作鎮坤位〔一四〕。盡臣之道，厚德以載〔一五〕。開國南陽，厥緒光大〔一六〕。是似是續，福禄未艾〔一七〕。

瞻彼紫巖，降神所儲〔一八〕。進退有度，威儀甚都〔一九〕。粵自己未，帥於無諸〔二〇〕。以忠以孝，奉承安輿〔二一〕。

北堂之尊，命婦稱首〔二二〕。逢是穀旦，酌以大斗〔二三〕。公如老萊，衣衮裳繡〔二四〕。式歌且舞，以介眉壽〔二五〕。

土宇未復，緊公闢之〔二六〕。士風未變，緊公革之〔二七〕。軍律未振，緊公鼓之。國論未定，緊公斷之〔二八〕。

來朝伊何，築堤於沙〔二九〕。對揚伊何，言宣其麻〔三〇〕。明明天子，坐於正衙〔三一〕。徯公來歸，相我邦家〔三二〕。

紫巖之松，在澗之沚〔三三〕。下有茯苓，兔絲蔓只〔三四〕。結爲琥珀，深根固柢〔三五〕。願公難老，受茲燕喜〔三六〕。

【箋注】

〔一〕紫巖張丞相：張浚（一〇九七—一一六四），字德遠，世稱紫巖先生。漢州綿竹（今屬四川）人。南宋宰相，抗金派領袖、民族英雄。宋徽宗政和八年（一一一八）進士，歷樞密院編修官、侍御史、知樞密院事、川陝宣撫處置使、尚書右僕射同中書門下平章事兼知樞密院事都督諸路軍馬等職。隆興元年（一一六三），晉爵魏國公。次年判福州，八月病卒。葬寧鄉，贈太保，後加贈太師。乾道五年（一一六九）謚忠獻。所著有《紫巖易傳》等。《宋史》卷三六一有傳。參《年譜》頁二一四。近人輯有《張魏公集》。按，元幹本篇，凡體式、命意、氣質，莫不規模《詩・小雅・節南山》，蓋取其典雅莊重，以見其於張氏推重之隆與景仰之摯。

〔二〕善頌：「善頌善禱」之省文。《禮記・檀弓下》：「北面再拜稽首。君子謂之善頌善禱。」帥閩之二年：紹興十一年（一一四一）。作噩：十二支「酉」之別稱。《爾雅・釋天》：「（太歲）在酉曰作噩。」紹興十一年爲辛酉年，故云「歲在作噩」。中澣：中旬。古制，官員十日一休沐，一月三休沐，名曰上澣、中澣、下澣，取義於沐浴洗滌也，因泛指一月之上旬、中旬、下旬。明楊慎《丹鉛總録·時序》曰：「俗以上澣、中澣、下澣爲上旬、中旬、下旬，蓋本唐制十日一休沐。」是也。有客：元幹自謙語。

〔三〕「赫赫」二句：赫赫：《詩·小雅·節南山》：「赫赫師尹，民具爾瞻。」《國語·楚語上》：「赫赫楚國，而君臨之。」韋昭注：「赫赫，顯盛也。」白虹貫淵：白虹貫日，白色長虹穿日而過。古人以爲人間有非常事之象。《戰國策·魏策四》：「聶政之刺韓傀也，白虹貫日。」《史記·魯仲連鄒陽列傳》：「昔者荆軻慕燕丹之義，白虹貫日，太子畏之。」集解引應劭語曰：「精誠感天，白虹爲之貫日也。」唐沈彬《結客少年場行》：「重義輕生一劍知，白虹貫日報讎歸。」

〔四〕匪雕匪鎸：句謂不假人工雕刻也。南朝梁元帝《謝東宫賜白牙鏤管筆啓》：「雕鎸精巧，似遼東之仙物。」唐陸龜蒙《二遺詩》：「幸與野人俱散誕，不煩良匠更雕鎸。」按，此句句式，蓋本《詩·小雅·何草不黄》「匪兕匪虎，率彼曠野」。「匪」，非也。

〔五〕「登於」二句：圭璋：《禮記·禮器》：「圭璋特達。」孔穎達疏：「『圭璋特達』者，『圭璋』，玉中之貴也。」比喻高尚品德。語本《詩·大雅·卷阿》：「顒顒卬卬，如圭如璋。」鄭玄箋：「王有賢臣，與之以禮義相切瑳，體貌則顒顒然敬順，志氣則卬卬然高朗，如玉之圭璋也。」蘇軾《答曾學士啓》：「而況圭璋之質，近生閥閱之家，固宜首應搢紳之求，于以助成肅雍之化。」渾全：完整，完善，完備。唐杜荀鶴《傷病馬》：「此馬堪憐力壯時，細匀行步恐塵知。騎來未省將鞭觸，病後長教覓藥醫。顧主强抬和淚眼，就人輕刷帶瘡皮。祇今筋骨渾全在，春暖莎青放未遲。」即其義。宋以後人，好用此語，如《朱子全書》卷二二：「龜山説伊尹樂堯舜之道云：日用飲食，出作入息，便是樂堯舜之道。這箇似説得渾全。」

〔六〕「温如」二句：温如：「温其如玉」之省文。謂其人之德如玉也。《詩・秦風・小戎》：「言念君子，温其如玉。」儒家有「君子比德於玉」之説。《禮記・聘義》：「夫昔者君子比德于玉焉。温潤而澤，仁也；縝密以慄，知也；廉而不劌，義也；垂之如隊，禮也；叩之，其聲清越以長，其終詘然，樂也；瑕不掩瑜，瑜不掩瑕，忠也；孚尹旁達，信也；氣如白虹，天也；精神見于山川，地也；圭璋特達，德也。」象賢：效法聖賢。《尚書・微子之命》：「殷王元子，惟稽古崇德象賢。」《儀禮・士冠禮》：「繼世以立諸侯，象賢也。」鄭玄注：「象，法也，爲子孫能法先祖之賢，故使之繼世也。」劉禹錫《蜀先主廟》：「得相能開國，生兒不象賢。」

按，此第一章，贊美張浚稟賦自天、器質非凡也。

〔七〕「紫巖」二句：蓋本篇既整體仿效《節南山》之詩，此「衆山」之「山」，實指《詩經》原文而言，非必實指某山也。維則：「維法維則」之省文。仿效之、遵守之之意。《史記・三王世家》策廣陵王曰：「悉爾心，戰戰兢兢，乃惠乃順，毋侗好軼，毋邇宵人，維法維則。」按，此句謂張公之德，爲衆人所欽敬也。

〔八〕「秉國」二句：秉國之鈞：喻執政。《詩・小雅・節南山》：「尹氏大師，維周之氐；秉國之均，四方是維。天子是毗，俾民不迷。」《漢書・律曆志上》引作「秉國之鈞」。鈞，陶輪也，其功能在週轉而平衡，古人以喻大政。《舊唐書·李德裕傳》：「（德裕）以父再秉國鈞，避嫌不仕臺省，累辟諸府從事。」式：學習、摹效，謂遵循。《詩·大雅·崧高》：「于邑于謝，南國是式。」朱熹集傳：「式，使諸侯以爲法也。」

〔九〕「志殄」二句：殄：消滅。《尚書·畢命》：「商俗靡靡，利口惟賢，餘風未殄，公其念哉！」孔穎達疏：「餘風至今未絶，公其念絶之哉！」唐宋若昭《和御製麟德殿宴百僚》：「修文招隱伏，尚武殄妖凶。」仇方：敵國。《詩·大雅·皇矣》：「詢爾仇方，同爾兄弟。」鄭玄箋：「詢，謀也。怨耦曰仇。仇方，謂旁國諸侯。」復明辟：《尚書·洛誥》：「朕復子明辟。」蔡沈集傳：「明辟者，明君之謂。」《北史·隋越王侗傳》：「今海内未定，須得長君，待四方乂安，復子明辟。」謂還政於君也。

按，此第二章，總括其久掌國柄，勛業卓著也。

〔一〇〕「紫巖」二句：摩：《禮記·樂記》：「陰陽相摩。」鄭玄注：「摩，迫也。」迫，謂迫近。《淮南子·人間訓》：「背負青天，膺摩赤霄，翺翔乎忽荒之上，析惕乎虹蜺之間。」杜甫《寄題江外草堂》：「蛟龍無定窟，黄鵠摩蒼天。」皆其義。按，此二句，極言張浚志意之崇高。至於宋李綱《上道君太上皇帝封事》：「設使犬羊之衆，蝟結蟻聚，侵邊徼而摩封疆，將何以禦之。」其中「摩」字，蓋引申之義，謂襲擾侵陵也，彼此不同。

〔一一〕「雨露」二句：上句謂張浚爲政能布德於民，下句蓋謂受恩眷而君臣相得也。會同：匯合。《尚書·禹貢》：「九河既道，雷夏既澤，灉沮會同。」《正義》曰：「會同，謂二水會合而同入此澤也。」《水經注・沔水二》：「湖週五十里，城下陂池皆來會同。」

〔一二〕「表宋」二句：宗臣：《漢書・蕭何曹參傳贊》：「淮陰、黥布等已滅，唯何、參擅功名，位冠群臣，聲施後世，爲一代之宗臣，慶流苗裔，盛矣哉！」顏師古注：「言爲後世之所尊仰，故曰宗臣也。」杜甫《蜀相》：「宗臣遺像肅清高。」蘇軾《富鄭公神道碑》：「公……雍容進退，卒爲宗臣。」

〔一三〕「皇以」二句：簡在帝衷：《論語・堯曰》：「帝臣不蔽，簡在帝心。」「衷」，内心。謂臣子之忠誠爲天子鑒識也。

按，此第三章，稱頌其際遇非常，能君臣相得也。

〔一四〕「紫巖」二句：作鎮坤位：蓋指浚高宗建炎四年（一一三〇）建議經營川陝，遂出任川陝宣撫處置使也。作鎮：爲一方軍政長官而鎮守之。晉潘岳《爲賈謐作贈陸機》：「藩岳作鎮，輔我京室。」劉禹錫《代謝平章事表》：「處論道具瞻之地，當總戎作鎮之權。」坤位：西南地區。《易緯乾鑿度》：「坤，位在西南，陰之正也。」唐鍾離權《破迷正道歌》：「只在西南産坤位，慢慢調和入艮宫。」坤：指西南方。唐劉允濟《經廬岳回望江州想洛川有作》：「東北疏艮象，西南距坤絡。」蘇軾《寄題梅宣義園亭》：「我本放浪人，家寄西南坤。」

〔一五〕「盡臣」二句：盡臣之道：語本《孟子・離婁上》：「孟子曰：『規矩，方員之至也。聖人，人倫之至也。欲爲君盡君道，欲爲臣盡臣道，二者皆法堯舜而已矣。』」厚德以載：即「厚德載物」。《易・坤》：「《象》曰：『地勢坤。君子以厚德載物。』」借指人事，猶謂以厚德育人。晉潘岳《西征賦》：「乾坤以有親可久，君子以厚德載物。觀夫漢高之興也，非徒聰明神武、豁達大度而已也。乃實慎終追舊，篤誠款愛，澤靡不漸，恩無不逮，率土且弗遺，而況於鄰里乎，況於卿士乎？」其「鄰里、卿士」云云，即明以指人而言，其意良是。

〔一六〕「開國」二句：開國：古指建立諸侯國。《易・師》：「大君有命，開國承家。」孔穎達疏：「若其功大，使之開國爲諸侯；若其功小，使之承家爲卿大夫。」唐劉知幾《史通・世家》：「案世家之爲義也，豈不以開國承家，世代相續？」開國南陽：張浚初封南陽郡開國侯，見其《圓悟佛果禪師語録序》文末結銜。厥緒：其開國之發端。《漢書・韋賢傳》：「其先韋孟……作詩風諫。其諫詩曰：『於赫有漢，四方是征，靡適不懷，萬國逌平。乃命厥弟，建侯於楚，俾我小臣，惟傅是輔。兢兢元王，恭儉凈壹，惠此黎民，納彼輔弼。饗國漸世，垂烈于後，乃及夷王，克奉厥緒。』」正説開國之事，可以連類。光大：廣大。《易・坤》：「含弘光大，品物咸亨。」王引之《經義述聞・周易上》：「光大，猶廣大也。」《漢書・董仲舒傳》：「尊其所聞，則高明矣；行其所知，則光大矣。」今人楊樹達《漢書窺管》卷六曰：「『光』與『廣』古音同，『光』當讀爲『廣』，『光大』即廣大也。」

〔一七〕「是似」二句：似續：繼承、繼續。《詩・小雅・斯干》：「似續妣祖，築室百堵。」毛傳：「似，嗣也。」「似、續」並列連文。柳宗元《對賀者》：「上不得自列於聖朝，下無以奉宗祀、近丘墓，徒欲苟生倖存，庶幾似續之不廢。」是：代詞賓語前置。未艾：未盡，未止。《詩・小雅・庭燎》：「夜如何其？夜未艾！」《左傳・哀公二年》：「雖克鄭，猶有知在，憂未艾也。」王安石《進聖節功德疏右語》：「伏願三靈協慶，萬寶皆昌，永御無疆之寶曆，丕承未艾之閎休。」按，此二句謂門庭尊崇綿延。

按，此第四章，稱頌其有功天下，遂開國傳家也。

〔一八〕「瞻彼」二句：降神：《詩·大雅·崧高》：「崧高維嶽，駿極于天。維嶽降神，生甫及申。」《文選·蔡邕〈陳太丘碑文〉》：「峨峨崇嶽，吐符降神。」李周翰注：「言立五嶽之精，吐其符應，降其神靈。」按，此二句謂其乃上天屬意而有付托者。

〔一九〕「進退」二句：進退有度：《禮記·曲禮》：「進退有度，左右有局。」都：美好；閑雅。《詩·鄭風·有女同車》：「彼美孟姜，洵美且都。」毛傳：「都，閑也。」朱熹集傳：「都，閑雅也。」《史記·司馬相如列傳》：「相如之臨邛，從車騎，雍容閒雅甚都。」按，此二句言其氣度從容、姿態美好，而且無論出處進退皆有吉祥護持。

〔二〇〕「粤自」二句：粤自：自從。粤：發語詞。《漢書·翟義傳》「粤其聞曰」顏師古注：「粤，發語辭也。」蘇軾《賜宰相呂公著上第一表乞致仕不允批答》：「古者世臣，譬之喬木，粤自拱把，至於棟梁。」己未：紹興九年。無諸：漢時閩越王之名。文獻因以指其國所在，約當今之福建地。《史記·東越列傳》：「閩越王無諸及越東海王摇者，其先皆越王句踐之後也。」唐黄滔《祭崔補闕道融文》：「飲風永嘉，傾蓋無諸。」

〔二一〕「以忠」二句：以忠以孝：《樂府詩集·謝莊〈宋明堂歌·歌太祖文皇帝〉》：「以孝以敬，以立我烝民。」奉承：侍奉。《墨子·兼愛下》：「奉承親戚，提挈妻子。」黄庭堅《留王郎》：「留我左右手，奉承白頭親。」安輿：安車，所以尊老。《新唐書·趙隱傳》：「懿宗誕日，宴慈恩寺，隱侍母以安輿臨觀。」宋姜夔《小重山·趙郎中謁告迎侍太夫人將來都下》：「鵲報倚門人，安輿扶上了，更親擎。」時其母猶在。按，此二句即所謂忠於國者孝於家。

〔二二〕「北堂」二句：北堂：居室東房後部。《儀禮·士昏禮》：「婦洗在北堂。」鄭玄注：「北堂，房中半以北。」代指母親所居。語本《詩·衛風·伯兮》「焉得諼草，言樹之背」毛傳：「背，北堂也。」命婦：臣下之母妻受封號者，時稱外命婦，泛稱命婦。《禮記·禮器》：「卿大夫從君，命婦從夫人。」稱首：標舉典範之首例，因表第一之義。《文心雕龍·才略》：「然而魏時話言，必以元封爲稱首。」《北史·張蒲傳》：「蒲在謀臣之列，屢出爲將，朝廷論之，常以爲稱首。」宋趙彦衛《雲麓漫鈔》卷四：「學者不以時月考之，每語屯田，必爲稱首。」按，二句謂張氏閨門修整。

〔二三〕「逢是」二句：穀旦：吉日。《詩·陳風·東門之枌》：「穀旦於差，南方之原。」孔穎達疏：「見朝日善明，無陰雲風雨，則曰可以相擇而行樂矣。」酌以大斗：《詩·大雅·行葦》：「酌以大斗，以祈黄耇。」正祝壽之事也。鄭玄箋：「以大斗酌而嘗之，而美，故以告黄耇之人，徵而養之也。」大斗：酒器之多容者。黄庭堅《次蘇子瞻和太白潯陽紫極宫感秋詩韵》：「我病二十年，大斗久不覆。」

〔二四〕「公如」二句：老萊：老萊子。《抱朴子·逸民》：「老萊灌園以遠之，從其所好，莫與易也。」孟郊《春日同韋郎中使君送鄒儒立少府扶侍赴雲陽》：「服綵老萊並，侍車江革同。」衣衮裳繡：即《詩·豳風·九罭》：「我覯之子，衮衣綉裳。」古帝王與上公禮服皆有文，上衣繪卷龍，下裳繡花紋。朱熹集傳：「之子，指周公也。」曾鞏《與定州韓相公啓》：「韓侯之鞗革金厄，暫殿方維；周公之袞衣綉裳，佇還鈞軸。」皆以周公比宰相，此以尊浚也。

〔二五〕「式歌」二句：式歌且舞：《詩・小雅・車舝》：「雖無德與女，式歌且舞。」猶今言載歌載舞，謂祝禱歡樂也。以介眉壽：語出《詩・豳風・七月》：「爲此春酒，以介眉壽。」孔穎達疏：「人年老者必有豪眉秀出者。」殷周金文多作「以祈眉壽」、「以匄眉壽」、「以祈丐眉壽」，兹舉一顯例，以概其餘。西周末《蔡姞簋》：「用祈丐眉壽綽綰，永命彌厥生，霝終。」彼「用祈丐」，即此「介」，「介」與「丐」音近義通，皆「祈求」也。

按，此第五、第六章，皆贊美其在私唯謹、能孝養於家也。

〔二六〕「土宇」二句：土宇：語出《詩・大雅・桑柔》：「憂心慇慇，念我土宇。」孔穎達疏：「既是士卒自傷，則念土宇者，自念己之鄉土居宅也。」此專指疆土。《後漢書・荀彧傳》：「公前屠鄴城，海内震駭，各懼不得保其土宇，守其兵衆。」《史通・雜述》：「九州土宇，萬國山川，物産殊宜，風化異俗。」繄：猶惟也；又用爲發語之辭。《左傳・襄公十四年》：「王室之不壞，繄伯舅是賴。」孔穎達疏：「王室之不傾壞者，唯伯舅大公是賴也。」王安石《賀致政楊侍讀啓》：「繄盛德之可師，宜明神之實相。」

〔二七〕「士風」二句：士風：文人禀受之習尚氣質也。白居易《祭中書韋相公文》：「惟公世禄官業，家行士風，茂學清詞，沖襟弘度。」宋胡仔《苕溪漁隱叢話前集・晏元獻》：「《西清詩話》云：『元獻初罷政事，守亳社，每嘆士風凋落。』」

〔二八〕「國論」二句：國論：國事大計也。《漢書・薛宣傳》：「臣聞賢材莫大於治人，宣已有效。其法律任廷尉有餘，經術文雅足以謀王體、斷國論。」王安石《河勢》：「國論終將塞，民嗟亦已勤。」岳飛《乞解樞柄第三劄》：「伏念臣濫廁樞庭，誤陪國論。」

按，此第七章，贊美其理政治軍皆有開拓也。

〔二九〕「來朝」二句：伊何：如何，怎麽樣。語本《詩・小雅・頍弁》：「有頍者弁，實維伊何？」」今人高亨注：「伊，猶爲也，作也。」阮籍《詠懷詩》之三：「我心伊何，其芳若蘭。」築堤於沙：此蓋用章得象典故。宋王明清《揮麈録・前録》卷四：「閩人謡曰：『南臺沙合出宰相。』至得象（章文憲）相時，沙湧可涉。」

〔三〇〕對揚：答謝，頌揚，古代常語，凡臣答謝君賜時多用之。《尚書・説命下》：「敢對揚天子之休命。」孔傳：「對，答也。答受美命而稱揚之。」蔡邕《司空文烈侯楊公碑》：「虔恭夙夜，不敢荒寧，用對揚天子丕顯休命。」亦作「對敭」。《舊唐書・忠義傳上・王義方》：「不能盡忠竭節，對敭王休，策蹇勩駑，祇奉皇眷。」宣麻：唐宋拜相命將，以白麻紙寫詔書宣佈，曰「宣麻」。後遂以爲詔拜將相之稱。《新唐書・百官志一》：「開元二十六年，又改翰林供奉爲學士，别置學士院，專掌内命。凡拜將相，號令征伐，皆用白麻。」元幹《醉花陰》：「春殿聽宣麻，争喜登庸，何似今番喜。」亦用此。

〔三一〕「明明」二句：明明天子：《詩・大雅・江漢》：「明明天子，令聞不已。」正衙：唐宋時正式朝會聽政之所。《舊唐書・地理志一》：「明堂之西有武成殿，即正衙聽政之所也。」司馬光《涑水記聞》卷八：「丹鳳之内曰含光殿，每至大朝會則御之；次曰宣政殿，謂之正衙，朔望大册拜則御之；次曰紫宸殿，謂之上閤，亦曰内衙，奇日視朝則御之。」即此。

〔三二〕「徯公」二句：徯：等待。後專指倚賴。《孟子・梁惠王下》：「《書》曰：『徯我后，后來其蘇。』」趙岐注：「徯，待也。」王安石《上田正言啓》：「仰裨大政，取顯官聯。四面所瞻，一心以徯。」相我邦家：語本《詩・小雅・我行其野》「昏姻之故，言就爾居。爾不我畜，復我邦家」，其意則同《樂府詩集・饗神歌二首》「祖考來格，祐我邦家」。相，亦佑助義。

按，此第八章，祝其早復登庸、得重爲台輔也。

〔三三〕「紫巖」二句：在澗之沚：語本《詩・召南・采蘩》「于以采蘩，於沼於沚」、「於澗之中」及《秦風・蒹葭》「遡游從之，宛在水中沚」。毛傳：「小渚曰沚。」曹植《雜詩》五：「朝遊江北岸，夕宿湘川沚。」

〔三四〕「下有」二句：下有茯苓：《淮南子・説山訓》：「千年之松，下有茯苓，上有兔絲。」高誘注：「茯苓，千歲松脂也。兔絲，一名女蘿也。」按，二者皆泛指瑞草，修仙者所服，藉以頌壽。唐賈島《贈牛山人》：「二十年中餌茯苓，致書半是老君經。」只：語氣詞，表終結或感嘆。《詩・鄘風・柏舟》：「母也天只，不諒人只！」《楚辭・大招》：「青春受謝，白日昭只。」王安石《聞望之解舟》：「子來我樂只，子去悲如何！」

〔三五〕「結爲」二句：琥珀：晉張華《博物志》卷四：「《神仙傳》云：『松柏脂入地千年化爲茯苓，茯苓化琥珀』，琥珀一名江珠。」蘇軾《南歌子・楚守周豫出舞鬟因作之》：「琥珀裝腰佩，龍香入領巾。」深根固柢：《老子》：「有國之母，可以長久，是謂深根固柢、長生久視之道。」此用頌張公之壽根基深固不可動摇也。

〔三六〕「願公」二句：難老：耐老，言長壽也。語出《詩・魯頌・泮水》：「既飲旨酒，永錫難老。」鄭玄箋：「已飲美酒，而長賜其難使老；難使老者，最壽考也。」蘇軾《賜正議大夫守門下侍郎孫固生日詔》：「難老之祥，神人攸相。」燕喜：燕飲喜樂。語出《詩・小雅・六月》：「吉甫燕喜，既多受祉。」朱熹集傳：「此言吉甫燕飲喜樂，多受福祉。」

按，此第九章，正頌其受賀有壽、得上比神仙也。

五言古詩

雒陽陳去非自符寶郎謫陳留酒官，予時作丞，澶淵舊僚友也，有詩次韻〔一〕

寒水繞近郭，棲鴉蔽高原〔二〕。映帶幽人居，暝色起草根〔三〕。衡門東南開，濁河日夜奔〔四〕。所喜古堤月，初出烟江村〔五〕。不入城市久，懶訪亡與存〔六〕。羨子了萬事，坐以一氣吞①〔七〕。

【校】

① 吞：四庫諸本均作「春」，上海圖書館藏遠碧樓鈔本作「吞」，據改。陳詩結句爲「聲出且復吞」，元幹次韻，押「吞」字無疑。

【箋注】

〔一〕陳去非：陳與義（一〇九〇—一一三九），字去非，號簡齋，洛陽人。《宋史》卷四四五有傳。宣和七年（一一二五），去非謫監陳留酒税，孟冬作《入城》。時元幹爲縣丞，乃賦此唱和。參《年譜》頁二〇七。

〔二〕「近郭」二句：近郭：唐元結《漫歌八曲·故城東》：「誰愛故城東，今爲近郭田。」句式從李白《送友人》：「青山横北郭，白水繞東城。」詩意頗近劉禹錫《海湖别浩初師》：「近郭看殊境，獨游常鮮歡。……他年買山處，似此得隳官。」

〔三〕「映帶」二句：此化用李白《之廣陵宿常二南郭幽居》：「暝色湖上來，微雨飛南軒。」幽人居：隱逸者之宅。白居易《官舍》：「何言太守宅，有似幽人居。」幽人：語出《易·履》：「履道坦坦，幽人貞吉。」孔穎達疏：「幽人貞吉者，既無險難，故在幽隱之人守正得吉。」暝色：暮色。謝靈運《石壁精舍還湖中作》：「林壑斂暝色，雲霞收夕霏。」草根：謂野草深處。南朝齊沈約《宿東園詩》：「樹頂鳴風飆，草根積霜露。」唐裴夷直《窮冬曲江閑步》：「雪盡南坡雁北飛，草根春意勝春暉。」

〔四〕「衡門」二句：衡門：隱者所居。語出《詩·陳風·衡門》：「衡門之下，可以棲遲。」《漢書·韋玄成傳》：「聖王貴以禮讓爲國，宜優養玄成，勿枉其志，使得自安衡門之下。」顏師古注：「衡門，謂横一木於門上，貧者之所居也。」陶潛《癸卯歲十二月中作》：「寢迹衡門下，邈與世相絶。」濁河：即黄河。河水自古渾濁，故《水經注·河水一》曰：「河水濁，清澄一石水，六斗泥……是黃河兼濁河之名矣。」《史記・蘇秦列傳》：「天時不與，雖有清濟、濁河，惡足以爲固！」《朱子語類》卷一三一：「是時已遣王倫以二十事使虜，約不稱臣，以濁河爲界。」

〔五〕「所喜」二句：烟江：江面有烟霧彌漫籠罩者。唐韓偓《咏燈》：「高在酒樓明錦幕，遠隨漁艇泊烟江。」李煜《送鄧王二十弟從益牧宣城》：「咫尺烟江幾多地，不須懷抱重淒淒。」烟江村：蓋泛言村落去塵世煩囂之遠。

〔六〕「不入」二句：入城市：《樂府詩集》卷六四謝靈運《會吟行》：「范蠡出江湖，梅福入城市。」唐劉駕《別道者》：「自君入城市，北邙無新墳。」懶訪亡與存：韋應物《寄諸弟》：「歲暮兵戈亂京國，帛書間道訪存亡。」訪，問也。元幹此句反其義。

〔七〕「羨子」二句：了事：原謂明白事理、精明能幹。《資治通鑑・梁武帝太清二年》：「（侯）景又請遣了事舍人出相領解。」胡三省注：「了事，猶言曉事也。」又謂事情辦妥、解決。黃庭堅《登快閣》：「癡兒了却公家事，快閣東西倚晚晴。」元幹句蓋即化用黃詩。一氣吞：氣勢雄大貌。宋秦觀《醫者》：「塊然一氣初渾淪，散作六物相吐吞。」即所謂「氣吞」也。時人每喜用此語，陸游《雨三日歌》：「興來尚能氣吞酒，詩成不覺淚漬筆。」辛棄疾《永遇樂・京口北固亭懷古》：「想當年，金戈鐵馬，氣吞萬里如虎。」皆其顯例。按：二句皆贊嘆陳氏氣概之豪邁也。

【附録】

陳與義《入城》

竹輿聲伊鴉，路轉登古原。孟冬郊澤曠，細水鳴蘆根。霧收浮屠立，天闊鴻雁奔。平生厭喧鬧，快意三家村。思生長林内，故園歸不存。欲爲唐衢哭，聲出且復吞。（《簡齋集》卷十四）

丁未歲春過西湖寶藏寺作〔一〕

湖垠取微徑，窈窕松門深〔二〕。中有古佛屋，闃無人足音〔三〕。春雲帶飛雨，冷色來蒼岑〔四〕。孰知戎馬盛，但見藤蘿陰〔五〕。平生雲卧想，正欲幽夢尋〔六〕。不減避世士，契此太古心〔七〕。

【箋注】

〔一〕丁未：高宗建炎元年丁未（一一二七）。寶藏寺：《咸淳臨安志》卷七七：「長興元年（九三〇）吴越王建，有武肅王祠。」又見《武林舊事》卷五。按，元幹於是年春過西湖寶藏寺作此詩。參《年譜》頁二〇九。

〔二〕「湖垠」二句：微徑：小路也。杜甫《飛仙閣》：「土門山行窄，微徑緣秋毫。」楊萬里《紀羅楊二子游南嶺石人峰》：「初嫌微徑無人踪，行到半嶺徑亦窮。」窈窕：深邃清幽貌。白居易《題西亭》：「直廊柢曲房，窈窕深且虚。」杜牧《長安雜題長句六首》：「烟生窈窕深東第，輪撼流蘇下北宮。」松門：柴門也。杜甫《西枝村尋置草堂地夜宿贊公土室二首》：「土室延白光，松門耿疏影。」

〔三〕闃無人：空寂也。《易・豐》：「闚其户，闃其無人。」漢王粲《登樓賦》：「原野闃其無人兮，征夫行而未息。」足音：《莊子・徐無鬼》：「夫逃虚空者，藜藋柱乎鼪鼬之徑，踉位其空，聞人足音跫然而喜矣，又況乎昆弟親戚之謦欬其側者乎！」黄庭堅《寄裴仲謨》：「寄聲來問安，足音到空谷。」

〔四〕「春雲」二句：「春雲」句：唐人此句法多見。唐武元衡《南徐别業早春有懷》：「殘雲帶雨過春城。」姚合《早春山居寄城中知己》：「殘雲帶雨輕飄雪。」即其例。冷色：唐無可《禪林寺》：「冷色石橋月，素光華頂雲。」蒼岑：青山。《文選・張協〈七命〉》：「寒山之桐，出自太冥，含黄鍾以吐幹，據蒼岑而孤生。」張銑注：「蒼岑，青山也。」陳子昂《南山家園》：「軒窗交紫靄，簷户對蒼岑。」

〔五〕「孰知」二句：戎馬盛：戰事頻繁。杜甫《登舟將適漢陽》：「中原戎馬盛，遠道素書稀。」元幹此處亦紀實也。藤蘿：蔓生植物，善能成蔭者。此借指隱居之地也。李白《贈參寥子》：「余亦去金馬，藤蘿同所歡。」黄庭堅《徐孺子祠堂》：「藤蘿得意干雲日，簫鼓何心進酒樽。」

〔六〕「平生」二句：雲卧想：隱居之念也。雲卧，謂隱居。《樂府詩集》卷六三鮑照《代升天行》：「風餐委松宿，雲卧恣天行。」李白《贈韋秘書子春》：「斯人竟不起，雲卧從所適。」孟浩然《白雲先生迥見訪》：「閑歸日無事，雲卧晝不起。」想者，意願也。《莊子》有莊子與惠子同遊濠梁之上及莊子垂釣濮水故事，後人恒以「濠濮間想」謂逍遥無爲之思。《世説新語·言語》：「簡文入華林園，顧謂左右曰：『會心處不必在遠，翳然林木，便自有濠濮間想也，覺林鳥蟲魚，自來親人。』」李白《秋夕書懷》：「海懷結滄州，霞想游赤城。」本托意仙游，後人或以「海懷霞想」謂遠遊隱居之思。其名不同，其意若一。

〔七〕「不減」二句：不減：不下於、不亞於。《文選·陸機〈演連珠〉四七》：「臣聞虐暑熏天，不減堅冰之寒。」避世士：語本《莊子·刻意》：「此江海之士，避世之人，閒暇者之所好也。」唐李頎《漁父歌》：「避世長不仕，釣魚清江濱。」契此句：契心，心意投合。蘇洵《祭史彦輔文》：「吾與彦輔契心忘顔，飛騰雲霄，無有遠邇。」太古心：慕效上古人民生活之念。陶潛《與子儼等書》：「常言五六月中北窗下卧，遇凉風暫至，自謂是羲皇上人。」陶氏即以想象自比伏羲氏以前之百姓。李白《贈臨洺縣令皓弟》：「陶令去彭澤，茫然太古心。」太古，遠古、上古。按，全篇主意，乃在當此美景，遐想避世退隱之美好精神生活而不自禁也。

乙卯秋奉送王周士龍閣自貶所歸鼎州太夫人侍下〔一〕

語離三秋風，念子萬里客〔二〕。我獨憂患餘，幾爲死生隔〔三〕。相逢忽眼明，照影俱頭白〔四〕。蘭若清夜長，連牀話疇昔〔五〕。如何功名心，一旦乃冰釋〔六〕。賣藥真佯狂，穿雲忘遷謫〔七〕。不然蔬笋腸，寧無瘴烟色〔八〕。良由火棗成，内景充尺宅〔九〕。下視陋九州，槐安等稱國〔一〇〕。絶憐蠻觸争，亦復弄兵革〔一一〕。亂來更多事，老去覺世窄〔一二〕。歸歟桃花源，斑衣作兒劇〔一三〕。此樂人所稀，今我那能得〔一四〕。他時南山南，寄書北山北〔一五〕。

【箋注】

〔一〕乙卯：紹興五年（一一三五）。王周士：王以寧，字周士，李綱舊屬官。與元幹友情篤厚。是年王以特許自便而歸鼎州，元幹作此送行，參《年譜》頁二一二。

〔二〕「語離」二句：三秋：七月孟秋、八月仲秋、九月季秋也。《文選·王融〈永明十一年策秀才文〉》：「四境無虞，三秋式稔。」李善注：「秋有三月，故曰三秋。」萬里客：遠行者。曹植《門有萬里客》：「門有車馬客，駕言發故鄉。」陸機有《門有車馬客行》，所言近似。

〔三〕「我獨」二句：憂患餘：憂患餘生。王安石《離北山寄平甫》：「少年憂患傷豪氣，老去經綸誤半生。」蘇軾《東坡題跋·跋嵇叔夜〈養生論〉後》：「東坡居士以桑榆之末景，憂患之餘生，而後學道，雖爲達者所笑，猶賢乎已也。」元幹徑用蘇語。生死隔：唐皮日休《酒中十詠·其八》：「度度醒來看，皆如生死隔。」句式蓋仿梁蕭繹《代舊姬有怨詩》「寧爲萬里隔，乍作生死離」，而且鎔鑄其意。

〔四〕「相逢」二句：相逢忽眼明：重逢歡喜不禁貌。唐王建《留別張廣文》：「謝恩新入鳳凰城，亂定相逢眼忽明。」杜牧《自宣州赴官入京路逢裴坦判官歸宣州因題贈》：「對酒不敢起，逢君還眼明。」宋吴芾《謝陳詹山惠蠟梅》：「歲晚相逢眼已明，一枝還復見高情。」情事俱同，元幹亦遵用不異。照影：梁庾肩吾《奉賀便省餘秋詩》：「照影礙浮葉，看山通迴枝。」唐吴融《題豪家故池》：「照影人何在，持竿客寄游。」頭白：衰老貌。黄庭堅《送王郎》：「江山千里俱頭白，骨肉十年終眼青。」此聯蓋爲元幹所本。按，此二句，謂相聚欣喜而相嘆就衰也。

〔五〕「蘭若」二句：蘭若：寺院。梵語「阿蘭若」之省。寂净無苦惱煩亂之地也。杜甫《謁真諦寺禪師》：「蘭若山高處，烟霞嶂幾重。」清夜：静夜。漢司馬相如《長門賦》：「懸明月以自照兮，徂清夜於洞房。」唐李端《宿瓜州寄柳中庸》：「懷人同不寐，清夜起論文。」連牀：并榻或同牀而卧。喻情誼之篤厚。白居易《奉送三兄》：「杭州暮醉連牀卧，吴郡春游并馬行。」話疇昔：談往，追憶。蓋謂話同僚之誼。唐劉長卿《湖上遇鄭田》：「故人青雲器，何意常窘迫。三十猶布衣，憐君頭已白。誰言此相見，暫得話疇昔。舊業今已蕪，還鄉返爲客。」其情事殊堪連類。

〔六〕「如何」二句：功名心：唐許渾《寄契盈上人》：「婚嫁乖前志，功名異夙心。」元幹此二句，其意正猶許云「功名異夙心」也。冰釋：消解。《老子》：「夫唯不可識，故强爲之容，豫兮若冬涉川，猶兮若畏四鄰，儼兮其若客，涣兮若冰之將釋。」《漢書·中山靖王劉勝傳》：「今群臣非有葭莩之親，鴻毛之重，群居黨議，朋友相爲，使夫宗室擯却，骨肉冰釋。」顔師古注：「冰釋，言銷散也。」

〔七〕「賣藥」句：賣藥：蓋指隱者生活也。典出《後漢書・逸民列傳・韓康》：「韓康字伯休，一名恬休，京兆霸陵人。家世著姓。常采藥名山，賣於長安市，口不二價，三十餘年。時有女子從康買藥，康守價不移。女子怒曰：『公是韓伯休那？乃不二價乎？』康嘆曰：『我本欲避名，今小女子皆知有我，何用藥爲？』乃遁入霸陵山中。博士公車連徵不至。桓帝乃備玄纁之禮，以安車聘之。使者奉詔造康，康不得已，乃許諾。辭安車，自乘柴車，冒晨先使者發。至亭，亭長以韓徵君當過，方發人牛修道橋。及見康柴車幅巾，以爲田叟也，使奪其牛。康即釋駕與之。有頃，使者至，奪牛翁乃徵君也。使者欲奏殺亭長。康曰：『此自老子與之，亭長何罪！』乃止。康因中道逃遁，以壽終。」具見高士言行之純粹，遂爲後世楷模。陸游《郭氏山林十六詠藥圃》：「采芝夏黄公，賣藥韓伯休。」亦用此故事。佯狂：《荀子・堯問》：「然則孫卿懷將聖之心，蒙佯狂之色，視天下以愚。」穿雲：唐呂岩《絶句》二十一：「偎岩拍手葫蘆舞，過嶺穿雲拄杖飛。」又三十二：「我自忘心神自悦，跨水穿雲來相謁。」此蓋指有求仙意，亦與前文「賣藥」、後文「不然」兩句照應。遷謫：貶官放逐也。王昌齡《留别武陵袁丞》：「皇恩暫遷謫，待罪逢知己。」

〔八〕「不然」二句：蔬笋腸：蓋謂凡俗之心也。蘇軾《贈詩僧道通》：「語帶烟霞從古少，氣含蔬笋到公無。」自注：「謂無酸餡氣也。」瘴烟色：蓋指困躓痛苦之貌也。瘴烟：毒霧。唐賈島《寄韓潮州愈》：「一夕瘴烟風卷盡，月明初上浪西樓。」黄庭堅《寄黄幾復》：「想得讀書頭已白，隔溪猿哭瘴烟藤。」按，此二句，承上謂若内無所守，則以有凡俗心在，困頓屯蹇之苦必形於顔色也。

〔九〕「良由」二句：良由：實在因爲。《荀子・成相篇》：「隱諱疾賢，良由奸詐鮮無災。」火棗：仙果，食之能羽化飛行者。梁陶弘景《真誥・運象二》：「玉醴金漿，交梨火棗，此則騰飛之藥，不比於金丹也。」陸龜蒙《襲美以春橘見惠因次韵復酬謝》：「堪居漢苑霜梨上，合在仙家火棗前。」内景：道教所謂「内神」。語實本《大戴禮記・曾子天圓》：「天道曰圓，地道曰方。方曰幽而圓曰明。明者吐氣者也，是故外景；幽者含氣者也，是故内景。」王聘珍解詁：「《説文》云：『景，光也。』外景者，光在外；内景者，光在内。」《淮南子・天文訓》：「明者，吐氣者也，是故火曰外景；幽者，含氣者也，是故水曰内景。」道教承用之，以指主司人體臟腑之神，以其在人體之内，謂之内神。《黄庭内景經・中池》：「中池内神服赤珠，丹錦雲袍帶虎符。」唐皎然《奉同顔使君真卿清風樓賦得洞庭歌送吴煉師歸林屋洞》：「仙師遠放清風樓，應將内景還飛去。」充：使之滿也。尺宅：指顔面，眉眼口鼻所在處。道教語。《黄庭内景經・脾部》：「主調百穀五味香，辟却虚羸無病傷，外應尺宅氣色芳。」梁丘子注：「尺宅，面也。」陸游《學道》：「精神生尺宅，虚白集中扃。」按，此二句，謂有良藥護持，可得無恙，其實乃祝福王之能精神充實無所煩惱也。

〔一〇〕「下視」二句：陋九州：以天下九州爲陋，蓋輕之之意也。蘇轍《次韵子瞻和淵明擬古九首》：「光明遍十方，咫尺陋九州。」語或本《孟子・盡心上》孔子「登東山而小魯，登泰山而小天下」。等：同也。槐安：槐安國之省。《太平廣記》卷四七五《昆蟲三・淳于棼》，棼於醉後夢入大槐安國，盡享人間富貴，既而覺悟，見槐下有一大蟻穴，南枝又有一小穴，即夢中槐安國與南柯郡，乃知向者所適，一夢而已。後因以「槐安夢」喻人生如夢、富貴無常。事本唐李公佐《南柯太守傳》。范成大《次韵宗偉閱香樂》：「盡遣餘錢付桑落，莫隨短夢到槐安。」按，此二句，與王相與慰勉，謂天下事不足介懷，蓋牢騷語耳。

〔一一〕「絶憐」二句：蠻觸争：争於微不足道者。《莊子·則陽》：「有國於蝸之左角者，曰觸氏；有國於蝸之右角者，曰蠻氏。時相與争地而戰，伏屍數萬，逐北，旬有五日而後反。」白居易《禽蟲》七：「蟭螟殺敵蚊巢上，蠻觸交争蝸角中。」兵革：戰争。《詩·鄭風·野有蔓草》序：「君之澤不下流，民窮於兵革。」

〔一二〕「亂來」二句：多事：多事故；多患難困苦。《莊子·天地》：「多男子則多懼，富則多事，壽則多辱。」《漢書·平帝紀》：「分界郡國所屬，罷置改易，天下多事，吏不能紀。」老去覺世窄：蘇軾《遊徑山》：「近來愈覺世路隘，每到寬處差安使。」

〔一三〕「歸歟」二句：歸歟：回去吧。呼告語。《論語·公冶長》：「子在陳曰：『歸與！歸與！吾黨之小子狂簡，斐然成章，不知所以裁之。』」漢王粲《登樓賦》：「昔尼父之在陳兮，有歸歟之嘆音！」高適《答侯少府》：「行矣勿復言，歸歟傷我神！」桃花源：本陶潛《桃花源記》，此泛指隱逸之地。斑衣：「斑衣戲彩」之省。老萊子服彩衣、作嬰兒戲要以娱父母故事，見《北堂書鈔》卷一二九引《孝子傳》。元幹《紫巖九章章八句上壽張丞相》「公如老萊，衣衮裳繡。式歌且舞，以介眉壽」，又《滿庭芳》「滿泛椒觴獻壽，斑衣侍，雲母分屏」，亦皆用此。兒劇：猶兒戲。宋時常語。宋張榘《金縷曲·次韵拙逸劉直孺見寄言志》：「任你祖鞭先著了，占鷗天、浩蕩觀浮没。挈富貴，等兒劇。」劇：戲劇，今言遊戲。

〔一四〕「此樂」二句：此化用李白《贈歷陽褚司馬時此公爲稚子舞故作是詩》：「人間無此樂，此樂世中稀。」

〔一五〕「他時」二句：南山南：藉指王所處。南山：終南山。北山北：藉以自指所在。北山：即今南京鍾山。南齊孔稚圭《北山移文》假托北山之神嘲誚世之僞隱者，謂己所在乃真隱之地也。按，此二句寄願將來，希望彼此音問多通，互慰平安也。

奉和希道新句兼簡祖穎漕使〔一〕

秋來乏鄰酤，近事采塗説〔二〕。愁多費陶寫，户小輒敗闕〔三〕。誰能空隱憂，判飲最良策〔四〕。兩公俱世豪，風味奪佳節〔五〕。手釀甕中春，香浮玉丹色〔六〕。相餉走鴟夷，芳辛真妙絶〔七〕。共賦醉鄉詩，銷磨閑日月〔八〕。頗聞鎖娉婷，迴風舞流雪〔九〕。何妨出房櫳，滿引快鬬膈〔一〇〕。此念想當然，清尊可虚設〔一一〕。我老留甌閩，感時夢淮浙〔一二〕。公其招故人，亦記未歸客〔一三〕。

【箋注】

〔一〕希道：其人未詳。《宋詩紀事》卷五十有王汶字希道者，「汝陰人，回之子。有詩集，雪溪王銍序之」。未知是否其人，待考。祖穎：趙奇，字祖穎。名畫家趙弁（字祖文）之弟，王安中之婿。宋周必大《文忠集》卷五十《題趙弁雪圖》：「趙弁祖文，往至臨安，諸公貴人愛之。凡秘書省及夫新作政府，所畫照壁多出其手，迄今尚存。觀此《雪圖》，風度可想。十六弟字祖穎，紹興中屢爲監司，王初寮之婿。」參《年譜》頁四〇二、四〇三。簡：同「柬」，寄示某人也。篇中有「我老留甌閩，感時夢淮浙」句，當爲南渡後在閩時作。

〔二〕「秋來」二句：乏鄰酤：杜甫《草堂》：「鄰舍喜我歸，酤酒携葫蘆。」元幹語蓋本此。采塗説：《論語·陽貨》：「子曰：『道聽而塗説，德之棄也。』」邢昺疏引馬融曰：「聞之於道路，則傳而説之。」《漢書·藝文志》：「小説家者流，蓋出於稗官，街談巷語、道聽塗説者之所造也。」宋洪邁《夷堅丁志·陝西劉生》：「朝廷每遣人探事，多采道聽塗説，不得實。」唯元幹此處所指，無從坐實矣。

〔三〕「愁多」二句：愁多：《古詩十九首》：「孟冬寒氣至，北風何慘慄！愁多知夜長，仰觀衆星列。」陶寫：謂怡悦情性，消愁解悶也。《世説新語·言語》：「謝太傅語王右軍曰：『中年傷於哀樂，與親友别，輒作數日惡。』王曰：『年在桑榆，自然至此，正賴絲竹陶寫。』」蘇軾《遊東西巖》：「况復情所鍾，感概萃中年。正賴絲與竹，陶寫有餘歡。」元幹反用其意。辛棄疾《滿江紅·自湖北漕移湖南席上留别》：「富貴何時休問，離别中年堪恨，憔悴鬢成霜。絲竹陶寫耳，急羽且飛觴。」其志相似。户小：酒量狹小。古稱酒量大者爲大户、上户，不能多飲者稱小户、下户。唐王建《書贈舊渾二曹長》：「替飲觥籌知户小，助成書屋見家貧。」宋王洋《雪中赴季文集》：「浮白自憐偏户小，醉歸全是夢中人。」下句云「判飲」，亦是其證。按，此二句，自言愁緒多而酒量狹，難以遣懷。

〔四〕「誰能」二句：隱憂：深憂。《詩·邶風·柏舟》：「耿耿不寐，如有隱憂。」毛傳：「隱，痛也。」《楚辭·嚴忌〈哀時命〉》：「夜炯炯不寐兮，懷隱憂而歷兹。」王逸注：「如遭大憂，常懷戚戚，經歷年歲，以至於此也。」判飲：極言捨命縱飲以求沈醉。杜甫《將赴成都草堂途中有作先寄嚴鄭公五首》三：「肯藉荒庭春草色，先判一飲醉如泥。」唐戎昱《苦辛行》：「誰家有酒判一醉，萬事從他江水流。」判：猶言「拼」，不恤、無所顧忌貌。爾時口語。張相《詩詞曲語詞匯釋》：「判，割捨之辭，亦甘願之辭。」最良策：最是良策。反語也。

〔五〕風味：風度，風采。《宋書·自序傳》：「(伯玉)温雅有風味，和而能辨，與人共事，皆爲深交。」韓愈《答渝州李使君書》：「乖隔年多，不獲數附書，慕仰風味，未嘗敢忘。」奪：改换，變異；超越，勝過。佳節：美好時節、好光景。非指節日。張九齡《感遇十二首》四：「蘭葉春葳蕤，桂華秋皎潔。欣欣此生意，自爾爲佳節。」元幹此處同之。

〔六〕「手釀」二句：甕中春：泛指美酒。黄庭堅《清醇酒頌》：「清如秋江寒月，風休波静而無雲；醇如春江永日，游絲落花之困人。借之以涪翁清閒，鑒此杯面渌；本之以李叟孝友，成此甕中春。」宋陳造《張守送羊羔酒將以三絶次韵答之》：「甕中别作一家春，羒羚微生得效珍。」春：

疑古人以爲酒名者。李白《寄韋南陵冰余江上乘興訪之遇尋顔尚書笑有此》：「堂上三千珠履客，甕中百斛金陵春。」玉丹色：蓋喻酒之醇者其色非常也。李賀《將進酒》：「琉璃鍾，琥珀濃，小槽酒滴真珠紅。烹龍炮鳳玉脂泣，羅幃繡幕圍春風。」按，元幹謂酒漿如玉而有丹色，不知是否暗兼李氏「酒滴真珠紅」之意，待考。

〔七〕「相餉」二句：鴟夷：酒囊。盛酒器。《藝文類聚》卷七二引漢揚雄《酒賦》：「鴟夷滑稽，腹如大壺。盡日盛酒，人復藉酤。」司馬光《柳溪對雪》：「鴟夷賒美酒，油壁繫輕車。」芳辛：辛辣而芬芳，酒味之醇厚濃郁也，藉以指酒。蘇軾《用過韵冬至與諸生飲酒》：「小酒生黎法，乾糟瓦盎中。芳辛知有毒，滴瀝取無窮。凍醴初寒泫，春醅暖更饛。華夷兩樽合，醉笑一歡同。」諸語皆賦酒，可知「芳辛」必謂酒也。「過」，蘇過。又下句言「醉鄉」，其義益確不可移。

〔八〕「共賦」二句：醉鄉：縱飲沈醉之地。隋煬帝《望江南》七：「湖上風光真可愛，醉鄉天地就中寬。」閑日月：逍遥快活、無憂無慮時光也。五代陳拙《登臨湟川樓》：「浮世自無閑日月，高樓長有好山川。」

〔九〕「頗聞」二句：頗聞：猶言略微、隱約聽説，又謂時時、往往聽説也。頗：僅辭，謂稍微；又甚辭，謂多。皆可通。李白《望黄鶴山》：「東望黄鶴山，雄雄半空出。四面生白雲，中峰倚紅日。巖巒行穹跨，峰嶂亦冥密。頗聞列仙人，於此學飛術。」梅堯臣《覽顯忠上人詩》：「昔讀遠公傳，頗聞高行僧。」娉婷：姿態美好貌。漢辛延年《羽林郎》：「不意金吾子，娉婷過我廬。」柳宗元《韋道安》：「貨財足非吝，二女皆娉婷。」又指美人，佳人。唐喬知之《緑珠篇》：「石家金谷重新聲，明珠十斛買娉婷。」「鎖娉婷」，猶言掩藏精華。宋孔平仲《和蕭十六人名》：「緑楊朱户鎖娉婷，燕趙壹笑誰相視。」「迴風」句：語出曹植《洛神賦》：「其形也……仿佛兮若輕雲之蔽月，飄飖兮若流風之回雪。」蘇軾《南鄉子・用前韵贈田叔通家舞鬟》：「繡鞅玉鐶遊。燈晃簾疏笑却收。久立香車催欲上，還留。更且檀唇點杏油。花遍六么毬。面旋迴風帶雪流。春入腰肢金縷細，輕柔。種柳應須柳柳州。」此擬女子姿貌儀態之美好，最能傳神。元幹句或即從此化出，而用意似不盡同。回風：旋風。《楚辭・九章・悲回風》：「悲回風之摇蕙兮，心冤結而内傷。」按，此二句似謂收斂精神，掩蔽光芒，有如佳人之美艷不出閨庭也。

〔一〇〕「何妨」二句：房櫳：泛指房屋。《文選・張協〈雜詩〉》：「房櫳無行迹，庭草萋以緑。」李周翰注：「櫳亦房之通稱。」南朝梁王淑英婦《贈答》：「妝鉛點黛拂輕紅，鳴環動珮出房櫳。」「出房櫳」，謂出至户外爲宴飲之歡也。滿引：斟滿飲盡。皮日休《李處士郊居》：「滿引紅螺詩一首，劉楨失却病心情。」宋王讜《唐語林・補遺三》：「蠙知之，挈酒一壺，謂鐸曰：『公將登庸矣，吾恐不可及也！願先事少接左右。』鐸妻疑置酖，使婢言之。蠙驚曰：『吾豈酖者！』即命大白，滿引而去。」宋郭祥正《同阮時中秀才食笋二首》二：「聊爲一餉樂，得酒輒滿引。」關膈：胸腹間膈膜也。宋李綱《論治盜賊》：「支體之運動，關膈之升降，皆以津液爲本。」元幹藉以謂襟懷。

〔一一〕想當然：憑主觀想象，以爲事情應當是如此。《後漢書・孔融傳》：「初，曹操攻屠鄴城，袁氏婦子多見侵略，而操子丕私納袁熙妻甄氏。融乃與操書，稱『武王伐紂，以妲己賜周公。』操不悟，後問出何經典。對曰：『以今度之，想當然耳。』」宋龔頤正《芥隱筆記·殺之三宥之三》：「東坡試《刑賞忠厚之至論》，其間有云『皋陶曰殺之三，堯曰宥之三』。梅聖俞以問蘇出何書。答曰：『想當然耳。』」清尊：酒器，亦借指清酒。《古詩類苑》卷四五引《古歌》：「清樽發朱顔，四坐樂且康。」王勃《寒夜思》：「復此遥相思，清尊湛芳渌。」可：疑辭，大約。按，此二句，言所謂縱飲爲歡之辭，皆想當然耳。蓋送行之事，固在情不在酒也。

〔一二〕「我老」二句：我老：梅堯臣《依韵和池守王微之訪别》：「君榮初出守，我老未東歸。」元幹句法似之。淮浙：蓋指希道、祖穎二人所在；又甌閩在南，淮浙在北，後者迫近敵國，兼謂心繫抗金前綫。宋張耒《宿虹縣驛》：「東南淮浙富，輸餽日填咽。」

〔一三〕「公其」二句：其：推測之辭，猶言假使也。未歸客：元幹自謂。唐張祜《中秋夜杭州玩月》：「小檻循環看，長堤蹋陣行。殷勤未歸客，烟永夜來情。」按，此二句，謂冀幸别後長相憶也。

送舒希古〔一〕

老舒古君子，送客皆善類〔二〕。觴行頗軒渠，一斗輒徑醉〔三〕。凉飈生白蘋，落日照紫翠〔四〕。驪駒雖在門，不下兒女淚〔五〕。儻復逢湘纍，更與問憔悴〔六〕。謂胡邦衡。

【箋注】

〔一〕舒希古：生平不詳。篇中以湘累喻胡銓，本詩蓋作於銓遭貶之後。

〔二〕「老舒」二句：送客：送行者也，非送客人離別。《藝文類聚》卷二九引南朝陳陰鏗《廣陵岸送北使詩》：「行人引去節，送客艤歸艫。」《文苑英華》卷二六六引隋尹式《别宋常侍詩》：「遊人杜陵北，送客漢川東。」（「人」原作「入」，非。）善類：善良之人；有德之士。《子華子·孔子贈》：「明旃善類而誅鋤醜厲者，法之正也。」宋李之儀《送忠禪老詣徑山請普覺住天寧萬壽新剎》：「老魔俱辟易，善類隨擊拂。」

〔三〕「觴行」二句：觴行：行觴，傳杯。蘇軾《和陶答龐參軍六首》三：「將行復止，眷言孜孜。苟有於中，傾倒出之。奕奕千言，粲焉陳詩。觴行筆落，了不容思。」軒渠：歡悦貌。《後漢書·方術傳下·薊子訓》：「兒識父母，軒渠笑悦，欲往就之。」蘇軾《跋山谷草書》：「他日黔安當捧腹軒渠也。」「一斗」句：典出《史記·滑稽列傳》：「（淳于）髡曰：『賜酒大王之前，執法在傍，御史在後，髡恐懼俯伏而飲，不過一斗徑醉矣。』」蘇軾《和陶飲酒二十首》二：「少飲得徑醉，此秘君勿傳。」宋謝薖《陶淵明寫真圖》：「一尊徑醉北窗卧，蕭然自謂羲皇人。」謂不能多飲也。

〔四〕「涼颸」二句：涼颸：涼風。南朝齊謝朓《在郡卧病呈沈尚書》：「珍簟清夏室，輕扇動涼颸。」唐許敬宗《奉和入潼關》：「是節歲窮紀，關樹蕩涼颸。」生白蘋：唐戴叔倫《代書寄京洛舊游》：「今年十月温風起，湘水悠悠生白蘋。」張籍《江南春》：「江南楊柳春，日暖地無塵。渡口過新雨，夜來生白蘋。」「落日」句：本宋蔡襄《碧峰亭》：「落日涵紫翠，深春變顏色。」蓋謂夕陽映照而山色如翠玉而有紫氣也。

〔五〕「驪駒」二句：驪駒在門：古告别之歌。《漢書・儒林列傳・王式》：「博士江公，世爲《魯詩》宗，至江公著《孝經説》，心嫉式，謂歌吹諸生曰：『歌驪駒。』式曰：『聞之於師：客歌《驪駒》，主人歌《客毋庸歸》。』」顔師古注引服虔曰：「逸《詩》篇名也，見《大戴禮》。客欲去，歌之。」引文潁曰：「其辭云『驪駒在門，僕夫具存；驪駒在路，僕夫整駕』也。」杜甫《奉寄别馬巴州》：「知君未愛春湖色，興在驪駒白玉珂。」不下兒女淚：王勃《送杜少府之任蜀州》：「與君離别意，同是宦遊人……無爲在歧路，兒女共沾巾。」唐戴叔倫《清明日送鄧芮二子還鄉》：「每嫌兒女淚，今日自霑裳。」兒女：年少人，語氣近似今語「小孩子」。

〔六〕「儻復」二句：湘累：指屈原。借指因罪被貶黜者。據原注，元幹實指其摯友胡銓也。時銓以上書朝廷見忌於秦檜而遭貶謫。蘇軾《次韵張舜民自御史出倅虢州留别》：「玉堂給劄氣如雲，初起湘纍後佩銀。」王十朋集注：「舜民字芸叟，元豐辛酉爲環慶帥屬，明年責監郴州酒税。郴屬湖湘，故以湘纍稱之也。」後藉以泛指遷謫者。此即指胡銓。更與：再替我，還爲我。唐宋常語。劉禹錫《與歌者何戡》：「二十餘年别帝京，重聞天樂不勝情。舊人唯有何戡在，更與殷勤唱渭城。」句謂請何再替我好好唱一曲《渭城曲》吧。《敦煌歌辭總編》卷四《無厭足》二：「壘珍珠，堆白玉。滿庫綾羅有千束。有人更與送將來，心中也是無厭足。」句謂即使有人再替我送過來。元幹亦取此義。憔悴：因愁憂而萎靡也。語本《楚辭・漁父》：「屈原既放，游於江潭，行吟澤畔，顔色憔悴，形容枯槁。」戴叔倫《敬報孫常州二首》：「衰病苦奔走，未嘗追舊遊。何言問憔悴，此日駐方舟。」問憔悴，慰問其處世之艱難困苦也。宋呂本中《答無逸惠書》：「謝侯好事憐我窮，時遣雙魚問憔悴。」元幹意同此。按，此二句，蓋謂舒他日若得逢胡邦衡，請代道珍重也。

過白彪訪沈次律有感十六韻〔一〕

天驕毒中原①，國勢苦日削〔二〕。一爲虛聲摇，顛沛幾失脚〔三〕。翠華棲海隅，此戲亦太虐〔四〕。忽聞哀痛詔，迸淚向寥寞〔五〕。何當速悔禍，四海安耕鑿〔六〕。迺者浙西帥，望風先即却〔七〕。坐令臨安城，開關猶白著〔八〕。只今鋒鏑餘，寃鬼號冥漠〔九〕。賞罰二大柄，倒持示微弱〔一〇〕。豈無英雄人，戴宋心未薄〔一一〕。有如沈使君，忠義等籌略〔一二〕。始終誓復仇，志願久已確〔一三〕。浮家來水村，避亂畏矰繳〔一四〕。行矣收功名，遠過麒麟閣〔一五〕。氣投平生歡，事付今夕噱〔一六〕。吾衰世無用，鼓勇徒矍鑠〔一七〕。

【校】

①天驕毒中原：文津閣本改作「兵革滿中原」，文瀾閣本改作「天心厭中原」。

【箋注】

〔一〕沈次律：沈琯，字次律，自號柯田山人，湖州德清人。宣和間任兩浙漕運，以學士奉使燕雲。金兵入侵，琯被羈。嘗陳邀擊敵寇之策，不用。後脱身南歸，指陳虚實，乞召兩河兵會河北邀擊敵寇，不聽。建炎三年（一一二九），隱居德清柯田山。所著《歸田録》，多忠憤之辭。建炎四年，元幹避亂湖州時作此詩。白彪：在吴興。元幹過訪琯於此。參《年譜》頁二一〇。

〔二〕「天驕」二句：天驕：王維《出塞作》：「居延城外獵天驕，白草連天野火燒。」本指匈奴，此指金人。毒中原：猶言爲禍大宋也。《舊唐書·王武俊傳》史臣曰：「土運中微，群盜孔熾。寶臣附麗安史，流毒中原，終竊土疆，爲國蟊賊。」日削：日益削弱。《漢書·董仲舒傳》：「民日削月朘，寖以大窮。」蘇洵《六國論》：「日削月割，以趨於亡。」

〔三〕「一爲」二句：一爲：一旦被、遭受。謝朓《隋王鼓吹曲十首·送遠曲》：「一爲清吹激，潺湲傷别巾。」韋應物《悲故交》：「一爲時事感，豈獨平生故。」虚聲摇：受被誇大之敵情煽惑驚恐也。《韓非子·六反》：「布衣循私利而譽之，世主聽虚聲而禮之，禮之所在，利必加焉。」司馬光《言西邊上殿劄子》：「諒祚又數揚虚聲以驚動邊鄙，而將帥之臣率多懦怯，别無才謀以折衝御侮，只知多聚兵馬以自衛其身。」清吴廣成所著《西夏書事》，尚有此語，其卷二三云「熙寧四年……九月，表乞綏州」，「梁氏頻稱款塞，輒以虚聲摇邊」，可參。顛沛：困頓挫折。《論語·里仁》：「君子無終食之間違仁，造次必於是，顛沛必於是。」失脚：蹉跌失措也。唐宋口語。白居易《東南行一百韵》：「翻身落霄漢，失脚到泥塗。博望移門籍，潯陽佐郡符。」邵雍《逍遥吟》一：

「得心無後味，失脚有深坑。」按，此二句，謂當局震於虛誇敵情，幾至狼狽失策也。

〔四〕「翠華」二句：翠華：天子儀仗，旗幟車蓋，有以翠羽爲飾者。《文選・司馬相如〈上林賦〉》：「建翠華之旗，樹靈鼉之鼓。」李善注：「翠華，以翠羽爲葆也。」杜甫《詠懷古迹五首》：「翠華想像空山裏，玉殿虛無野寺中。」代指天子。唐陳鴻《長恨歌傳》：「潼關不守，翠華南幸。」棲海隅：謂天子逃避海濱也。據《宋史・高宗紀》，建炎三年十二月初二，高宗逃至明州，十五日乘船入海，十七日至定海縣。按，二句蓋謂朝廷軍事失利，致使天子奔竄臨安，而國勢蹙迫也。

〔五〕「忽聞」二句：哀痛詔：《漢書・西域列傳》：「上乃下詔，深陳既往之悔，曰：『前有司奏，欲益民賦三十助邊用，是重困老弱孤獨也。而今又請遣卒田輪臺……是以末年遂棄輪臺之地，而下哀痛之詔，豈非仁聖之所悔哉！』」《三朝北盟會編》卷九七：「靖康元年九月，是時朝廷新失太原，又聞真定之報，上大憂慄，患將帥非人，思得豪傑之士以衛邊，乃下哀痛之詔。」元幹此語紀實。迸淚：傷心痛哭、淚如泉湧貌。隋慧曉《祖道賦詩》：「沈浮從此隔，無復更來因。此別終天別，迸淚忽沾巾。」唐駱賓王《疇昔篇》：「迴腸隨九折，迸淚下雙流。」寥寞：冷清；孤單。王安石《憶昨詩示諸外弟》：「吟哦圖書謝慶吊，坐室寥寞生伊威。」

〔六〕「何當」二句：悔禍：撤去所加灾禍也。自勉勵之辭。《左傳・隱公十一年》：「若寡人得没於地，天以禮悔禍於許，無寧兹許公復奉其社稷。」今人楊伯峻注：「謂天或者依禮撤回加於許之禍。」南朝陳徐陵《爲梁貞陽侯與太尉王僧辯書》：「豈圖天未悔禍，喪亂薦臻。」宋葉夢得《聞邊報示諸將》：「插羽驚傳赤白囊，胡行如鬼尚跳梁。頗聞廟算無遺策，但遺封人謹豫防。送死定知天悔禍，追奔寧使汝爭彊。將軍剩有封侯印，盡掃無令一鏃亡。」其中「汝」謂北虜也。葉氏此篇，足當爾時持抗敵志意者共同心聲，所謂「天悔禍」，謂上天有寬恕大宋之恩意，故將給予其擊敵良機也。元幹之心同之。耕鑿：耕田鑿井，農事也。古詩《擊壤歌》：「日出而作，日入而息，鑿井而飲，耕田而食，帝力於我何有哉？」後以形容人民辛勤勞動而生活安定。唐太宗《臨層臺賦》：「肆黎元於耕鑿，一文軌於車書。」唐吴筠《高士詠・龐德公》：「耕鑿勤厥躬，耘鋤課妻子。」按，二句蓋懸擬重歸治平。至其中是否有暗諷意，誠不敢懸揣。唯當時有識之士，其實頗有失望之感，例如周紫芝《親征詔下朝野歡呼六首》五：「雉扇遥聞擁翠鑾，遠方耕鑿尚偷安。誰知黄鉞臨戎地，江上秋風玉帳寒。」堪稱相同心聲之代表。

〔七〕「迺者」二句：迺者：近時，猶今言前不久。《漢記・哀帝紀》：「迺者河南潁川郡水汎處浸殺人民。」蘇軾《獎諭敕記》：「河之爲中國患久矣，迺者堤潰東注，衍及徐方。」浙西帥：浙西，宋熙寧七年，分兩浙路（治杭州）爲東西路，尋合爲一，九年復分，十年復合。建炎三年南渡後，兩浙路復分兩浙東路、兩浙西路。浙西帥，時任浙西同安撫使康允之。《宋史・高宗記》載，建炎三年十二月，「兀朮攻臨安府，守臣康允之棄城走。」《建炎以來繫年要録》卷三〇云：「建炎三年十二月乙酉，完顔宗弼犯臨安府……守臣浙西同安撫使康允之……棄城遁。」即其事。

〔八〕「坐令」二句：坐令：徒使，空教。南朝宋鮑照《幽蘭五首》二：「攬帶昔何道，坐令芳節終。」開關：開啓城門。《史記・秦始皇本紀》：「秦人開關延敵，九國之師逡巡遁逃而不敢進。」《續資治通鑑・宋欽宗靖康元年》：「臣願激合勇義之士，設伏開關，出其不意，掃其營以報。」白著：

當時口語，本指賦斂沈重而且非常者。《新唐書・劉晏傳》：「初，州縣取富人督漕挽，謂之船頭；主郵遞，謂之捉驛；稅外横取，謂之白著。」宋宋敏求《春明退朝録》：「租庸使元載以吴越雖兵荒後，民産猶給，乃辟召豪吏分宰列邑以重斂之……科率之例，不約户品之上下，但家有粟帛者……簿録其産而中分之，甚者十八九，時人謂之白著……渤海高雲有《白著歌》曰：『上元官吏務剥削，江淮之人多白著。』」「開關猶白著」，乃喻敵人入侵之輕易。元幹蓋謂敵人之來杭城，猖狂横行，一如吏員苛斂之肆無忌憚，故云「白著」。按，以上四句，謂守土者不能盡其職分，遂令臨安城關隘形同虚設也。

〔九〕「只今」二句：鋒鏑：《史記・秦漢之際月表》：「墮壞名城，銷鋒鏑，鉏豪桀，維萬世之安。」謂戰争也。梅堯臣《和潁上人南徐十詠・鐵甕城》：「前朝經喪亂，曾是輕鋒鏑。」冥漠：喻死亡。陸機《吊魏武帝文》：「悼繐帳之冥漠，怨西陵之茫茫。」杜甫《九日》三：「歡娱兩冥漠，西北有孤雲。」仇兆鰲注：「冥漠，謂蘇鄭俱亡。」陳亮《祭金伯清父文》：「謂冥漠之如在，想英靈之未遐。」元幹之意亦同。按，此二句，謂戰敗之後死喪多哀也。

〔一〇〕「賞罰」二句：大柄：大權。人君持以治國之根本。《禮記・禮運》：「是故禮者，君之大柄也，所以别嫌明微，儐鬼神。考制度，别仁義。」鄭玄注：「柄，所操以治事。」倒持：「倒持泰阿」之省。喻授人權柄，自受其害。《漢書・梅福傳》：「至秦則不然，張誹謗之罔，以爲漢敺除，倒持泰阿，授楚其柄。」顔師古注：「泰阿，劍名，歐冶所鑄也。言秦無道，令陳涉、項羽乘間而發，譬倒持劍而以把授與人也。」《舊唐書・陳夷行傳》：「自三數年來，姦臣竊權，陛下不可倒持太阿，授人鐏柄。」微弱：猶衰弱。董仲舒《春秋繁露・王道》：「周衰，天子微弱，諸侯力政，大夫專國，士專邑，不能行度制法文之禮。」《新唐書・奸臣傳下・崔胤》：「其後參掌機密，至內務百司，悉歸中人，共相彌縫爲不法，朝廷微弱，禍始於此。」按，此二句，謂朝廷失政，賞罰不明，遂使敵人窺視其實力之衰也。

〔一一〕「豈無」二句：英雄人：傑出之士。杜甫《劍門》：「三皇五帝前，雞犬各相放。後王尚柔遠，職貢道已喪。至今英雄人，高視見霸王。并吞與割據，極力不相讓。」宋陳與義《題酒務壁》：「當時彭澤令，定是英雄人。」戴宋：擁戴大宋。宋李綱《夜霽天象明潤仰觀有感成一百韵時歲在斗熒惑在氐微甚辰鎮陵犯於翼軫間夜半斗杓轉占帝座未明臺星尚拆云》：「哀哉烝黎心，戴宋何其堅。」元幹與李綱同志，其言固亦一致。戴：擁戴，崇奉。《尚書・大禹謨》：「衆非元后何戴，后非衆罔與守邦。」《國語・周語上》：「庶民不忍，欣戴武王。」韋昭注：「戴，奉也。」

〔一二〕「有如」二句：使君：漢時稱刺史爲使君。《玉臺新詠・日出東南隅行》：「使君從南來，五馬立踟躕。」尊稱州郡長官。唐張籍《蘇州江岸留別白樂天》：「莫忘使君吟詠處，汝墳湖北武丘西。」沈使君，即沈次律。籌略：謀略。《晉書・胡奮傳》：「奮性開朗，有籌略，少好武事。」李白《贈別從甥高五》：「自顧寡籌略，功名安所存？」按，此二句，謂沈愛國之忠與其謀國之遠，適足相稱。

〔一三〕「始終」二句：始終：平生。元稹《對才識兼茂明於體用策》：「漢文雖以策求士，迨我明天子然後能以策濟人，則臣始終之願畢矣。」又謂畢竟，終究。蘇軾《元修菜》：「始終不我負，力與冀壤同。」皆可通。志願確：志願堅貞不渝。晉袁宏《三國名臣序贊》：「堂堂孔明，基宇宏邈……初九龍盤，雅志彌確。」南朝梁簡文帝《與劉孝儀令》：「同僚已陟，後進多升，而怡然清靜不以多少爲念。確爾之志，亦何易得！」確：堅固，貞定。

〔一四〕「浮家」二句：浮家：《新唐書·張志和傳》：「願爲浮家泛宅，往來苕、霅間。」水村：白彪，在德清，地固多水也。矰繳：繫於箭尾弋射飛鳥之絲繩，藉指繳射之箭。《後漢書·袁紹傳》：「加其細政苛慘，科防互設，矰繳充蹊，阬穽塞路。」李白《鳴雁行》：「畏逢矰繳驚相呼，聞弦虛墜良可吁。」按，此二句，明言遠避兵燹，疑實謂畏避構陷也。

〔一五〕「行矣」二句：行矣：慰勉之辭。語本《論語·微子》：「子張問行。子曰：『言忠信，行篤敬，雖蠻貊之邦，行矣。』」《史記·外戚世家》：「行矣！彊飯，勉之！即貴，無相忘！」南朝宋謝瞻《於安城答靈運詩》其五：「行矣勵令猷，寫誠酬來訊。」麒麟閣：《三輔黄圖·閣》：「麒麟閣，蕭何造，以藏秘書、處賢才也。」《漢書·蘇武傳》：「甘露三年，單于始入朝。上思股肱之美，迺圖畫其人於麒麟閣。」顏師古注引張晏曰：「武帝獲麒麟時作此閣，圖畫其像於閣，遂以爲名。」高適《塞下曲》：「畫圖麒麟閣，入朝明光宫。」按，此二句，故作反語也。

〔一六〕「氣投」二句：氣投：意氣相得。平生歡：一生之知己。語本《史記·張耳陳餘列傳》：「上使泄公持節問之箯輿前。仰視曰：『泄公邪！』泄公勞苦如生平驩，與語，問張王果有計謀不。」南朝梁江淹《贈煉丹法和殷長史詩》：「頓捨心知愛，永却平生歡。」按，此二句，實寫當時景象，謂相知至深，而世事不可多問，唯有付之笑談，蓋不欲質言耳。

〔一七〕「吾衰」二句：吾衰：語出《論語·述而》：「子曰：『甚矣，吾衰也。』」孟浩然《家園卧疾畢太祝曜見尋》：「壯圖哀未立，斑白恨吾衰。」鼓勇：鼓足勇氣。唐張碧《鴻溝》：「山河欲拆人烟分，壯士鼓勇君王存。」矍鑠：年高而精神氣力不衰也。《後漢書·馬援傳》：「援據鞍顧眄，以示可用。帝笑曰：『矍鑠哉，是翁也！』」劉禹錫《贈致仕滕庶子》：「矍鑠據鞍時騁健，殷勤把酒尚多情。」按，此二句，自傷雖老而壯心彌堅，然終不能爲時所用也。

【附録】

沈與求《次韵張仲宗感事》

諸侯救周衰，能事存筆削。後學競專門，膚引迷注脚。寧知懼賊亂，誅意未爲虐。上皇志包荒，大度示恢廓。誤墮敵計中，九廟施箭鑿。將臣擁彊兵，首鼠事前却。專雄懷顧望，散黨失歸着。坐令兩宫車，北轅狩沙漠。天王紹絶統，憤此國勢弱。嘗膽復大仇，此意良不薄。向來督真奸，國典猶闊略。群公争護前，循習久彌確。黄屋泛滄溟，黔首寄矰繳。世無管夷吾，老眼雙淚閣。何當誅賞行，浩嘆成嗢噱。大明還中天，冰雪自銷鑠。（沈與求《龜溪集》卷一）

七月三日雨不止後一日作〔一〕

暝色復已夕，雨聲全未疏〔二〕。掩關頗嗜卧，篝燈空照書〔三〕。點滴聞瓦溝，決溜鳴階渠〔四〕。試作華屋想，未減嚴城居〔五〕。大江洶波浪，曠野風號呼。那知三家村，有此一腐儒〔六〕。是身在宇宙，何適非蘧廬〔七〕。陵谷儻遷變，樓觀皆空虛〔八〕。安心無秘法，絶念忘畏途〔九〕。生死尚可處，此境固有餘〔一〇〕。

【箋注】

〔一〕詩中有「那知三家村，有此一腐儒」語，知當爲歸隱後作。

〔二〕「暝色」二句：暝色：暮色；夜色。謝靈運《石壁精舍還湖中作》：「林壑斂暝色，雲霞收夕霏。」杜甫《光禄坂行》：「樹枝有鳥亂鳴時，暝色無人獨歸客。」「雨聲」句：連雨不止。賦題。雨聲疏，雨欲止貌。唐晁采《秋日再寄》：「窗外江村鐘響絶，枕邊梧葉雨聲疏。」楊萬里《雨後子文伯莊二弟相訪同游東園》：「鞋留沙迹淺，扇答雨聲疏。」

〔三〕「掩關」二句：掩關：閉門。唐顧況《山中夜宿》：「掩關深畏虎，風起撼長松。」歐陽修《雨中獨酌二首》一：「老大世情薄，掩關外郊原。」兼謂回避世俗事務也。篝燈：置燈於籠中，即點燈。

王安石《書定院窗》：「竹雞呼我出華胥，起滅篝燈擁燎爐。」按，此二句，謂閉門懶睡，謝絶人事，有書不讀，皆散漫疏放之貌。

〔四〕「點滴」二句：瓦溝：瓦楞間洩水溝。白居易《宿東亭曉興》：「雪依瓦溝白，草繞墻根緑。」楊萬里《不寐聽雨》：「瓦溝收拾殘零水，併作簷間一滴聲。」決溜：猶急流。《世説新語·言語》：「鼻如廣莫長風，眼如懸河決溜。」

〔五〕「試作」二句：華屋想：富貴之念也。華屋：曹植《箜篌引》：「生在華屋處，零落歸山丘。」黄庭堅《追和東坡壺中九華》：「試問安排華屋處，何如零落亂雲中。」未減：同「不減」，不下於、不亞於。隋上官儀《詠畫障》：「未減行雨荆臺下，自比凌波洛浦遊。」宋曾鞏《聽鵲寄家人》：「新黄暗緑各自媚，爛漫未減春風時。」嚴城：戒備森嚴之城池。南朝梁何遜《臨行公車》：「禁門儼猶閉，嚴城方警夜。」唐皇甫冉《與張諲宿劉八城東莊》：「寒蕪連古渡，雲樹近嚴城。」按，此二句，坦承猶有功名之念，但時勢蹙迫，無所作爲，所以自嘲也。

〔六〕「那知」二句：三家村：鄉野偏僻寥落處也。唐王季友《代賀若令譽贈沈千運》：「山上雙松長不改，百年唯有三家村。」蘇軾《用舊韵送魯元翰知洺州》：「永謝十年舊，老死三家村。」腐儒：迂腐之儒者。《史記·黥布列傳》：「上折隨何之功，謂何爲腐儒，爲天下安用腐儒。」杜甫《江漢》：「江漢思歸客，乾坤一腐儒。」按，此二句，自傷無用、不能報國也。

〔七〕「是身」二句：何適非：猶今言「到哪裏不是」。宋人好用此句法。宋韓維《和沖卿晚秋過金明池》：「偶然秉化往，何適非汗漫。」李之儀《迎暉閣》：「霜風吹我衣，日短歸路長。放懷即可家，何適非吾鄉。」元幹同此。何適：何往。漢袁康《越絶書·荆平王内傳》：「王以奢爲無罪，赦而蓄之，其子又何適乎？」蘧廬：驛站房舍供人休憩者；旅舍。《莊子·天運》：「仁義，先王之蘧廬也，止可以一宿，而不可久處。」郭象注：「蘧廬，猶傳舍。」宋宋祁《重葺敝廬有作》：「憑誰遺真意，仁義亦蘧廬。」宋蘇舜欽《遷居》：「吾知人之生，天壤乃蘧廬。」皆其義。按，此二句，謂生存世間，不過如在旅舍之過客，即李白《春夜宴從弟桃李園序》「夫天地者，萬物之逆旅也；光陰者，百代之過客也。而浮生若夢，爲歡幾何」之意也。

〔八〕「陵谷」二句：陵谷遷變：唐封演《封氏聞見記》卷六引晉王儉《喪禮》：「施石志於壙裏，禮無此制。魏侍中繆襲改葬父母，制墓下題版文。原此旨，將以千載之後，陵谷遷變，欲後人有所聞知。」陵谷，本指地勢變化。《詩·小雅·十月之交》：「高岸爲谷，深谷爲陵。」後以喻世事。儻：或許，也許，推測之詞。《史記·東越列傳》：「餘善首惡，劫守吾屬。今漢兵至，衆彊，計殺餘善，自歸諸將，儻幸得脱。」曹植《浮萍篇》：「行雲有返期，君恩儻中還。」「樓觀」句：唐佚名《無題》：「池臺樓觀非吾宅，百年還同一宿客。」辛棄疾《滿江紅·江行和楊濟翁韻》：「樓觀纔成人已去，旌旗未卷頭先白。」辛詞尤與元幹機杼莫二。按，此二句，謂造化或不復護佑大宋，則繁華方將不再也。

〔九〕「安心」二句：安心：安定心神。《後漢書·梁節王暢傳》：「王其安心静意，茂率休德。」絶念：斷絶念頭，放棄希望。宋秦觀《和陶淵明歸去來辭》：「封侯既絶念，仙事亦難期。」宋吕本中《連得夏三十一叟兄弟范十五仲容趙十七穎達書相與甚勤作詩寄之》：「閑居病亦侵，世務每絶念。」畏途：亦作「畏塗」。《莊子・達生》：「夫畏塗者，十殺一人，則父子兄弟相戒也，必盛卒徒而後敢出焉。」成玄英疏：「塗，道路也。夫路有劫賊，險難可畏。」白居易《發白狗峽次黄牛峽登高寺却望忠州》：「畏途常迫促，静境暫淹留。」按，「安心」「絶念」，皆自慰之辭。又按，《五燈會元》卷一《東土諸祖・初祖菩提達磨大師》：「可（二祖慧可）曰：『我心未寧，乞師與安。』祖曰：『將心來，與汝安。』可良久曰：『覓心了不可得。』祖曰：『我與汝安心竟。』」元幹頗近宗門而好談禪理，此處「安心」實用此故事也。

〔一〇〕「生死」二句：按，此二句，謂生死之事尚無可慮，則眼前寥落，固已爲幸運矣。與上二句，皆無可奈何之餘故作豁達語，所謂自我安慰也。

題王巖起樂齋〔一〕

宦遊適樂土，宴坐名樂齋〔二〕。問君何獨樂，胸中高崔嵬〔三〕。軒裳儻來物，世途吁可哀〔四〕。紛然雞鶩争，陷阱成禍胎〔五〕。不如尋蠹魚，簡編閲興衰〔六〕。萬事付杯酒，百年俱劫灰〔七〕。搘頤忽長嘯，妙想從天回〔八〕。人生行樂耳，勿爲華髮催〔九〕。

【箋注】

〔一〕王巖起：王傳，字巖起，山東蓬萊人。《建炎以來繫年要録》卷八五云，紹興五年三月，「右儒林郎福建安撫司幹辦公事王傳入對」。一時名賢題詠其樂齋者甚衆，知與元幹年輩相後先。此篇紹興四年作，參《年譜》頁三九三。

〔二〕「宦遊」二句：宦遊：遠行出仕。唐杜審言《和晉陵陸丞早春遊望》：「獨有宦遊人，偏驚物候新。」適樂土：《詩·魏風·碩鼠》：「逝將去女，適彼樂土。」此即起下王氏之樂齋。宴坐：閒坐，安坐。白居易《病中宴坐》：「宴坐小池畔，清風時動襟。」黄庭堅《題胡逸老致虛庵》：「山隨宴坐畫圖出，水作夜窗風雨來。」時名賢在福州者題詠樂齋甚多，如劉子翬有《題王巖起樂齋》三首（《屏山先生文集》卷十九）、吕本中有《王傳巖起樂齋》（《東萊先生詩集》卷十四）等，均可參看。

〔三〕「問君」二句：何獨樂：謂何以能獨自而樂也，應題「樂齋」。「樂」蓋孔子謂顔回「回也不改其樂」之「樂」，非孟子所謂「獨樂、衆樂」也。白居易《題新澗亭兼酬寄朝中親故見贈》：「自得所宜還獨樂，各行其志莫相咍。」宋文彦博《提舉端明寵示三月三十日雨中書懷包含廣博義味精深詞高韵險宜其寡和輒次元韵》：「高懷惟自適，獨樂未嘗厭。」高崔嵬：歐陽修《石篆詩》：「我疑此字非律畫，又疑人力非能爲。始從天地胚渾判，元氣結此高崔嵬。」崔嵬，高聳、顯赫之義。句謂主人胸襟超邁也。

〔四〕「軒裳」二句：軒裳：猶車服。陶潛《雜詩》十：「驅役無停息，軒裳逝東崖。」因以指官位爵禄。

唐元結《忝官引》：「而可愛軒裳，其心又干進。」宋葉適《謝除華文閣待制提舉西京嵩山崇福宮表》：「追憶悔尤，濫軒裳之非據；自嗟衰耄，指林壑以言歸。」儻來物：名利之不應得而得或非意而得者。張九齡《南還湘水言懷》：「歸去田園老，倘來軒冕輕。」梅堯臣《依韵和原甫置酒蘭菊間》：「冠紼身外物，儻來安足惜。」辛棄疾《念奴嬌》：「儻來軒冕，問還是、今古人間何物？」其義一也。儻來：蓋爾時常語。世途：李白《古風》五十九：「世途多翻覆，交道方嶮巇」吁可哀：悲哀呼天。《尚書・召誥》：「夫知保抱攜持厥婦子，以哀籲天，徂厥亡，出執。」蘇軾《惜花》：「夜來雨雹如李梅，紅殘緑暗吁可哀。」李綱《胡笳十八拍》第二拍：「黄昏胡騎塵滿城，百年興廢吁可哀。」宋人似好用此語。按，此二句，謂功名之得不足爲榮，而時勢艱難實可哀痛，與主人之「樂」成對照，意增感慨也。

〔五〕「紛然」二句：雞鶩争：小人或平庸陋劣者之争競不休也。語本《楚辭・卜居》：「寧與黄鵠比翼乎？將與雞鶩争食乎？」孟浩然《田園作》：「沖天羡鴻鵠，争食羞雞鶩。」陸龜蒙《奉和襲美公齋四詠次韵・鶴屏》：「如憂雞鶩鬥，似憶烟霞向。」按，元幹語與此小異，蓋謂雞鶩相争也。雞鶩：凡庸之輩，小人。《楚辭・九章・懷沙》：「鳳皇在笯兮，雞鶩翔舞。」王逸注：「言賢人困厄，小人得志也。」陷阱：喻害人之羅網、圈套。《禮記・中庸》：「人皆曰予知，驅而納諸罟擭陷阱之中，而莫之知辟也。」孔穎達疏：「陷阱，謂坑也。穿地爲坎，竪鋒刃於中以陷獸也。」十六國西凉李暠《麒麟頌》：「不入陷穽，不罹網罟。」禍胎：猶禍根。語本漢枚乘《上書諫吴王》：「福生有基，禍生有胎，納其基，絶其胎，禍何自來？」唐羅隱《錢》：「志士不敢道，貯之成禍胎。」句意所在，與《建炎感事》所言「議和其禍胎」相表裏。按，此二句，謂貪求世間名利，適足自取其辱也。

〔六〕「不如」二句：蠹魚：蝕書蟲，借指典籍。白居易《傷唐衢》二：「今日開篋看，蠹魚損文字。」宋徐積《上林殿院次公》九：「寫時教子烘青竹，讀處呼童捉蠹魚。」尋蠹魚猶「捉蠹魚」，實謂研讀古典，蓋典册陳舊則必生蠹魚也。按，此二句，謂世事不可問，不如從事文史之事，尚得自遣懷抱。

〔七〕「萬事」二句：萬事付杯酒：蘇軾《病中聞子由得告不赴商州三首》三：「萬事悠悠付杯酒，流年冉冉入霜髭。」劫灰：佛教語，本謂劫火餘灰也。南朝梁慧皎《高僧傳·譯經上·竺法蘭》：「昔漢武穿昆明池底，得黑灰，問東方朔。朔云：『不知，可問西域胡人。』後法蘭既至，衆人追以問之。蘭云：『世界終盡，劫火洞燒，此灰是也。』」唐韓偓《寄禪師》：「劫灰聚散鐵輜墨，日御賓士繭栗紅。」此謂戰亂後之殘迹也。按，此二句，更謂壽命不足恃復不足慮，唯堪消磨歲月於杯酒也。

〔八〕「搘頤」二句：搘頤：猶支頤，以手拄頰，逍遥貌。搘：《字彙》音旨而切，音支。通作「支、枝」。王維《贈東嶽焦煉師》：「搘頤問樵客，世上復何如？」五代無名氏《燈下閒談·墜井得道》：「見一道士，雪鬢丹臉，憑几搘頤。」按，此二句，謂遁身世外，或能得出塵之想，乃得不爲物役、不爲事累也。

〔九〕「人生」二句：人生行樂耳：語出漢楊惲《報孫會宗書》：「田彼南山，蕪穢不治。種一頃豆，落而爲其。人生行樂耳，須富貴何時！」《梁書·江淹傳》淹自言：「平生言止足之事，亦以備矣。人生行樂耳，須富貴何時。」華髮催：喻衰暮之速。唐李山甫《山中依韵答劉書記見贈》：「流年將老來，華髮自相催。」按，全篇正言若反，牢騷畢現，毫不避諱，極見沉痛之態。

陪李仲輔昆仲宿惠山寺〔一〕

蒼山峭崒中，殿古起野色〔二〕。仰空象緯高，撫事戎馬隔〔三〕。三子俱人豪，語默有典則〔四〕。安知今夕游，值此老賓客〔五〕。危言驚鬼神，懷舊痛京國〔六〕。寄書白帝城，問道屈原宅〔七〕。三春聞竹枝，萬里共悽惻〔八〕。風來松柏悲，月落世界黑〔九〕。相看炯不寐，袖手了無策〔一〇〕。去去更酌泉，吾生易南北〔一一〕。

【箋注】

〔一〕李仲輔昆仲：李維字仲輔、李經字季言、李綸字叔易，皆李綱胞弟。建炎二年仲冬，在無錫梁溪之拙軒，同觀元幹祖父手澤及名賢題跋，因作是詩。惠山寺：在無錫惠山。地有惠泉，有名天下，所謂「天下第二泉」。參《年譜》頁二〇九。

〔二〕「蒼山」二句：峭崒（音 qiú zú）：《文選·班固〈西都賦〉》：「巖峻峭崒，金石崢嶸。」呂延濟注：

「峭崒、峥嶸，高峻貌。」起野色：南朝梁王僧孺《詠春詩》：「岸烟起暮色，岸水帶斜暉。」又何遜《學古詩三首》二：「日夕棲鳥遠，浮雲起新色。」按，元幹句法蓋即仿此，謂高山古刹與原野氣息，彼此相諧適而且彼此相激發。

〔三〕「仰空」二句：仰空：向天。唐鮑溶《勸酒行》：「半醉月入懷，仰空笑牽牛。」蘇轍《釀重陽酒》：「仰空露成霜，搴庭菊將秀。」象緯：星象經緯，謂日月五星。《拾遺記・殷湯》：「師延者，殷之樂人也。設樂以來，世遵此職。至師延，精述陰陽，曉明象緯，莫測其爲人。」杜甫《遊龍門奉先寺》：「天闕象緯逼，雲卧衣裳冷。」仇兆鰲注：「象緯，星象經緯也。」撫事：追思往事；感念時事。南朝宋傅亮《爲宋公修張良廟教》：「靈廟荒頓，遺像陳昧。撫事懷人，永嘆實深。」杜甫《羌村》二：「蕭蕭北風勁，撫事煎百慮。」戎馬隔：杜甫《登岳陽樓》：「戎馬關山北，憑軒涕泗流。」元幹意近此。按，二句謂天高地迥，感嘆不能殺敵報國，其懊恨實深。

〔四〕「三子」二句：人豪：人中豪傑。《史記・張耳陳餘列傳》：「於此時而不成封侯之業者，非人豪也。」《魏書・張袞傳》：「夫遭風雲之會，不建騰躍之功者，非人豪也。」語默：發言或沉默。語本《易・繫辭上》：「君子之道，或出或處，或默或語。」喻指出仕或隱居。陶潛《命子》：「時有語默，運因隆窊。」今人逯欽立注：「語默，出處。」陳子昂《同宋參軍之問夢趙六贈盧陳二子之作》：「而我獨蹭蹬，語默道猶懵。」典則：準則。語本《尚書・五子之歌》：「有典有則，貽厥子孫。」孔安國傳：「典，謂經籍；則，法。」杜甫《入奏行贈西山檢察使竇侍御》：「政用疏通合典則，戚聯豪貴耽文儒。」按，二句謂三人出處皆有所守。

〔五〕「安知」二句：值：遇上。《莊子·知北遊》：「明見無值。」成玄英疏：「值，會遇也。」《周書·文帝紀上》「早值宇文使君，吾等豈從逆亂」，《北史·周紀上》「值」即作「遇」。老賓客：故人，老友。杜甫《醉爲馬墜諸公携酒相看》：「甫也諸侯老賓客，罷酒酣歌拓金戟。騎馬忽憶少年時，散蹄迸落瞿塘石。」按，二句謂乍會舊友，乃有意外欣喜也。

〔六〕「危言」二句：危言：直言。《逸周書·武順》：「危言不干德曰正。」《漢書·賈捐之傳》：「臣幸得遭明盛之朝，蒙危言之策，無忌諱之思。」顔師古注：「危言，直言也。言出而身危，故曰危言。」唐楊巨源《和盧諫議朝回書情即事寄兩省閣老兼呈二起居諫院諸院長》：「危言直且莊，曠抱鬱以攄。」驚鬼神：喻言行之能震撼也。杜甫《敬贈鄭諫議十韵》：「思飄雲物外（一作動），律中鬼神驚。毫髮無遺恨，波瀾獨老成。」元幹蓋言三人當時議論激越痛切。京國：京城，國都。曹植《王仲宣誄》：「我公實嘉，表揚京國。」鮑照《還都口號詩》：「君王遲京國，遊子思鄉邦。」「痛京國」者，謂痛恨汴京之淪陷、朝廷之南渡也。按，二句實即上「撫事」之意，重復感念時事也。

〔七〕「寄書」二句：《建炎以來繫年要録》卷四云，建炎元年十月，李綱貶建昌軍（今江西南城）安置。十二月，再謫寧江軍（今重慶奉節），白帝城在焉。自建昌至寧江，經過秭歸，故「寄書」千里外致意於綱。按，據《靖康行紀序》，綱實未至寧江。時元幹在無錫，不知綱尚留滯長沙，而仍寄書也。白帝城：《玉臺新詠》卷十梁蕭綱《浮雲詩》：「欲使襄王夢，應過白帝城。」李白《雜曲歌辭·荆州樂》：「白帝城邊足風波，瞿塘五月誰敢過。」劉備托孤於諸葛亮，即此地。問道：《晏子春秋·問上十一》：「臣聞問道者更正，聞道者更容。」問道屈原宅：杜甫《最能行》：「此鄉之人氣量窄，誤競南風疏北客。若道士無英俊才，何得山有屈原宅？」按，二句是否爲元幹或三人行履事實，不能確指。但此特筆云白帝城、屈原宅，疑或當時「危言」中追思屈原、諸葛亮忠誠故國之意也。

〔八〕「三春」二句：竹枝：竹枝詞也，樂府《近代曲》之一。本巴渝民歌，劉禹錫據以改作新詞，使民歌詠三峽風光及男女戀情，盛行於世。其形式爲七言絶句，語言通俗，音調輕快。劉禹錫《洞庭秋月》：「盪槳巴童歌竹枝，連檣估客吹羌笛。」共悽惻：一同感傷。高適《酬龐十兵曹》：「別岸迴無垠，海鶴鳴不息。梁城多古意，携手共悽惻。」按，二句謂縱有《竹枝詞》之輕倩明媚，亦只添天地之悲愁也。

〔九〕「風來」二句：松柏悲：語本《古詩十九首》：「去者日以疏，生者日已親。出郭門直視，但見丘與墳。古墓犂爲田，松柏摧爲薪。白楊多悲風，蕭蕭愁殺人！思還故里閭，欲歸道無因。」世界黑：喻天地悽悲也。杜甫《贈蜀僧閭丘師兄》：「漠漠世界黑，驅車争奪繁。」世界：本佛教語，文人詩文，亦多見於關涉釋道之篇什。南朝梁寶志《十二時頌》十二：「不見頭，又無手，世界壞時終不朽。」唐司馬承禎《太上昇玄消灾護命妙經頌》：「放出光明照，無央世界中。」皆其實例。元幹此篇，似採用「世界」一詞於非宗教題材詩文之較早者。

〔一〇〕「相看」二句：炯不寐：猶言耿耿不寐。《文選·顔延之〈始安郡還都與張湘州登巴陵城樓作〉》「炯介在明淑」，李善注：「《楚辭》曰：『彼堯舜之耿介。』」是「炯」與「耿」同。《詩·邶風·

柏舟》：「耿耿不寐，如有隱憂。」袖手：李綱《水調歌頭》：「致君澤物，古來何世不須才。幸可山林高臥，袖手何妨閑處，醇酒醉朋儕。」陸游《和陳魯山十詩以孟夏草木長繞屋樹扶疏爲韵》：「燒香净掃地，袖手了朝暮。」皆無奈之詞。按，二句蓋暗用摯友李綱詩句，暗諷當時政治之無能不振。

〔一一〕「去去」二句：去去：去而又去，遠行貌。漢蘇武《古詩》三：「參辰皆已没，去去從此辭。」孟郊《感懷》二：「去去勿復道，苦飢形貌傷。」意謂從此以往也。酌泉：酌貪泉之省。此蓋雙關，由酌惠山泉，連及酌貪泉故事。《晉書・良吏傳・吴隱之》：「朝廷欲革嶺南之弊，隆安中，以隱之爲龍驤將軍、廣州刺史，假節，領平越中朗將。未至州二十里，地名石門，有水曰貪泉，飲者懷無厭之欲。隱之既至，語其親人曰：『不見可欲，使心不亂。越嶺喪清，吾知之矣。』乃至泉所，酌而飲之，因賦詩曰：『古人云此水，一歃懷千金。試使夷齊飲，終當不易心。』及在州，清操愈厲。」後以「酌貪泉」喻磨礪節操堅貞不渝。王維《爲薛使君謝婺州刺史表》：「謹當閉閤以思政，酌泉以勵心。」無錫惠山有「天下第二泉」。易南北：謂流浪之容易或輕易。宋晁補之《復用前韵呈明略》：「人生歧路易南北，明發雲散何由攀。」朱熹《大雪馬上次敬夫韵》：「人生易南北，復此知何時。」元幹同此。南北，居無定所貌，蓋「東西南北」之省。語本《禮記・檀弓上》：「孔子既得合葬於防，曰：『吾聞之，古也墓而不墳。今丘也，東西南北之人也，不可以弗識也。』」鄭玄注：「東西南北，言居無常處也。」韋應物《横壙行》：「象牀可寢魚可食，不知郎意何南北？」王安石《同昌叔賦雁奴》：「鴻雁無定棲，隨陽以南北。」按，二句謂身雖流離，而志節不移，蓋以共勉也。

和韵奉酬王原父集福山之什〔一〕

平生契所崇，晚得故人語〔二〕。驚呼追曩游，世道今如許〔三〕。中原鞠茂草，萬里盡豺虎〔四〕。天王巡江瀆，對壘眺淮楚〔五〕。未聞誅叛亡，快憤斷腰膂〔六〕。上復九廟讐，下寬四民苦〔七〕。胸中有成奏，無路不容吐〔八〕。天高雲霧深，灑泣逃罪罟〔九〕。竭來陪勝集，人物良可數〔一〇〕。高氏父子賢，王甥兄弟窶〔一一〕。相過茶酒間，窮年簡編處〔一二〕。喪亂共傷時，興衰更懷古。假日聊銷憂，信美非吾土〔一三〕。夜闌然薪歸，被酒踏寒雨〔一四〕。買山結茅茨，我老竟何所〔一五〕。要當喬松根，白石仍同煮〔一六〕。

【箋注】

〔一〕王原父：未詳。詩中有「王甥兄弟窶」句，則原父或爲元幹之甥。建炎三年作，當在歸隱之後。參《年譜》頁三六二。

〔二〕「平生」二句：契：契合；惺惺相惜。晚：晚年。《史記·孔子世家》：「孔子晚而喜《易》。」杜甫《觀公孫大娘弟子舞劍器行》：「絳脣朱袖兩寂寞，晚有弟子傳芬芳。」故人語：當即題中所云「王原父集福山之什」。

〔三〕「驚呼」二句：追曩遊：同「追舊遊」，回憶故交舊誼。追：追憶。戴叔倫《敬報孫常州一首》一：「衰病苦奔走，未嘗追舊遊。」蘇軾《次前韵再送周正孺》：「醉鄉追舊遊，筆陣賈餘勇。」

〔四〕「中原」二句：鞠茂草：即「鞠爲茂草」，謂雜草塞道，衰敗荒蕪貌。《晉書·石勒載記》：「誠知晉之宗廟鞠爲茂草，亦猶洪川東逝，往而不還。」唐韓昱《壺關録》：「顧此中原，鞠爲茂草。」豺虎：寇盜。王粲《七哀詩》：「西京亂無象，豺狼方遘患。」杜甫《憶昔》：「九州道路無豺虎，遠行不勞吉日出。」此指金兵。

〔五〕「天王」二句：天王：天子。《春秋·隱公元年》：「秋七月，天王使宰咺來歸惠公仲子之賵。」孔穎達疏：「天王，周平王也。」杜甫《憶昔》二：「犬戎直來坐御牀，百官跣足隨天王。」江瀆：江岸。晉陸雲《答吴王上將顧處微》四：「於時翻飛，虎嘯江瀆。」李白《贈僧崖公》：「虚舟不繫物，觀化遊江瀆。」「天王巡江瀆」，事實不能確指，蓋擬《春秋·僖公二十八年》：「天王狩於河陽。」《左傳》：「是會也，晉侯召王，以諸侯見，且使王狩。仲尼曰：『以臣召君。』」「狩、巡」之文，皆諱言天子南渡也。按，二句謂朝廷南渡，志士遥望敵壘也。

〔六〕「未聞」二句：叛亡：反叛逃亡，即《書·牧誓》所謂「有罪逋逃」也。《漢書·韓王信傳》：「陛下寬仁，諸侯雖有叛亡，而後歸，輒復故位號，不誅也。」張九齡《敕書·敕薛泰書》：「禽獸無知，不懷恩信，相率種落，一時叛亡。」「一時叛亡」者，一齊逃亡也。此蓋指是年三月初五苗傅、劉政彦政變而高宗被廢、立皇子爲帝事。快憤：發舒憤懑以爲快意。阮籍《詠懷》：「誇談快憤懑，惰慵發煩心。」蔡襄《四賢一不肖詩》「高若訥」：「累幅長書快幽憤，一責司諫心無疑。」斷腰膂：此用唐憲宗誅劉闢故事。韓愈《元和聖德詩》：「婉婉弱子，赤立傴僂，牽頭曳足。先斷腰膂。次及其徒，體骸撑拄。末乃取闢，駭汗如寫。揮刀紛紜，争刌膾脯。」按，此二句蓋質言宋廷不誅叛亡之非。

〔七〕「上復」二句：九廟：天子之廟。古帝王立廟祭祀祖先，有太祖廟及三昭廟、三穆廟，凡七廟。王莽增爲祖廟五、親廟四，凡九廟。後歷朝皆沿此制。《漢書·王莽傳下》：「取其材瓦，以起九廟。」晉潘岳《西征賦》：「由僞新之九廟，誇宗虞而祖黄。」藉指宋列祖之廟也。四民：士農工商，泛指百姓。《書·周官》：「司空掌邦土，居四民，時地利。」蔡沈集傳：「冬官，卿，主國邦土，以居士農工商四民。」《漢書·食貨志上》：「士農工商，四民有業：學以居位曰士，闢土殖穀曰農，作巧成器曰工，通財鬻貨曰商。」

〔八〕「胸中」二句：成奏：既定之策可以上奏者。蓋謂有定見不詭隨遊移也。宋趙蕃《挽宋柳州綬》：「猗歟宋柳州，有志諸公後……行年且半百，纔爲嶠南守……慨然遠游意，不憚萬里走。下車甫朞年，已上政成奏。」吐：傾吐，此謂陳述政見。

〔九〕「天高」二句：灑泣：落淚。《晉書·温嶠傳》：「有衆七千，灑泣登舟。」罪罟：法網。《詩·小雅·小明》：「豈不懷歸，畏此罪罟。」鄭玄箋：「我誠思歸，畏此刑罪羅網我，故不敢歸爾。」按，二句謂遠循以避迫害，殆暗指秦檜流毒之可畏也。

〔一〇〕「朅來」二句：朅來：猶言爾來或爾時以來。南朝梁何遜《行經孫氏陵》：「朅來已永久，年代曖微微。」柳宗元《韋道安》：「朅來事儒術，十載所能逞。」勝集：勝會，良會。司馬光《次韵和韓子華寒食休沐與諸公同會趙令園暮歸馬上偶成》：「須知勝集人間少，惆悵金羈容易迴。」人物：傑出之士也。《後漢書・許劭傳》：「劭與靖俱有高名，好共覈論鄉黨人物。」杜甫《贈崔十三評事公輔》：「舅氏多人物，無慚困翮垂。」趙彦材注：「舅氏之家多有人材，必應如上所言、騫騰富貴之事也。」此蓋即下句所言高、王之輩也。

〔一一〕窶：《詩・邶風・北門》：「終窶且貧，莫知我艱。」毛傳：「窶者，無禮也；貧者，困於財。」陸德明釋文：「謂貧無可爲禮。」

〔一二〕窮年：猶終生。《荀子・解蔽》：「以可知人之性，求可以知物之理，而無所疑止之，則没世窮年不能遍也。」韓愈《進學解》：「焚膏油以繼晷，恒兀兀以窮年。」

〔一三〕「假日」二句：此用王粲《登樓賦》：「登兹樓以四望兮，聊暇日以銷憂……雖信美而非吾土兮，曾何足以少留！」假日：即暇日。土：故鄉。按，二句有懷歸之思。

〔一四〕「夜闌」二句：然薪：點起火把。黄庭堅《更用舊韵寄孔毅甫》：「我方凍坐酒官曹，爲公然薪炙冰硯。」然：燃之古字。被酒：中酒；爲酒所醉。《史記・高祖本紀》：「高祖被酒，夜徑澤中，令一人行前。」踏寒雨：冒觸冷雨而行路。杜甫《貽阮隱居》：「尋我草徑微，褰裳踏寒雨。」

〔一五〕「買山」二句：買山：《世説新語・排調》：「支道林因人就深公買印山，深公答曰：『未聞巢由買山而隱。』」喻賢士歸隱。結茅茨：構築隱士之居也。杜甫《渼陂西南臺》：「況資菱芡足，庶結茅茨迥。」老：終老。

〔一六〕「要當」二句：托庇於喬松之下，謂避世也。《詩·鄭風·山有扶蘇》：「山有喬松，隰有遊龍。」白石：《詩·唐風·揚之水》：「白石鑿鑿。」相傳神仙以爲食。漢劉向《列仙傳·白石生》：「白石生，中黄丈人弟子，彭祖時已二千餘歲……嘗煮白石爲糧。」韋應物《寄全椒山中道士》：「澗底束荆薪，歸來煮白石。」按，二句結束，言志願莫遂，無可奈何，則唯有歸隱而已。

奉送真歇禪師往住阿育山，兼簡黄檗雲峰諸老〔一〕

時流罕識真，特立取衆忌〔二〕。不有明眼人，誰止萬口沸〔三〕。古今冠蓋場，毀譽固一致〔四〕。胡爲空門中，生滅亦滋熾〔五〕。更憐晚學徒，遍參反諛媚〔六〕。安將宗派分，未必盡師志〔七〕。要是鷹犬姿，迺出蛇鼠計〔八〕。堂堂真歇師，的的示大意〔九〕。所向古道場，衲子悉傾至〔一〇〕。往年入吴閩，宴坐走檀施〔一一〕。繼踵幾尊宿，建立各超詣〔一二〕。南方祖令行，山川久增氣〔一三〕。乃知群魔怖，不樂佛住世〔一四〕。休歇雲卧庵，謗焰息氛翳〔一五〕。欻然天門開，黄紙書廣利〔一六〕。萬態復現前，頗似厭權勢〔一七〕。去來初何心，緣感本自契〔一八〕。憫茲象衆衰，願力救深弊〔一九〕。維師法梁棟，世道貴相濟〔二〇〕。露風吹海雲，瘴嶺發巖桂〔二一〕。欲挽衣袂留，意已萬里外〔二二〕。我老卜後期，夜話炯不寐〔二三〕。

【箋注】

〔一〕真歇禪師：真了禪師（一〇九一—一一五一）號，當時名僧，元幹譽爲方外交契。《五燈會元》卷十四《丹霞淳禪師法嗣》「長蘆清了禪師」云：「建炎末，遊四明，主補陀，台之天封，閩之雪峰，詔住育王，徙温州龍翔，杭之徑山……上堂：『久默斯要，不務速説。釋迦老子待要款曲賣弄，争奈未出母胎，已被人覷破。且道覷破箇甚麽？瞞雪峰不得。』」蓋住雪峰，自名亦曰「雪峰」也。《武林梵志》卷八《宰官護持·王以寧》：「王以寧，湘潭人，由太學任鼎澧帥。靖康初，金兵入寇，以寧遣兵入援，解太原圍。建炎中，以宣撫司制置襄鄧，招諭桑仲等來降。以寧嘗過雪峰，問道於真歇禪師曰：『予昔訪宏智大師，師令讀《起信論》。謫官天台時，於鄰僧借得之，披閱再三，竊有疑焉。是書爲大乘人作破有蕩空、一法不留之書也，而末章以繫念彌陀、往生浄土爲言，其旨何歟？』歇曰：『實際理地，不受一塵。萬行門中，不捨一法。子欲壞世間相，棄有歸空，然後爲道耶？』以寧默然。」阿育山：即阿育王山，在明州（今浙江寧波），有阿育王寺。

〔二〕「時流」二句：時流：世俗之輩。《晉書·阮裕傳》：「諸人相與追之，裕亦審時流必當逐己，而疾去。」五代前蜀韋莊《絳州過夏留獻鄭尚書》：「因循每被時流誚，奮發須由國士憐。」識真：識認自然之道，認識本原，謂出離塵累。謝靈運《鞠歌行》：「德不孤兮必有鄰……隱玉藏彩疇識真。」唐張説《岐州刺史平原男陸君墓誌銘》序：「公諱伯玉，字某，河南人，識真之士也。」特立：即特立獨行，謂志行貞介。《禮記・儒行》：「儒有委之以貨財，淹之以樂好，見利不虧其義；劫之以衆，沮之以兵，見死不更其守……其特立有如此者。」《東觀漢記・周澤傳》：「少修高節，耿介特立。」取衆忌：被庸衆所排擠也。

〔三〕「不有」二句：明眼人：有見識者，明解佛教真諦者。佛門恒語。《寒山詩》三〇四《有人笑我詩》：「忽遇明眼人，即自流天下。」李綱《佛日杲禪師真贊》：「孰是孰非，必有明眼人能辨之者。」萬口沸：議論紛然淆亂貌。

〔四〕冠蓋場：官場；功名富貴之區。王安石《昆山慧聚寺次孟郊韵》：「久遊不忍還，迫迮冠蓋場。」宋周必大《送子開弟還江西（己卯四月二十八日）》：「言遊冠蓋場，聚散靡自由。」

〔五〕「胡爲」二句：空門：泛指佛門。大乘佛學以觀空爲入門，故稱。《大智度論・釋初品》：「空門者，生空、法空。」王維《嘆白髮》：「一生幾許傷心事，不向空門何處銷。」陸游《醉題》：「不學空門不學仙，清樽隨處且陶然。」滋熾：日益猖獗。宋真德秀《會三山十二縣宰》：「横目事徵求，往往學頑痹。牀剥膚已侵，鷹擊毛盡摯。但期己豐腴，皇恤彼憔悴。近來二十年，貪風日滋熾。」全篇正言「滋熾」之狀。猶言「滋盛」。《後漢書・翟酺傳》：「孝宣論六經於石渠，學者滋盛，弟子萬數。」按，二句謂空門之中，生滅之間乃亦日益泛濫也。

〔六〕「更憐」二句：晚學：後輩學子。《後漢書·蔡邕傳》：「於是後儒晚學，咸取正焉。」《太平廣記》卷一引晉葛洪《神仙傳·老子》：「皆由晚學之徒，好奇尚異，苟欲推崇老子，故有此説。」諛媚：奉承獻媚。唐無名氏《玉泉子》：「釣射時態，志在諛媚。」

〔七〕「妄將」二句：宗派：此指宗門派别。佛教禪宗本自稱教外别傳，得佛法正宗，因自稱宗門；其後乃以證悟方便不同，衍而爲五家七宗。參《佛祖統載》。南朝梁何遜《仰贈從兄興甯寘南》：「家世傳儒雅，貞白仰餘徽。宗派已孤狹，財産又貧微。」宋釋德洪《謝岳麓光老惠臨濟頂相》：「瘦骨孤標韵絶倫，傳聞宗派出雲門。」盡師志：盡皆屬於師傅之思想及志願。按，二句意在批評當時亂分宗派之濫也。

〔八〕「要是」二句：要是：終究是；實際是。宋人恒語。宋祁《和丞相小園雨霽》：「須知窮僻處，要是鄭侯家。」蘇軾《初别子由》：「豈獨爲吾弟，要是賢友生。」皆其例。要：究竟之義。《史記·高祖功臣侯者年表序》：「帝王者各殊禮而異務，要以成功爲統紀，豈可緄乎？」劉長卿《送王員外歸朝》：「往來無盡日，離别要逢春。」鷹犬：足堪驅使俾有事功者。《後漢書·陳龜傳》：「臣龜蒙恩累世，馳騁邊垂，雖展鷹犬之用，頓斃胡虜之庭。」又《袁紹傳》：「以臣頗有一介之節，可責以鷹犬之功。」鷹犬姿，謂有能幹堪任事之貌也。蛇鼠：二者皆卑下猥瑣之物，以喻宵小之徒也。宋張耒《讀〈唐書〉二首》二：「二張挾嬖寵，聲勢各滔天。蛇鼠依城社，自謂終千年。」按，「二張」，張易之、張昌宗兄弟，有盛寵於則天皇帝，兹比之「蛇鼠」，是其義。

〔九〕「堂堂」二句：堂堂：體貌莊偉、氣度朗暢貌。《漢書·蕭望之傳贊》：「望之堂堂，折而不橈，身爲儒宗，有輔佐之能，近古社稷臣也。」温庭筠《春野行》：「東城年少氣堂堂，金丸驚起雙鴛鴦。」的的：分明貌。劉向《新序·雜事二》：「故闔閭用子胥以興，夫差殺之而亡；昭王用樂毅以勝，惠王逐之而敗。此的的然若白黑。」陳子昂《宿空舲峽青樹村浦》：「的的明月水，啾啾寒夜猿。」大意：要領。當時恒語。蔡襄《四賢一不肖詩·歐陽永叔》：「裁書數幅責司諫，落筆騄驥騰康莊。刃迎縷析解統要，其間大意可得詳。」曾幾《讀吕居仁舊詩有懷其人作詩寄之》：「居仁説活法，大意欲人悟。」

〔一〇〕衲子：佛教僧侣。傾至：傾倒之至，謂極其嚮往服膺也。

〔一一〕宴坐：佛教謂坐禪也。《維摩詰經·弟子品》：「夫宴坐者，不於三界現身意，是爲宴坐。」五代齊己《經安公寺》：「大聖威靈地，安公宴坐踪。」走：忙碌貌。檀施：布施。唐楊炯《後周明威將軍梁公神道碑》：「月抽官俸，日減私財，並入薰脩，咸資檀施。」

〔一二〕「繼踵」二句：繼踵：脚跟相接續，喻人衆之多。《晏子春秋·雜下九》：「臨淄三百閭，張袂成陰，揮汗成雨，比肩繼踵而在，何爲無人？」唐皇甫湜《編年紀傳論》：「自漢至今，代以更八，年幾歷千，其間賢人摩肩，使臣繼踵。」幾：接近，庶幾，幾乎。《國語·晉語四》：「時日及矣，公子幾矣。」韋昭注：「幾，近也。言重耳得國時日近。」銀雀山漢墓竹簡《孫臏兵法·威王問》：「威王問九，田忌問七，幾知兵矣，而未達於道也。」尊宿：高僧年老者。唐賈島《送靈應上人》：「遍參尊宿遊方久，名嶽奇峰問此公。」蘇軾《書麐公詩後》：「壽逾兩甲子，氣壓諸尊宿。」建立：謂建樹。唐傅翕《行路難》十一《明法身體用自在》：「君不見大士自觀身中法，身是如來净法身……建立諸法而無法，即是真如無上真。」《朱子語類》卷四四：「及秦既死，用之爲臺諫，則不過能論貪汙而已，於國家大計亦無所建立。」超詣：高深玄妙；高超脱俗。《世説新語・文學》：「諸葛厷年少不肯學問，始與王夷甫談，便已超詣。」唐張説《魏齊公元忠》：「齊公生人表，迥天聞鶴唳。清論早揣摩，玄心晚超詣。」

〔一三〕「南方」二句：南方祖：蓋即禪宗南宗頓教始祖六祖惠能大師也。惠能辭别五祖黄梅大師，最終頓止於曹溪之大梵寺，宣揚南宗頓悟之教，直至圓寂。可參《壇經》《五燈會元》《佛祖統紀》等。山川久增氣：意謂爲自然增長精神也。唐張説《郊廟歌辭・享太廟樂章》三《凱安》：「奮揚增氣，坐作爲容。」孟浩然《臘月八日於剡縣石城寺禮拜》：「夕嵐增氣色，餘照發光輝。」宋趙抃《登望闕臺》：「山川增氣象，欄檻出塵埃。」

〔一四〕「乃知」二句：群魔：衆障道邪惡之徒。住世：佛教語，謂身居現在世界。與「出世」相對。劉長卿《齊一和尚影堂》：「一公住世忘世紛，暫來復去誰能分。」黄庭堅《南山羅漢贊十六首》五：「稽首佛敕久住世，稽首救世不倦者。」按，二句謂世俗嫉賢妒能之輩排斥真歇禪師，不容其停住也。

〔一五〕「休歇」二句：休歇：停止；暫停。漢蔡琰《胡笳十八拍》：「山高地闊兮見汝無期。更深夜闌兮夢汝來斯。夢中執手兮一喜一悲。覺後痛吾心兮無休歇時。」唐慧能《示法達偈三首》二：「汝今名法達，勤誦未休歇。」謗焰：世俗紛然誹謗辱駡之惡氛也。宋宋祁《賀紫微舍人改鎮》：「漢家夜席歸期近，宫篋書空謗焰收。」歐陽修《重讀徂徠集》：「待彼謗焰熄，放此光芒懸。」氛翳：陰霾之氣。李白《答高山人兼呈權顧二侯》：「應運生夔龍，開元掃氛翳。」朱熹《留安溪三日按事未竟》：「嵐陰常至午，陽景猶氛翳。」雲卧庵：未詳。清黄任《鼓山志》載：「雲卧庵，在大頂峰北，鳳池傍。古庵廢久，明萬曆間僧結茅以居，崇禎己卯易今名，今廢。」疑所謂「明萬曆」云云非是，存疑待考。

〔一六〕「欻然」二句：欻然：忽然。《莊子·庚桑楚》「出無本，入無竅」郭象注：「欻然自生，非有本。欻然自死，非有根。」杜甫《高都護驄馬行》：「安西都護胡青驄，聲價欻然來向東。」天門開：上天開門，謂垂祐賜福。漢無名氏《天門》歌：「天門開。詄蕩蕩。穆并騁。以臨饗……」北周庾信《周五聲調曲二十四首》十八：「我之天綱莫不該，閶闔九關天門開。」此喻朝廷降詔之事。黄紙：古詔敕、銓選之類文書，例以黄紙書之。王維《送李睢陽》：「黄紙詔書出東廂，輕紈疊綺爛生光。」皎然《相和歌辭·從軍行五首》五：「黄紙君王詔，青泥校尉書。」梅堯臣《送祖印大師顯忠》：「黄紙賜祖印，鑄名不鑄金……團團冰玉盤，瑩然如禪心。」朝廷於高僧有所恩禮，亦然。宋蘇籀《龍翔真歇和尚求詩贈一首》：「象骨巖居閩府教，江海兩封黄紙召。」觀此，可知真歇禪師曾被朝廷之優禮，適堪與元幹所云相參印。此外，佛經亦有以黄紙鈔寫者，如宋李彭《張僧繇畫胡僧看經》云：「向來萬法出此經，行行春蚓紆黄紙。」可爲的證；但元幹此句，實與李詩所言有别，不得等而觀之。廣利：廣泛利益；所以廣泛利益世界之物，指佛經。《賢愚經》卷二《大光明王始發道心緣品第十六》（《大正藏》第四册本緣部下）：「爾時世尊，在舍衛國祇樹給孤獨園……於是衆中，多有疑者：『世尊本以何因緣故，初發無上菩提之心，自致成佛，多所利益？我等亦當發心成道，利安衆生。』尊者阿難，知衆所念，即從坐起，整衣服，前白佛言：『今此大衆，咸皆有疑：「世尊本昔，從何因緣，發大道心？唯願説之，廣利一切。」』佛告阿難：『善哉善哉！汝所問者，多所饒益。諦聽善思，當爲汝説。』」「廣利」，即「多所利益、多所饒益」也。按，二句謂朝廷驟然降恩詔於真歇禪師，加之優禮也。

〔一七〕「萬態」二句：萬態：猶言儀態紛呈、氣象萬千。白居易《新樂府·牡丹芳》：「紅紫二色間深淺，向背萬態隨低昂。」按，二句謂真歇禪師厭棄俗世利養也。

〔一八〕「去來」二句：初：本來，原來。心：志願。緣感：因緣響應。鮑照《代悲哉行》：「羈人感淑節，緣感欲回轍。」本自契：天然契合，天然感應。按，二句謂真歇禪師生而與佛有緣也。

〔一九〕「憫兹」二句：象衆：佛教信徒也。佛教多偶象以啓發信心、開示信徒，故稱「象教」，因稱佛法爲「象法」。謝靈運《山居賦》：「析曠劫之微言，説象法之微旨。」《舊唐書·高祖紀》：「自覺王遷謝，象法流行，末代陵遲，漸以虧濫。」（「覺王」，佛陀。）願力：慈悲誓願之力，亦作「宏願力」。唐皮日休《初夏遊楞伽精舍》：「願力儻不遺，請作華林鶴。」宋釋延壽《山居詩》九：「拯濟終憑宏願力，安閒須得守愚方。」按，二句謂真歇禪師憫傷天下信衆之苦難，發弘願誓以救其迷惑顛倒也。

〔二〇〕「維師」二句：維：就是。法：佛法。梁棟：即棟梁。喻傑出之士。晉郭璞《遊仙詩十九首》二：「雲生梁棟間，風出窗户裏。」杜甫《古柏行》：「大厦如傾要梁棟，萬牛回首丘山重。」貴：崇尚；以……爲寶貴。《尚書·旅獒》：「不貴異物賤用物，民乃足。」司馬光《辭免館伴劄子》：「伏望聖慈矜察，於兩制中别選差才敏之人，館伴北使，貴無闕誤。」相濟：相互拯救。

〔一一〕「露風」二句：露風：風之含霧帶濕者。宋李復《庭下牡丹》：「晨起露風清，肅肅争自持。」海雲：雲之高遠者。唐楊浚《廣武懷古》：「海雲飛不斷，岸草緑相接。」瘴嶺：泛指嶺南之境。其地多瘴癘之氣，故名。唐李紳《趨翰苑遭誣搆四十六韵》：「滿帆摧駭浪，征棹折危途……地嫌稀魍魎，海恨止番禺。」唐鄭洪業《詔放雲南子弟還國》：「瘴嶺蠶叢盛，巴江越嶲垠。」巖桂：木犀别名。駱賓王《秋日山行簡梁大官》：「香吹分巖桂，鮮雲抱石蓮。」清俞正燮《癸巳存稿·桂》：「宋張邦基《墨莊漫録》云：木犀花黄深而大，一種花白淺而小，湖南呼九里香，江東呼巖桂，浙人曰木犀。」「木犀」，蓋雙關禪師啓悟黄庭堅《論語》「吾無隱乎爾」義故事。《五燈會元》卷一七《太史黄庭堅居士》云：「太史山谷居士黄庭堅……往依晦堂，乞指徑捷處。堂曰：『只如仲尼道，「二三子以我爲隱乎？吾無隱乎爾」者，太史居常，如何理論？』公擬對。堂曰：『不是！不是！』公迷悶不已。一日侍堂山行次，時巖桂盛放，堂曰：『聞木犀香麽？』公曰：『聞。』堂曰：『吾無隱乎爾。』公釋然，即拜之。」按，二句謂真歇禪師弘法南國，有潛移默化之利益也。

〔一二〕「欲挽」二句：衣裓（yī gē）：指僧徒隨帶之長方形布袋可以盛物及拭手者。《法華經·譬喻品》：「我身手有力，當以衣裓，若以几案，從舍出之。」《寒山詩》一五六：「住不安釜竈，行不齎衣裓。」又指僧衣。柳宗元《送文暢上人登五台遂遊河朔序》：「然後蔑衣裓之贈，委財施之會不顧矣。」此借指真歇禪師之行裝。按，二句謂本欲挽留禪師而不得，禪師終當遠行，而且志意已在萬里之外，蓋無奈之意也。

〔一三〕「我老」二句：後期：重逢之日。王安石《示長安君》：「欲問後期何日是，寄書應見雁南征。」卜後期：預想將來與禪師重聚機會。炯不寐：即耿耿不寐，喻感激不能成眠。宋周行己《次韻林千之秋夜見懷》：「清夜炯不寐，虛窗入圓璧。」按，二句謂惜别留連不已也。

送言上人往見徑山老十四韻〔一〕

忽辭鼓山行，便作徑山去〔二〕。道人孤飛雲，腰包咄嗟具〔三〕。兩邊兄弟問，楊岐一條路〔四〕。禪許衆人參，院要大家住〔五〕。無是亦無非，何喜復何怒〔六〕。同粥鼓齋鐘，等燈籠露柱〔七〕。佛眼接竹庵，雲門透圓悟〔八〕。爾則有師承，心共成佛祖〔九〕。可笑世上兒，妄念分毀譽〔一〇〕。石火電光中，畢竟什麽處〔一一〕。所得能幾多，造業不知數〔一二〕。生死到頭來，請問末後句〔一三〕。窮漢未必窮，富漢豈真富〔一四〕。入門相見時，此話莫錯舉〔一五〕。

【箋注】

〔一〕言上人：未詳，待考。徑山老：疑即真歇禪師。禪師曾主徑山寺。按，元幹生平，頗與宗門親近，此篇純以禪家智慧乃至語言組織聯絡，風格别致，與平常風雅大異其趣，要須讀者之留意體會也。此篇作於紹興七、八年之間。

〔二〕「忽辭」二句：鼓山：在福州東郊、閩江北岸。巖壑幽奇，山徑盤曲。《鼓山志》卷一：「山巔有巨石如鼓，或云每風雨大作，其中簸蕩有聲，故名。」山有涌泉寺。徑山：在餘杭徑山鎮。唐天寶間，創徑山寺。至南宋時，香火鼎盛，規模宏大，號爲江南五大禪院之首。

〔三〕「道人」二句：道人：佛教僧人。《世説新語·言語》：「支道林常養數匹馬，或言道人畜馬不韵，支曰：『貧道重其神駿。』」宋葉夢得《避暑録話》卷下：「晉宋間佛學初行，其徒猶未有『僧』稱，通曰『道人』，其姓則皆從所授學。」孤飛雲：元幹蓋暗用釋德洪《巴川衲子求詩》：「水西南臺底氣象，緑疏青瑣湘江上。門人俯檻看諸方，笑聲散落千巖響。巴音衲子夜椎門，要識汾陽五世孫。問渠何所見而去，峰高難宿孤飛雲。」人地不同而意思差近。此以喻言上人。腰包：行囊。蓋即上《送真歇禪師》篇之「衣裓」。宋饒節《送印大師參靈峰卿老》：「四海無家一道人，雲山未肯便安身。冷泉亭畔腰包去，芝草峰邊更問津。」宋林希逸《贈僧宗仁回江西》：「腰包留一鉢，頂相稱三衣。」皆其例。咄嗟具：頃刻之間準備妥當。咄嗟：本嘆息聲，猶呼吸之間，喻迅速。晉左思《詠史》八：「俯仰生榮華，咄嗟復彫枯。」具：備辦、具辦。宋人頗喜用此語，例如黄庭堅《次韵坦夫見惠長句》：「明朝折柳作馬箠，想見杯盤咄嗟具。」語蓋本《世説新語·汰侈》：「石崇爲客作豆粥，咄嗟便辦。」「辦」即「具」也。按，二句謂言上人之輕裝簡從，蓋譬其所懷樸素歡喜之心也。

〔四〕「兩邊」二句：兩邊：言上人所在之鼓山、所往參之徑山也。庾信《奉和闡弘二教應詔詩》：「魚山將鶴嶺，清梵兩邊來。」楊岐：楊岐方會，宋禪宗高僧，有《楊岐方會和尚語録》傳世。事迹見《續傳燈録》《禪林寶訓合注》等。此指禪宗之楊岐一派。一條路：禪宗話頭，謂佛法根本大義也。《五燈會元》卷十八《萬年賁禪師法嗣》温州龍鳴在庵賢禪師：「老胡開一條路，甚生徑直，祇云『歇即菩提性浄，明心不從人得』？後人不得其門，一向奔馳南北，往復東西，極歲窮年，無箇歇處。」老胡，指禪宗六祖菩提達摩。當時文人，多好用此語。唐崔致遠《贈金川寺主》：「白雲溪畔創仁寺，三十年來此住持。笑指門前一條路，才離山下有千歧。」宋洪朋《示海會道人》：「十方薄伽一條路，打破乾坤無處所。若人問我祖師禪，東邊日出西邊雨。」皆得其意旨。按，二句意謂鼓山、徑山，同傳楊岐宗風，其心法一致，有如兄弟也。

〔五〕「禪許」二句：院：僧院。大家：衆人，大夥。唐宋以來口語新詞。禪宗語録及文人白話詩歌喜用之。唐杜荀鶴《重陽日有作》：「大家拍手高聲唱，日未西沉且莫迴。」宋釋義青《第八十八答麻三斤頌》：「三年一閏大家知，也有顢頇不記時。」黄庭堅《聽崇德君鼓琴》：「月明江静寂寥中，大家斂袂撫孤桐。」大家住：猶言「共住」。共住，佛教術語，謂若干比丘或比丘尼結爲僧伽共同修行也。宋釋祖先《偈頌四十二首》六：「大家共住喫莖虀，熟煮爛炊。」略能擬其仿佛。按，二句喻禪宗崇平等，貴能同參法要也。

〔六〕「無是」二句：是非：泛指佛教差别觀。唐棲蟾《牧童》：「何人得似爾，無是亦無非。」宋汪藻《漫興二首》二：「燕子年年入户飛，向人無是亦無非。」何喜復何怒：没有歡喜瞋怒。按，二句謂佛教崇尚平等，自然泯滅是非喜怒諸差別也。

〔七〕「同粥」二句：句法作「同—粥鼓、齋鐘，等—燈籠、露柱」式樣，即採一、四（二、二）節奏。粥鼓：僧寺集衆食粥，擊鼓爲號。蘇軾《大風留金山兩日》：「灊山道人獨何事，半夜不眠聽粥鼓。」宋王庭珪《和耿伯順贈李居士》：「但見闍梨夜不眠，衲被蒙頭聽粥鼓。」齋鐘：僧院開齋，擊鐘以爲號。唐佚名《馬僕射謡》：「齋鐘動也，和尚不上。」宋米芾《寄題開福院白蓮堂》二：「舊多社客談因果，新向禪林問祖風。歸去萬緣無不了，這回洗鉢聽齋鐘。」同粥鼓齋鐘，猶言「同粥飯」。禪宗語，猶謂共住也。《慈受深和尚廣録・送廣法初長老下鄉》：「異日歸來同粥飯，折鐺不用倩人提。」陸游《買魚二首》一：「卧沙細肋何由得，出水纖鱗却易求。一夏與僧同粥飯，朝來破戒醉新秋。」燈籠露柱：皆禪宗話頭也。二物本皆眼中瑣屑，禪師以之應對有關佛法要義之問，蓋欲以「偏離」去「針對」、以「離散」反「集中」，所以破除理障、接引有緣之方便法門也。燈籠：《五燈會元》卷八《羅漢桂琛禪師》：「（僧）問：『……有言若見諸相非相，即見如來。如何是非相？』師曰：『燈籠子。』」露柱，《古尊宿語録・雲門匡真禪師廣録中・空中語要》：「見露柱但唤作露柱，見拄杖但唤作拄杖，有什麽過？」禪僧每好採入偈頌，如宋釋文璉《偈四首》一：「諸方浩浩談玄，每日撞鐘打鼓。西禪無法可説，勘破燈籠露柱。」釋紹隆《偈二十七首》二五：「燈籠露柱大笑，拾得寒山撫掌。」當時文人好談禪者多喜用之，如陸游《拄杖歌》：「歸來燈前夜欲半，露柱説法君應聞。」元幹機杼正同。露柱：表柱構建部件。《敦煌變文集・醜女緣起》「兩脚出來如露柱」，今人蔣禮鴻《敦煌變文字義通釋》：「露柱，旌表門第的柱端龍形的部分。」按，二句謂僧衆同食宿修行、同求破除諸迷妄障礙也。

〔八〕「佛眼」二句：佛眼接竹庵：佛眼禪師接引竹庵禪師也。《五燈會元》卷二十《臨濟宗六・南岳下十五世下・龍門遠禪師法嗣》：「温州龍翔竹庵士圭禪師……初依大慈宗雅，心醉楞嚴。逾五秋，南遊謁諸尊宿。始登龍門，即以平時所得白佛眼。眼曰：『汝解心已極，但欠著力開眼耳。』遂俾職堂司。一日侍立次，問云：『絶對待時如何？』眼曰：『如汝僧堂中白椎相似。』師罔措。眼至晚抵堂司，師理前話。眼曰：『閑言語。』師於言下大悟。」佛眼：即釋清遠（一〇六七—一一二〇），號佛眼，爲南嶽下十四世五祖法演禪師法嗣。臨邛人，俗姓李。年十四出家。南遊江淮間，遍歷禪席，師事五祖演禪師七年。徽宗政和八年（一一一八），奉敕住和州褒禪山寺。逾年以疾辭歸，隱蔣山之東堂。宣和二年卒。《五燈會元》卷一九有傳。佛眼，佛家謂覺悟之眼。佛爲覺者，謂能洞察一切，具有超凡眼力。《無量壽經》卷下：「佛眼具足，覺了法性。」蘇轍《書金剛經後》二：「經言如來有五眼……以慧眼轉物，以法眼遍物，佛眼也。」是其義。竹庵：即釋士珪（一〇八三—一一四六），號竹菴，爲南嶽下十五世龍門佛眼清遠禪師法嗣。俗姓史，成都人。十三歲求爲僧。初依成都大慈寺宗雅，後南遊謁諸尊宿，師龍門佛眼清遠。徽宗政和末，出世和州天寧寺。高宗十五年，住温州龍翔寺。次年卒。雲門透圓悟：雲門禪師之宗風啓悟圓悟禪師也。雲門（？—九四九），即雲門文偃，唐末五代禪宗高僧，雲門宗始祖。姑蘇嘉興（今屬浙江）人，俗姓張。初參黄檗希運法嗣睦州道踪，後謁雪峰義存。遍訪禪宗名山，晚年駐錫韶州雲門山光泰禪院，創雲門宗，因稱雲門文偃。其説法主張一字一語含藏無限旨趣，其禪風號「雲門三句」：涵蓋乾坤、截斷衆流、隨波逐浪。《祖堂集》卷一一、《五燈會元》卷一五有傳。圓悟：即釋克勤（一〇六三—一一三五），字無著，號佛果，臨濟宗高僧，爲南嶽下十四世，五祖法演禪師法嗣。彭州崇寧（今四川郫都西北）人，俗姓駱。徽宗政和中詔住金陵蔣山，敕補天寧、萬壽寺主持。高宗建炎初，又遷金山寺，賜號圓悟禪師。紹興五年卒。賜號靈照，謚真覺禪師。《五燈會元》卷一九有傳。參《建炎以來繫年要録》卷一百。透：參透、透徹，使之參透、透徹義。按，二句謂兩處宗風原本一致，有足互相激勵啓迪者也。

〔九〕「爾則」二句：成佛祖：謂成佛成祖。禪門好以「佛、祖」連文。元幹以此祝頌言上人道業精進也。唐末釋延壽《定慧相資歌》：「增長根力養聖胎，念念出生成佛祖。」

〔一〇〕「可笑」二句：世上兒：世間癡妄小兒，貶詞。杜甫《莫相疑行》：「晚將末契托年少，當面輸心背面笑。寄謝悠悠世上兒，莫争好惡莫相疑。」宋文同《寄彰明任光禄遵聖》：「悠悠世上兒，不識此有神。但將俗士眼，下視窮水濱。」此語意義最爲明了。按，二句謂周遭癡妄之輩，或生毀彼譽此之妄念也。

〔一一〕「石火」二句：石火電光：佛教語。喻時間之短促、生命之無常。《敦煌歌辭總編》卷四唐《敦煌曲子・爲大患》一：「人生一世，瞥爾之間。如石火電光，非能久住。」唐呂巖《贈劉方處士》：「浮世短景倏成空，石火電光看即逝。」畢竟什麼處：禪宗話頭。謂已悟得真諦，無有缺漏也。《圓悟佛果禪師語録》卷十八「拈古下」：「舉：靈雲（志勤）頌云：『三十年來尋劍客，幾回葉落又抽枝。自從一見桃華後，直至如今更不疑。』玄沙（師備）云：『諦當甚諦當，敢保老兄未徹在。』師拈云：『唱彌高，和彌寡，雪曲陽春；殺人刀、活人劍，利物之要。有般底尚拘聞見隨語作解，便説相謾誰不知。日下孤燈，已失先照。畢竟什麼處，是未徹處？壺中日月長。』」按，二句謂癡妄之輩妄解無常真諦，不知言上人已參悟透徹也。

〔一二〕「所得」二句：幾多：多少。李商隱《代贈》二：「總把春山掃眉黛，不知供得幾多愁！」按，二句謂爲求世俗利益，作惡必不可免，得不償失也。

〔一三〕「生死」二句：到頭來：最終，終結；究竟，畢竟。唐宋口語。在佛教僧徒，義與「究竟」爲近。唐《王梵志詩》十一：「正報到頭來，徒費將錢卜。」《敦煌歌辭總編》卷四唐《敦煌曲子·拋暗號》五：「看看此事到頭來，猶不悟無常拋暗號。」末後句：禪宗話頭，有關佛法根本大義之言説。《景德傳燈録》卷十六《安禪師章》：「樂普元安禪師之語曰：『末後一句，始到牢關。鎖斷要津，不通凡聖。』」……到大悟徹底之極處，吐至極之語，謂之末後之句。」此即其意。按，二句謂言上人所求，乃佛法根本大義——此元幹之丁寧鄭重也。

〔一四〕「窮漢」二句：窮漢、富漢：窮人、富人。唐宋口語。禪宗及文人，喜用以爲譬喻。李商隱《雜纂》：「窮漢説大話。」王安石《寄李道人》：「李生富漢亦貧兒，人不知渠只我知。」釋懷深《擬寒山詩》十一：「富漢喜食肉，貧家多喫菜。」按，二句謂智愚賢不肖善惡得失多少之間，未必一成不變或無可轉變——此亦元幹勉勵語也。

〔一五〕「入門」二句：話：謂禪宗重要話頭。此話：略同指事件之前因後果義。舉：禪宗語録謂禪師説教之際，每提唱故事或揭示話頭用爲啓悟資糧、接引法門也。可參上「畢竟什麼處」條所引，即可概見也。莫錯舉：不要拈錯話頭或舉錯案例。禪師好用此語，例如宋釋宗杲《頌古一百二十一首》三十六：「有佛處不得住，生鐵稱鎚被蟲蛀。無佛處急走過，撞著嵩山破竈墮。三十里外莫錯舉，兩箇石人相耳語。恁麼則不去也，此語已行遍天下。摘楊華，摘楊華，唵嚩呢噠哩吽㗶吒。」此大慧宗杲所以驚醒修學人破執破妄者。所謂「莫錯舉」，其意在此。按，二句重復囑咐，希望言上人慎毋自滿自得、莫自視「富漢」而錯誤理會禪門秘奧——仍係善意告誡也。

建炎感事〔一〕

乾坤忽震蕩，土宇遂分裂〔二〕。殺氣西北來，遺毒成僭竊〔三〕。議和其禍胎，割地亦覆轍〔四〕。儻從种將軍，用武寨再劫〔五〕。不放匹馬回，安得兩宫説〔六〕。巍巍開國初，真宰創鴻業〔七〕。一統包八荒，受降臨觀闕〔八〕。并州稍稽命，駢頭亟膏鈇鉞〔九〕。于今何勢殊，天王狩明越〔一〇〕。諸鎮本藩翰，楚破闔城血〔一一〕。翠輿欲東巡①，蹈海計愈切〔一二〕。詔下散百司，恩許保妻妾〔一三〕。瞻彼廉陛尊，孰與壯班列〔一四〕。肉食知謀身，未省肯死節〔一五〕。檢校輿地圖，寧復見施設〔一六〕。三吳素輕浮，傷弓更心折〔一七〕。四顧皆驚波，蒼黃共嗚咽〔一八〕。維茲艱危秋，貧士轉疏拙〔一九〕。明年穀增貴，賢愚罔分別〔二〇〕。何處置我家，患在建午月〔二一〕。故山盍早歸，豈憂踐霜雪〔二二〕。作意海邊來，初非事干謁〔二三〕。責我賣屋金，流言尚爲孽〔二四〕。汪公德甚大，遊説情激烈〔二五〕。力救歸裝貧，一洗肝肺熱〔二六〕。如公趨急難，正似古豪俠〔二七〕。行藏道甚明，親養志先決〔二八〕。去矣茅三間，無問衣百結〔二九〕。他時期卜鄰，此日尤惜別〔三〇〕。請以兄事公，尺書未宜綴〔三一〕。

【校】

① 欲：文津閣本、文瀾閣本作「復」。

【箋注】

〔一〕建炎四年作。其年事實，此不復贅，可參《年譜》頁二一〇。

〔二〕「乾坤」二句：乾坤震蕩：天下喪亂。語本杜甫《寄賀蘭銛》：「朝野歡娛後，乾坤震蕩中。」土宇：疆土。見前《紫巖九章章八句上壽張丞相》注二六。土宇分裂，《宋史・天文志一》：「南渡土宇分裂，太史所上，必謹星野之書。」用語正同，最可比看。

〔三〕「殺氣」二句：西北：蘇軾《江城子・密州出獵》：「會挽雕弓如滿月，西北望，射天狼。」此略指女真所在。遺毒：遺害，流毒，有害行爲或思想文化等遺留惡劣影響於後來。《漢書·董仲舒傳》：「其（指秦）遺毒餘烈，至今未滅，使習俗薄惡，人民嚚頑。」杜甫《喜聞官軍已臨賊境二十韻》：「天步艱方盡，時和運更遭。誰云遺毒螫，已是沃腥臊。」「遺毒螫」亦即遺毒也。僭竊：越分竊取。金人强立張邦昌爲皇帝，國號大楚。宋陳亮《上光宗皇帝鑒成箴》：「五閏失馭，僞主僭竊，綱常絲棼，宇縣瓜裂。」元幹亦即指此。按，二句謂外患致生内憂，交困可哀也。

〔四〕「議和」二句：禍胎：灾禍之根源。禍根。語出漢枚乘《上書諫吴王》：「福生有基，禍生有胎，納其基，絶其胎，禍何自來？」唐上官儀《五言奉和詠棋應詔》一：「固節修常道，侵邊慎禍胎。」李綱《題伯時明皇蜀道圖》：「君不見開元天寶同一主，治亂相翻如手舉。……姚宋已死九齡黜，誰使楊釗繼林甫。宮中太真專寵私，塞外番酋成跋扈。禍胎養就不自知，漫向華清遺匕筯。漁陽突騎破潼關，百二山河震金鼓。翠華杳杳幸西南，赤縣紛紛集夷虜。傷心坡下失紅顔，墮淚鈴中聞夜雨。山青江碧蜀道難，棧閣連空儇相拄。」李詩雖爲眼前圖畫發，而追昔所以撫今，其用心昭然，適堪與元幹此篇比看。覆轍：翻車之軌迹。喻導致失敗之教訓也。語出《後漢書·范昇傳》：「今動與時戾，事與道反，馳騖覆車之轍，探湯敗事之後，後出益可怪，晚發愈可懼耳。」唐韓偓《有矚》：「誰將覆轍詢長策，願把棼絲屬老成。」葉適《葉嶺書房記》：「當是時，子重專治軍事，晝夜不得休息，而余聽訟斷獄，從容如平常。不然，則建康之人，未見敵先遁，墮建紹覆轍矣。」

〔五〕「儻從」二句：种將軍：名將种師道（一〇五一—一一二六）。師道字彝叔，洛陽人。宣和中力諫聯金抗遼，被譴致仕。金兵南下，起爲京畿、河北制置使，馳援汴京。因其年事高，時稱「老种」。和議成，建議待敵糧盡北還渡河，及其半濟擊而殲之，不納。金兵罷退，貶爲中太一宮使。金人再南下，復起爲河南、河北宣撫使，既至，而病不能見，十月卒。帝追悔不用其言。事詳見《宋史》卷三三五本傳。劫寨：靖康元年（一〇二六），李綱城守汴京，擊退金完顔宗望部；及其北退，綱與种氏及其他主戰將領擬躡金兵之後，欲以奇兵盡擊潰之；和議者李邦彦等恇怯相撓，欽宗亦不堅其議，其計未果，遂啓徽欽二帝被擄之禍端。事見《宋史》欽宗本紀及李綱、种師道本傳等。

〔六〕「不放」二句：不放匹馬回：謂全殲敵寇也。宋釋居簡《讀〈泣蘄録〉》：「蘄當淮楚衝，虜騎如雲隤。書生膽如斗，激烈生風雷。備禦盡吾力，力殫心不灰。誓與城存亡，不遣匹馬回。」語意兩與元幹同。兩宮説：此蓋諱言徽欽二帝被虜入金之事。靖康元年閏十一月丙辰日（一一二七年一月九日）開封城破之時，欽宗悔曰：「朕不用种師道言，以至於此！」是其事。兩宮，徽宗、欽宗。見《蘆川詞箋注》之《石州慢》（雨急雲飛）注五。按，上四句責朝廷失策以致敗困，不然，必無徽欽成囚之奇禍也。

〔七〕「巍巍」二句：巍巍：崇高，偉大。《論語·泰伯》：「巍巍乎！舜禹之有天下也而不與焉。」何晏集解：「巍巍，高大之稱。」董仲舒《春秋繁露·奉本》：「孔子曰：『唯天爲大，唯堯則之。』則之者大也，巍巍乎其有成功也。」然則，「巍巍」實隱指開國。開國：建國。晉左思《魏都賦》：「而是有魏開國之日，締構之初，萬邑譬焉，亦獨犨麋之與子都，培塿之與方壺也。」李白《蜀道難》：「鼇叢及魚鳧，開國何茫然。」真宰：宇宙之主宰。《莊子·齊物論》：「若有真宰，而特不得其朕。」杜甫《遣興》一：「性命苟不存，英雄徒自强，吞聲勿復道，真宰意茫茫。」此指君主。《魏書·段承根傳》：「徇競争馳，天機莫踐，不有真宰，榛棘誰揃？」鴻業：偉業。謂開國之事業也。韋應物《驪山行》：「纘承鴻業聖明君，威震六合驅妖氛。」宋王珪《郊祀慶成詩》二：「在昔開鴻業，斯民入化甄。」

〔八〕「一統」二句：包八荒：語本漢賈誼《過秦論》：「有席捲天下包舉宇内，囊括四海之意，并吞八荒之心。」《漢書·項籍傳贊》「并吞八荒之心」，顔師古注：「八荒，八方荒忽極遠之地也。」韓愈《調張籍》：「我願生兩翅，捕逐出八荒。」受降：接受敵人投降。杜甫《與嚴二郎奉禮别》：「山東群盜散，闕下受降頻。」觀闕：帝王宫門前相對而立之樓臺。《漢書·王尊傳》：「夫人臣而傷害陰陽，死誅之罪也；靖言庸違，放殛之刑也。審如御史章，尊乃當伏觀闕之誅，放於無人之域，不得苟免。」韓愈《送區弘南歸》：「王都觀闕雙巍巍，騰蹋衆駿事鞍鞿。」代稱宫殿。唐李竦《長至日上公獻壽》：「日行臨觀闕，帝錫洽珪璋。」按，二句略追宋開國初之豪邁氣概也。

〔九〕「并州」二句：并州：蓋指平定北漢事。《宋史·太宗紀》謂，太平興國四年，帝幸太原，詔諭北漢主劉健元使降，不受。帝督諸路軍馬攻城。五月，健元遣使納款降宋。《續資治通鑑長編》卷二十云，太平興國四年五月甲申，「北漢平，凡得州十，軍一，縣四十一」，及是月戊子，「毁太原舊城，改爲平晉縣。以榆次縣爲并州」。即此事。稽命：不即聽命藉以苟延殘喘也。《南齊書·氏傳》：「梁州刺史范柏年懷挾詭態，首鼠兩端，既已被伐，盤桓稽命。」騈頭：即騈首，頭與頭相次排列，喻事之連續而密集也。《易·剥》「六五，貫魚以宫人，寵，無不利」，王弼注：「貫魚，謂此衆陰也，騈頭相次似貫魚也。」韓愈《叉魚招張功曹》：「交頭疑湊餌，騈首類同條。」膏鉞：即膏斧鉞，使斧鉞得滋潤，謂受刑戮也。《南齊書·徐孝嗣傳》：「（少主）乃下詔曰：『周德方熙，三監迷叛，漢曆載昌，宰臣構戾，皆身膏斧鉞，族同烟燼。殷鑒上代，垂戒後昆……』」《史通·直書》：「至若齊史之書崔弑，馬遷之述漢非，韋昭仗正於吴朝，崔浩犯諱於魏國，或身膏斧鉞，取笑當時；或書填坑窖，無聞後代。」宋張鎡《書鎖樹諫圖》：「沙丘未破身先爇，義士敢忘膏斧鉞。」其言一也。按，二句誇言開國之際消滅敵寇之雷厲風行也。

〔一〇〕天王狩明越：此指高宗南奔越州、明州事。詳《宋史·高宗紀》。《春秋》僖公二十八年「天王狩于河陽」，杜預注：「晉地，今河内有河陽縣。晉實召王，爲其辭逆而意順，故經以王狩爲辭。」乃諱言周天子之不尊也。元幹徑用其句式。天王，天子。明越，明州、越州也，南宋兩浙東路慶元府（今寧波）、紹興府。《宋會要輯稿·食貨六一》李光《再乞廢罷明越湖田奏》：「竊謂二越每歲秋租，大數不下百五十萬斛，蘇、湖、明、越其數太半……檢舉祖宗之成法，應明、越湖田盡行廢罷……」即此二州也。

〔一一〕「諸鎮」二句：鎮：謂當時領兵之將帥。藩翰：語本《詩·大雅·板》：「价人維藩，大師維垣，大邦維屏，大宗維翰。」毛傳：「藩，屏也；翰，幹也。」喻捍衛王室重臣也。《三國志·蜀書·先主傳》：「宗子藩翰，心存國家，念在弭亂。」宋蘇舜欽《祭滕子京文》：「改麾於吴，忽此凶變。

人亡師保，國失藩翰。」楚破闔城血：指武衛軍都虞侯趙立守楚犧牲事。《建炎以來繫年要録》卷三〇「建炎三年十二月己亥」條：「先是，（趙）立以右武大夫忠州刺史知徐州。朝廷聞金人入犯，詔諸路兵援行在。立以徐州城孤，且乏糧不可守，乃率親兵禁兵民兵約三萬人南歸。會知楚州劉誨已赴召，宣撫使杜充以楚州闕守，命立率所部赴之。立至臨淮，被充之命，兼程至龜山。時金左監軍昌圍楚州急，立斬刈道路，乃能行。至淮陰，與敵遇。其下以山陽不可往，勸立歸彭城。立奮怒，嚼其齒曰：『正欲與金人相殺，何謂不可！』乃令諸軍曰：『回顧者斬！』於是率衆先登。自旦至暮，且戰且行，出没敵中，凡七破敵，無有當其鋒者，遂得以數千人入城……四年正月，權知楚州。」立城守抗敵，至四年九月初楚州陷落。按，「狩明越」及下「蹈海」，皆建炎三年事，中間插入建炎四年楚破事，蓋以後來名稱概括先有事實之法；或作者以二事時間逼近，遂致記憶有誤。參曹濟平《張元幹詞研究》、王兆鵬《兩宋詞人叢考》。

〔一二〕「翠輿」二句：翠輿：帝王車駕。宋參寥子《次韵試可同游法王嶽寺》：「兩山滃徑盡榛蕪，謾詫當年幸翠輿。」蹈海：走趨海濱也。《宋史·高宗紀》載，建炎二年，高宗在臨安，問大臣策。宰相呂頤浩曰：「今若車駕乘海舟以避敵，既登海舟之後，故騎必不能襲我；江浙地熱，敵亦不能久留，俟其退去，復還二浙。」遂決策移四明（即明州）。十二月八日，定議航海避敵。十五日（己丑），高宗「御樓船如定海縣」。即此事。當時形勢危殆，故記載亦不甚備悉。故宋王明清《揮麈録·三録》卷一有謂：「明清前年……夏日訪尤丈延之。語明清云：『中興以來，省中文字亦可引證。但建炎己酉之冬，高宗東狩四明，登泊涉險，至次年庚戌三月，回次越州，數月之間，翠華駐幸之所，排日不可稽考，奈何？』」尤丈延之，即名家尤袤。蹈海，語出《史記・魯仲連鄒陽列傳》：「彼秦者，棄禮義而上首功之國也，權使其士，虜使其民。彼即肆然而爲帝，過而爲政於天下，則連有蹈東海而死耳，吾不忍爲之民也。」本爲寧死不失節義，此轉指蒙耻避難而言。《後漢書・逸民傳序》：「故蒙耻之賓，屢黜不去其國；蹈海之節，千乘莫移其情。」按，所謂「愈切」，可見彼時高宗君臣之恇怯惶急，實令忠勇之士失望，故元幹有激而爲此言。

〔一三〕恩許保妻妾：喻各自苟安也。語本《漢書・司馬遷傳》遷「報任安書」：「今（李陵）舉事壹不當，而全軀保妻子之臣隨而媒孽其短，僕誠私心痛之。」按，「恩許」云云，亦元幹忿激之辭。

〔一四〕「瞻彼」二句：廉陛：朝堂臺階；或喻向上之憑藉或途徑。黄庭堅《次韵答邢敦夫》：「將升聖人堂，道固有廉陛。」班列：朝班行列。晉潘岳《夏侯常侍誄》序：「天子以爲散騎常侍，從班列也。」王勃《常州刺史平原郡開國公行狀》：「（公）加上柱國，隨班列也。」按，此二句蓋謂朝中衮衮諸公實欠謀國之忠也。

〔一五〕「肉食」二句：肉食：《左傳・莊公十年》「肉食者鄙，未能遠謀」，杜預注：「肉食，在位者。」陳子昂《感遇》二九：「肉食謀何失，藜藿緬縱横。」未省：未曾。《敦煌變文集・維摩詰經講經文》：「剜眼截頭之苦行，未省施爲；捨身捨命之殊因，何曾暫作？」今人蔣禮鴻云：「（未省，）未曾，没有。」白居易《尋春題諸家園林》：「平生身得所，未省似而今。」蘇軾《再遊徑山》：「平生未省出艱險，兩足慣曾行犖确。」

〔一六〕「檢校」二句：檢校：審核查看。《抱朴子・祛惑》：「倉卒聞之，不能清澄檢校之者，鮮覺其僞。」辛棄疾《沁園春・靈山齊庵賦時筑偃湖未成》：「老合投閑，天教多事，檢校長身十萬松。」施設：安排，經營也。《漢書・尹翁歸傳》：「會田延年爲河東太守，行縣至平陽，悉召故吏五六十人。延年親臨見，令有文者東，有武者西。閱數十人，次到翁歸，獨伏不肯起，對曰：『翁歸文武兼備，唯所施設。』」《唐語林・政事下》：「朕以比來郡守因循，故令至京師，親問其施設優劣，將行黜陟。」按，二句斥朝臣之庸劣無能也。

〔一七〕「三吴」二句：輕浮：《顔氏家訓・歸心》：「日月星辰，若皆是氣，氣體輕浮，當與天合。」《新唐書・宦者傳上・魚朝恩》：「朝恩好引輕浮後生處門下，講五經大義，作文章，謂才兼文武，徼伺誤寵。」傷弓：「傷弓之鳥」之省。鳥之受箭傷者，聞弓弦之聲而驚懼。喻經過禍患而心有餘悸。《戰國策・楚策四》：「雁從東方來，更羸以虚發而下之。魏王曰：『然則射可至此乎？』更羸曰：『此孽也。』王曰：『先生何以知之？』對曰：『其飛徐而鳴悲。飛徐者，故瘡痛也；鳴悲者，久失群也，故瘡未息而驚心未去也。』」《晉書・苻生載記》：「傷弓之鳥，落於虚發。」宋蔡條《鐵圍山叢談》卷一：「當是時，執政者皆嘆息魯公傷弓，故慮患之深也。」心折：中心摧折。傷感至極貌。漢蔡琰《胡笳十八拍》：「兩拍張弦兮弦欲絶，志摧心折兮自悲嗟。」南朝梁江淹《别賦》：「有别必怨，有怨必盈，使人意奪神骸，心折骨驚。」杜甫《秦州雜詩》一：「西征問烽火，心折此淹留。」按，二句謂吴地人士之輕浮膽怯，不足依恃以成事也。

〔一八〕「四顧」二句：驚波：猶言驚濤駭浪。李白《横江詞六首》六：「月暈天風霧不開，海鯨東蹙百川迴。驚波一起三山動，公無渡河歸去來。」蒼黄：謂變幻也。南朝齊孔稚圭《北山移文》：

「豈有終始參差，蒼黄翻覆。」嗚咽：聲音低沉凄切貌。漢蔡琰《胡笳十八拍》六：「夜聞隴水兮聲嗚咽，朝見長城兮路杳漫。」温庭筠《更漏子》：「背江樓，臨海月，城上角聲嗚咽。」按，二句擬高宗君臣走海之狼狽慘酷也。

〔一九〕「維兹」二句：艱危秋：危難時候也。三國蜀漢諸葛亮《出師表》：「此誠危急存亡之秋也。」或言「艱危日」，義同。唐司空圖《狂題十八首》一：「莫恨艱危日日多，時情其奈倖門何。」宋張孝祥《寄張真父舍人》一：「嗚呼國步艱危日，補衮懸知欠仲山。」疏拙：懶散笨拙。唐羅隱《寄許融》：「多病仍疏拙，唯君與我同。」宋蘇舜欽《維舟野步呈子履》：「古人負才業，未必爲世用；吾儕性疏拙，擯棄安足痛。」此蓋用杜甫《自京赴奉先縣詠懷五百字》：「杜陵有布衣，老大意轉拙。」按，此二句自傷無計報國也。以上概述國是，此下轉入現實及己身。

〔二〇〕「明年」二句：穀增貴：《漢書·食貨志上》：「糴甚貴，傷民；甚賤，傷農。民傷則離散，農傷則國貧。」杜甫《哭台州鄭司户蘇少監》：「移官蓬閣後，穀貴没潛夫。」賢愚罔分別：無分貴賤賢愚。杜甫《寄薛三郎中（據）》：「人生無賢愚，飄飄若埃塵。」黄庭堅《哭曼卿》：「而令壯士死，痛惜無賢愚。」按，二句重謂國難日甚，民生凋敝也。

〔二一〕「何處」二句：建午月：建，月建也。古以北斗斗柄所指定季節，將十二地支與十二月相配以紀月，起夏曆冬至所在十一月配子，稱建子之月，依次類推，周而復始。建午月，五月。其事未詳。

〔二二〕「故山」二句：故山：舊山。喻家鄉。漢應瑒《别詩》一：「朝雲浮四海，日暮歸故山。」王維《同崔興宗送衡嶽瑗公南歸》：「獨向池陽去，白雲留故山。」盍早歸：何不早歸。反語痛切也。語本《孟子・盡心下》：「萬章問曰：『孔子在陳，曰：「盍歸乎來！吾黨之小子狂簡，進取，不忘其初。」孔子在陳，何思魯之狂士？』」踐霜雪：猶言「履霜」、「履霜堅冰」。《易・坤》：「初六，履霜堅冰至。象曰：履霜堅冰，陰始凝也；馴致其道，至堅冰也。」喻事態逐漸發展，將有嚴重後果。宋王明清《揮麈後録》卷三：「伏維陛下留神聽覽，念藝祖創業之難，思履霜堅冰之戒，今日冰已堅矣，非獨履霜之漸。」是其義。

〔二三〕「作意」二句：作意：特意。張籍《招周處士》：「閉門秋雨濕墻莎，俗客來稀野思多。已掃書堂安藥竈，山人作意早經過。」初非：原非，本來不是。黄庭堅《謝送宣城筆》：「愧我初非草玄手，不將閒寫吏文書。」宋饒節《贈卿書記》：「我室如逆旅，塵坌被几席。自是懶掃除，初非護鼠迹。」海邊來：元幹追隨高宗至臨海等地。事干謁：趨走權貴之門以求進身之路。杜甫《自京赴奉先縣詠懷五百字》：「顧惟螻蟻輩，但自求其穴。胡爲慕大鯨，輒擬偃溟渤。以兹悟生理，獨恥事干謁。兀兀遂至今，忍爲塵埃没。」宋范祖禹《七月五日熱退喜凉資中有懷二十四韵》：「安能公侯間，俯僂事干謁。」按，二句謂行在固在海上，而已來海邊，非爲求個人富貴也。

〔二四〕「責我」二句：責：索取。賣屋金：蓋元幹據實爲言，極言生活困頓狀。賣屋：事不詳。時元幹避亂杭州、湖州等地。流言：言語無根據者；散布無根據之言。《尚書・金縢》：「武王既喪，管叔及其群弟乃流言於國。」《詩・大雅・蕩》：「流言以對，寇攘式内。」朱熹集傳：「流言，浮浪不根之言也。」孽：造謠構陷，蓋「媒孽」之省。媒孽，亦作「媒櫱」，酒麴也，以喻借端誣罔構陷，釀成其罪。《漢書・司馬遷傳》遷報友人任安書曰：「今舉事壹不當，而全軀保妻子之臣隨而媒孽其短。」顔師古注引臣瓚曰：「媒謂遘合會之，孽謂生其罪釁也。」《李陵傳》作「媒糵」。又或作「讒糵」，義亦通。《吴越春秋・闔閭内傳》曰：「楚樂師扈子非荆王信讒佞殺伍奢、白州犂而寇不絶於境，至乃掘平王墓，戮尸奸喜以辱楚君臣，又傷昭王困迫，幾爲天下大鄙，乃援琴爲楚作『窮劫之曲』，其詞曰：『王耶王耶何乖劣，不顧宗廟聽讒孽……』」

〔二五〕「汪公」二句：汪公：汪藻（一〇七九—一一五四）。藻字彦章，饒州德興（今九江）人。《宋史》卷四四五有傳。有《浮溪集》。元幹與藻爲舊交，宣和五年藻爲元幹《尊祖録》題跋。高宗走海上，藻陸行以從，其時任給事中兼權直學士院。是年十二月，元幹追隨行在至海邊，又遭讒得罪，幸藻力救得免。按，此二句及下四句，皆指此事而言。

〔二六〕「力救」二句：歸裝：歸隱之行囊（資儲）。宋夏竦《送張逸人二首》一：「上公詩筆千金重，逋客歸裝一棹輕。」宋宋祁《送李芝還舊隱》：「舊隱却招三徑菊，歸裝不受九街塵。」情緒激烈、情誼懇摯貌。肝肺熱：杜甫《鐵堂峽》：「飄蓬逾三年，回首肝肺熱。」

〔二七〕「如公」二句：急難：語出《詩・小雅・常棣》：「脊令在原，兄弟急難。」杜甫《義鶻行》：「茲實鷙鳥最，急難心炯然。」正似：絶似也。

〔二八〕「行藏」二句：行藏：出處或行止。語本《論語・述而》：「用之則行，舍之則藏。」岑參《武威送劉單判官赴安西行營便呈高開府》：「功業須及時，立身有行藏。」宋蘇舜欽《又答范資政書》：「此大君子之行藏屈伸，非罪戾人之所可爲也。」親養：養親。五代徐鈞《王祥》：「卧冰得鯉供親養，至孝誠能上格天。」宋韓琦《寒食祀墳二首》二：「雖榮不及豐親養，更病須來潔祭樽。」志先決：語或本杜甫《詠懷古迹五首》五：「運移漢祚終難復，志決身殲軍務勞。」按，此二句及下二句，元幹重申己志也。

〔二九〕「去矣」二句：茅三間：茅屋三間，隱居清貧貌。宋章甫《送張安國》：「屋頭乞我茅三間，布襪青鞋相伴閒。」宋陳造《贈解禹玉》：「未死更費屐幾兩，此生只欠茅三間。」衣百結：衣衫襤褸、生活困窮貌。杜甫《北征》：「經年至茅屋，妻子衣百結。」

〔三〇〕「他時」二句：他時：將來、以後。宋徐鉉《送郝郎中爲浙西判官》：「若許他時作閑伴，殷勤爲買釣魚船。」卜鄰：本謂擇良鄰。《左傳·昭公三年》：「且諺曰：『非宅是卜，唯鄰是卜。』二三子先卜鄰矣。」杜預注：「卜良鄰。」杜甫《寄贊上人》：「一昨陪錫杖，卜鄰南山幽。」後亦以表願爲鄰居。王安石《送陳諤》：「鄉閭孝友莫如子，我願卜鄰非一日。」惜別：不忍離別。南朝齊王融《蕭諮議西上夜禁》：「徘徊將所愛，惜別在河梁。」岑參《冬宵家會餞李郎司兵赴同州》：「惜別冬夜短，務歡杯行遲。」

〔三一〕「請以」二句：兄事：如兄長般對待。《史記·項羽本紀》：「沛公曰：『君爲我呼入，吾得兄事之。』」尺書：書信。《吴越春秋·勾踐歸國外傳》：「越王悦兮忘罪除，吴王歡兮飛尺書。」隋尹式《送晉熙公別詩》：「但令寸心密，隨意尺書稀。」綴：《廣韻》陟劣切，入聲，與上「決」、「別」等字爲韻。通「輟」，意爲停、中止。《禮記·樂記》：「樂者，所以象德也；禮者，所以綴淫也。」鄭玄注：「綴，猶止也。」

奉同黄檗慧公、秀峰昌公丁巳上元日訪鼓山珪公，遊臨滄亭，爲賦十四韻〔一〕

孤雲乘天風，飛入海上山〔二〕。松聲發鼓吹，導我登層巒〔三〕。平生烟霞想，政在巖壑間〔四〕。及兹百事懶，作意三日閒〔五〕。聊將燒燈夜，付與兒輩看〔六〕。來陪老禪伯，杖履同躋攀〔七〕。曲折幾蘚磴，竹引春斕斑〔八〕。竇口咽細泉，崖腹鳴飛瀾〔九〕。足疲眼界遠，語樂心地安〔一〇〕。倒景射西崦，晃蕩雲海寬〔一一〕。十年戎馬後，集此蘭若難〔一二〕。未必支許遊，能盡賓主歡〔一三〕。暝色到峰頂，月光散林端〔一四〕。摩挲忘歸石，告以幽遐觀〔一五〕。

【箋注】

〔一〕丁巳上元日：即紹興七年（一一三七）正月十五。參《年譜》頁二一一。臨滄亭：宋嘉祐間福州太守元絳建，原名元公亭。紹興初鼓山僧本才重建，因改名。見《福州府志》卷十七。黄檗慧公：《五燈會元》卷三十：「瑞州黄檗山慧禪師，洛陽人也。少出家……欲以身捐於水中，飼鱗甲之類。念已將行，偶二禪者接之款話，説：『南方頗多知識，何滯於一隅？』師……直造疏山。時（匡）仁和尚坐法堂受參……座曰：『一刹那間還有擬議否？』師於言下頓省……師示滅，塔於本山，肉身至今如生。」蓋即其人。秀峰昌公：不詳，待考。鼓山珪公：疑爲如珪禪師。

〔二〕「孤雲」二句：孤雲：雲片單獨飄浮者。李白《獨坐敬亭山》：「衆鳥高飛盡，孤雲獨去閑。」此處蓋用杜牧《將赴吴興登樂遊原》：「清時有味是無能，閑愛孤雲静愛僧。」乘天風：李白《估客行》：「海客乘天風，將船遠行役。譬如雲中鳥，一去無踪迹。」天風，風也。漢蔡邕《飲馬長城窟行》：「枯桑知天風，海水知天寒。」元幹起句，似兼此二家爲言。海上山：仙山。語本《史記・封禪書》：「自威、宣、燕昭使人入海求蓬萊、方丈、瀛洲。此三神山者……終莫能至云。世主莫不甘心焉。及至秦始皇，并天下，至海上，則方士言之不可勝數。始皇自以爲至海上而恐不及矣，使人乃齎童男女入海求之……其明年，始皇復游海上……」唐鮑溶《感興》：「黄鶴亦姓丁，寥寥何處飛？時見海上山，繞雲心依依。」唐方干《題雪竇禪師壁》：「海上山不淺，天邊人自來。」皆用此典。

〔三〕「松聲」二句：松聲：松濤之聲。戰國楚宋玉《高唐賦》：「俯視崝嶸，窐寥窈冥，不見其底，虚聞松聲。」發鼓吹：泛指奏樂。李白《在水軍宴韋司馬樓船觀妓》：「詩因鼓吹發，酒爲劍歌雄。」元幹句法，似本初唐鄭愔《塞外三首》三：「邊聲入鼓吹，霜氣下旌竿。」鼓吹：古代器樂，多以鼓鉦簫笳等合奏。晉崔豹《古今注・音樂》：「短簫鐃歌，軍樂也。黄帝使岐伯所作也。

所以建武揚德，風勸戰士也。」後多用於典禮儀仗。

〔四〕「平生」二句：烟霞想：放懷山林之念也。南朝梁蕭統《錦帶書十二月啓·夾鐘二月》：「敬想足下，優游泉石，放曠烟霞。」唐楊炯《原州百泉縣令李君神道碑》：「不掃一室，自懷包括之心；獨守大玄，且忘名利之境。于時魏特進、房僕射、杜相州等，並以江海相期，烟霞相許。」政：正。《墨子·節葬下》：「上稽之堯舜禹湯文武之道，而政逆之；下稽之桀紂幽厲之事，猶合節也。」孫詒讓閒詁：「政、正通。」政在：正在、適在也。宋周紫芝《次韻答子容三首》三：「知君相知心，政在亹亹處。」

〔五〕「及兹」二句：及兹：趁此。白居易《望江樓上作》：「及兹多事日，尤覺閑人好。」百事懶：諸事不振作，閒適貌。宋人好用此語。蘇軾《安國寺浴》：「老來百事懶，身垢猶念浴。」黄庭堅《次韵答王四》：「病懶百事廢，不惟書問疏。」作意：起意；特意。張籍《寄昭應王中丞》：「春風石甕寺，作意共君遊。」兼參前《建炎感事》注二三。

〔六〕「聊將」二句：燒燈：燈會，燈市。《舊唐書·玄宗紀下》：「（開元二十八年春正月）壬寅，以望日御勤政樓讌群臣，連夜燒燈，會大雪而罷，因命自今常以二月望日夜爲之。」《鐵圍山叢談》卷一：「國朝上元節燒燈盛於前代，爲綵山峻極而對峙於端門。」特指元宵節。宋蔣捷《絳都春》：「歸時記約燒燈夜。早拆盡、鞦韆紅架。」付與兒輩看：讓子弟晚輩看。宋樓鑰《彭宜義挽詞》一：「功名付兒輩，不必在吾身。」南宋蔡戡《有感》一：「富貴功名付兒輩，一丘一壑任吾真。」元幹句意近之。

〔七〕「來陪」二句：禪伯：尊稱高僧。李白《答族侄僧中孚贈玉泉仙人掌茶》：「宗英乃禪伯，投贈有佳篇。」宋陳與義《懷天經智老因訪之》：「西菴禪伯還多病，北栅儒先只固窮。」杖屨同躋攀：隱逸逍遥自適貌。李綱《遊王原山》：「三泉湛寒玉，洗我襟抱煩。況與二三子，杖屨同躋攀。」元幹徑用之。同躋攀：一同攀登。蘇洵《憶山送人》：「問以絶勝境，導我同躋攀。」

〔八〕「曲折」二句：蘚磴：石階爲苔蘚所覆者。宋周密《乳燕飛》：「去郭軒楹才數里，蘚磴松關雲岫。快屐齒筇枝先後。」竹引春斕斑：喻竹叢逗引春光。南朝梁王臺卿《和簡文帝賽漢高祖廟詩》：「樹出垂巖影，竹引帶山風。」唐張叔政《花巖寺松潭（聯句）》嚴維：「晚荷交亂影，疏竹引輕陰。」春斕斑：春光燦爛貌。宋劉攽《同謝二兄弟游城南王氏園坐竹中水上》：「後游期不忘，秀卉春斕斑。」

〔九〕「竇口」二句：竇口：洞口，謂溪谷出山處。咽細泉：流泉之聲低沉也。王維《過香積寺》：「泉聲咽危石，日色冷青松。」崖腹：半山腰。梅堯臣《與二弟過溪至廣教蘭若》：「高僧鑿崖腹，建閣將雲連。」鳴飛瀾：飛瀑之聲響亮也。蘇軾《昨見韓丞相言王定國今日玉堂獨坐有懷其人》：「銅瓶下碧井，百尺鳴飛瀾。」

〔一〇〕「足疲」二句：眼界：佛教語，謂目所見境界。語見《大般若波羅蜜多經》《般若波羅蜜多心經》等。眼爲「六觸」之一，其官能在響應色界來赴之刺激而容受包納之，以有範圍，故曰眼界。因以喻懷抱之寬廣。王維《青龍寺曇壁上人兄院集》：「眼界今無染，心空安可迷。」黄庭堅《題大雲倉達觀臺二首》二：「瘦藤拄到風烟上，乞與遊人眼豁開。不知眼界闊多少，白鳥飛盡青天回。」心地：佛教語，指心，即思想、意念等。佛教認爲三界唯心，有如大地能滋生萬物，心能隨緣生一切諸法，故稱。語本《心地觀經》卷八：「衆生之心，猶如大地，五穀五果從大地生……以是因緣，三界唯心，心名爲地。」唐慧能《付法頌》：「心地含情種，法雨即花生。」杜甫《謁文公上方》：「願聞第一義，回向心地初。」

〔一一〕「倒景」二句：倒景：夕陽返照。《宋書·謝靈運傳》：「風生浪於蘭渚，日倒景於椒塗。」射：映照。蘇軾《登州孫氏萬松堂》：「浮空兩竹横南閣，倒景扶桑射北窗。」西崦：西山。唐戴叔倫《北山遊亭》：「西崦水泠泠，沿岡有遊亭。」蘇軾《新城道中》：「西崦人家應最樂，煮芹燒筍餉春耕。」晃蕩：光亮閃爍不定貌。柳宗元《晉問》：「日出寒液，當空發耀，英精互繞，晃蕩洞射。」蘇軾《過宜賓見夷中亂山》：「朦朧含高峰，晃蕩射峭壁。」又喻空曠高遠。《樂府詩集·清商曲辭一·晉子夜冬歌》：「晃蕩無四壁，嚴霜凍殺我。」蘇軾《巫山》：「晃蕩天宇高，崩騰江水沸。」元幹句法，正同蘇句，義亦可通。

〔一二〕「十年」二句：十年：自高宗建炎元年（一一二七）金兵犯汴京，至是已十年。戎馬後：戰亂之後。杜甫《上水遣懷》：「我衰太平時，身病戎馬後。蹭蹬多拙爲，安得不皓首。驅馳四海内，童稚日餬口。」宋呂本中《贈孫首之》：「子窮非一時，所歷固長久。自從太平時，以至戎馬後。今兹益窮甚，所至但縮手。」此指宋室南渡事。集：停住；集會。蘭若：見前《乙卯秋奉送王周士龍閣自貶所歸鼎州太夫人侍下》注五。

〔一三〕「未必」二句：未必：不必。《史記·孫子吴起列傳論》：「語曰：『能行之者未必能言，能言之者未必能行。』」南朝陳江總《侍宴玄武觀詩》：「歌吟奉天詠，未必待聞韶。」支許：東晉高僧支遁、高士許詢，皆善談玄，而相友善，頗爲方外之遊。《世說新語·文學》：「支道林、許掾諸人共在會稽王齋頭，支爲法師，許爲都講，支通一義，四坐莫不厭心；許送一難，衆人莫不抃舞——但共嗟詠二家之美，不辯其理之所在。」杜甫《西枝村尋置草堂地夜宿贊公土室》二：「從來支許遊，興趣江湖迥。」蘇軾《贈蒲澗信長老》：「勝遊自古兼支許，爲採松肪寄一車。」盡賓主歡：賓主相得貌。杜甫《別董頲》：「素聞趙公節，兼盡賓主歡。」元幹用其句法。

〔一四〕「暝色」二句：暝色：暮色。謝靈運《石壁精舍還湖中作詩》：「林壑斂暝色，雲霞收夕霏。」林端：林際，林樹高遠處。王勃《山亭夜宴》：「清興殊未闌，林端照初景。」唐姚合《夜宴太僕田卿宅》：「微風侵燭影，疊漏過林端。」

〔一五〕「摩挲」二句：忘歸石：宋慶曆五年（一〇四五），蔡襄知福州，常登鼓山遊覽，一日日暮忘返，遂書「忘歸石」三字刻石。今在福州湧泉寺名勝靈源洞之蹴鰲橋東端岩壁，爲鼓山摩崖題刻名迹。見《鼓山志·藝文》。又清沈廷芳《朱石君觀察出示偕曹介岩廉訪遊鼓山詩次韵》，其詠勝迹喝水岩一篇，有云「使君憺忘歸，小作遊仙夢」，原注：「岩前有蔡君謨所書『忘歸石』三字。」幽遐觀：超邁塵俗之思。宋張耒《感遇二十五首》十六：「林居屏百患，覃思觀幽遐。」幽遐：深幽，僻遠。《晉書·禮志下》：「故雖幽遐側微，心無壅隔。」唐包融《武陵桃源送人》：「武陵川徑入幽遐，中有雞犬秦人家。」

九月一日與王季夷酌別爲賦十六韻〔一〕

黃鵠摶秋風，一舉輒萬里〔二〕。飛鳴蓬蒿間，燕雀徒爲爾〔三〕。王郎志淩雲，英妙良可喜〔四〕。片言隻字奇，採掇殊未已〔五〕。樂從長者遊，論事亦亹亹〔六〕。知我中原時，早與大門齒〔七〕。流落天南端，相過不相鄙〔八〕。乃翁四男兒，君蓋處其季〔九〕。家世賢弟兄，自立要如是〔一〇〕。古學儻有成，終身保無愧〔一一〕。陋哉斗筲人，惟見目前利〔一二〕。兹焉入三吴，索詩餞行李〔一三〕。何補僕馬飢，聊復慰深意〔一四〕。可同洪喬書，盡付浙江水〔一五〕。今夕燈燭凉，便當茱菊醉〔一六〕。畏途重語離，瓶卧莫遽起〔一七〕。

【箋注】

〔一〕王季夷：名嵎，字季夷，號貴英，北海（今山東濰坊）人。紹興、淳熙間名士，寓居吴興。年輩在元幹後。有《北海集》，已佚。據本詩「流落天南端」句，知應爲宋室南渡以後所作。

〔二〕「黃鵠」二句：黃鵠：天鵝。喻高士。《商君書·畫策》：「黃鵠之飛，一舉千里。」《文選·屈原

〈卜居〉》:「寧與黄鵠比翼乎?將與雞鶩争食乎?」劉良注:「黄鵠,喻逸士也。」韓愈《南山有高樹行贈李宗閔》:「黄鵠據其高,衆鳥接其卑。」今人錢仲聯集釋引陳沆曰:「黄鵠謂元稹、李紳也。」摶:《莊子·逍遥遊》:「摶扶摇而上者九萬里。」摶秋風:言鼓盪秋風也。按,二句起興,以黄鵠擬王,所以相勸勉也。

〔三〕「飛鳴」二句:蓬蒿間:《莊子·逍遥遊》:「斥鴳笑之曰:『彼且奚適也?我騰躍而上,不過數仞而下,翱翔蓬蒿之間,此亦飛之至也。』」燕雀:喻宵小之輩。李白《古風》三九:「梧桐巢燕雀,枳棘棲鴛鸞。」王琦注:「梧桐之木,本鳳凰所止,而燕雀得巢其上,喻小人得志。」徒爲爾:僅能造作如此,蓋謂排擠賢士之事。白居易《把酒》:「朝飧不過飽,五鼎徒爲爾。」宋賀鑄《題葉翰林道卿手書唐人唱和集後》:「翰客文房萬卷餘,詵詵翻是蠹書魚。載薰載曝徒爲爾,秦築長城錯備胡。」爲爾:猶言如此,六朝以來恒語。晉王羲之《問慰諸帖上》:「吾至乏劣,爲爾日日……力不一一。」按,二句寬慰語。

〔四〕「王郎」二句:英妙:年少才俊。晉潘岳《西征賦》:「終童山東之英妙,賈生洛陽之才子。」杜甫《七月一日題終明府水樓二首》二:「宓子彈琴邑宰日,終軍棄繻英妙時。」可喜:可愛。屈原《九章·橘頌》:「緑葉素榮,紛其可喜兮……獨立不遷,豈不可喜兮。」唐太宗《初晴落景》:「晚霞聊自怡,初晴彌可喜。」

〔五〕「片言」二句:片言隻字:陸機《謝平原内史表》:「片言隻字,不關其間;事踪筆迹,皆可推校。」五代貫休《雜曲歌辭·行路難五首》四:「清净玄音竟不聞,花眼酒腸暗如漆。或偶因片言隻字登第光二親，又不能獻可替否航要津。」句意實本杜甫《江上值水如海勢聊短述》：「爲人性僻耽佳句，語不驚人死不休。」採掇：搜集。《論衡·卜筮》：「著書記者，採掇行事。」王安石《和吳沖卿鵶鳴樹石屏》：「能從太古到今日，獨此不朽由天成。世人尚奇輕貨力，山珍海怪採掇今欲索。」未已：不止；未畢。《詩·秦風·蒹葭》：「蒹葭采采，白露未已。」韓愈《天星送楊凝郎中賀正》：「正當窮冬寒未已，借問君子行安之？」

〔六〕「樂從」二句：從長者遊：與有德者遊處。宋劉敞《和聖俞十二韵》：「所以不自慚，數從長者遊。」李綱《次韵和虞公明察院賦所藏李成山水》：「幸從長者遊，坐使伊鬱宣。」長者：德高望重者。《韓非子·詭使》：「重厚自尊，謂之長者。」亹亹：勤勉不倦貌。《詩·大雅·崧高》：「亹亹申伯，王纘之事。」《漢書·張敞傳》：「今陛下遊意於太平，勞精於政事，亹亹不舍晝夜。」

〔七〕「知我」二句：知我：瞭解、賞識我。《詩·王風·黍離》：「知我者，謂我心憂；不知我者，謂我何求。」《世説新語·賞譽》：「王長史云：『劉尹知我，勝我自知。』」中原時：蓋謂南渡之前。宋周紫芝《時宰生日詩六首》一：「維時值中原，格鬥彌歲月。」中原：廣義指整个黃河流域，狹義指今河南一帶。諸葛亮《出師表》：「當奬帥三軍，北定中原。」《文選·謝靈運〈述祖德〉》：「中原昔喪亂，喪亂豈解已。」李善注：「中原，謂洛陽也。」宋趙期《感時》：「誰人共挽天河水，盡洗中原犬虜腥。」李綱《立春日龍化道中得家問諸季已挈家渡浙江如劍川又聞江西頗有群盜嘯聚遂決意由五羊趨循惠潮陽假道閩中以歸偶成三篇時十二月十九日》二：「干戈未息中原暗，悵望關河胡馬塵。」其義皆至明。大門：大族。《逸周書·皇門》：「乃維其有大門宗子、勢臣，罔不茂揚肅德。」近人朱右曾校釋：「大門，大族也。」元稹《盧頭陀詩序》：「盧氏既爲大門，族兄弟且賢豪。」此以尊稱王氏宗族也。齒：並列，謂依據某種標準排列序位。《莊子·天下》：「以法爲分，以名爲表，以參爲驗，以稽爲決，其數一二三四是也，百官以此相齒。」《左傳·隱公十一年》：「寡人若朝于薛，不敢與諸任齒。」今人楊伯峻注：「齒，列也。不敢與齒，謂不敢與並列。」唐竇庠《留守府酬皇甫曙侍御彈琴之什》：「衛國知有人，齊竽偶相齒。」是其義。按，二句追稱早與王氏友愛也。

〔八〕「流落」二句：流落：漂泊外地，窮困失意。漢阮瑀《怨詩》：「雖稱百齡壽，孰能應此身。猶獲嬰凶禍，流落恒苦辛。」唐錢起《秋夜作》：「流落四海間，辛勤百年半。」天南端：通指嶺南，泛指南方。白居易《得潮州楊相公繼之書并詩以此寄之》：「詩情書意兩殷勤，來自天南瘴海濱。」楊萬里《潮陽海岸望海》：「身行島北新春後，眼到天南最盡頭。」相過：相互過從往來。《商君書·兵守》：「故曰慎使三軍無相過，此盛力之道。」漢張衡《西京賦》：「若夫翁伯、濁、質、張里之家，擊鐘鼎食，連騎相過，東京公侯，壯何能加！」相鄙：輕視、鄙薄我。此「相」字、與「相過」之「相」不同，非互相義。蘇轍《將還江州子瞻相送至劉郎家洑王生家飲別》：「愆尤未見雪，世俗多相鄙。」宋鄭俠《江亭與程瞿二君邂逅小飲太守送酒因成》：「以爲此時無一杯，直恐江山解相鄙。」元幹同此意。

〔九〕「乃翁」二句：乃翁：你父親。《漢書·項籍傳》：「吾翁即汝翁。必欲亨乃翁，幸分我一杯羹。」顏師古注：「翁，謂父也。」「乃，亦汝也。」陸游《示兒》：「王師北定中原日，家祭無忘告乃翁。」男兒：兒子。陶潛《責子》：「雖有五男兒，總不好紙筆。」

〔一〇〕「家世」二句：家世：先代、前世。鮑照《代昇天行》：「家世宅關輔，勝帶宦王城。」歐陽修《蘇才翁挽詩二首》一：「文章家世事，名譽弟兄賢。」季夷乃集賢院學士王子融之後，子融、名相王曾之弟，元幹故云云也。自立：依靠自力有所建樹。《禮記·儒行》：「力行以待取，其自立有如此者。」唐杜荀鶴《旅寓書事》：「時清不自立，髮白傍誰門。」要如是：要如此、當如此。宋人恒語，所以相勸勉也。陸游《登灌口廟東大樓觀岷江雪山》：「丈夫生世要如此，齎志空死能無嘆。」

〔一一〕「古學」二句：古學：古人凡科舉功令如策論、經義、八股文、試帖詩以外之經史學問，稱古學。宋李幼武《宋名臣言行録外集》卷六：「（吕希哲）從王安石學。安石以爲：凡士未官而事科舉者，爲貧也；有官矣而復事科舉，是僥倖富貴利達，學者不由也。公聞之，遽棄科舉，一意古學。」是其義。按，二句勉勵王努力學問，勿以舉業自困也。

〔一二〕「陋哉」二句：陋哉：鄙薄技藝低下、識見短闇之辭。蘇軾《瓶笙》：「陋哉石鼎逢彌明，蚯蚓竅作蒼蠅聲。」宋周紫芝《讀蔡中郎傳》：「陋哉王司徒，避謗私欲戮。」斗筲人：才識短淺、氣量狹窄之人。《論語·子路》：「噫！斗筲之人，何足算也？」鄭玄注：「筲，竹器，容斗二升。」邢昺疏：「孔子時見從政者皆無士行，唯小器耳，故心不平之，而曰『噫，今斗筲小器之人何足數也』。」《資治通鑑·漢靈帝光和元年》：「斗筲小人，依憑世戚，附托權豪，俯眉承睫，徼進明時。」目前利：不顧將來、不具遠見之卑瑣利益。本佛教語。唐龐藴《詩偈》一二九：「他貪目前利，焉知已後非。」梅堯臣《依韵和達觀禪師贈别》：「寧爲目前利，寧愛身後名。」

〔一三〕「兹焉」二句：兹焉：從此；於是。陸機《答賈謐詩》：「分索則易，携手實難。念昔良遊，兹焉永嘆。」唐王績《過漢故城》：「中原逐鹿罷，高祖鬱龍驤。經始謀帝坐，兹焉壯未央。」宋王禹偁《鳳皇陂》：「神物不藏瑞，兹焉集鳳皇。」索詩：求詩。蓋古有以詩贈别、送行之習，行者求詩亦其一面。宋沈遘《將至錢塘先寄施侍郎》：「憶時送公公索詩，欲從公醉亦狂辭。」宋陳師道《和張次道再游翠巖之作》：「回巒俯仰如迎客，流水喧鳴擬索詩。」皆其事。行李：《左傳·僖公三十年》：「行李之往來，共其乏困。」杜預注：「行李，使人。」清郝懿行《證俗文》卷六：「古者行人謂之『行李』，本當作『行理』，理、治也。作『李』者，古字假借通用。」後引申指行旅、行旅者。漢蔡琰《胡笳十八拍》：「追思往日兮行李難，六拍悲來兮欲罷彈。」杜甫《贈蘇四徯》：「别離已五年，尚在行李中。」

〔一四〕「何補」二句：何補：無補，意謂無益也。陸機《駕言出北闕行》：「仁智亦何補，遷化有明徵。」杜甫《陪鄭公秋晚北池臨眺》：「何補參卿事，歡娱到薄躬。」宋李清臣《題江干初雪圖》：「此身何補一毫芒，三辱清時政事堂。」僕馬飢：僕從、乘馬乏食，喻行旅辛苦。唐陳陶《遊子吟》：「栖烏喜林曙，驚蓬傷歲闌。關河三尺雪，何處是天山？朔風無重衣，僕馬飢且寒。」司馬光《壽安雜詩十首·且遊》：「但愛雲烟好，那知僕馬飢。」其文及義，實皆本之《詩·周南·卷耳》：「陟彼砠矣，我馬瘏矣，我僕痡矣，云何吁矣！」深意：語本《後漢書·儒林傳下·李育》：「嘗讀《左氏傳》，雖樂文采，然謂不得聖人深意。」本指深刻含義、深微用意，此言深情厚誼。按，二句謂雖贈詩篇以應行者之索，固無補於旅途辛苦，但藉以寄托深情厚誼而已。

〔一五〕「可同」二句：洪喬書：典出《世説新語·任誕》：「殷洪喬作豫章郡，臨去，都下人因附百許函書。既至石頭，悉擲水中，因祝曰：『沈者自沈，浮者自浮，殷洪喬不能作致書郵。』」陸龜蒙《逆友湖上》：「欲寄一函聊問訊，洪喬寧作置書郵。」此蓋言不必拘泥於書問往來也。浙江水：錢塘江之水。宋室南渡，「浙江水」遂爲文人興寄所托之物，此固時代有以使其然。陸游《稽山行》：「稽山何巍巍，浙江水湯湯。」宋趙與滂《登浙江樓》：「風波浙江水，砥柱海門山。」宋末方一夔《擬上徐容齋》：「爲回浙江水，六合俱清澄。」凡此，皆其顯徵也。按，二句謂己所贈別之作無可珍貴，棄之不足惜，但思天子所在——蓋所以兼示惜別挽留也。

〔一六〕「今夕」二句：今夕：今夜。先秦無名氏《越人歌》：「今夕何夕兮搴舟中流。今日何日兮得與王子同舟。」杜甫《水宿遣興奉呈群公》：「暮年漂泊恨，今夕亂離啼。」茱菊：茱萸、菊花，皆秋日節物。晉周處《風土記》：「以重陽相會，登山飲菊花酒，謂之登高會，又云茱萸會。」唐閻朝隱《奉和九日幸臨渭亭登高應制得筵字》：「願因茱菊酒，相守百千年。」李綱《次衡州二首》一：「茱菊有情迎九日，旌旗無力舞西風。」按，數日之後即爲重九，故以茱萸爲言，懸擬別後相思也。

〔一七〕「畏途」二句：畏途：道路險難者。《莊子·達生》：「夫畏塗者，十殺一人，則父子兄弟相戒也，必盛卒徒而後敢出焉。」成玄英疏：「塗，道路也。夫路有劫賊，險難可畏。」李白《蜀道難》：「問君西遊何時還？畏途巉巖不可攀。」又指危險可畏之處。王安石《次韵和張仲通見寄三絶句》三：「醉鄉歧路君知否？不似人間足畏塗。」重：謂言行不輕易、不隨意也。《管子·立政》：「勸勉百姓，使力作毋偷，懷樂家室，重去鄉里，鄉師之事也。」《史記·司馬相如列傳》：「方今田時，重煩百姓。」索隱：「重猶難也。」重語離，謂不忍言别也。宋陳造《别俞君任通判三首》一：「語離信所重，未敢促歸程。」元幹用意正同。瓶卧：酒瓶傾倒，喻飲者沈醉貌。歐陽修《會飲聖俞家有作兼呈原父景仁聖從》：「遂令我每飲君家，不覺長瓶卧墻曲。坐中年少皆賢豪，莫怪我今雙鬢秃。須知朱顔不可恃，有酒當歡且相屬。」長瓶，酒瓶也。按，元幹句意，略與歐詩仿佛，重申惜别之意也。

訪周元舉菁山隱居〔一〕

胸次飽丘壑，乃覺軒裳輕〔二〕。舉世沈湎時，勇退公早醒〔三〕。十年烟雨蓑，手種松杉成〔四〕。蒼根鬱寒霧，老色入户庭〔五〕。棲心不争地，似欲畢此生〔六〕。那知戎馬際，亦使山房驚〔七〕。四海方蕩潏，積骸盈破城〔八〕。公豈失策者，獨留枯槁形〔九〕。賊舟會稍遠，請復安柴荆〔一〇〕。暗泉雜夜雨，稚笋肥晨烹〔一一〕。起予歸去來，故山今可行〔一二〕。胡爲困羈旅，浩嘆常吞聲〔一三〕。

【箋注】

〔一〕周元舉：名綱，初字君舉，後改字元舉，吴興（今浙江湖州）人。大觀三年（一一〇九）進士。紹興初，爲廣東轉運官，紹興三年提點浙東刑獄公事。四年，爲監察御史，同年改任尚書右司員外郎。五年二月，兼權給事中，改權中書舍人。同年六月，出知婺州。八年，知明州。九年五月，爲同中書門下檢正諸房公事，同年七月權吏部侍郎。十年出知饒州。十八年十一月卒。菁山：在湖州烏程縣南四十五里。按，本篇建炎四年作。參《年譜》頁三七七。

〔二〕「胸次」二句：胸次：胸間，亦指胸懷。《莊子·田子方》：「行小變而不失其大常也，喜怒哀樂不入於胸次。」黄庭堅《題高君正適軒》：「豁然開胸次，風至獨披襟。」丘壑：山陵溪谷。語本《漢書·叙傳上》：「漁釣於一壑，則萬物不奸其志；栖遲於一丘，則天下不易其樂。」王安石《九井》：「山川在理有崩竭，丘壑自古相盈虚。」喻深遠意境。郭璞《答賈九州愁》：「未若遺榮，悶情丘壑。」《世説新語·品藻》：「端委廟堂，使百官準則，臣不如亮；一丘一壑，自謂過之。」黄庭堅《題子瞻枯木》：「胸中元自有丘壑，故作老木蟠風霜。」軒裳：猶車服。陶潛《雜詩》十：「驅役無停息，軒裳逝東崖。」代指官位爵禄。唐元結《忝官引》：「而可愛軒裳，其心又干進。」葉適《謝除華文閣待制提舉西京崧山崇福宫表》：「追憶悔尤，濫軒裳之非據；自嗟衰耄，指林壑以言歸。」皆「軒裳輕」之意，謂不重爵禄也。按，二句謂周氏本有輕榮利、樂隱逸之志。

〔三〕「舉世」二句：舉世：全世間。《楚辭·漁父》：「舉世皆濁我獨清，衆人皆醉我獨醒。」沉湎：

沉溺；多指嗜酒。《書・泰誓上》：「沉湎冒色，敢行暴虐。」孔穎達疏：「人被酒困，若沉於水，酒變其色，湎然齊同，故沉湎爲嗜酒之狀。」此指貪戀利禄。勇退：勇於隱退；見機急退。晉謝瞻《於安城答靈運》：「量己畏友朋，勇退不敢進。」唐權德輿《寄臨海郡崔稺璋》：「志士誠勇退，鄙夫自包羞。」蘇軾《贈善相程傑》：「火色上騰雖有數，急流勇退豈無人。」

〔四〕「十年」二句：烟雨蓑：蘇軾《定風波》：「一蓑烟雨任平生。」十年松杉成：《管子・權修》：「一年之計，莫如樹谷；十年之計，莫如樹木；終身之計，莫如樹人。一樹一獲者，谷也；一樹十獲者，木也；一樹百獲者，人也。」黄庭堅《郭明甫作西齋於潁尾請予賦詩二首》一：「萬卷藏書宜子弟，十年種木長風烟。」元幹實用黄詩名句之意。

〔五〕「蒼根」二句：蒼根：蓋謂樹藤之根色青黑者。蘇軾《次韵劉京兆石林亭之作石本唐苑中物散流民間劉購得之》：「瘦骨拔凛凛，蒼根漱潺潺。」寒霧：謂霧氣濕冷也。王勃《秋日别王長史》：「野色籠寒霧，山光斂暮烟。」歐陽修《西園》：「平野見南山，荒臺起寒霧。」句式皆同。老色：蒼老之色。唐劉兼《春霽》：「老色漸來欺鬢髮，閒情將欲傲簪裾。」陸游《寄陳魯山正字》：「青衫二十年，老色上鬚鬢。」入户庭：湧入室内，喻人天之和諧也。孟浩然《宿立公房》：「何如石巖趣，自入户庭間。」宋唐詢《山堂偶書》：「十年夢寐江山裹，今見江山入户庭。」

〔六〕「棲心」二句：棲心：寄托志趣。嵇康《釋私論》：「若質乎中人之性，運乎在用之質，而棲心古烈，擬足公塗。」宋文彦博《大名府舍創作茅齋因題八句太師相公（宋）太保相公（龐）》：「勿謂茅茨陋，棲心即有餘。非同諸葛卧，頗類静名居。」不争地：無紛争、争奪之所。宋程俱《和柳子厚讀書》：「事賤反多暇，居卑適無虞。人間不争地，聊此謝畏途。」不争，《老子》：「不尚賢，使民不争。」河上公注：「不争功名，返自然也。」杜甫《莫相疑行》：「寄謝悠悠世上兒，不争好惡莫相疑。」按，二句謂隱居幽境，得以與世無争。

〔七〕「那知」二句：那知：怎知。杜甫《柳邊》：「只道梅花發，那知柳亦新。」山房：山中神祠；山中僧舍。《新唐書·李德裕》：「又按屬州非經祠者，毁千餘所，撤私邑山房千四百舍，寇無所廋蔽。」温庭筠《宿白蓋峰寺》：「山房霜氣晴，一宿遂平生。」此指周隱居之所。按，二句謂國家喪亂，無可避世也。

〔八〕「四海」二句：蕩潏：摇動湧起貌；動蕩不安貌。南朝齊張融《海賦》：「沙嶼相接，洲島相連，東西蕩潏，如滿於天。」陳子昂《感遇》之二二：「雲海方蕩潏，孤鱗安得寧？」積骸：尸骨堆積。《後漢書·酷吏傳序》：「積骸滿穽，漂血千里。」李商隱《隨師東》：「可惜前朝玄菟郡，積骸成莽陣雲深。」破城：攻破城邑。《史記·樗里子甘茂列傳》：「武安君南挫彊楚，北威燕趙，戰勝攻取，破城墮邑，不知其數，臣之功不如也。」此指戰後城邑殘破者，元幹或有所指，今難可考見矣。

〔九〕「公豈」二句：失策：策略上有錯誤；謀劃不當。《管子·山權數》：「故君無失時，無失筴，萬物興豐，無失利。」「失筴」，即失策。枯槁形：消瘦、憔悴之容。謂窮困潦倒。《楚辭·漁父》：「屈原既放，遊於江潭，行吟澤畔，顔色憔悴，形容枯槁。」蘇軾《送竹香爐》：「枯槁形骸惟見耳，凋殘鬢髮只留鬚。」

〔一〇〕「賊舟」二句：賊舟：指金兵。是年初春，金兵曾乘舟追逼高宗至海。會：終究。杜甫《望岳》：「會當凌絶頂，一覽衆山小。」柴荆：猶言柴門荆扉，門户簡陋者，代即隱居草廬也。白居易《秋遊原上》：「清晨起巾櫛，徐步出柴荆。」王安石《送贊善張君西歸》：「柴荆雀有羅，公子數經過。」

〔一一〕「暗泉」二句：暗泉雜夜雨：唐楊衡《賦得夜雨滴空堦送魏秀才》：「始兼泉響細，稍雜更聲促。」元幹意近之。暗泉：泉水隱伏者。張籍《山中秋夜》：「泠露濕茅屋，暗泉衝竹籬。」蘇軾《江城子》：「雪堂西畔暗泉鳴。」稚笋：嫩笋。宋蘇過《次韻叔父所居六首》二：「月落寒梢静，春回稚筍猖。」李綱《桂林道中二首》一：「日暮碧雲濃作朵，春深稚筍翠成叢。」肥：謂使豐富、充實也。動詞義。晨烹：早餐。宋人喜用此語。蘇舜欽《答子履》：「銀鯽晨烹美，松醪夜酌醺。」蘇轍《和子瞻次孫覺諫議韵題邵伯閘上斗野亭見寄》：「茅檐卜兹地，江水供晨烹。」按，二句謂隱居清貧而自有樂趣，蓋以慰勉之。

〔一二〕「起予」二句：起予：啓發我也。語本《論語·八佾》：「子曰：『起予者，商也，始可與言《詩》已矣。』」何晏集解引包咸曰：「孔子言子夏能發明我意，可與共言《詩》。」韓愈《量移袁州張韶州端公以詩相賀因酬之》：「將經貴郡煩留客，先惠高文謝起予。」歸去來：歸去，相呼告語，來，語氣詞。陶潛《歸去來兮辭》：「歸去來兮，田園將蕪胡不歸……歸去來兮，請息交以絶游。」唐顔真卿《贈裴將軍》：「一射百馬倒，再射萬夫開。匈奴不敢敵，相呼歸去來。」梅堯臣《依韵和希深遊樂園懷主人登封令》：「伊人何戀五斗粟，不作淵明歸去來？」故山：舊山。喻家鄉。

〔一三〕「胡爲」二句：羈旅：寄居異鄉。《左傳·莊公二十二年》：「齊侯使敬仲爲卿，辭曰：『羈旅之臣……敢辱高位？』」杜預注：「羈，寄；旅，客也。」《史記·陳杞世家》：「羈旅之臣，幸得免負擔，君之惠也。」浩嘆：長嘆。王勃《益州夫子廟碑》：「命歸齊去魯，發浩嘆於衰周。」宋鄭俠《六鐶助潮士鍾平仲納官輒辭贈以詩》：「聞此心惻然，不覺潛浩嘆。」吞聲：氣不長舒貌；無聲悲泣貌。漢馬融《長笛賦》：「於時也，綿駒吞聲，伯牙毀絃。」杜甫《哀江頭》：「少陵野老吞聲哭，春日潛行曲江曲。」

七言古詩

次仲彌性所和陳文大卿韵〔一〕

伏波晚歲思少游，萬事過眼如雲浮〔二〕。我生不樂城市隘，受性但愜林泉幽〔三〕。稍同臭味自投合，肯與流俗相對酬〔四〕。旅懷久已乏佳趣，白日政覺多閒愁〔五〕。春容大篇忽旁及，氣象楚澤涵新秋〔六〕。律嚴雖許强續尾，韵險豈復能晝籌〔七〕。逍遥一舸白太傅，蹴踏五字韋蘇州〔八〕。主人頻誇小鬟舞，勸客且聽吴娃謳〔九〕。從來誰數折巾郭，重到似是栽桃劉〔一〇〕。夢入江湖渺春水，何如此念隨輕鷗〔一一〕。林宗自況也。

【箋注】

〔一〕仲彌性：仲并，字彌性，江蘇江都（今揚州）人，紹興壬子（一一三二）進士。以張浚召至闕，秦檜沮之，改倅京口。自是閒退二十年。孝宗時，擢充光禄寺丞，右朝請大夫。晚知蘄州。《宋史・藝文志》著録其《浮山集》十六卷，已佚（今有《四庫》輯本行世）。

〔二〕「伏波」二句：伏波：後漢名將馬援，扶風茂陵人。受伏波將軍號，南征，立銅柱紀功而還。少遊，援從弟。《後漢書・馬援列傳》：「（援擊交阯。）封援爲新息侯，食邑三千户。援乃擊牛釃酒，勞饗軍士。從容謂官屬曰：『吾從弟少游常哀吾慷慨多大志，曰：「士生一世，但取衣食裁足，乘下澤車，御款段馬，爲郡掾史，守墳墓，鄉里稱善人，斯可矣。致求盈餘，但自苦耳。」當吾在浪泊、西里閒，虜未滅之時，下潦上霧，毒氣重蒸，仰視飛鳶跕跕墮水中，卧念少游平生時語，何可得也！』」晚歲：晚年。杜甫《羌村》二：「晚歲迫偷生，還家少歡趣。」思少遊：劉禹錫《經伏波神祠》：「濛濛篁竹下，有路上壺頭。漢壘麏鼯鬥，蠻溪霧雨愁。懷人敬遺像，閲世指東流。自負霸王略，安知恩澤侯。鄉園辭石柱，筋力盡炎洲。一以功名累，翻思馬少遊。」「萬事過眼」句：諸事瞬息而過，仿佛如雲氣飄浮，喻不足介懷也。蘇軾《吉祥寺僧求閣名》：「過眼榮枯電與風，久長那得似花紅。」黄庭堅《新寨餞南歸客》：「往在江南最少年，萬事過眼如鳥翼。」如雲浮：如雲之飄散，喻短暫易逝。晉劉琨《重贈盧諶》：「時哉不我與，去乎若雲浮。」宋劉敞《送梁山軍徐秘丞》：「高賢在天下，富貴如雲浮。」元幹略兼諸家之義。

〔三〕「我生」二句：城市隘：五代徐鉉《翰林游舍人清明日入院中途見過余明日亦入西省上直因寄遊君》：「輶軒隘城市，圭組坐曹司。」受性：猶賦性，生性。《詩・大雅・桑柔》「維此良人，作爲式穀；維彼不順，征以中垢」，鄭玄箋：「受性於天，不可變也。」蘇軾《乞加張方平恩禮劄子》：「仁宗皇帝眷遇至重，特以受性剛簡，論高寡合，故齟齬於世。」林泉幽：山水自然之趣。按，此語恒爲文人所用，幾成濫調。郭祥正《與柳丞夜話廬山》：「蕪陰偶會合，共憶林泉幽。」吕本中《次葉守韵》：「欲尋林泉幽，不避風雪迸。」不一而足。

〔四〕「稍同」二句：稍同：逐漸、略微相一致。宋王安禮《次韵徽之學士馬上口占》：「隱几稍同南郭嗒，濫巾未望《北山移》。」臭味投合：思想情趣彼此投合。元稹《元和五年予官不了罰俸西歸三月六日至陝府與吴十一兄端公崔二十二院長思愴曩遊因投五十韵》：「吾兄諳性靈，崔子同臭味。」語本漢蔡邕《玄文先生李休碑》：「凡其親昭朋徒，臭味相與，大會而葬之。」肯與：豈肯與，反問語氣，即不肯與也。司馬光《謝始平公以近詩一卷賜示》：「裸圭夷玉清廟器，肯與環玦爭玲瓏。」流俗：世間平庸之徒。《漢書·司馬遷傳》：「僕之先人，非有剖符丹書之功，文史星曆，近乎卜祝之間，固主上所戲弄，倡優畜之，流俗之所輕也。」嵇康《四言贈兄秀才入軍詩》章十八：「流俗難悟，逐物不還。」對酬：即酬對，應對、對答。《後漢書·第五倫傳》：「(倫)從王朝京師，隨官屬得會見，帝問以政事，倫因此酬對政道，帝大悦。」司馬光《答齊州司法張秘校正彦書》：「人或雜舉而猝問之，酬對無滯，衮衮焉如泉源之不窮。」

〔五〕「旅懷」二句：旅懷：羈旅者之情懷。唐祖詠《過鄭曲》：「旅懷勞自慰，淅淅有凉風。」張繼《九日巴丘楊公臺上宴集》：「江漢路長身不定，菊花三笑旅懷開。」佳趣：高雅情趣。唐張九齡《題畫山水障》：「對翫有佳趣，使我心眇綿。」王安石《明州錢君倚衆樂亭》：「艬船談笑政即成，洗滌山川作佳趣。」政：通「正」，見前《奉同黄檗慧公……爲賦十四韵》注四。白日：人世；陽間。孟郊《悼幼子》：「一閉黄蒿門，不聞白日事。」杜牧《忍死留别獻鹽鐵相公二十叔》：「青春辭白日，幽壤作黄埃。」

〔六〕「春容」二句：春容大篇：情辭激烈、音韻華美之作。韓愈《送權秀才序》：「寂寥乎短章，春容乎大篇，如是者閲之累日而無窮焉。」春容：用力撞擊貌。《禮記·學記》：「善待問者如撞鐘，叩之以小者則小鳴，叩之以大者則大鳴；待其從容，然後盡其聲。」鄭玄注：「『從』，讀如『富父春戈』之『春』。」春容，謂重撞擊也。」謂聲音悠揚洪亮也。張説《山夜聞鐘》：「前聲既春容，後聲復晃盪。」旁及：兼及，遍及。韓愈《爲裴相公讓官表》：「伏願博選周行，旁及巖穴。天生聖主，必有賢臣，得而授之，乃可致理。」氣象：氣度，氣局。高適《真定即事奉贈韋使君二十八韻》：「江山澄氣象，崖谷倚冰壺。」楚澤秋：楚地之秋。古楚地有雲夢等七澤。劉長卿《雨中登沛縣樓贈表兄郭少府》：「楚澤秋更遠，雲雷有時作。」涵新秋：杜牧《九日齊安登高》：「江涵秋影雁初飛，與客携壺上翠微。」宋王十朋《徐丞生日》：「月吐霜天鍾氣象，江涵秋水聚精神。」新秋：初秋。唐錢起《和萬年成少府寓直》：「赤縣新秋近，文人藻思催。」按，二句許可原詩之非凡也。

〔七〕「律嚴」二句：律嚴：詩律嚴。蘇軾《徑山道中次韵答周長官兼贈蘇寺丞》：「明朝三子至，詩律嚴號令。」黄庭堅《再次韵兼簡履中南玉三首》一：「李侯詩律嚴且清，諸生賡載筆縱横。」義即「詩律細」。杜甫《遣悶戲呈路十九曹長》：「晚節漸於詩律細，誰家數去酒杯寬。」續尾：狗尾續貂之省。典出《晉書·趙王倫列傳》：倫弑逆，「乃僭即帝位，大赦，改元建始」，濫爲封授。

「其餘同謀者咸超階越次，不可勝紀，至於奴卒廝役，亦加以爵位。每朝會，貂蟬盈坐。時人爲之諺曰：『貂不足，狗尾續。』」後用爲自謙之辭，謂不敢與人等列並美。宋周必大《楊廷秀送牛尾貍侑以長句次韻》：「公詩如貂不煩削，我續狗尾句空著。」此義最晰。又指接書於卷尾。黄庭堅《長句謝陳適用惠送吴南雄所贈紙》：「雖然嘉惠敢虚辱，煮泥續尾成大軸……已無《商頌》《猗那》手，請續《南華》内外篇。」是其義。元幹似兼此二義爲文。韻險：詩韻險僻難押者，亦曰「韻險絶、韻險艱」。王安石《和王微之登高齋三首》三：「使君新篇韻險絶，登眺感悼隨嘲咍。」曾幾《沈明遠教授用東坡仇池石韻賦予所蓄英石次其韻》：「東坡韻險艱，句句巧追逐。」畫籌：本謂籌劃、籌謀。《隋書·高祖紀上》：「(隋國公)畫籌帷帳，建出師車。」此蓋謂商量詩文也。按，二句自謙己作及詩才，皆不能及仲也。

〔八〕「逍遥」二句：白太傅：白居易。韋蘇州：韋應物。逍遥一舸：白居易《入峽次巴東》：「萬里王程三峽外，百年生計一舟中。」又《自喜》：「身兼妻子都三口，鶴與琴書共一船。」蹴踏五字：猶言勝過謝靈運《登池上樓》「池塘生春草」也。韋氏《幽居》有「微雨夜來過，不知春草生」之句，論者以爲更饒生意。又蘇軾《和孔周翰二絶·觀净觀堂效韋蘇州詩》：「弱羽巢林在一枝，幽人蝸舍兩相宜。樂天長短三千首，却愛韋郎五字詩。」王十朋《東坡詩集注》引人説云：「白居易吴郡詩，有記，言韋應物爲蘇州牧，歌詩甚多，有郡宴詩云『兵衛森畫戟，宴寢凝清香』，最爲警策。」《舊唐書·白居易傳》云：韋蘇州歌行清麗之外，頗近興調，其五言又高雅閒澹，自成一家之體。今之秉筆者誰能及之？」蹴踏：踩踢、踐踏，喻蹂躪。《世説新語·仇隙》：「(孫秀）又憾潘岳昔遇之不以禮」，劉孝標注引晉王隱《晉書》：「岳父文德爲琅邪太守，孫秀爲小吏給使，岳數蹴蹋秀，而不以人遇之也。」李白《聞李太尉大舉秦兵百萬出征東南……留別金陵崔侍御十九韵》：「秦出天下兵，蹴踏燕趙傾。」五字：五言詩。五代齊己《秋夕書懷》：「平生樂道心常切，五字逢人價合高。」按，二句更贊許原作意境之卓卓，兼得白韋之優也。

〔九〕「主人」二句：小鬟：孩童髮髻。南朝陳徐陵《和王舍人送客未還閨中有望》：「拭粉留花稱，除釵作小鬟。」代稱小婢。李賀《追賦畫江潭苑》：「小鬟紅粉薄，騎馬珮珠長。」吴娃：吴地美女。《文選·枚乘〈七發〉》：「使先施、徵舒、陽文、段干、吴娃、閭娵、傅予之徒……嬿服而御。」李善注：「皆美女也。」《資治通鑑·周赧王二十年》：「主父初以長子章爲太子，後得吴娃，愛之。」胡三省注：「吴楚之間謂美女曰娃。」按，二句謂賓主宴樂快意也。

〔一〇〕「從來」二句：折巾郭：後漢郭太，字林宗，有重名於時。一日道遇雨，頭巾沾濕，一角折疊。時人效之，故意折巾一角，稱「林宗巾」。見《後漢書·郭太傳》。宋張耒《贈趙景平》一：「定知魯國衣冠異，盡戴林宗折角巾。」栽桃劉：劉禹錫也。劉禹錫《元和十年自郎州召至京師戲贈》：「紫陌紅塵拂面來，無人不道看花回。玄都觀裏桃千樹，盡是劉郎去後栽。」《再遊玄都觀》：「百畝庭中半是苔，桃花净盡菜花開。種桃道士歸何處，前度劉郎今又來。」元幹言「重到」，正化用「又來」。

〔一一〕「夢入」二句：夢入江湖渺春水：謂願望欲求江湖逍遥。唐清江《早發陝州途中贈嚴祕書》：「萬里江湖夢，千山雨雪行。」黄庭堅《題宗室大年小景》一：「年來頻作江湖夢，對此身疑在故山。」隨輕鷗：杜甫《覆舟二首》一：「篙工幸不溺，俄頃逐輕鷗。」此本謂漂浮如水禽，後以表追逐鷗鷺，喻超脱塵網，因以得逍遥也。宋郭祥正《次韵元輿題王祖聖南澗樓清斯亭二首》二：「無數輕鷗隨出處，幾番佳客伴登臨。」蘇轍《次韵王適落日江上二首》一：「欲曉醉應醒，還逐輕鷗揚。」按，二句總結，重以棄捨塵俗之念互相勉勵也。

東平劉左車坎止春歌〔一〕

先朝相國今幾家〔二〕，我嗟夫子鬢已華。瓊艘頗慣倒膏乳，老來手釀尊仍窪〔三〕。百年彈指法界觀，萬事過眼天女花〔四〕。聊學兒曹作春甕，唤客取醉無等差〔五〕。夜眠不覺體平粟，卯頰共眩朝蒸霞〔六〕。養生妙處本無説，我輩豈解燒丹砂〔七〕。糟床正可珠的皪，石鼎莫放聲咿啞〔八〕。東風遮幕雪埋屋，坎止齋中酒初熟〔九〕。

【箋注】

〔一〕東平：在今山東。《文選・謝靈運〈擬魏太子鄴中集詩・劉楨〉》：「貧居晏里閈，少小長東平。」李善注：「《漢書》：泰山郡有東平縣。」坎止：遇坎而止，乘流則行，喻依據環境逆順而爲進退行止也。《漢書·賈誼傳》：「乘流則逝，得坎則止。」顔師古注：「孟康曰：『《易》坎爲險，遇險難而止也。』張晏曰：『謂夷易則仕，險難則隱也。』」春歌：春時歌唱；春日之歌。《史記·樂書》：「（漢家）使僮男僮女七十人俱歌。春歌《春陽》，夏歌《朱明》，秋歌《西皞》，冬歌《玄冥》。」杜甫《壯遊》：「春歌叢臺上，冬獵青丘旁。」

〔二〕先朝相國：未詳，待考。

〔三〕「瓊艘」二句：瓊艘：寶裝之游船。宋孫覿《正月十四日半夜大雷雨許楙仲有詩次韵三首》一：「萬炬紅蓮陸海中，車如流水馬如龍。九街畫鼓春聲滿，百舵瓊艘臘味濃。」膏乳：果汁或山泉之美者。蘇軾《廉州龍眼》：「異哉西海濱，琪樹羅玄圃。纍纍似桃李，一一流膏乳。」楊萬里《寄題天台臨海縣白鶴廟西泉》：「一朝擘崖迸膏乳，却與東泉作賓主。」尊仍窪：地形中央低窪有如酒樽，曰「窪樽」，此謂有樽可斟酌以飲也。唐開元中，李適之登峴山，見上有石竇如酒樽可注斗酒，因建亭其上，名曰「窪樽」。顔真卿《登峴山觀李左相石樽聯句》：「李公登飲處，因石爲窪樽。」借指深杯。白居易《雙石》：「窪樽酌未空，玉山穨已久。」蘇軾《和〈歸去來兮辭〉》：「挹吾天醴，注之窪樽。」

〔四〕「百年」二句：百年彈指：喻生命短促。宋章甫《寄題極星亭》：「四百年間一彈指，當時松竹今餘幾。」宋朱敦儒《桃源憶故人》五：「彈指百年今古。有甚成虧處。」法界觀：佛教語。《華嚴經》所説觀法，中國佛教華嚴宗據以立「四法界」觀。王安石《再答呂吉甫書》：「示及法界觀文字，輒留玩讀，研究義味也。」宋洪炎《題團欒圖》：「境超法界觀，身作地行仙。」又指《華嚴法界觀》，法順集，宗密注，見《宋史・藝文志四》。蘇軾《和子由四首・送春》：「憑君借取法界觀，一洗人間萬事非。」自注：「來書云近看此書，余未嘗見也。」萬事過眼：謂世間諸事如雲烟過眼，不足堅執依恃乃至計較也。黄庭堅《新寨餞南歸客》：「往在江南最少年，萬事過眼如鳥翼。」宋華鎮《陪和守宴城樓罷留望江山懷古》：「人間萬事無妍醜，過眼紛紛盡芻狗。」是其義。天女花：天女散花。《維摩經・觀衆生品》：「時維摩詰室有一天女，見諸大人聞所説法，便現其身，即以天華散諸菩薩、大弟子上，華至諸菩薩即皆墮落，至大弟子便著不墮。一切弟子神力去華，不能令去。」結習未盡者花即著身。按，二句謂生命短促，世相虚妄，當以學佛參禪對治之。

〔五〕「聊學」二句：春甕：酒甕。唐皎然《和邢端公登臺春望句》：「春風正飄蕩，春甕莫須傾。」蘇軾《廣陵會三同舍各以其字爲韵仍邀同賦・劉貢父》：「況逢賢主人，白酒潑春甕。」取醉：飲酒致醉。杜甫《上白帝城》二：「取醉他鄉客，相逢故國人。」韓愈《贈崔立之評事》：「能來取醉任喧呼，死後賢愚俱泯泯。」無等差：無差别。韓愈《李花二首》二：「長姬香御四羅列，縞裙練帨無等差。」歐陽修《初食車螯》：「雞豚爲異味，貴賤無等差。」意謂不講尊卑親疏。等差：等級次序；差别。《禮記・燕義》：「俎豆、牲體、薦羞，皆有等差，所以明貴賤也。」《顔氏家訓・歸心》：「星與日月，形色同爾，但以大小爲其等差。」

〔六〕「夜眠」二句：體平粟：消除肌膚表面疙瘩，喻不寒亦不恐也。蘇軾《和陶飲酒二十首》七：「未能平體粟，且復澆腸鳴。」人受寒或有畏恐則肌膚生「粟」。疑爲兩宋常語，而文人頗好取以爲辭。張耒《晨興苦寒戲潘郎》：「平生一衲度嚴寒，塊守深爐體生粟。」李處權《次韻德基效歐陽體作雪詩禁體物之字兼送表臣才臣友直勉諸郎力學之樂仍率同賦》：「歸來浩歌仰看屋，夜深凛凛粟滿肌。」皆其義。卯頰：酒容；醉顏。蘇軾《和陶和胡西曹示顧賊曹》：「卯酒暈玉頰，紅綃卷生衣。」李綱《初寒》：「卯酒暈紅朝玉頰，夜爐燃鼎沸松聲。」卯酒，卯時之酒，謂晨飲。白居易《醉吟》：「耳底齋鐘初過後，心頭卯酒未消時。」朝蒸霞：朝霞蒸騰。《苕溪漁隱叢話》：「退之《桃源詩》：『種桃處處惟開花，川源遠近蒸紅霞。』介甫因用此句，云：『春風過柳緑如繰，晴日蒸霞出小桃』。」按，二句謂隱居生涯，夜則不憂懼而安泰，朝且任酣飲而自得也。

〔七〕「養生」二句：豈解：猶今言「哪懂」，即不懂。杜牧《冬至日遇京使發寄舍弟》：「尊前豈解愁家國，輦下唯能憶弟兄。」歐陽修《和丁寶臣遊甘泉寺》：「野僧豈解惜清泉，蠻俗那知爲勝迹。」燒丹砂：煉丹藥。南朝陳徐陵《答周處士書》：「比夫煮石紛紜，終年不爛；燒丹辛苦，至老方成。」此蓋泛指修仙求長生之事。《鳴鶴餘音》卷六托名唐何仙姑《八聲甘州》言此最妙：「無爲大道人行少，向捏怪途中，有萬千傷感，蜣球却做靈丹。……時間清浄，豈解汞收鉛。」劇堪比看。

〔八〕「糟牀」二句：糟牀：榨酒之具。杜甫《羌村》二：「賴知禾黍收，已覺糟牀注。」宋孫覿《斗酒同小詩送楊君聖四絶》一：「糟床灩灩玉虹流，洗盡胸中萬斛愁。」正可：恰好可以。孟浩然《九日得新字》：「茱萸正可佩，折取寄情親。」李白《登邯鄲洪波臺置酒觀發兵》：「天狼正可射，感激無時閑。」此謂恰如。珠的皪：珍珠光亮、鮮明貌，此喻糟牀所出酒滴如珍珠鮮明温潤也。司馬相如《上林賦》：「明月珠子，的皪江靡。」晉左思《魏都賦》：「丹藕淩波而的皪，緑芰泛濤而浸潭。」孫詩云「玉虹流」，所擬雖不同，其義正一致。石鼎：烹茶之具，陶製。唐皮日休《冬曉章上人院》：「松扉欲啓如鳴鶴，石鼎初煎若聚蚊。」范仲淹《酬李光化見寄》之二：「石鼎門茶浮乳白，海螺行酒灧波紅。」咿啞：象聲詞。李賀《美人梳頭歌》：「轆轤咿啞轉鳴玉，驚起芙蓉睡新足。」此指茶湯沸騰聲。

〔九〕「東風」二句：東風：蓋謂初春，結題「春歌」。坎止齋：劉之齋名。

送高集中赴漳浦宰〔一〕

三年烏石僧房居，忍飢待次真臞儒〔二〕。有意載酒問奇字，無事閉門抄異書〔三〕。一行作吏去漳水，斂版趨廊參刺史〔四〕。胸中豪氣半銷磨，稍覺風波生眼底〔五〕。高郎高郎君莫嗔，舉世未有如君貧〔六〕。毀官不復謁時宰，老大甘爲行路人〔七〕。君今業已臨民社，辦取催科時下下〔八〕。不然彭澤歸去來，簿領筈榜何爲哉〔九〕。男兒策勛有時節，家世況自圖雲臺〔一〇〕。

【箋注】

〔一〕高集中：未詳，待考。漳浦：縣名。東晉綏安，隋併入龍溪，唐垂拱中分置漳浦，以南有雲霄山，漳水之所出，故名。

〔二〕「三年」二句：三年：蓋實指。烏石：疑即福州烏石山。待次：候補。《抱朴子・釋滯》：「士有待次之滯，官無暫曠之職。」蘇軾《試館職策題》三：「官冗之弊久矣，而近歲尤甚，文武之吏待次於都下者，幾數千人。」劉敞《送次子敏歸河陰》：「仕貧寧自佚，待次復空還。」臞儒：清瘦儒者。指儒士隱居不仕者。語本《漢書・司馬相如傳下》：「相如以爲列仙之儒居山澤間，形容甚臞，此非帝王之仙意也。」蘇軾《雪後劉景文左藏和順闍黎詩見贈次韻答之》：「載酒邀詩將，臞儒不是仙。」

〔三〕「有意」二句：載酒問奇字：喻己謙虚好學；尊人學問淵博。事出《漢書・揚雄傳下》：「間請問其故，乃劉棻嘗從雄學作奇字，雄不知情。……雄以病免，復召爲大夫。家素貧，耆酒，人希至其門。時有好事者載酒肴從游學，而鉅鹿侯芭常從雄居，受其《太玄》《法言》焉。」奇字：漢王莽時六體書之一，大抵據古文改變而成，此泛指文字之學。「問字」、「載酒」本各一事，宋人頗好比合爲用。劉一止《和胡浚明村中好客稀五字併作一首》：「何人載酒問奇字，糟床夜注時一中。」孫覿《吴漢逸家荆谿蓄古書奇器甚富余欲造觀而未果賦小詩先之》：「從公問奇字，載酒過子雲。」其義皆同。異書：圖書罕見或珍貴者。《後漢書・王充傳》「著《論衡》八十五篇」李賢注引晉袁山松《後漢書》：「充所作《論衡》，中土未有傳者，蔡邕入吴始得之，恒秘玩以爲談助。其後王朗爲會稽太守，又得其書，及還許下，時人稱其才進。或曰：『不見異人，當得異書。』」唐封演《封氏聞見記・典籍》：「秘書監牛宏表請分遣使搜訪異本，每書一卷，賞縑一匹，校寫既定，本還其主，由是人間異書，往往間出。」

〔四〕「一行」二句：一行作吏：一經爲官。一行：猶言一旦。語出嵇康《與山巨源絶交書》：「遊山澤，觀魚鳥，心甚樂之。一行作吏，此事便廢。」宋人好用此語。或單指出仕，蘇軾《再次韻德麟新開西湖》：「一行作吏人不識，正似雲月初朦朧。」樓鑰《送制帥林和叔歸》：「一行起作吏，所立已不苟。」或自責循俗而有所喪失，黄庭堅《題灊山》：「頃一行作吏，遂虚丹臺籍。」斂版：端持手版近身，喻恭謹。唐韓翃《送李司直赴江西使幕》：「斂版辭漢廷，進帆歸楚幕。」參刺史：拜見上官。刺史：泛言。

〔五〕「胸中」二句：豪氣：桀驁、豪邁習氣也。《三國志·魏書·陳登傳》：「（許）汜曰：『陳元龍湖海之士，豪氣不除。』」李白《答王十二寒夜獨酌有懷》：「君不見李北海，英風豪氣今何在？」與元幹相後先之鄭恕齋，其《次君用借屋》有云：「非關豪氣消磨盡，自是中年感慨多。」又宋李昭玘《觀劉孝嗣寫真》：「胸中豪氣不可狀，但見粉墨無紆餘。」亦用此典。半銷磨：消耗殆盡。半：猶言太半、强半，謂差不多也。賀知章《回鄉偶書二首》一：「離别家鄉歲月多，歸來人事半消磨。」蘇軾《同曾元恕游龍山呂穆仲不至》：「青春不覺老朱顏，强半銷磨簿領間。」稍覺風波生眼底：意謂漸感眼中所見多風波也。風波生：宋唐庚《公無渡河》：「公無渡河，公無渡河，平地猶恐生風波。」宋韓維《答曼叔見寄》：「人生風波間，觸事喜乖隔。」眼底：蔡襄《錢唐題壁》：「綽約新嬌生眼底，侵尋舊事上眉尖。問君别後愁多少，得似春潮夜夜添。」

〔六〕舉世未有如君貧：杜甫《丹青引》：「途窮反遭俗眼白，世上未有如公貧」。按，亂世而安守貧賤困窮，古人以爲賢者。

〔七〕「毁官」二句：毁官：棄官。時宰：猶時相。《晉書·謝尚謝琰等傳論》：「并階時宰，無墮家風。」王安石《平甫遊金山同大覺見寄相見後次韻》一：「名參時宰道人林，氣蓋諸公弟季心。」行路人：路人；平凡人。與「非常人」相對。《文選·蘇武〈五言詩〉》一：「四海皆兄弟，誰爲行路人。」杜甫《丹青引》：「即今漂泊干戈際，屢貌尋常行路人。」王庭珪《贈寫真劉琮》三：「塞騎破帽江南岸，不是尋常行路人。」元幹意謂高自甘平凡，蓋慰勉其能高尚也。

〔八〕「君令」二句：臨民社：爲州縣長官。民社：《禮記·月令》：「（仲春之月）擇元日，命民社。」鄭玄注：「社，后土也。使民祀焉。」蘇軾《賀時宰啓》：「民社非輕，猶承宣而惴惴；天淵靡外，亦戾躍以欣欣。」宋張孝祥《后土東嶽文》：「下臣蟣虱，天子使守民社。服事之始，敢敬有謁。」辦取：猶言「取辦」，盡力達成，勉强完成。似爲當時口語。曾幾《投壺全中戲成》：「説與妻孥須辦取，如山酒肉賀全功。」催科：催收租税。租税有科條法規，故稱。《宋史·職官志三》：「獄訟無冤、催科不擾爲治事之最。」宋鄭文寶《江南餘載》上：「錢氏科斂酷慘，民欠升斗，必至徒刑。湯悦、徐鉉嘗使焉，云夜半聞聲若獐麂號叫，及曉問之，乃縣司催科耳。」宋郭祥正《前春雪》：「縣令欲逃責，催科峻鞭朴。」下下：考核等級最低者。古代品評人、物，恒分九等，下下爲最末等。唐道州刺史陽城，治民如治家，賦税不能如額，上官責讓，城因自署其第，曰「撫字心勞，催科政拙，考下下」。見《新唐書·卓行傳》城本傳。宋薛抗《縣圃十絶和朱待制》七：「我知拙催科，考甘下下書。」按，拙於催科、考課下下，古人頗不以爲可耻，甚且反以爲賢良乃至高尚之迹，受考者亦且自以不能吏事自喜。元幹此處仍相勉勵，謂毋以斤斤吏事爲貴也。

〔九〕「不然」二句：彭澤：陶潛。陶潛曾爲彭澤令。王勃《滕王閣詩序》：「睢園緑竹，氣淩彭澤之樽；鄴水朱華，光照臨川之筆。」《史通·稱謂》：「有匹夫而不名者，若步兵、彭澤之類是也。」歸去來：歸去。簿領：謂官府簿册文牒。《後漢書·南匈奴傳》：「當决輕重，口白單于，無文書簿領焉。」蘇轍《徐州送江少卿》：「弦歌更就三年學，簿領唯添一味愚。」笞榜：鞭撻，地方官牧民事。歐陽修《答梅聖俞寺丞見寄》：「神靈多請禱，租訟煩笞榜。」蘇軾《送馮判官之昌國》：「直將仁義化笞榜，羞與奸贓競刀筆。」何爲哉：猶今語「幹什麽呢」。輕之之辭。宋人好用此語。蘇軾《陳伯比和回字復次韻》：「騎上下山亦疏矣，翛從容出何爲哉。」陸游《秋晴欲出城以事不果》：「浮生細看只此是，到死自苦何爲哉。」古人輕吏事，故有「何爲哉」之語。

〔一〇〕「男兒」二句：策勛：記功勛於策書之上。《左傳·桓公二年》：「凡公行，告于宗廟；反行，飲至、舍爵、策勛焉，禮也。」杜預注：「既飲置爵，則書勛勞於策，言速紀有功也。」《古詩源·木蘭詩》：「策勛十二轉，賞賜百千彊。」有時節：有時候；有時機。高適《自淇涉黄河途中作十三首》十一：「蠶農有時節，田野無閑人。」宋鄒浩《次韻劉世德見贈》：「大抵窮通有時節，莫將吾道羡雄飛。」圖雲臺：朝廷畫圖紀功。漢明帝追念前世功臣，圖畫鄧禹等二十八將於南宫雲臺，後用以泛指紀念功臣名將之所。杜甫《述古三首》三：「休運終四百，圖畫在雲臺。」按，二句更加之期許，詩意益以醒豁。

信中、居仁、叔正皆有詩，訪梅於城西，而獨未暇，載酒分付老拙，其敢不承〔一〕

闗山往歲曾冰裂，跋馬平坡千樹雪〔二〕。疏枝冷蕊最撩人，雪後生香微帶月〔三〕。醉中不數長短亭，狐裘擁鼻風前醒〔四〕。十年喪亂豈記憶，一見新詩心目驚〔五〕。平生公輩真豪友，意氣相投共杯酒〔六〕。祇今流落天南端，悵望中原莫回首〔七〕。及身强健頻看梅，此花到眼春光催〔八〕。玉人風味正清絶，但欠雪月相裴回〔九〕。欲訪城西尋醉語，竹籬茅舍知何許〔一〇〕。携壺藉草儻不嗔，便與此花長作主〔一一〕。

【箋注】

〔一〕信中：范寥，字信中。蜀人，家丹陽，本范鎮之族。少客游，落魄不羈。黄庭堅卒宜州，寥爲辦棺斂。以告張懷素逆謀有功，授供備庫副使，累遷潁昌府兵馬鈐轄，後除名。遇赦叙復，紹興間嘗知邕州，兼邕管安撫卒。居仁：吕本中（一〇八四—一一四五）。壽州（今安徽壽縣）人。

元祐宰相公著曾孫，好問之子。著有《東萊詩集》。《宋史》卷三七六有傳。元幹與本中相交，始自宣和中，彼此唱酬甚多。叔正：不詳。載酒：携酒。《分類字錦》：「山徑以蹇驢載酒。《避暑録話》：『劉白墮酒或曰騎驢酒，當是以驢載之而行也。』」唐王績《冬夜載酒於鄉館尋崔使君善爲》：「思君夜漸闌，載酒一相看。」孟浩然《九日詩》：「登高聞故事，載酒訪幽人。」老拙：老人自謙。宋陶穀《清異録・居室》：「善説者莫儒生若也。老拙幼學時，同舍生劉垂，尤有口材，曹號『虛空錦』。」蘇軾《章質夫寄惠崔徽真》：「知君被惱更愁絶，卷贈老夫驚老拙。」其敢：豈敢，不敢也。李商隱《送千牛李將軍赴闕五十韻》：「屢亦聞投鼠，誰其敢射鯨。」黄庭堅《答永新宗令寄石耳》：「閔仲叔不以口腹累安邑，我其敢用鮭菜煩嘉禾。」不承：不領命。此篇作於紹興六年，時在福州。《東萊先生詩集》編年稿，當年有《再簡范信中兼呈張仲宗》詩。

〔二〕「關山」二句：曾冰裂：即層冰裂，謂厚冰之坼裂。杜甫《高都護驄馬行》：「腕促蹄高如踣鐵，交河幾蹴曾冰裂。」唐楊巨源《奉酬竇郎中早入省苦寒見寄》：「空山頑石破，幽澗層冰裂。」元幹以喻形勢敗壞之輕易而且不可阻遏也。跛馬：騎馬馳逐。唐嚴武《巴嶺答杜二見憶》：「跛馬望君非一度，冷猿秋雁不勝悲。」王安石《金明池》：「跛馬未堪塵滿眼，夕陽偷理釣魚絲。」千樹雪：李白《送別》：「梨花千樹雪，楊葉萬條烟。」岑參《白雪歌送武判官歸京》：「忽如一夜春風來，千樹萬樹梨花開。」此藉指梅樹著雪貌。

〔三〕「疏枝」二句：疏枝冷蕊：梅花。杜甫《舍弟觀藍田取妻子到江陵喜寄三首》二：「巡檐索共梅花笑，冷蕊疏枝半不禁。」李綱《次季弟韵賦梅花三首》一：「冷蕊疏枝烟水濱，江南此地又逢春。」撩人：惹人憐愛，迷人。唐敦煌曲子《岩前笑四首・取性游》一：「念佛鳥，分明叫。啾啾唧唧撩人笑。」宋釋德洪《送僧還長沙》：「烟村相送處，風物更撩人。」生香：散發清香。漢樂府《古艷歌》：「蘭草自生香，生於大道傍。」歐陽修《浣溪沙》八：「酒醺紅粉自生香。」帶月：伴月；披戴月色。陶潛《歸園田居》三：「晨興理荒穢，帶月荷鋤歸。」唐虞世南《和鑾輿頓戲下》：「乘星開鶴禁，帶月下虹橋。」

〔四〕「醉中」二句：長短亭：長亭短亭。行旅所以休息、計里程之處，藉指遠行。蘇軾《送運判朱朝奉入蜀》：「夢尋西南路，默數長短亭。」語蓋本北周庾信《哀江南賦》：「十里五里，長亭短亭。」李白《菩薩蠻》：「何處是歸程，長亭更短亭。」擁鼻：擁鼻吟，泛指吟詩。唐韓偓《雨》：「此時高味共誰論，擁鼻吟詩空佇立。」歐陽修《和應之登廣愛寺閣寄聖俞》：「舊社更誰能擁鼻，新秋有客獨登高。」事本《世說新語・雅量》：「桓公伏甲設饌，廣延朝士，因此欲誅謝安、王坦之……謝神意不變……望階趨席，方作洛生詠，諷『浩浩洪流』。」劉孝標注引宋明帝《文章志》曰：「安能作洛下書生詠，而少有鼻疾，語音濁。後名流多學其詠，弗能及，手掩鼻而吟焉。」又指掩鼻，則正言愛惜梅花。杜牧《折菊》：「雨中衣半濕，擁鼻自知心。」王禹偁《雪中看梅花因書詩酒之興》：「凝眸未厭頻頻落，擁鼻還憐細細香。」元幹蓋兼用二者。風前醒：清醒於寒風中。元稹《憶醉》：「今朝偏遇醒時別，淚落風前憶醉時。」宋謝逸《驀山溪・月夜》：「紅消醉玉，酒面風前醒。」

〔五〕「十年」二句：十年喪亂：元幹此篇作于紹興六年，時與信中、居仁諸人均在福州，上距靖康之變已十載，故有「十年喪亂」之語。參《年譜》頁三九七。記憶：記得。杜甫《酬韋韶州見寄》：「養拙江湖外，朝廷記憶疏。」梅堯臣《和介甫明妃曲》：「馬上山川難記憶，明明夜月如相識。」一見心目驚：驟然看見而驚呼贊嘆也。

〔六〕「平生」二句：豪友：本謂豪奢之徒。語出《後漢書·獨行傳·范冉》：「子前在考城，思欲相從，以賤質自絶豪友耳。」此指友人性情高朗豪邁者。意氣相投：猶言意氣相得。《北齊書·高乾傳》：「魏領軍元叉，權重當世，以意氣相得，接乾甚厚。」李白《別韋少府》：「交乃意氣合，道因風雅存。」宋羅大經《題釣臺二首》一：「平生謹勅劉文叔，却與狂奴意氣投。」其義一也。共杯酒：同飲一杯酒。白居易《閑遊即事》：「逢人共杯酒，隨馬有笙歌。」語本司馬遷《報任少卿書》：「未嘗銜杯酒，接慇懃之歡。」

〔七〕「祇今」二句：祇今：如今，現在。李白《蘇臺覽古》：「祇今惟有西江月，曾照吴王宫裏人。」宋陳師道《春懷示鄰里》：「屢失南鄰春事約，祇今容有未開花。」悵望中原：遠望中原舊壤而惆悵痛苦也。李綱《立春日龍化道中得家問諸季已挈家渡浙江如劍川又聞江西頗有群盜嘯聚遂決意由五羊趨循惠潮陽假道閩中以歸偶成三篇時十二月十九日》二：「干戈未息中原暗，悵望關河胡馬塵。」莫回首：此謂久久凝望，不捨得回首，依戀之甚。

〔八〕「及身」二句：及身强健：趁著身體健康尚未衰老。蓋當時成語。歐陽修《寄聖俞》：「及身彊健始爲樂，莫待衰病須扶携。」黄庭堅《寄懷公壽》：「及身强健且行樂，一笑端須直萬錢。」頻看梅：多多欣賞梅花，正面點題，實寓歲月易逝、彼此珍重之意。南朝梁蕭綱《春日看梅花詩》：

「昨日看梅樹，新花已自生。」宋祖無擇《又和題宜春臺》：「雪消江上看梅發，風暖衡陽有雁回。」花到眼：鮮花美景可得任意欣賞也。宋邵雍《爲客吟》四：「年少不禁花到眼，情多唯只淚沾衣。」宋周紫芝《山中避盜後十首》二：「豈無花到眼，可奈鳥驚心。」春光催：虞世南《奉和獻歲讌宫臣》：「春光催柳色，日彩泛槐烟。」敦煌曲子《臨江仙·時世參差》：「東風吹柳西斜。春光催綻後園花。」按，二句謂時光易逝，倍宜珍惜也。

〔九〕「玉人」二句：玉人風味：仙家風度也。宋人有此語。宋廖正一《答張十八晝》：「玉人風味夙相親，骨法多奇巫峽神。」吕渭老《小重山》：「玉人風味似冰蟾。」風味：風采，氣質。《宋書·自序傳》：「(伯玉)温雅有風味，和而能辨，與人共事，皆爲深交。」宋惠洪《冷齋夜話》卷七：「淵明千載人，子瞻百世士；出處固不同，風味亦相似。」清絶：非凡；美妙至極。杜甫《奉同郭給事湯東靈湫作》：「浩歌渌水曲，清絶聽者愁。」蘇軾《次韵子由送趙屼歸覲錢塘遂赴永嘉》：「風流半刺史，清絶校書郎。」雪月相裴徊：謂以明月白雪映襯梅之高潔也。李商隱《無題》：「如何雪月交光夜，更在瑶臺十二層。」蘇軾《又書王晉卿畫四首·雪溪乘興》：「溪山雪月兩佳哉，賓主談鋒夜轉雷。」

〔一〇〕「欲訪」二句：尋醉語：相共暢飲縱談也。宋韓琦《次韵答崔公孺國博》：「醉語忘形幾爾汝，詩毫揮紙速雲烟。」吕本中《再簡范信中兼呈張仲宗》云「明日之游復如何？城南城北梅更多。對酒我不飲，把盞君當歌。酒炙雖勤主人費，且幸吾黨頻相過」，亦即元幹之意也。竹籬茅舍：貧士之居；高士之居。唐項斯《山中作》：「蒸茗氣銜茅舍出，繅絲聲隔竹籬聞。」王安石

《清平樂》：「雲垂平野。掩映竹籬茅舍。」知何許：不知何在也。宋釋重顯《頌一百則》五十四：「野鴨子，知何許，馬祖見來相共語。」蘇軾《和蔡景繁海州石室》：「我今老病不出門，海山巖洞知何許。」按，二句實謂相聚不必在高士之家，預爲下句結束地步也。

〔一一〕「携壺」二句：携壺藉草：郊遊之事。王維《偶然作六首》四：「白衣携壺觴，果來遺老叟。」温庭筠《秋日》：「芳草秋可藉，幽泉曉堪汲。」不嗔：不責怪。唐元結《漫酬賈沔州》：「漫醉人不嗔，漫眠人不唤。」作主：作主宰；招待某人。孟浩然《送崔遏》：「片玉來誇楚，治中作主人。」與此花作主，擬梅於人，蓋親愛之之意也。劉禹錫《酬牛相公見寄》：「少年留取多情興，請待花時作主人。」按，二句謂梅若不嫌棄，則願得長相護惜之——所以重之也。

【附録】

吕本中《再簡范信中兼呈張仲宗》

昨日之游樂不樂，主人愛客亦不惡。梅花遠近遍山谷，雨練風揉未全落。明日之游復如何？城南城北梅更多。對酒我不飲，把盞君當歌。酒炙雖勤主人費，且幸吾黨頻相過。梅花縱落君莫嘆，與君同住海南岸。花開花落都幾時，君醉我醒人得知。相逢一笑俱有詩，如何不飲令君癡。（《東萊先生詩集》卷一五）

希道使君見遺古風，謹次嚴韻〔一〕

君侯氣挾飛仙骨，插腦伏犀高崒屼〔二〕。榮枯過眼海一漚，出處何心兔三窟〔三〕。養生得趣喜按摩，子夜不眠頻叱咄〔四〕。枕中玉函妙以微，肘後金精恍兮惚〔五〕。我真蒲柳欲師承，刻畫無鹽恐唐突〔六〕。似聞有意贈刀圭，倒卷逆流翻澥渤〔七〕。世間萬態古今同，政可忘言佯吃訥〔八〕。杖藜未辦飲菊潭，且看冥鴻秋滅没〔九〕。

【箋注】

〔一〕嚴韻：格律精嚴，實贊人詩好也。蘇軾《端硯詩》：「嚴韻拾孑遺，微才任聊且。」此篇作於紹興七年（一一三七）。

〔二〕「君侯」二句：君侯：敬稱對方。與題中「使君」同，皆虚言表敬，非實指。清趙翼《陔餘叢考·君侯》：「按：丞相稱君，本沿戰國之制：田文相齊封孟嘗君，蘇秦相趙封武安君是也。至如謝萬謂王述曰『人言君侯癡，君侯信自癡』，李白《與韓荆州書》亦曰『君侯』，此則非列侯爲相者。蓋自漢以來，君侯爲貴重之稱，故口語相沿，凡稱達官貴人皆爲『君侯』耳。」飛仙骨：蓋用韓愈《奉和虢州劉給事使君三堂新題二十一詠・梯橋》：「自無飛仙骨，欲度何由敢。」插腦伏犀：《舊唐書・方伎傳・袁天綱》：「馬侍御伏犀貫腦，兼有玉枕，又背如負物，當貴不可言。」伏犀：指人前額至髮際骨骼隆起，古以爲顯貴之相。《後漢書・李固傳》「固貌狀有奇表，鼎角匿犀，足履龜文」，李賢注：「匿犀，伏犀也。謂骨當額上入髮際隱起也。」泛以稱美人之相貌。韓愈《送僧澄觀》：「有僧來訪呼使前，伏犀插腦高頰權。」宋孫覿《楓橋瑑書記出示近賦長句爲詩答之》：「白氎青鞋竹杖隨，伏犀插腦看魁奇。」崒屼：險峻貌；高聳貌。杜甫《自京赴奉先縣詠懷五百字》：「群冰從西下，極目高崒兀。」宋邵雍《大筆吟》：「鸞鳳翺翔，龍蛇盤屈，春葩暄妍，秋山崒屼。」按，二句蓋謂希道相貌奇特也。

〔三〕「榮枯」二句：榮枯過眼：謂壽夭貧富貴賤之屬，皆如烟雲過眼，不足介意也。蘇軾《吉祥寺僧求閣名》：「過眼榮枯電與風，久長那得似花紅。」宋釋懷深《題一笑庵》一：「榮枯過眼人間事，盡付山僧一笑中。」海一漚：如海面一點浮沫。《楞嚴經》卷六：「空生大覺中，如海一漚發。」佛教以喻生命空幻；後以喻事物起滅無常。《二十四詩品・含蓄》即采其説：「悠悠空塵，忽忽海漚，淺深聚散，萬取一收。」何心：何情；猶言何忍。杜甫《初冬》：「干戈未偃息，出處遂何心。」蘇軾《次韻章傳道喜雨》：「坐觀不救亦何心，秉畀炎火傳自古。」兔三窟：狡兔三窟也。典出《戰國策・齊策四》。按，二句謂不以得失縈懷，尤不肯自謀私利也。

〔四〕「養生」二句：得趣：領會情趣也。宋林逋《贈胡明府》：「一琴牢落倚松窗，孤澹無君得趣長。」周必大《二老堂詩話・陶杜酒詩》：「陶淵明詩『酒能消百慮』，杜子美云『一酌散千憂』，皆得趣之句也。」按摩：養生之術。《素問・血氣形志》：「形數驚恐，經絡不通，病生於不仁，治之以按摩醪藥。」《醫宗金鑒・正骨心法要旨・外治法》：「按摩法：按者，謂以手往下抑之也。摩者，謂徐徐揉摩之也……按其經絡，以通鬱閉之氣；摩其壅聚，以散瘀結之腫，其患可愈。」叱咄：大聲呵斥。《戰國策・燕策一》：「若恣睢奮擊，呴籍叱咄，則徒隸之人至矣。」此疑謂役使鬼神之事。

〔五〕「枕中」二句：枕中：枕中鴻寶之省文，泛指仙家秘籍。《漢書・劉向傳》：「上（宣帝）復興神仙方術之事，而淮南有枕中《鴻寶》《苑秘書》。書言神仙使鬼物爲金之術，及鄒衍重道延命方，世人莫見。」顏師古注：「《鴻寶》《苑秘書》，並道術篇名。臧在枕中，言常存録之不漏泄也。」唐于鵠《題服柏先生》：「仍聞枕中術，親授漢淮王。」劉禹錫《遊桃源一百韻》：「枕中淮南方，牀下阜鄉舃。」玉函：藏寶之匣，借指養生修仙之術。《抱朴子・地真》：「九轉丹、金液經、守一訣，皆在崑崙五城之内，藏以玉函，刻以金札，封以紫泥，印以中章焉。」杜牧《贈李處士長句四韻》：「玉函怪牒鎖靈篆，紫洞香風吹碧桃。」又謂「玉函方」，泛指醫書也。蘇軾《次韵子由清汶老龍珠丹》：「天公不解防癡龍，玉函寶方出龍宫。」肘後：《肘後方》簡稱。晉葛洪有《肘後備急方》，謂卷帙不多，可以懸諸肘後，遂謂精要也。後因指隨身携帶之丹方。杜甫《寄張十二山人》：「肘後符應驗，囊中藥未陳。」白居易《六年春贈分司東都諸公》：「每因同醉樂，自覺忘衰疾；始悟肘後方，不如杯中物。」金精：道教稱仙藥也。《漢武故事》：「太上之藥……上握藍園之金精，下摘圓丘之紫奈。」李白《入彭蠡經松門觀石鏡緬懷謝康樂》：「水碧或可采，金精秘莫論。」恍兮惚：恍惚，微妙、神秘莫測也。語出《道德經》第二十一章：「道之爲物，惟恍惟惚。惚兮恍兮，其中有象；恍兮惚兮，其中有物。」

〔六〕「我真」二句：蒲柳：水楊。後因以喻未老先衰，或體質衰弱。《世説新語・言語》：「蒲柳之姿，望秋而落。」唐盧綸《和崔侍郎游萬固寺》：「風雲才子冶遊思，蒲柳老人惆悵心。」師承：學術、技藝之一脈傳承。語本《後漢書・儒林傳序》：「若師資所承，宜標名爲證者，乃著之云。」宋宋祁《宋景文公筆記・考古》：「王弼注《易》，直發胸臆，不如鄭玄等師承有來也。」「刻畫」句：謂擬醜於美，比方不倫。自謙之辭。《晉書・周顗傳》：「庾亮嘗謂顗曰：『諸人咸以君方樂廣。』顗曰：『何乃刻畫無鹽，唐突西施也。』」無鹽，齊國醜婦；西施，越國美女。蘇軾《答孔周翰求書與詩》：「不蒙譏訶子厚疾，反更刻畫無鹽醜。」陳師道《別黃徐州》：「姓名曾落薦書中，刻畫無鹽自不工。」

〔七〕「似聞」二句：刀圭：泛指良藥。《抱朴子・金丹》：「服之三刀圭，三尸九蟲皆即消壞，百病皆愈也。」王明校釋：「刀圭，量藥具。武威漢墓出土醫藥木簡中有刀圭之稱。」《本草綱目・序例》引南朝梁陶弘景《名醫别録・合藥分劑法則》：「凡散云刀圭者，十分方寸匕之一，準如梧桐子大也……一撮者，四刀圭也。」唐王績《采藥》：「且復歸去來，刀圭輔衰疾。」澥渤：大海。《史記・司馬相如列傳》「浮勃澥，遊孟諸」，索隱引漢徐幹《齊都賦》：「海傍曰勃，斷水曰澥。」「澥渤」，即「勃澥」。蘇軾《和趙郎中捕蝗見寄次韻》：「初如疏畎澮，漸若決澥渤。」

〔八〕「世間」二句：政可：只可。吃訥：口吃而言語遲鈍。《北史・齊紀中・孝昭帝》：「廢帝吃訥，兼倉卒，不知所言。」謂不善辭令。司馬光《請建儲副或進用宗室第二狀》：「臣竊自痛，人品猥細，言語吃訥。」「佯吃訥」，謂示人癡獃以自守也。按，二句正言若反，蓋牢騷語。

〔九〕「杖藜」二句：杖藜：拄杖而行。藜莖堅韌，可爲杖。《莊子·讓王》：「原憲華冠縰履，杖藜而應門。」杜甫《暮歸》：「年過半百不稱意，明日看雲還杖藜。」未辦：未能；猶今言做不到。張籍《寄梅處士》：「君今獨得居山樂，應喜多時未辦歸。」菊潭：泛指神仙養生之區。宋史正志《菊譜》序：「南陽酈縣有菊潭，飲其水者皆壽。」或説即「菊水」。地在今河南内鄉縣。《水經注·湍水》：「湍水之南，菊水注之。水出西北石澗山芳菊谿，亦言出析谷，蓋谿澗之異名也。源旁悉生菊草，潭澗滋液，極成甘美。云此谷之水土，餐挹長年。」南朝陳周弘正《和庾肩吾入道館詩》：「菊潭溜餘水，丹竈起殘烟。」宋樂雷發《聽廬山胡道士彈離騷》一：「廬山道士菊潭仙，前世滄浪握楚荃。」皆其義。冥鴻：高雁。劉禹錫《遥賀白賓客分司初到洛中戲呈馮尹》：「冥鴻何所慕，遼鶴乍飛迴。」亦用修真養生之義。滅没：行動迅疾也。又指動作隱約不明，隱有神秘莫測意。語本《列子·説符》：「天下之馬者，若滅若没，若亡若失。」《淮南子·兵略訓》：「剽疾輕悍，勇敢輕敵，疾若滅没，此善用輕出奇者也。」按，二句謂時候也。

葉少藴生朝〔一〕

先生早貴當天升，文章爾雅傳六經〔二〕。腹包萬卷書縱横，玉堂草制群公驚〔三〕。繡韉緑髮趨承明，意氣已向沙堤行〔四〕。出入四紀更寵榮，聲華摩空鬱崢嶸〔五〕。坐嘯十郡歷九卿，視公進退爲重輕〔六〕。聖神天子開延英，丞轄政地思儀型〔七〕。中開香火祠殊庭，石林高卧憂蒼生〔八〕。五載筦鑰司陪京，貔貅百萬環屯營〔九〕。大江千里依長城，控制勍敵堅其盟〔一〇〕。詔書移鎮來旆旌，山川草木知威名〔一一〕。潢池桴鼓令不鳴，盡歸戲下息鬥争〔一二〕。維師鷹揚宇宙清，指顧號令驅風霆〔一三〕。小試擒縱孰敢攖，部曲愛戴如父兄〔一四〕。太阿龍泉發新硎，逆順之勢如建瓴〔一五〕。綸巾羽扇寬作程，韜略堂堂時俗評〔一六〕。乞師未用牛酒迎，胸次自有堂上兵〔一七〕。奸宄革面輸忠誠，碧海不復鰐鯢腥〔一八〕。細數前輩存典刑，爛爛伴月唯長庚〔一九〕。歲時建巳嶽降靈，三奇天運乙丙丁〔二〇〕。良辰樂事非難并，香凝燕寢合鼓笙〔二一〕。舞翻流雪歌囀鶯，兒孫繞膝奉兕觥〔二二〕。安輿綵服壽且寧，五福共應南極星〔二三〕。龐眉鶴骨超籛鏗，清都絳闕吞蓬瀛〔二四〕。明年正拜居阿衡，爐錘造化推至誠〔二五〕。黼藻王度重丹青，雲龍會遇真千齡〔二六〕。羲和日馭無虧盈，永佐火德輝炎精〔二七〕。

【箋注】

〔一〕葉少藴：葉夢得（一〇七七—一一四八），字少藴，號石林居士，吴縣人。《宋史》卷四四五有傳。生朝：生日。此篇紹興十四年作。參《年譜》頁二一五。

〔二〕「先生」二句：早貴：年少即得富貴。劉禹錫《虎丘寺見元相公二年前題名愴然有詠》：「因知早貴兼才子，不得多時在世間。」天升：升天。葉適《寄李季章參政》：「鷃飛雖地控，龍卧常天升。」意謂蟄隱之士得恩遇而入富貴也。文章爾雅：泛指學問純粹。語出《史記·儒林列傳》：「公孫弘爲學官，悼道之鬱滯，乃請曰：『……臣謹案詔書律令下者，明天人分際，通古今之義，文章爾雅，訓辭深厚，恩施甚美。』」索隱：「謂詔書文章雅正，訓辭深厚也。」蘇軾《蘇潛聖挽詞》：「悃愊無華真漢吏，文章爾雅稱吾宗。」傳六經：傳承經典，喻學問湛深而純粹也。皎然《妙喜寺達公禪齋寄李司直公孫房都曹德裕從事方舟顏武康士騁四十二韻》：「我祖傳六經，精義思朝徹。」六經：《易》《書》《詩》《禮》《樂》《春秋》。泛指儒家經典。

〔三〕「腹包」二句：腹包萬卷：極言學問宏富也。韓愈《符讀書城南》：「人之能爲人，由腹有詩書。」蘇軾《張競辰永康所居萬卷堂》：「留侯之孫書滿腹，玉函寶方何用讀。」書縱横：書籍散亂貌，喻藏書富而涉獵廣。蘇軾《夜過舒堯文戲作》：「推門入室書縱橫，蠟紙燈籠晃雲母。」張耒《謝黄師是惠碧瓷枕》：「我老耽書睡苦輕，繞牀惟有書縱横。」玉堂：官署名。漢侍中有玉堂署，宋以後翰林院亦稱玉堂。《漢書・李尋傳》：「過隨衆賢待詔，食太官，衣御府，久汙玉堂之署。」王先謙補注引何焯曰：「漢時待詔於玉堂殿，唐時待詔於翰林院，至宋以後，翰林遂並蒙玉堂之號。」唐吴融《送薛學士赴任峽州二首》二：「何似玉堂裁詔罷，月斜鳷鵲漏沈沈。」葉夢得《石林燕語》卷七，謂蘇易簡爲學士，宋太宗以紅羅飛白書「玉堂之署」四字以贈。草制：草擬制書。《新唐書・薛元超傳》：「省中有盤石，道衡爲侍郎時，常據以草制，元超每見，輒泫然流涕。」《宋史・朱勝非傳》：「建炎改元，試中書舍人兼權直學士院。時方草創，勝非憑敗鼓草制，辭氣嚴重如平時。」徽宗大觀初夢得曾官翰林學士，故云。

〔四〕「繡韉」二句：繡韉：錦繡裝飾之馬具裝，儀仗也。《春明退朝录》卷下：「太宗製笏頭帶以賜輔臣，其罷免尚亦服之。至祥符中，趙文定罷參知政事爲兵部侍郎，後數載，除景靈宫副使，真宗命廷賜御仙花帶與繡韉。」《宋史・輿服志》：「神宗熙寧間，文武升朝官、禁軍都指揮使以上，塗金銀裝盤絛促結；五品以上，復許銀鞍鬧裝。若開花繡韉，惟恩賜乃得乘。」緑髮：黑髮，喻青春年少。黄庭堅《次韵周德夫經行不相見之詩》：「春風倚樽俎，緑髮少年時。」宋何夢桂《浣溪沙・寄劉總管》：「紫綬金牌人緑髮，繡韉絲轡馬青驄。」「緑髮、繡韉」同舉，蓋喻少年富貴也。承明：即承明廬。漢承明殿旁屋，侍臣值宿所居，稱承明廬；又三國魏文帝以建始殿朝群臣，門曰承明，其朝臣止息之所亦稱承明廬。《漢書・嚴助傳》：「君厭承明之廬，勞侍從之事，懷故土，出爲郡吏。」顏師古注引張晏曰：「承明廬在石櫟閣外。直宿所止曰廬。」《文選·應璩〈百一詩〉》：「問我何功德？三入承明廬。」張銑注：「承明，謁天子待制處也。」意氣：志向與氣概。《管子·心術下》：「是故意氣定，然後反正。」南朝宋袁淑《效曹子建〈白馬篇〉》：「意氣深自負，肯事郡邑權？」沙堤：唐代專爲宰相築沙面大路以通車馬，所以示尊寵也。《唐國史補》卷下：「凡拜相，禮絶班行，府縣載沙填路。自私第至於子城東街，名曰沙堤。」白居易《官牛》：「一石沙，幾斤重？朝載暮載將何用？載向五門官道西，綠槐陰下鋪沙堤。昨日新拜右丞相，恐怕泥塗汙馬蹄。」後用指樞臣所行之路。元幹《滿庭芳·壽富樞密》：「此去沙堤步穩，調金鼎，七葉貂蟬。」亦用此典。按，二句謂早立鴻鵠之志。

〔五〕「出入」二句：出入：入，爲朝官；出，任地方長官。更：經也。四紀：四十八年。一紀十二年。寵榮：尊榮。語出《史記·禮書》：「德厚者位尊，祿重者寵榮。」晉庾亮《讓中書令表》：「夫富貴寵榮，臣所不能忘也；刑罰貧賤，臣所不能甘也。」聲華摩空：聲譽超卓非凡也。李賀《高軒過》：「殿前作賦聲摩空，筆補造化天無功。」宋孔平仲《芸叟寄新詞作八陣圖一首》：「國士大手筆，名聲蔚摩空。」聲華：聲譽榮耀。《淮南子·俶真訓》：「今夫積惠重厚，累愛襲恩，以聲華嘔苻嫗掩萬民百姓，使知之訢訢然人樂其性者，仁也。」摩空：騰空，喻超越塵俗。鬱峥嶸：奇特超逸非常貌。孟郊《感懷》：「登高望寒原，黃雲鬱峥嶸。」宋劉攽《雪中退朝與諸同舍登秘閣》：「仰望策府高，天祿鬱峥嶸。」元幹《奉同公直圯老過應夫石友齋》：「王郎胸次鬱峥嶸，鑿牖開軒不浪名。」亦用此語。峥嶸：山高峻貌。《文選·班固〈西京賦〉》：「於是靈草冬榮，神木叢生，巖峻崷崒，金石崢嶸。」李善注引郭璞《方言注》：「崢嶸，高峻也。」因喻卓越不凡。張説《唐故夏州都督太原王公神道碑》：「卓犖文藝，崢嶸武節。」後亦喻仕宦得意。黄庭堅《次韵子瞻武昌西山》：「山川悠遠莫浪許，富貴崢嶸今鼎來。」

〔六〕「坐嘯」二句：坐嘯：閒坐吟嘯，無所事事，高尚貌。《後漢書·黨錮傳序》云，漢成瑨少修仁義，篤學，以清名見，任南陽太守，用岑晊（字公孝）爲功曹，公事悉委其辦理，民間爲之謡曰：「南陽太守岑公孝，弘農成瑨但坐嘯。」後因以「坐嘯」指爲官清閒或不理公事。謝朓《在郡卧病呈沈尚書》：「坐嘯徒可積，爲邦歲已期。」蘇軾《次韵王滁州見寄》：「君家聯翩盡卿相，獨來坐嘯谿山上。」十郡：泛指。《宋史·辛輔四》云：「己巳，葉夢得自試户部尚書遷中大夫，除尚書左丞。」又夢得本傳云：「紹興初，起爲江東安撫大使。」時江南東路轄一府、七州、二軍，約相當十郡轄域。九卿：古代中樞大臣九員，此係泛指。名出《周禮·考工記·匠人》：「外有九室，九卿居焉。」歷代多有設置，而名稱、職司各有異同。葉氏身爲樞臣，故屬九卿。重輕：《新唐書·裴度傳》：「其威譽德業比郭汾陽，而用不用常爲天下重輕。」歐陽修《乞出第一劄子》：「蓋以執政之臣，天下之所瞻望，朝廷以爲重輕。」爲重輕，即據以爲輕重。按，二句謂葉氏之德普及朝野也。

〔七〕「聖神」二句：聖神天子：柳宗元《平淮夷雅》一：「度拜稽首，天子聖神。」聖神：帝王之德，借指帝王。漢班固《東都賦》：「登祖廟兮享聖神，昭靈德兮彌億年。」延英：延英殿，天子與大臣問對之所。《唐六典·尚書·工部》：「宣政之左曰東上閤，右曰西上閤，次西曰延英門，其内之左曰延英殿。」宋高承《事物紀原・朝廷注措・延英》：「《唐書》：『韓皋曰：延英之置，肅宗以苗晉卿年老難步，故設之耳。』後代因以爲故事。《宋朝會要》：『康定二年八月，宋庠奏：唐自中葉已還，雙日及非時大臣奏事，别開延英賜對，今假日御崇政、延和是也。』」藉指君臣問對；兼指天子寵任。白居易《寄隱者》：「昨日延英對，今日崖州去。」宋王珪《端午内中帖子詞・太上皇後閣》：「浮雲仙殿切昭回，甘露通宵滴玉杯。金鎖纔開團扇入，聖神天子問安來。」元幹兼此二義。丞轄：尚書左右丞别稱。宋韋驤《鄧左丞開府挽詞》：「術學材猷間世資，進登丞轄僅逾時。」即其義。政地：爲政之地，指朝廷。宋葉紹翁《四朝聞見録・趙忠定掄才》：「忠定季子崇實，閒因與予商榷駢儷，以爲此最不可忽，先公居政地，閒以此觀人。」樓鑰《王敏肅公挽詞》二：「詞場沾剩馥，政地仰洪鈞。」儀型：楷模，典範；作楷模，爲典範。《世説新語・賞譽》：「桓公語嘉賓：『阿源有德有言，向使作令僕，足以儀刑百揆。朝廷用違其才耳！』」蘇軾《次韻張安道讀杜詩》：「簡牘儀型在，兒童篆刻勞。今誰主文字，公合把旌旄。」思儀型：志願爲群臣表率也。

〔八〕「中開」二句：中：中間、中途，蓋謂宋敗亡也。殊庭：《史記・孝武本紀》：「上親禪高里，祠后土。臨渤海，將以望祠蓬萊之屬，冀至殊庭焉。」索隱引服虔曰：「殊庭者，異也，言入仙人異域也。」香火祠殊庭：蓋諱言徽宗欽宗之被虜入北也。高卧：隱居。語出《世説新語・排調》：「謝公在東山，朝命屢降而不動。……（高靈）戲曰：『卿屢違朝旨，高卧東山，諸人每相與言：安石不出，將如蒼生何！』」高卧憂蒼生：反用《世説》之意。

〔九〕「五載」二句：筦鑰：即管鑰。《晉書・陶侃傳》：「疾篤，將歸長沙，軍資器仗牛馬舟船，皆有定簿，封印倉庫，自加管鑰，以付王愆期，然後登舟，朝野以爲美談。」唐薛逢《題劍門先寄上西蜀杜司徒》：「千年管鑰誰鎔範，只自先天造化爐。」司筦鑰，喻秉朝權也。陪京：陪都。文天祥《建康》：「金陵古會府，南渡舊陪京。」貔貅：猛獸，喻將士之勇猛者。《史記・五帝本紀》：「（軒轅）教熊羆貔貅貙虎，以與炎帝戰於阪泉之野。」索隱：「此六者猛獸，可以教戰。」屯營：《文選・左思〈吴都賦〉》：「屯營櫛比，解署棋布。」吕向注：「屯營，軍營。」吴融《閑書》：「晉陽起義尋常見，湖口屯營取次聞。」葉夢得《聞莫尚書周侍郎已自鄂州過江入漢上》：「再見狂胡力請平，將軍無事罷屯營。」按，二句謂葉氏在臨安司拱衛之任。

〔一〇〕「大江」二句：長城：喻楨幹之臣可資倚重者。《宋書・檀道濟傳》：「道濟見收，脱幘投地曰：『乃復壞汝萬里之長城。』」陸游《書憤》：「塞上長城空自許，鏡中衰鬢已先斑。」勍敵：强敵。《左傳・僖公二十二年》：「勍敵之人，隘而不列，天贊我也。」曹丕《與鍾繇書》：「真君侯之勍敵，左右之深憂也。」杜甫《瞿唐懷古》：「西南萬壑注，勍敵兩崖開。」堅其盟：謂與金人明確盟誓不使失信背約。李綱《水龍吟・太宗臨渭上》：「悵敵情震駭，魚循鼠伏，請堅盟誓。」宋陳宓《長夏嘆》：「人言犬羊盟誓堅，我願夏日長如年。」

〔一一〕「詔書」二句：移鎮：改官、遷易任所。鎮：謂軍鎮。《華陽國志》卷九：「夏四月辛未，晉征西將軍庾亮遣參軍趙松擊巴郡江陽，獲蜀將李閎黄桓等。又欲率衆十萬移鎮石城，遣諸軍羅布江沔，爲伐趙之規。」張籍《送李僕射愬赴鎮鳳翔》：「天子新收秦隴地，故教移鎮古扶風。」旆旝：旗幟，謂軍鎮儀仗。《詩・小雅・車攻》：「蕭蕭馬鳴，悠悠旆旌。」南朝梁劉峻《出塞》：「陷敵挫金鼓，摧鋒揚旆旌。」按，紹興八年，葉氏被授江東安撫制置大使，兼知建康府、行宫留守，總管四路漕計，致力於抗金防備及軍餉勤務。草木知威名：事本《舊唐書・張萬福傳》：「李正己反……德宗以萬福爲濠州刺史，召見謂曰：『先帝改卿名『正』者，所以褒卿也。朕以爲江淮草木亦知卿威名，若從先帝所改，恐賊不知是卿也。』復賜名萬福。」黄庭堅《送范德孺知慶州》：「乃翁知國如知兵，塞垣草木識威名。」後人每襲用山谷，極言某人威德感下之深。宋程公許《壽制使董侍郎》：「西南倚公九鼎重，草木亦自知威名。」元幹此處，同一機杼。

〔一二〕「潢池」二句：潢池：蓋「潢池弄兵」之省。潢池：小水。《漢書・循吏傳・龔遂》遂對（宣帝）曰：「海瀕遐遠，不霑聖化，其民困於飢寒而吏不恤，故使陛下赤子盜弄陛下之兵於潢池中耳。」顔師古注：「積水曰潢。」後因以謂叛亂。宋樓鑰《論帥臣不可輕出奏議》：「水旱、饑饉，既不能免，潢池弄兵，安保其無。」宋于定國《閱武喜晴和厲寺正韵》：「潢池刀劍雖安帖，紫塞烟塵欠掃清。」桴鼓不鳴：官衙無報警之聲，治安貌。桴鼓，警鼓，所以報警告急者。後漢荀悦《漢紀・宣帝紀三》：「由此桴鼓希鳴，世無偷盜。」唐崔日用《餞唐永昌》：「洛陽桴鼓今不鳴，朝野咸推重太平。」宋孔武仲《錢穆仲有高麗松扇館中多得者以詩求之》：「錢公治迹壓張趙，偷兒破膽皆摧藏。桴鼓不鳴已三月，凛凛霜威破殘熱。」戲下：即「麾下」。《史記・淮陰侯列傳》：「及項梁渡淮，信杖劍從之，居戲下，無所知名。」集解引徐廣曰：「戲，一作麾。」按，二句謂葉氏善能控御豪傑之士使爲我用也。

〔一三〕「維師」二句：維師：師尚父，即太公望也。鷹揚：師旅威武貌。《詩・大雅・大明》：「維師尚父，時維鷹揚。」毛傳：「鷹揚，如鷹之飛揚也。」《後漢書・陳龜傳》：「臣無文武之才，而忝鷹揚之任。」張九齡《餞王尚書出邊》：「詩人何所詠，尚父欲鷹揚。」宇宙清：天下太平清朗也。晉成公綏《晉四廂樂歌二首》二《正旦大會行禮歌》：「聖皇君四海。順人應天期……宇宙清且泰。黎庶咸雍熙。」唐儲光義《登秦嶺作時陷賊歸國》：「惟言宇宙清，復使車書同。」指顧號令：部署指揮也。《新唐書・趙犨傳》：「犨資警健，兒弄時好爲營陣行列，自號令指顧，群兒無敢亂。」韓愈《論捕賊行賞表》：「所宜大明約束，使信在言前，號令指麾，以圖功利。」指顧：手指目視。《漢書・律曆志上》：「指顧取象，然後陰陽萬物靡不條鬯該成。」李商隱《行次西郊作一百韵》：「指顧動白日，暖熱迴蒼旻。」號令：發布命令。《詩・齊風・東方未明》序：「朝廷興居無節，號令不時。」風霆：狂風暴雷。《禮記・孔子閑居》：「地載神氣，神氣風霆，風霆流形，庶物露生，無非教也。」喻威勢。劉禹錫《唐故相國贈司空令狐公集紀》：「在藩聳萬夫之觀望，立朝賁群寮之頰舌，居内成大政之風霆。」

〔一四〕「小試」二句：小試：小加試驗。《史記・孫子吴起列傳》：「子之十三篇，吾盡觀之矣，可以小試勒兵乎？」辛棄疾《木蘭花慢・席上送張仲固帥興元》：「一編書是帝王師。小試去征西。」或即「牛刀小試」之省，以喻舉重若輕，亦可通。擒縱：捉住與釋放，謂控御也。杜甫《爲華州郭使君進滅殘寇形勢圖狀》：「愚臣聞見淺狹，承乏待罪，未精慎固之守，輕議擒縱之術。」宋馮山《武侯廟》：「吁嗟擒縱術，祠下涕霑袍。」攖：當也，犯也。《孟子・盡心下》：「有衆逐虎，虎負嵎，莫之敢攖。」蘇軾《思治論》：「商君之變秦法也，攖萬人之怒，排舉國之説，勢如此其逆也。」部曲：部屬。晉袁宏《後漢紀·靈帝紀》：「今將軍既有元舅之尊，二府並領勁兵，部曲將吏皆英俊之士，樂盡死力，事在掌握，天贊之時也。」

〔一五〕「太阿」二句：太阿、龍泉：皆古寶劍名。發新硎：猶言「新發於硎」，研磨初畢，喻刀劍鋭利也。語本《莊子·養生主》：「庖丁對曰：『今臣之刀十九年矣，所解數千牛矣，而刀刃若新發於硎。』」此謂控御之術有所建立也。逆順之勢：意謂宜順不得逆，如不得太阿倒持是也。《漢書·梅福傳》：「至秦則不然，張誹謗之罔，以爲漢敺除，倒持泰阿，授楚其柄。」後以喻授人權柄，自受其害。秦觀《李訓論》：「自德宗懲北軍之變，以左右神策、天威等軍，分委宦官主之，由是太阿倒持，不復可取。」建瓴：即「建瓴水」之省，謂傾倒瓶中之水，形容居高臨下、勢不可當。語本《史記·高祖本紀》：「譬猶居高屋之上建瓴水也。」《周書·韋孝寬傳》：「竊以大周土宇，跨據關河，蓄席卷之威，持建瓴之勢。」李商隱《商於》：「建瓴真得勢，橫戟豈能當。」

〔一六〕「綸巾」二句：綸巾羽扇：《太平御覽》卷七〇二引晉裴啓《語林》：「諸葛武侯與宣王在渭濱將戰，武侯乘素輿，葛巾，白羽扇，指揮三軍。」後因以「羽扇綸巾」謂大將之指揮若定、瀟灑從容。蘇軾《念奴嬌·赤壁懷古》：「遥想公瑾當年，小喬初嫁了，雄姿英發。羽扇綸巾，談笑間，强虜灰飛烟滅。」寬作程：規制寬裕，驅使和緩不急貌，此喻統兵能優容部屬。黄庭堅《次韵子瞻題郭熙畫秋山》：「但熙肯畫寬作程，十日五日一水石。」宋饒節《送趙廉訪》：「聞道公歸朝玉京，王事不敢寬作程。」作程：猶言定標準、樹榜樣。漢蔡邕《陳太丘碑文》：「含光醇德，爲士作程。」韜略堂堂：兵法計謀深遠也。堂堂：弘大貌。《漢書·蕭望之傳贊》：「望之堂堂，折而不橈，身爲儒宗，有輔佐之能，近古社稷臣也。」岳飛《題伏魔寺壁》：「膽氣堂堂貫斗牛，誓將直節報君仇。」時俗評：輿論也。時俗：流俗。《楚辭·離騷》：「固時俗之工巧兮，偭規矩而改錯。」曹植《雜詩》四：「時俗薄朱顔，誰爲發皓齒。」按，「時俗」一語，文人恒取其貶義，元幹此語則顯在相褒，此或當時公論。至於葉氏爲朝廷畫策之事，可參看《宋史》本傳。

〔一七〕「乞師」二句：乞師：借兵。《左傳·定公四年》：「初，伍員與申包胥友，其亡也，謂申包胥曰：『我必復楚國。』申包胥曰：『勉之，子能復之，我必能興之。』及昭王在隨，申包胥如秦乞師……立依於庭墻而哭，日夜不絶聲，勺飲不入口，七日。秦哀公爲之賦《無衣》，九頓首而坐，秦師乃出。」宋張方平《睢陽雙忠廟詩》：「烈士趨死易，黜己下人難……乞師賀蘭府，嚙指如枯蘗。」宋沈與求《劉資政挽詞》一：「請死自緣鳴越甲，乞師誰爲哭秦庭。」葉氏是否有其事，未詳。牛酒：牛與酒，所以饋贈、犒勞、祭祀者。《戰國策·齊策六》：「(齊襄王)乃賜(田)單牛酒，嘉其行。」此專指勞軍之具。杜甫《贈左僕射鄭國嚴公武》：「感激動四極，聯翩收二京。西郊牛酒再，原廟丹青明。」梅堯臣《送薛十水部通判并州》：「并州自古近胡地，牛酒常行十萬兵。」胸次：胸間。亦指胸懷。《莊子·田子方》：「行小變而不失其大常也，喜怒哀樂不入於胸次。」黄庭堅《題高君正適軒》：「豁然開胸次，風至獨披襟。」堂上兵：用兵於堂上，典出張良爲沛公「畫籌策帷帳之中，決勝千里外」。語出晉張協《雜詩十首》七：「疇昔懷微志，帷幕竊所經。何必操干戈，堂上有奇兵。折衝樽俎間，制勝在兩楹。」宋李廷忠《賀新郎·壽制帥董侍郎》：「籌邊堂上兵無數。笑當年、蜀山諒將，夜分旗鼓。」葉夢得《次韻程伯禹用時字韻見寄二首》二：「地中鳴角無多怪，堂上論兵固有奇。」亦用之。

〔一八〕「奸宄」二句：奸宄：亦作「姦軌」。《尚書·舜典》：「蠻夷猾夏，寇賊奸宄。」孔傳：「在外曰奸，在内曰宄。」孔穎達疏：「又有强寇劫賊外奸内宄者爲害甚大。」《左傳·成公十七年》：「臣聞亂在外爲奸，在内爲軌。御奸以德，御軌以刑……德刑不立，奸軌並至。」陸德明釋文：「軌，本又作宄。」指違法作亂者。革面：謂改變臉色或態度。《易·革》：「君子豹變，小人革面。」王弼注：「小人樂成則變面以順上也。」孔穎達疏：「小人革面者，小人處之但能變其顏面容色順上而已。」《抱朴子·用刑》：「洗心而革面者，必若清波之滌輕塵。」鰐鯢腥：喻大敵氣焰之熾烈囂張。鰐鯢：文獻多用「鯨鯢」。語出《左傳·宣公十二年》：「古者明王伐不敬，取其鯨鯢而封之，以爲大戮。」《資治通鑑·晉愍帝建興元年》「掃除鯨鯢，奉迎梓宫」，胡三省注曰：「鯨鯢，大魚，鈎綱所不能制，以此敵人之魁桀者。」唐張祜《遊蔚過昭陵十六韻》：「海静鯨鯢死，雲開日月懸……大爐銷劍戟，鴻澤蕩腥膻。」李綱《自海陵泛江歸梁谿作》：「去年狂寇起歙睦，江浙慘澹妖氣凝。百年涵養極繁盛，一日蕩析屯臊腥。衣冠北渡旅淮甸，扶老携幼紛從横。王師出討盛貔虎，兇渠授首封鯢鯨。」葉適《鄱量董季興往遊懷玉山捐田入寺爲民禱雨君既道其本末又示山中五章》：「誰知領縣春風邊，嗔蛟怒鰐腥熏天。」按，元幹此句，蓋兼用諸義。

〔一九〕「細數」二句：細數：一一計算；枚舉。王安石《北山》：「細數落花因坐久，緩尋芳草得歸遲。」宋周弼《送客》：「欲知行遠近，細數杜鵑聲。」前輩存典刑：景仰推崇之辭。吴芾《挽范丞相五首》三：「朝廷名德重，前輩典刑存。」宋人似好以「前輩、典刑」連文並舉。劉度《挽郭彦鄰》：「孝友追前輩，雍容具典刑。」宇文紹莊《踏磧》：「八陣圖前凛古風，武侯英烈豈忽忽。……典刑前輩今能幾，歲晚相期華髮同。」均其例。典刑：即「典型」。《詩·大雅·蕩》：「雖無老成人，尚有典刑。」鄭玄箋：「猶有常事故法可案用也。」「爛爛」句：猶言啓明星與明月相輝映，蓋喻臣子與君主之相得也。爛爛：光芒閃耀貌。漢樂府《雞鳴歌》：「東方欲明星爛爛，汝南晨雞登壇喚。」又似兼用東晉王戎事，以喻葉氏目光清朗、精神堅確者。《世説新語·容止》：「裴令公目王安豐，『眼爛爛如巖下電』。」劉孝標注：「王戎形狀短小，而目甚清炤，視日不眩。」長庚：啓明星。喻賢能楨幹之臣。《詩·小雅·大東》：「東有啓明，西有長庚。」毛傳：「日旦出謂明星爲啓明，日既入謂明星爲長庚。」《漢書·禮樂志》「寒暑不忒況皇章」顔師古注引晉晉灼曰：「言長更星終始不改其光，神永以此明賜君也。」蘇軾《和陶〈貧士〉》一：「長庚與殘月，耿耿如相依。」按，二句謂葉氏與朝廷有相信相得之幸，疑元幹正言若反，實隱暗諷之意。

〔二〇〕「歲時」二句：歲時建巳：四月。嶽降靈：上天降下神靈於嵩嶽也。《詩·大雅·崧高》：「崧高維嶽，駿極於天。維嶽降神，生甫及申。」本指上天降誕俊傑之士，後轉用以爲稱頌長壽之恒語。宋汪藻《上蔡太師生辰二首》二：「壽考天資魯，神靈嶽降崧。」宋章斯才《水調歌頭》二《壽楊憲》：「方啓流虹華旦，恰值紱麟彌月，嘉會慶千齡。維岳降神處，玉印注長生。」是其義。三奇：古術數家之説，以乙丙丁爲天上三奇，甲戊庚爲地下三奇，辛壬癸爲人間三奇，以三奇順布於年月日爲吉。天運：自然氣數。《史記·天官書》：「夫天運，三十歲一小變，百年中變，五百載大變，三大變一紀，三紀而大備，此其大數也。」陶潛《責子》：「天運苟如此，且盡杯中物。」按，二句確指葉氏生辰也。

〔二一〕「良辰」二句：良辰樂事：時吉事好。謝靈運《擬魏太子鄴中集詩序》：「天下良辰、美景、賞心、樂事，四者難并。」難并：難以同時獲得、遭遇。香凝燕寢：本謂香氣縈繞内室。宋人好用此語賀人之壽，數見不鮮。宋洪适《滿江紅》：「燕寢香凝，官事了，詩情充溢。」宋向子諲《浣溪沙》七《堂前巖桂犯雪開數枝色如杏黄適當老妻生朝作此以侑觴》：「不盡秋香凝燕寢，無邊春色入尊罍。」又無名氏《酹江月·壽史貳卿》：「歡聲雷動，問邦民，知道君侯生日。……見説燕寢香凝，旌旗微動，獵獵薰風入。」即其顯例。元幹此句與洪氏詞意相似，謂葉氏公事之暇，則能歌詩音樂自娱，不以功名介懷。燕寢：閒居。《顏氏家訓·勉學》：「夫聖人之書，所以設教，但明練經文，粗通注義，常使言行有得，亦足爲人，何必『仲尼居』即須兩紙疏義，燕寢講堂，亦復何在？」今人王利器集解：「燕寢，閒居之處。」鼓笙：「鼓瑟吹笙」之省文，以喻有益友相得也。《詩·小雅·鹿鳴》：「我有嘉賓，鼓瑟吹笙。」白居易《題西亭》：「此宜宴佳賓，鼓瑟吹笙竽。」

〔二二〕「舞翻」二句：舞翻流雪：本指大雪飄飛貌。謝朓《阻雪連句遥贈和》：「積雪皓陰池，北風鳴細枝。九逵密如繡，何異遠別離。風庭舞流霰，冰沼結文澌。」元幹《奉和希道新句兼簡祖穎漕使》：「頗聞鎖娉婷，迴風舞流雪。」亦用此語。此以喻少女舞姿之婀娜也。翻：飛也。宋吕渭老《水龍吟》：「子著宫桃，舞翻官柳，霞杯纖捧。」宋史浩《待明守趙殿撰致語口號》：「舞翻回雪隨清吹，歌遏行雲度美腔。」歌囀鶯：喻歌喉清越婉轉。皮日休《偶留羊振文先輩及一二文友小飲日休以眼病初平不敢飲酒遣侍密歡因成四韵》：「襹褷正重新開柳，呫囁難通乍囀鶯。」宋楊無咎《齊天樂·端午》：「慢囀鶯喉，輕敲象板，勝讀離騷章句。」奉兕觥：敬酒上壽也。兕觥：泛指酒器尊貴者。《詩·周南·卷耳》：「我姑酌彼兕觥，維以不永傷。」毛傳：「兕觥，角爵也。」宋無名氏《應天長·壽監岳》：「畫堂上，鶴筭延長，兕觥無極。」

〔二三〕「安輿」二句：彩服：即彩衣。《藝文類聚》卷二〇引《列女傳》：「昔楚老萊子孝養二親，行年七十，嬰兒自娱，常著五色斑斕衣，爲親取飲。」以指孝養父母。宋王禹偁《謝宣旨令次男西京侍疾表》：「此蓋陛下義敦天性，恩厚孝思，念黄髪之衰羸，俾彩衣而侍養。」五福：至福五種。古説不盡同。《尚書·洪範》：「五福：一曰壽，二曰富，三曰康寧，四曰攸好德，五曰考終命。」漢桓譚《新論》：「五福：壽、富、貴、安樂、子孫衆多。」南極星：古人以爲主生與長壽之星。《史記·天官書》「狼比地有大星，曰南極老人」，正義：「老人一星，在弧南，一曰南極，爲人主占壽命延長之應。常以秋分之曙見於景，春分之夕見於丁。見，國長命，故謂之壽昌，天下安寧。」漢崔駰《杖頌》：「王母扶持，永保百禄。壽如南極，子孫千億。」范成大《東宫壽詩》：「自古東明陪出日，祇今南極是前星。」

〔二四〕「龐眉」二句：龐眉：眉毛黑白錯雜，人老貌。劉禹錫《和河南裴尹侍郎宿齋天平寺詣九龍祠祈雨二十韻》：「商山有病客，言賀舒龐眉。」五代貫休《懷鄰叟》：「常思東溪龐眉翁，是非不解兩頰紅。」鶴骨：骨相如鶴，修道者之相。孟郊《石淙》五：「飄飄鶴骨仙，飛動鰲背庭。」蘇軾《壽星院寒碧軒》：「道人絶粒對寒碧，爲問鶴骨何緣肥？」籛鏗：即彭祖。《論語・述而》「竊比於我老彭」，邢昺疏：「老彭，即彭祖也。李云：名鏗，堯臣，封於彭城，歷虞夏至商，年七百歲。」晉葛洪《神仙傳》：「彭祖者，姓籛名鏗，帝顓頊之玄孫，至殷末世，年七百六十歲。」宋曾豐《代賀皇太子生日（代贛守）》：「尚稽陪角綺，遥祝壽籛鏗。」清都絳闕：即「清都紫微」、「清都紫府」，天帝所居宫闕。晉傅玄《雲中白子高行》：「陵陽子。來明意。欲作天與仙人遊。超登元氣攀日月。遂造天門將上謁。閶闔辟。見紫微絳闕。紫宫崔嵬。」宋張孝祥《西江月・代五三弟爲老母壽》：「莫問清都紫府，長教緑鬢朱顔。」清都：帝居。《列子・周穆王》：「清都、紫微、鈞天、廣樂，帝之所居。」蘇軾《隆祐宫設慶宫醮青詞》：「伏以長樂告成，光動紫宫之像；清都下照，誠通絳闕之仙。」絳闕：仙宫。蘇軾《水龍吟》：「古來雲海茫茫，道山絳闕知何處。」蓬瀛：蓬萊、瀛洲，皆仙山。《抱朴子・對俗》：「（得道之士）或委華駟而轡蛟龍，或棄神州而宅蓬瀛。」唐劉得仁《逢呂山人》：「長生如有分，願逐到蓬瀛。」按，二句稱頌葉氏壽登仙域也。

〔二五〕「明年」二句：正拜：正式拜官，正式就任。宋朱弁《曲洧舊聞》卷三：「忠宣正拜後，嘗留晁美叔同匕筯。」宋王禹偁《五哀詩・故尚書兵部侍郎瑯琊王公》：「紫微雖正拜，白髮已遲暮。」阿衡：師保之官，商官名。《詩・商頌・長發》：「實維阿衡，實左右商王。」毛傳：「阿衡，伊尹也。」後轉指國家輔弼之臣，宰相之職。《世説新語・政事》「丞相末年略不復省事」，劉孝標注引晉徐廣《曆紀》：「導阿衡三世，經綸夷險，政務寬恕，事從簡易，故垂遺愛之譽也。」司馬光《機權論》：「伊尹躬受湯命，阿衡王家，故不得不放諸桐宫也。」爐錘：猶錘煉。杜甫《送顧八分文學適洪吉州》：「顧侯運鑪錘，筆力破餘地。」蘇軾《次韻孫莘老見贈時》：「爐鎚一手賦形殊，造物無心敢忘渠。」造化：創造化育。《漢書·董仲舒傳》：「今子大夫明於陰陽所以造化，習於先聖之道業，然而文采未極，豈惑虖當世之務哉？」《抱朴子·對俗》：「夫陶冶造化，莫靈於人。」推至誠：以至誠與人相應對。宋鄭穆《贈仙居宰陳述古》四：「我愛仙居宰，接人推至誠。」按，二句謂葉氏能以至誠接引後生，造就人才也，寓期望之意。

〔二六〕「黼藻」二句：黼藻王度：爲王家氣象增添光榮也。黼藻：泛指繪飾之精美華麗。語本《尚書·益稷》：「藻火粉米，黼黻絺繡。」指花紋、雕刻、彩畫之屬也。北齊劉晝《新論·因顯》：「匠者採焉，製爲殿堂，塗以丹漆，畫爲黼藻，則百辟卿士，莫不顧眄仰視。」曾鞏《送鄭州邵資政》：「笑談成黼藻，咳唾落瓊瑰。」王度：王者之德行器度。《左傳·昭公十二年》：「思我王度，式如玉，式如金。」孔穎達疏：「思使我王之德度，用如玉然，用如金然，使之堅而且重，可寶愛也。」鮑照《爲柳令讓驃騎表》：「方之微臣，被安足齒，齊此而歸，懼塵王度。」宋樓鑰《送王恭父倉部知洋州》：「賜環勿憚萬里程，江山多助筆縱横，黼藻王度扶中興。」丹青：泛指藻繪所用顔料。《漢書·司馬相如傳》：「其土則丹青赭堊。」顔師古注：「張揖曰：『丹，丹沙也。青，青雘也。』……丹沙，今之朱沙也。青雘，今之空青也。」雲龍會遇：喻君臣相得。《易·乾》：「雲從龍，風從虎，聖人作而萬物睹。」孔穎達疏：「龍是水畜，雲是水氣，故龍吟則景雲出，是雲從龍也。」後因以指君臣風雲際會。會遇：遭際，際遇。范仲淹《青州謝上表》：「竊念臣賦才寡薄，抱節孤危，會遇不倫，進擢無狀。」千齡：千年，千歲。《晉書・禮志上》：「方今天地更始，萬物權輿，蕩近世之流弊，創千齡之英範。」

〔二七〕「羲和」二句：羲和：《楚辭・離騷》：「吾令羲和弭節兮，望崦嵫而勿迫。」王逸注：「羲和，日御也。」《初學記》卷一引《淮南子・天文訓》：「爰止羲和，爰息六螭，是謂懸車。」原注：「日乘車，駕以六龍，羲和御之。」火德：五行家以帝王受天命正值五行之火運。《史記・秦始皇本紀》：「始皇推終始五德之傳，以爲周得火德。」趙宋自以火德而王。《宋史・太祖紀》：「（建隆元年三月）定國運以火德王。」炎精：王朝之應火運而興者。《東觀漢記・馮衍傳》：「繼高祖之休烈，修文武之絶業，社稷復存，炎精更輝。」諸葛亮《爲後帝伐魏詔》：「今賊效尤，天人所怨，奉時宜速，庶憑炎精祖宗威靈相助之福，所向必克。」宋袁陟《過金陵謁吳大帝廟》：「炎精竟灰燼，紫蓋出艨艟。」按，二句預禱葉氏受知遇於天子，永爲輔弼之臣而建立功業也。

賦漳南李幾仲安齋詩〔一〕

羔豚蒸乳活臠牛，口腹造業誇炰羞〔二〕。儻知晚食足當肉，一飽何苦多營求〔三〕。先生睡美黑甜處，那聞鐘鼓朝鳴樓〔四〕。布衾竹枕自穩暖，此念灰冷百不憂〔五〕。世間寢食乃日用，衆生擾擾如蚍蜉〔六〕。昔年我亦走南北，往反萬里無停輈〔七〕。胸中不作異鄉縣，有似坐閱十數州〔八〕。雲山渾如舊過眼，歲月不覺春已秋〔九〕。宿君齋屋亦偶爾，更僕笑語久未休〔一〇〕。夜闌各困且打睡，明日飢飽臨時謀〔一一〕。

【箋注】

〔一〕漳南：漳浦縣南。李幾仲：名大方。安正之子。鄒浩《道鄉集·跋漳浦李大忠徽叔所藏書畫尾》云：「漳浦李大忠徽叔，與兄李大方幾仲，皆從山谷游，得書不知幾何。必謹藏之。」大忠，字徽仲。

〔二〕「羜豚」二句：羜豚蒸乳：蒸熟以人乳餵養之小豬食之，極言飲食奢侈。事本《世説新語·汰侈》：「武帝嘗降王武子家，武子供饌……烝豚肥美，異於常味。帝怪而問之，答曰：『以人乳飲豚。』帝甚不平。」羜豚：仔豬；此或兼羊羜爲言，亦得通。蘇轍《將還江州子瞻相送至劉郎家洑王生家飲別》：「渡江買羜豚，收網得魴鯉。」活臠牛：割取活牛肉或部件。事亦本《世説新語·汰侈》：「王君夫有牛，名八百里駮，常瑩其蹄角。王武子語君夫：『我射不如卿，今指賭卿牛，以千萬對之。』君夫既恃手快，且謂駿物無有殺理，便相然可。令武子先射。武子一起便破的，却據胡牀，叱左右：『速探牛心來！』須臾炙至，一臠便去。」黄庭堅《和答張仲謨泛舟之詩》：「興來活爩牛心熟，醉罷紅鑪鴨脚焦。」爩：將魚、肉切成塊。《漢書·王莽傳下》：「軍人分裂莽身，支節肌骨爩分，争相殺者數十人。」口腹造業：以貪吃作惡也。口腹：南朝梁沈約《梁三朝雅樂歌十九首》十：「大羹不和有遺味。非極口腹而行氣。」《隋書·地理志上》：「（漢中之人）性嗜口腹，多事田漁，雖蓬室柴門，食必兼肉。」造業：佛教語，作惡。沈約《懺悔文》：「雖造業者身，身隨念滅，而念念相生，離續無已。」宋樓鑰《姜子謙以試邑鍾離請益》：「前輩有爲縣公，退以貫珠誦佛。其叔父見之，云：『汝欲爲佛耶？』對曰：『然。』叔笑曰：『汝既做了知縣，更望做佛耶？』言造業之多也。」所言最見真相。炰羞：泛指餚饌精美者。炰：即「炮」，烹製；羞：進獻。韓愈《郴州祈雨》：「乞雨女郎魂，炰羞潔且繁。」

〔三〕「儻知」二句：晚食足當肉。《戰國策·齊策四》：「晚食以當肉，安步以當車。」「一飽」句：陶潛《飲酒二十首》十：「傾身營一飽，少許便有餘。」宋蘇過《送八弟赴官汝南》：「效官麴蘖間，區區營一飽。」元幹《西峽行》：「經營一飽亦細事，世亂畏塗歸罷休。」亦用此。營求：謀求，追求。《魏書·李崇傳》：「性好財貨，販肆聚斂，家資巨萬，營求不息。」唐劉商《題道濟上人房》：「何處營求出世間，心中無事即身閑。」

〔四〕「先生」二句：黑甜：謂酣睡。蘇軾《發廣州》：「三杯軟飽後，一枕黑甜餘。」自注：「俗謂睡爲黑甜。」那聞：哪聞，不聞。鐘鼓朝鳴樓：天明所鳴，謂起早應官從公也。鐘鼓：所以擊以報時之器。唐玄宗《早度蒲津關》：「鐘鼓嚴更曙，山河野望通。」李商隱《無題二首》一：「嗟余聽鼓應官去，走馬蘭臺類轉蓬。」即此。

〔五〕「布衾」二句：布衾：布被。《漢書・叙傳下》：「布衾疏食，用儉飭身。」杜甫《茅屋爲秋風所破歌》：「布衾多年冷似鐵，嬌兒惡卧踏裏裂。」竹枕：竹製枕頭。唐劉威《冬夜旅懷》：「寒窗危竹枕，月過半牀陰。」五代李建勛《病中書懷寄王二十六》：「窗陰連竹枕，藥氣染茶甌。」穩暖：安穩和暖。白居易《新製布裘襖》：「安得萬里裘，蓋裹周四垠，穩暖皆如我，天下無寒人。」灰冷：心灰意冷。蘇軾《送參寥師》：「上人學苦空，百念已灰冷。」百不憂：極言無所憂慮。杜甫《徐卿二子歌》：「吾知徐公百不憂，積善衮衮生公侯。」宋喻良能《次韵季直小疾初愈見寄》：「忽得五字句，真成百不憂。」按，二句謂安貧樂道，無復功名之想。

〔六〕「世間」二句：寢食：泛指日常生活。《列子・天瑞》：「杞國有人憂天地崩墜，身亡所寄，廢寢食者。」謝靈運《齋中讀書》：「懷抱觀古今，寢食展戲謔。」日用：每天應用；日常應用。《易・繫辭上》：「百姓日用而不知，故君子之道鮮矣。」孔穎達疏：「言萬方百姓恒日日賴用此道而得生，而不知道之功力也。」《文心雕龍・原道》：「旁通而無滯，日用而不匱。」禪宗每以爲問答之資，遂成常用話頭也。《景德傳燈録・義隆禪師》：「問日用事如何？師曰：一念周沙界，日用萬般通。」擾擾：紛亂貌；煩亂貌。《國語・晉語六》：「唯有諸侯，故擾擾焉。凡諸侯，難之本也。」唐武元衡《南徐別業早春有懷》：「生涯擾擾竟何成，自愛深居隱姓名。」蚍蜉：《爾雅・釋蟲》：「蚍蜉，大螘（同蟻）。」

〔七〕「昔年」二句：走南北：趨走南北，辛苦貌。宋劉敞《昨日風贈王舒》：「十年麻衣走南北，饑寒不比倉中鼠。」此在元幹，實係寫實。停輈：停車。南朝梁沈約《東武吟行》：「東枝才拂景，西鞶已停輈。」宋吴則禮《元老見過因誦新詩》：「羲和驅白日，疾遊無停輈。」輈：車轅。《左傳·隱公十一年》：「公孫閼與潁考叔争車，潁考叔挾輈以走。」杜預注：「輈，車轅也。」借指車。孟郊《贈别殷山人説易後歸幽墅》：「旅輈無停波，别馬嘶去轅。」

〔八〕「胸中」二句：不作：不認爲，不當作。李白《憶舊遊寄譙郡元參軍》：「迴山轉海不作難，傾情倒意無所惜。」異鄉縣：泛指他鄉。高適《酬别薛三蔡大留簡韓十四主簿》：「迢遞辭京華，辛勤異鄉縣。」有似：類似；如同。《文心雕龍·附會》：「馭文之法，有似於此。」坐閲：坐看，漫看。沈約《豫章行》：「卧聞夕鐘急，坐閲朝光亟。」唐羊士諤《遊郭駙馬大安山池》：「坐閲清暉不知暮，烟横北渚水悠悠。」

〔九〕「雲山」二句：雲山：漢蔡琰《胡笳十八拍》：「將我行兮向天涯。雲山萬里兮歸路遐。」渾如：絶似。杜甫《即事》：「雷聲忽送千峰雨，花氣渾如百和香。」

〔一〇〕「宿君」二句：齋屋：家居房屋。《南史·王延之傳》：「（延之）清貧，居宇穿漏，褚彦回以啓宋明帝，即敕材官爲起三間齋屋。」更僕：「更僕難數」之省，謂事物繁多，數不勝數。語本《禮記·儒行》：「遽數之不能終其物，悉數之乃留，更僕未可終也。」陳澔集説：「卒遽而數之，則不能終言其事；詳悉數之，非久留不可。僕，臣之擯相者。久則疲倦，雖更代其僕，亦未可得盡言之也。」杜甫《暮秋枉裴道州手札率爾遣興寄遞呈蘇涣侍御》：「他日更僕語不淺，明公論兵氣益振。」曾鞏《戲呈休文屯田》：「已聞清論至更僕，更讀新詩欲焚硯。」

〔一一〕「夜闌」二句：夜闌：夜殘；夜將盡時。漢蔡琰《胡笳十八拍》：「山高地闊兮，見汝無期；更深夜闌兮，夢汝來斯。」杜甫《羌村》一：「夜闌更秉燭，相對如夢寐。」打睡：睡覺。宋元常語。宋周紫芝《送守寧道人住顯忠庵》：「今日道人無舊夢，閉門打睡不開堂。」宋張伯端《無心頌》：「人問所能，百無一會。飢來吃飯，渴來飲水。困則打睡，覺則行履。熱則單衣，寒則蓋被。」按，二句反語，以世事不可爲，故以得過且過、隨遇而安爲言，蓋寓牢騷也。

次韻奉酬楞伽室老人歌，寄懷雲門佛日，兼簡乾元老珪公，並叙鍾山二十年事，可謂趁韻也〔一〕

雲門道價傾緇白，一去如何絶書尺〔二〕。乾竺宗旨超隱峰，客至不鳴齋後鐘〔三〕。楊岐兒孫真鐵脊，二子等是僧中龍〔四〕。平生我如拆韈綫，老來要認本來面〔五〕。憶昨二老初相知，竹爐擁衲清夜圍〔六〕。佛眼霜顱象懶瓚，圜悟辨口吞韓非〔七〕。鍾山往事無人識，我識二子因師得〔八〕。楞伽一句作麽生，請問同參俱本色〔九〕。

【箋注】

〔一〕楞伽室老人：不詳。雲門：雲門寺。佛日：佛日契嵩禪師。契嵩（一〇〇七—一〇七二），俗姓李，字仲靈，自號潛子，雲門宗法嗣。宋仁宗賜號「明教大師」。當時儒學復興，學者多依韓愈主張，排斥佛道。契嵩作《原教篇》等，主張儒佛一貫，以對抗理學家排佛風氣。佛日：佛教認爲佛之法力廣大，普濟衆生，如日之普照大地，故以日爲喻。《觀無量壽經》：「唯願佛日教我，觀於清浄業處。」杜甫《和裴迪登新津寺寄王侍郎》：「老夫貪佛日，隨意宿僧房。」趁韻：湊韻。元幹自謙語。

〔二〕「雲門」二句：雲門：謂雲門宗也。雲門山（在廣東省乳源瑶族自治縣北，連樂昌市界）有雲門寺，五代文偃禪師居此，創「雲門宗」。宋陳師道《請興化禪師疏》：「某公尊者，承佛受記爲世導師，紹雲門之正宗，分慧林之半座。」道價：僧家聲望。宋史浩《贈天童英書記》：「堂堂老阿師，道價東西徂。」周必大《善德山二首》一：「昔人舊塔今雖在，道價高風不可攀。」傾緇白：傾倒僧俗。僧徒緇衣，俗人白衣。南朝梁王僧孺《懺悔禮佛文》：「必欲洗濯臣民，奬導緇白。」唐法海《六祖大師緣起外紀》：「次年春，師辭衆歸寶林，印宗與緇白送者千餘人。」書尺：尺牘，書信。唐馮贄《雲仙雜記·日用斗麪爲糊以供緘封》：「順宗時，劉禹錫干預大權，門吏接書尺日數千。」宋周紫芝《送詹伯尹赴三衢酒官》：「滿世棘荆渾未定，白頭書尺莫全疏。」

〔三〕「乾竺」二句：乾竺：即天竺。唐彦悰《唐護法沙門沙琳别傳下》引《老子西昇經》：「乾竺有古皇先生者，是吾師也。」隱峰：隱峰禪師，馬祖道一法嗣。見《祖堂集》、《宋高僧傳》卷二等。齋後鐘：僧院擊鐘開齋，齋後食畢擊鐘者欺也。事本《太平廣記》卷一九九《文章二·王播》：「唐王播少孤貧，嘗客揚州惠照寺木蘭院，隨僧齋食。後厭怠，乃齋罷而後擊鍾。後二紀，播自重位出鎮是邦，因訪舊遊，向之題名皆以碧紗罩其詩。播繼以二絶句曰：『三十年前此院遊，木蘭花發院新修。如今再到經行處，樹老無花僧白頭。』『上堂未了各西東，慚愧闍黎飯後鐘。三十年來塵撲面，如今始得碧紗籠。』」後遂爲文人不見禮於僧徒之恒語熟典。按，二句實謂恒取平等旨意接對四方人士，無所輕重也。

〔四〕「楊岐」二句：楊岐兒孫：楊岐宗門徒。楊岐宗，禪僧方會所開宗派。方會（九九二—一〇四九？），俗姓冷，出家於筠州九峰（在今江西高安），師從臨濟宗門下之石霜楚圓（九八六—一〇三九）。後住袁州楊岐山普明禪院（在今江西萍鄉上栗縣），自成楊岐派。兒孫：門徒。禪宗語録恒語。南宋釋普度《偈頌一百二十三首》五十五：「楊岐毒，種靈苗，殃害兒孫未已。」釋守净《偈二十七首》三：「祖翁活計都壞了，不知將底付兒孫。」原注：「佛日付法衣到。」鐵脊：喻信心願力之堅貞不移也。宋吴則禮《送覺老住鹿門》：「覺也鐵脊梁，兒子笑諸方。」宋姚勉《贈定軒游季升》：「天傾地仄欠撑拄，安得不動鐵脊梁。」二子：即雲門與佛日。等是：同是。白居易《同崔十八宿龍門兼寄令狐尚書馮常侍》：「等是幽栖伴，俱非富貴身。」僧中龍：誇言德行高超也。宋孫覿《再賦五至堂二首》二：「老衲僧中龍，得度佛三世。」釋寶曇《瑞岩行者寫華嚴經求僧》：「荷屋老子僧中龍，平生眼裏無諸公。」

〔五〕「平生」二句：拆襪綫：謂藝多而無一精者。《太平廣記·嘲誚五》：「僞蜀韓昭仕王氏爲禮部尚書、麗文殿大學士。粗有文章，至於琴棋書算射法，悉皆涉獵，以此承恩於後主。朝士李台瑕曰：『韓八座之藝，如拆襪綫，無一條長。』時人譏之。」亦見宋孫光憲《北夢瑣言》卷五。此蓋元幹自謙才學短淺。本來面：本來面目。排除世俗塵垢蒙蔽之本相。禪宗語。語本《壇經·行由品》：「不思善，不思惡，正與麽時，那箇是明上座本來面目。」蘇軾《老人行》：「一任秋霜換鬢毛，本來面目常如故。」

〔六〕「憶昨」二句：憶昨：回憶從前，想起過去。岑參《冀州客舍酒酣貽王綺寄題南樓時王子欲應制舉西上》：「憶昨始相值，值君客貝丘。」竹爐：小爐，所以隨手取暖者，外編竹籠之。唐歐陽衮《寄陳去疾進士》：「玄言蘿幌馥，詩思竹爐温。」楊萬里《又追和功父病起寄謝之韵》：「勤向竹爐温手脚，懶尋銅鏡正衣冠。」擁衲：裹上棉衣，所以禦寒也。南唐謙光《賞牡丹應教》：「擁衲對芳叢，由來事不同。」宋馮山《求劉忱明復龍圖爲畫山水》：「擁衲禪僧對寂寞，携琴朝士來崎嶇。」清夜圍：謂清夜圍爐話言也。宋葛勝仲《江城子·初至休寧冬夜作》：「清夜小窗圍獸火，傾酒緑，借顔紅。」其事正同元幹此語。

〔七〕「佛眼」二句：佛眼：佛眼清遠。清遠：宋代楊岐派禪師，五祖法演法嗣，與佛果克勤、佛鑒慧勤，同爲法演高足，世稱「三佛」。著有《佛眼清遠禪師語録》，載《祖堂集》。佛眼：語出《無量壽經》卷下：「佛眼具足，覺了法性。」蘇軾《贈杜介》：「何人識此志，佛眼自照瞭。」霜顱：頭白，高年貌；喻修證之卓卓不凡。蘇軾《書謇公詩後并引》：「霜顱隱白毫，鎖骨埋青玉。」其「引」有「宗祥謂余，此光黄間狂僧也。年百三十，死於熙寧十年，既死，人有見之者」云云，此「霜顱」之所本。懶瓚：唐代明瓚禪師，又名懶殘，北宗普寂禪師法嗣。《祖堂集》云：「五祖（弘）忍大師下傍出一枝：神秀和尚、老安國師、道明和尚。神秀下普寂，普寂下懶瓚和尚。在南嶽。師有樂道歌……」事迹具《高僧傳·明瓚傳》，云其性格怪異，舉止懶散，「衆僧營作，我則晏如，縱被詆訶，殊無愧耻。時目之『懶瓚』也」。嘗預言隱士李泌「領取十年宰相」，由此名聲大振。圜悟：圜悟克勤禪師（一〇六三—一一三五），臨濟宗楊岐派高僧，謚真覚大師，五祖法演法嗣，著有《碧巖録》《擊節録》。嗣法弟子有大慧宗杲、虎丘紹隆。辨口：即「辯口」，有口辯，謂善能言辭也。南朝梁何遜《七召·宫室》：「多言反道，辨口傷實。」唐羅隱《酬黄從事懷舊見寄》：「長繩繫日雖難絆，辨口談天不易窮。」吞韓非：壓倒古之韓非，極言克勤講論之才也。韓非：戰國思想家，著述擅辯。

〔八〕「鍾山」二句：往事：未詳。師：謂佛日禪師。

〔九〕「楞伽」二句：「楞伽」句：指《楞伽經》核心語。《楞伽經》云：「一切法無生，是十方三世一切諸佛所宣説。」作麽生：做什麽；怎麽樣。禪宗啓導學人之常用話頭。唐裴休《傳心法要》卷下：「分明向你道爾焰識，你作麽生擬斷他？」生：語助詞，無實義。歐陽修《六一詩話》：「李白《戲杜甫》云：『借問别來太瘦生，總爲從前作詩苦。』『太瘦生』，唐人語也。至今猶以『生』爲語助，如『作麽生』、『何似生』之類是也。」貫休《懷周樸張爲》：「白髮應全白，生涯作麽生。」楊萬里《送曾無逸入爲掌故》：「若問山僧作麽生，日晏鶯啼眠不醒。」同參：一同切磋。本色：《文心雕龍·通變》：「夫青生於藍，絳生於蒨，雖逾本色，不能復化。」宋陳師道《後山詩話》：「退之以文爲詩，子瞻以詩爲詞，如教坊雷大使之舞，雖極天下之工，要非本色。今代詞手，惟秦七、黄九爾。」宋釋曇華《偈頌六十首》五十五：「相從唯喜本色人，非我同流誰與别。」此語足與元幹之説比參。

【附録】

呂本中《鄭昂用岑參太白胡僧歌韵作楞伽室老人歌寄杲老》

楞伽室中絶皂白，去天何止三百尺。只今更住最高峰，齋無木魚粥無鐘。已將虎兕等螻蟻，更許蛙蚓同蛟龍。聞道説禪通一綫，爲爾不識楞伽面。一生强項我所知，氣壓霜皮四十圍。世人未辨此真僞，敢向楞伽論是非。諸公固是舊所適，鄭髯從之新有得。欲將此意向楞伽，但道鵠烏同一色。

（《東萊詩集》卷十四）

贈慶紹上人〔一〕

上人久住湖外游，辛亥春陷孔彦舟〔二〕。長沙城中就驅掠，七十七日遭拘留〔三〕。眼看殺人等螻蟻，劍血洗盡湘川流〔四〕。張帆方離道林岸，鼓枻已過巴陵樓〔五〕。兵纏妖氣草木暗，火熾兇焰雲烟愁〔六〕。衣冠子女半同載，俯首悲泣猶驚羞〔七〕。蒙衝頗諳大風浪，舴艋或挂長戈矛〔八〕。兩舷矢集鬧如雨，勢欲欹側争先投〔九〕。相牽浮湛狀菱荇，乍墜出没真鳧鷗〔一〇〕。衆生流浪幾生死，愛河苦海何時休〔一一〕。曹成馬友互屠滅，偶爾不殺老比丘〔一二〕。枯顱茁髮蟣虱滿，得脱性命非人謀〔一三〕。孰知賊黨亦方便，日供齋鉢仍茶甌〔一四〕。南歸數年閉户卧，故山精舍松颼颼〔一五〕。灰心一切本夢幻，返照逆照無人牛〔一六〕。細聽此語重嘆息，群盗掃迹夫何憂〔一七〕。吾闆目前豈不樂，禾稻未穫先麥秋〔一八〕。師來訪我問居士，我若訪師尋净頭〔一九〕。

【箋注】

〔一〕慶紹上人：未詳。上人：敬稱高僧。《釋氏要覽·稱謂》引古師云：「内有德智，外有勝行，在人之上，名上人。」自南朝宋以後，多用作對和尚的尊稱。蘇軾《吉祥寺僧求閣名》：「上人宴坐觀空閣，觀色觀空色即空。」

〔二〕「上人」二句：辛亥：高宗紹興元年。孔彦舟（？—一一六〇）：字巨濟，相州林慮（今河南林州）人，出身無賴，殺人爲盗，反覆無常。靖康元年，應募從軍升至京東西路兵馬鈐轄。金軍入山東，率部南逃，未幾升任沿江招討使。紹興元年叛降僞齊，從劉麟攻宋，僞齊廢，爲金將，從完顔宗弼攻陷鄭州（今河南）、濠州（今安徽鳳陽）等地，鎮壓太行義軍，官至河南（今河南洛陽）尹、南京（今河南商丘）留守，將死猶上表勸完顔亮奪取宋淮南。事見《金史》。

〔三〕「長沙」二句：紹興元年五月，孔彦舟率部乘巨艦數千艘進犯潭州（今長沙），燒殺搶掠，無惡不作。宋廷派同爲散兵潰勇之馬友率部迎擊，彦舟大敗，退走岳州。驅掠：驅迫掠奪。《後漢書·南匈奴傳》：「其諸新降胡初在塞外，數爲師子所驅掠，皆多怨之。」范仲淹《讓樞密直學士右諫議大夫表》：「而葛懷敏等入賊伏中，一戰大潰，殺傷滿野，驅掠無算。」就驅掠：受驅掠。七十七日：長沙受困之期，蓋事實也。

〔四〕「眼看」二句：等螻蟻：同於微賤不足道之物，喻生命之輕賤。宋吕本中《鄭昂用岑參太白胡僧歌韵作楞伽室老人歌寄杲老》：「已將虎兕等螻蟻，更許蛙蚓同蛟龍。」陸游《寄葉道人》：「若信王侯等螻蟻，可因富貴失神仙。」螻蟻：泛指微小生物。《莊子·列禦寇》：「在上爲烏鳶食，在下爲螻蟻食。」「劍血」句：戰禍慘烈貌。唐戎昱《收襄陽城二首》二：「日暮歸來看劍血，將軍却恨殺人多。」李益《從軍夜次六胡北飲馬磨劍石爲祝殤辭》：「半没胡兒磨劍石，當時洗劍血成川。」

〔五〕「張帆」二句：張帆：駕船。唐敦煌曲子《浣溪沙·是船行》：「五兩竿頭風欲平。張帆舉棹覺船行。」李白《贈友人三首》二：「鑿井當及泉，張帆當濟川。」道林：《寧鄉縣志》載：「道林，宋處士謝英隱居於此，卒即葬焉，以英抱道，名道林。」在今寧鄉市東南部，湘江下游支流靳江河穿鎮而過。宋汪藻《盡心堂爲張丞相題》：「道林岳麓天下無，下有萬頃之重湖。」鼓枻：操槳。《楚辭·漁父》：「漁父莞爾而笑，鼓枻而去。」杜甫《幽人》：「洪濤隱笑語，鼓枻蓬萊池。」巴陵樓：即岳陽樓。范仲淹《岳陽樓記》記滕子京謫守巴陵郡，重修岳陽樓。樓益有名，范氏記文更膾炙人口，於今不絶。巴陵：三國置，後改岳陽（今屬湖南），宋改岳州。方離、已過：極言逃難之倉猝悽惶。韓愈《次硤石》：「數日方離雪，今朝又出山。」劉長卿《送李録事兄歸襄鄧》：「白首相逢征戰後，青春已過亂離中。」

〔六〕「兵纏」二句：兵纏妖氣：戰争陰霾。杜甫《出江陵南浦》：「社稷纏妖氣，干戈送老儒。」宋孫覿《寓湖上賦感春四詩詩成而寇至遷徙經旬及是小定録呈修撰史兄》三：「山河萬里纏妖氣，宫殿千門鎖暗塵。」題中「寇至」云云，正「妖氣」也。草木暗：草木喪失生氣貌，喻禍亂之慘酷。五代徐夤《雨》：「千山草木如雲暗，陸地波瀾接海平。」宋劉跂《使遼作十四首》五：「寒日川原暗，顛風草木昏。」兇焰：兇惡氣焰。《新唐書·李抱玉傳》：「史思明已破東都，凶焰勃然，鼓而行，自謂無前。」宋徐積《忠烈詩》：「凶焰方熾，公方虎視。」雲烟愁：天地失色貌，極言危急之甚。此與杜甫《同諸公登慈恩寺塔》「回首叫虞舜，蒼梧雲正愁」近似。

〔七〕「衣冠」二句：衣冠：富貴人家。楊炯《和劉長史答十九兄》：「子弟分河岳，衣冠動縉紳。」辛棄疾《沁園春·靈山齊庵賦時築偃湖未成》：「似謝家子弟，衣冠磊落，相如庭户，車騎雍容。」驚羞：且驚且羞。張鎡《以道學論鳳口有感詩寫物記事備極詞情不容繼和矣既辱珍示可無奉酬輒抒鄙懷次韵且名以溪婦吟末章反正不忘風人之義也》：「相逢應怪我鬢改，貪情省認俄驚羞。」

〔八〕「蒙衝」二句：蒙衝：戰船。以生牛皮蒙船覆背，兩廂開掣棹孔，左右有弩窗、矛穴。《後漢書·文苑傳下·禰衡》：「黄祖在蒙衝船上，大會賓客。」李賢注引《釋名》：「外狹而長曰蒙衝，以衝突敵船。」宋孔平仲《于將軍》：「遥觀大船載旗鼓，聞説乃是關雲長。蒙衝直繞長堤下，勁弩强弓無敵者。」舴艋：《廣雅·釋水》：「舴艋，舟也。」王念孫疏證：「《玉篇》：『舴艋，小舟也。』小舟謂之艀艋，小蝗謂之蚱蜢，義相近也。」唐皮日休《送從弟皮崇歸復州》：「車螯近岸無妨取，舴艋隨風不費牽。」

〔九〕「兩舷」二句：鬧如雨：喻事務之稠密繁多。蘇軾《畫魚歌》：「豈知白梃鬧如雨，攪水覓魚嗟已疏。」吕本中《謝宇文漳州送茶》：「城中車馬鬧如雨，更有樂善如君否。」欹側：傾側，不平衡。杜甫《宇文晁尚書之甥崔彧司業之孫尚書之子重泛鄭監（審）前湖》：「錦席淹留還出浦，葛巾欹側未迴船。」唐吴融《江行》：「欹欹側側海門帆，軋軋啞啞洞庭櫓。」争先投：争先恐後投水逃命。惶急無措貌。《晉書·謝玄傳》：「堅衆奔潰，自相蹈藉投水，死者不可勝計，肥水爲之不流。」《資治通鑑》卷十六：「諸壘相次土崩，悉棄其器甲，争投水，死者十餘萬，斬首亦如之。」

〔一〇〕「相牽」二句：相牽：互相扶持連牽。浮湛：同浮沉，即漂没。《漢書·司馬遷傳》：「故且從俗浮湛，與時俯仰。」顔師古注：「湛讀曰沈。」范成大《次韵耿時舉苦熱》：「浮湛放蕩從今始，悔把長裾强沐薰。」菱荇：泛指水草。王維《青谿》：「漾漾泛菱荇，澄澄映葭葦。」鳧鷗：泛指水鳥。唐許渾《鴛鴦》：「鳧鷗皆爾類，唯羡獨含情。」宋周邦彦《次韵周朝宗六月十日泛湖》一：「兩槳入菰蒲，鳧鷗欻驚散。」按，二句盡摹逃難之衆没水狼狽淒慘狀。

〔一一〕「衆生」二句：流浪：謂流轉不定。晉支遁《詠懷詩五首》一：「弱喪困風波，流浪逐物遷。」又猶言輪回。宋無名氏《異聞總録》卷一：「汝無始以來，迷己逐物，爲所轉溺於淫邪，流浪千劫，不自解脱。」愛河苦海：佛教以爲一切苦難本源。愛河：指情欲。《楞嚴經》卷四：「愛河乾枯，令汝解脱。」苦海：喻無窮苦境。南朝梁武帝《净業賦》：「輪迴火宅，沉溺苦海，長夜執固，終不能改。」

〔一二〕「曹成」二句：曹成：内黄（今屬河南）人，有膂力，善戰，北宋末，與張用、李宏、馬友等結爲義兄弟，聚衆起兵。南宋初受宗澤招安，宗澤死，復反，率部南渡。紹興元年受李允文招安，授武功大夫、榮州團練使，知郢州。未幾又反，攻入湖南。受向子諲招安，尋又叛。次年竄入廣西，在賀州敗於岳飛，逃往連州，再敗於張憲；遂走郴州，入邵州，受韓世忠招降。紹興三年，授左武大夫、忠州防御使、兩浙東路兵馬鈐轄，紹興府駐紮。馬友：盤踞潭州一帶之賊寇頭目。二人事，可參《三朝北盟會編》卷一四九、二一八等。比丘：梵語譯音，意譯「乞士」，以上從諸佛乞法，下就俗人乞食得名，爲佛教出家「五衆」之一。《洛陽伽藍記·永寧寺》：「時有三比丘赴火而死。」沈約《述僧設會論》：「佛率比丘入城乞食，威儀舉止，動目應心。」按，此句所言，是否即慶紹上人所遭，無以確指。

〔一三〕「枯顱」二句：枯顱茁髮：禿頂生髮，謂僧徒亦逐百姓逃難，不得如常修持也。枯顱：僧人之禿頂。宋朱松《九日送僧歸龍山》：「枯顱一任君披拂，寄語龍山落帽風。」陸游《縱筆》二：「揺齒復牢堪決肉，枯顱再茁已勝簪。」蟣虱：虱及其卵。《韓非子·喻老》：「天下無道，攻擊不休，相守數年不已，甲胄生蟣虱，燕雀處帷幄，而兵不歸。」三國魏曹操《蒿里行》：「鎧甲生蟣虱，萬姓以死亡。白骨露於野，千里無雞鳴。生民百遺一，念之斷人腸。」元幹蓋隱括此意。

〔一四〕「孰知」二句：方便：佛教語。本謂以靈活方式因人施教，使悟佛法真義。《維摩經·法供養品》：「以方便力，爲諸衆生分別解説，顯示分明。」《五燈會元・章敬暉禪師法嗣・薦福弘辯禪師》：「方便者，隱實覆相，權巧之門也。被接中下，曲施誘迪，謂之方便。」唐姚合《秋夜寄默然上人》：「賴師方便語，漸得識真如。」泛謂巧妙靈活之算計佈置；故意。《百喻經・牧羊人喻》：「（牧羊人）乃有千萬，極大慳貪，不肯外用。時有一人，善於巧詐，便作方便，往共親友……便大與羊，及諸財物。」齋鉢：即鉢，僧徒食器。蘇軾《與參寥師行園中得黄耳蕈》：「遣化何時取衆香，法筵齋鉢久凄涼。」茶甌：茶盞。唐朱慶餘《和劉補闕秋園寓興之什十首》九：「閑來尋古畫，未廢執茶甌。」按，二句謂賊寇故意不過相逼辱使蹈絶境——蓋於報應之説有所畏憚故，亦以贊嘆慶紹之得祐於佛法也。

〔一五〕「南歸」二句：「南歸」句：事不能詳。故山精舍：蓋指原住僧院也。精舍：僧寺。松颸颸：松風之聲與氣，所居幽静無塵世囂雜貌。李白《答杜秀才五松見贈》：「愛聽松風且高卧，颸颸吹盡炎氛過。」唐寒山《詩三百三首》二十二：「幽澗常瀝瀝，高松風颸颸。」

〔一六〕「灰心」二句：灰心：謂悟道之心，不爲外界所動，枯寂如死灰。語本《莊子・齊物論》：「形固可使如槁木，而心固可使如死灰乎？」阮籍《詠懷》七〇：「灰心寄枯宅，曷顧人間姿！」返照：佛教指以佛性對照自省。《壇經・行由品》：「與汝説者，即非密也；汝若返照，密在汝邊。」《五燈會元・六祖大鑒禪師法嗣・章敬懷暉禪師》：「若能返照，無第二人。」逆照：亦即返照。元幹重復言之，蓋示鄭重也。人牛：禪宗好以人與牛對舉爲譬喻。《五燈會元》卷二《西天東土應化聖賢附・雙林善慧大士》：「（傅大士）有偈曰：『空手把鋤頭，步行騎水牛。人從橋上過，橋流水不流。』」按，即傅大士（翕）《法身頌》。無人牛，即無分人牛、不論人牛，蓋禪家泯滅差別、等視一切之平等觀也。黄庭堅《南歌子》二：「直要人牛無際，是休時。」宋釋德洪《寄題行林寺照堂》：「人牛今不見，蓑笠兩俱閑。」宋孫覿《思上人休菴二首》二：「人牛俱不見，棒喝總休親。」即其理。

〔一七〕「細聽」二句：「細聽」句：白居易《琵琶行》：「我聞琵琶已嘆息，又聞此語重唧唧。」群盜：謂前文所舉孔彦舟、曹成、馬友諸游寇匪軍及女真兵馬等。掃迹：掃除痕迹。南朝齊孔稚圭《北山移文》：「或飛柯以折輪，乍低枝而掃迹。」引申之指絶迹。宋黄裳《圓石六題·迎暉亭》：「群陰既掃迹，衆象聊遺情。」

〔一八〕「吾閩」二句：此謂閩越之地，氣候温潤，物産富饒，是修行之樂地。

〔一九〕「師來」二句：居士：元幹自謂。净頭：出家人剃去頭髮，指慶紹上人。按，二句謂彼此交誼恒久不衰也。

西峽行〔一〕

西峽門東晚潮上，濤頭駕風高數丈〔二〕。絶江艇子更揚帆，風水相呑兩岸壯〔三〕。中流蕩潏思慮深，欲濟未竟愁夕陰〔四〕。賈客胡商數航海，忍死射利誠何心〔五〕。不如遵陸困輿皂，九折羊腸復相惱〔六〕。下臨湍瀨千仞淵，胥靡輕生履危道〔七〕。我曹過計常私憂，垂堂之戒寧自尤〔八〕。經營一飽亦細事，世亂畏塗歸罷休〔九〕。少年新進真兒劇，浪喜功名不量力〔一〇〕。殺身無補誤朝廷，天下英雄古難得〔一一〕。

【箋注】

〔一〕西峽：即西陵峽。長江三峽之一，又名巴峽，在湖北，西起巴東縣官渡口，東至宜昌市南津關。按，本篇是否有事實，難以考定。

〔二〕「西峽」二句：駕風：乘風。元稹《哭吕衡州六首》二：「江文駕風遠，雲貌接天高。」宋張耒《初伏大雨呈無咎》：「誰傾江海作清凉，玄雲駕風横白雨。」

〔三〕「絶江」二句：絶江：横渡江水。黄庭堅《離亭燕・次韵答廖明略見寄》：「短艇絶江空悵望，寄得詩來高妙。」宋釋道潛《九江與東坡居士話别》：「投錫雲林聊避暑，絶江舟楫自東還。」艇子：小舟。風水相吞：風與水彼此鼓盪激發。宋孫覿《臛庵》：「風水自吐吞，噴雲忽滿江。」

〔四〕「中流」二句：蕩潏：湧騰起伏。南朝齊張融《海賦》：「沙嶼相接，洲島相連，東西蕩潏，如滿於天。」陳子昂《感遇》二二：「雲海方蕩潏，孤鱗安得寧？」欲濟：想要渡江河。曹丕《雜詩二首》一：「願飛安得翼，欲濟河無梁。」駱賓王《蓬萊鎮》：「將飛憐弱羽，欲濟乏輕舠。」夕陰：傍晚陰晦氣象。謝靈運《永初三年七月十六日之郡初發都》：「秋岸澄夕陰，火旻團朝露。」唐儲光義《臨江亭五詠》四：「古木嘯寒禽，層城帶夕陰。」

〔五〕「賈客」二句：賈客胡商：泛指商賈之人。杜甫《灩澦》：「舟人漁子歌迴首，估客胡商淚滿襟。」忍死：本謂死前有所期待，在死前勉力從事。《三國志·魏書·明帝紀》「宣王頓首流涕」，裴松之注：「朕忍死待君，君其與爽輔此。」後亦轉謂無懼於死。唐楊巨源《聖恩洗雪鎮州寄獻裴相公》：「好生本是君王德，忍死何妨壯士心。」宋葛勝仲《哭衛卿弟三首》一：「固存夙悟無生理，永訣親裁忍死書。」射利：謀利。晉左思《吴都賦》：「富中之甿，貨殖之選，乘時射利，財豐巨萬。」杜甫《負薪行》：「筋力登危集市門，死生射利兼鹽井。」何心：猶今言有什麼感覺，作什麼想法。

〔六〕「不如」二句：遵陸：沿著陸路，走陸路。《詩·豳風·九罭》：「鴻飛遵陸，公歸不復。」宋釋道潛《寄福州太守孫莘老龍圖》：「浮川與遵陸，多病亦云疲。」輿皂：古代「十等」人中「輿」爲六等，「皂」爲五等，因用以泛稱賤役、賤吏。《宋書·竟陵王誕傳》：「引石徵材，專擅興發，驅迫士族，役同輿皂。」九折羊腸：即羊腸阪。古阪道，縈曲如羊腸，故稱。《史記·魏世家》「斷羊腸，拔閼與」正義：「羊腸阪道在太行山上，南口懷州，北口潞州。」曹操《苦寒行》：「北上太行山，艱哉何巍巍！羊腸阪詰屈，車輪爲之摧。」又有九折阪，在邛崍。《漢書·王尊傳》：先是，王陽爲益州刺史，行至九折阪，不欲以父母之遺體而犯險阻，遂歸。「及尊爲刺史，至其阪，問吏曰：『此非王陽所畏道邪？』吏對曰：『是。』尊叱其馭曰：『驅之！王陽爲孝子，王尊爲忠臣。』」泛指道路險難者。宋李綱《次韻上元宰胡俊明蔣山勤老唱和古風》：「九折羊腸欲著鞭，萬里滄溟思縱舵。」

〔七〕「下臨」二句：湍瀨：石上急流；水淺流急處。《論衡・狀留》：「是故湍瀨之流，沙石轉而大石不移。」阮籍《詠懷》四十八：「炎光延萬里，洪川蕩湍瀨。」胥靡：奴隸；刑徒。《莊子・庚桑楚》：「胥靡登高而不懼，遺死生也。」成玄英疏：「胥靡，徒役之人也。」《世説新語・言語》：「孔融曰：『禰衡罪同胥靡，不能發明王之夢。』」柳宗元《與崔策登西山》：「生同胥靡遺，壽比彭鏗夭。」履危道：涉足險途。宋向滈《莞爾堂和柳樞密韻》：「不學望塵輩，甘心履危途。」按，二句謂江上役夫爲求生計而輕生死也。

〔八〕「我曹」二句：我曹：我等。過計私憂：過多考慮。《荀子・富國》：「墨子之言昭昭然爲天下憂不足。夫不足非天下之公患也，特墨子之私憂過計也。……夫有餘不足，非天下之公患也，特墨子之私憂過計也。」宋李廌《元祐六年夏自陽翟之睢陽迓翰林蘇公自杞放舟至宋》：「天地憂懷真過計，文獻不足良可慚。」宋陳東《大雪與同舍生飲太學初筮齋》：「地行賤臣無言責，私憂過計如杞國。」垂堂之戒：「坐不垂堂」之戒。謂不以身犯險也。《漢書・爰盎傳》：「諺語曰：『千金之子不垂堂，百金之子不騎衡。』」顔師古注：「垂堂，謂坐堂外邊，恐墜墮也。」檐瓦或有墮落傷人之患，不宜坐其下。孟浩然《經七里灘》：「予奉垂堂誡，千金非所輕。」五代王定保《唐摭言・及第後隱居》：「時四郊多壘，穎以垂堂之誡，絶意禄位，隱於鹿門別墅。」自尤：自我怨嫌。韓愈《遠遊聯句》：「長懷絶無已，多感良自尤。」范仲淹《依韵答賈黯監丞賀雪》：

「得非郡國政未洽，刺史閉閤當自尤。」寧自尤：猶今言「哪裏有自我怨嫌」。按，二句疑暗用韓愈經過險境則慄慄而懼事，謂不足自羞，蓋生命可惜、要以有爲也。

〔九〕「經營」二句：經營一飽：見前《賦漳南李幾仲安齋詩》注三。畏塗：艱難之途；艱險之處。

〔一〇〕「少年」二句：少年新進：《漢書·趙廣漢傳》：「所居好用世吏子孫新進年少者，專厲彊壯蠭氣，見事風生，無所回避。」顔師古注：「言舊吏家子孫而其人後出求進，又年少也。」韓愈《施先生墓銘》：「故自賢士大夫，老師宿儒，新進小生，聞先生之死，哭泣相弔，歸衣服貨財。」宋王庭珪《送路仲武》：「勸農使者鄙丈夫，少年新進安識渠。」兒劇：兒戲。宋郭祥正《蔣潁叔要予同賦平雲閣》：「詩言我枯疏，返類群兒劇。」宋陳與義《印老索鈍庵詩》：「出家丈夫事，軒裳本兒劇。」浪：空、徒。白居易《自誨謡》：「勿浪喜，勿妄憂；病則卧，死則休。」宋吴則禮《發陳留寄智夫姪》：「平生浪喜得詩瘦，投老相從要酒狂。」此謂貪求。按，二句所指未詳。

〔一一〕「殺身」二句：殺身：即「殺身成仁」之省文。天下英雄：典出《三國志·蜀書·先主傳》曹操論英雄故事。謂才德非凡之士。宋鄭獬《讀〈蜀志〉》：「曹公屈指當時輩，天下英雄數使君。」同時劉克莊、辛棄疾詞作，皆用「天下英雄」典故。

奉送李叔易博士被召赴行在所〔一〕

君嘗手校輿地圖，上下千載鉛黄朱〔二〕。斯人魁磊豈假此，願見克復東西都〔三〕。胸中遠略指諸掌，表裏拄腹撐腸書〔四〕。深知禍起取幽薊，頗覺氣王吞青徐〔五〕。眼看僭僞忽亡滅，逆黨未足勞誅鋤〔六〕。萬方助順事可卜，火運要是穹蒼扶〔七〕。興衰撥亂戴真主，會掃氛祲開雲衢〔八〕。于今荆淮付諸將，控帶川陝襟江湖〔九〕。儻能倒用進築法，更許世襲宏規模〔一〇〕。兩河境土不難辦，狡寇膽落遊魂孤〔一一〕。古今徒聞作戎首，中國禮義終如初〔一二〕。公家自有中興相，雅意泰階光六符〔一三〕。難兄難弟實間出，直欲并駕仍齊驅〔一四〕。承明入謁一見決，三遷故事登元樞〔一五〕。整頓乾坤賴公等，我病只合山林居〔一六〕。殘年正爾甚易與，不過二頃鄰一區〔一七〕。平生故人半廊廟，老僧何患無門徒〔一八〕。與君痛飲遽成別，努力强飯供時須〔一九〕。男兒富貴亦細事，否泰相反分賢愚〔二〇〕。酒酣起舞莫作惡，行矣自愛千金軀〔二一〕。本朝再造舊基業，速拯塗炭疲氓蘇〔二二〕。勿令毫髮有遺恨，文章爾雅華國猶其餘〔二三〕。

【箋注】

〔一〕李叔易：名經，邵武人，李綱弟。宣和六年進士。紹興八年除校書郎，九年六月致仕。朱熹稱其解《書》甚好，亦善考證。行在所：《史記·衛將軍驃騎列傳》：「右將軍蘇建盡亡其軍，獨以身得亡去，自歸大將軍……遂因建詣行在所。」集解引蔡邕曰：「天子自謂所居曰『行在所』，言今雖在京師，行所至耳。」李綱《編類建炎制詔奏議表劄集叙》：「某建炎初，自領開封府事，蒙恩除尚書右僕射兼中書侍郎，以六月一日至南京行在所供職。」建炎三年作，參《年譜》頁三六三。

〔二〕「君嘗」二句：輿地圖：《史記·三王世家》：「臣請令史官擇吉日，具禮儀上，御史奏輿地圖。」索隱：「謂地爲輿者，天地有覆載之德，故謂天爲蓋，謂地爲輿，故地圖稱輿地圖。」上下千載：謂古今悠久也。宋傅察《題張季良適性齋》：「網羅秦漢包唐虞，上下千載歸指呼。」此謂古今圖書。鉛黄朱：校閱圖籍所用顔料。唐李遠《贈弘文杜校書》：「曉隨鵷鷺排金鎖，静對鉛黄校玉書。」蘇轍《辭靈惠廟歸過新興院書其屋壁》：「東觀校讎非老事，眼昏那復競鉛朱。」按，二句實謂關注領土範圍，以光復中原、實現一統爲念也。

〔三〕「斯人」二句：魁磊：即「魁壘」，高超特出貌。《漢書·鮑宣傳》：「朝臣亡有大儒骨鯁，白首耆艾，魁壘之士。」顔師古注引服虔曰：「魁壘，壯貌也。」宋葉適《忠翊郎致仕蔡君墓誌銘》：「故封忠翊郎蔡公，諱待時，字元晦，魁磊喜大節。」豈假此：哪裏依賴於此；哪裏看重此事。意謂無可作爲，聊以消磨歲月也。克復：攻克收復。諸葛亮《爲後帝伐魏詔》：「除患寧亂，克復舊都。」陸游《書嘆》：「神州克復知何日，北望飛蓬萬里秋。」東西都：洛陽、長安。宋汪藻《盡心堂爲張丞相題》：「張公扶持宇宙了，天與此境爲公娱……主人歸來頭正黑，劍履未給黄門扶。我雖忘世世不爾，唾手行取東西都。」

〔四〕「胸中」二句：指諸掌：語本《禮記・仲尼燕居》：「明乎郊社之義，嘗禘之禮，治國其如指諸掌而已乎？」杜甫《八哀詩》七：「藥纂西極名，兵流指諸掌。」拄腹撑腸：本謂飲食多而腹中飽滿。後用以形容容受很多。亦作「撑腸拄肚」。唐盧仝《月蝕》：「撑腸拄肚礧傀如山丘，自可飽死更不偷。」蘇軾《試院煎茶》：「不用撑腸拄腹文字五千卷，但願一甌常及睡足日高時。」

〔五〕「深知」二句：幽薊：幽州與薊州。泛指北方，隱指女真等外族。杜甫《夏日嘆》：「浩蕩想幽薊，王師安在哉。」氣王：氣旺，謂精神旺盛。王，同「旺」。《莊子・養生主》：「澤雉十步一啄，百步一飲，不蘄畜乎樊中，神雖王不善也。」成玄英疏：「心神長王，志氣盈豫。」梅堯臣《晏成績太祝遺雙井茶五品茶具四枚近詩六十篇因以爲謝》：「神還氣王讀高詠，六十五篇金出沙。」青徐：青州與徐州。泛指中原國土。《後漢書・齊武王縯傳》：「今赤眉起青徐，衆數十萬。」杜甫《北征》：「此舉開青徐，旋瞻略恒碣。」按，「取幽薊、吞青徐」，皆謂失地於金也，事具《宋史》徽宗、高宗紀等。

〔六〕「眼看」二句：僭僞：非正統之割據政權。《宋書・武帝紀下》：「姦宄具殲，僭僞必滅。」宋周煇《清波别志》卷上：「内外相制，無輕重之患，所以能削平僭僞，馴至丕平。」此處是否指僞楚，不能確知。未足：不足，不值得。誅鋤：本謂以鋤除草。《楚辭·卜居》：「寧誅鋤草茅以力耕乎？將遊大人以成名乎？」後指除滅，誅殺。漢陸賈《新語·慎微》：「今上無明王聖主，下無貞正諸侯，誅鋤姦臣賊子之黨，解釋疑滯紕繆之結。」韋莊《秦婦吟》：「自從大寇犯中原，戎馬不曾生四鄙。誅鋤竊盜若神功，惠愛生靈如赤子。」

〔七〕「萬方」二句：萬方助順：天下皆樂尊天子而歸王化之義，謂得道多助也。順，指順應天命。杜甫《寄岳州賈司馬六丈巴州嚴八使君兩閣老五十韵》：「萬方思助順，一鼓氣無前。」元幹當指張浚、吕頤浩、韓世忠、劉光世等舉兵討滅苗、劉叛逆事。萬方：總稱天下諸侯。《書·湯誥》：「王歸自克夏，至於亳，誕告萬方。」引申指天下各地。《漢書·張安世傳》：「聖王褒有德以懷萬方，顯有功以勸百寮，是以朝廷尊榮，天下鄉風。」杜甫《登樓》：「花近高樓傷客心，萬方多難此登臨。」火運：宋以火運而帝。指應火德而昌之帝運。南朝梁沈約《梁鼓吹曲·木紀謝》：「木紀謝，火運昌，炳南陸，耀炎光。」《陳書·高祖紀下》：「梁氏將末，頻月亢陽，火運斯終，秋霖奄降。」參前《葉少藴生朝》「火德」、「炎精」注。要是：最是，終究是。當時口語。范成大《讀白傅洛中老病後》：「謂言老將至，不飲何時樂？未能忘暖熱，要是怕冷落。」蒼穹扶：被上天所護佑。按，二句謂宋順金逆，必受佑於天，所謂「天禄永終」也。

〔八〕「興衰」二句：興衰：復興衰頹。非尋常「興盛與衰敗」之意。興：振興，動詞；衰：衰世，名詞。杜甫《入衡州》：「兵革自久遠，興衰看帝王。」元幹句意近之，而詞義實有區别。撥亂：平定禍亂。語本《公羊傳・哀公十四年》：「撥亂世反諸正，莫近諸《春秋》。」《史通・斷限》：「魏武乘時撥亂，電掃群雄。」戴：擁戴。真主：應天受命之君王。指宋帝。唐皮日休《七愛詩・房杜二相國》：「脱身抛亂世，策杖歸真主。」王安石《和微之重感南唐事》：「天移四海歸真主，誰誘昏童肯用良。」會掃：終將消滅。李白《古風》三：「秦皇掃六合，虎視何雄哉。」宋葉夢得《虜酋復過河王師出討》：「秦兵出嶺終何得，漢將征遼會掃平。」氛祲：預示灾禍之雲氣也。《詩・大雅・靈臺》「經始靈臺」，朱熹集傳：「國之有臺，所以望氛祲，察灾祥，時觀遊，節勞佚也。」喻戰亂。沈約《王亮王瑩加授詔》：「内外允諧，逆徒從慝，躬衛時難，氛祲既澄，並宜光贊緝熙，穆兹景化。」開雲衢：雲路開通，喻見眷顧於天子。李白《春日陪楊江寧及諸官宴北湖感古作》：「樓船入天鏡，帳殿開雲衢。」唐錢起《重贈趙給事》：「玉樹滿庭家轉貴，雲衢獨步位初高。」雲衢：天路，後轉指出途晉升之路。《樂府詩集・相和歌辭・豔歌》：「今日樂上樂，相從步雲衢。天公出美酒，河伯出鯉魚。」按，二句應題「被召赴行在」也。

〔九〕「于今」二句：荆淮付諸將：《三朝北盟會編》卷一二七：建炎三年三月，「今者吕頤浩因金陵之師，劉光世引部曲之衆，張浚聚兵於平江，韓世忠、張俊、馬彦輔各領精鋭……同時進兵，以討元惡」。元幹蓋指此。控帶：縈帶。《文選・任昉〈爲范尚書讓吏部封侯第一表〉》：「閉門荒郊，再離寒暑。兼以東皋數畝，控帶朝夕。」五臣注：「控，引也。帶，繞也。」襟江湖：以江湖爲屏障。宋王洋《寄曹嘉父》：「廣陵隋家天子都，背負巨海襟江湖。」襟：襟帶，依托，以……爲屏障。王勃《滕王閣序》：「襟三江而帶五湖，控蠻荆而引甌越。」荆淮皆戰略重地，南宋尤然。顔真卿《謝荆南節度使表》：「竊以荆南巨鎮，江漢上游，右控巴蜀，左聯吴越，南通五嶺，北走上都，寇賊雖平，襟帶尤切。」

〔一〇〕「儻能」二句：倒用：反用。進築法：師旅建築堡寨以爲防守之保障、推進之根據地。《宋史·食貨志上三》：「其後陝西諸路又連歲興師，及進築鄯湟等州，費資糧不可勝計。」又《食貨志上四》：「河東進築堡寨，自麟石、鄜、延南北近三百里。」又宋陳亮《中興論》：「因命諸州轉城進築，如三受降城法，依吴軍故城爲蔡州，使唐鄧相距各二百里，並桐柏山以爲固。」由此可見，諸凡作爲，皆以向北向西推進鞏固防綫爲職志。元幹此言「倒用」，疑謂此法亦宜施之近畿、江南範圍，以利拱衛朝廷——故下句云「宏規模」也。宏：拓展，張揚。

〔一一〕「兩河」二句：境土：疆域。《後漢書·東夷傳·濊》：「後以境土廣遠，復分領東七縣，置樂浪東部都尉。」不難辦：猶言不難收拾，不難處理。當時口語。宋趙鼎《龜山寺詩》：「滄海寄餘齡，去此不難辦。」狡寇：强敵，惡寇。《後漢書·楊李翟應霍爰徐列傳》：「今狡寇未殄，而羌爲巨害，如或致悔，其可追乎！」《晉書·元帝紀》：「方今踵百王之季，當陽九之會，狡寇窺窬，伺國瑕隙，黎元波蕩，無所繫心，安可廢而不恤哉？」狡：凶狡。《吕氏春秋·恃君》：「猶裁萬物，制禽獸，服狡蟲。」高誘注：「狡蟲，蟲之狡害者。」膽落：猶喪膽。喻恐懼之甚。《舊唐書·温造傳》：「吾夜逾蔡州城擒吴元濟，未嘗心動，今日膽落於温御史。」宋石介《温造御史》：「一言膽落折藩臣，屈强何人敢恃勛。」遊魂：本謂精氣之遊散者。古人認爲人或動物由精氣凝聚而成生命，精氣遊散則趨於死亡。語出《易·繫辭上》：「精氣爲物，遊魂爲變。」王弼注：「精氣烟熅聚而成物，聚極則散，而遊魂爲變也。」猶言苟延殘喘。亦比喻苟延殘喘之生命。每以代指敵寇之猖狂者。《三國志・蜀書・先主傳》：「會承機事不密，令操遊魂，得遂長惡，殘泯海内。」杜甫《喜聞官軍已臨賊境二十韵》：「今日看天意，遊魂貸爾曹。」

〔一二〕「古今」二句：戎首：發動戰争之主謀；禍首。《禮記・檀弓下》：「毋爲戎首，不亦善乎？」鄭玄注：「爲兵主來攻伐曰戎首。」劉禹錫《贈澧州高大夫司馬霞寓》：「千里追戎首，三軍許勇名。」中國：上古華夏族建都於黄河流域一帶，以爲居天下之中，故稱中國。後世王朝襲用以爲自稱。《莊子・田子方》：「吾聞中國之君子，明乎禮義而陋於知人心。」《史記・五帝本紀》：「夫而後之中國，踐天子位焉。」集解引劉熙曰：「帝王所都爲中，故曰中國。」中國禮儀，謂炎黄華夏文明也。按，唐曹鄴《秦後作》描寫戰亂，有云：「誰將白帝子，踐我禮義域……東郊龍見血，九土玄黄色。鼙鼓裂二景，妖星動中國。圓丘無日月，曠野失南北。徒流殺人血，神器終不忒。」元幹用意大略相同，意謂自古敵寇僭妄而生禍亂，無非徒勞，我文明邦域始終完固無毁壞也。

〔一三〕「公家」二句：中興相：李綱也。泰階：古星座名，即三台，共六星，兩兩並排而斜上，如階梯，故名。泰階六符：古人以爲天下太平之徵。《漢書・東方朔傳》：「願陳《泰階六符》以觀天變。」顔師古注：「孟康曰：『泰階，三台也。每台二星，凡六星。符六星之符驗也。』應劭曰：『《黄帝泰階六符經》曰：泰階者，天之三階也……三階平則陰陽和，風雨時，社稷神祇咸獲其宜，天下大安，是爲太平。』」南朝梁武帝《直石頭詩》：「泰階端且平，海水本無浪。」唐婁玄穎

《泰階六符賦附歌》：「君臣穆兮純化清，玉衡正兮泰階平。」光：顯耀。按，二句謂李綱作相，志在恢復也。

〔一四〕「難兄」二句：難兄難弟：典出《世説新語·德行》：「陳元方子長文，有英才，與季方子孝先各論其父功德，争之不能决。諮之太丘。太丘曰：『元方難爲兄，季方難爲弟。』」意謂兄弟傑出，難分伯仲。後遂以指二者難分高下。宋邵雍《訓世孝弟詩十首》四：「子孝親兮弟敬哥，怡聲下氣與謙和。難兄難弟名偏重，孝子賢孫貴自多。」間出：事物漸漸而出。《太史公自序·史記序略》：「於是漢興，蕭何次律令，韓信申軍法，張蒼爲章程，叔孫通定禮儀，則文學彬彬稍進，詩書往往閒出矣。」杜甫《奉贈鮮于京兆二十韵》：「王國稱多士，賢良復幾人。異才應間出，爽氣必殊倫。」並駕齊驅：齊頭并進，喻彼此力量、地位、才能等不相上下。語本《文心雕龍·附會》：「是以駟牡異力，而六轡如琴；並駕齊驅，而一轂統輻。」按，二句謂李綱才德不讓於乃兄也。

〔一五〕「承明」二句：承明：承明廬。見前《葉少藴生朝》注四。入謁：進見，請見。《史記·酈生陸賈列傳》：「沛公至高陽傳舍，使人召酈生。酈生至，入謁。」李商隱《偶成轉韵七十二句贈四同舍》：「憶昔公爲會昌宰，我時入謁虚懷待。」一見决：此用後漢第五倫故事。典出《後漢書·第五鍾離宋寒列傳》：「倫平銓衡，正斗斛，市無阿枉，百姓悦服。每讀詔書，常嘆息曰：『此聖主也，一見决矣！』等輩笑之曰：『爾説將尚不下，安能動萬乘乎？』倫曰：『未遇知己，道不同故耳。』」意謂倫志欲一見聖主以進説獻策。後又謂一見而遂蒙賞遇，喻君臣相得也。宋陳造

《次韻袁憲閲兵許浦》：「指揮用諸將，他日須此傑。聖君中興主，詔語一見決。」三遷故事：接連升遷之典範。宋俞文豹《吹劍外録》：「趙忠肅號得全，宗伊川之學，由司諫三遷至大用。」元樞：樞密使之別稱。宋周密《齊東野語・熊子復》：「（子復）及改秩作邑滿，造朝謁光範。季海時爲元樞。」

〔一六〕「整頓」二句：整頓乾坤：謂平定天下。杜甫《洗兵馬》：「二三豪俊爲時出，整頓乾坤濟時了。」賴公等：猶言仰仗諸位大人先生。李綱《寄毛達可内翰并録送魏公別録》二：「坐致時康賴公等，不須深遁採商芝。」

〔一七〕「殘年」二句：正爾：恰好如此；僅能如此。《世説新語・任誕》：「賀曰：『入洛赴命，正爾迷路。』」陶潛《雜詩十二首》八：「豈期過滿腹，但願飽粳糧。御冬足大布，粗絺以應陽。正爾不能得，哀哉亦可傷！」張九齡《初發曲江溪中》：「正爾可嘉處，胡爲無賞心。」易與：容易對付。《史記・項羽本紀》：「漢易與耳，今釋弗取，後必悔之。」此謂草草將就，元幹自謙語也。二頃一區：用蘇秦、楊雄故事，皆安貧樂道之常用典故。《史記・蘇秦列傳》：「蘇秦喟然嘆曰：『……且使我有雒陽負郭田二頃，吾豈能佩六國相印乎！』」《漢書・揚雄傳上》：「揚季官至廬江太守，漢元鼎間避仇復溯江上，處岷山之陽曰郫，有田一壥，有宅一區，世世以農桑爲業……雄少而好學，不爲章句，訓詁通而已，博覽無所不見。爲人簡易佚蕩，口吃不能劇談，默而好深湛之思，清静亡爲，少耆欲，不汲汲於富貴，不戚戚於貧賤，不修廉隅以徼名當世。家産不過十金，乏無儋石之儲，晏如也。」唐權德輿《數名詩》：「一區揚雄宅，恬然無所欲。」蘇軾《送喬施州》：「恨無負郭田二頃，空有載行書五車。」按，二句自謂衰老無所作爲，但能自守清貧而已。

〔一八〕「平生」二句：平生故人：相知一生者。唐郎士元《送彭偃房由赴朝因寄錢大郎中李十七舍人》：「平生故人遠，君去話潸然。」宋毛滂《久客》：「平生故人同偪仄，近者不見雲泥隔。」半廊廟：極言友人中貴顯者之多。蘇軾《軾以去歲春夏侍立邇英而秋冬之交子由相繼入侍次韻絶句四首各述所懷》一：「坐閱諸公半廊廟，時看黄色起天庭。」陸游《遊大智寺》：「豈無舊朋儔，聯翩半廊廟。」廊廟：朝廷。《後漢書·申屠剛傳》：「廊廟之計，既不豫定，動軍發衆，又不深料。」李賢注：「廊，殿下屋也；廟，太廟也。國事必先謀於廊廟之所也。」「老僧」句：喻不憂無同志相友愛也。唯元幹據何典實，今不能詳，存以待考。何患：擔心什麽。謂無所憂慮。《論語·顔淵》：「子夏曰：『……四海之内皆兄弟也，君子何患乎無兄弟也！』」

〔一九〕「與君」二句：努力强飯：即「努力加餐飯」，猶言好生珍重也，頌禱恒語。漢無名氏《古詩十九首》一：「棄捐勿復道，努力加餐飯。」强飯：努力加餐，勉强進食。杜甫《小寒食舟中作》：「佳辰强飯食猶寒，隱几蕭條帶鶡冠。」

〔二〇〕「男兒」二句：男兒富貴：男子所求功名利禄也。高適《宋中遇劉書記有别》：「男兒争富貴，勸爾莫遲迴。」黄庭堅《寄别陳氏妹》：「男兒何有哉，今壯而善耄。逢時秉鈞軸，邂逅把旄鉞。富貴多禍憂，朋黨相媒蘖。」元幹句意，頗近黄氏。否泰：《易》之二卦名，天地交、萬物通謂之「泰」，不交、閉塞謂之「否」。用指世事盛衰，命運順逆，事勢相反。《玉臺新詠·古詩〈爲焦仲卿妻作〉》：「否泰如天地，足以榮汝身。」《史通·載文》：「夫國有否泰，世有汙隆，作者形言，本無定準。」分賢愚：取決於本質之賢愚。韓愈《長安交遊者贈孟郊》：「何能辨榮悴，且欲分賢愚。」王安石《杭州修廣師法喜堂》：「始知進退各作一理，造次未可分賢愚。」按，此實反語，謂所求未必能得，而世乃以貴賤爲賢愚標準，事之可悲者。

〔二一〕「酒酣」二句：作惡：悒鬱不快也。《世説新語·言語》：「謝太傅語王右軍曰：『中年傷於哀樂，與親友别，輒作數日惡。』」陸游《梅花絶句》之十：「漸老情懷多作惡，不堪還作梅花詩。」行矣自愛：臨别勸慰常語。《史記·外戚世家》：「行矣，彊飯，勉之！即貴，無相忘。」《三國志·蜀書·彭羕傳》載羕《獄中與諸葛亮書》：「貴使足下明僕本心耳。行矣努力，自愛，自愛！」高適《漣上别王秀才》：「行矣當自愛，壯年莫悠悠。」千金軀：極言身體尊貴也。陶潛《飲酒二十首并序》十一：「各養千金軀，臨化消其寶。」杜甫《哀王孫》：「豺狼在邑龍在野，王孫善保千金軀。」

〔二二〕「本朝」二句：再造：猶言中興也。《宋書·武帝紀中》：「天未絶晉，誕育英輔，振厥弛維，再造區宇，興亡繼絶，俾昏作明。」《新唐書·郭子儀傳》：「入朝，帝遣具軍容迎灞上，勞之曰：『國家再造，卿力也。』」拯塗炭：猶言救民於水火之中。魏晉無名氏《三郡民爲應詹歌》：「拯我塗炭，惠隆丘阜。」疲氓：疲困之民。宋張耒《送杜君章守齊州》：「臨菑千騎亦不惡，聊以餘力蘇疲氓。」

〔二三〕「勿令」二句：勿令毫髮有遺恨：不使事有纖毫之不足。杜甫《敬贈鄭諫議十韵》：「毫髮無遺恨，波瀾獨老成。」陸游《梅花五首》一：「造物作梅花，毫髮無遺恨。」文章爾雅：見前《葉少蘊生朝》注二。華國：光耀國家。《周禮・春官・典路》「凡會同軍旅，弔于四方，以路從」，鄭玄注：「王出於事無常，王乘一路，典路以其餘路從行，亦以華國。」晉陸雲《張二侯頌》：「文敏足以華國，威略足以振衆。」毛滂《上林内翰二首》其一：「濟時即展經綸業，華國聊施采色餘。」猶其餘：猶言「猶其餘事」。言不足介懷在意也。《莊子・讓王》：「帝王之功，聖人之餘事也，非所以完身養生也。」宋汪藻《送毗陵太守劉君受代東歸》：「清真簡淡乃天性，文章政事猶其餘。」

拜顔魯公像〔一〕

吴興祠堂祀百世，凛凛英姿有生意〔二〕。坐令異代乾没兒，莫敢徜徉來仰視〔三〕。唐家綱紀日陵遲，僭竊相連益昌熾〔四〕。我公人物第一流，皇天后土明忠義〔五〕。屹然砥柱立頽波，未覺羊腸蹟坦履〔六〕。欲回希烈叛逆心，老夫但知朝覲禮〔七〕。年垂八十位太師，平生所欠惟死耳〔八〕。死重泰山古所難，杞鬼竊柄猶偷安〔九〕。安知我公本不死，汝曹有知當骨寒〔一〇〕。豐碑法書屋漏雨，政與丹青照千古〔一一〕。天遣神物常守護，要使亂臣賊子懼〔一二〕。

【箋注】

〔一〕顔魯公：即顔真卿（七〇九—七八四），字清臣，唐瑯邪臨沂人。顔師古五世從孫。玄宗開元二十二年進士。又擢制科。累擢武部員外郎。爲楊國忠所擠，出爲平原太守。安禄山叛，約從兄常山太守顔杲卿等起兵抵抗，響應者衆，共推爲盟主，兵至二十萬。肅宗立，爲河北招討使。諸郡復陷，間道奔鳳翔，累除御史大夫，出爲馮翊太守。以直不容，屢貶官。歷遷尚書右丞、吏部尚書、太子太師，封魯郡公，世稱顔魯公。德宗時，盧杞惡之，會李希烈叛，命往勸諭，遂爲所害，至死不撓。謚文忠。工書法，號「顔體」，爲天下後世所崇重。有集及《韵海鏡源》等。兩《唐書》有傳。建炎三年作，時元幹行經吴興，參《年譜》頁三六六。

〔二〕「吴興」二句：吴興祠堂：顔真卿祠。真卿曾任湖州刺史。嘉祐七年（一〇六二），湖州知州張田建顔魯公祠。清《嘉慶一統志》卷二八九《湖州府・祠廟》載：「顔魯公祠，在歸安縣（今屬浙江湖州）治西北府學左。」凛凛英姿：氣度非凡貌。陸游《韓太傅生日》：「神皇外孫風骨殊，凛凛英姿不容畫。」有生意：有生氣。杜甫《雨》：「皇天德澤降，焦卷有生意。」猶言圖像傳神，寫真而栩栩如生。舊傳魯公殉難之後，亂平而屍形不壞，仿佛如生。《太平廣記》引五代王仁裕《玉堂閑話》：「真卿家遷喪上京，開棺視之，棺朽敗而屍形儼然，肌肉如生，手足柔軟，髭髮青黑，握拳不開，爪透手背。遠近驚異焉。」元幹或暗兼此而言。

〔三〕「坐令」二句：坐令：致使。韓愈《贈唐衢》：「胡不上書自薦達，坐令四海如虞唐？」異代：後世。《文選・班固〈幽通賦〉》：「虞《韶》美而儀鳳兮，孔忘味於千載；素文信而厎麟兮，漢賓祚於異代。」李周翰注：「賓祚，謂禮其後祚也。異代，謂漢也。」謝靈運《七里瀨詩》：「誰謂古今殊，異代可同調。」李白《答杜秀才五松見贈》：「吾非謝尚邀彥伯，異代風流各一時。」乾没兒：投機營求之徒。蘇軾《故李誠之待制六丈挽詞》：「願斬横行將，請烹乾没兒。」乾没：投機圖利。《漢書·張湯傳》：「（湯）始爲小吏，乾没，與長安富賈田甲、魚翁叔之屬交私。」清顧炎武《日知録·乾没》：「乾没，大抵是徼幸取利之意。」徜徉：安閑自得貌。韓愈《送李願歸盤谷序》：「膏吾車兮秣吾馬，從子於盤兮，終吾生以徜徉。」王安石《休假大佛寺》：「問誰可與言，携手此徜徉。」此似轉指態度之隨意不莊重。李綱《顔魯公畫像贊》：「英英魯公，人中之龍。爲唐宗臣，見危納忠……氣沮兇逆，誠貫金鐵。身雖可隕，名不可滅。巖巖高堂，榜曰忠義……登斯堂者，宜仰而畏。師友其人，無公是愧。」李氏此篇，可以比看。按，二句謂乃使天下後世勢利之徒亦不敢持無恭謹之心而至，以非仰視顔公威靈不可也。

〔四〕「唐家」二句：唐家綱紀：唐朝之倫常，唐朝天子之政。唐家：唐朝。元稹《樂府古題序·人道短》：「仲尼留得孝順語，千年萬歲父子不敢相滅亡。殁後千餘載，唐家天子封作文宣王。」綱紀：法度；綱常。《漢書·禮樂志》：「夫立君臣，等上下，使綱紀有序，六親和睦，此非天之所爲，人之所設也。」陵遲：敗壞；衰敗。《詩·王風·大車·序》「禮義陵遲，男女淫奔，故陳古以刺今」，孔穎達疏：「陵遲，猶陂陁，言禮義廢壞之意也。」韓愈《石鼓歌》：「周綱陵遲四海沸，宣王憤起揮天戈。」僭竊：越分竊取；越分竊取者。《唐國史補》卷上：「淮西賊將僭竊，問儀注於魯公。」岳飛《奏辭檢校少保第二劄子》：「伏念臣本無才術，誤膺眷渥，未能恢復疆宇，掃除僭竊。」此蓋謂安史亂兵及坐擁重兵觀望形勢懷抱非常之軍閥如李希烈輩也。昌熾：興旺昌盛。語本《詩・魯頌・閟宮》：「俾爾昌而熾，俾爾壽而富。」後更轉指猖獗、倡狂。《資治通鑑・後梁太祖乾化二年》：「我經營天下三十年，不意太原餘孽更昌熾如此！」王安石《本朝百年無事劄子》：「賴非夷狄昌熾之時，又無堯湯水旱之變，故天下無事，過於百年。」

〔五〕「我公」二句：我公：尊稱對方。《詩・豳風・九罭》：「是以有袞衣兮，無以我公歸兮，無使我心悲兮。」序曰「《九罭》，美周公也」，則「我公」者即周公。杜甫《揚旗》：「我公會賓客，肅肅有異聲。」原注云「二年夏六月，成都尹嚴公置酒公堂，觀騎士試新旗幟」，則「我公」者即嚴武也。皆尊敬之稱。第一流：第一等，最優異者。《世説新語・品藻》：「桓大司馬下都，問真長曰：『聞會稽王語奇進，爾邪？』劉曰：『極進，然故是第二流中人耳。』桓曰：『第一流復是誰？』劉曰：『正是我輩耳。』」劉禹錫《和思黯憶南莊見示》：「從來天下推尤物，合屬人間第一流。」按《舊唐書》本傳云：「盧杞專權，忌之……會李希烈陷汝州，杞乃奏曰：『顔真卿四方所信，使諭之，可不勞師旅。』上從之，朝廷失色。李勉聞之，以爲失一元老，貽朝廷羞。」蓋公論也。明忠義：證明忠義之心。宋石介《顔魯公太師》其一：「唐家六世樹威恩，外建藩翰禦不賓。二十三州同陷賊，平原猶有一忠臣。」其二：「聖賢道在惟顔子，忠烈名存獨杲卿。甘向賊庭守節死，不羞吾祖與吾兄。」即此二篇，可略窺異代文人致敬於魯公忠義之一斑。

〔六〕「屹然」二句：「屹然」句：魯公之堅貞足以爲國家中流砥柱也。屹然：高聳挺立貌。《文選・王延壽〈魯靈光殿賦〉》：「屹然特立，的爾殊形。」呂向注：「屹然，高貌。」杜甫《贈司空王公思禮》：「短小精悍姿，屹然强寇敵。」砥柱：山名。在今河南三門峽市，當黄河中流。以山在激流中矗立如柱，故名。《水經注·河水四》：「砥柱，山名也，昔禹治洪水，山陵當水者鑿之，故破山以通河，河水分流，包山而過，山見水中若柱然，故曰砥柱也。」喻能負重任、支危局者。宋陳亮《〈三國紀年〉序》：「《春秋》，事幾之衡石、世變之砥柱也。」頹波：下流之水勢。《水經注·沔水》：「泉涌山頂，望之交横，似若瀑布，頹波激石，散若雨灑，勢同厭源風雨之池。」喻衰頹世風或事物衰落趨勢。李白《古風》一：「揚馬激頹波，開流蕩無垠。」陳亮《〈高士傳〉序》：「惟其屹然立於頹波靡俗之中，可以爲高矣。」未覺：不覺。羊腸：羊腸阪，泛指險路，喻危難也。《尉繚子·兵談》：「兵之所及，羊腸亦勝，鋸齒亦勝，緣山亦勝，入谷亦勝。」杜甫《喜聞官軍已臨賊境》：「路失羊腸險，雲横雉尾高。」隳：壞。坦履：猶言坦途、大道。語本《易·履卦》：「履道坦坦。」宋王周《誌峽船具詩·百丈》：「孤舟行其中，薄冰猶坦履。」隳坦履，破壞大道也。

〔七〕「欲回」二句：「欲回」句：《舊唐書》本傳：「初見希烈，欲宣詔旨，希烈養子千餘人露刃争前迫真卿，將食其肉。諸將從繞慢罵，舉刃以擬之，真卿不動。」魯公之使希烈，固出奸黨之擠，而公實有志於敦促希烈之忠朝廷而抗安史也。欲回：要挽回、要改變。「老夫」句：《舊唐書》本傳：「希烈乃拘真卿……希烈既陷汴州，僭僞號，使人問儀於真卿，真卿曰：『老夫耄矣，曾掌國禮，所記者諸侯朝覲禮耳。』」

〔八〕「年垂」二句：稱頌魯公之視死如歸也。《舊唐書》本傳：「初見希烈，欲宣詔旨……希烈大宴逆黨，召真卿坐，使觀倡優斥黷朝政爲戲，真卿怒……希烈慚，亦呵止。時朱滔、王武俊、田悦、李納使在坐，目真卿謂希烈曰：『聞太師名德久矣，相公欲建大號，而太師至，非天命正位？欲求宰相，孰先太師乎？』真卿正色叱之曰：『是何宰相耶！君等聞顔杲卿無？是吾兄也。禄山反，首舉義兵，及被害，詬駡不絶於口。吾今年向八十，官至太師，守吾兄之節，死而後已，豈受汝輩誘脅耶！』諸賊不敢復出口。」垂：將近。蘇軾《贈鄭清叟秀才》：「年來萬事足，所欠惟一死。」

〔九〕「死重」二句：死重泰山：語出《漢書·司馬遷傳》引《報任少卿書》：「人固有一死，死或重於泰山，或輕於鴻毛，用之所趣異也。」宋石介《南霽雲》：「身輕鴻毛，名重泰山。」南名將，與張巡同時不屈死難者。古所難：自古以來認爲艱難之事。鮑照《贈故人馬子喬詩六首》五：「宿心誰不欺，明白古所難。」宋曾協《次韻翁士秀雪再作》：「人言回天古所難，坐變樂歲須臾間。」「杞鬼」句：直斥時相盧杞。《舊唐書·盧杞傳》：「杞貌陋而色如藍，人皆鬼視之。」謂杞形似鬼也，此稱「杞鬼」，所以駡之也。竊柄偷安：竊佔權柄，苟且敷衍太平。盧杞善欺罔天子而排擠同僚異己者，此蓋痛乎言之耳！

〔一〇〕「安知」二句：我公本不死：《新唐書》本傳：「贊曰……毅然之氣，折而不沮，可謂忠矣。」相傳及淮、蔡平，子頵、碩護公喪歸，欲易棺以葬，發之，顔色如生云。按，清人《居士傳》，猶持此説。汝曹：爾輩，鄙之之辭，蓋謂敵寇及貪禄尸位偷生之徒。骨寒：猶言「骨驚心折」，謂内心極度驚駭，以押韵故，易言之。南朝梁江淹《别賦》：「有别必怨，有怨必盈。使人意奪神駭，心折骨驚。」唐顧況《酬本部韋左司》：「寸心久摧折，别離重骨驚。」是其義。

〔一一〕「豐碑」二句：豐碑：魯公平生所書碑碣，或兼指顔魯公祠所樹之碑。法書：合法、成法之寫字典型。《新唐書》本傳：「善正、草書，筆力遒婉，世寶傳之。」屋漏雨：喻魯公法書之通神也。屋漏雨即「屋漏痕」，蓋自然成形、無可踪迹限制者，書法家推爲草書筆法極致。唐陸羽《懷素别傳》：「鄔兵曹弟子問之曰：『夫草書於師授之外，須自得之……未知鄔兵曹有之乎？』懷素對曰：『似古釵脚，爲草書竪牽之極。』……顔公曰：『師竪牽古釵脚，何如屋漏痕？』」《韵語陽秋》卷十四：「顔平原書妙天下……真山谷所謂『筆法錐沙屋漏，心期曉日秋霜』者邪！」黄庭堅《書扇》：「魯公筆法屋漏雨，未减右軍錐畫沙。」劉子翬《臨池歌》：「君不見鍾繇學書夜不眠，以指畫字衣皆穿。當時尺牘來鄴下，錦標玉軸争流傳。又不見魯公得法屋漏雨，意象咄咄凌千古。」按：此下言魯公書法之正，適與其品格，互相表裏，方永傳不朽。

〔一二〕「天遣」二句：神物守護：得受神靈之物護持。韓愈《石鼓歌》：「雨淋日炙野火燎，鬼物守護煩撝呵。」彼「鬼物」，即此「神物」。宋曾幾《挽李泰發參政三首》：「守護多神物，旋歸一老翁。」句意一致。神物：神靈。《易·繫辭上》：「探賾索隱，鈎深致遠，以定天下之吉凶，成天下之亹亹者，莫大乎蓍龜。是故天生神物，聖人則之。」又謂神仙。《史記·孝武本紀》：「上即欲與神通，宫室被服不象神，神物不至。」要使：定教，須使。《文選·陸機〈弔魏武帝文〉》：「掃雲物以貞觀，要萬塗而來歸。」張銑注：「要，猶使也。」梅堯臣《楊樂道留飲席上客置黄紅絲頭芍藥》：「要使清光多，四海意開廓。」亂臣賊子懼：《孟子·滕文公下》：「昔者禹抑洪水而天下平，周公兼夷狄驅猛獸而百姓寧，孔子成《春秋》而亂臣賊子懼。」按：二句祝禱顔魯公英靈萬古流芳，且永以震懾天下後世之亂臣賊子也。

【附録】

宋胡舜舉《顔魯公祠》

立廟本來皆可紀，凛然英烈殆天啓。年垂八十官太師，平生所欠惟死爾。分甘一死鴻毛輕，舉世俗子何用嗔。誰知我公本不死，眉間生氣猶峥嶸。堂堂十老皆人傑，逢辰遇合稷與契。儼然玉立配我公，忠義文章兩奇絶。我來摩挲讀豐碑，扛鼎筆力猶精奇。定應神物常護持，勁直千載垂良規。（明夏良勝《正德建昌府志》卷一〇）

祥符陵老許作先馳歸閩，因成伽陀贈別，紹興甲戌秋七月書於鶴林山〔一〕

無量劫來幾相見，莫話南州與北縣〔二〕。居士向來業風吹，自合失却本來面〔三〕。今年坐夏在鶴林①，許我先馳海舟便〔四〕。三山到日已秋深，且看山門騎佛殿〔五〕。

【校】

① 今年坐夏在鶴林：文津閣本、文瀾閣本作「今年坐在鶴林中」。

【箋注】

〔一〕祥符：寺名。所在不詳。陵老：其人不詳。老：尊稱某僧。先馳：猶先驅。自謙語。宋郭祥正《哭梅直講聖俞》：「及將起草茅，謹札還先馳。」蘇軾《和孔郎中荊林馬上見寄》：「朱輪未及郊，清風已先馳。」伽陀：即偈子，佛經中之贊頌。《大唐西域記·烏仗那國》：「舊曰偈，梵文略也。或曰偈陀，梵音訛也。今從正音，宜云伽陀。伽陀者，唐言頌，頌三十二言。」唐玄應《一切經音義》卷二三「伽他」：「此方當頌，或云攝言，諸聖人所作，莫問重頌字之多少。四句爲頌者，皆名伽他。」黄庭堅《題萬松亭》：「二十年前，涪翁爲篆其榜。今聞增葺，殊勝往時，遠托清禪師易其榜，並作伽陀六言寄刻山間石上。」紹興甲戌：紹興二十四年（一一五四）。鶴林山：在丹徒縣（今江蘇鎮江），山有寺。參《年譜》頁二一七、二一八。

〔二〕「無量」二句：無量劫：即無數劫，極言時間久遠。劫，梵語音譯「劫波」之簡略，佛教以爲世界既有事物成住壞空之週期。南朝梁釋寶志《十二時頌》一：「窮苦已經無量劫，不信常擎如意珍。」唐敦煌曲子《最上乘》一《順水流四首》：「無量劫來不思議，即應即舍生净土。」幾相見：幾回相見，言稀少。南州北縣：本謂各處奔走，爾時常語。宋無名氏《德興邑廨石刻》一：「行商之身，南州北縣。不如田舍，長拘見面。」泛指天下各處。禪家喜用爲話頭。宋釋如本《頌古三十一首》六：「日面月面，靈光洞現。大地山河，南州北縣。雖是老婆心切，那知疑殺監院。」按，元幹好談禪，此用之，一者固不免書生習氣，二者亦示伽陀本色也。

〔三〕「居士」二句：向來：向者，以前。來：語助詞。陶潛《擬挽歌辭三首》三：「向來相送人，各自還其家。」孟浩然《送從弟邕下第後尋會稽》：「向來共歡娱，日夕成楚越。」劉敞《重過華陰馬上口占寄李君錫王懿臣薛師政三漕》：「江壁向來憂鄭客，鼎湖今日望軒轅。」業風吹：被業風鼓盪。唐慧能《擬達摩和尚頌二首（題擬）》一：「共造無明業，見被業風吹。」唐顧況《歸陽蕭寺有丁行者》：「業風吹其魂，猛火燒其烟。」宋釋懷深《擬寒山寺》一一四：「業風吹出來，萬苦從頭做。」業風：佛教語，謂善惡之業如風之有力能使人飄轉而輪回三界。《大乘義章》七《般舟贊》：「業愛癡繩縛人送，隨業風吹落苦中。」自合：自應；固當。唐張謂《代北州老翁答》：「安邊自合有長策，何必流離中國人。」《敦煌歌辭總編》卷二（〇一二六）唐敦煌曲子《勸諸人一偈》：「但得無心想，自合太虛空。」本來面：見前《次韵奉酬楞伽室老人歌……可謂趁韵也》注五。

〔四〕「今年」二句：坐夏：佛教語。僧人于夏季安居不出，坐禪静修，稱坐夏。其時正當雨季，亦稱「坐雨安居」。具體日期因地而異。唐玄奘《大唐西域記·印度總述》：「印度僧徒，依佛聖教，坐雨安居，或前三月，或後三月。前三月當此從五月十六日至八月十五日，後三月當此從六月十六日至九月十五日。前代譯經律者，或云坐夏，或云坐臘。」白居易《行香歸》：「出作行香客，歸如坐夏僧。」鶴林：鶴林寺。先馳海舟便：猶言快快趕着海船出行之機會到達所在。

〔五〕「三山」二句：三山：福州别稱。福州城中有閩山、九仙山、越王山，故稱。曾鞏《道山亭記》：「福州……城之中三山，西曰閩山，東曰九仙山，北曰粤王山，三山者鼎趾立。其附山，蓋佛、老子之宫以數十百，其瑰詭殊絶之狀，蓋已盡人力。」三山：本道家仙山。《拾遺記·高辛》：「三壺，則海中三山也。一曰方壺，則方丈也；二曰蓬壺，則蓬萊也；三曰瀛壺，則瀛洲也。」《道山亭記》又曰：「光禄卿、直昭文館程公爲是州，得閩山嶔崟之際，爲亭於其處，其山川之勝，城邑之大，宫室之榮，不下簟席而盡於四矚。程公以謂在江海之上，爲登覽之觀，可比於道家所謂蓬萊、方丈、瀛州之山，故名之曰『道山之亭』。」正以福州三山擬海上三仙山。山門騎佛殿：禪家話頭。僧院之制，山門低而佛殿高，而乃言前者壓於後者，此固所以破除尋常知見也。禪家以謂現象界之差别世界實即平等實相，喻衆生悉皆可得成佛之意。宋釋智昭編集、釋大觀修訂《人天眼目》卷一（《大正藏》四十八册）：「且居門外，耐重打金剛，山門騎佛殿。」宋徐大受《送輝老自赤城住聖水》：「要勘山門騎佛殿，春風杖錫儻來臨。」亦用此語，以指高僧之接引有緣之人。騎：凌駕。按，二句謂待到秋深，閩中遂可得弘法導師，元幹兼祝頌與期望也。全篇言語智慧，皆不離佛教，故足以自名「伽陀」也。

五言律詩

次韵唐彦猷所題顧野王祠與霍子孟廟對〔一〕

蘭若黄門像，相望博陸居〔二〕。衣冠塵亦暗，簫鼓祭全疏〔三〕。草色侵荒徑，潮聲過夕墟〔四〕。遺風猶可想，弔古一觴餘〔五〕。

【箋注】

〔一〕唐彦猷：名詢，唐肅子，官至侍讀學士，以蓄硯名，著有《硯録》。《宋史》有傳，附其父肅傳後。史臣評曰「詢傅會喜進，竊非其據，雖列侍從，君子所不與也」。顧野王（五一九—五八一）：字希馮，南朝梁陳時吴縣人，訓詁學家、史學家。出身世家，幼好學，遍觀經史，又精記默識，天文地理，蓍龜占候，蟲篆奇字，無所不通。梁武帝時，任太學博士等職；入陳，任國史博士，掌國史，主修梁史，後遷至黄門侍郎、光禄卿。卒贈秘書監、右衛將軍。工詩文；善丹青，擅人物，尤工草蟲。著有《玉篇》三十卷，較《説文解字》收字多六千餘，爲今存最早楷書字典。《南史》

卷六九有傳。霍子孟：霍光（？—六八），字子孟，河東平陽（今山西臨汾）人，霍去病異母弟，漢昭帝皇后上官氏外祖父，漢宣帝皇后霍成君之父。西漢權臣、政治家，麒麟閣十一功臣之首。歷經武帝、昭帝、宣帝三朝，曾主持廢立昌邑王劉賀。任至大司馬、大將軍，封博陸侯。宣帝地節二年去世，次年霍氏以謀反罪族誅。《漢書》卷六八有傳。對：聯語。其文不可考。

〔二〕「蘭若」二句：蘭若：指寺院。梵語「阿蘭若」之省，其義爲寂净無苦惱煩亂之處。杜甫《謁真諦寺禪師》：「蘭若山高處，烟霞嶂幾重。」王安石《次韻張子野〈竹林寺〉》一：「青鴛幾世開蘭若，黄鶴當年瑞卯金。」黄門：即顧野王。博陸：即霍光。《後漢書・李固傳》：「自非博陸忠勇，延年奮發，大漢之祀，幾將傾矣。」

〔三〕「衣冠」二句：「衣冠」句：圖畫污垢貌。宋許景衡《贈人》：「衣冠塵土闇，辯論江河傾。」衣冠：古代士以上階級之服。《管子・形勢》：「言辭信，動作莊，衣冠正，則臣下肅。」此代指二廟所繪祠主霍顧圖像。「簫鼓」句：祭祀不周貌。李商隱《桂林》：「殊鄉竟何禱，簫鼓不曾休。」黄庭堅《徐孺子祠堂》：「藤蘿得意干雲日，簫鼓何心進酒樽。」簫鼓：禱詞陳樂，通以簫鼓概之。疏：謂闕失。按，二句謂二人之廟歲久而圖像晦暗、祀典廢缺，蓋憫之也。

〔四〕「草色」二句：「草色」句：荒草蕪没貌。唐錢起《贈東鄰鄭少府》：「草色同春徑，鶯聲共高柳。」唐許渾《泛舟尋鬱林寺道玄上人遇雨而返因寄》：「草色分松徑，泉聲溢稻畦。」元幹句法同此。按「草色」之句，自來獨多，例如南朝梁江淹《秋至懷歸詩》：「草色斂窮水，木葉變長川。」唐盧照鄰《元日述懷》：「草色迷三徑，風光動四鄰。」其意則頗取白居易《賦得原上草送別》：「遠芳侵古道，晴翠接荒城。」五代劉山甫《題青草湖神祠》：「壞墻風雨幾經春，草色盈庭一座塵。」元幹命意，與此尤近。「潮聲」句：祠廟荒廢貌。宋蘇舜欽《杭州巽亭》：「凉翻簾幌潮聲過，清入琴尊雨氣來。」周紫芝《樓居雜句五首》一：「烟樹青連越王國，暮潮聲過海門山。」夕墟：夕照中之村落。墟：墟落。宋張綱《言懷用子蒼韵》：「歸尋松竹開幽徑，坐看牛羊下夕墟。」

〔五〕「遺風」二句：遺風：前代或前人所遺風教。《史記·貨殖列傳》：「故其民猶有先王之遺風。」杜甫《杜鵑行》：「蜀人聞之皆起立，至今相效傳遺風。」弔古：緬懷往昔，追思古人。唐韓琮《巢父井三絶》三：「弔古每來荒廟下，落花流水總依然。」蘇軾《軾在潁州與趙德麟同治西湖未成改揚州三月十六日湖成德麟有詩見懷次其韵》：「明年詩客來弔古，伴我霜夜號秋蟲。」一觴餘：猶言杯酒之外。宋韓淲《魏知府挽詩》二：「典刑杯酒外，氣象簡編旁。」宋李曾伯《賀新郎·辛亥初度自賦》：「世事付之杯酒外，那棋邊、得失都休語。」按，二句謂致祭之後，愈益想象、嚮往古賢風規也。

過宿趙次張郊居二首〔一〕

北客多流落，東村更寂寥〔二〕。肯同清夜夢，不待故人招〔三〕。月挂荒園竹，霜飛獨木橋〔四〕。聽雞休起舞，且共論天驕〔五〕。

莫嘆交遊晚，相期歲月深〔六〕。秋來初識面，老去要知心〔七〕。燈火須更僕，杯盤取自斟〔八〕。平生王霸術，袖手有微吟〔九〕。

【箋注】

〔一〕趙次張：趙九齡，字次張，嘗爲李綱所辟，綱罷，九齡亦歸。《雲麓漫鈔》卷七：「紹興甲寅乙卯間，劉麟導虜南侵，其時車駕駐平江。有趙九齡者，策士也，請決淮西水以灌虜營，朝廷不能用。已而韓世忠得虜酋約戰書曰：『聞江南欲决淮西水以浸吾軍。』書到之明日，虜賓退師，當時但以爲却敵之功，殊不知九齡之力爲多。」建炎元年秋作，參《年譜》頁二〇九。

〔二〕「北客」二句：北客：北來之人流寓江南，是爲客。唐朱放《江上送別》：「浦邊新見柳摇時，北客相逢只自悲。」蘇軾《再和楊公濟梅花十絶》十：「北客南來豈是家，醉看參月半横斜。」此則隱指中原淪没也。東村：泛指鄉野村落。宋釋義青《第九十三趙州勘婆頌》：「靈龜未兆無凶吉，變動臨時在卜人。路頭問破誰人委，王老東村努目嗔。」程俱《過劉姓園居》：「親戚居南陌，交遊在東村。」乃泛指語。此蓋謂趙之郊居所在。

〔三〕「肯同」二句：「肯同」句：不敢攀附古人高潔情懷。自謙語。肯：豈肯，不肯、不敢與……一樣。唐陸龜蒙《和襲美傷開元觀顧道士》：「藥奠肯同椒醑味，《雲謡》空替《薤歌》聲。」黄庭堅《結客》：「結客結英豪，肯同兒女曹。」清夜夢：清静高潔之夢。唐姚合《秋日書事寄秘書竇少監》：「凉天吟自遠，清夜夢還高。」宋寇準《湖上作》：「猶餘清夜夢，暫與白雲期。」不待故人招：謂將爲不速之客也。宋晁公遡《師伯渾用韵復次》四：「來歲定從田父去，飛書不待故人招。」故人招：用孟浩然《過故人莊》：「故人具雞黍，邀我至田家。」

〔四〕「月挂」二句：「月挂」句：月色與竹影彼此呼應貌。宋陳世卿《遊黄楊巖》：「一醉出門去，缺月挂修竹。」宋鄭剛中《臘中會桂堂太守勸客滿觴嘗曰怕渡野塘寒酒罷且歸又曰月挂竹梢明愛此二語借爲兩詩云》一：「風穿花塢冷，月挂竹梢明。」月挂：極言月輪之低近。唐褚遂良《湘潭偶題詩》：「游遍九衢燈火夜，歸來月挂海棠前。」「霜飛」句：温庭筠《商山早行》：「雞聲茅店月，人迹板橋霜。」李綱《望江南·池陽道中》：「茅店雞聲寒逗月，板橋人迹曉凝霜。」元幹蓋化用温氏名句。霜飛：秋深則霜起，兼指時候。唐李濤《送凌處士赴連州邀》：「霜飛湖草緑，春近嶺梅殘。」黄庭堅《觀劉永年團練畫角鷹》：「霜飛晴空塞草白，雲垂四野陰山黑。」獨木橋，橋之至簡陋者，或即寫趙氏郊居左近實景，唯無從確知。按，二句蓋謂趙氏郊居所在之荒凉寂寞也。

〔五〕「聽雞」二句：「聽雞」句：故反「聞雞起舞」之意，蓋牢騷語。《晉書·祖逖傳》：「與司空劉琨俱爲司州主簿，情好綢繆，共被同寢。中夜聞荒雞鳴，蹴琨覺曰：『此非惡聲也。』因起舞。」天驕：天之驕子。《漢書·匈奴傳上》：「單于遣使遺漢書云：『南有大漢，北有强胡。胡者，天之驕子也。』」亦省稱「天驕」。唐王維《出塞作》：「居延城外獵天驕，白草連天野火燒。」《舊五代史·外國傳·回鶻》：「唐天寶中，安禄山犯闕，有助國討賊之功，累朝尚主，自號『天驕』，大爲唐朝之患。」此指金人。按，二句謂相見則聯牀夜話而侵晨不起，唯以談論國事爲念也。

〔六〕「莫嘆」二句：「相期」句：希望相交日深以至久遠。李白《江上贈竇長史》：「相約相期何太深，棹歌摇艇月中尋。」唐羊士諤《閑齋示一二道者》：「唯有空門學，相期老一丘。」

〔七〕「秋來」二句：「秋來」句：謂相交在秋季。應上「霜飛」。此追憶往日。初識面：即初相識。賈島《酬胡遇》：「却思初識面，仍未有多鬚。」曾鞏《戲呈休文屯田》：「陳侯雋拔人所羨，歲晚江湖初識面。」「老去」句：謂年歲愈增愈重知己之交。要：必須，必定。此設想來日。陸游《排悶》：「老去知心少，流塵鎖斷弦。」宋項安世《送湖南盧提刑赴召三首》二：「世間除我更誰窮，老去知心僅有公。」

〔八〕「燈火」二句：此襲王安石《示長安君》：「草草杯盤供笑語，昏昏燈火話平生。」燈火更僕：意謂多次更換蠟燭，喻夜談之久。宋石介《留守待制視學》一：「分庭等威殺，更僕宴談終。」曾鞏《戲呈休文屯田》：「已聞清論至更僕，更讀新詩欲焚硯。」元幹語意頗近之。更僕：更番相代。杜甫《行官張望稻畦水歸》：「更僕往方塘，决渠當斷岸。」仇兆鰲注：「以番次更代使之也。」取：同「趣」，即趨，務求，但求。樂在其中貌。《孟子・盡心上》：「楊子取爲我，拔一毛而利天下，不爲也。」自斟：自斟自飲。陶潛《和郭主簿》一：「春秫作美酒，酒熟吾自斟。」

〔九〕「平生」二句：此蓋化用宋晁説之《自延還鄜懷京師親舊》：「攬古豈無王霸略，窮途只有短長吟。」王霸術：猶言王霸略。指能成就王霸之業者。《三國志・魏書・陳矯傳》：「雄姿傑出，有王霸之略，吾敬劉玄德。」石介《安道登茂材異等科》：「嗟哉浮薄流，不知王霸略。」王霸：語出《荀子・王制》：「王霸安存，危殆滅亡。」袖手：縮手於袖，謂不能或不欲參與其事。《晉書・庾敳傳》：「參東海王越太傅軍事，轉軍諮祭酒。時越府多雋異，敳在其中，常自袖手。」又閒逸貌。韓愈《石鼎聯句》序：「道士啞然笑曰：『子詩如是而已乎？』即袖手聳肩，倚北墻坐。」二義皆可通，元幹蓋兼此而言。有：唯有。《戰國策·趙策三》：「彼則肆然而爲帝，過而遂正於天下，則連有赴東海而死耳。」今人吴昌瑩《經詞衍釋》：「『有』猶『惟』也……《詩》『籩豆有楚，殽核維旅』，『有、維』對文，義則一也。」元幹用此義。微吟：輕聲嘆息。吟：沈吟。《漢書·中山靖王劉勝傳》：「雍門子臺微吟，孟嘗君爲之於邑。」晉曹毗《夜聽搗衣詩》：「清風流繁節，回飆灑微吟。」陸游《一笑》：「半醉微吟不怕寒，江邊一笑覺天寬。」

次韵奉和平叔亭林至日之什〔一〕

雲物果何好，客愁今更新〔二〕。坐來江月白，興在雪籬春〔三〕。我輩且同酌，公詩殊出塵〔四〕。莫思淮海上，黑幟雜黄巾〔五〕。

【箋注】

〔一〕平叔：不詳。至日：冬至。此篇作於南渡之後。

〔二〕「雲物」二句：雲物好：景致佳妙。鮑照《在江陵嘆年傷老詩》：「開簾窺景夕，備屬雲物好。」劉長卿《送崔處士先適越中》：「山陰好雲物，此去又春風。」果何好：猶今言「究竟有什麽好」，語同「定何好」。章甫《卜宅》：「卜宅定何好，廬山泉石奇。」其意略近「果何如、定何如」，爲格律故變言之。宋徐積《瓊花歌》：「吹簫客貌果何如，見説其人名弄玉。」陶潛《擬古九首》三：「我心固匪石，君情定何如？」客愁新：旅客發生新愁緒。孟浩然《宿建德江》：「移舟泊烟渚，日暮客愁新。」

〔三〕「坐來」二句：江月白：江上月色慘淡貌。白居易《琵琶行》：「東船西舫悄無言，唯見江心秋月白。」雪籬春：鄉居籬落雪後逢春也。句意略近宋吕本中《暮步至江上》：「客事久輸鸚鵡杯，春愁如接鳳凰臺……雪籬風榭年年事，辜負風光取次回。」

〔四〕「我輩」二句：且同酌：姑且一起飲酒。宋蔣捷《賀新郎·約友三月旦飲》：「沽斗酒，且同酌。」「公詩」句：宋劉克莊《黄天谷贈詩次韵二首》二：「符篆皆餘事，題詩亦出塵。」元幹意略近似。出塵：超越凡俗。南朝齊孔稚珪《北山移文》：「夫以耿介拔俗之標，蕭灑出塵之想，度白雪以方絜，干青雲而直上，吾方知之矣。」前蜀韋莊《題安定張使君》：「器度風標合出塵，桂宫何負一枝新。」

〔五〕「莫思」二句：莫思：休加理會，毋須在意。此元幹反語沈痛者。淮海上：淮河以北地區及海州一帶，時爲南北戰場。靖康元年冬，元幹流落於此，聞汴京失守。「黑幟」句：謂外敵與内寇正交亂天下也。黑幟：黑色旗幟。轉指金人。《大金國志》卷三四：「金國以水德王，用師行征，旗皆上黑。」陸游《蹭蹬》：「黑幟遊魂應有數，白衣效命永無期。」今人錢仲聯校注：「黑幟，指金。《考工記》：『北方謂之黑。』金爲北虜，故云。」黄巾：東漢末張角黄巾軍，事具《後漢書·皇甫嵩傳》。杜甫《遺憂》：「紛紛乘白馬，攘攘著黄巾。」仇兆鰲注：「白馬，指侯景。黄巾，指張角。」此借指寇盗。按，二句蓋反語，貌若相安慰，實寓牢騷也。

花飛〔一〕

雨暗連兵氣，花飛點客愁〔二〕。寓居皆野寺，相過只扁舟〔三〕。不作新塘去，還爲後泖游①〔四〕。盤飧雖杞菊，得飽勝椎牛〔五〕。

【校】

① 泖：國圖藏本作「柳」。

【箋注】

〔一〕作於建炎四年，參《年譜》頁三七五。

〔二〕「雨暗」二句：連兵氣：深陷戰亂。王昌齡《宿灞上寄侍御王與弟》：「昨聞羽書飛，兵氣連朔塞。」杜甫《傷春五首》三：「大角纏兵氣，鉤陳出帝畿。」兵氣，戰火。《漢書·燕刺王劉旦傳》：「謀事不成，妖祥數見，兵氣且至，奈何？」「花飛」句：杜甫《曲江二首》一：「一片花飛減却春，風飄萬點正愁人。」元幹句與之相類。點客愁：蓋謂觸動旅居情緒。唐戴叔倫《暮春感懷詩》：「杜宇聲聲喚客愁，故國何處此登樓。」宋戴復古《秋夜旅中》：「旅食思鄉味，砧聲起客愁。」其義一也。

〔三〕「寓居」二句：「寓居」句：泛言漫遊流浪貌。唐戴叔倫《越溪村居》：「空林野寺經過少，落日深山伴侶稀。」宋李綱《遣興》一：「野寺山莊隨意宿，溪魚村釀不論錢。」野寺：荒野廢寺。杜甫《詠懷古迹五首》四：「翠華想像空山裏，玉殿虛無野寺中。」元幹此以喻喪亂之意，所謂異代同慨者也。「相過」句：謂僅有簡易而逍遥之友人來訪。杜甫《嚴中丞枉駕見過》：「扁舟不獨如張翰，皂帽應兼似管寧。」唐趙嘏《經無錫縣醉後吟》：「客過無名姓，扁舟繫柳陰。」相過：來訪。張衡《西京賦》：「若夫翁伯、濁、質、張里之家，擊鐘鼎食，連騎相過，東京公侯，壯何能加！」韓愈《長安交遊者贈孟郊》：「親朋相過時，亦各有以娱。」只扁舟：僅有小船，逍遥貌。宋章甫《送張揚子》：「去矣青雲皆坦路，歸歟明月只扁舟。」疑兼指非貴人。

〔四〕「不作」二句：「不作」句：不往新塘。不作……去，似爲當時慣用句式。其式略有二種：一、意謂不實行或不實現往到某處之動作或願望，例如晁公遡《硤内》：「不作山林去，非憂荆棘侵。」蘇泂《海棠花放簡馮元咨二首》二：「坡仙不作黄州去，更把嫣紅向阿誰。」二、意謂不以某種方式離此地而去，例如李之儀《陳氏母夫人挽詞二首》二：「不作尋常去，方知積累深。」朱熹《用前韵答方直甫》：「未行要疾走，踉蹡不成步。唯應過量人，不作與麽去。」「與麽」，如此，唐宋口語。樓鑰《賦蔣甥若水番馬圖》：「胡爲不作騰驤去，各有游韁縶前足。」晁公遡《江上》：「不作尋山去，難成訪剡回。」廖行之《和劉晉父寒食日從郡掾遊花光相社祠絶江訪向園賞春韵三首》二：「不作春遊去，那能詩思佳。」元幹此用前者。新塘：不詳。後泖：即松江之泖湖，有圓泖、大泖、長泖，共三泖。《廣韵》莫飽切，音卯。《讀史方輿紀要》「江南松江府華亭縣」云「泖湖，府西三十五里」。陸龜蒙《奉和襲美吴中書事寄漢南裴尚書》：「三泖涼波魚蕝動，五茸春草雉媒嬌。」

〔五〕「盤飧」二句：「盤飧」句：謂飲食都樸素粗劣也。杜甫《客至》：「盤飧市遠無兼味，樽酒家貧只舊醅。」杞菊：枸杞與菊花，嫩芽、葉可食。陸龜蒙《杞菊賦》序：「天隨子宅荒，少墻屋，多隙地，著圖書所前後皆樹杞菊。夏苗恣肥日，得以採擷之，以供左右杯案。」得飽：猶前言「一飽」，謂用以充腹而樂之。椎牛：謂擊殺牛以作美食。《韓詩外傳》卷七：「是故椎牛而祭墓，不如雞豚之逮親存也。」黄庭堅《明叔知縣和示過家上冢二篇復次韵》：「且當置是事，椎牛會賓親。」按，二句謂鄉野簡陋清貧自然之食，勝於奢華無度之盛饌也。

送江子我歸嚴陵〔一〕

久客驚秋晚，懷歸更送君〔二〕。亂來俱避地，老去惜離群〔三〕。山閣杯浮菊，江城雁度雲〔四〕。行行經釣瀨，時事不須聞〔五〕。

【箋注】

〔一〕江子我：名端友，號七里先生，陳留（今河南開封東南）人，約哲宗元符中前後在世。以父懋柏蔭當補官，讓之其弟端本。靖康元年賜進士出身，諸王宫教授。上書辯宣仁誣謗遭黜，渡江寓居桐廬。高宗建炎元年，任福建路撫諭使。紹興二年，主管江州崇道觀，卒於温州。著有《七里先生自然齋集》。據《宋史翼》卷十《江端友傳》，江建炎二年罷官，後避亂梁溪，因得與元幹相過從。嚴陵：即嚴子陵，事見《後漢書·逸民傳》本傳。此指嚴陵瀨，其地在桐廬，見《東觀漢紀》卷十六。建炎四年作，參《年譜》頁三八〇。

〔二〕「久客」二句：久客：久居於外。《易林·屯之巽》：「久客無依，思歸我鄉。」杜甫《遭田父泥飲美嚴中丞》：「久客惜人情，如何拒鄰叟。」驚秋晚：唐劉滄《洛陽月夜書懷》：「孤吟此夕驚秋晚，落葉殘花樹色中。」元稹《詠廿四氣詩寒露九月節》：「寒露驚秋晚，朝看菊漸黄。」懷歸：思歸。《詩·小雅·四牡》：「豈不懷歸。王事靡盬，我心傷悲。」李白《登新平樓》：「去國登兹樓，懷歸傷暮秋。」按，二句謂深秋之際，思歸之人乃復爲友人送行，蓋一傷友人遠行，二傷離别也。

〔三〕「亂來」二句：避地：遷地以避灾禍。《漢書·叙傳上》：「（班彪）知隗囂終不寤，乃避墬於河西。」顔師古注：「墬，古地字。」猶言避世隱居。《後漢書·郅惲傳》：「後坐事左轉芒長，又免歸，避地教授，著書八篇。」李賢注：「避地，謂隱遁也。」離群：違離塵世。《易·乾》：「上下無常，非爲邪也；進退無恒，非離群也。」孔穎達疏：「何氏云：所以進退無恒者，時使之然，非苟欲離群也。」謝靈運《登池上樓》：「索居易永久，離群難處心。」按，亂來、老去，古人每以組織句法。唐羅隱《送張綰遊鍾陵》：「老去亦知難重到，亂來争肯不牽情。」五代韋莊《與東吴生相遇》：「老去不知花有態，亂來唯覺酒多情。」宋吴可《送李四清》：「亂來戰未息，老去食轉艱。」即其例。

〔四〕「山閣」二句：山閣：閣之倚山而築者，泛指鄉野之居。此指江氏所居。杜甫《縛雞行》：「雞蟲得失無了時，注目寒江倚山閣。」杯浮菊：以菊花瀹茶爲飲。參前《花飛》注五「杞菊」。唐趙彦伯《奉和九日幸臨渭亭登高應制得花字》：「簪挂丹萸蕊，杯浮紫菊花。」宋楊億《諸公於石氏東齋宴鄭工部分韵得愁秋浮》：「憑何遣羈緒，菊蕊滿杯浮。」蓋摹隱居者之清貧高潔，兼禱其安平有壽也。雁度雲：大雁經過，寒暑變更貌，兼賦秋晚。温庭筠《詠寒宵》：「秦娥卷簾晚，胡雁度雲遲。」孔平仲《孤雁》：「空城夜已寂，一雁度雲端。」此以喻隱居者内心之沉著安寧也。

〔五〕「行行」二句：行行：「行行重行行」之省，行而又行也。《古詩十九首》一：「行行重行行，與君生别離。」黄庭堅《行行重行行贈别李之儀》：「行行重行行，我有千里適。」釣瀨：即子陵灘，嚴光垂釣處。《後漢書·逸民傳·嚴光》：「三反而後至……乃耕於富春山，後人名其釣處爲嚴陵瀨焉。」杜甫《夔府書懷四十韵》：「釣瀨疏墳籍，耕巖進弈棋。」

亂後〔一〕

亂後今誰在，年來事可傷〔二〕。雲深懷故里，春老尚他鄉〔三〕。寧復論秦過，終當作楚狂〔四〕。維舟短籬下，聊學捕魚郎〔五〕。

【箋注】

〔一〕建炎四年春作，參《年譜》頁三七八。

〔二〕「亂後」二句：今誰在：如今有誰幸存。鮑照《擬行路難十八首》十五：「歌妓舞女今誰在，高墳壘壘滿山隅。」杜甫《憶弟二首》之二：「百戰今誰在，三年望汝歸。」元幹蓋即用杜詩意。亂後、年來：句法參上篇。

〔三〕「雲深」二句：雲深：北齊鄭公超《送庾羽騎抱詩》：「舊宅青山遠，歸路白雲深。」李白《太華觀》：「厄磴層層上太華，白雲深處有人家。」春老：謂晚春。岑參《喜韓樽相過》：「三月灞陵春已老，故人相逢耐醉倒。」歐陽修《仙意》：「滄海風高愁燕遠，扶桑春老記蠶眠。」亦謂歲月流逝。尚他鄉：猶在他鄉，喻流離。宋許景衡《和陳澤民見寄》：「先生已高遁，賤子尚他鄉。」宋李彌遜《池亭待月》一：「柴門非故國，戎馬尚他鄉。」

〔四〕「寧復」二句：寧復：即今語「哪裏還」之意。論秦過：本指西漢賈誼《過秦論》，此實謂批評時政之失。宋李處權《士特倒用韵作元日復和》：「我欲論秦過，君須賦洛神。」亦同此語。楚狂：《論語·微子》：「楚狂接輿歌而過孔子曰：『鳳兮鳳兮，何德之衰！』」邢昺疏：「接輿，楚人，姓陸名通，字接輿也。昭王時，政令無常，乃披髮佯狂不仕，時人謂之楚狂也。」後遂爲狂士通稱。李白《廬山謡寄盧侍御虚舟》：「我本楚狂人，鳳歌笑孔丘。」韓愈《芍藥歌》：「花前醉倒歌者誰？楚狂小子韓退之。」按，二句謂不能有用於時，不得已而爲避世之士也。

〔五〕「維舟」二句：維舟：繫纜泊船。南朝梁何遜《與胡興安夜别》：「居人行轉軾，客子暫維舟。」捕魚郎：梅堯臣《張仲通追賦洛中雜題和嘗曆覽者·伊川》：「誰見捕魚郎，寒蓑雨中濕。」謂作勞維生，不辭困窮。

返正〔一〕

諸將爭傳檄，群凶尚阻兵〔二〕。天旋黄屋正，日轉赤墀明〔三〕。喪亂多妖孽，經綸貴老成〔四〕。鯨鯢終必戮，草木已知生〔五〕。

【箋注】

〔一〕返正：指亂平。建炎三年四月，苗劉之亂平，元幹詩作於此時，參《研究》頁一二六。

〔二〕「諸將」二句：「諸將」句：事見《三朝北盟會編》《建炎以來繫年要録》《宋史·高宗紀》等所載。傳檄：傳布檄文。《史記·張耳陳餘列傳》：「誠聽臣之計，可不攻而降城，不戰而略地，傳檄而千里定。」唐獨孤及《太行苦熱行》：「會同傳檄至，疑議立談決。」阻兵：反抗征伐之師。《左傳·隱公四年》：「阻兵而安忍。阻兵無衆，安忍無親。」《周書·異域傳上·宕昌羌》：「(羌酋)與渭州民鄭五醜扇動諸羌，阻兵逆命。」是其義。五代南唐張紹《沖佑觀》：「稔禍陬隅，阻兵甌越。」

〔三〕「天旋」二句：天旋：天道迴旋，天旋地轉，喻國運轉换。北周庾信《哀江南賦·序》：「且夫天道迴旋，生民與焉。」唐錢起《觀法駕自鳳翔迴》：「海晏鯨鯢盡，天旋日月來。」黄屋：帝王所乘之車蓋，黄繒以爲裏。《太平御覽》卷四三一引漢應劭《風俗通》：「殷湯寐寢黄屋，駕而乘露輿。」宋王觀國《學林·路》：「車者貴賤之所通乘，惟天子所乘獨謂之路；亦猶屋者貴賤之所通居，惟天子所居獨謂之黄屋。」指帝王權位。《續資治通鑑·宋高宗紹興八年》：「朕本無黄屋之心，今横議若此，據朕本心，惟有養母耳。」杜甫《將適吴楚留别章使君》：「中原消息斷，黄屋今安否？」日轉：喻天子之動。李白《侍從宜春苑奉詔賦龍池柳色初青聽新鶯百囀歌》：「仗出金宫隨日轉，天回玉輦繞花行。」錢起《樂遊原晴望上中書李侍郎》：「不知鳳沼霖初霽，但見堯天日轉明。」赤墀：宫中臺階以丹漆涂飾者。《漢書·梅福傳》：「故願壹登文石之陛，涉赤墀之涂，當户牖之法坐，盡平生之愚慮。」顔師古注引應劭曰：「以丹淹泥涂殿上也。」借指朝廷。岑參《奉和杜相公初夏發京城作》：「按節辭黄閣，登壇戀赤墀。」赤墀明，謂朝廷重新恢復秩序。按，二句即「返正」，應題。

〔四〕「喪亂」二句：妖孽：人事邪惡者。《樂府詩集·郊廟歌辭一·西顥》：「姦僞不萌，妖孽伏息。」杜甫《遺悶》：「妖孽關東臭，兵戈隴右創。」此指苗劉。老成：《詩·大雅·蕩》：「文王曰咨，咨女殷商，匪上帝不時，殷不用舊。雖無老成人，尚有典刑。」《後漢書·和帝紀》：「今彪聰明康彊，可謂老成黄耇矣。」李賢注：「老成，言老而有成德也。」指舊臣，老臣。黄庭堅《司馬文正公挽詞》一：「元祐開皇極，功歸用老成。」按，二句謂幸有老成忠貞舊臣扶持，乃得平定政變也。

〔五〕「鯨鯢」二句：鯨鯢：《左傳·宣公十二年》：「古者明王伐不敬，取其鯨鯢而封之，以爲大戮。」杜預注：「鯨鯢，大魚名，以喻不義之人吞食小國。」參前《葉少藴生朝》注一八。草木：喻天下生民。知生：能生，意謂得以自由生長也。

冬夜有懷柯田山人四首〔一〕

聞説新居好，山樊卜築深〔二〕。藥囊能濟物，龜筴少知音〔三〕。四海憂黔首，中原盡緑林〔四〕。直須期雪屋，夜棹去相尋〔五〕。

坐閲干戈擾，輸公已定居〔六〕。生涯今易足，世態莫嗔渠〔七〕。晷短全疏客，窗晴好對書〔八〕。故山常入夢，何日到吾廬〔九〕。

客裏了無況，亂來何止貧〔一〇〕。淹留頻换歲，老大更思親〔一一〕。泥飲思田父，供糧乏故人〔一二〕。自憐歸未得，不是白頭新〔一三〕。

雅欲賦招隱，何堪弔戰場〔一四〕。獨看星錯落，久立夜蒼茫〔一五〕。羽檄來東越，風烟隔下塘。安閒隨處有，冠蓋莫相望〔一六〕。

【箋注】

〔一〕柯田山人：沈瑄別號。建炎四年秋作，參《年譜》頁二一〇。

〔二〕「聞説」二句：新居：沈在德清縣柯田山築室而隱。山樊：山邊；山中茂林。《莊子·則陽》：「冬則擉鼈於江，夏則休乎山樊。」成玄英疏：「樊，傍也；亦茂林也。」《文選·王僧達〈和琅邪王依古》》：「隆周爲藪澤，皇漢成山樊。」呂向注：「樊，林也。」王安石《寄楊德逢》：「山樊老憚暑，獨寤無所適。」卜築深：擇地築宅隱居。南朝梁朱异《還東田宅贈朋離詩》：「曰余今卜築，兼以隔囂紛。」李商隱《復至裴明府所居》：「伊人卜築自幽深，桂巷杉籬不可尋。」

〔三〕「藥囊」二句：藥囊：杜甫《西郊》：「傍架齊書帙，看題減藥囊。無人覺來往，疏懶意何長。」蓋沈氏通醫道。濟物：濟人。嵇康《與山巨源絶交書》：「子文無欲卿相而三登令尹，是乃君子思濟物之意也。」《抱朴子・崇教》：「今聖明在上，稽古濟物，堅隄防以杜決溢，明褒貶以彰勸沮。」「龜筴」句：《楚辭・屈原〈漁父〉》：「用君之心，行君之意，龜筴誠不能知事。」龜筴：即龜策。占用筴，卜用龜，此謂占卜之事。《禮記・月令》：「(孟冬之月)命太史釁龜莢，占兆，審卦吉凶。」宋李之儀《五月旦日》：「已悟龍蛇終不爽，何須龜筴强稽疑。」蓋沈氏精筮數。

〔四〕「四海」二句：黔首：《禮記・祭義》：「明命鬼神，以爲黔首則。」鄭玄注：「黔首，謂民也。」孔穎達疏：「黔首，謂萬民也。黔，謂黑也。凡人以黑巾覆頭，故謂之黔首。」元稹《出門行》：「喪車黔首葬，吊客青蠅至。」緑林：本指新莽末年飢民起義之緑林軍。此指寇盜。漢臧洪《報陳琳書》：「昔高祖取彭越於鉅野，光武創基，兆于緑林，卒能龍飛受命，中興帝業。」前蜀韋莊《自孟津舟西上雨中作》：「百口寄安滄海上，一身逃難緑林中。」按，二句謂天下喪亂，寇賊横行，民生多艱而可哀也。

〔五〕「直須」二句：直須：只應該。雪屋：房屋大雪封門者，隱者或僧侶所處。唐鄭谷《郊園》：「烟蓑春釣静，雪屋夜棋深。」梅堯臣《冬日遊西余精舍》：「遥看松竹深，雪屋藏山衲。」期雪屋：相約聚首於雪屋，蓋喻高潔也。夜棹：夜間駕船。唐張説《喜度嶺》：「江妾晨炊黍，津童夜棹舟。」蘇軾《次韵周開祖長官見寄北》：「醉看梅雪清香過，夜棹風船駭汗流。」相尋：蓋用王徽之訪戴故事意，《世説新語·任誕》：「王子猷居山陰，夜大雪，眠覺，開室，命酌酒，四望皎然。因起彷徨，詠左思《招隱》。忽憶戴安道。時戴在剡，即便夜乘小舟就之。」

〔六〕「坐閲」二句：坐閲：閒看。實謂身不由己也。輸：不及。

〔七〕「生涯」二句：「生涯」句：生資所須容易達成也。北周庾信《謝趙王賚絲布等啓》：「望外之恩，實符大賚；非常之錫，乃溢生涯。」宋劉克莊《居厚弟和七十四吟再賦》：「雲水生涯今易足，人天供養昔非饕。」莫嗔渠：猶今言不怪他，實謂不怨尤於外物也。當時口語，渠，略同「其」，他，不定指。王安石《擬寒山拾得二十首》四：「風吹瓦墮屋，正打破我頭。瓦亦自破碎，豈但我血流。我終不嗔渠，此瓦不自由。」宋周紫芝《蔡長源以老馬見借篤甚戲作》：「羸驂已老莫嗔渠，涉世迂疏我自愚。」

〔八〕「晷短」二句：晷短：日影短。謂白晝不長或將盡。晷：日影。《文選·潘岳〈秋興賦〉》：「何微陽之短晷，覺涼夜之方永。」張銑注：「短晷，謂日景已短，覺其夜長。」南朝梁沈約《内典序》：「以寸陰之短晷，馳永劫之遥路。」疏客：客來稀少。清静貌。

〔九〕「故山」二句：故山：舊山。喻家鄉。漢應瑒《别詩》一：「朝雲浮四海，日暮歸故山。」司空圖《漫書》一：「逢人漸覺鄉音異，却恨鶯聲似故山。」吾廬：陶潛《讀山海經》一：「衆鳥欣有托，吾亦愛吾廬。」白居易《吾廬》：「吾廬不獨貯妻兒，自覺年來侵身衰。」

〔一〇〕「客裏」二句：客裏：離鄉在外期間。宋劉一止《洞仙歌·梅》：「行人怨，角聲吹老，嘆客裏，經春又三年。」無况：無有得以自寬自喜之境況；猶今言「没有意思」。唐李渤《喜弟淑再至爲長歌》：「近來詩思殊無况，苦被時流不相放。」宋鄭剛中《偶書》：「身名蹭蹬原無况，杯酒流行强自寬。」

〔一一〕「淹留」二句：换歲：改歲。宋劉摯《倚舟崇福寺寄臨湘衡文叔秘丞》：「相逢相别立湖邊，幾見樽罍换歲年。」宋章甫《再用前韻》一：「别離頻换歲，夢寐昔論文。」

〔一二〕「泥飲」二句：泥飲田父：被田父野老强留痛飲也。杜甫《遭田父泥飲美嚴中丞》：「步屧隨春風，村村自花柳。田翁逼社日，邀我嘗春酒。酒酣誇新尹，畜眼未見有。回頭指大男，渠是弓弩手。名在飛騎籍，長番歲時久。前日放營農，辛苦救衰朽。差科死則已，誓不舉家走。今年大作社，拾遺能住否。叫婦開大瓶，盆中爲吾取。感此氣揚揚，須知風化首。語多雖雜亂，説尹終在口。朝來偶然出，自卯將及酉。久客惜人情，如何拒鄰叟。高聲索果栗，欲起時被肘。指揮過無禮，未覺村野醜。月出遮我留，仍嗔問升斗。」宋羅大經《鶴林玉露》卷二：「(杜少陵)步屧春風，泥飲田父，樂矣，而有眉攢萬國之憂。」供糧：杜甫《酬高使君相贈》：「故人供禄米，鄰舍與園蔬。」元幹言「乏故人」，蓋謂甚貧乏食之窘迫也。

〔一三〕「自憐」二句：白頭新：同「白頭如新」。謂相交雖久而並不知己，像新知一樣。《文選·鄒陽〈獄中上書自明〉》：「語曰：『白頭如新，傾蓋如故。』何則？知與不知也。」李善注引《漢書音義》：「或初不相識相知，至白頭不相知。」陸游《送范舍人還朝》：「黄扉甘泉多故人，定知不作白頭新。」句謂相知之深也。

〔一四〕「雅欲」二句：雅欲：恒欲。賦招隱：歌《招隱士》之篇，即歸隱。《招隱士》，漢淮南小山作。駱賓王《酬思玄上人林泉》：「聞君招隱地，髣髴武陵春。」蘇軾《正月二十日與潘郭二生出郊尋春忽記去年是日》：「已約年年爲此會，故人不用賦招魂。」弔戰場：哀悼戰場之血雨腥風。唐李華《弔古戰場文》，有名當時後世。

〔一五〕「獨看」二句：星錯落：夜空星繁，轉旋不歇，喻時間流逝也。唐蘇渙《贈零陵僧》：「忽如裴旻舞雙劍，七星錯落纏蛟龍。」宋程俱《數詩述懷》：「五更霜鐘動，起視星錯落。」夜蒼茫：夜色蒼茫。宋宋祁《光禄葉大卿哀詞》二：「叢蘭秋寂寞，卿月夜蒼茫。」宋賀鑄《訪周沆郭忱》：「野色夜蒼茫，松陰步微月。」

〔一六〕「安閒」二句：安閒隨處有：唐元結《欸乃曲五首》：「偶存名迹在人間，順俗與時未安閒。」白居易《奉和李大夫題新詩二首各六韻》：「亭臺隨處有，争敢比忘筌。」按，二句反語。

【附録】

葛立方《大人遊千金訪張仲宗以守舍不得侍行用仲宗韵》二首

古寺依烟艇，一篙春水深。石壇幡轉影，玉殿磬流音。客有張公子，僧皆支道林。行行雲水窟，幽夢渺難尋。

聞道千金好，幽人已奠居。森森松繞寺，瀌瀌水循渠。旅泊未妨酒，長飢猶著書。謫仙詩酒地，今

尚指匡廬。(《宋百家詩存》卷十九)

登垂虹亭二首〔一〕

一别三吴地,重來二十年〔二〕。瘡痍兵火後,花石稻粱先〔三〕。山暗松江雨,波吞震澤天〔四〕。扁舟莫浪發,蛟鰐正垂涎〔五〕。

熠熠流螢火,垂垂倒飲虹〔六〕。行雲吞皎月,飛電掃長空。壯觀江邊雨,醒人水上風。須臾風雨過,萬事笑談中〔七〕。

【箋注】

〔一〕垂虹亭:始建於宋仁宗慶曆八年,在太湖東側吴江縣(今屬江蘇)垂虹橋上,近有范蠡、張翰、陸龜蒙三高亭。范成大《吴郡志·橋梁》:「利往橋,即吴江長橋也。慶曆八年(一〇四八),縣尉王廷堅所建。有亭曰『垂虹』,而世并以名橋。」

〔二〕二十年:元幹自紹興元年辛亥休官去吴越,至紹興二十年,凡二十年。

〔三〕花石:花石綱。崇寧四年,蔡京引朱勔主蘇杭應奉局,凡民間一石一木可博徽宗歡心者,即直入其家，破墻拆屋，劫往東京(今河南開封)。當時運花石之舟往來不絶於淮汴之間，號「花石綱」。事見宋趙彦衛《雲麓漫鈔》卷七、宋張淏《雲谷雜記·壽山艮嶽》及《宋史·佞幸傳·朱勔》。

〔四〕「波吞」句：蓋用孟浩然《臨洞庭上張丞相》「氣蒸雲夢澤，波撼嶽陽城」句法。震澤：即太湖。

〔五〕「扁舟」二句：扁舟：輕舟，逍遥者所乘。浪發：輕發。浪：空、徒也。「蛟鰐」句：黄庭堅《又和二首》：「宴安衽席間，蛟鰐垂涎地。」元幹用之，喻人之有犯上作亂意。蛟鰐：泛指水中惡獸。垂涎：貪嗜貌。陸游《雜興四首》四：「蛟鰐垂涎歷畏塗，如今歡喜去携鋤。」語意皆近。

〔六〕「熠熠」二句：熠熠：鮮明貌。阮籍《清思賦》：「色熠熠以流爛兮，紛雜錯以葳蕤。」白居易《宣州試射中正鵠賦》：「銀鏑急飛，不夜而流星熠熠。」流螢火：李白《夜下征虜亭》：「山花如繡頰，江火似流螢。」垂垂：低垂貌。唐薛能《盩厔官舍新竹》：「心覺清凉體似吹，滿風輕撼葉垂垂。」宋張孝祥《浣溪沙》：「宫柳垂垂碧照空，九門深處五雲紅。」飲虹：古人以爲虹者有生之物，故有飲水之事。《漢書·燕刺王劉旦傳》：「是時天雨，虹下屬宫中，飲井水，井水竭。」唐錢起《山中春仲寄汝上王恒潁川沈沖》：「飢狖入山厨，飲虹過藥井。」按，二句賦垂虹橋。

〔七〕「須臾」二句：笑談中：不經心、不介意貌。元幹句似略隱括王安石《浪淘沙令》：「伊吕兩衰翁……湯武偶相逢。風虎雲龍。興王衹在笑談中。」宋鄒浩《六一巖》：「誰知不朽事，成在笑談中。」按，二句灑落之意也。

送趙公遠往建康〔一〕

王孫朝謁去，功業嘆流年〔二〕。强項今三已，棲遲未九遷〔三〕。笑談曾擊賊，謀略盍臨邊①〔四〕。秋雨長干路，歸時且著鞭〔五〕。

【校】

① 盍：諸本同。唯文淵閣本作「合」。今從諸本。

【箋注】

〔一〕趙公遠：名子嶙（一作子璘），宋太祖六世孫。建炎初知湖州。金兵南侵，親率將士禦敵，頑强善戰，死守城池。後罷職。紹興間，徙居諸暨智度寺。詳《宋史翼》卷二十。仲并《浮山集》卷四有《趙公遠祠記》。建炎二年或三年作。

〔二〕「王孫」二句：王孫：王之子孫，泛指貴族子弟。《左傳·哀公十六年》：「王孫若安靖楚國，匡正王室，而後庇焉。啓之願也。」杜甫《哀王孫》：「腰下寶玦青珊瑚，可憐王孫泣路隅。」朝謁：入朝覲見。《後漢書·東夷傳·三韓》：「光武封蘇馬諟爲漢廉斯邑君，使屬樂浪郡，四時朝謁。」宋文瑩《玉壺清話》卷一：「趙參政自延安還，因事被劾於尚書省，久不許見。時公（武惠）已復密使，三抗疏力雪之，方許朝謁，士論嘆伏。」「功業」句：謂年華老去功名不就也。宋李之儀《朝中措》一：「功名何在，文章漫與，空嘆流年。」宋吴則禮《次韵林初心先輩》一：「功名欺白髮，風雨送流年。」元幹同此意。

〔三〕「强項」二句：强項：亦作「彊項」，强項令。此謂剛正不爲威武所屈。後漢光武帝時湖陽公主蒼頭殺人，匿於主家。後公主出行，用爲驂乘。洛陽令董宣候之於途，駐車扣馬，以刀畫地，大言數主之失，叱奴下車，因格殺之。主訴於帝，帝大怒，召宣欲箠殺之。宣曰：「陛下聖德中興，而縱奴殺良人，將何以理天下乎？」即以頭擊柱，帝令小黄門止之，使叩頭謝主。宣不從。强使頓之，宣兩手據地，終不肯俯。因敕强項令出。事見《後漢書·酷吏傳》。漢荀悦《申鑒·雜言上》：「光武能申於莽而屈於强項令。」《後漢書·楊震傳》：「帝嘗從容問奇曰：『朕何如桓帝？』對曰：『陛下之於桓帝，亦猶虞舜比德唐堯。』帝不悦曰：『卿强項，真楊震子孫。』」三已：多次罷官。《論語·公冶長》：「令尹子文三仕爲令尹，無喜色；三已之，無愠色。」劉禹錫《酬李相公喜歸鄉國自鞏縣夜泛洛水見寄》：「且無三已色，猶泛五湖舟。」棲遲：滯留。《後漢書·馮衍傳下》：「久棲遲於小官，不得舒其所懷，抑心折節，意悽情悲。」劉長卿《長沙過賈誼宅》：「三年謫宦此棲遲，萬古惟留楚客悲。」又指漂泊失意。《舊唐書·竇威傳》：「昔孔丘積學成聖，猶狼狽當時，棲遲若此，汝效此道，復欲何求？」南唐李煜《秋鶯》：「棲遲背世同悲魯，瀏亮如笙碎在緱。」九遷：多次升遷。漢蔡邕《表太尉董公可相國》：「昭發上心，故有一日九遷。」韓愈《上張僕射書》：「苟如是，雖日受千金之賜，一歲九遷其官，感恩則有之矣。」三已、九遷，文人每相對舉。唐包佶《酬于侍郎湖南見寄十四韵》：「九遷歸上略，三已契愚衷。」宋孔平仲《選官圖口號》：「愠色觀三已，豪心待九遷。」皆同一機杼。

〔四〕「笑談」二句：「笑談」句：蘇軾《念奴嬌·赤壁懷古》：「羽扇綸巾，談笑間，檣艣灰飛烟滅。」「謀略」句：高適《酬裴員外以詩代書》：「臨邊無策略，覽古空裴回。」唐崔顥《送單于裴都護赴西河》：「單于莫近塞，都護欲臨邊。」臨邊：守邊禦敵。

〔五〕「秋雨」二句：長干：古建康里巷名。《文選·左思〈吴都賦〉》：「長干延屬，飛甍舛互。」劉逵注：「江東謂山岡閒爲『干』。建鄴之南有山，其閒平地，吏民居之，故號爲『干』。中有大長干、小長干，皆相屬。」宋王象之《輿地紀勝》卷十七：「長干是秣陵縣東里巷名。江東謂山隴之間曰『干』。」代指建康，應題。著鞭：即祖生著鞭。《晉書·劉琨傳》：「與范陽祖逖爲友，聞逖被用，與親故書曰：『吾枕戈待旦，志梟逆虜，常恐祖生先吾著鞭。』」猶言著手進行。後常用以勉人努力進取。唐韓翃《家兄自山南罷歸獻詩叙事》：「時輩已争先，吾兄未著鞭。」謂更當努力也。

偶成寄友人〔一〕

萬里天南客，三年日至歸〔二〕。群陰雖久否，吾道豈終微〔三〕。顧我民稱逸，如君遯正肥〔四〕。鯨魚波浪穩，雲翼有時飛〔五〕。

【箋注】

〔一〕友人：不可考。據其首二句，知當在南渡吴越時作。

〔二〕「萬里」二句：天南：泛指南方。日至：夏至或冬至。《左傳・莊公二十九年》：「凡土功……日至而畢。」今人楊伯峻注：「日至，冬至。」《孟子・告子上》：「今夫麰麥，播種而耰之……浡然而生，至於日至之時，皆熟矣。」楊伯峻譯注：「日至，此指夏至。」

〔三〕「群陰」二句：群陰：凡百陰象。《吕氏春秋・精通》：「月也者，群陰之本也。月望則蚌蛤實，群陰盈；月晦則蚌蛤虚，群陰虧。夫月形乎天而群陰化乎淵。」黄庭堅《歲寒知松柏》：「群陰凋品物，松柏尚桓桓。」藉指一衆奸邪宵小。鮑照《喜雨詩》：「營社達群陰，屯雲拚積陽。」歐陽修《讀張李二生文贈石先生》：「朝廷清明天子聖，陽德彙進群陰剥。」否：否塞，隔絶不通。語本《易・否卦》「否之匪人，不利」，陸德明釋文：「否，閉也；塞也。」晉曹攄《答趙景猷詩》：「道有夷險，遇有通否。」唐玄宗《過晉陽宮》：「運革祚中否，時遷命兹符。」吾道：己所持學説或所守主張。《論語·里仁》：「子曰：『參乎！吾道一以貫之。』」微：衰微，衰弱。《論語·季氏》：「禄之去公室五世矣，政逮於大夫四世矣，故夫三桓之子孫微矣。」五代貫休《夜寒寄盧給事二首》二：「心苦味不苦，世衰吾道微。」

〔四〕「顧我」二句：顧我：「顧我復我」之省。憫惜保護我。《詩·小雅·蓼莪》：「拊我畜我，長我育我。顧我復我，出入腹我。」民稱逸：逸民。《論語·微子》：「逸民：伯夷、叔齊、虞仲、夷逸、朱張、柳下惠、少連。」何晏集解：「逸民者，節行超逸也。」晉陸機《招隱》：「尋山求逸民，穹谷幽且遐。」遯正肥：肥遯。遯，同遁。《易·遯》「上九，肥遯，無不利」，孔穎達疏：「子夏傳曰：『肥，饒裕也。』……上九最在外極，無應於内，心無疑顧，是遯之最優，故曰肥遯。」後因稱退隱爲「肥遯」。《三國志·蜀書·許靖等傳論》：「秦宓始慕肥遯之高，而無若愚之實。然專對有餘，文藻壯美，可謂一時之才士矣。」曾鞏《發松門寄介甫》：「况聞肥遯須山在，早時事力胡能謀。」

〔五〕「鯨魚」二句：「鯨魚」句：巨濤平静也。駱賓王《和孫長史秋日卧病》：「决勝鯨波静，騰謀鳥谷開。」宋楊億《句》六：「渡海鯨波息，登山豹霧清。」雲翼：大鵬之翅《莊子·逍遥遊》：「（鵬）怒而飛，其翼若垂天之雲。」喻遠大抱負。晉郭璞《遊仙詩》八：「仰思舉雲翼，延首矯玉掌。」唐錢起《初黄綬赴藍田縣作》：「螢光起腐草，雲翼騰沈鯤。」按，二句慰勉語，欲友人有所作爲也。

感事四首丙午冬淮上作〔一〕

國步何多難，天驕據孟津〔二〕。焦勞唯聖主，游説盡姦臣〔三〕。再造今誰力，重圍忌太頻〔四〕。風吹還客淚，爲灑屬車塵〔五〕。

血灑三城渡，心寒兩路兵〔六〕①。洛師聞已破，陵邑得無驚〔七〕？憤切吞妖孽，悲凉托聖明〔八〕。本朝仁澤厚，會復見承平〔九〕。

賊馬環京洛②，朝廷尚議和〔一〇〕。傷心聞徇地，痛恨競投戈〔一一〕。始望全三鎮，誰謀棄兩河〔一二〕！群凶未葅醢③，吾合老江波〔一三〕。

肉食貪謀已，幾成國與人〔一四〕。珠旒輕遺賊④，玉册忍稱臣〔一五〕。四海皆流涕，三軍盍奮身〔一六〕。不堪宗社辱，一戰滅胡塵⑤〔一七〕。

【校】

①兩路：國圖藏本作「粘罕」。

②賊馬：文淵閣本作「戎馬」，據國圖藏本改。

③群凶未葅醢：文淵閣本、國圖藏本、文津閣本均同，文瀾閣本作「甲兵無息日」。

④珠旒輕遺賊：文淵閣本、國圖藏本、文津閣本均同，文瀾閣本作「珠旒輕遺敵」。

⑤一戰滅胡塵：文淵閣本作「一戰靖邊塵」，據國圖藏本改。

【箋注】

〔一〕丙午：即靖康元年。是年冬，元幹南歸，舟行至淮上，聞京師陷落，而權奸誤國，憤而作此篇。

〔二〕「國步」二句：「國步」句：杜甫《送韋諷上閬州録事參軍》：「國步猶艱難，兵革未衰息。」宋李綱《建炎行》：「吁嗟乎蒼天，乃爾艱國步。」國步：《詩·大雅·桑柔》：「於乎有哀，國步斯頻。」毛傳：「步，行。」高亨注：「國步，猶國運。」孟津：古黄河津渡名。在今河南孟津、孟州一帶，爲歷代兵家争戰要地。

〔三〕「焦勞」二句：焦勞：焦慮煩勞。《易林·恒之大壯》：「病在心腹，日以焦勞。」柳宗元《爲京畿父老上府尹乞奏復尊號狀》：「寤寐焦勞，不知所措。」遊説：蓋諸和議之聲。姦臣句：不詳所指，待考。

〔四〕「再造」二句：再造：中興。「重圍」句：層層圍困且屢屢發生。戰禍艱危貌。唐霍總《塞下曲》：「曾當一面戰，頻出九重圍。」

〔五〕「風吹」二句：風吹遷客淚：喻難民流離之慘。遷客：貶謫在外者，此或兼指流民。白居易《江樓夜吟元九律詩成三十韻》：「雁感無鳴者，猿愁亦悄然。交流遷客淚，停住賈人船。」唐趙嘏《寒食新豐别友人》：「東風吹淚對花落，憔悴故交相見稀。」屬車塵：天子儀仗。諱辭以尊之也。杜甫《傷春五首》四：「豈無稽紹血，霑灑屬車塵。」歐陽修《大行皇帝靈駕以引挽歌辭》三：「白首舊臣瞻畫翣，秋風淚灑屬車塵。」屬車：天子車駕之隨從副車。《漢書·賈捐之傳》：「鸞旗在前，屬車在後。」顏師古注：「屬車，相連屬而陳於後也。屬，音之欲反。」借指帝王。《漢書·張敞傳》：「孝昭皇帝蚤崩無嗣，大臣憂懼，選賢聖承宗廟，東迎之日，唯恐屬車之行遲。」顏師古注：「不欲斥乘輿，故但言屬車耳。」灑塵：灑水以浥塵。《楚辭·九歌·大司命》：「令飄風兮先驅，使凍雨兮灑塵。」

〔六〕「血灑」二句：血灑：兵戈之慘貌。南朝梁吴均《邊城將詩四首》一：「袖間血灑地，車中旌拂雲。」唐袁瓘《鴻門行》：「虜騎血灑衣，單於淚沾臆。」兩路兵：徽宗宣和七年十月，金太宗下詔南侵。《大金國志》卷三：「（是年）十二月，斡離不、粘罕分道入侵。東路之軍斡離不爲主將，西路之軍粘罕爲主將，由大同進攻太原。」《宋史·徽宗紀四》：「中山奏金人斡離不、粘罕分兩道入攻。」

〔七〕「洛師」二句：洛師：洛京。師：京師。《書·洛誥》：「予惟乙卯，朝至於洛師。」漢阮瑀《弔伯夷文》：「余以王事，遵彼洛師。」陵邑驚：皇帝陵墓被驚擾。陵邑：漢代爲守護帝王陵園所置邑地。借指帝王陵墓所在。《文選·顏延之〈拜陵廟作〉》：「衣冠終冥漠，陵邑轉葱青。」李善注引張晏曰：「景帝作壽陵，起邑。」杜甫《行次昭陵》：「壯士悲陵邑，幽人拜鼎湖。」得無：猶言能不；豈不；莫非。《論語·顏淵》：「爲之難，言之得無訒乎？」韓愈《答胡生書》：「雨不止，薪芻價益高，生遠客，懷道守義，非其人不交，得無病乎？」

〔八〕「憤切」二句：憤切：十分憤恨。《陳書·高祖紀上》：「眷言桑梓，公私憤切。」五代徐鈞《董祀妻蔡琰》：「十八拍笳休憤切，須知薄命是佳人。」妖孽：見前《返正》注四。托聖明：付托、寄托於天子。唐孫元晏《陳王僧辯》：「當時堪笑王僧辨，待欲將心托聖明。」蘇軾《次韵子由初到陳州二首》一：「懶惰便樗散，疏狂托聖明。」聖明：英明聖哲，無所不知。稱頌帝、后之詞。《漢紀·平帝紀》：「聞太后聖明，安漢公至仁，天下太平。」因得代稱皇帝。晉劉琨《勸進表》：「或多難以固邦國，或殷憂以啓聖明。」

〔九〕會：會當，必將。

〔一〇〕「賊馬」二句：京洛：本指京城洛陽，後泛指國都，此指宋都汴梁。此句事實，可參《金史》卷七四：「四年正月己巳，諸軍渡河，取滑州。使吴孝民入汴，以詔書問納平州張覺事，令執送童貫、譚稹、詹度，以黄河爲界，納質奉貢。癸酉，諸軍圍汴。宋少帝請爲伯侄國，效質納地，增歲幣請和。」

〔一一〕「傷心」二句：徇地：掠取土地。《史記·陳涉世家》：「當此之時，諸將之徇地者不可勝數。」唐劉子翼《五言奉和詠棋應詔》：「引行遥下雁，徇地遠侵邊。」句謂聞金人掠地而傷心也。痛恨：謂沉痛地引爲憾事。諸葛亮《出師表》：「親小人，遠賢臣，此後漢所以傾頽也。先帝在時，每與臣論此事，未嘗不嘆息痛恨於桓靈也。」宋晁説之《痛恨》：「胡兒直犯洛陽宫，藹藹園陵指點中。殄滅四夷心不遂，裕陵蕭瑟獨悲風。」此篇之意，最與元幹相通。投戈：本謂休兵罷戰。漢揚雄《解嘲》：「叔孫通起於枹鼓之間，解甲投戈，遂作君臣之儀，得也。」又指潰敗投降。宋陳洎《過項羽廟》：「八千子弟已投戈，夜帳猶聞怨楚歌。」是其例。元幹此言實同。

〔一二〕「始望」二句：三鎮：宋廷割棄三鎮事，貫串此年始終，其事具詳《宋史·欽宗紀》：「（一月）乙亥，金人攻通津、景陽等門……李棁與蕭三寶奴、耶律忠、王汭來索金帛數千萬，且求割太原、中山、河間三鎮，并宰相親王爲質，乃退師……（二月）辛丑……許割三鎮地……六月丙申朔，以道君皇帝還朝，御紫宸殿，受群臣朝賀。詔諫官極論闕失。戊戌，令中外舉文武官才堪將帥者。時太原圍急，群臣欲割三鎮地，李綱沮之，乃以李綱代种師道爲宣撫使援太原……（八月）庚申，遣王雲使金軍，許以三鎮賦税……（十月）丙午，集從官于尚書省，議割三鎮」；「（十一月）己巳，集百官議三鎮棄守……乙亥，命刑部尚書王雲副康王使斡離不軍，許割三鎮，奉衮冕、車輅，尊其主爲皇叔，且上尊號。」可參《金史》卷七四。兩河：所指古今不同，宋稱河北河東地區爲兩河。《宋史·李綱傳》：「莫若於河北置招撫司，河東置經制司，擇有材略者爲之使，宣諭天子恩德、所以不忍棄兩河於敵國之意。」黄庭堅《送顧子敦赴河東三首》三：「上黨地寒應强飲，兩河民病要分憂。」

〔一三〕「群凶」二句：俎醢：切爲肉醬。老江波：終老於波濤。蓋以此喻亂離終身。賈島《送姚杭州》：「人老江波釣，田侵海樹耕。」宋劉弇《再次前韵》其一：「不緣旅泊蹉跎去，一任江波歲月更。」

〔一四〕「肉食」二句：肉食：肉食者。《左傳·莊公十年》：「肉食者鄙，未能遠謀。」杜預注：「肉食，在位者。」唐陳子昂《感遇》二九：「肉食謀何失，藜藿緬縱横。」幾成：幾乎成爲。唐馬戴《寄終南真空禪師》：「一從林下別，瀑布幾成冰。」盧照鄰《送幽州陳參軍赴任寄呈鄉曲故老》：「故人當已老，舊壑幾成田。」

〔一五〕「珠旒」二句：珠旒：天子之冕前後垂珠串，即冕旒。借指帝王。唐楊衡《他鄉七夕》：「向雲迎翠輦，當月拜珠旒。」梅堯臣《和景彝紫宸早謁》：「朝開閶闔九重深，望拜珠旒照玉簪。」玉册：以玉簡製成之書册，帝王祭祀告天或上尊號用之。《宋史·輿服志六》：「册制，用瑠玉簡，長一尺二寸，闊一寸二分。」是其物。岑參《送許子擢第因寄王大昌齡》：「皇帝受玉册，群臣羅天庭。」

〔一六〕「四海」二句：盍：何不。奮身：奮力投身。《後漢書·班超傳》：「平陵人徐幹素與超同志，上疏願奮身佐超。」蘇軾《張仲可左班殿直制》：「爾能奮身，以除民害。」

〔一七〕「不堪」二句：宗社：宗廟與社稷。漢蔡邕《獨斷》卷上：「天子之宗社曰泰社，天子所爲群姓立社也。」借指國家。漢孔融《論盛孝章書》：「惟公匡復漢室，宗社將絶，又能正之。」《新唐書·諸夷蕃將傳·李多祚》：「今在東宫乃大帝子，而嬖豎擅朝，危逼宗社。」

丙午春京城圍解口號〔一〕

胡馬來何速①，春壕緑自深〔二〕。要知龍虎踞②，不受犬羊侵③〔三〕。九廟安全日，三軍死守心〔四〕。儻爲襄漢幸，按堵見於今〔五〕。

【校】

① 胡：文淵閣本作「戎」，據南圖藏本改。

② 龍虎踞：諸本同。唯文淵閣本作「龍鳳聚」。今從諸本。

③ 犬羊：文淵閣本作「虎狼」，據國圖藏本改。

【箋注】

〔一〕丙午：靖康元年。時元幹入參帥幕。據《三朝北盟會編》卷二八，斡離不進攻京師，李綱禦敵退之。京城圍解：是年春間，金人連有議和之事，解圍蓋指此也。《宋史·欽宗本紀》：「（一月）癸酉……是夜，金人攻宣澤門，李綱禦之，斬獲百餘人，至旦始退。甲戌，金人遣吴孝民來議和。」「二月丁酉朔……金人復來議和……乙巳，宇文虚中、王球復使金軍。康王至自金軍。

金人遣韓光裔來告辭，遂退師，京師解嚴。丙午，康王構爲太傅、静江奉寧軍節度使。省明堂，班朔，布政官。丁未，日有兩珥。戊申，赦天下。」是其事。

〔二〕「胡馬」二句：春壕：春時城壕也。杜甫《收京三首》三：「汗馬收宫闕，春城剗賊壕。」蘇軾《望江南·超然臺作》：「試上超然臺上看，半壕春水一城花。」

〔三〕「要知」二句：此直用杜甫《喜聞盜賊蕃寇總退口號五首》一：「北極轉愁龍虎氣，西戎休縱犬羊群。」要知：應知。龍虎：指君臣。隋《祀五帝於明堂樂歌十一首》二《高明樂》：「龍虎奮，風雲發。」宋王清惠《滿江紅》：「龍虎散，風雲滅，千古恨，憑誰説。」

〔四〕「九廟」二句：九廟：天子九廟。古帝王立廟祀先，有太祖廟及三昭廟、三穆廟，共七廟；王莽增爲祖廟五、親廟四，共九廟。後歷朝皆沿此制。《漢書·王莽傳下》：「取其材瓦，以起九廟。」潘岳《西征賦》：「由僞新之九廟，夸宗虞而祖黄。」唐張説《郊廟歌辭·享太廟樂章·光大舞》：「肇禋九廟，四海來尊。」

〔五〕「儻爲」二句：襄漢：襄漢水，在襄城縣（今屬河南），周襄王因狄人之難避居其地，故名。此借指汴京。《三朝北盟會编》卷二七載，靖康元年正月，太上皇東幸亳州。又太宰白時中、張邦昌皆欲邀翠華以幸襄陽。李綱力争，燕、越二親王亦懇請留駕。按堵：「按堵如故」之省，安居，安定。《漢書·高帝紀上》：「吏民皆按堵如故。」《舊唐書·代宗紀》：「既收京城，令行禁止，民庶按堵，秋毫不犯。」按，二句反語，蓋譴責白時中等勸欽宗逃避襄、鄧之事也。

漫興

老答書題懶，貧營口腹忙〔一〕。未能忘壯志，詎肯變剛腸〔二〕。晷短催寒急，燈明伴漏長〔三〕。牀頭褚衾在，不怕滿簷霜〔四〕。

【箋注】

〔一〕「老答」二句：「老答」句：宋邵亢《寄吴處厚》：「流年直是隙中駒，別後情懷懶似疏。天上又頒新歲曆，牀頭未答故人書。」黄庭堅《次韵答王四》：「病懶百事廢，不惟書問疏。」元幹亦同此意。書題：書信。《南史·周山圖傳》：「（周山圖）於書題甚拙，謹直少言，不嘗説人短長。」岑參《祁四再赴江南别詩》：「山驛秋雲冷，江帆暮雨低。憐君不解説，相憶在書題。」

〔二〕「未能」二句：詎肯：豈肯。《後漢書·仲長統傳》：「彼之蔚蔚，皆匈詈腹詛，幸我之不成，而以奮其前志，詎肯用此爲終死之分邪？」韓愈《石鼓歌》：「中朝大官老於事，詎肯感激徒媕婀。」剛腸：剛直氣質性格。《文選·嵇康〈與山巨源絶交書〉》：「剛腸嫉惡，輕肆直言，遇事便發。」張銑注：「剛腸，謂彊志也。」白居易《哭孔戡》：「平生剛腸内，直氣歸其間。」

〔三〕「晷短」二句：謂晝短夜長，指冬日也。

〔四〕「牀頭」二句：褚：以綿裝衣服。《漢書·南粤傳》：「上褚五十衣，中褚三十衣，下褚二十衣，遺王。」顏師古注：「以綿裝衣曰褚。」褚衾，蓋即棉被。滿簷霜：唐寒山《詩三百三首》一〇七：「霜露入茅簷，月華明甕牖。」宋賀鑄《樓下柳·天香》：「樓下會看細柳，正搖落清霜拂晝櫓。」按，二句言但有禦寒衣在，則無懼寒冬而足以自安貧困。全篇四聯，一退一進、一推一挽，秩序井井。

奉送富修仲赴南昌尉〔一〕

吏道雖餘事，人情要飽諳〔二〕。家風端自守，句法有同參〔三〕。南浦翻雲浪，西山滴翠嵐〔四〕。折腰與趨走，政恐未能堪〔五〕。

【箋注】

〔一〕富修仲：富𢙣（一一三七——一一八六），洛陽人。富弼四世孫。紹興二十七年作。參《年譜》頁一九二。

〔二〕「吏道」二句：吏道：爲政之道。《舊唐書·姚崇傳》：「崇獨當重任，明於吏道，斷割不滯。」陸游《曾文清公墓志銘》：「公嘗决疑獄，徐公謝曰：『始徒謂君儒者，乃精吏道如是邪！』」餘事：正業外之事。《莊子·讓王》：「帝王之功，聖人之餘事也，非所以完身養生也。」韓愈《贈張籍》：「吾老著讀書，餘事不挂眼。」飽諳：猶熟知。《舊唐書·裴度傳》：「且陛下左右前後，忠良至多，亦有熟會典章，亦有飽諳師旅，足得任使，何獨斯人？」白居易《尋李道士山居兼呈元明府》：「飽諳榮辱事，無意戀人間。」

〔三〕「家風」二句：家風：韓元吉《南澗甲乙稿》卷十四《富修仲家集序》云：「其爲文及詩，則平淡簡遠，不爲世俗鎪鏤奇崛之態，蓋皆自其家學。」其説是矣。「句法」句：謂己與富於禪學有同好也。句法，本佛教語。姚秦罽賓三藏佛陀耶舍共竺佛念等譯《四分律》卷十一：「句法者，佛所説，聲聞所説，仙人所説，諸天所説。」後指禪宗之「話頭」。宋陳郁《贈僧玘長老》：「詩篇熟誦如持咒，句法旁參若勘禪。既是西來須會意，此心還許野人傳。」是其義。

〔四〕「南浦」二句：此徑用王勃《滕王閣》：「畫棟朝飛南浦雲，珠簾暮捲西山雨。」雲浪：如雲之浪。李商隱《失題》：「錦水湔雲浪，黄山掃地春。」翠嵐：林中霧氣。皮日休《虎丘寺西小溪閑泛》一：「鼓子花明白石岸，桃枝竹覆翠嵐溪。」蘇軾《過嶺》二：「波生濯足鳴空澗，霧繞征衣滴翠嵐。」

〔五〕「折腰」二句：折腰：彎腰，屈身事人也。《晉書·隱逸傳·陶潛》：「吾不能爲五斗米折腰，拳拳事鄉里小人耶！」李白《夢遊天姥吟留别》：「安能摧眉折腰事權貴？使我不得開心顔。」「政恐」句：只怕我無法忍耐、不能承受。正用李白之意。未能堪：猶言不能堪。宋韋驤《和陶掾同登曉亭》：「共酌共談其樂勝，俗憂應是不能堪。」宋趙鼎臣《再次前韵戲志康》：「發狂正爾不能堪，大叫赫然胥吏懾。」

夜宿宗公丈室，求詩甚勤，爲賦五字〔一〕

林表登層閣，秋聲隱暮鐘〔二〕。鵶歸苦竹寺，雨闇亂雲峰〔三〕。屢乞留新句，重來訪舊踪。松門罕車馬，似喜老夫逢〔四〕。

【箋注】

〔一〕宗公：大慧宗杲，或大慈宗雅。元幹與相知友，故難定孰是。丈室：佛教語。《維摩詰經》云，維摩詰稱病，與來問疾之文殊師利等討論佛法，妙理貫珠。其卧疾之室雖一丈見方，而能容納無數聽衆。唐顯慶年間，王玄策奉敕出使印度，過維摩詰故宅，乃以手板縱横量之，僅得十笏，因號方丈、丈室。參見《釋氏要覽·住處·方丈》。後轉指寺主之室。惠能《壇經·機緣品》：「一夕，獨入丈室。請問：如何是某甲本心本性？」五字：五言詩，參前《次仲彌性所和陳丈大卿韵》注八。

〔二〕「林表」二句：林表：林梢，林外。《文選·謝朓〈休沐重還丹陽道中〉》：「雲端楚山見，林表吴岫微。」李善注：「表，猶外也。」周邦彦《浣溪沙》三：「新筍已成堂下竹，落花都上燕巢泥。忍聽林表杜鵑啼。」層閣：猶層樓。鮑照《代陸平原君子有所思行》：「層閣肅天居，馳道直如髮。」曾鞏《遊金山寺作》：「屐履上層閣，披襟當九秋。」

〔三〕「鴉歸」二句：鴉歸：日落而鴉雀歸巢。喻静謐而寂寞。陸游《書嘆》：「欲談舊事無人共，日落鴉歸又倚樓。」苦竹寺：莆田名寺。位于西天尾鎮苦竹山脉中段，去莆田城關十三公里。南宋嘉定《莆陽比事》卷七「靈師飲鐵」載：「沙門千靈，唐會昌（八四一—八四六）中辭六祖入閩。六祖云：『逢苦即住。』至莆田苦竹山住錫，山魈拒之。靈曰：『若能飲鐵針，則吾去；不能飲而吾飲，則若去。』魈不能飲，自飲之；遁去。遂於山西北建苦竹院；所飲餘鐵針，封貯尚存。」《興化府莆田縣志》卷三二「人物」同。文人每好以之入歌吟，但所指或同或否，不可必也。例如蘇軾《和蔡準郎中見邀遊西湖三首》：「田間决水鳴幽幽，插秧未遍麥已秋。相携燒筍苦竹寺，却下踏藕荷花洲。」云在「西湖」，殆非一地。

〔四〕「松門」二句：松門：以松爲門。王勃《遊梵宇三覺寺》：「蘿幌棲禪影，松門聽梵音。」陸游《書懷絶句》一：「老僧曉出松門去，手挈軍持取澗泉。」

范才元參議求酒於延平使君，邀予同賦，謹次其韻〔一〕

桑落泠篘玉，菊籬霜著天〔二〕。飄零河朔飲，悵望竹林賢〔三〕。烏有防前轍，青州貴下田〔四〕。使君能遣騎，端爲唤魚船〔五〕。

【箋注】

〔一〕范才元：元幹友人，能畫，能釀美酒，與吕本中、李處權亦有往還。嘗爲福州通判，蘇籀《雙溪集》卷三有《送才元長樂倅》詩。參議：安撫大使司參議官，大使司高級幕僚，許簽署文書。宋王益之《職源・安撫使》：「參議帥屬：參議、機宜、撫幹。」清徐松《宋會要輯稿・職官》四一：「安撫大使許置參議、參議官，主管機宜文字各一員。」延平使君：李侗（一〇九三—一一六三），世稱延平先生，南劍州劍浦人。此「延平使君」是否即其人，俟考。

〔二〕「桑落」二句：桑落：即桑落酒。美酒名。《水經注・河水四》：「（河東郡）民有姓劉名墮者，宿擅工釀，採挹河流，釀成芳酎，懸食同枯枝之年，排於桑落之辰，故酒得其名矣。」杜甫《九日楊奉先會白水崔明府》：「坐開桑落酒，來把菊花枝。」范成大《次韵宗偉閲番樂》：「盡遣餘錢付桑落，莫隨短夢到槐安。」泠篘玉：濾取美酒也。泠，喻甘冽；玉，喻醇厚。蘇軾《至真州再和二首》二：「聞道清香閣，新篘白玉泉。」黄庭堅《醉落魄》二：「陶陶兀兀。……誰門可款新篘熟。安樂春泉，玉醴荔枝緑。」元幹兼用此意。篘（chōu），《廣韻》音「楚鳩切」。酒籠，漉酒之具；以酒籠濾酒。菊籬：語本陶潛《飲酒》五：「採菊東籬下，悠然見南山。」唐李郢《奉陪裴相公重陽日遊安樂池亭》：「蓮沼昔爲王儉府，菊籬今作孟嘉杯。」

〔三〕「飄零」二句：飄零：飄泊流落。庾信《枯樹賦》：「若乃山河阻絶，飄零離別。」杜甫《衡州送李大夫七丈赴廣州》：「王孫丈人行，垂老見飄零。」河朔飲：夏日避暑之飲；酣飲。《初學記》卷三引曹丕《典論》：「大駕都許，使光禄大夫劉松北鎮袁紹軍，與紹子弟日共宴飲，常以三伏之際，晝夜酣飲，極醉，至於無知，云以避一時之暑，故河朔有避暑飲。」南朝梁何遜《苦熱》：「實無河朔飲，空有臨淄汗。」此指同飲交遊者。元幹政和六年嘗任職澶淵，與陳與義、文驥爲僚友。悵望：惆悵地看望或想望。謝脁《新亭渚别范零陵》：「停驂我悵望，輟棹子夷猶。」杜甫《詠懷古迹》二：「悵望千秋一灑淚，蕭條異代不同時。」竹林賢：即「竹林七賢」。按，二句蓋傷知己零落也。

〔四〕「烏有」二句：烏有、青州：此用蘇軾《章質夫送酒六壺書至而酒不達戲作小詩問之》：「豈意青州六從事，化爲烏有一先生。」「烏有」句，元幹所遭何事，不能詳，待考。烏有：子虚烏有。前轍：舊轍印，喻以往錯誤或教訓。屈原《九章·思美人》：「知前轍之不遂兮，未改此度。」青州從事：《世説新語·術解》：「桓公有主簿善别酒，有酒輒令先嘗。好者謂『青州從事』，惡者謂『平原督郵』。青州有齊郡，平原有鬲縣。從事，言到臍；督郵，言在鬲（膈）上住。」鬲，即

「膈」。意謂好酒之氣可直達臍部。從事、督郵，均官名。後因以「青州從事」爲美酒代稱。皮日休《醉中寄魯望一壺並一絶》：「醉中不得親相倚，故遣青州從事來。」下田：本指下等之田。語本《尚書·禹貢》：「海岱惟青州……厥田惟上下，厥賦中上。」《呂氏春秋·上農》：「上田，夫食九人；下田，夫食五人，可以益，不可以損。」美酒何以「貴下田」，不甚可解。《水經注·淯水注》：「湖水枝分，東北爲樊氏陂，陂東西十里，南北五里，亦謂之凡亭陂。陂東有樊氏故宅。樊氏既滅，庾氏取其陂。故諺曰：『陂汪汪，下田良。樊子失業庾公昌。』」此諺亦見《後漢書·樊弘傳》注。梅堯臣《送臨江軍監軍李太博》：「白醪燒甕美，黃雀下田肥。」元幹或因「青州（從事）」而連及之，仍謂酒美爲貴也。又田，或指丹田，謂酒氣下達肚臍丹田，亦通。

〔五〕「使君」二句：元幹直用黃庭堅《次韻師厚雨中晝寢憶江南餅麴酒》：「雨砌無車馬，風簾灑静便。忽思江外酒，準擬醉時眠……遥知烟渚夢，遺騎喚漁船。」端爲：特爲也。《韓非子·飾邪》：「豎穀陽之進酒也，非以端惡子反也。」王先慎集解：「端，故也。」宋惠洪《冷齋夜話·荆公鍾山東坡餘杭詩》：「山谷云，天下清景，初不擇賢愚而與之；然吾特疑端爲我輩設。」

次韻晁伯南飲董彦達官舍心遠堂〔一〕

今夕知何夕，真成累十觴〔二〕。爐薰飄月影，蛮炬剪花香〔三〕。政懶還詩債，無從發酒狂〔四〕。故人憐久客，舞袖要須長〔五〕。

【箋注】

〔一〕晁伯南：晁迥後裔，世爲澶州清豐人，生平不詳。

〔二〕「今夕」二句：今夕何夕：意謂此是良辰。贊嘆語。《詩·唐風·綢繆》：「今夕何夕，見此良人。」鄭玄箋：「今夕何夕者，言此夕何月之夕乎。」孔穎達疏：「美其時之善，思得其時也。」杜甫《今夕行》：「今夕何夕歲云徂，更長燭明不可孤。」真成：真個；的確。南朝梁簡文帝蕭綱《和人以妾换馬》：「真成恨不已，願得路傍兒。」杜甫《奉贈李八丈判官（曛）》：「真成窮轍鮒，或似喪家狗。」累十觴：連飲大酌。歡樂貌。杜甫《贈衛八處士》：「主稱會面難，一舉累十觴。」

〔三〕「爐薰」二句：爐薰：即熏爐。漢徐幹《情詩》：「鑪薰闔不用，鏡匣上塵生。」黄庭堅《奉和文潛贈無咎》：「何言談絶倒，茗碗對鑪薰。」月影：月光。北齊邢邵《冬夜酬魏少傅直史館詩》：「風音響北牖，月影度南端。」元稹《江陵三夢》：「月影半牀黑，蟲聲幽草移。」陸游《霜月》：「枯草霜花白，寒窗月影新。」蜜炬：蠟燭。唐方干《陪王大夫泛湖》：「蜜炬燒殘銀漢昃，羽觴飛急玉山傾。」宋周邦彦《荔枝香近·歇指》：「何日迎門，小檻朱籠報鸚鵡，共翦西窗蜜炬。」

〔四〕「政懶」二句：政懶：正懶；全懶，絶懶。詩債：謂他人索詩或要求和作，未及酬答，如同負債。白居易《晚春欲携酒尋沈四著作先以六韵寄之》：「顧我酒狂久，負君詩債多。」自注：「沈前後惠詩十餘首，春來多醉，竟未酬答，今故云爾。」酒狂：縱酒使氣；縱酒使氣者。《漢書·蓋寬饒傳》：「無多酌我，我迺酒狂。」白居易《閑出覓春戲贈諸郎官》：「迎春日日添詩思，送老時時放酒狂。」王安石《三月十日韓子華招飲歸城》：「酒狂有持梧桐板，暴謔一似《漁陽撾》。」

〔五〕「故人」二句：憐久客：蘇軾《余去金山五年而復至次舊詩韵贈寳覺長老》：「稽首願師憐久客，直將歸路指茫茫。」宋周紫芝《次韵李宗丞秋懷二首》二：「越江憐久客，時送海潮音。」舞袖長：杜甫《樂遊園歌》：「拂水低徊舞袖翻，緣雲清切歌聲上。」宋范純仁《和仲庶江瀆避暑》：「烏紗傾側朋簪樂，翠縠翩翻舞袖長。」句蓋謂主人盛設宴樂之具以娛賓也。要須：應當；必須。

喜錢申伯病起二首〔一〕

一室維摩老，長年法喜游〔二〕。苦心翻貝葉，癡坐寫蠅頭〔三〕。可是文園病，何堪杞國憂〔四〕？我知公健在，骨相盍封侯①〔五〕。

花飛傷宿雨，山潤照清晨〔六〕。念子經時卧，嗟予一味貧〔七〕。稍聞疏藥餌，遐想整衣巾〔八〕。何日扶藜出，相陪醉晚春〔九〕。

【校】

① 盍：諸本同。唯文淵閣本作「合」。今從諸本。

【箋注】

〔一〕錢申伯：名未詳。錢遜叔（伯言）之侄，錢勰之孫，開封人，建炎、紹興間避亂南下。李綱《梁溪先生文集》卷一六七《宋故追復龍圖閣直學士贈少師錢公墓誌銘》云：「公諱勰，字穆父，吴越武肅王五世孫，自從曾祖忠懿王俶歸朝廷，今爲開封人。」又卷一二一《答錢巽叔侍郎書》：「先内翰墓銘見委……且令姪申伯垂論再三。」是申伯爲吴越王之裔也。

〔二〕「一室」二句：「一室」句：李商隱《酬崔八早梅有贈兼示之作》：「維摩一室雖多病，亦舞天花作道場。」一室：即丈室，猶言斗室。維摩老：通謂高僧。宋釋重顯《頌一百則》八十八：「咄這維摩老，悲生空懊惱。」唐宋文人好用此語以喻高人德行之卓。蘇軾《游中峰杯泉》：「可憐狡獪維摩老，戲取江湖入鉢盂。」黄庭堅《病起荆江亭即事十首》一：「維摩老子五十七，大聖天子初元年。」維摩，即維摩詰。法喜：佛教語。謂因聞見、參悟佛法而生喜悦。《維摩經·佛道品》：「法喜以爲妻，慈悲以爲女。」梁武帝《摩訶般若懺文》：「願諸衆生，離染著相，迴向法喜，安住禪悦。」蘇軾《贈王仲素寺丞》：「雖無孔方兄，顧有法喜妻。」長年：年長。《韓非子·奸劫弒臣》：「人主無法術以御其臣，雖長年而美材，大臣猶將得勢，擅事主斷，而各爲其私急。」此謂老年。唐無可《新年》：「燃燈朝復夕，漸作長年身。」前蜀韋莊《長年》：「長年方悟少年非，人道新詩勝舊詩。」

〔三〕「苦心」二句：苦心：辛苦；費盡心思。《莊子・漁夫》：「苦心勞形，以危其真。」杜甫《韋諷録事宅觀畫馬圖歌》：「借問苦心愛者誰？後有韋諷前支遁。」貝葉：佛經。古印度人以貝葉（爲紙）寫經。玄奘《謝敕賚經序啓》：「遂使給園精舍，並入提封；貝葉靈文，咸歸册府。」翻貝葉：本謂譯經，此蓋指翻閲而言。癡坐：呆坐。實謂静坐，專一其心志貌。亦謂無變動。金元好問《醉貓圖・何尊師畫宣和内府物》：「窟邊癡坐費工夫，側輥横眠却自如。」蠅頭：指像蒼蠅頭樣小字。唐吴融《倒次元韵》：「魚子封牋短，蠅頭學字真。」陸游《讀書》二：「燈前目力雖非昔，猶課蠅頭二萬言。」自注：「時方讀小本《通鑑》。」「小本」者，細字本，别於大字本者也。蓋謂鈔寫經書楷法工致也。

〔四〕「可是」二句：可是：是否。唐韓溉《柳》：「世間惹恨偏饒此，可是行人折贈稀。」前蜀韋莊《贈禮佛名者》：「尋思六祖傳心印，可是從來讀藏經。」楊萬里《過寶應縣新開湖》四：「漁家可是厭塵囂？結屋園沙最盡梢。」文園病：典出《史記・司馬相如列傳》，相如曾任孝文園令，「常有消渴疾」，因稱病閒居。後人因以「文園病」代消渴疾。杜甫《贈李八秘書别三十韵》：「文園多病後，中散舊交疏。」宋賀鑄《羅敷歌》之二：「河陽官罷文園病，觸緒蕭然。」元幹此處或僅就其閒居爲言，或指其才近司馬相如，未必指錢實患消渴也。杞國憂：杞人憂天，《列子・天瑞》：

「杞國有人，憂天地崩墜，身亡所寄，廢寢食者。」此文實謂憂國之深沉也。

〔五〕「我知」二句：健在：康健。白居易《酬别微之》：「且喜筋骸俱健在，勿嫌鬚鬢各皤然。」唐五代以來，又有「好在」、「健好在」等語，見於敦煌文獻，知皆當時口語，其義一也。骨相封侯：黄庭堅《次韵師厚病間十首》六：「封侯謝骨相，使鬼無金錢。」宋趙鼎臣《憶昔行送彭子發》：「看公骨相合封侯，今日入朝明日賀。」骨相：人之形相體貌。韓愈《韶州留别張端公使君》：「久欽江總文才妙，自嘆虞翻骨相屯。」章甫《次郭遐齡所携張安國詩韵》：「尊前身健在，不必問封侯。」元幹語反此，頌禱之意也。

〔六〕「花飛」二句：「花飛」句：晏殊《鳳銜杯》：「留花不住怨花飛。……經宿雨，又離披。」宋王之道《和子厚弟九日登魏文振亭園七首》六：「宿雨飛花阻擷芳，寄題端欲爲增光。」宿雨，夜雨；通夜之雨。隋江總《詒孔中丞奂》：「初晴原野開，宿雨潤條枚。」山潤：山林霧靄。貫休《桐江閑居作十二首》二：「壁畫連山潤，仙鐘扣月清。」梅堯臣《送番禺杜桿主簿》：「地蒸蠻雨接，山潤海雲交。」

〔七〕「念子」二句：經時卧：長久卧病；廢職閒居。元稹《酬樂天東南行詩一百韵》：「公幹經時卧，鍾儀幾歲拘。」經時：歷久。漢蔡邕《述行賦》：「余有行於京洛兮，遘淫雨之經時。」一味：一直。唐宋人好用此語。敦煌失名人《敦煌廿詠》十九《鑿壁井詠》：「嘗聞鑿壁井，兹水最爲靈。色帶三春渌，芳傳一味清。」歐陽修《招許主客》：「欲將何物招嘉客，惟有新秋一味凉。」

〔八〕「稍聞」二句：稍聞：逐漸聽説。疏藥餌：減藥，停藥。《抱朴子·微旨》：「知草木之方者，則曰惟藥餌可以無窮矣。」杜甫《秋清》：「高秋蘇病氣，白髮自能梳。藥餌憎加減，門庭悶掃除。」遐想：遥想。唐王績《春日直疏》：「遐想太古事，俯察今世情。」整衣巾：端正服飾，嚴肅貌。白居易《蜀路石婦》：「儼然整衣巾，若立在閨庭。」宋韓淲《朝中措・次韵昌甫見寄》：「魂斷幽香孤影，花前閑整衣巾。」按，二句謂聞錢除藥消息，遂進而想象其病將起而能自振作也。

〔九〕「何日」二句：扶藜：拄杖。醉晚春：享受晚春美景。兼賦時候。宋龔桂馨《題桃花源》：「碧樹花開醉晚春，靈槎幾度泛天津。」

叔易自三吴歸，同赴竹庵荔子之集二首〔一〕

惜别梅花雨，來歸荔子秋〔二〕。江帆成昨夢，雲嶠忽重遊〔三〕。共喜身長健，寧論客久愁〔四〕。慇懃老居士，更爲寶峰留。

客去雲俱散，山空月正圓。不參藤樹句，自透竹庵禪〔五〕。骨法淩烟像，家聲鼓瑟篇〔六〕。直須陪叔季，急佐中興年〔七〕。

【箋注】

〔一〕叔易：李經。見前《陪李仲輔昆仲宿惠山寺》注一。竹庵：温州龍翔竹庵士珪禪師。荔子：荔枝。韓愈《柳州羅池廟碑》：「荔子丹兮蕉黄，雜肴蔬兮進侯堂。」

〔二〕「惜别」二句：梅花雨：春日之雨。王維《戲嘲史寰》：「清風細雨濕梅花，驟馬先過碧玉家。」蘇軾《正月二十日往岐亭郡人潘古郭三人送余於女王城東禪莊院》：「去年今日關山路，細雨梅花正斷魂。」荔子秋：宋張栻《送甘甥可大從定叟弟之桂林》：「籃輿問嶺路，政爾荔子秋。」

〔三〕「江帆」二句：雲嶠：山高而鋭也。杜甫《憶鄭南》：「風杉曾曙倚，雲嶠憶春臨。」又指海中仙山。唐姚合《暮春書事》：「宿願眠雲嶠，浮名繫鎖闈。」范成大《寄題郫縣邌仙觀四楠》：「敢請丹光來萬里，爲扶雲嶠駕飛鴻。」元幹實兼用二義，以指竹庵所在（寶峰山）也。

〔四〕「共喜」二句：身長健：唐許渾《王居士》：「有藥身長健，無機性自閑。」寧論：豈論。

〔五〕「不參」二句：「藤樹」句：如藤倚樹，有所依傍，問此事當理得法與否。禪宗話頭。《五燈會元》卷二十《龍門遠禪師法嗣·龍翔士珪禪師》：「（僧）問：『（不論）有句無句，如藤倚樹時如何？』師曰：『作賊人心虚。』」藤樹：譬喻見於唐實叉難陀譯《大乘入楞伽經》卷一：「自性幾種異，心有幾種别。云何唯假設，願佛爲開演。云何爲風雲，念智何因有？藤樹等行列，此並誰能作？」與此有關否，待考。透：透徹，參悟。竹庵禪：竹庵禪法。竹庵與僧衆機鋒相接甚多，具見《五燈會元》。不參自透：謂李天賦才慧，其知解自然通於佛法。

〔六〕「骨法」二句：骨法：體貌氣質特徵。《史記·淮陰侯列傳》：「韓信曰：『先生相人何如？』

（蒯通）對曰：『貴賤在於骨法，憂喜在於容色，成敗在於決斷。』」歐陽修《長句送陸子履學士通判宿州》：「古人相馬不相皮，瘦馬雖瘦骨法奇；世無伯樂良可嗤，千金市馬惟市肥。」淩烟閣：《大唐新語·褒錫》：「貞觀十七年，太宗圖畫太原倡義及秦府功臣趙公長孫無忌、河間王孝恭、蔡公杜如晦、鄭公魏徵、梁公房玄齡、申公高士廉、鄂公尉遲敬德、鄖公張亮、陳公侯君集、盧公程知節、永興公虞世南、渝公劉政會、莒公唐儉、英公李勣、胡公秦叔寶等二十四人於淩烟閣，太宗親爲之贊，褚遂良題閣，閻立本畫。」白居易《題舊寫真圖》：「所恨淩烟閣，不得畫功名。」宋馬先覺《索笑圖詩》：「封侯無骨登淩烟，食肉無相當萬錢。」元幹之意反是。家聲：世傳之家族美譽。《史記·李將軍列傳》：「單于既得陵，素聞其家聲，及戰又壯，乃以其女妻陵而貴之。」《新唐書·狄兼謨傳》：「卿，梁公後，當嗣家聲，不可不慎。」鼓瑟篇：《詩·小雅·鼓鍾》：「鼓鍾欽欽，鼓瑟鼓琴，笙磬同音。」喻夫婦篤於恩情。後漢楊惲與其妻感情甚篤，《報孫會宗書》云：「家本秦也，能爲秦聲。婦趙女也，雅善鼓瑟。奴婢歌者數人，酒後耳熱，仰天拊缶而呼烏烏。」

〔七〕「直須」二句：直須：應當。唐杜秋娘《金縷衣》：「有花堪折直須折，莫待無花空折枝。」王安石《和王司封會同年》：「直須傾倒樽中酒，休惜淋浪座上衣。」陪叔季：追隨李經（叔易）、李綸（季言）兄弟。急：盡快，趕緊。中興年：天下文明復興之時。杜甫《喜達行在所三首》三：「今朝漢社稷，新數中興年。」吕本中《丁未二月上旬四首》一：「遥知漢社稷，別有中興年。」此尊稱當時高宗朝也。

寄錢申伯二首〔一〕

子去客昭武，今儂懷舊遊〔二〕。青山渾在眼，白髮暗添頭〔三〕。旅食今安好，歸程儻滯留〔四〕。谿邊因野步，試覓水明樓〔五〕。

一點照今古，胸中殊了然〔六〕。不妨爲漫吏，可但號臞仙〔七〕。丹荔盟猶在，凝香句未傳〔八〕。秋風稍凉冷，速辦下灘船〔九〕。

【箋注】

〔一〕據《梁溪先生文集》卷三一編年，紹興五年作。按李綱《送錢申伯知邵武》云：「閩山六月丹荔枝，火齊堆盤侑一卮。」知錢申伯六月往昭武。參《年譜》頁三九五。

〔二〕「子去」二句：昭武：即邵武，今屬福建。儂：我也，元幹自指。

〔三〕「青山」二句：青山在眼：杜甫《峽隘》：「青山各在眼，却望峽中天。」宋蔣之奇《愛山堂》七：「青山常在眼，澗水不聞聲。」渾：全都。「白髮」句：杜甫《月》：「只益丹心苦，能添白髮明。」梅堯臣《次韵和永叔新歲書事見寄》：「盞裏醇醪無限滿，鏡中白髮不知添。」不知，不覺也，即元幹言「暗」，意尤相近。

〔四〕「旅食」二句：旅食：客居。南朝齊江孝嗣《北戍琅琊城》：「薄暮苦羈愁，終朝傷旅食。」韓愈《祭十二郎文》：「吾與汝俱少年，以爲雖暫相别，終當久相與處，故捨汝而旅食京師，以求斗斛之禄。」儻：或許，可能。問辭。

〔五〕「谿邊」二句：野步：野外散步。賈島《偶作》：「野步隨吾意，那知是與非。」蘇轍《答文與可以六言詩相示因道濟南事作十首》三：「野步西湖緑縟，晴登北渚烟綿。」水明樓：未詳。蓋錢所在之名勝也。杜甫《月》：「四更山吐月，殘夜水明樓。」三字實非名號，但樓閣之名或出此。

〔六〕「一點」二句：一點：一點心也。唐戴叔倫《相思曲》：「落紅亂逐東流水，一點芳心爲君死。」李商隱《無題二首》一：「身無綵鳳雙飛翼，心有靈犀一點通。」《祖堂集》卷七《雪峰和尚》：「潙山問仰山：『過去諸聖什摩處去？』仰云：『或在天上，或在人間。』師舉問長慶：『仰山與摩道意作摩生？』（長）慶云：『若問諸聖出没，與摩道即得。』師云：『汝渾來不肯。或有人問，汝作摩生對？』云：『但向他道錯。』師云：『老僧却錯，是你作摩生？』慶云：『何異於錯？』師爲書狀頭造偈：『苦屈世間錯用心，低頭曲躬尋文章。妄情牽引何年了，辜負靈臺一點光。』」又卷九《羅山和尚》：「師又時上堂云：『宗門深奥，合作摩生話會？真心難定，實理何詮？……接物應機，須通俊士，應時如風，應機如電。一點不來，猶同死漢……』」可參看。「胸中」句：唐李頎《東京寄萬楚》：「了然潭上月，適我胸中機。」了然：明白，透徹。

〔七〕「不妨」二句：漫吏：謂備員忝位、散漫不供職事之吏也。宋程俱《蔡州葉翰林寄示近詩次韻八首・諸葛萊》：「云亭漫吏食不足，幾欲送窮煩鬱壘。」又《西安謁陸蒙者老大夫觀著述之富戲用蒙老新體作》二：「亭亭漫吏多所歷，乾死書螢心似漆。」按吏事即鄙事，士人之所薄，故散漫之吏恒不可恥，故曰「不妨」也，蓋兼寓慰勉之意。　臞仙：老人身體清瘦而精神矍鑠者。五代徐鉉《鄭子真》：「棲遲鄭國一臞仙，不被人知四十年。」蘇軾《在彭城日與定國爲九日黄樓之會今復以是日相遇於宋凡十五年憂樂出處有不可勝言者》：「菊盞萸囊自古傳，長房寧復是臞仙。」

〔八〕「丹荔」二句：丹荔盟：舊約荔枝成熟之時相見。蓋謂元幹與李綱及錢相約是年荔枝成熟之時重聚。凝香句：宋胡宿《寄蘇臺知府蔣密學》：「空傳宴寢凝香句，文酒無因得仰陪。」自注：「公吴中前後題詠，好事者多摘佳句，傳誦都下。」唯本事已晦。但宋人似偶已用爲典實，例如姚鏞《送贛士謁前贛侯楊東山》：「凝香句滿空同石，静向東山卧白雲。」

〔九〕「秋風」二句：凉冷：杜甫《寄常徵君》：「開州入夏知凉冷，不似雲安毒熱新。」蘇轍《李邦直出巡青州余不久將赴南都比歸不及見矣作詩贈别》：「西歸凉冷霜風後，濁酒清詩誰與親。」速辦：從速整頓。下灘船：舟行順流而迅速；快船也。五代熊皦《湘江曉望》：「山響疏鐘何處寺，火光收釣下灘船。」梅堯臣《送王景憲奉職》：「下灘船自急，聞雁日將晡。」猶「下水船」。白居易《重寄荔枝與楊使君時聞楊使君欲種植故有落句之戲》：「摘來正帶凌晨露，寄去須憑下水船。」按，元幹本篇「荔枝盟」云云，疑即暗用白詩之意，謂欲順流而下，疾趨錢所在，蓋表嚮往之意也。

真歇老人退居東庵，予過雪峰特訪之，爲留再宿，仍賦兩詩〔一〕

雲卧孤峰頂，齋餘閉户眠〔二〕。時容龍象衆，來説葛藤禪〔三〕。此日輸真歇，平生最信緣。從渠魔起謗，把火漫燒天〔四〕。

山月轉松影，澗泉鳴夜窗。清談虎溪遠，癡坐鹿門龐〔五〕。虜帳終亡滅①，邊城盍受降②。晨鐘發秋思，同夢繞三江〔六〕。

【校】

① 虜帳：文淵閣本作「敵國」，據南圖藏本改。

② 盍：諸本同。唯文淵閣本作「合」。今從諸本。

【箋注】

〔一〕真歇老人：見前《奉送真歇禪師往阿育山兼簡黄檗雲峰諸老》注一。雪峰：雪峰山，雪峰義存禪師道場所在，真歇所居。《祖堂集》卷七《雪峰和尚》：「雪峰和尚……師諱義存，泉州南安縣人也……及爲童之歲辭親，於莆田縣玉澗寺依慶玄律師以受業焉。」

〔二〕「雲卧」二句：雲卧：高卧雲霧之中，謂隱居。鮑照《代昇天行》：「風餐委松宿，雲卧恣天行。」杜甫《遊龍門奉先寺》：「天闕象緯逼，雲卧衣裳冷。」

〔三〕「時容」二句：龍象衆：僧衆聰慧精進者。黄庭堅《爲黄龍心禪師燒香頌三首》二：「四海峥嶸龍象衆，鼻頭只用短繩牽。」宋釋德洪《空印見招住菴時未能往作此寄之》：「有願欲依龍象衆，無求羞逐鶩雞群。」龍象：龍與象。水行中龍力大，陸行中象力大，故佛氏用以喻諸阿羅漢中修行勇猛有最大能力者。《大般涅槃經》卷二：「世尊，我今已與諸大龍象菩薩磨訶薩斷諸結漏。」因指高僧大德。葛藤禪：以葛藤譬喻爲啓迪法門之禪法。《大正新修大藏經·諸宗部》參學比丘道謙所集《大慧普覺禪師宗門武庫》：「雲居舜老夫，常譏天衣懷禪師説葛藤禪。一日聞懷遷化，於法堂上合掌云：『且喜葛藤椿子倒了也。』」宋周紫芝《西谿道人全一堂》：「道人不愛葛藤禪，參得維摩妙法門。」葛藤：糾纏之物，佛教以喻事理糾纏致使錯亂毁敗。姚秦竺佛念譯《出曜經》卷三：「其有衆生，墮愛網者，必敗正道……猶如葛藤纏樹，至末遍則樹枯。」禪宗慣用以爲話頭。《撫州曹山本寂禪師語録》卷二《曹山語録序》云：「古人有言，曰意不在言，又曰得意忘言。意者旨也，言者標也。旨乎不易得之，標乎不難得之。所以假易得之標，得難得之旨。苟得其旨，忘標可也；若失其旨，標其安用？故古人爲唯執其標者，謂之葛藤也。」按，二句實只謂與有緣大衆參研佛法也。

〔四〕「從渠」二句：直用《景德傳燈録》卷三十唐永嘉玄覺禪師《永嘉證道歌》：「從他謗，任他非，把火燒天徒自疲。我聞恰似飲甘露，銷融頓入不思議。」宋釋印肅《證道歌》六十：「把火燒天徒自疲，堅持十力助他非。」同此。從渠：聽憑他，任由他。唐張鷟《遊仙窟詩・揚州青銅鏡留與十孃》：「若道人心變，從渠照膽看。」把火：手持炬火照明或點火。温庭筠《夜看牡丹》：「高低深淺一欄紅，把火殷勤繞露叢。」

〔五〕「清談」二句：虎溪遠：在廬山東林寺前。晉高僧慧遠法師居此，送客不過溪，過此，虎輒號鳴，故名虎溪。王維《過感化寺曇興上人山院》：「暮持筇竹杖，相待虎溪頭。」鹿門龐：鹿門山，在湖北襄陽。後漢龐德公携妻子登鹿門山，采藥不返。張耒《感春又三首》三：「九原可作欲誰與，鹿門龐叟真吾師。」韓元吉《李仲鎮懶窠》：「金馬可避世，何殊鹿門龐。」按，二句稱頌真歇禪師德行之高也。

〔六〕「晨鐘」二句：發秋思：興發秋日之愁緒。宋李綱《志宏得碧字以詩來次其韵》：「何人起秋思，數弄月中笛。」宋寇準《長郊雨餘遠樹減翠新蟬忽鳴激耳嘹唳久客孤坐情如何哉形之於文聊以自遣》：「憑欄偶開襟，新蟬動秋思。」夢繞：李白《太原早秋》：「夢繞邊城月，心飛故國樓。」元幹慢詞名作《賀新郎》之二《送胡邦衡待制》，其起句曰「夢繞神州路」，可參看。同夢：蘇軾《庚辰歲正月十二日天門冬酒熟予自漉之且漉且嘗遂以大醉二首》二：「醉鄉杳杳誰同夢，睡息齁齁得自聞。」三江：《尚書・禹貢》：「三江既入，震澤底定。」漢以後異説歧出不一。《國語・越語上》韋昭注以吴江、錢塘江、浦陽江爲三江；《水經注・沔水》引郭璞説以岷江、松江、浙江爲三江；《禹貢》陸德明釋文引《吴地記》以松江、婁江、東江爲三江。雖不能確指，但皆在吴越之地。疑《吴地記》之説，於義爲優。謝靈運《入彭蠡湖口》：「三江事多往，九派理空存。」杜甫《有懷台州鄭十八司户》：「天台隔三江，風浪無晨暮。」繞三江：謂著意於三江也。

解嘲示真歇老人二首〔一〕

不作市朝夢，生憎城郭居〔二〕。前身真衲子，妄念入儒書〔三〕。丘壑無疑老，軒裳久已疏〔四〕。世人多大屋，争笑賣吾廬〔五〕。

毁譽何時了，雞蟲事可知〔六〕。不妨遭點檢，好在莫相疑〔七〕。高爵非吾性，奇勛任爾爲。道人元具眼，批判亦慈悲〔八〕。

【箋注】

〔一〕解嘲：實即相嘲戲。紹興九年作。

〔二〕「不作」二句：市朝夢：功名之想。白居易《宿簡寂觀》：「名利心既忘，市朝夢亦盡。」生憎：最恨；偏恨。唐盧照鄰《長安古意》：「生憎帳額繡孤鸞，好取門簾帖雙燕。」宋晏幾道《木蘭花》：「生憎繁杏緑陰時，正礙粉墻偷眼覷。」城郭居：宋韓維《答江鄰幾》：「即此良自逸，安知城郭居。」

〔三〕「前身」二句：前身：佛教語。猶前生。《晉書·羊祜傳》：「祜年五歲，時令乳母取所弄金環，乳母曰：『汝先無此物。』祜即詣鄰人李氏東垣桑樹中探得之……乳母具言之，李氏悲惋。時人異之，謂李氏子則祜之前身也。」白居易《昨日復今辰》：「所經多故處，却想似前身。」李綱《東坡謫英州以書語所善衲子曰戒和尚又疏脱矣讀之有感》：「東坡夙世乃戒老，次律前身爲永師。」衲子：僧人。黄庭堅《送密老住五峰》：「水邊林下逢衲子，南北東西古道場。」妄念：佛教語。非常不當之念。唐釋復禮《真妄偈》：「真法性本净，妄念何由起？」宋郭祥正《贈上藍晉禪師》：「惟師不妄念，安之如太行。」按，二句謂真歇天生佛子，偏嘗先作儒士也。

〔四〕「丘壑」二句：丘壑老：老於丘壑。杜甫《大曆三年春白帝城放船出瞿塘峽久居夔府將適江陵漂泊有詩凡四十韵》：「丘壑曾忘返，文章敢自誣。」歐陽修《奉答子履學士見寄之作》：「喜君再共樽俎樂，憐我久懷丘壑情。」宋沈遼《送行》：「何事脱身去，餘生老丘壑。」無疑老：老而無疑，乃謂領受自然衰老，無庸懷疑憂慮也。唐楊行真人《還丹歌》十二：「長生有望，堅固無疑。不衰不老，彭祖同時。」蘇軾《次韵曹九章見贈》：「賣劍買牛真欲老，得錢沽酒更無疑。」元幹意蓋兼之。「軒裳」句：不以爵禄介懷也。宋李廌《邃經堂》：「軒裳不挂眼，鐘鼓悦爰居。」宋李綱《寓崇陽西山定林院有感二首》之一：「雲水志方適，軒裳情已疏。」軒裳，本指官家之車服，代指官位爵禄。

〔五〕「世人」二句：大屋：宏麗府邸，貴人之宅。杜甫《哀王孫》：「長安城頭頭白烏，夜飛延秋門上呼。又向人家啄大屋，屋底達官走避胡。」唐馮著《燕啣泥》：「豪家大屋爾莫居，嬌兒少婦採爾雛。」吾廬：己所托庇之陋室，自鄭重珍惜之意。陶潛《讀山海經十三首》一：「衆鳥欣有托，吾亦愛吾廬。」杜甫《茅屋爲秋風所破歌》：「嗚呼！何時眼前突兀見此屋，吾廬獨破受凍死亦足。」按，《建炎感事》云「責我賣屋金，流言尚爲孽」，事在靖康元年九月，時朝廷持和議，斥逐李綱，元幹隨之獲罪。方離汴京，元幹賣屋得金若干，不意致生流言，即此。

〔六〕「毀譽」二句：雞蟲：謂「雞蟲得失」也。杜甫《縛雞行》：「小奴縛雞向市賣，雞被縛急相喧争。家中厭雞食蟲蟻，不知雞賣還遭烹。蟲雞於人何厚薄，吾叱奴人解其縛。雞蟲得失無了時，注目寒江倚山閣。」後以喻細微得失無關緊要者。王安石《絶句》五：「雞蟲得失何須算，鵬鷃逍遥各自知。」事可知：情况可以想象，可以理解。唐張祜《題丘山寺》：「故國人長往，空門事可知。」宋夏竦《漁者》：「讀遍龍韜事可知，一竿閑把直鈎垂。」按，元幹所言甚晦，所指或與建炎四年遭讒有關。參《研究》頁二一九。

〔七〕「不妨」二句：點檢：猶檢點，指摘，與恒常之檢查、評論義稍不同。宋韓維《又和子華》：「狂從田婦窺籬看，醉任家童刮鼓歌。年少縱歡饒點檢，老歡終不挂誰何。」蘇軾《常潤道中有懷錢塘寄述古五首》二：「草長江南鶯亂飛，年來事事與心違。花開後院還空落，燕入華堂怪未歸。世上功名何日是，樽前點檢幾人非。」好在：安好。杜甫《送蔡希魯都尉還隴右因寄高三十五書記》：「因君問消息，好在阮元瑜。」唐馬雲奇《送游大德赴甘州口號（此便代書寄呈將軍）》：

「支公張掖去何如，異俗多嫌不寄書。數人四海皆兄弟，爲報殷勤好在無。」「好在無」，安好麽？

〔八〕「道人」二句：道人：即高僧，指真歇。具眼：有鑒識眼力；有鑒識者。蘇軾《石塔寺》：「乃知飯後鐘，闍黎蓋具眼。」陸游《冬夜對書卷有感》：「萬卷雖多當具眼，一言惟恕可銘膺。」批判：評論裁斷。司馬光《進呈上官均奏乞尚書省劄子》：「所有都省常程文字，並只委左右丞一面批判，指揮施行。」《五燈會元》卷一二載宋釋道淵一偈云：「香山有箇話頭，彌滿四大神州。若以佛法批判，還如認馬作牛。」

申伯有行色，會宿東禪，次元韵〔一〕

真成風雨夜，精舍對床眠〔二〕。去住非無數，行藏莫問天〔三〕。十年瀕瘴海，一棹破春烟〔四〕。君自足歸興，不妨啼杜鵑〔五〕。

【箋注】

〔一〕申伯：錢申伯，見前《喜錢申伯病起二首》注一。有行色：有離去遠行之意。《莊子·盜跖》：「今者闕然數日不見，車馬有行色，得微往見跖耶？」五代馮延巳《歸國謡》：「蘆花千里霜月白，傷行色，明朝便是關山隔。」東禪：未詳。

〔二〕「真成」二句：風雨夜、對床眠：白居易《雨中招張司業宿》：「能來同宿否，聽雨對床眠。」韋應物《示全真元常》：「寧知風雪夜，復此對牀眠。」又《秋夜南宮寄灃上弟及諸生》：「況茲風雨夜，蕭條梧葉秋。」按，宋人好以此聯爲戲。黄庭堅《庭堅得邑太和六舅按節出同安邂逅于皖公溪口風雨阻留十日對榻夜語因詠誰知風雨夜復此對牀眠别後覺斯言可念列置十字字爲八句寄呈十首》：「解衣卧相語，濤波夜掀牀……涉旬風更雨，宿昔燭生光……」即其顯例，則宋人所見韋詩實作「風雨夜」而非「風雪夜」無疑，而爲元幹所本。精舍：道士、僧人修煉居住之所。《三國志·吴書·孫策傳》「建安五年」裴松之注引虞溥《江表傳》：「時有道士琅邪于吉，先寓居東方，往來吴會，立精舍，燒香讀道書，製作符水以治病，吴會人多事之。」

〔三〕「去住」二句：去住：猶去留。漢蔡琰《胡笳十八拍》：「十有二拍兮哀樂均，去住兩情兮難具陳。」唐司空曙《峽口送友人》：「峽口花飛欲盡春，天涯去住淚霑巾。」非無數：即「有數」，有定數。楊萬里《故太恭人董氏挽詞五首》五：「終始非無數，東西豈自由。」有數，有定數，有定分。南朝宋謝晦《悲人道》：「苟成敗其有數，豈怨天而尤人。」「行藏」句：宋李光《渡海三首》二：「出處從今莫問天，南來跨海豈徒然。」李彌遜《似表弟始歸寇退之後置酒會親族坐客即席賦詩次其韵》：「錦城不似還家樂，姑置行藏莫問天。」行藏：出處或行止。語本《論語·述而》：「用之則行，舍之則藏。」

〔四〕「十年」二句：瘴海：南方有瘴氣之地。《舊唐書·蕭遘徐彦若等傳論》：「逐徐薛於瘴海，置縶樸於巖廊。」唐翁綬《行路難》：「雙輪晚上銅梁雪，一葉春浮瘴海波。」宋王庭珪《送胡邦衡之新州貶所》：「名高北斗星辰上，身墮南州瘴海間。」「一棹」句：一葉輕舟蕩開春波也。梅堯臣《送劉比部》：「百壺臨祖道，兩槳破春烟。」宋釋清了《偈頌十首》四：「回頭開正眼，芳草破春烟。」春烟：春日雲氣也。《魏書·常景傳》：「長卿有艷才，直致不群性，鬱若春烟舉，皎如秋月映。」張説《和張監游終南》：「春烟生古石，時鳥戲幽松。」

〔五〕「君自」二句：歸興：歸思。杜甫《官定後戲贈》：「故山歸興盡，回首向風飈。」《齊東野語·王魁傳》：「之子動歸興，輕袂飄如蓬。」啼杜鵑：舊傳古蜀國開國君主杜宇魂魄化爲杜鵑，至春則啼，似如哀鳴「不如歸去」者。後喻游子思鄉。

次折樞留題雪峰韻〔一〕

軒冕本無意，烟霞如有期〔二〕。故人容野老，勝餞見新詩〔三〕。誰辨兼忘世，公當急濟時〔四〕。春歸仍送别，好在出山遲〔五〕。

【箋注】

〔一〕折樞：折彦質（？—一一六一），字仲古，號葆真居士，可適子。祖籍雲中（今山西大同），後徙河西府谷(今屬陝西)。紹興二年，起爲湖南安撫使兼知潭州。四年，擢樞密都承旨。六年，簽書樞密院事，權參知政事。執政九月，與趙鼎同罷。七年，起知福州。九年，秦檜指爲鼎同黨，落職，責居昌化軍，徙郴州。雪峰：即雪峰山。紹興九年作，參《年譜》頁二一三。

〔二〕「軒冕」二句：軒冕：指官位爵禄，參前《題王巖起樂齋》注四。烟霞有期：放懷自然山水林泉也。唐楊炯《原州百泉縣令李君神道碑》：「不掃一室，自懷包括之心；獨守大玄，且忘名利之境。於時魏特進、房僕射、杜相州等，並以江海相期，烟霞相許。」張籍《遊襄陽山寺》：「秋色江邊路，烟霞若有期。」烟霞：泛指山水自然。有期：猶言有約。

〔三〕「故人」二句：野老：村野老人。杜甫《哀江頭》：「少陵野老吞聲哭，春日潛行曲江曲。」元幹自謂也。勝餞：盛會。王勃《滕王閣詩序》：「家君作宰，路出名區；童子何知，躬逢勝餞。」按，時折將離任而去，故有送別之宴。

〔四〕「誰辦」二句：誰辦：誰堪，孰能也。張耒《惜别贈子中昆仲二首》二：「我今賀子得所遭，非我先生誰辦此。」周紫芝《聞雪二首》二：「未有春衣堪换酒，明朝誰辦送寒杯。」兼忘世：「忘我兼忘世」之省。蘇軾《哨遍·陶淵明賦歸去來……不亦樂乎》：「噫！歸去來兮，我今忘我兼忘世。」李綱《寓崇陽西山定林院有感二首》一：「忘我兼忘世，此生真有餘。」濟時：猶濟世，救時。《國語·周語中》：「寬，所以保本也；肅，所以濟時也。」《舊唐書·隱逸傳序》：「退無肥遁之貞，進乏濟時之具。」

〔五〕「春歸」二句：「好在」句：意謂身體强健，可得從容出山。好在：安健。唐宋常語，所以問候頌禱者。唐張鷟《朝野僉載》卷六：「子恭蘇，問家中曰：『許侍郎好在否？』」杜甫《送蔡希魯都尉還隴右》：「因君問消息，好在阮元瑜？」宋周密《甘州・燈夕書寄二隱》：「喜故人好在，水驛寄詩筒。」出山遲：遲遲出山也。蓋用東晉謝安「東山再起」典故。唐杜荀鶴《近試投所知》：「敢辭成事晚，自是出山遲。」據近人吴廷燮《南宋制撫年表》，折氏紹興七年十二月由提舉臨安洞霄宫改知福州。按，二句蓋謂今雖送别，仍願折之有爲於天下也。

次韵范才元中秋不見月〔一〕

不見中秋月，長吟五字城〔二〕。浮雲有底急，清影可憐生〔三〕。殘夜四更句，故人千里情〔四〕。與君同悵望①，天上自分明。

【校】

①同：諸本同。唯文淵閣本作「徒」。今從諸本。

【箋注】

〔一〕宋蘇籀《雙溪集》卷三有《次韵范才元中秋夜》。范才元：見前《范才元參議……謹次其韵》

注一。

〔二〕「不見」二句：五字城：五言詩佳作。蓋尊范原作也。典出唐劉長卿。長卿擅五言詩，自以爲五言長城。宋毛滂《代人和孟羽》：「出秦壯思磨鋒鍔，欲破劉郎五字城。」韓駒《次韵倪巨濟夏夜二首》二：「筆倒三江水，詩專五字城。」亦云「五言城」。趙蕃《送劉伯瑞》一：「長懷遠齋老，贈我五言城。」

〔三〕「浮雲」二句：有底急：有何要緊匆遽之事。底，何也。杜甫《可惜》：「飛花有底急，老去願春遲。」句謂浮雲未應輕遮明月也。清影：月光。曹植《公宴》：「明月澄清影，列宿正參差。」宋張先《相思兒令》：「願教清影長相見，更乞取長圓。」可憐生：可愛。生，語尾。唐宋人好用此語。五代十國初契此《歌》一：「縱橫妙用可憐生，一切不如心真實。」宋賀鑄《揚州叙遊》：「廢苑春風遽如許，隔江山色可憐生。」宋陳師道《和黄預感秋》：「幸是可憐生，胡然遽如許。」元幹借用以與出句「急」字對待，借對之法也。

〔四〕「殘夜」二句：殘夜四更句：即杜甫《月》名句：「四更山吐月，殘夜水明樓。」故人千里情：故人、千里，古作者抒情，每以組織文字。陶潛《與殷晉安别》：「遊好非少長，一遇盡殷勤。信宿酬清話，益復知爲親……飄飄西來風，悠悠東去雲。山川千里外，言笑難爲因……脱有經過便，念來存故人。」陶公以下，殆成熟格，其例指不勝屈。兹舉與月相關者數事。白居易《八月十五日夜禁中獨直對月憶元九》：「三五夜中新月色，二千里外故人心。」唐子蘭《登樓》：「故人千里同明月，盡夕無言空倚樓。」黄庭堅《衝雪宿新寨忽忽不樂》：「山銜斗柄三星没，雪共月明千里寒。小吏有時須束帶，故人頗問不休官。」又《賦未見君子憂心靡樂八韵寄李師載》二：「千里共明月，如披故人面。」劉定《謝章子厚》：「兩處共瞻千里月，十年不寄一枝梅。」

次吕居仁見寄韵〔一〕

老去猶爲客，誰人念退居〔二〕。相望千里路，賴有數行書〔三〕。白曬猶堪寄，烏牛政憶渠〔四〕。何時聞枉駕，竹裏唤行厨〔五〕。

【箋注】

〔一〕吕居仁：吕本中。參《蘆川詞箋注·水調歌頭（送吕居仁召赴行在所）》注一。紹興十一年作。參《年譜》頁四一九。

〔二〕「老去」二句：「老去」句：彭汝礪《送祖道朝奉》：「二月同舟出宋都，轉頭即是十年餘。可憐老大猶爲客，莫怪尋常不作書。」退居：退職家居。《莊子·天道》：「以此退居而閒遊，江海山林之士服。」《史記·儒林列傳》：「申公耻之，歸魯，退居家教，終身不出門。」吕本中《東萊先生詩集》卷十八《寄張仲宗》云：「聞道張夫子，今年已定居。」

〔三〕「相望」二句：千里路：紹興十一年辛酉秋，元幹在福州築新第歐盟軒定居。是年冬，吕氏在信州（今江西上饒），聞訊寄詩致問，「千里」云云，概略言之。數行書：簡札。唐羅隱《題玄同先生草堂三首》二：「先生訣行日，曾奉數行書。」宋郭祥正《次韵元輿見寄二首》二：「倦鳥久摧千里翼，故人頻枉數行書。」呂《寄張仲宗》有「偶緣荔子債，遂絶故人書」之句也。

〔四〕「白曬」二句：白曬：荔枝曝曬成乾；亦指乾荔枝。宋蔡襄《荔枝譜》卷六：「白曬者，正爾烈日乾之，以核堅爲止，畜之甕中，密封百日，謂之出汗。」蘇軾《杭州故人信至齊安》：「輕圓白曬荔，脆釅紅螺醬。」「烏牛」句：不詳。待考。烏牛：黑色牛。政憶渠：猶今言「只想他」。杜甫《遠懷舍弟穎觀等》：「對酒都疑夢，吟詩正憶渠。」宋謝逸《游泉庵寺懷璧上人以徐飛錫杖出風塵爲韵探得徐字》：「春風縱棹遊蕭寺，北望淮山正憶渠。」

〔五〕「何時」二句：枉駕：屈駕來訪。敬辭。《古詩十九首·凛凛歲云暮》：「良人惟古歡，枉駕惠前綏。」《三國志·蜀書·諸葛亮傳》：「此人可就見，不可屈致也，將軍宜枉駕顧之。」竹裏行厨：飲食於野外，閒適兼草率之貌也。杜甫《嚴公仲夏枉駕草堂兼携酒饌》：「竹裏行厨洗玉盤，花邊立馬簇金鞍。」行厨：謂出遊時携帶酒食；亦謂傳送酒食。庾信《詠畫屏風詩》十七：「行厨半路待，載妓一雙迴。」呂寄詩結句曰「不必問庖厨」，故元幹亦以飲食爲言，蓋懸想重逢之際樂而忘歸狀也。

【附録】

呂本中《寄張仲宗》

聞到張夫子，今年已定居。偶緣荔子債，遂絶故人書。歲月足可惜，溪山莫負渠。它年得相近，不必問庖厨。（《東萊詩集》卷十八）

次韵劉希顔感懷二首〔一〕

春光垂老日，胡騎欲歸時①。王氣如三捷，懽聲定四馳〔二〕。山河還舊貫，草木有餘悲〔三〕。擬頌中興業，孤忠只自知〔四〕。

避謗疏毛潁，推愁賴索郎〔五〕。坐來春漏促，夢去畏途長〔六〕。故國書題冷，新詩齒頰香〔七〕。湖山雖好在，歲月已相忘。

【校】

① 胡：文淵閣本作「北」，南圖藏本、文津閣本、文瀾閣本作「胡」，據改。

【箋注】

〔一〕劉希顔：亦作晞顔，名無極，丹徒人，政和五年進士，終尚書郎。曾官餘杭。見《蘆川詞箋注·

八聲甘州（西湖有感寄劉晞顔）》注一。建炎四年作，參《年譜》頁三七七。

〔二〕「王氣」二句：王氣：象徵帝王運數之祥瑞。《東觀漢記·光武帝紀》：「望氣者言，春陵城中有喜氣，曰：『美哉王氣，鬱鬱葱葱。』」劉禹錫《西塞山懷古》：「王濬樓船下益州，金陵王氣黯然收。」三捷：連戰連勝。《詩·小雅·采薇》：「豈敢定居，一月三捷。」杜甫《送韋書記赴安西》：「書記赴三捷，公車留二年。」四馳：四傳，傳播四方。韓愈《知名箴》：「内不足者，急於人知；霈焉有餘，厥聞四馳。」梅堯臣《魚琴賦》：「日擊而椎，主彼齊衆之律令，則聲聞嚻爾而四馳。」

〔三〕「山河」二句：舊貫：原樣。《論語·先進》：「魯人爲長府。閔子騫曰：『仍舊貫，如之何？何必改作？』」宋岳飛《奉詔移僞齊檄》：「儻能開門納款，肉袒迎降，或顧倒戈以前驅，或列壺漿而在道，自應悉仍舊貫，不改職業。」餘悲：感傷痛楚無可遏止排遣者。陶潛《擬挽歌詞三首》三：「親戚或餘悲，他人亦已歌。」

〔四〕「擬頌」二句：頌中興業：唐有《大唐中興頌》石刻，元結撰文，顔真卿書丹。孤忠：忠貞自持、不求人體察之節操。曾鞏《韓魏公挽歌詞》：「覆冒荒遐知大度，委蛇艱急見孤忠。」

〔五〕「避謗」二句：避謗：防人毀謗。《新唐書·陸贄傳》：「既放荒遠，常闔户，人不識其面，又避謗不著書。」疏毛穎：遠離文字，蓋以免賈禍也。毛穎：毛筆。韓愈《毛穎傳》，以筆擬人，因有此稱。《毛穎傳》文末云：「穎始以俘見，卒見任使。秦之滅諸侯，穎與有功，賞不酬勞，以老見疏，秦真少恩哉。」元幹語蓋出此。本事或與建炎四年遭讒有關。「推愁」句：猶言借酒澆愁也。宋孫覿《次韵王子欽立春二首》二：「便將酒力推愁去，且放春光入眼來。」推愁，設法排遣愁緒。王安石《自遣》：「閉户欲推愁，愁終不肯去。」索郎：即桑落酒。泛指酒。《水經注·河水四》：「(河東郡)民有姓劉名墮者，宿擅工釀，採挹河流，醖成芳酎，懸食同枯枝之年，排于桑落之辰，故酒得其名矣……自王公庶友，牽拂相招者，每云索郎有顧，思同旅語，索郎反語爲桑落也。」按反切法，有所謂「雙反」者，索郎切，音桑；郎索切，音落。宋王洋《以麵換祖孝酒》：「若論本是同根物，好遣桄榔換索郎。」

〔六〕「坐來」二句：春漏促：春夜易過。唐錢起《春夜寓直》：「未央春漏促，殘夢謝晨雞。」春漏：春日更漏，通指春夜。後蜀顧夐《訴衷情》一：「香滅簾垂春漏永，整鴛衾。」畏途：道路險難，參前《七月三日雨不止後一日作》注九。

〔七〕「故國」二句：書題冷：消息斷絶。岑參《祁四再赴江南别詩》：「山驛秋雲冷，江帆暮雨低。憐君不解説，相憶在書題。」疑元幹化用此意。書題：書信，參前《漫興》注一。新詩：指劉之作。齒頰香：即齒頰留香。晁補之《再用發字韵謝毅父送茶》：「未須乘此蓬萊去，明日論詩齒頰香。」

郭從範示及張安國諸公酬唱，輒次嚴韵〔一〕

登樓乘暇日，喚客共澆愁〔二〕。春去花猶發，陰濃雨未休。和詩真冷澹，得句總風流〔三〕。能遣西鄰老，殊無陋巷憂〔四〕。

【箋注】

〔一〕郭從範：郭世模（？—一一六〇）。生平不詳。與張孝祥有交遊。紹興三十年卒。《陽春白雪》録其詞五首。張安國：張孝祥。紹興二十九年作，參《年譜》頁二一九。

〔二〕「登樓」二句：「登樓」句：漢王粲《登樓賦》：「登兹樓以四望兮，聊暇日以銷憂。」澆愁：飲酒解除愁悶。蘇軾《贈何道士》：「問疾來三客，澆愁有半瓶。」

〔三〕「和詩」二句：和詩冷澹：白居易《閑夜詠懷因招周協律劉薛二秀才》：「香濃酒熟能嘗否，冷澹詩成肯和無？」冷澹：冷清無滋味。元幹化用白詩，自謙詩劣。「得句」句：得風雅妙句也。宋王洋《和李商隱賦紅梅》二：「可憐渠有風流句，只作歌詞不作詩。」風流句，謂妙句。陳師道《寄杜擇之》：「詩家兩杜昔無鄰，文采傳家世有人。疾置送詩驚老醜，坐曹得句自清新。」宋劉跂《張大年覽文與可墨竹及先人所題與可挽詩見惠長句因次其韵》：「多慚寂寞青氈地，又得風流黄絹詞。」元幹稱頌郭、張詩好。

〔四〕「能遣」二句：能遣：能使。西鄰老：鄰舍老翁。宋張耒《郭圃送蕪菁感成長句》：「西鄰老翁知我意，盈筐走送如雪白。」此則元幹自指。陋巷憂：困居而無以自申志意之憂。語本《論語·雍也》：「子曰：『賢哉，回也！一簞食，一瓢飲，在陋巷，人不堪其憂，回也不改其樂。』」宋吕本中《王傳巖起樂齋》：「顔子在陋巷，肯憂家屢空。」按，二句自寬也。

上張丞相十首〔一〕

閩粤諸侯地，春風盡去思〔二〕。三年歌德政，萬户繪生祠〔三〕。位極聊方伯，謀深必帝師〔四〕。待公安社稷，四海被恩私〔五〕。

廣漢家山遠，臨川道路旁〔六〕。安輿懷故壘，同氣聽甘棠〔七〕。雪後風烟潤，春歸草木香〔八〕。丹心馳魏闕，夢想萬年觴〔九〕。

活國勛奇甚，平戎志未衰〔一〇〕。肯從時論屈，自許世人知〔一一〕。豹尾遥臨鎮，蟬冠暫祝鼇〔一二〕。天將擒頡利，露布捨公誰〔一三〕？

百六古今有，兩宫開闢無〔一四〕。興師誠刷耻，奮袂競捐軀〔一五〕。必挾三靈助，能令萬國孚〔一六〕。九宫敺六甲，何患五單于〔一七〕！

蠢爾天驕子①，中原禍太深〔一八〕。野心殊叵測，内地任頻侵②〔一九〕。日昃那常晦，陽生自剥陰〔二〇〕。德光非不僭③，終識殺胡林④〔二一〕。

國士多孤憤，君侯特長雄〔二二〕。玉塀曾復辟，鐵券會論功〔二三〕。宇宙尊文物，華夷界土風⑤〔二四〕。力扶炎運正，此意合蒼穹〔二五〕。

衮繡春秋富，旂常事業新〔二六〕。三遷推孟母，一德表商臣〔二七〕。任重能知止，功成盍保身⑥。儻容陪几杖，同訪赤松人〔二八〕。

賤子居閭里，明公總帥權〔二九〕。姓名誰比數，禮遇每周旋〔三〇〕。老去無三窟，閒中有二天〔三一〕。知音何日報，願見中興年。

罪放丙午末，歸來辛亥初〔三二〕。不談天下事，猶誦古人書。利病明諸掌，危疑儆後車〔三三〕。他時果無悔，載籍定欺予〔三四〕。

簪紱久已棄，行裝今甚疲〔三五〕。買山如略辦，畢娶更奚爲〔三六〕。小築開三徑，躬耕趁一犁〔三七〕。賴公霖雨手，忍賦語離詩〔三八〕。

【校】

①蠢爾天驕子：文淵閣本作「擾攘干戈際」，據國圖藏本改。
②任：國圖藏本作「似」。
③德光非不僭：文瀾閣本作「會看璿象轉」。
④胡林：文淵閣本作「狐林」，據南圖藏本改。
⑤華夷：文淵閣本作「關山」，據國圖藏本改。
⑥盍：文淵閣本作「合」。今從諸本作「盍」。

【箋注】

〔一〕張丞相：張浚。見前《紫巖九章章八句上壽張丞相》注一。紹興十二年作，參《年譜》頁四一九。

〔二〕「粤閩」二句：春風：喻恩澤。曹植《上責躬應詔詩表》：「伏惟陛下德象天地，恩隆父母，施暢春風，澤如時雨。」去思：去後思，惠政被後人緬懷者。《漢書·何武傳》：「欲除吏，先爲科例以防請託，其所居亦無赫赫名，去後常見思。」宋陳襄《贈剡縣過項秘丞》：「誰刻前山石，令人去後思。」周必大《送張端明（燾）赴召》之六：「心正能教筆不欹，古來書法獨公知。顔筋柳骨留蕭寺，總是甘棠去後思。」時張去閩。

〔三〕「三年」二句：三年：張浚紹興九年二月任福建安撫大使兼知福州，十一年十一月罷，至十二年春離任，恰爲三載。參《南宋制撫年表》卷下及《年譜》。生祠：爲活人所建之祠廟。此言張浚受民愛戴。清趙翼《陔餘叢考·生祠》：「《莊子》庚桑子所居，人皆尸祝之。蓋已開其端。《史記》欒布爲燕相，燕齊之間皆爲立社，號曰欒公社；石慶爲齊相，齊人爲立石相祠，此生祠之始也。」

〔四〕「位極」二句：方伯：殷周時代一方諸侯之長，後泛稱地方長官。漢以來之刺史，唐之采訪使、觀察使，均稱「方伯」。《禮記·王制》：「天子百里之内以共官，千里之内以爲御，千里之外設方伯。」《漢書·何武傳》：「刺史，古之方伯，上所委任，一州表率也。職在進善退惡。」聊方伯，意味不經意即得方面之任，喻其受帝眷也。帝師：帝王之師傅。《史記·留侯世家》：「今以三寸舌爲帝者師，封萬户，位列侯，此布衣之極，於良足矣。」温庭筠《簡同志》：「留侯功業何容易，一卷兵書作帝師。」宋夏竦《秋日江館喜彈琴羽人至》：「圯橋書在如相授，不獨留侯是帝師。」此以張良比張浚，所以推重之也。

〔五〕「待公」二句：被恩私：被照顧，得護佑。恩私：猶恩惠、恩寵。杜甫《北征》：「顧慚恩私被，詔許歸蓬蓽。」「恩私被」，猶言「被恩私」。宋趙抃《送吴柏節推赴闕》：「簡刑憂俗困，一境被恩私。」

〔六〕「廣漢」二句：廣漢：西漢高帝六年（前二〇一年），置雒縣，屬廣漢郡。東漢爲廣漢郡治。隋廢。唐置漢州，因漢水爲名。張浚爲漢州綿竹人。家山：謂故鄉。唐錢起《送李棲桐道舉擢第還鄉省侍》：「蓮舟同宿浦，柳岸向家山。」梅堯臣《讀〈漢書·梅子真傳〉》：「舊市越溪陰，家山鏡湖畔。」臨川：在江西。

〔七〕「安輿」二句：安輿：即安車。高官告老或有重望被徵召，往往賜乘安車。多用一馬，禮尊者則用四馬。《周禮·春官·巾車》：「安車，彫面鷖總，皆有容蓋。」鄭玄注：「安車，坐乘車。凡婦人車皆坐乘。」宋姜夔《小重山·趙郎中謁告迎侍太夫人將來都下》：「鵲報倚門人，安輿扶上了，更親擎。」故壘：古代堡壘；舊堡壘。《晉書·李矩傳》：「劉聰遣從弟暢步騎三萬討矩，屯於韓王故壘。」劉禹錫《西塞山懷古》：「今逢四海爲家日，故壘蕭蕭蘆荻秋。」同氣：《易·乾》：「同聲相應，同氣相求。」曹植《求自試表》：「而臣敢陳聞於陛下者，誠與國分形同氣，憂患共之者也。」此蓋謂己與浚。甘棠：《詩·召南·甘棠》：「蔽芾甘棠，勿翦勿伐，召伯所茇。」

《史記·燕召公世家》：「周武王之滅紂，封召公於北燕……召公巡行鄉邑，有棠樹，決獄政事其下，自侯伯至庶人各得其所，無失職者。召公卒，而民人思召公之政，懷棠樹不敢伐，哥詠之，作《甘棠》之詩。」後遂以「甘棠」稱頌循吏之美政遺愛。高適《同群公十月朝宴李太守宅》：「已聽甘棠頌，欣陪旨酒歡。」

〔八〕「雪後」二句：草木香：春夏之間美景也。唐薛濤《謁巫山廟》：「亂猿啼處訪高唐，路入烟霞草木香。」白居易《早夏遊平原迴》：「夏早日初長，南風草木香。」

〔九〕「丹心」二句：「丹心」句：《莊子·讓王》：「身在江海之上，心居乎魏闕之下。」謂臣民心向朝廷。魏闕：天子和諸侯宫外之樓觀，其下懸布法令，因以代稱朝廷。阮籍《達莊論》：「故公孟季子衣繡而見，墨子弗攻；中山子牟心在魏闕，而詹子不距。」亦作「心馳魏闕」。宋鄒浩《聞存之遊京師且邸報達官有薦之者》：「誰知捷徑嵩山在，未覺心馳魏闕非。」萬年觴：祝禱、祝賀萬歲之酒。萬年：萬歲，頌禱恒語。魏晉辛蕭《元正詩》：「咸奏萬年觴，小大同悦熙。」宋梁周翰《禁林讌會之什》：「陪讌禁林知有幸，叩頭遥祝萬年觴。」

〔一〇〕「活國」二句：活國：救國。《南史·王珍國傳》：「時郡境苦飢，乃發米散財以賑窮乏。高帝手敕云：『卿愛人活國，甚副吾意。』」杜甫《贈崔十三評事公輔》：「活國名公在，拜壇群寇疑。」張孝祥《虞美人·代季弟壽老人》：「老仙活國試刀圭，十萬人家生意，與春回。」「平戎」句：北定中原之志不渝也。宋孔平仲《寄芸叟年兄》：「垂天雄翮摶海風，窮高極遠志不同。盛年折桂心未歉，磨刀水際思平戎。」

〔一一〕「肯從」二句：肯從：豈肯順從，豈甘聽憑。宋韓琦《再葺雙𥔲》：「若念經營存愛利，肯從隳朽貴因循。」肯：豈肯，不甘也。劉長卿《贈別于群投筆赴安西》：「本持鄉曲譽，肯料泥塗辱。」自許：自我期許，自我評價。《晉書・殷浩傳》：「温既以雄豪自許，每輕浩，浩不之憚也。」韓愈《縣齋有懷》：「誰爲傾國媒，自許連城價。」

〔一二〕「豹尾」二句：豹尾：將帥之旗，或懸豹尾，或畫豹文。《宋史・輿服志二》：「宋凡命節度使，有司給門旗二，龍、虎各一，旌一，節一，麾槍二，豹尾二……豹尾，製以赤黃布，畫豹文，並髹杠。」《晉書・沈充傳》：「率兵臨發，謂其妻子曰：『男兒不豎豹尾，終不還也。』」陸游《太液黃鵠歌（有引）》：「建章宫裏春風寒，太液水生池面寬。中人馳奏黃鵠下，龍旗豹尾臨池看。」臨鎮：就任。蟬冠：漢代侍從官，冠有蟬飾，並插貂尾，稱貂蟬冠。可參《後漢書・輿服志下》。借指高官。唐錢起《中書王舍人輞川舊居》：「一從解蕙帶，三入偶蟬冠。」祝釐：祝禧，祈求福佑。《史記・孝文本紀》：「今吾聞祠官祝釐，皆歸福朕躬，不爲百姓，朕甚愧之。」宋周紫芝《太一宫成奏告禮畢秦樞密有詩示秘閣次韻一首三絶》二：「躋世本期開壽域，祝釐端合報長年。」

〔一三〕「天將」二句：頡利：唐代東突厥可汗，姓阿史那氏，名咄苾。唐皇甫松《怨回紇歌》：「收兵頡利國，飲馬胡蘆河。」此借指金人。楊萬里《十山歌呈太守胡平一》十：「早箇使君歸鼎軸，爲禽頡利繫單于。」露布：征討檄文及告捷文書。《三國志・魏書・王肅傳》「明帝時，大司農弘農董遇等」，裴松之注引三國魏魚豢《魏略》：「後馬超反，超劫（賈）洪，將詣華陰，使作露布。」唐封演《封氏聞見記・露布》：「露布，捷書之別名也。諸軍破賊，則以帛書建諸竿上，兵部謂之露布。」按，趙翼《陔餘叢考・露布》云：「自賈洪作此討曹操後，遂專用於軍事。」

〔一四〕「百六」二句：百六：厄運。《漢書・谷永傳》：「遭無妄之卦運，直百六之灾阸。」《文選・袁宏〈三國名臣序贊〉》：「百六道喪，干戈迭用。」吕延濟注：「四千六百一十七歲爲一元，一百六歲曰陽九之厄。」宋洪炎《庚戌歲六月四日至洪城舊廬無復尺椽悵然傷懷用丙午歲遷居詩韵》：「哀哉三萬室，鍾此百六期。」兩宫開闢：蓋諱言徽欽二帝被虜入金之事也。

〔一五〕「興師」二句：刷耻：洗雪耻辱。《史記・楚世家》：「昭睢曰：『王雖東取地於越，不足以刷耻；必且取地於秦，而後足以刷耻於諸侯。』」宋劉敞《題幽州圖》：「復讎宜百世，刷耻望諸卿。」

〔一六〕「必挾」二句：挾：恃賴，倚仗。三靈：天地人之神。《資治通鑑・後晉高祖天福三年》：「臣光曰：治國家者固不可無信。然彦珣之惡，三靈所不容，晋高祖赦其叛君之愆，治其殺母之罪，何損於信哉！」胡三省注：「三靈，謂天神、地祇、人鬼。」宋郊廟朝會歌辭《寧宗郊祀二十九首・送神用〈景安〉》：「神輔有德，來燕來娭。禮薦熙成，三靈逆釐。」三靈逆釐，即三靈返而賜福於人，正「三靈助」也。孚：信。《爾雅・釋詁》：「孚，信也。」《詩・大雅・皇矣》：「王配于京，世德作求；永言配命，成王之孚。」朱熹《集傳》：「言武王能繼先王之德，而長言合於天理，故能成王者之信於天下也。」唐皎然《講德聯句》：「我政載孚，我邦載綏。」萬國孚：正同朱熹所謂信義普於天下。

〔一七〕「九宫」二句：「九宫」句：前蜀杜光庭《胡賢常侍安宅醮詞》：「六甲五行之象，九宫八卦之方，各静封隅，永垂貞吉。」元幹頌禱太平之意同此。九宮：《易》緯家有「九宮八卦」之説，即離、艮、兑、乾、坤、坎、震、巽八卦之宫，合中央宫，爲九宫。《後漢書·張衡傳》：「臣聞聖人明審律曆以定吉凶，重之以卜筮，雜之以九宫。」李賢注：「《易乾鑿度》曰：『太一取數以行九宫。』鄭玄注云：『太一者，北辰神名也。下行八卦之宫，每四乃還於中央。中央者，北辰之所居，故謂之九宫。』」陳子昂《贈嚴倉曹乞推命録》：「九宫探萬象，三算極重玄。」驅六甲，驅使六甲之神。六甲：道教神名，陽神供天帝驅使者，道士得以符籙召請之祈禳驅鬼。《宋史·律曆志四》：「六甲，天之使，行風雹，筴鬼神。」唐張説《大唐祀封禪頌》：「天老練日，雨師灑道，六甲按隊，八陣警蹕。」是其義。五單于：西漢後期，匈奴勢弱内亂，分立爲五單于：呼韓邪單于、屠耆單于、呼揭單于、車犁單于、烏藉單于。五單于互相爭鬥，後爲呼韓邪單于所併。見《漢書·匈奴傳下》。王維《少年行》三：「偏坐金鞍調白羽，紛紛射殺五單于。」宋晁補之《復用方字韵奉贈同舍慎思文潛同年天啓》：「烏號張月刀瑩霜，裂五單于加印章。」元幹此指金人。

〔一八〕「蠢爾」二句：蠢爾：喻妄動。《詩·小雅·采芑》：「蠢爾蠻荆，大邦爲讎。」朱熹《集傳》：「蠢者，動而無知之貌。」晉潘岳《關中詩十六章》：「蠢爾戎狄，狡焉思肆。」唐儲光羲《同諸公送李雲南伐蠻》：「昆明濱滇池，蠢爾敢逆常。」「中原」句：北方戰亂。元稹《和李校書新題樂府十二首》十一《縛戎人》：「中原禍作邊防危，果有豺狼四來伐。」李綱《夜霽天象明潤仰觀有感成一百韵時歲在斗熒惑在氐微甚辰鎮陵犯於翼軫間夜半斗杓轉占帝座未明台星尚拆云》：「兒戲失兩河，甘心喪中原。」

〔一九〕「野心」二句：野心：即狼子野心，放縱不馴之心；貪狠之性。語出《左傳・宣公四年》：「諺曰：『狼子野心。』」《文選・丘遲〈與陳伯之書〉》：「唯北狄野心，倔强沙塞之間，欲延歲月之命耳。」李周翰注：「野心，如野獸之心。」内地：京畿以内地區，又謂距離邊疆或沿海較遠的地區。此處近於前文之「中原」。本爲内地而非邊地，却遭異族「頻侵」，足見「禍太深」也，可與杜甫《新婚别》「君行雖不遠，守邊赴河陽」對讀。

〔二〇〕「日昃」二句：「日昃」句：太陽偏西必當重升。《易・離》：「日昃之離，何可久也？」曾鞏《自福州召判太常寺上殿札子》：「晝而訪問至於日昃，夕而省覽至於夜分。」那：問辭，猶今言「哪」。陽生：謂冬至陽氣生而漸長，使陰氣漸消，所謂一陽來復。《易・復》「反復其道，七日來復」，王弼注：「陽氣始剥盡至來復時，凡七日。」孔穎達疏：「『陽氣始剥盡』，謂陽氣始於剥盡之後，至陽氣來復時，凡經七日。觀《注》之意，陽氣從剥盡之後，至於反復，凡經七日。其《注》分明。如褚氏、莊氏並云『五月一陰生，至十一月一陽生』，凡七月。而云『七日』，不云『月』者，欲見陽長須速，故變月言日。」韓愈《李正封晚秋郾城夜會聯句》：「雪下收新息，陽生過京索。」今人錢仲聯集釋引孫汝聽曰：「陽生謂冬至。」剥，剥盡，消滅也。宋在南，屬陽，金在北，屬陰，陽生剥陰，意謂大宋必能光復故土、戰勝金國也。

〔二一〕「德光」二句：意謂終將殺退侵略者。

〔二二〕「國士」二句：國士：一國中材能最優秀者。《戰國策・趙策一》：「知伯以國士遇臣，臣故國士報之。」黄庭堅《書幽芳亭》：「士之才德蓋一國，則曰國士。」庾信《擬詠懷詩二十七首》六：

「疇昔國士遇，生平知己恩。」孤憤：本韓非所著書篇名。《史記・老子韓非列傳》：「（韓非）悲廉直不容於邪枉之臣，觀往者得失之變，故作《孤憤》。」索隱：「孤憤，憤孤直不容於時也。」後以謂孤高嫉俗之情。《史通・自叙》：「雖任當其職，而吾道不行；見用於時，而美志不遂。鬱怏孤憤，無以寄懷。」「君侯」句：君侯，秦漢時稱列侯而爲丞相者。泛指達官貴人。《史記・絳侯周勃世家》：「廷尉責曰：『君侯欲反邪？』」李白《與韓荆州書》：「所以龍盤鳳逸之士，皆欲收名定價於君侯。」長雄：首腦，爲首，稱雄。《漢書・鮑宣傳》：「（宣）以爲其地宜田牧，又少豪俊，易長雄，遂家於長子。」顔師古注：「長，爲之長帥也；雄，爲之雄豪也。」劉禹錫《原力》：「彼力也長雄於匹夫，然猶驛其騑，餼其食。」黄庭堅《鄂州南樓書事四首》三：「勢壓湖南可長雄，胸吞雲夢略從容。」

〔一三〕「玉墀」二句：玉墀：宫殿之階，藉指朝廷。漢武帝《落葉哀蟬曲》：「羅袂兮無聲，玉墀兮塵生。」王維《扶南曲歌詞》四：「拂曙朝前殿，玉墀多珮聲。」復辟：使君主復位。辟，君主。語出《尚書・咸有一德》：「伊尹既復政厥辟。」孔穎達疏：「自太甲居桐，而伊尹秉政；太甲既歸於亳，伊尹還政其君。」元稹《遷廟議狀》：「中宗復辟中興，當爲百代不遷之廟。」此指建立南宋朝廷也。鐵券：即「丹書鐵券」。《舊唐書・良吏傳下・楊元琰》：「及事成，加雲麾將軍，封弘農郡公，食實封五百户，仍賜鐵券，恕十死。」清淩揚藻《蠡勺編・鐵券》：「台州民錢允一，有家藏吴越王鏐唐賜鐵券。洪武初，太祖欲封功臣，遣使取其式而損益之。其制如瓦，第爲七等。公二等（一高尺，廣一尺六寸五分；一高九寸五分，廣一尺六寸），侯三等（一高九寸，廣一尺五寸五分；一高八寸五分，廣一尺五寸；一高八寸，廣一尺四寸五分），伯二等（一高七寸五分，廣一尺三寸五分；一高六寸五分，廣一尺二寸五分）。外刻歷履恩數之詳以記其功，中鐫免罪減禄之數以防其過，字嵌以金。凡九十七副，各分左右。左頒功臣，右藏内府。有故，則合之以取信。」按，二句謂張有開闢之功勞，必當蒙賜丹書鐵券之賞賜也。

〔二四〕「宇宙」二句：宇宙：謂天下、國家。南朝梁沈約《遊沈道士館》：「秦皇御宇宙，漢帝恢武功。」文物：禮樂制度。《左傳·桓公二年》：「夫德，儉而有度，登降有數，文物以紀之，聲明以發之，以臨百官。」杜甫《行次昭陵》：「文物多師古，朝廷半老儒。」界土風：區分兩地風俗。

〔二五〕「力扶」二句：炎運：火運。五行家有五德終始之説，以火德而興之王朝爲承炎運。舊指劉漢、趙宋等皇朝。南朝陳徐陵《勸進梁元帝表》：「至於金行重作，源出東莞；炎運猶興，枝分南頓。」宋李綱《論使事札子》：「炎運中微，夷狄亂常，馴致靖康之變，國祚幾絶。」

〔二六〕「衮繡」二句：衮繡：即「衮衣繡裳」。古帝王及上公之服。《詩·豳風·九罭》：「我覯之子，衮衣繡裳。」朱熹集傳：「之子，指周公也。」相傳周公東征勝利，成王以上公冕服相迎。宋朱長文《元少保生日》二：「體貌方隆避政樞，歸來衮繡耀東吴。」旂常：王侯之旗幟，旂畫交龍，常畫日月。語本《周禮·春官·司常》：「日月爲常，交龍爲旂……王建大常，諸侯建旂。」借指王侯。唐太宗《宴中山》：「驅馬出遼陽，萬里轉旂常。」楊炯《群官尋楊隱居詩序》：「以不貪爲寶，均珠玉以咳唾；以無事爲貴，比旂常於糞土。」按，二句皆以周公比張，且謂張事業正盛，必將有所作爲也。

〔二七〕「三遷」二句：三遷：《列女傳·母儀》：孟子幼時，其舍近墓，常嬉爲墓間之事。其母曰：「此非吾所以處吾子也。」遂遷居市旁。孟子又嬉爲賈人炫賣之事。其母曰：「此又非吾所以處吾子也。」復徙居學宮旁。孟子乃嬉爲俎豆揖讓進退之事，其母曰：「此可以處吾子矣。」遂居焉。及孟子長，學六藝，卒成大儒之名。此言張出身非凡。一德：謂始終如一，永恒其德。《易·繫辭下》：「恒以一德。」孔穎達疏：「恒能始終不移，是純一其德也。」僞《古文尚書》有《咸有一德》篇，孔穎達疏：「太甲既歸於亳，伊尹致仕而退，恐太甲德不純一，故作此篇以戒之。」商臣：伊尹。張浚爲相，其忠於宋室，與商臣伊尹同，故元幹云然。

〔二八〕「儻容」二句：陪几杖：追隨老輩侍奉左右。謙辭。宋文彦博《耆老會詩》：「自愧空疏陪几杖，更容款密奉簪紳。」几杖：敬老之物，借頌高壽。《禮記·曲禮上》：「謀於長者，必操几杖以從之。」杜甫《回棹》：「几杖將衰齒，茅茨寄短椽。」赤松人：即赤松子。《論衡·無形》：「赤松、王喬，好道爲仙，度世不死。」李白《送王屋山人魏萬還王屋》：「落帆金華岸，赤松若可招。」訪赤松子，逍遥遊仙之意。按，二句頌張之壽。

〔二九〕「賤子」二句：賤子：謙稱自己。《漢書·遊俠傳·樓護》：「時請召賓客，邑居樽下，稱『賤子上壽』。」杜甫《奉贈韋左丞丈二十二韻》：「丈人試静聽，賤子請具陳。」總：掌握，統領。《論衡·書解》：「總衆事之凡，典國境之職。」南朝梁丘遲《與陳伯之書》：「明德茂親，總兹戎重。」

〔三〇〕「姓名」二句：比數：相提並論。《漢書·司馬遷傳》：「刑餘之人，無所比數。」杜甫《秋雨嘆三首》三：「長安布衣誰比數，反鎖衡門守環堵。」蘇軾《徐大正閑軒》：「君看東坡翁，懶散誰比數。」周旋：照料，顧待。《三國志·魏書·臧洪傳》：「每登城勒兵，望主人之旗鼓，感故友之周旋。」杜甫《哭韋大夫之晉》：「悽愴郇瑕邑，差池弱冠年。丈人叨禮數，文律早周旋。」按，二句一謂己之不利，二謂張之護持。

〔三一〕「老去」二句：三窟：即「狡兔三窟」。《戰國策·齊策四》馮驩謂孟嘗君曰：「狡兔有三窟，僅得免其死耳；今君有一窟，未得高枕而卧也，請爲君復鑿二窟。」後以喻藏身處多，便於避禍。無三窟：無以避禍逃難。二天：猶今言有兩個上天之福蔭。意謂得額外之庇護。感恩之辭。事本《後漢書·蘇章傳》：「順帝時，遷冀州刺史。故人爲清河太守，章行部案其姦臧。乃請太守，爲設酒肴，陳平生之好甚歡。太守喜曰：『人皆有一天，我獨有二天。』章曰：『今夕蘇孺文與故人飲者，私恩也；明日冀州刺史案事者，公法也。』遂舉正其罪。州境知章無私，望風威肅。」陸機《晉平西將軍孝侯周處碑》：「陝北留棠，遂有二天之詠；荆南渡虎，猶標十部之書。」王十朋《送吴憲知叔》：「出郊聞好語，盡道憲車賢。郡不留三宿，人皆仰二天。」按：張知福州，元幹自言老來受謗獲戾，而頗受張之「周旋」照應，故爲此感激語也。

〔三二〕「罪放」二句：丙午：靖康元年。時元幹爲李綱僚屬。是年九月，金兵攻陷太原。朝廷和議將成，元幹隨李綱獲罪。辛亥：紹興元年。是年初，元幹辭官還鄉。參《年譜》頁二〇八、二一〇。

〔三三〕「利病」二句：利病：猶利弊，利害。《淮南子·要略》：「兆見得失之變，利病之反，所以使人不妄没於勢利，不誘惑於事態。」《新唐書·楊瑒傳》：「帝嘗召宰相大臣議天下户版延英殿，瑒言利病尤詳。」明諸掌：猶言「指其掌」，喻事之易辨而理之易了。語出《論語·八佾》：「或問禘之説。子曰：『不知也。知其説者之於天下也，其如示諸斯乎？』指其掌。」朱熹集注：「指其掌，弟子記夫子言此而自指其掌，言其明且易也。」《抱朴子·對俗》：「苟得其要，則八極之外，如在指掌；百代之遠，有若同時。」危疑：疑惑，懷疑。《三國志·魏書·王衛二劉傅傳》「散騎常侍陳留蘇林……等亦著文賦，頗傳於世」，裴松之注引《魏略》：「林字孝友，博學，多通古今字指，凡諸書傳文閒危疑，林皆釋之。」司馬光《送張都官江南東路提刑》：「楚俗號難治，司刑尤擇賢。危疑片言決，舒慘一方專。」危，即疑。《吕氏春秋·季夏紀·明理》「妻相冒，日以相危，失人之紀，心若禽獸，長邪苟利，不知義理」，高誘注：「冒，嫉。危，疑。相嫉則相猜疑，故失人道之綱紀。」儆後車：儆戒後來者。後車：後繼之車。語本《漢書·賈誼傳》引諺：「前車覆，後車誡。」後因以爲鑑誡之義。唐張繼《讀嶧山碑》：「誰知頌德山頭石，却與他人戒後車。」

〔三四〕「他時」二句：他時：將來。「載籍」句：載籍：史籍。《史記·伯夷列傳》：「夫學者載籍極博，猶考信於六藝。」疑此即指《伯夷列傳》。按此傳，史公多感慨牢騷語，有云：「或曰：天道無親，常與善人。若伯夷叔齊，可謂善人者非也？積仁潔行如此而餓死！且七十子之徒，仲尼獨薦顔淵爲好學。然回也屢空，糟糠不厭，而卒早夭。天之報施善人，其何如哉？盜跖日殺不辜……聚黨數千人，横行天下，竟以壽終，是尊何德？此其尤大彰明較著者也。若至近世，操行不軌，事犯忌諱，而終身逸樂，富厚累世不絶；或擇地而蹈之，時然後出言，行不由徑，非公正不發憤，而遇灾禍者，不可勝數也。予甚惑焉，倘所謂天道，是邪非也？」深致疑於所謂「天道」之公。千古名篇，自來文人讀此，未免於心有戚戚焉。欺予：欺騙我。元幹故曰「欺予」，謂天道自有公正在，報施必不爽，頌禱之餘，所以自寬也。按，古人恒以「不予欺」爲辭。宋劉敞《隱直近詣闕獻書報聞》：「努力梁甫吟，古人不予欺。」黄庭堅《行行重行行贈别李之道不予欺，實吾聞之丘。」

〔三五〕「簪紱」二句：簪紱：冠簪纓帶，官員服飾。謂仕宦。陸機《晉平西將軍孝侯周處碑》：「簪紱揚名，臺閣摽著，風化之美，奏諫爲能。」唐李頎《裴尹東溪別業》：「始知物外情，簪紱同芻狗。」宋徐鉉《附池州薛郎中書因寄歙州張員外》：「一旦江山馳別夢，幾年簪紱共周行。」

〔三六〕「買山」二句：買山：置辦歸隱之地。語本《世説新語·排調》：「支道林因人就深公買印山，深公答曰：『未聞巢由買山而隱。』」山，謂林泉。後遂以喻賢士歸隱。孟浩然《宿立公房》：「支遁初求道，深公笑買山。」略辦：猶今言基本處理完畢。畢娶：事本《後漢書·逸民傳·向長》載長隱居不仕，「男女娶嫁既畢，敕斷家事勿相關」，與同好「俱遊五嶽名山，竟不知所終」。向長，一作「尚長」。後遂謂子女婚嫁事了，得以避世優遊。《文選·謝靈運〈初去郡〉詩》：「畢娶類尚子，薄遊似邴生。」吕延濟注：「尚子平男娶女嫁畢，敕斷家事，勿復相關。邴曼容養志自脩，薄爲遊宦而已。」杜甫《西閣》二：「畢娶何時竟？消中得自由。」奚爲：何爲。

〔三七〕「小築」二句：小築：屋宅之小而雅致者。杜甫《畏人》：「畏人成小築，褊性合幽栖。」陸游《小築》：「小築清溪尾，蕭森萬竹蟠。」三徑：後漢趙岐《三輔决録·逃名》：「蔣詡歸鄉里，荆棘塞門，舍中有三徑，不出，唯求仲、羊仲從之遊。」後因以指隱者之居。陶潛《歸去來辭》：「三徑就荒，松竹猶存。」唐蔣防《題杜賓客新豐里幽居》：「退迹依三徑，辭榮繼二疏。」趁：追逐；追趕。《梁書・曹景宗傳》：「景宗幼善騎射，好畋獵，常與少年數十人澤中逐獐鹿，每衆騎趁鹿，鹿馬相亂，景宗於衆中射之。」唐于鵠《題美人》：「秦女窺人不解羞，攀花趁蝶出墻頭。」一犁：以一犁而耕。隱居之事也。宋趙抃《村居》：「雨泥雙燕下，烟壠一犁耕。」蘇軾《東坡八首并叙》三：「昨夜南山雲，雨到一犁外。」元幹意在此。

〔三八〕「賴公」二句：霖雨手：官長之善能愛育百姓者。黄庭堅《二月丁卯喜雨吴體爲北門留守文潞公作》：「三十餘年霖雨手，淹留河外作時豐。」宋張輯《木蘭花慢・壽祕監》：「他年作霖雨手，且明光奏賦寓良箴。」霖雨：甘雨，時雨，喻濟世以澤民。范仲淹《和太傅鄧公歸遊武當寄》：「此日神仙丁令鶴，幾年霖雨武侯龍。」忍：不忍、豈忍也。語離詩：謂辭別斷腸之詩文。黄庭堅《題陽關圖二首》二：「人事好乖當語離，龍眠貌出斷腸詩。渭城柳色關何事，自是離人作許悲。」

送李文中主簿受代歸庭闈〔一〕

豹隱猶遮霧，鸞棲遂及瓜〔二〕。緑林方在境，綵服徑還家〔三〕。世路久來險，人情何用嗟〔四〕。胸中自丘壑，樂處是生涯〔五〕。

【箋注】

〔一〕李文中：未詳。庭闈：内舍。多指父母所居。《文選・束晳〈補亡〉詩》：「眷戀庭闈，心不遑安。」李善注：「庭闈，親之所居。」因代稱父母。杜甫《送韓十四江東省覲》：「我已無家尋弟妹，君今何處訪庭闈？」此篇紹興十五年作，參《年譜》頁二一五。

〔二〕「豹隱」二句：「豹隱」句：《列女傳・陶答子妻》：「妾聞南山有玄豹，霧雨七日而不下食者，何也？欲以澤其毛而成文章也，故藏而遠害。」「豹隱」，喻潔身自好，隱居不仕。駱賓王《秋日送侯四得彈字》：「我留安豹隱，君去學鵬摶。」鸞棲：鸞鳥棲止。喻賢士在位。《晉書・苻堅載記上》：「百姓歌之曰：『長安大街，夾樹楊槐。下走朱輪，上有鸞棲。英彦雲集，誨我萌黎。』」南唐伍喬《送江少府授延陵後寄》：「莫因官小慵之任，自古鸞棲有異人。」及瓜：《左傳・莊公八年》：「齊侯使連稱、管至父戍葵丘，瓜時而往，曰：『及瓜而代』。」言任期一年，今年瓜時往，來年瓜時代之。後因以指任滿受代。駱賓王《晚渡天山有懷京邑》：「旅思徒漂梗，歸期未及瓜。」

〔三〕「緑林」二句：緑林：西漢末新市人王匡、王鳳等聚緑林山，衆至七八千人，號「下江兵」，新莽天鳳四年起事。後用爲凡農民舉事而有組織者之稱。此借指寇盜。時福建劇盜有號「管天下」、「伍黑龍」、「滿山紅」者之屬。參見《建炎以來繫年要録》卷一三三、《宋史・薛弼傳》等。

綵服：官服。杜甫《和宋大少府暮春雨後同諸公及舍弟宴書齋》：「棣華晴雨好，綵服暮春宜。」仇兆鰲注：「綵服，有職者之服。」兼用老萊子故事，謂娛老親也。

〔四〕何用嗟：謂不得爲之嘆息。梅堯臣《並遊》：「何用嗟遲疾，從來有後先。」

〔五〕「胸中」二句：胸中丘壑：即「胸有丘壑」，胸懷廣大貌。五代錢弘偡《遊南雁蕩》：「雲霞眼底原無物，丘壑胸中似有奇。」宋葛勝仲《沈必先殿院（與求）用策字韵賦詩見贈謹依韵和時居盛林》：「荒陂難覓鈷鉧潭，胸中丘壑有人傑。」「樂處」句：謂自得其樂。宋李之儀《謝傅子淵惠虀醋》：「天酥辟易醍醐釃，且從樂處爲生涯。」

戊辰春二月晦日，同棲鸞子送所親過寶積，題壁間①〔一〕

春江因送客，雲嶠更登臨。精舍經行地，征人去住心〔二〕。猿啼清夢斷，花落曉窗陰。勝踐成三宿，俱來此意深〔三〕。

【校】

① 詩題：國圖藏本無「日」字。

【箋注】

〔一〕戊辰：紹興十八年（一一四八）。棲鸞子：不詳。寶積：寶積寺，在福建連江縣。見《連江縣志》卷七。

〔二〕去住心：欲行更欲住之心，戀戀不捨貌。唐皎然《別山詩》：「松聲莫相誚，此心冥去住。」唐戴叔倫《撫州處士胡泛見送北迴兩館至南昌縣界查溪蘭若別》：「揮袂千里遠，悲傷去住心。」

〔三〕「勝踐」二句：勝踐：猶勝遊。唐楊炯《群官尋楊隱居詩序》：「極人生之勝踐，得林野之奇趣。」王安石《平甫遊金山同大覺見寄相見後次韵》二：「勝踐肯論山在險，冥搜欲與海爭深。」三宿：佛教有出家人不三宿桑下以免妄生依戀之説，見《四十二章經》。《後漢書·襄楷傳》：「浮屠不三宿桑下，不欲久生恩愛，精之至也。」李賢注：「言浮屠之人寄桑下者，不經三宿便即移去，示無愛戀之心也。」蘇軾《別黄州》：「桑下豈無三宿戀，樽前聊與一身歸。」元幹反用之，以言情深。

代上張丞相生朝四首〔一〕

上相生坤位，中興運泰開〔二〕。德威加異域，文武屬全才。南極星躔煥，東方騎氣來①〔三〕。下車逢誕日，喜色照樽罍〔四〕。

奇勛施社稷，萬世許忠嘉〔五〕。賓日扶神器，回天坐正衙〔六〕。貂蟬峨上衮，鞀鼓擁高牙〔七〕。暫屈臨閩粵，重聞降白麻〔八〕。

坤維標厚載，任重出宗臣〔九〕。眉宇如虹氣，儀形似玉人〔一〇〕。中興真有相，命世必逢辰〔一一〕。霖雨聊均逸，餘波潤七閩〔一二〕。

將相兼文武，謙光接下僚〔一三〕。輿情爭快睹，善頌適生朝〔一四〕。勛業當興宋，謀猷永佐堯。千秋迎壽母，忠孝稱金貂〔一五〕。

【校】

① 騎氣：文瀾閣本作「淑氣」。

【箋注】

〔一〕張丞相生朝：張浚生辰，在紹興十一年九月。元幹作此四篇，又代人作四首以賀。

〔二〕「上相」二句：上相：張浚。坤位：《周易》八卦方位，乾位西北，坤位西南。《三國志·魏書·方技傳·管輅》注引輅別傳曰：「輅言：『……輅不解古之聖人，何以處乾位於西北，坤位於西南……』」唐鍾離權《破迷正道歌》：「只在西南産坤位，慢慢調和入艮宫。」張浚廣漢人，地屬西南。然坤疑對乾而言，蓋喻臣下之順從於君上也。運泰：亦即泰運。時世太平。南朝陳徐陵《封陳公詔》：「時危所以貞固，運泰所以光熙。」梅堯臣《送貢仲章之燕》：「天啓文明泰運興，漢庭來召魯諸生。」

〔三〕「南極星」二句：南極星：即南極老人星，主壽。漢崔駰《杖頌》：「王母扶持，永保百禄。壽如南極，子孫千億。」范成大《東宫壽詩》：「自古東明陪出日，衹今南極是前星。」星躔：日月星辰運行之度次。南朝梁武帝《閶闔篇》：「長旗掃月窟，鳳迹輾星躔。」唐虞世南《賦得吴都》：「晝野通淮泗，星躔應斗牛。」躔：運行，日月星辰運行於黄道。《方言》：「日運爲躔，月運爲逡。」騎氣：雲氣如騎兵之陣者。《史記·天官書》：「騎氣卑而布。」陸游《别曾學士》：「騎氣動原隰，霜月明山川。」今人錢仲聯校注：「騎氣謂雲氣如騎之陣。」蓋吉利之兆。李綱《寄吕相元直》：「許國精忠不計身，據鞍矍鑠邁前聞。親提貔虎三千士，力破豺狼十萬軍。江表已欣迎騎氣，淮壖行慶掃妖氛。勞公力贊中興業，衰病安然卧白雲。」可以比看。

〔四〕「下車」二句：下車：《禮記·樂記》：「武王克殷，反商，未及下車，而封黄帝之後於薊。」後稱初即位或到任爲「下車」。《後漢書·儒林傳序》：「及光武中興，愛好經術，未及下車，而先訪儒雅。」樽罍：皆酒器。唐齊己《聞沈彬赴吴都請辟》：「鴛鴦已列樽罍貴，鷗鶴休懷釣渚孤。」此指祝壽之宴會。

〔五〕「奇勛」二句：忠嘉：忠厚善良。曾鞏《樞密遷官加殿學士知州制》：「某忠嘉惠和，德操惟卲，先帝所遺，以輔朕躬。」宋王洋《賀張帥》一：「世有忠嘉扶社稷，天教勛業紹箕裘。」張帥，即張浚。王云云，與元幹正同。

〔六〕「賓日」二句：賓日：《國語・楚語上》：「蠻夷戎狄，其不賓也久矣。」韋昭注：「賓，服也。」漢桓寬《鹽鐵論・相刺》：「南畏楚人，西賓秦國。」賓日，謂月之服從於日也。日月，喻君臣。正衙：唐宋時正式朝會聽政之所，見前《紫巖九章章八句上壽張丞相》注三一。

〔七〕「貂蟬」二句：峨上袞：高踞宰輔之位。上袞：宰輔之臣。《後漢書・伏湛牟融等傳贊》：「牟公簡帝，身終上袞。」《周書・趙貴獨孤信等傳論》：「宏材遠略，附鳳攀龍，績著元勛，位居上袞。」宋庠《次韻和張丞相攝南郊喜王畿大稔》：「上袞躬祠節，鳴騶出禁城。」鞀鼓：即鼗鼓，摇鼓。參《説文》《玉篇》「鞀」字條。高牙：大纛；牙旗。《文選・潘岳〈關中詩〉》：「桓桓梁征，高牙乃建。」李善注：「牙，牙旗也。兵書曰：牙旗，將軍之旗。」李周翰注：「牙，大旗也。」柳永《望海潮》：「羌管弄晴，菱歌泛夜，嬉嬉釣叟蓮娃。千騎擁高牙。」

〔八〕「暫屈」二句：「暫屈」句：指其紹興五年罷相，至九年兼判福州。白麻：唐制，凡赦書、德音、立后、建儲、大誅討及拜免將相諸詔書皆以白麻紙。《新唐書・百官志一》：「凡拜免將相，號令征伐，皆用白麻。」葉夢得《石林燕語》卷三：「學士制不自中書出，故獨用白麻紙而已。」省稱「白麻」。元稹《酬樂天東南行詩一百韻》：「白麻雲色膩，墨詔電光粗。」此祝其起復。

〔九〕「坤維」二句：坤維：即前坤位。《文選・張協〈雜詩〉》二：「大火流坤維，白日馳西陸。」李善注：「《淮南子》曰：『坤維在西南。』」范仲淹《宋故乾州刺史張公神道碑》：「初蜀師之役……

平定坤維，公有力焉。」厚載：地厚而載萬物。語出《易・坤》：「坤厚載物，德合無疆。」任重：負荷重任。宗臣：《漢書・蕭何曹參傳贊》：「淮陰、黥布等已滅，唯何參擅功名，位冠群臣，聲施後世，爲一代之宗臣，慶流苗裔，盛矣哉！」顔師古注：「言爲後世之所尊仰，故曰宗臣也。」杜甫《詠懷古迹》：「諸葛大名垂宇宙，宗臣遺像肅清高。」

〔一〇〕「眉宇」二句：玉人：美男子。《世説新語・容止》：「(裴楷)粗服亂頭皆好，時人以爲玉人。」《晉書・衛玠傳》：「年五歲，風神秀異……總角乘羊車入市，見者皆以爲玉人，觀之者傾都。」

〔一一〕「中興」二句：有相：有貴相也。《論衡・命義》：「猶高祖初起，相工入豐沛之邦，多封侯之人矣。未必老少男女俱貴而有相也。」命世：命世之士。多以譽治國之才。《漢書・楚元王傳贊》：「聖人不出，其間必有命世者焉。」高適《酬秘書弟兼寄幕下諸公》：「信知命世奇，適會非常功。」王安石《答子固南豐道中所寄》：「吾子命世豪，術學窮無間。」

〔一二〕「霖雨」二句：霖雨：甘雨，時雨。《尚書・説命上》：「若歲大旱，用汝作霖雨。」喻濟世澤民。范仲淹《和太傅鄧公歸遊武當寄》：「此日神仙丁令鶴，幾年霖雨武侯龍。」均逸：謂閒散安逸。常用以指朝官外放或退隱。李綱《與張相公書》：「數年前，某寓居閩中，杜門不出，以養衰病，適閣下自樞廷均逸，弭節海邦。」元幹即用其語。七閩：古閩人凡分七族，故稱七閩。《周禮・夏官・職方氏》：「辨其邦國、都、鄙、四夷、八蠻、七閩、九貉、五戎、六狄之人民。」賈公彦疏：「叔熊居濮如蠻，後子從分爲七種，故謂之七閩。」後稱福建省爲閩或七閩。宋楊億《福州古田宰李堪》：「五柳不須輕印綬，七閩聊且訪圖經。」蘇軾《送張職方吉甫赴閩漕六和寺中作》：

「空使吴兒怨不留，青山漫漫七閩路。」

〔一三〕「將相」二句：將相：出將入相也。謙光：謙尊而光。語本《易·謙》：「謙，尊而光，卑而不可逾。」孔穎達疏：「尊者有謙而更光明盛大，卑謙而不可逾越。」《三國志·魏書·高貴鄉公髦傳》：「今聽所執，出表示外，以章公之謙光焉。」

〔一四〕「輿情」二句：輿情：群情；民情。南唐李中《獻喬侍郎》：「格論思名士，輿情渴直臣。」秦觀《與蘇公先生簡》：「伏乞爲國自重，下慰輿情。」快睹：先睹爲快。李彌遜《奉懷羅仲共叔共二友》：「吟邊快睹推三語，吏退冥搜想二松。」善頌：「善頌善禱」之省。善於頌揚祈求，謂能寓規勸於頌禱之中。《禮記·檀弓下》：「晉獻文子成室，晉大夫發焉。張老曰：『美哉輪焉，美哉奂焉。歌於斯，哭於斯，聚國族於斯。』文子曰：『武也，得歌於斯，哭於斯，聚國族於斯，是全要領以從先大夫於九京也。』北面再拜稽首。君子謂之善頌善禱。」孔穎達疏：「張老因美而譏之，故爲善頌；文子聞過即服而拜，故爲善禱也。」

〔一五〕「千秋」二句：金貂：皇帝左右侍臣之冠飾。漢侍中、中常侍之冠，武冠上加黄金璫，附蟬爲文，貂尾爲飾。《漢書·谷永傳》：「戴金貂之飾、執常伯之職者，皆使學先王之道。」晉潘岳《秋興賦》：「登春臺之熙熙兮，珥金貂之炯炯。」

李丞相綱生朝三首〔一〕

炎景生賢佐，三朝火王時〔二〕。德威雖敵畏，忠蓋只天知〔三〕。安國驚何久，收功會有期。他年調鼎地，黄髮屬公師〔四〕。又作：去國驚華髮，爲霖在赤墀。十年門下士，方獻此篇詩。

戡亂登廊廟，群公數靖康。一身輕去就，百口恃安强〔五〕。天意非難見，人情漫自凉〔六〕。慇懃酌周斗，矍鑠更鷹揚〔七〕。

希世推英偉，行藏孰是非〔八〕？横流曾砥柱，袖手且深衣〔九〕。槐影摇黄閣，星躔焕紫微〔一〇〕。山林愚已老，衮繡看公歸〔一一〕。

【箋注】

〔一〕紹興四年丁巳作。所謂「十年門下士」，宣和六年元幹與李綱定交，至紹興四年，恰十載矣。參

《年譜》頁二一三。

〔二〕「炎景」二句：炎景：炎熱日光。曹植《槐賦》：「覆陽精之炎景，散流耀以增鮮。」南朝梁江淹《丹砂可學賦》：「左昆吾之炎景，右崦嵫之卿雲。」火王：謂五行中之火德旺盛。《後漢書・荀爽傳》：「夏則火王，其精在天。」宋余靖《荔香亭》：「氣稟南方秀，生當火王時。」元幹或兼謂以火德而稱王，亦通。趙宋自稱火德。

〔三〕「德威」二句：德威：謂以德行威。《書・呂刑》：「德威惟畏。」孔穎達疏：「以德行其威罰，則民畏之而不敢爲非。」韓愈《送區弘南歸》：「况今天子鋪德威，蔽能者誅薦受機。」忠藎：猶忠誠。《三國志・蜀書・董和傳》「後從事於偉度」，裴松之注：「（偉度）爲亮主簿，有忠藎之效，故見褒述。」唐錢起《送畢侍御謫居》：「忠藎不爲明主知，悲來莫向時人説。」只天知：喻無人知賞也。顔真卿《書〈奉使帖〉後》斷句：「人心無路見，時事只天知。」

〔四〕「他年」二句：調鼎：任宰相而治國家。語本《韓詩外傳》卷七：「伊尹，故有莘氏僮也，負鼎操俎調五味，而立爲相，其遇湯也。」孟浩然《都下送辛大之鄂》：「未逢調鼎用，徒有濟川心。」黄髮：指年老；亦指老人。《尚書・秦誓》：「雖則云然，尚猷詢兹黄髮，則罔所愆。」杜甫《玉臺觀》一：「更肯紅顔生羽翼，便應黄髮老漁樵。」公師：天子師傅，位在三公，故以爲尊稱。宋强至《留守安撫司徒侍中生辰三首》一：「公師一品儀型重，將相三朝德業優。」宋周紫芝《曉色》：「海宇無兵革，公師在廟堂。」按，此謂張以三公之尊，必獲高壽也。

〔五〕「一身」二句：輕去就：謂不以個人榮辱介懷也。《史記・屈原賈生列傳》：「太史公曰：……

及見賈生弔之，又怪屈原以彼其材游諸侯，何國不容，而自令若是；讀《服鳥賦》，同生死，輕去就，又爽然自失矣。」《漢書·楊惲傳》載惲《報孫會宗書》：「夫西河魏土，文侯所興，有段干木、田子方之遺風，漂然皆有節概，知去就之分。」元幹重節概，此言蓋以司馬遷、楊惲之不苟與世浮沈自期也。蘇軾《送呂行甫司門倅河陽》：「歸田雖未果，已覺去就輕。」一身去就，猶言一人出處、進退。宋李伯圭《送胡季昭謫象州》：「千古綱常增砥柱，一身去就等虚舟。」百口安强：全家安寧也。韓愈《此日足可惜贈張籍》：「誰云經艱難，百口無夭殤。」李紳《溯西江》：「一身累困懷千載，百口無虞貴萬金。」元幹此聯，且用李句法爲挽束。百口：全家小大。《列子·説符》：「人有濱河而居者，習於水，勇於泅，操舟鬻渡，利供百口。」安强：安定强盛。《荀子·强國》：「道德之威，成乎安彊。暴察之威，成乎危弱。狂妄之威，成乎滅亡也。」宋韓維《寄范侍郎》：「行年八十幸安强，半在空門半醉鄉。」

〔六〕「天意」二句：天意難見：杜甫《暮春江陵送馬大卿公恩命追赴闕下》：「天意高難問，人情老易悲。」元幹名詞《賀新郎》二「送胡邦衡待制」：「天意從來高難問，况人情、老易悲如許。」皆言朝廷意志之難測。此言「非難見」，謂驅除敵寇、還於舊都之願必當達成，蓋彼此自寬之辭也。「人情」句：宋王禹偁《次韵和仲咸感懷貽道友》一：「人情易逐炎凉改，官路難防陷阱多。」宋張耒《秋懷十首》二：「人情隨炎凉，興廢一何屢。」漫自凉：任其凉薄也。

〔七〕「慇懃」二句：酌周斗：黄庭堅《韓獻肅公挽詞三首》二：「方祈酌周斗，何意輟秦春。」即以大斗而飲。《詩·大雅·行葦》：「酌以大斗，以祈黄耇。」鷹揚：老鷹飛揚，喻勇猛奮發。《詩·

大雅·大明》：「維師尚父，時維鷹揚。」晉傅咸《與尚書同僚詩》：「質弱尚父，受任鷹揚。」

〔八〕「希世」二句：英偉：英俊奇偉、智能卓越者。《抱朴子·正郭》：「故中書郎周生恭遠，英偉名儒也。」司馬光《送崔尉之官巢縣》：「君爲太學生，氣格已英偉。」行藏：出處進退。蘇軾《沁園春·赴密州早行馬上寄子由》：「有筆頭千字，胸中萬卷，致君堯舜，此事何難。用舍由時，行藏在我，袖手何妨閒處看。」元幹用此意。

〔九〕「横流」二句：横流：喻動亂，灾禍。《文選·謝靈運〈述祖德詩〉》二：「萬邦咸震懾，横流賴君子。」李善注引謝靈運《山居賦》自注：「余祖車騎，建大功，淮肥左右，得免横流之禍。」劉長卿《湖南使還留辭辛大夫》：「大才生間氣，盛業拯横流。」袖手：藏手於袖。悠然貌。黄庭堅《南山羅漢贊十六首》十一：「小兒贊嘆或恐怖，耆老智者但袖手。」深衣：古諸侯、大夫、士常服，上衣、下裳相連綴者。《禮記·深衣》：「古者深衣，蓋有制度，以應規矩，繩權衡。」鄭玄注：「名曰深衣者，謂連衣裳而純之以采也。」孔穎達疏：「凡深衣皆用諸侯、大夫、士夕時所著之服，故《玉藻》云：『朝玄端，夕深衣。』庶人吉服，亦深衣。」司馬光《獨步至洛濱》：「草軟波清沙徑微，手持筇竹著深衣。」句謂功成而退，得悠哉之樂也。

〔一〇〕「槐影」二句：槐影：宫廷樹影。藉指天子或朝廷。南朝陳江總《答王筠〈早朝守建陽門開〉》：「御溝槐影出，仙掌露光晞。」黄閣：漢丞相、太尉及以後三公官署廳門塗黄以別於天子。漢衛宏《漢舊儀》卷上：「(丞相)聽事閣曰黄閣。」《宋書·禮志二》：「三公黄閣，前史無其義……三公之與天子，禮秩相亞，故黄其閣，以示謙不敢斥天子，蓋是漢來制也。」後因以指宰相官署，亦借指宰相。唐錢起《送張員外出牧岳州》：「自憐黄閣知音在，不厭彤幨出守頻。」星躔：見前《代上張丞相生朝四首》注三。紫微：即紫微垣，星官名。《晉書·天文志上》：「紫宫垣十五星，其西蕃七，東蕃八，在北斗北。一曰紫微，大帝之座也，天子之常居也，主命主度也。」後代指帝王宫殿。《文選·王延壽〈魯靈光殿賦〉》：「乃立靈光之秘殿，配紫微而爲輔。」張載注：「紫微，至尊宫，斥京師也。」李白《宫中行樂詞》一：「小小生金屋，盈盈在紫微。」

〔一一〕「山林」二句：愚：自稱之謙詞。《史記·孟嘗君列傳》：「愚不知所謂也。」諸葛亮《前出師表》：「愚以爲宫中之事，事無大小，悉以咨之，然後施行，必能裨補闕漏，有所廣益。」衮繡：見前《上張丞相十首》注二六。

輓少師相國李公五首〔一〕

望表公師位，身兼將相權〔二〕。三朝更出入，一德奉周旋〔三〕。盍爲蒼生起，曾扶大厦顛〔四〕。何知老賓客，擁篲掃新阡〔五〕。

往在東都日，傷心丙午年〔六〕。不從三鎮割，安得兩宫遷〔七〕。抗議行營上，排姦御榻前〔八〕。英風成昨夢，遺恨落窮邊。

城守麾强弩，諸班果翕然〔九〕。雲梯攻正急，雨箭勇争先。中夜飛雷礮，平明破火船。如公真徇國，繪像冠淩烟。

壯志深憂國，丹心篤愛君。謗書興衆枉，諫疏在奇勛〔一〇〕。風咽梁谿水，山悲湛峴雲〔一一〕。空餘雙舞鶴，鼓吹不堪聞〔一二〕。

淚盡西州路，碑留峴首名〔一三〕。買山緣荔子，爲圃養黄精〔一四〕。所至登臨地，猶疑步履聲。堂堂真漢相，天忍閟佳城〔一五〕。

【箋注】

〔一〕少師相國李公：李綱（一〇八三—一一四〇），字伯紀，號梁溪先生，抗金名臣。祖籍福建邵武，其祖遷居無錫。徽宗政和二年進士，官至太常少卿。欽宗時授兵部侍郎、尚書右丞。靖康元年金兵入侵汴京時，任京城四壁守御使，團結軍民，擊退金兵。但不久即被投降派所排斥。

高宗即位初，一度起用爲相，力圖革新内政，僅七十七天即遭罷免。紹興二年，復起用爲湖南宣撫使兼知潭州，未幾又罷官。數抗疏陳抗金大計，均不見納。紹興十年正月十五病逝，贈少師。淳熙十六年，特贈隴西郡開國公，謚忠定。元幹作此痛悼之。按，《梁溪先生文集》附録題作《門人右朝奉郎致仕張元幹上》。

〔二〕「望表」二句：望表：聲望顯示於某事物。表：標。公師位：此從其身後言之。

〔三〕「三朝」二句：三朝：綱身事徽宗、欽宗、高宗三朝。一德：見前《上張丞相十首》注二七。周旋：受顧待。見前《上張丞相十首》注三〇。

〔四〕「盍爲」二句：盍爲蒼生起：爲國事而出仕。典出《世説新語・排調》：「謝公在東山，朝命屢降而不動。後出爲桓宣武司馬，將發新亭，朝士咸出瞻送。高靈時爲中丞，亦往相祖……戲曰：『卿屢違朝旨，高卧東山，諸人每相與言：「安石不肯出，將如蒼生何？」……』」宋王之道《和王元渤留題松壽巖白雲庵寄鄭顧道二首》二：「謝安盍爲蒼生起，休戀青山卧白雲。」「曾扶」句：語本《論語・季氏》：「子曰：『危而不持，顛而不扶，則將焉用彼相矣？』」李綱《建炎行》：「況兹扶顛危，正頼肱與股。」大厦顛，國運衰絶。宋洪皓《次觀表文韵》一：「求成虐執四三年，一木難支大厦顛。」

〔五〕「何知」二句：何知：豈知。老賓客：元幹自指。擁篲：執帚以掃除清道，所以示敬也。《史記・孟子荀卿列傳》：「（騶子）如燕，昭王擁彗先驅，請列弟子之座而受業。」李白《行路難》二：「君不見昔時燕家重郭隗，擁篲折腰無嫌猜。」新阡：新墓道。唐崔融《韋長史挽詞》：「京兆新阡闢，扶陽甲第空。」杜甫《故武衛將軍挽詩》三：「哀挽青門去，新阡絳水遠。」

〔六〕「往在」二句：丙午：靖康元年。是年正月金兵圍攻汴京，李綱親率三軍城守却敵；至九月罷而知揚州，既而落職。事具李綱《靖康傳信録》。

〔七〕「不從」二句：三鎮、兩宫：事並見前。欽宗即位，李綱升尚書右丞，就任親征行營使，負責汴京防禦。是年二月，金帥完顔宗望無力攻破開封，遂誘使宋廷議和。欽宗許割太原、中山、河間三鎮，金人退兵。此事實爲屈辱投降導致宋覆滅之始，故曰「兩宫遷」。《宋史》綱本傳「史臣曰」：「以李綱之賢，使得畢力殫慮于靖康、建炎間，莫或撓之，二帝何至於北行，而宋豈至爲南渡之偏安哉？」是其義。

〔八〕「抗議」二句：抗議：謂持論正直，堅定反對錯誤意見。《後漢書·盧植傳》：「（董卓）大會百官於朝堂，議欲廢立，群僚無敢言，植獨抗議不同。」曾鞏《祭歐陽少師文》：「諫垣抗議，氣震回遹。鼓行無前，跋疐非恤。」綱爲高宗籌畫重整朝綱，組織抗金，與主和派近臣汪伯彦、黄潛善等抗，力主「一切罷和議」，嚴懲張邦昌等事敵者，以勵士節。又頒新軍制二十一條，整頓軍政，並建議在沿江、沿淮、沿河建置帥府，實行縱深防禦。

〔九〕「城守」二句：城守：蓋指其受命守汴京也。翕然：整齊一致貌，謂紀律之言明，秩序之井然。《漢書·鄭當時傳》：「聞人之善言，進之上，唯恐後。山東諸公以此翕然稱鄭莊。」蘇軾《范景仁墓誌銘》：「及論熙寧新法，與王安石、吕惠卿辯論，至廢黜不用，然後天下翕然師尊之。」

〔一〇〕「謗書」二句：謗書：誹謗攻訐他人之書函。《戰國策·秦策二》：「魏文侯令樂羊將，攻中山，三年而拔之。樂羊反而語功。文侯示之謗書一篋。樂羊再拜稽首曰：『此非臣之功，主君之力也。』」崔顥《結定襄郡獄效陶體》：「謗書盈几案，文墨相填委。」衆枉：群小；一衆邪曲小人。《楚辭・賈誼〈惜誓〉》：「俗流從而不止兮，衆枉聚而矯直。」王逸注：「枉，邪也。」《漢書・劉向傳》：「君子獨處守正，不撓衆枉。」顏師古注：「不爲衆曲而自屈也。」興衆枉：起於衆邪僻之徒。

〔一一〕「風咽」二句：風咽：風聲如嗚咽，喻悲傷之甚。南朝陳張正見《和陽》：「秋氣悲松色，凄風咽挽聲。」宋范祖禹《司馬温公挽詞五首》四：「秋風咽笳鼓，行路泣成霖。」梁谿、湛峴：在無錫。李綱祖籍福建邵武，其祖父遷居無錫。其先塋在無錫西郊湛峴山麓。其父墓誌，理學家楊時撰文，有云「葬於常州無錫縣開元鄉湛峴之原，與其夫人吴氏同穴」。《梁溪先生問及》卷一三六《靖康行紀序》云，及被罷，遂歸梁溪，十月抵家，宿湛峴，遊惠山，與昆弟嘯詠攄憤。李綱《客餉新橙有感》云「湛峴舊栽千樹橘，洞庭初落滿林霜」是也。

〔一二〕「空餘」二句：雙鶴：治喪之典。事本《晉書・陶侃傳》：「後以母憂去職。嘗有二客來吊，不哭而退，化爲雙鶴，沖天而去。時人異之。」古人以爲人死而得仙人引導之異徵。《太平廣記》卷七十女仙十五「王氏女」云：「乾符元年，小疾，於洞靈觀修齋。歸，坐門右片石上，題絶句，奄然而終。有二鶴栖止庭樹，仙樂盈室。及葬，棺輕，發視之，衣舄而已。」其《臨化絶句》曰：「玩水登山無足時，諸仙頻下聽吟詩。此心不戀居人世，唯見天邊雙鶴飛。」蓋以爲靈化之迹。宋王庭珪《挽盧宜人二首》二：「化爲雙鶴何方客，來置束芻南郡賢。」「鼓吹」句：挽歌之類太悲哀也。劉長卿《故女道士婉儀太原郭氏挽歌詞》二：「簫聲將薤曲，哀斷不堪聞。」

〔一三〕西州路：事本《晉書·謝安傳》：「羊曇者，太山人，知名士也，爲安所愛重。安薨後，輟樂彌年，行不由西州路。嘗因石頭大醉，扶路唱樂，不覺至州門。左右白曰：『此西州門。』曇悲感不已，以馬策扣扉，誦曹子建曰：『生存華屋處，零落歸山丘。』慟哭而去。」羊曇，謝安外甥。後遂以爲典實，表感舊興悲、悼亡故人之情。蘇軾《八聲甘州·寄參寥子》：「約他年、東還海道，願謝公、雅志莫相違。西州路，不應回首，爲我沾衣。」峴首：事本《晉書·羊祜傳》：「襄陽百姓於峴山祜平生遊憩之所建碑立廟，歲時饗祭焉。望其碑者莫不流涕，杜預因名爲墮淚碑。」唐李涉《過襄陽寄上于司空頔》：「歇馬獨來尋故事，逢人唯説峴山碑。」亦稱「峴首碑」。李商隱《淚》：「湘江竹上痕無限，峴首碑前灑幾多。」

〔一四〕「買山」二句：黄精：草名，多年生，根莖入藥，養生家以爲可以益壽致長生。漢張麗英《敬元子歌》：「黄精生泉底，芝草披岐川。我欲將黄精，流丹在眼前。」嵇康《與山巨源絶交書》：「又聞道士遺言，餌朮黄精，令人久壽，意甚信之。」

〔一五〕「堂堂」二句：「堂堂」句：堂堂，有威儀貌。真漢相：事本《漢書·王商傳》：「商……天子甚尊任之。爲人多質有威重，長八尺餘，身體鴻大，容貌甚過絶人。河平四年，單于來朝，引見白虎殿。丞相商坐未央廷中，單于前，拜謁商。商起，離席與言，單于仰視商貌，大畏之，遷延欲退。天子聞而嘆曰：『此真漢相矣！』」王庭珪《向衡州生日》：「兩公爲誰張與向，人物堂堂真漢相。」「天忍」句：謂上天何忍使大宋喪失宗臣也。閟：埋也。曹植《文帝誄》：「嗟一往之不返兮，痛閟闥之長扃。」白居易《唐太原白氏之殤墓誌銘》：「念爾九歲逝不回，埋魂閟骨長夜臺。」佳城：謂塋兆地吉地也。《西京雜記》卷四：「滕公駕至東都門，馬鳴跼不肯前，以足跑地久之。滕公使士卒掘馬所跑地，入三尺所，得石槨。滕公以燭照之，有銘焉……曰：『佳城鬱鬱，三千年，見白日。吁嗟滕公居此室！』滕公曰：『嗟乎天也！吾死，其即安此乎？』死，遂葬焉。」《文選·沈約〈冬節後至丞相第詣世子車中作〉詩》：「誰當九原上，鬱鬱望佳城。」李周翰注：「佳城，墓之塋域也。」「閟佳城」，猶言閉於泉壤，謂喪亡也。

輓寺丞許子和〔一〕

盛世黄門嗣，輕裘緑鬉時〔二〕。傷心來故里，刮膜訪良醫〔三〕。春雨銘旌暗，東郊薤露悲〔四〕。人生得意早，遺恨在孤嫠〔五〕。

【箋注】

〔一〕許子和：不詳。寺丞：官署佐吏。寺：官署通稱。丞：輔佐，又指各級長官的副職。宋代有大理寺丞、司農寺丞等。

〔二〕「盛世」二句：黄門嗣：未詳。黄門：黄門侍郎。本秦官，漢因之。因給事黄門，故名。《漢書·百官公卿表上》：「少府，秦官，掌山海池澤之税，以給共養，有六丞。屬官有……中書謁者、黄門、鉤盾、尚方。」後凡非宦者所任此職者之稱。許之先人誰爲黄門，待考。緑髮：少年。李白《遊泰山六首》三：「偶然值青童，緑髮雙雲鬟。」

〔三〕「傷心」二句：刮膜：醫家指治療盲膜之病。盲膜在腹臟之間，藥力難及，治愈不易。唐韓偓《訪明公大德》：「刮膜且揚三毒論，攝心徐指二宗禪。」宋劉克莊《村居書事》四：「刮膜神方直萬金，國醫曾費一生心。」許蓋精醫術者。

〔四〕「春雨」二句：銘旌：旗幡立於靈柩前標誌死者姓名官職者。多用絳帛粉書。品官則借銜題寫曰某官某公之柩；大斂後，以竹杠懸之依靈右；葬時取下加於柩上。《周禮·春官·司常》：「大喪，共銘旌。」李白《上留田行》：「昔之弟死兄不葬，他人於此舉銘旌。」薤露：古挽歌名。宋玉《對楚王問》：「其爲《陽阿》《薤露》，國中屬而和者數百人。」晉崔豹《古今注》卷中：「《薤露》《蒿里》，並喪歌也。出田横門人，横自殺，門人傷之，爲之悲歌，言人命如薤上之露，易晞滅也，亦謂人死，魂魄歸乎蒿里……至孝武時，李延年乃分爲二曲，《薤露》送王公貴人，《蒿里》送士大夫庶人，使挽柩者歌之，世呼爲挽歌。」王安石《文元賈公挽辭二首》二：「銘旌蕭颯九秋風，薤露悲歌落月中。」

〔五〕「人生」二句：孤嫠：孤兒寡婦。韓愈《復志賦》：「嗟日月其幾何兮，携孤嫠而北旋。」王安石《哀賢亭》：「終欲往一慟，詠言慰孤嫠。」

輓夢錫機宜寺簿三首①〔一〕

零落梁谿客，何堪鄭子悲〔二〕。閉門專學易，擁鼻愛哦詩〔三〕。臭味方投合，行藏罕遇知。他年鄉飲酒，揚觶想威儀〔四〕。

太府堅辭掾，平陽頃著功〔五〕。清貧名教樂，静退昔賢風〔六〕。俯首稠人裏，甘心正論中。胡然成鬼録，骨相本三公〔七〕。

問疾方旬浹，殊驚不起傳〔八〕。所欽期異日，何意遽終天。圖籍嗟空富，生涯衆漫憐〔九〕。保家宜有後，一角儻稱賢〔一〇〕。

【校】

① 詩題：原無「三首」字樣，據文津閣本、文瀾閣本補。

【箋注】

〔一〕夢錫機宜寺簿：鄭昌齡，字夢錫，九都福首人。性不苟合。登進士，秦檜聞其才名，欲處以美官，命其客李姓者先以書諭意，昌齡以詩謝之，云：「先生傲睨醉客傍，不覺滂淪入醉鄉。來書恐是醉中語，使我大笑譏荒唐。」後以太常寺簿召，不赴，調本路機宜文字，終承議郎。

〔二〕「零落」二句：零落：喻死亡。《管子·輕重己》：「宜穫而不穫，風雨將作，五穀以削，士兵零落。不穫之害也。」今人馬非百新詮：「零落，殞也……謂戰士與人民皆將飢餓以死也。」王昌齡《代扶風主人答》：「鄉親悉零落，冢墓亦摧殘。」梁谿客：蓋指李綱。綱自號梁谿居士。鄭子悲：即「悲鄭子」，賦題。鄭子：後漢經學家鄭玄。此以比方鄭昌齡。

〔三〕「閉門」二句：「閉門」句：專心鑽研《易經》也。王維《上張令公》：「學易思求我，言詩或起予。」擁鼻：事本《晉書·謝安傳》：「安本能爲洛下書生詠，有鼻疾，故其音濁，名流愛其詠而弗能及，或手掩鼻以效之。」後以指用雅音曼聲吟詠。唐唐彦謙《春陰》：「天涯已有銷魂別，樓上寧無擁鼻吟。」宋林逋《春夕閑詠》：「屐齒遍庭深，若爲擁鼻吟。」

〔四〕「他年」二句：鄉飲酒：周制，鄉學考德行道藝優異者薦于諸侯，將行，鄉大夫設酒宴以賓禮相待，謂之「鄉飲酒禮」。《儀禮·鄉飲酒禮》賈公彦疏引漢鄭玄《三禮目録》：「諸侯之鄉大夫三年大比，獻賢者能於其君，以賓禮待之，與之飲酒。」揚觶：古飲餞禮儀。《禮記·鄉飲酒義》：「盥洗揚觶，所以致絜也。」孔穎達疏：「揚觶，謂既獻之後，舉觶酬賓之時，亦盥洗也。必盥洗者，所以致其絜敬之意也。」《禮記·檀弓下》載，春秋時晉大夫知悼子卒，未葬。晉平公飲酒，師曠、李調侍，鼓鐘。厨人杜蕢責以大臣去世之時，不應作樂飲酒。乃罰師曠、李調各飲一觶，以示勸戒。平公曰：「寡人亦有過焉，酌而飲寡人。」於是杜蕢洗而揚觶。本指因喪停樂，遂成典故，此則指因酒而追念逝者也。

〔五〕「太府」二句：太府：《周禮・天官》有大府，掌府藏會計。秦漢併其職於司農少府。南朝梁置太府卿，專管皇室的庫儲出納。北齊曰太府寺。唐曾改太府爲外府，掌國家錢穀保管出納，旋復舊。宋以太府半屬國家行政，半屬宫廷事務。堅辭掾：堅決辭去屬員之職。掾：泛指僚屬。所指不能得詳。平陽著功：蓋紀實。所指亦不能詳。漢相國曹參封平陽侯。劉禹錫《酬樂天齋滿日裴命公置宴席上戲贈》：「平陽不獨容賓醉，聽取喧呼吏舍聲。」

〔六〕「清貧」二句：名教樂：語本《世説新語・德行》：「王平子、胡毋彦國諸人皆以任放爲達，或有裸體者。樂廣笑曰：『名教中自有樂地，何爲乃爾也？』」唐柳澤《上睿宗書》：「臣又聞馳騁田獵，令人發狂。名教之中，自有樂地。」宋釋道潛《次韵劉延中廷直見贈》：「須知名教樂，不羨富貴尊。」名教：以名爲教。名者，儒家綱常之説。静退：寧静恬淡。躁進之反。《韓非子・主道》：「人主之道，静退以爲寶。」韓愈《舉薦張籍狀》：「右件官學有師法，文多古風；沈默静退，介然自守。」宋李之儀《次韵俞希賢大暑家居寄天寧二老》：「静退陶彭澤，風流支道林。」

〔七〕「胡然」二句：成鬼録：謂死亡也。蘇軾《哭王子立次兒子迨韵三首》三：「匆匆成鬼録，慣慣到天公。」鬼録：古人迷信，謂陰間死人之名籍也。曹丕《與吴質書》：「觀其姓名，已爲鬼録，追思昔遊，猶在心目。」骨相：見前《喜錢申伯病起二首》注五。

〔八〕「問疾」二句：旬浹：即浹旬，十天。《資治通鑑·後漢隱帝乾祐三年》：「比皇帝到闕，動涉浹旬，請太后臨朝聽政。」胡三省注：「十日爲浹旬。」蘇轍《記病》：「服之不旬浹，病去如醫言。」不起傳：病重不治之消息。不起：死亡之諱言。

〔九〕「圖籍」二句：漫憐：徒然憫惜。宋强至《保安楊公濟書來問疾以詩答之》：「春來把酒猶能强，老去逢花衹漫憐。」宋葉夢得《三月八日草堂獨坐》：「閉閤漫憐公事少，投簪敢説宦情無。」

〔一〇〕「保家」二句：「保家」句：謂必有後代足以光大門户也。保家：保守家族功業或聲譽。《左傳·襄公二十七年》：「印段賦《蟋蟀》。趙孟曰：『善哉，保家之主也！吾有望矣。』」韓愈《遊西林寺題蕭二兄郎中舊堂》：「中郎有女能傳業，伯道無兒可保家。」有後，有好子弟。典出《左傳·桓公二年》：「周内史聞之，曰：『臧孫達其有後於魯乎！君違不忘諫之以德。』」庾信《周宗廟歌十二首》四《皇夏（獻皇高祖）》：「盛德必有後，仁義終克昌。」元幹蓋兼此二義。一角：本指麒麟，此謂有佳子弟，即出句之「有後」也。王安石《李君昆弟訪別長蘆至淮陰追寄》：「道義終期麟一角，文章已秃兔千毫。」黄庭堅《次韵周法曹遊青原山寺》：「石頭麟一角，道價直九垓。」《説文》釋麒曰：「麒麟，仁獸也。麇身、牛尾、一角。」麒麟既爲瑞獸，自非常見物，故稱人家子弟穎異者曰「麒麟兒」。按，二句謂保持家聲，必有佳兒，此頌禱其門户之詞也。

輓林天和二首〔一〕

嘆息宜春守，抽簪未亂歸〔二〕。不應徒告老，要是久知幾〔三〕。築室聊遮雨，耘田止療飢〔四〕。杜門何悔吝，牖下斂朝衣〔五〕。

行配古君子，齒尊鄉丈人〔六〕。儻來名位晚，長往誄文新〔七〕。薤露空悲臘，芻靈不見春〔八〕。諸郎無過毁，壽考没元身〔九〕。

【箋注】

〔一〕林天和：林徽之，字天和，閩縣人。據《淳熙三山志》卷二七，崇寧三年上舍釋褐，終朝請大夫，提舉江西學事。

〔二〕「嘆息」二句：抽簪：棄官引退。古人出仕，須以簪束髮連冠，故稱引退爲「抽簪」。《文選·沈約〈應詔樂游苑餞吕僧珍詩〉》：「將陪告成禮，待此未抽簪。」李善注引鍾會《遺榮賦》：「散髮抽簪，永縱一壑。」唐玄宗《送賀知章歸四明》：「遺榮期入道，辭老竟抽簪。」未亂歸：謂幸而未及禍亂而先期退隱。

〔三〕「不應」二句：要是：定是。知幾：見機，有遠見。《易・繫辭下》：「知幾其神乎！君子上交不諂，下交不瀆，其知幾乎？幾者，動之微，吉之先見者也。」唐吴筠《覽古》十二：「達者貴量力，至人尚知幾。」久知幾：早有預見。

〔四〕療飢：充飢。張衡《思玄賦》：「聘王母於銀臺兮，羞玉芝以療飢。」

〔五〕「杜門」二句：悔吝：災禍。《易・繫辭上》：「悔吝者，憂虞之象也。」杜甫《送李校書》：「每愁悔吝作，如覺天地窄。」牖下：户牖間之前；窗下。亦借善終。《詩・召南・采蘋》：「于以奠之？宗室牖下。」鄭玄箋：「牖下，户牖間之前。」《左傳・哀公二年》：「畢萬，匹夫也。七戰皆獲，有馬百乘，死於牖下。」杜預注：「死於牖下，言得壽終。」《揮麈後録》卷七：「當時侍行如童貫、梁師成輩皆坐誅，而俅獨死於牖下。」斂朝衣：以朝衣爲斂。謂得榮禄以終也。

〔六〕「行配」二句：行配：即德行符合。齒尊：高壽之受人尊崇也。《孟子・公孫丑下》：「天下有達尊三：爵一，齒一，德一。」鄉丈人：一地所尊之長輩。黄庭堅《送權郡孫承議歸宜春》：「宜春別駕鄉丈人，來假廬陵二千石。」

〔七〕「儻來」二句：儻來：事物、名譽非意所得者。《莊子・繕性》：「軒冕在身，非性命也。物之儻來，寄者也。」成玄英疏：「儻者，意外忽來者耳。」張九齡《南還湘水言懷》：「歸去田園老，儻來軒冕輕。」長往：死亡之婉詞。南朝宋顔延之《吊張茂度書》：「豈謂中年，奄爲長往！」唐褚亮《傷始平李少府正己》：「輔嗣俄長往，顔生即短辰。」誄文：悼死之文。《周禮・春官・大祝》：「作六辭以通上下、親疏、遠近……六曰誄。」鄭玄注：「謂積累生時德行以錫之命，主爲其辭也。」

〔八〕「薤露」二句：薤露：見前《輓寺丞許子和》注四。芻靈：《禮記·檀弓下》：「塗車芻靈，自古有之，明器之道也。」鄭玄注：「芻靈，束茅爲人馬，謂之靈者，神之類。」孫希旦集解：「塗車芻靈，皆送葬之物也。」王維《故西河郡杜太守挽歌三首》一：「忽見芻靈苦，徒聞竹使榮。」

〔九〕「諸郎」二句：無過毀：謂毀不滅性。毀：哀毀。《孔子家語·本命》：「故爲父母斬衰三年，以恩制者也……三日而食，三月而沐，期而練，毀不滅性，不以死傷生。」過毀：哀痛而至於傷身。《後漢書·孔融傳》：「年十三，喪父。哀悴過毀，扶而後起。」。「壽考」句：德備之身得長壽以終。没：没世，去世。元身：美善之身。《國語·吴語》：「伯父多歷年以没元身，伯父秉德已侈大哉！」蘇軾《祭任師中文》：「去我十年，其德日新。庶一見之，遽没元身。」

輓李仲輔三首〔一〕

晝省何心入，軺車隨分行〔二〕。急難頻太息，交友舊馳聲〔三〕。素月墮江影，白雞悲夜鳴〔四〕。繡衣無復出，部曲把銘旌〔五〕。

貌古期驚世，心夷盍享年①〔六〕。交遊稱長者，風味配先賢。雁序飄零地，龍門寂寞邊〔七〕。不知誰作誄，著意翠瑉鐫〔八〕。

人生真寄耳②，天問竟悠哉〔九〕。三載重凶釁，一門皆異材〔一〇〕。尚疑書未報，遽有訃先來。淚盡餘青血，秋風萬壑哀〔一一〕。

【校】

①盍：文淵閣本作「合」，據文津閣本、文瀾閣本改。

②耳：文淵閣本作「爾」，據文津閣本、文瀾閣本改。

【箋注】

〔一〕李仲輔：李維，綱胞弟。紹興十二年秋卒於閩中。

〔二〕「畫省」二句：畫省：尚書省。漢尚書省以胡粉塗壁，紫素界之，畫古烈士像，故別稱「畫省」。岑參《暮秋會嚴京兆後廳竹齋》：「盛德中朝貴，清風畫省寒。」軺車：《史記·季布欒布列傳》：「朱家迺乘軺車之洛陽，見汝陰侯滕公。」索隱：「謂輕車，一馬車也。」奉使者及朝廷急命宣召者所乘。亦代指使者。王昌齡《送鄭判官》：「東楚吴山驛樹微，軺車銜命奉恩輝。」隨分：按照職分；依照本性。《易·坤》「君子以厚德載物」，孔穎達疏：「言君子者，亦包公卿諸侯之等；但厚德載物，隨分多少，非如至聖載物之極也。」唐王績《獨坐》：「百年隨分了，未羨陟方壺。」

〔三〕「急難」二句：急難：「兄弟急難」之省。《詩·小雅·常棣》：「脊令在原，兄弟急難。」言其篤於兄弟情義也。

〔四〕「素月」二句：「素月」句：月影影於江水也。唐顧況《宿湖邊山寺》：「蒲團僧定風過席，葦岸漁歌月墮江。」蘇轍《次韵子瞻臨皋新葺南堂五絶》五：「客去知公醉欲眠，酒醒寒月墮江烟。」白雞：不祥之兆。《晉書·謝安傳》：「因悵然謂所親曰：『昔桓温在時，吾常懼不全。忽夢乘温輿行十六里，見一白雞而止……白雞主酉，今太歲在酉，吾病殆不起乎！』……尋薨。」李白《東山吟》：「白雞夢後三百歲，灑酒澆君同所歡。」

〔五〕「繡衣」二句：繡衣：疑「繡衣直指」之省。漢武帝天漢年間，民間起事者衆，因遣直指使者衣繡衣仗節鎮壓，後因稱爲「繡衣直指」。繡衣，指使者服飾精美以見地位尊貴；直指，謂其處事無私也。見《漢書·百官公卿表上》《後漢書·伏湛傳》等。省稱「繡衣」、「繡衣吏」。《北史·高道穆傳》：「臣雖愚短，守不假器，繡衣所指，冀以清肅。」杜牧《許七侍御棄官東歸瀟灑江南頗聞自適高秋企望題詩寄贈十韵》：「天子繡衣吏，東吴美退居。」此言李長逝，不復能爲天子使者之事矣，蓋傷之也。部曲：部屬。《後漢紀·靈帝紀》：「今將軍既有元舅之尊，二府并領勁兵，部曲將吏皆英俊之士，樂盡死力，事在掌握，天贊之時也。」元幹《葉少藴生朝》：「小試擒縱孰敢攖？部曲愛戴如父兄。」同此。銘旌：見前《輓寺丞許子和》注四。

〔六〕「貌古」二句：貌古：形貌奇特，謂非俊朗英偉之類。古人恒語，蓋醜陋之婉辭。唐張楚金《逸人歌贈李山人》：「其貌古，其心幽，浩歌一曲兮林壑秋。」五代貫休《題弘式和尚院兼呈杜使君》：「臘高雲屐朽，貌古畫師疑。」「畫師疑」一語，最具啓發性。

〔七〕「雁序」二句：雁序：雁行。杜甫《天池》：「九秋驚雁序，萬里狎漁翁。」宋郭祥正《和宣守林子中修撰列岫亭》：「水光颭灎龍鱗活，岫影參差雁序開。」龍門：《尚書·禹貢》：「導河積石，至於龍門。」杜甫《龍門閣》：「清江下龍門，絶壁無尺土。」錢謙益箋注：「《元和郡圖志》：龍門山，在利州綿谷縣東北八十二里，出好鍾乳。《寰宇記》亦名葱嶺山。《梁州記》云：『葱嶺有石穴，高數十丈，其狀如門，俗號爲龍門。』」寂寞邊：寂寞之處。朱熹《蒙判院丈示及再用元韵之作率易和呈以求指誨》：「疇昔經行地，溪山寂寞邊。」句式正同元幹。

〔八〕「不知」二句：翠璿：本謂碑石質美如玉，轉指石碑。宋夏竦《奉和御製筆歌》：「灑翰翠珉垂睿式，珥彤丹地寵儒臣。」黄庭堅《題淡山岩》一：「惜哉次山世未顯，不得雄文鑱翠璿。」此指墓碑。

〔九〕「人生」二句：「人生」句：人生如寄。《古詩十九首·驅車上東門》：「人生忽如寄，壽無金石固。」曹丕《善哉行》：「人生如寄，多憂何爲。」「天問」句：猶言天意高難問。天問，天子之垂詢。《晉書·傅咸傳》：「每見聖詔以百姓饑饉爲慮，無能云補，伏用慚恧，敢不自竭，以對天問。」謂上眷也。宋蔡襄《四賢一不肖詩·范希文》：「日朝黄幄邇天問，帝前大畫當今宜。」正其義。

〔一〇〕「三載」二句：重凶釁：喪事重復。凶釁：謂喪事。晉李密《陳情表》：「臣以險釁，夙遭閔凶。」李綱、綱弟經皆卒於紹興十年，先李維卒三年。

〔一一〕「淚盡」二句：青血：碧血。梅堯臣《過開封古城》：「漢兵墮銅鏃，青血爲土花。」宋劉豐祿《題汪水雲詩卷》：「錦囊萬里詩一編，字字丹心瀝青血。」「秋風」句：重傷李之喪也。萬壑哀：萬山哀痛，極言之也。杜甫《諸將五首》五：「錦江春色逐人來，巫峽清秋萬壑哀。」蘇軾《武昌西山并叙》：「請公作詩寄父老，往和萬壑松風哀。」

彭德器北堂太夫人輓詩〔一〕

蚤歲嫠居久，儒家守志貧〔二〕。白頭躬祭祀，老眼喜縫紉。哭婦無遺恨，憐孫不忍嗔。一朝違孝養，力疾叫蒼旻〔三〕。

【箋注】

〔一〕彭德器：事迹不詳，俟考。元幹友人，相與酬唱。元幹《彭德器畫贊》：「蓋氣節勁而議論公，心術正而識度遠。」許可甚至。北堂：代稱母親。李白《贈歷陽褚司馬》：「北堂千萬壽，侍奉有光輝。」王安石《和微之林亭》：「中園日涉非無趣，保此千鍾慰北堂。」此篇作於紹興十二年。

〔二〕「蚤歲」二句：蚤歲：早歲。嫠居：寡居。晉宗敞《理王尚疏》：「裴氏年垂知命，首髮二毛，嫠居本家。」司馬光《虞部郎中李君墓誌銘》：「夫人嫠居二十餘年，撫育諸孤，綱紀家事，小大曲盡其宜。」

〔三〕「一朝」二句：力疾：强支病體。《三國志·魏書·曹爽傳》：「臣輒力疾，將兵屯洛水浮橋，伺察非常。」杜甫《奉酬李都督表文早春作》：「力疾坐清曉，來詩悲早春。」叫蒼旻：號呼蒼天。哀痛貌。《史記·屈原列傳》：「夫天者，人之始也；父母者，人之本也。人窮則反本，故勞苦倦極，未嘗不呼天也；疾痛慘澹，未嘗不呼父母也。」李商隱《送從翁東川弘農尚書幕》：「三靈迷赤氣，萬彙叫蒼旻。」

劉建州母夫人難氏輓章〔一〕

慈顔推壽相，懿範在吾鄉〔二〕。不待黄堂養，空遺紫誥藏〔三〕。板輿悲騎省，鶴客弔龍驤〔四〕。風卷銘旌去，松岡閟夜長〔五〕。

【箋注】

〔一〕劉建州：劉子翼，字彦禮，崇安人，紹興元年十月知建州。《福建通志》卷三一有其小傳，盛贊其「政尚清簡……功成而名不勞」。

〔二〕「慈顔」二句：壽相：長壽之相。宋陳摶《神相全編·壽相格》：「五嶽豐隆……鼻梁高聳，以上皆壽相。」懿範：美好風範。晉陸雲《贈顧驃騎·有皇》：「思我懿範，萬民來服。」後專以美婦德。唐沈佺期《章懷太子靖妃挽詞》：「彤史佳聲載，青宫懿範留。」吕本中《向僉判母挽詞》：「人皆欽懿範，天不予長年。」

〔三〕「不待」二句：「不待」句：不及官身得以養親也。黄堂：太守衙署。《漢書·郭丹傳》：「敕以丹事編署黄堂，以爲後法。」李賢注：「黄堂，太守之廳事。」借指太守。宋黄朝英《靖康緗素雜記》卷上：「太守曰黄堂。」紫誥：古詔書盛以錦囊，繩結封固，上綴紫泥並加蓋印章，故稱。杜甫《贈翰林張四學士垍》：「紫誥仍兼綰，黄麻似六經。」宋强至《送紫微沈舍人守越州》：「君王許便雙親養，奈渴黄麻紫誥何。」疑指誥賜命婦之文書。

〔四〕「板輿」二句：「板輿」句：用晉潘岳故事。板輿：老人行坐之具，人得舁行之。晉潘岳《閒居賦》：「太夫人乃御板輿，升輕軒，遠覽王畿，近周家園。」後因以代指官吏在任迎養父母之詞。岑參《酬成少尹駱谷行見呈》：「榮禄上及親，之官隨板輿。」唐宋時中書、門下二省皆有散騎常侍，省稱騎省。岳官至散騎常侍，後人因稱岳「潘騎省」。其《秋興賦序》：「寓直於散騎之省。」黄庭堅《次韵伯氏戲贈韓正翁菊花開時家有美酒》：「鬢髮斑然潘騎省，腰圍瘦盡沈東陽。」悲騎省：即騎省悲，潘岳著《悼亡詩》，有名當時後世，雖不爲念親作，而元幹借用之。劉攽《酬王平甫》：「寓直鬢毛悲騎省，讎書編簡待陳農。」「鶴客」句：用晉陶侃故事。《世説新語·賢媛》「陶公少時，作魚梁吏」，劉注引《侃别傳》曰：「及侃丁母憂，在墓下，忽有二客來吊，不哭而退，儀服鮮異，知非常人，遣隨視之，但見雙鶴沖天而去。」侃嘗爲龍驤將軍。鶴客，仙人。宋唐庚《命和叔座上賦白鹿》：「未容鶴客矜風韵，應許猿翁作品流。」按，此二聯謂子女不及孝養，而親已喪，蓋爲之痛傷也。

〔五〕「風卷」二句：銘旌：見前《輓寺丞許子和》注四。閟：埋。見前《輓少師相國李公五首》注一五。松岡：墳塋所在，借指墳塋。司馬光《吴正肅公挽歌辭三首》三：「憑誰寄清淚，爲我灑松岡。」蘇軾《江城子·乙卯正月二十日夜記夢》：「料得年年腸斷處，明月夜，短松岡。」

五言排律

李丞相生朝〔一〕

柱史生周室，仙源譜系崇〔二〕。儲星昭昴宿，降嶽表神嵩〔三〕。間氣憑家世，宗臣挺祖風〔四〕。夢求終作楫，獵卜果非熊〔五〕。感遇雲龍會，恩深雨露豐〔六〕。折衝淵聖日，輝赫靖康功〔七〕。社稷欹傾際，乾坤震蕩中〔八〕。力扶神器正，堅守帝都雄〔九〕。割地爭三鎮，回天定兩宮。壯圖期救難，大節耻和戎〔一〇〕。去國孤舟遠，憂時百雉空〔一一〕。建炎欣翊戴，鴻慶襲光融〔一二〕。相印機衡重，兵權號令通。安危繫禮貌，進退肯雷同〔一三〕？巨屏頻循撫，真祠示眷蒙〔一四〕。歡聲逢穀旦，善頌達蒼穹。弼亮需元老，平章盍上公①〔一五〕。五行推有本，六甲混無窮〔一六〕。再造邦基固，中興大運隆。保民躋壽域，千載簡宸衷〔一七〕。

【校】

① 盍：文淵閣本作「合」，據文津閣本、文瀾閣本改。

【箋注】

〔一〕李丞相：李綱。紹興八年作，參《年譜》頁四〇三。

〔二〕「柱史」二句：「柱史」句：《後漢書·張衡傳》：「庶前訓之可鑽，聊朝隱乎柱史。」李賢注引應劭曰：「老子爲周柱下史，朝隱終身無患。」此叙李氏所自也。老子，姓李名耳。「仙源」句：血脈起源高貴非凡。仙源：尊稱人家血脈之始。宋夏竦《壽春郡王閣春帖子》二：「仙源積慶誠無際，永戴宸慈襲美祥。」晁補之《秦國夫人挽辭三首》一：「指李仙源後，興唐帝胄餘。」按，二句言李氏血脈之崇高也。

〔三〕「儲星」二句：儲星：意謂上天爲下民預備星宿。宋周起《蝶戀花》：「嶽佐星儲生佐聖。真道宏才，濟世功名盛。久踐機衡宣密命。逢時力贊無爲政。」是其意。昴宿：二十八宿之一。實借指蕭何。《初學記》卷一引《春秋佐助期》：「漢相蕭何，長七尺八寸，昴星精。」楊炯《唐恒州刺史建昌公王公神道碑》：「公臺階茂緒，昴宿精靈。」此蓋謂綱上應星宿、命同蕭何也。降嶽神嵩：語本《詩·小雅·崧高》：「崧高維嶽，駿極于天。維嶽降神，生甫及申。」

〔四〕「間氣」二句：「間氣」句：謂英偉之性本自血脈傳承也。間氣：古人以爲英雄偉人，上應星象，禀天地特殊之氣，間世而出，故稱。《太平御覽》卷三六〇引《春秋孔演圖》：「正氣爲帝，間氣爲臣，宮商爲姓，秀氣爲人。」宋均注：「間氣則不苞一行，各受一星以生。」王安石《賀韓魏公啓》：「伏惟某官受天間氣，爲世元龜。」家世，門第世代相傳者。《史記・蒙恬列傳》：「始皇二十六年，蒙恬因家世得爲秦將，攻齊，大破之，拜爲内史。」「宗臣」句：謂命世之大臣依先世遺風而不凡也。宗臣：見前《紫巖九章章八句上壽張丞相》注一二。挺：特出，傑出。杜甫《奉贈韋左丞丈二十二韻》：「自謂頗挺出，立登要路津。」祖風：先輩風範。唐顧雲《蘇君廳觀韓幹馬障歌》：「乃孫屈迹寧百里，好奇學古有祖風。」

〔五〕「夢求」二句：此用周文王得姜子牙故事。非熊：《六韜・文師》載，文王將往渭濱獵，行前占卜，卜辭曰：「田於渭陽，將大得焉，非龍非彲，非虎非羆，兆得公侯。天遺汝師，以之佐昌。」後果遇太公垂釣，與之語而大悦，遂同載歸，拜爲師。《史記・齊太公世家》亦載之。作楫，本謂爲大河作舟楫，借指爲帝師或作宰相。宋王之道《好事近・董令升生日》：「一杯聊復對東風，爲祝千千歲。作楫和羹事了，歸去騎箕尾。」宋周必大《寄題謝昌國尚書桂山堂》：「作楫商舟穩，爲梁漢殿深。」此謂綱爲帝師也。

〔六〕「感遇」二句：雲龍會：君臣相得。宋胡世將《建炎丞相成國吕忠穆公退老堂》二：「功高天地雲龍會，心寄丘園水石幽。」雲龍：語本《易・乾》：「雲從龍，風從虎，聖人作而萬物睹。」

〔七〕「折衝」二句：折衝：制敵取勝。《吕氏春秋・召類》：「夫修之於廟堂之上，而折衝乎千里之外者，其司城子罕之謂乎？」高誘注：「衝，車。所以衝突敵之軍，能陷破之也……使欲攻己者折還其衝車於千里之外，不敢來也。」唐李邕《鬥鴨賦》：「或離披以折衝，或奮振以前却。」淵聖：宋欽宗尊號。《宋史·欽宗紀》：「（靖康二年五月）康王即位於南京，遥上尊號曰『孝慈淵聖皇帝』。」宋趙鼎《建炎筆録》卷中：「靖康初，師道入樞府，淵聖嘗問曰：『在小官時，頗有見知者否？』」輝赫：顯赫，煊赫。《顔氏家訓·省事》：「拜守宰者，印組光華，車騎輝赫，榮兼九族，取貴一時。」杜甫《莫相疑行》：「憶獻三賦蓬萊宫，自怪一日聲輝赫。」

〔八〕「社稷」二句：欹傾：猶傾覆，敗壞。漢王延壽《魯靈光殿賦》：「連拳偃蹇，侖菌踡嵼，傍欹傾兮。」宋釋德洪《懷慧廓然》：「應知像教末，大法欲攲傾。」乾坤震蕩中：杜甫《寄賀蘭銛》：「朝野歡娱後，乾坤震盪中。」震蕩：動蕩不安。《三國志·魏書·武帝紀》「用終爾顯德，對揚我高祖之休命」，裴注引晉王沈《魏書》：「且聖上覽亡秦無輔之禍，懲曩日震蕩之艱。」

〔九〕「力扶」二句：力扶：勉强扶持，努力支撑。宋彭汝礪《和深父傷字韵》二：「力扶周室弱，深抑楚人强。」神器：帝位，政權。《漢書·叙傳上》：「世俗見高祖興於布衣，不達其故，以爲適遭暴亂，得奮其劍，遊説之士至比天下於逐鹿，幸捷而得之，不知神器有命，不可以智力求也。」《文選·左思〈魏都賦〉》：「劉宗委馭，巽其神器。」吕延濟注：「神器，帝位。」堅守帝都：綱固守汴京，及下「三鎮、兩宫」，皆見前，事詳《三朝北盟匯編》及《宋史》綱本傳。

〔一〇〕「壯圖」二句：壯圖：偉略壯志，猶言遠大抱負。陸機《弔魏武帝文》：「雄心摧於弱情，壯圖終於哀志。」司空圖《力疾山下吴村看杏花》二一：「羸形不畫凌烟閣，只爲微才激壯圖。」敉難：猶言靖亂。敉（mǐ）：安撫，安定。《尚書·洛誥》：「四方迪亂，未定于宗禮，亦未克敉公功。」孔傳：「禮未彰，是亦未能撫順公之大功。」孫星衍疏引鄭玄曰：「敉，安也。」李綱《辭免知樞密院劄子》：「内外人心，既以敉寧，臣當抗章自陳，請避賢路。」大節：宏大節概。《後漢書・馬援傳》：「（光武帝）且開心見誠，無所隱伏，闊達多大節，略與高帝同。」蘇軾《伊尹論》：「辨天下之大事者，有天下之大節者也。」和戎：與金人議和。所謂和議，實爲俯首屈節自處臣妾地位，固與「大節」格格不入者。

〔一一〕「去國」二句：去國：離開京都或朝廷。南朝宋顔延之《和謝靈運》：「去國還故里，幽門樹蓬藜。」范仲淹《岳陽樓記》：「登斯樓也，則有去國懷鄉，憂讒畏譏，滿目蕭然，感極而悲者也。」此謂綱遭讒慝而被遷逐也。孤舟遠：喻行旅孤單而漫長。唐宋之問《餞中書侍郎來濟》：「深悲黄鶴孤舟遠，獨對青山别路長。」宋宋祁《潁上唐公張集仙相勞》：「後日孤舟遠，離懷怯重陳。」百雉：春秋時諸侯都城制度，城墻長三百丈、高一丈。雉：《禮記・坊記》：「都城不過百雉。」鄭玄注：「雉，度名也，高一丈，長三丈。」蘇軾《鳳翔八觀并叙》七《李氏園》：「隱如城百雉，挺若舟千斛。」此指汴京。

〔一二〕「建炎」二句：建炎：宋高宗年號。翊戴：輔佐擁戴。《晉書・閻鼎傳》：「乃與撫軍長史王毗、司馬傅遜懷翊戴秦王之計。」杜甫《諸葛廟》：「翊戴歸先主，并吞更出師。」鴻慶：王業。《晉書・乞伏乾歸載記》：「將鼓淳風於東夏，建八百之鴻慶。」南朝宋殷淡《宋章廟樂舞歌十五首》二一：「鴻慶遐鬯，嘉薦令芳。」元幹或兼以隱指北宋南京（今商丘）之「鴻慶殿」。光融：昭明光大。《史記・楚世家第十》：「重黎爲帝嚳高辛居火正，甚有功，能光融天下，帝嚳命曰祝融。」集解引虞翻曰：「融，明也。」晉潘尼《贈陸機出爲吴王郎中令詩》：「玉以瑜潤，隨以光融。」

〔一三〕「安危」二句：「安危」句：謂國家安危之際，綱皆見禮敬於朝廷。緊：是。《左傳·僖公五年》：「民不易物，唯德緊物。」杜預注：「緊，是也。」禮貌：尊敬。《孟子·離婁下》：「公都子曰：『匡章，通國皆稱不孝焉，夫子與之遊，又從而禮貌之，敢問何也？』」趙岐注：「又禮之以顔色喜悦之貌也。」宋陸佃《和毅夫倒用無字韵春詩四首》一：「皇家寶歷萬年餘，禮貌群臣自古無。」雷同：隨聲附和。無主張貌。《禮記·曲禮上》：「毋勦説，毋雷同。」鄭玄注：「雷之發聲，物無不同時應者；人之言當各由己，不當然也。」杜甫《前出塞》九：「衆人貴苟得，欲語羞雷同。」肯：不肯也。句謂綱不苟從時議也。

〔一四〕「巨屏」二句：巨屏：鎮守一方之藩臣。唐蔣伸《授孫範青州節度制》：「門下作朝廷之巨屏，實利建侯，委兵旅之大權，必先謀帥。」《太平廣記》卷二六六引《王氏見聞·胡翽》：「時大駕西幸，中原宿兵，岐秦二藩，最爲巨屏。」循撫：安撫。《戰國策·齊策六》：「内牧百姓，循撫其心，振窮補不足，布德於民。」《後漢書·光武帝紀下》：「二千石勉加循撫，無令失職。」真祠：道觀。蘇轍《西掖告詞·復官宫觀謝表》：「恩移近地，已若再生，復兹舊職之還，仍領真祠之秘，居從私欲，感極涕零。」按，建炎元年八月綱罷相，爲觀文殿大學士，提舉杭州洞霄宫。綱有《宫祠謝表》：「蒙起廢於丘壑之間，使收功於桑榆之日，蕩攘群盜，循撫疲民。」所爲即其事。眷蒙：猶眷顧。

〔一五〕「弼亮」二句：弼亮：輔佐。《尚書·畢命》：「弼亮四世，正色率下。」孔傳：「言公……輔佐文、武、成、康，四世爲公卿。」《後漢紀・靈帝紀下》：「師範之功既昭於內，弼亮之勤亦著於外。」平章：商酌。漢蔡邕《上封事陳政要七事》：「宜追定八使，糾舉非法，更選忠清，平章賞罰。」《隋書・何稠傳》：「上因攬太子頸謂曰：『何稠用心，我付以後事，動静當共平章。』」後因以爲職官名。唐以尚書、中書、門下三省長官爲宰相，官高權重，故不常置，或選他官加同中書門下平章事之名，號「同平章事」同參國事，實以分宰相之權。睿宗時又有平章軍國重事之稱。宋因之，專由年高望重大臣擔任，位且在宰相上。上公：周制，太師、太傅、太保出封加一命，稱上公。《周禮・春官・典命》：「上公九命爲伯，其國家、宫室、車旗、衣服、禮儀皆以九爲節。」鄭玄注：「上公，謂王之三公有德者，加命爲二伯。二王之後亦爲上公。」古沿其名，而所指不盡一致。綱位宰相，故曰「上公」。

〔一六〕「五行」二句：五行：方術之一。六甲：遁甲之術。《後漢書・方術傳序》「其流又有風角遁甲」，李賢注：「遁甲，推六甲之陰而隱遁也。」南朝陳徐陵《在吏部尚書答諸求官人書》：「五行有驛馬之言，六甲有官鬼之説。」唐鍾離權《贈呂洞賓》：「三尸神，須打徹，進退天機明六甲。」按，二句蓋謂綱之命理，合乎造化之運。

〔一七〕「保民」二句：壽域：語出《漢書・禮樂志》：「願與大臣延及儒生，述舊禮，明王制，驅一世之民，濟之仁壽之域，則俗何以不若成康？壽何以不若高宗？」杜甫《上韋左相二十韻》：「八荒開壽域，一氣轉洪鈞。」謂太平盛世，人人得盡天年也。又專指長壽。邵雍《四喜》：「一喜長年爲壽域，二喜豐年爲樂國。三喜清閑爲福德，四喜安康爲福力。」簡宸衷：猶言「簡在帝心」，謂被天子之知遇也。《論語・堯曰》：「舜……曰：『予小子履，敢用玄牡，敢昭告于皇皇后帝：有罪不敢赦。帝臣不蔽，簡在帝心。』」邢昺疏：「『帝臣不蔽，簡在帝心』者……言桀居帝臣之位，罪過不可隱蔽，以其簡閱在天心故也。」李綱《送趙正之判宗室學之官閩中》：「帝心簡在方仄席，鋒車迅召行登庸。」宸衷，帝王之心意。沈約《瑞石像銘》：「泛彼遼碣，瑞我國東，有符皇德，乃眷宸衷，就言鷲室，棲誠梵宮。」

張丞相生朝二十韻〔一〕

鳳曆推炎德，宗臣繫重輕〔二〕。神開丹扆夢，人向紫巖生〔三〕。昴宿秋旻迥，坤維玉露清〔四〕。風雲符感遇，草木畏威名〔五〕。不有三靈助，寧無四海驚〔六〕。大江元帝渡，細柳亞夫營〔七〕。勁氣吞妖孽，深謀厲甲兵。天旋黄屋正，日轉赤墀明〔八〕。茅土宜班數，山河舊著盟〔九〕。濟時登袞職，命世屬阿衡〔一〇〕。社稷扶持了，乾坤整頓成〔一一〕。勛庸多部曲，陶冶遍公卿〔一二〕。牙帳羅旌棨，萱堂合鼓笙〔一三〕。誕辰尊壽母，善頌及難兄〔一四〕。慶積基墉固，源長福禄并〔一五〕。欲知貂珥貴，倍覺綵衣榮〔一六〕。象闕鋒車召，沙堤相印迎〔一七〕。指麾烽燧静，翊戴泰階平〔一八〕。老鶴三千歲，飛鵬九萬程〔一九〕。百川浮巨斝，快飲吸長鯨〔二〇〕。

【箋注】

〔一〕張丞相：張浚。生朝：生日。紹興九年作，參《年譜》頁二一三。

〔二〕「鳳曆」二句：鳳曆：國運。《左傳·昭公十七年》：「我高祖少皞摯之立也，鳳鳥適至，故紀於鳥，爲鳥師而鳥名，鳳鳥氏，曆正也。」後因以稱歲曆，兼指王朝正朔。庾信《周宗廟歌·昭夏》：「龍圖革命，鳳曆歸昌。」杜甫《上韋左相二十韻》：「鳳曆軒轅紀，龍飛四十春。」炎德：即火德，見前《葉少藴生朝》注二七。繫重輕：猶關乎國事之安危。宋蘇頌《開府潞公太師得謝西歸謹賦七言四韻詩五首拜送》四：「天下重輕常繫望，膝前謀議不言功。」宋邵雍《送王伯初學士赴北京機宜》：「丈夫志氣蓋棺定，自有雄圖繫重輕。」

〔三〕「神開」二句：丹扆夢：君王求賢之夢，猶周文王之夢姜子牙。丹扆：丹屏，君王所負，因借指君王。南朝梁元帝《上忠臣傳表》：「春詩秋禮，早蒙丹扆之訓。」司馬光《辭接續支俸劄子》：「自爾日望痊平，入覲丹扆，面陳至誠，庶得極竭。」紫巖：山崖紫色者。多指隱者所居。王績《古意》：「幽人在何所？紫巖有仙躅。」張浚號紫巖。

〔四〕「昴宿」二句：昴宿：見前《李丞相生朝》注三。秋旻：秋天；秋日天宇。《爾雅·釋天》：「春爲昊天，夏爲蒼天，秋爲旻天，冬爲上天。」謝靈運《北亭與吏民别詩》：「行久懷邱窟，景昃感秋旻。」李白《古風》一：「文質相炳焕，衆星羅秋旻。」坤維：見前《代上張丞相生朝四首》注九。

玉露：秋露。謝朓《泛水曲》：「玉露沾翠葉，金風鳴素枝。」杜甫《秋興》一：「玉露凋傷楓樹林，巫山巫峽氣蕭森。」按，二句指張生辰時候。

〔五〕「風雲」二句：感遇：感激知遇。晉庾亮《上疏乞骸骨》：「且先帝謬顧，情同布衣，既今恩重命輕，遂感遇忘身。」「草木」句：極言百姓之畏威懷德也。語本《國語·晉語八》：「民畏其威，而懷其德，莫能勿從。」《新唐書·張萬福傳》：「朕謂江淮木草亦知爾威名。」宋曹勛《和陳御帶見貽》：「四塞羌戎知號令，五軍貔虎畏威名。」

〔六〕「不有」二句：三靈助：見前《上張丞相十首》注一六。「寧無」句：難道天下無有動盪之事。四海驚，五代徐鈞《張良》：「博浪椎揮四海驚，虎狼雖暴已無秦。」此謂天下不寧。

〔七〕「大江」二句：元帝：東晉元帝，率司馬氏王室及中原士族南渡長江，定都建康，是爲東晉，號稱中興。事詳《晉書·元帝紀》。亞夫：周亞夫，漢景帝時大將。亞夫治軍嚴肅不苟，曾屯兵細柳營，景帝入營，亞夫戎裝迎駕而不下拜如常禮。按，二句一比時主，願其自振以致中興；一比張氏，稱其有古名將風概。

〔八〕「天旋」二句：見前《返正》篇注三。

〔九〕「茅土」二句：茅土，封爵。古天子分封王侯，以五色土築壇，按封地所向取一色土，包以白茅而授之，爲受封者得以有國建社之表徵。《文選·李陵〈答蘇武書〉》：「陵謂足下當享茅土之薦，受千乘之賞。」李善注：「《尚書緯》曰：『天子社，東方青，南方赤，西方白，北方黑，上冒以黄土，將封諸侯，各取方土，苴以白茅，以爲社。』」蔡邕《獨斷》卷下：「天下大社以五色土爲壇，皇子封爲王者受天子之社土，以所封之方色，東方受青，南方受赤，他如其方色，歸國以立社，故謂之受茅土。」班數：賜予禮遇。班：賞賜。《公羊傳・僖公三十一年》：「晉侯執曹伯，班其所取侵地于諸侯也。」數：禮數，儀節。《左傳・莊公十八年》：「今嬖寵之喪，不敢擇位，而數於守適。」杜預注：「不敢以其位卑，而令禮數如守適夫人。然則時適夫人之喪，弔送之禮，以過文、襄之制。」孔穎達正義：「今嬖寵賤妾之喪，不敢計擇妾位卑賤，而令禮數即同於守適夫人也。言守適者，夫守外職，妻守内職。言夫人守内官之適長，故以守適言夫人也。……劉炫云：『不敢擇取使人於卑賤之位，而禮數同於守内官之適夫人也。』」「山河」句：言君臣之際，早同山河結誓，意謂堅不可渝也。著盟：盟誓。古俗，人之設誓，必指天地山河明其心迹，如「有如白水」之類。《左傳・僖公二十四年》：「二十四年春，王正月，秦伯納之……及河，子犯以璧授公子曰：『臣負羈絏，從君巡於天下，臣之罪甚多矣……請由此亡。』公子曰：『所不與舅氏同心者，有如白水。』」杜預注：「子犯，重耳舅也。言與舅氏同心之明，如此白水，猶《詩》言『謂予不信，有如皦日』。」孔穎達正義：「諸言『有如』，皆是誓辭。有如日、有如河、有如皦日、有如白水，皆取明白之義，言心之明白如日、如水也；有如上帝、有如先君，言上帝先君明見其心，意亦同也。」陶潛《命子》：「書誓山河，啓土開封。」

〔一〇〕「濟時」二句：濟時：猶濟世，救時。《國語・周語中》：「寬所以保本也，肅所以濟時也。」李白《鄴中贈王大》：「欲獻濟時策，此心誰見明。」衮職：古代指三公之職。蔡邕《陳太丘碑文》：「弘農楊公，東海陳公，每在衮職，群僚賀之。」《三國志・魏書・崔林傳》：「（崔林）誠台輔之妙器，衮職之良才也。」命世：著名於當世。多以稱有治國之才者。《漢書·楚元王傳贊》：「聖人不出，其間必有命世者焉。」王安石《答子固南豐道中所寄》：「吾子命世豪，術學窮無間。」阿衡：商師保之官。《詩·商頌·長發》：「實維阿衡，實左右商王。」毛傳：「阿衡，伊尹也。」借指任國家輔弼之任，宰相之職。《世説新語·政事》「丞相末年略不復省事」，劉注引晉徐廣《歷紀》：「導阿衡三世，經綸夷險，政務寬恕，事從簡易。」

〔一一〕「社稷」二句：社稷扶持：五代貫休《大蜀皇帝潛龍日述聖德詩五首》：「社稷扶持似齊桓，百萬雄師貴可觀。」乾坤整頓：杜甫《洗兵馬》：「二三豪俊爲時出，整頓乾坤濟時了。」

〔一二〕「勛庸」二句：勛庸：功勛。《後漢書·荀彧傳》：「曹公本興義兵，以匡振漢朝，雖勛庸崇著，猶秉忠貞之節。」李商隱《行次昭應縣道上送户部李郎中充昭義攻討》：「早勒勛庸燕石上，佇光綸綍漢廷中。」庸：即功用，轉指功績。《説文》：「庸，用也。」部曲：部屬，見前《葉少藴生朝》注一四。「陶冶」句：謂其志其德，感動激勵遍於公卿。陶冶：教化培育。《漢書·董仲舒傳》：「臣聞命者天之令也，性者生之質也，情者人之欲也。或夭或壽，或仁或鄙，陶冶而成之，不能粹美。」顔注：「陶以喻造瓦，冶以喻鑄金也。言天之生人有似於此也。」

〔一三〕「牙帳」二句：牙帳：將帥大帳。將帥所居營帳前建牙旗，故名。《周書·異域傳下·突厥》：「可汗恒處於都斤山，牙帳東開，蓋敬日之所出也。」杜甫《寄董卿嘉榮十韵》：「聞道君牙帳，防秋近赤霄。」旌棨：旌旗與棨戟，貴官儀仗，借指貴官。《文選·謝朓〈始出尚書省〉詩》：「趨事辭官闕，載筆陪旌棨。」李善注引司馬彪《續漢書》：「公以下至二千石，騎吏四人皆帶劍棨戟爲前行。」杜甫《寄狄明府》：「汝曹又宜列土食，身使門户多旌棨。」羅：羅列。「萱堂」句：謂娱親之事。萱堂：母親所在。《詩·衛風·伯兮》：「焉得諼草，言樹之背。」毛傳：「諼草令人忘憂；背，北堂也。」陸德明釋文：「諼，本又作萱。」謂北堂樹萱，可以令人忘憂。古制，北堂爲主婦之居室，後因以指母親居室，藉指母親。唐陳元光《半徑廬居語父老》二：「丹心忠老母，白首媚萱堂。」鼓笙：蓋「鼓瑟吹笙」之省。《詩·小雅·鹿鳴》：「呦呦鹿鳴，食野之蘋。我有嘉賓，鼓瑟吹笙。」指娱親有人，蓋謂浚子孫興旺也。

〔一四〕「誕辰」二句：壽母：高年老母。尊敬之辭。《詩·小雅·閟宫》：「魯侯燕喜，令妻壽母。」唐李端《送楊少府赴陽翟》：「冠帶仁兄後，光輝壽母前。」善頌：「善頌善禱」之省。見前《代上張丞相生朝四首》注一四。難兄：「難兄難弟」之省。本指兄弟俱佳，不相上下，則爲兄亦不易，轉指賢兄。唐張説《岳州宴姚紹之》：「難兄金作友，媚子玉爲人。」元幹《滿庭芳·壽》「比渭濱甲子，尚父難兄」亦用此。

〔一五〕「慶積」二句：慶積：語本《易·坤·文言》：「積善之家，必有餘慶，積不善之家，必有餘殃。」謂家多福蔭。南朝宋王韶之《四廂樂歌廿首》四：「慶積自遠，告成在兹。」基墉固：喻基業之堅實。墉：墻垣。《詩·召南·行露》：「誰謂鼠無牙？何以穿我墉？」毛傳：「墉，墻也。」

〔一六〕「欲知」二句：貂珥：貂，貂尾；珥，插。侍中、常侍之冠，因插貂尾爲飾，故稱。左思《詠史詩八首》二：「金張藉舊業，七葉珥漢貂。」亦作珥貂。柳永《贈内臣孫可久》：「曾珥貂璫爲近侍，却紆絛褐作閑翁。」柳句意最明。

〔一七〕「象闕」二句：象闕：天子、諸侯宫門外之觀闕，爲懸示教令之所。代指朝廷。南朝宋劉義恭《登景陽樓詩》：「象闕對馳道，飛廉矚方塘。」唐許渾《汴河亭》：「百二禁兵辭象闕，三千宫女下龍舟。」鋒車：即追鋒車。輕便驛車，其行疾速，故名。《晉書·輿服志》：「追鋒車，去小平蓋，加通幰，如軺車，駕二。追鋒之名，蓋取其迅速也，施於戎陣之間，是爲傳乘。」李綱《送趙正之判宗室學之官閩中》：「帝心簡在方仄席，鋒車迅召行登庸。」沙堤：樞臣所行之路。見前《葉少藴生朝》注四。元幹《滿庭芳·壽富樞密》「此去沙堤步穩，調金鼎，七葉貂蟬」亦用此。

〔一八〕「指麾」二句：指麾：同指揮。杜甫《詠懷古迹五首》五：「伯仲之間見伊吕，指揮若定失蕭曹。」烽燧静：即静烽燧，平定戰亂。宋張孝祥《六州歌頭》：「干羽方懷遠，静烽燧，且休兵。」翊戴：見前《李丞相生朝》注一二。泰階：見前《奉送李叔易博士被召赴行在所》注一三。

〔一九〕「老鶴」二句：老鶴三千歲：賀壽吉語。語本晉崔豹《古今注·鳥獸》：「鶴千歲則變蒼，又二千歲變黑，所謂玄鶴也。」唐曹唐《小遊仙詩九十八首》：「遼東老鶴應慵惰，教探桑田便不回」；「與君一别三千歲，却厭仙家日月長。」飛鵬九萬程：語本《莊子·逍遥遊》：「諧之言曰：『鵬之徙於南冥也，水擊三千里，摶扶摇而上者九萬里，去以六月息者也。』」

〔二〇〕「百川」二句：此用杜甫《飲中八仙歌》：「左相日興費萬錢，飲如長鯨吸百川，銜杯樂聖稱世賢。」巨斝：大酒杯。斝：殷周貯酒器，有鋬、兩柱、三足、圓口。《詩·大雅·行葦》：「或獻或酢，洗爵奠斝。」毛傳：「斝，爵也。夏曰醆，殷曰斝，周曰爵。」泛指酒杯。南朝梁劉峻《廣絶交論》：「分雁鶩之稻粱，霑玉斝之餘瀝。」快飲：痛飲。浮：斟滿，即「浮大白」之浮。

七言律詩

次韵送友人過山陰郡，時夜别於舟中〔一〕

草草杯盤燦燭光，故人相對水雲鄉〔二〕。濤江君去訪秦望，丘壑我歸爲楚狂〔三〕。活國未逢三折臂，憂時空轉九回腸〔四〕。絶憐明發成南北，夢寐全無夜太長〔五〕。

【箋注】

〔一〕友人：不詳。山陰郡：即浙江紹興。紹興元年作，參《研究》頁三十。

〔二〕「草草」二句：「草草」句：王安石《别長安君》：「草草杯盤供笑語，昏昏燈火話平生。」水雲鄉：蘇軾《南歌子・别潤守許仲途》：「一時分散水雲鄉，惟有落花芳草斷人腸。」傅幹注：「江南地卑濕而多沮澤，故謂之水雲鄉。」

〔三〕「濤江」二句：濤江：錢塘江。蘇軾《次韵劉景文登介亭》：「西湖真西子，烟樹點眉目。濤江少醖藉，高浪翻雪屋。」秦望：秦望山。在紹興東南。相傳秦始皇東巡曾登此山以望南海，故名。《水經注·漸江水》：「又有秦望山，在州城正南。爲衆峰之傑，陟境便見。《史記》云：秦始皇登之以望南海。」李白《送友人尋越中山水》：「東海横秦望，西陵繞越臺。」王琦注：「施宿《會稽志》：『秦望山，在會稽縣東南四十里，舊經云衆嶺最高者。』」楚狂：典出《論語·微子》：「楚狂接輿歌而過孔子曰：『鳳兮鳳兮，何德之衰！』」邢昺疏：「接輿，楚人，姓陸名通，字接輿也。昭王時，政令無常，乃披髮佯狂不仕，時人謂之楚狂也。」李白《廬山謡寄盧侍御虚舟》：「我本楚狂人，鳳歌笑孔丘。」

〔四〕「活國」二句：活國：見前《上張丞相十首》注一〇。三折臂：指經驗漸多而造詣漸深。語出《左傳·定公十三年》：「齊高彊曰：『三折肱，知爲良醫。』」《孔叢子·嘉言》亦有此言，其説至周詳：「宰我使於齊而反，見夫子，曰：『梁邱據遇虺毒，三旬而後瘳，朝齊君……大夫衆賓並復獻攻療之方。弟子謂之曰：「夫所以獻方將爲病也。今梁邱已療矣，而諸夫子乃復獻方，方將安施？意欲梁邱大夫復有虺害當用之乎？」衆坐默然無辭。弟子此言何如？』夫子曰：『汝説非也。夫「三折肱爲良醫」。梁邱子遇虺毒而獲療，猶有與之同疾者，必問所以已之之方焉。衆人爲此故各言其方，欲售之以已人之疾也。』」此喻國之賢臣。九回腸：喻憂思鬱結難解。語本司馬遷《報任少卿書》：「是以腸一日而九迴。」三折臂、九回腸：古人用以對待爲文，幾成熟套。宋胡宿《山居》：「醫國有方三折臂，扣關無路九回腸。」宋陳與義《感懷》：「作吏不妨三折臂，搜詩空費九迴腸。」

〔五〕「絶憐」二句：明發：黎明。《詩·小雅·小宛》：「明發不寐，有懷二人。」朱熹集傳：「明發，謂將旦而光明開發也。」王維《春夜竹亭贈錢少府歸藍田》：「羨君明發去，采蕨輕軒晃。」又謂臨早起程。陸機《招隱》二：「明發心不夷，振衣聊躑躅。」南北：遠離隔絶貌。夢寐無：宋吴倜《宿大滌山》：「解驂投宿到蓬壺，骨冷魂清夢寐無。」夜太長：猶文人喜言「夜何長」。魏明帝《樂府詩》：「昭昭素明月，暉光燭我牀。憂人不能寐，耿耿夜何長。」宋賀鑄《廣四愁寄李謏》：「離憂欻來煎人腸，夜如何其夜何長。」元幹意同此。

喜王性之見過千金村〔一〕

春來書劄已西東，喜復相逢亂世中〔二〕。萬事變更唯舌在，三年流落轉塗窮〔三〕。雲收野寺侵廊水，月挂孤帆送客風〔四〕。賸欲留君明日住，夜闌難得一樽同〔五〕。

【箋注】

〔一〕王性之：名銍。汝陰人。居剡中，自稱汝陰老民。記問賅洽，尤長本朝故實，嘗撰七朝國史。紹興初詔給札奏御，爲樞密院編修官，會秦檜柄國中止，書竟不傳。有《雪溪集》《補侍兒小名録》《四六話》《談苑》等，《默記》尤有名後世。千金村：在今浙江歸安東南，屬湖州。見過：來訪。元幹與之過從甚久。建炎四年作，參《年譜》頁二一〇。

〔二〕「春來」二句：句式蓋本黃庭堅《追和東坡壺中九華》「試問安排華屋處，何如零落亂雲中」，而情味大不同。此意謂身處亂世，踪迹不定，音書難通，猶能意外相逢，是以欣喜也。西東：任意西東，意謂來去不定。楊炯《送劉校書從軍》：「離亭不可望，溝水自西東。」宋鄒浩《寄祁陽義明》：「賓主不知誰合散，江山何許自西東。」

〔三〕「萬事」二句：唯舌在：用蘇秦事。蘇秦西遊諸侯，其術不售，屯蹇殊甚，狼狽復東歸。人皆薄之。秦歸，開口示人，曰猶有舌在。事詳《史記》秦本傳。句謂己身流落不偶也。塗窮：窮途末路。嵇康《與山巨源絶交書》：「私意自試，必不能堪其所不樂，自卜已審，若道盡塗窮，則已耳。」王勃《滕王閣序》：「孟嘗高潔，空餘報國之情；阮籍倡狂，豈效窮途之哭？」「三年」句：元幹靖康元年離汴京南歸，至今實過三年，此概略言之。

〔四〕「雲收」二句：「雲收」句：告别之地。侵廊水：猶言水繞迴廊，謂居近流水。唐薛逢《題春臺觀》：「殿前松柏晦蒼蒼，杏繞仙壇水繞廊。」侵廊：逼入迴廊。蘇軾《南歌子・别潤守許仲塗》：「酒闌人散月侵廊。……一時分散水雲鄉。惟有落花芳草、斷人腸。」元幹蓋兼此二意。「月挂」句：告别之時。劉長卿《使回赴蘇州道中作》：「萬里無人空楚水，孤帆送客到魚臺。」

〔五〕「賸欲」二句：賸欲：猶言「甚欲」、「真欲」。本詩一曰「喜王性之見過」，再曰「喜復相逢亂世中」，「留君明日住」自是心所亟願。近人張相《詩詞曲語辭匯釋》：「賸，甚辭，猶真也；儘也；

頗也；多也；字亦作剩。」杜甫《舍弟觀赴藍田取妻子到江陵喜寄三首》二：「牘欲提携如意舞，喜多行坐白頭吟。」岑參《送張秘書充劉相公通汴河判官便赴江外覲省》：「鱸鱠剩堪憶，蓴羹殊可餐。」岑詩「剩」「殊」同義對舉，尤爲顯例。一樽同：謂同飲。韋應物《開元觀懷舊寄李二韓二裴四兼呈崔郎中嚴家令》：「方軫故物念，誰復一樽同。」歐陽修《送前巫山宰吴殿丞》：「俊域當年仰下風，天涯今日一樽同。」

次江子我遷居韻〔一〕

平生自省宜三黜，老去何心望九遷〔二〕。避地湖山聊復爾，脱身兵火想當然〔三〕。浮家泛宅非無計，坎止流行本信緣〔四〕。猶恐驚濤翻四海，直須化鶴作飛仙〔五〕。

【箋注】

〔一〕江子我：江端友（？—一一三四），字子我，號七里先生。開封陳留人。江休復孫，鄰幾子，端禮弟。早年隱居，不赴科舉。欽宗靖康元年賜同進士出身，爲諸王府贊讀。上書辨宣仁後誣謗，遭黜，渡江寓居桐廬。高宗建炎元年官兩浙福建路撫諭使，紹興二年主管江州崇道觀，三年權太常少卿。四年卒於温州。有《七里先生自然集》七卷，已佚。建炎四年作，參《年譜》頁三七九。

〔二〕「平生」二句：三黜：宦途不利。《論語・微子》：「柳下惠爲士師，三黜。人曰：『子未可以去乎？』曰：『直道而事人，焉往而不三黜？』」宋呂陶《聞説一首寄與可爲堯夫作》：「平生直道宜三黜，自古周防用四知。」江靖康元年、建炎二年皆遭貶黜，是仕途不如意者。九遷：屢次升遷。漢蔡邕《表太尉董公可相國》：「昭發上心，故有一日九遷。」韓愈《上張僕射書》：「苟如是，雖日受千金之賜，一歲九遷其官，感恩則有之矣。」

〔三〕「避地」二句：避地：遷地以避災禍。見前《送江子我歸嚴陵》注三。聊復爾：「聊復爾耳」之省，謂姑且如此而已，猶今語「也就那樣罷了」。語出《世説新語・任誕》：「阮仲容步兵居道南，諸阮居道北，北阮皆富，南阮貧。七月七日，北阮盛曬衣，皆紗羅錦綺。仲容以竿挂大布犢鼻褌於中庭。人或怪之。答曰：『未能免俗，聊復爾耳！』」宋徐鉉《送湯舍人之陳州》：「尼父恓惶地，離情向此偏。家貧聊復爾，道在肯徒然。」想當然：見前《奉和希道新句兼簡祖穎漕使》注一一。

〔四〕「浮家」二句：浮家泛宅：見前《過白彪訪沈次律有感十六韵》注一四。坎止流行：遇坎而止，乘流則行，喻進退不强求苟得。語本《漢書・賈誼傳》：「寥廓忽荒，與道翱翔。乘流則逝，得坎則止。」顔師古注：「孟康曰：『《易》坎爲險，遇險難而止也。』張晏曰：『謂夷易則仕，險難則隱也。』」黄庭堅《贈李輔聖》：「舊管新收幾妝鏡，流行坎止一虚舟。」按，二句謂出處窮達，自有定數也，蓋相與寬慰之辭。

〔五〕「猶恐」二句：驚濤：曹丕《滄海賦》：「驚濤暴駭，騰踴澎湃。」宋吕陶《次韵答何爽監簿二首》一：「廢井心情傷汲綆，沈舟氣象怯驚濤。」按，句蓋喻世故變幻可畏也。化鶴飛仙：《搜神後記》卷一：「丁令威本遼東人，學道於靈虚山，後化鶴歸遼。」王勃《出境遊山二首》一：「化鶴千齡早，元龜六代春。」按，句謂出方外也。

次趙次張見遺之什韵〔一〕

海邊游子日思歸，新句勞君更置規〔二〕。莫問人間多貝錦，正如天上有參旗〔三〕。寄書只欲憑黄耳，去路誰能畏赤眉〔四〕。定與故巢猿鶴老，此生無愧北山移〔五〕。

【箋注】

〔一〕趙次張：名九齡。游京師，遇名龍可者飲於市肆，龍牽九齡臂迫共飲，並留之。一日同出城外比射，龍十發十中，俄謂九齡曰，後三年此處皆北人，城必破。後果如其言。九齡嘗爲李綱所辟，綱罷，九齡亦歸。又嘗識岳飛于行伍。趙鼎欲用之，有譖者沮而止。建炎三年冬作，參《年譜》頁三六八。

〔二〕「海邊」二句：新句：新詩篇。張籍《使回留别襄陽李司空》：「回首吟新句，霜雲滿楚城。」王安石《與郭祥正太博書》三：「承示新句，但知嘆愧。」此指趙之來詩。置規：給予規正。黄庭堅《晁張和答秦觀五言予亦次韻》：「置規豈惟君，亦自警弛慢。」新句置規：謂指正己所作和詩也。

〔三〕「莫問」二句：貝錦：《詩・小雅・巷伯》：「萋兮斐兮，成是貝錦。」朱熹集傳：「言因萋斐之形，而文致之以成貝錦，以比讒人者因人之小過而飾成大罪也。」《周書・宇文測傳》：「太祖怒曰：『測爲我安邊，吾知其無貳志，何爲間我骨肉，生此貝錦！』乃命斬之。」李綱《仲輔和寄送季弟詩復次韻寄之》二：「遭罹貝錦如吾少，漂泊兵戈見汝難。」參旗：星宿名，古人以爲預兆人間安定與否。《史記・天官書》：「參爲白虎……其西有句曲九星，三處羅：一曰天旗，二曰天苑，三曰九游。」正義：「參旗九星，在參西，天旗也，指揮遠近以從命者。王者斬伐當理，則天旗曲直順理；不然，則兵動於外，可以憂之。若明而稀，則邊寇動；不然，則不。」李商隱《明日》：「天上參旗過，人間燭焰銷。」蓋謂天命有在，無庸喪心失氣，相互寬慰之辭也。

〔四〕「寄書」二句：「寄書」句：用陸機故事。典出《晉書・陸機傳》：「初機有駿犬，名曰黄耳，甚愛之。既而羈寓京師，久無家問，笑語犬曰：『我家絶無書信，汝能齎書取消息不？』犬摇尾作聲。機乃爲書以竹筩盛之而繫其頸，犬尋路南走，遂至其家，得報還洛。」後即以喻指信使。元好問《懷益之兄》：「黄耳定從秋後到，白頭新自夜來生。」「去路」句：杜甫《巫峽敝廬奉贈侍御四舅別之澧朗》：「赤眉猶世亂，青眼只途窮。」元幹此化用之。去路：前進之路。晉阮侃《答嵇康詩二首》二：「四牡一何速，征人去路長。」唐項斯《漢南遇友人》：「積雲開去路，曙雪疊前峰。」赤眉：王莽新建，天鳳五年，琅邪人樊崇、東莞人逄安、臨沂人徐宣等相繼起義，衆至三十萬，以赤色涂眉爲標幟，號「赤眉軍」。事具《東觀漢記・赤眉載記》《後漢書・劉盆子傳》等。此藉指當時世亂。

〔五〕「定與」二句：故巢：舊宅，老家。李白《憶舊遊寄譙郡元參軍》：「余既還山尋故巢，君亦歸家度渭橋。」猿鶴老：南唐朱存《東山》：「鎮物高情濟世才，欲隨猿鶴老岩隈。」喻趙之脱俗。北山移：南朝齊孔稚圭有名文《北山移文》，專以嘲謔僞隱者，而用見真隱之貞正。杜甫《覃山人隱居》：「南極老人自有星，北山移文誰勒銘。」宋蘇過《贈詩僧從信》：「試草北山移，爲我招琴聰。」按，二句謂決爲真隱也。

過雲間黄用和新圃〔一〕

繚池塍欲開花徑，傍舍先須作草堂。雨後不妨頻檢校，客來留得共徜徉〔二〕。
故園怪我歸何晚，避地輸君樂未央〔三〕。待得功成方卜築，豈如强健享風光。

【箋注】

〔一〕雲間：今上海松江。黄用和：名鍰，福建浦城人。徽宗政和五年進士。從楊時學，甚見器重。欽宗靖康初李綱宣撫河東，辟爲幕屬。高宗紹興六年，以范沖薦，與吕本中同被召赴行在。七年拜監察御史，首陳七事，深見嘉納。除江西提點刑獄，力求奉祠以卒。有《論語類觀》《唐史篤論》等。元幹蓋與之相識於李之幕府。建炎元年春作，參《研究》頁二四。

〔二〕「雨後」二句：頻檢校：時時料理。宋人似好用此語。沈與求《曾守病目以治法與之有詩見貽次其韵》：「聞道牙籤檢校頻，昏花錯莫亂驚塵。」朱熹《雲谷合記事目效俳體戲作三詩寄季通》三：「想應頻檢校，衹恐欠方兄。」元幹《冬夜書懷呈富樞密》：「京洛交遊頻檢校，渡江今有幾人存。」共徜徉：一同流連。宋郭祥正《春水》：「田疇資灌溉，鷗鳥共徜徉。」

〔三〕「故園」二句：怪我：猶今言認爲我所爲奇怪。岑參《還高冠潭口留别舍弟》：「遥傳杜陵叟，怪我還山遲。」歐陽修《再至西都》：「伊川不到十年間，魚鳥今應怪我還。」歸何晚：自責萌退意太遲。杜甫《野望》：「獨鶴歸何晚，昏鴉已滿林。」張耒《離宛丘斗門》：「獨客歸何晚，平蕪遠更連。」避地：見前《送江子我歸嚴陵》注三。輸君：猶今言不及你。宋魏野《送太白山人俞太中之商於訪道友王知常泊歸故山》：「羡我詩中偶有名，輸君物外更無縈。」曾鞏《題祝道士房》：「功名自古時應少，山水輸君樂最多。」樂未央：此漢以來吉語意謂歡樂無窮盡。

蘭溪舟中寄蘇粹中〔一〕

氣吞萬里境中事，心老經年江上行。三徑已荒無蟻夢，一錢不直有鷗盟〔二〕。

雲收遠嶂晚風熟，浪打寒灘春水生〔三〕。鴻雁北飛知我意，爲傳詩句濮陽城〔四〕。

【箋注】

〔一〕蘭溪：富春江上游支脈之一。蘇粹中：元幹友人。生平不詳。元幹《跋江天暮雨圖》云：「憶丙午之冬，吾三人者，苏粹中在焉。情文投合，皆親友好兄弟。」

〔二〕「三徑」二句：三徑荒：語本陶潛《歸去來辭》：「三徑就荒，松竹猶存。」唐皇甫曾《張芬見訪郊居作》：「三徑荒蕪羞對客，十年衰老愧稱兄。」三徑：典出趙岐《三輔決録·逃名》：「蔣詡歸鄉里，荆棘塞門，舍中有三徑，不出，唯求仲、羊仲從之遊。」後因以指歸隱之所。蟻夢：唐李公佐《南柯太守傳》云：淳于棼夢至槐安國，國王以女妻之；初任南柯太守，富貴一時；後出征失敗，公主亦死，被遣回。棼忽覺悟，見槐樹下有蟻穴，即夢中所歷槐安國；南柯則槐樹南枝下另一蟻穴。其後文人遂用爲典實，以「蟻夢」指虚幻夢境，喻世間萬事之空幻不足依恃。宋釋德洪《再和答師復五首》五：「聞道客亭炊未熟，坐看凍蟻夢中游。」宋周紫芝《張鰲詩》：「椿年亦細事，蟻夢輕封侯。」一錢不直：語出《史記·魏其武安侯列傳》：「（灌夫）起行酒……時武安不肯。行酒次至臨汝侯，臨汝侯方與程不識耳語，又不避席。夫無所發怒，乃罵臨汝侯曰：『生平毀程不識不直一錢，今日長者爲壽，乃效女兒呫囁耳語！』」本爲輕人之語，後亦轉指無德能可以行於世稱於人。陸龜蒙《丁隱君歌》：「前度相逢正賣文，一錢不直虛云云。」鷗盟：謂與鷗鳥爲友。典出《列子·黃帝》：「海上之人有好漚鳥者，每旦之海上，從漚鳥遊，漚鳥之至者百住而不止。其父曰：『吾聞漚鳥皆從汝遊，汝取來，吾玩之。』明日之海上，漚鳥舞而不下也。」「漚」即鷗。黄庭堅《登快閣》：「萬里歸船弄長笛，此心吾與白鷗盟。」按，句謂無所貢獻於時，尚有隱退處也。

〔三〕春水生：喻隱居之樂。杜甫《春水生》：「二月六夜春水生，門前小灘渾欲平。鸕鷀鸂鶒莫漫喜，吾與汝曹俱眼明。」元幹蓋用其意。

〔四〕濮陽城：在今河南濮陽。

别綬老〔一〕

無端流落迫殘年，三十南山訪老禪〔二〕。未契安心了難覓，不如同世且隨緣〔三〕。頻移竹几負寒日，旋拾松梢炊晚烟〔四〕。珍重孤雲出山去，東西南北一青天〔五〕。

【箋注】

〔一〕綬老：禪宗僧人，未詳。元幹尊之爲「老禪」。

〔二〕「無端」二句：無端流落：不安定貌。宋釋月磵《謝無文惠書不至》：「一幅無文倍息全，無端流落水雲邊。」迫殘年：臨近晚年。元幹蓋已衰老。三十、南山：俱不詳。

〔三〕「未契」二句：安心難覓：《汾陽無德禪師語録》卷上：「師示衆云：『昔日少林，何異今朝？然則古今不同，法且無二。二祖（慧可）云：「學人不安。請師安心。」初祖（達摩）云：「將心來，與汝安。」二祖云：「覓心了不可得。」初祖云：「爲汝安心竟。」當下便明悟：自心不在、内外中間，信得決定，不從他覓，承當更無疑滯。』」《五燈會元》卷一即載此故事。其理實本《金剛經》：「過去心不可得，現在心不可得，未來心不可得。」王安石《即事》：「云從無心來，還向無心去。無心無處尋，莫覓無心處。」同世隨緣：猶言與世浮沈也。釋德洪《百丈大智禪師真贊》：「同世之波，壽九十二。」元幹同其意。

〔四〕「頻移」二句：頻移竹几：李商隱《寓興》：「樹好頻移榻，雲奇不下樓。」宋張方平《秦州晚宴即席示諸賓僚》：「香隨芳樹頻移席，晴愛遥山久凭欄。」負寒日：宋周行己《次君陟見志韵》：「不如歸來負寒日，食芹得味絶不去。」負：即謂負曝、負暄。語出《列子·楊朱》：「昔者宋國有田夫，常衣緼黂，僅以過冬。暨春東作，自曝於日，不知天下之有廣厦隩室，綿纊狐貉。顧謂其妻曰：『負日之暄，人莫知者。以獻吾君，將有重賞。』」

〔五〕「珍重」二句：孤雲：指綬老。「東西南北」句：祝願綬老隨處行脚宣教而所見皆安寧太平也。東西南北：鮑照《擬行路難十八首》四：「瀉水置平地，各自東西南北流。」隋陰長生《遺世四言詩》：「惟予垂髮，少好道德。棄家隨師，東西南北。」一青天：喻太平景象。宋吴曾《能改齋漫録》卷一一記姚嗣宗《述懷》斷句：「大開雙白眼，只見一青天。」元幹同其意。

次江子我聞角韵〔一〕

夫差故國縈寒水，鐵馬南來忽振纓〔二〕。城上昏鴉爭接翅，舟中逐客謹逃名〔三〕。胡笳怨處風微起①，濁酒醒時夢易驚〔四〕。飄泊似聞山寺近，真成夜半聽鐘聲〔五〕。

【校】

① 胡笳：文淵閣本作「悲笳」，據國圖藏本改。

【箋注】

〔一〕聞角：聽見號角之聲。靖康元年作，參《年譜》頁三五一。

〔二〕「夫差」二句：夫差故國：吴地。南宋所轄。夫差：春秋吴王闔閭子。闔閭傷於越勾踐而死，夫差誓爲復仇，大敗越。勾踐乞和。後勾踐滅吴，夫差自殺。事具《國語・吴語》《史記・吴世家》等。振纓：謂隱居。語本《文選・夏侯湛〈東方朔畫贊〉》：「臨世濯足，希古振纓。」劉良注：「臨世而隱，如古之漁父濯足振纓也。言隨時清濁，以隱於俗也。振，亦濯也。」錢起《過曹鈞隱居》：「濟濟振纓客，烟霄各致身。」此指江之隱居。

〔三〕「城上」二句：昏鴉接翅：禽鳥多貌。杜甫《復愁十二首》二：「釣艇收緡盡，昏鴉接翅稀。」宋李復《出門》四：「昏鴉接翅歸，不聞鳳鳥音。」逐客：遭遷謫者。謂江。杜甫《題鄭十八著作丈故居》：「亂後故人雙别淚，春深逐客一浮萍。」王安石《次韵子履遠寄之作》：「飄然逐客出都門，士論應悲玉石焚。」逃名：回避世俗聲譽。典出《後漢書・逸民列傳・法真》：「辟公府，舉賢良，皆不就。同郡田弱薦真……會順帝西巡，弱又薦之。帝虚心欲致，前後四徵。真曰：『吾既不能遁形遠世，豈飲洗耳之水哉？』遂深自隱絶，終不降屈。友人郭正稱之曰：『法真名可得聞，身難得而見，逃名而名我隨，避名而名我追，可謂百世之師者矣！』」李白《宣州九日聞崔四侍御與宇文太守遊敬亭余時登響山不同此賞醉後寄崔侍御二首》二：「遠訪投沙人，因爲逃名客。」按，二句謂世多利禄之徒，難可同立，故謹隱居以避之。

〔四〕「胡笳」二句：笳：軍中號角，其聲悲壯。濁酒醒：即謂酒醒。濁酒：謙稱之辭。唐張白《醪歌》：「山花頭上插，濁酒口中斟。醉眼看醒漢，忙忙盡喪真。」宋郭祥正《戴氏鹿峰亭二首呈同遊》二：「但願有濁酒，長嘯此峰下。醉醒醒復醉，黄金任高價。」濁酒：以糯米、黄米等釀製，所出酒較渾濁。夢易驚：李商隱《思歸》：「魚亂書何托，猿哀夢易驚。」宋劉敞《鎖宿禮部中夜口號》：「浮雲不動月微明，錦帳香寒夢易驚。」

〔五〕「飄泊」二句：飄泊：東奔西走，行止無定。《魏書·袁式傳》：「雖羈旅飄泊，而清貧守度，不失士節。」夜半聽鐘聲：張繼《楓橋夜泊》：「姑蘇城外寒山寺，夜半鐘聲到客船。」按，此句應首句「夫差故國」也。

次韵奉呈公澤處士〔一〕

屏迹苕溪少往還，時危尤覺故人歡〔二〕。相期臘盡屠蘇酒，速享春來苜蓿盤〔三〕。雪夜劇談戎馬入①，風江絶嘆鐵衣寒〔四〕。何年天上旄頭落，併滅穹廬舊契丹②〔五〕。

【校】

①戎馬入：文淵閣本作「烽火急」，據文津閣、文瀾閣本改。

②「何年」二句：文淵閣本作「何年塞上烟氛静，薄海蒼生慶乂安」，據國圖藏本改。

【箋注】

〔一〕公澤處士：不詳。建炎四年作，參《年譜》頁三七四。

〔二〕「屏迹」二句：苕溪：水名。有二源：出浙江天目山之南者爲東苕，出天目山之北者爲西苕。兩溪合流，由小梅、大溇兩湖口注入太湖。夾岸多苕，秋後花飄水上如飛雪，故名。羅隱《寄第五尊師》：「苕溪烟月久因循，野鶴衣製獨繭綸。」元幹《賀新郎·寄李伯紀丞相》：「喚取謫仙平章看，過苕溪，尚許垂綸否。」「時危」句：天下動盪，友人相見倍覺珍貴。杜甫《奉待嚴大夫》：「殊方又喜故人來，重鎮還須濟世才……身老時危思會面，一生襟抱向誰開。」李綱《寄沙陽鄧季明二首》一：「海上歸來近七峰，故人猶冀一樽同。心憂世故存當日，身履時危到此中。」

〔三〕「相期」二句：屠蘇酒：古俗，正月初一飲屠蘇酒。南朝梁宗懔《荆楚歲時記》：「(正月一日)長幼悉正衣冠，以次拜賀，進椒柏酒，飲桃湯，進屠蘇酒……次第從小起。」蘇轍《除日》：「年年最後飲屠酥，不覺年來七十餘。」苜蓿盤：宋計有功《唐詩紀事·薛令之》：「及第，遷右庶子。開元中，東宮官僚清淡，令之題詩自悼曰：『朝日上團團，照見先生盤。盤中何所有，苜蓿長闌干。』」生活清貧貌。梅堯臣《江鄰幾寄羊羓》：「蒺藜苗盡初蕃息，苜蓿盤空莫嘆嗟。」黃庭堅《戲答史應之三首》二：「老萊有婦懷高義，不厭夫家苜蓿盤。」

〔四〕「雪夜」二句：鐵衣寒：征人衣服冰冷，喻征戰生活之寒苦。唐沈傳師《寄大府兄侍史》：「積雪山陰馬過難，殘更深夜鐵衣寒。」語本《木蘭辭》：「朔氣傳金柝，寒光照鐵衣。」風江：江上有疾風貌。張九齡《江上遇疾風》：「疾風江上起，鼓怒揚烟埃。」韓愈《次石頭驛寄江西王十中丞閣老》：「寒日夕始照，風江遠漸平。」

〔五〕「何年」二句：意謂何時能消滅侵略者。

次友人寒食書懷韵二首〔一〕

往昔昇平客大梁，新烟然燭九衢香〔二〕。車聲馳道内家出，春色禁溝宫柳黄〔三〕。陵邑秖今稱虜地①，衣冠誰復問唐裝〔四〕。傷心寒食當時事，夢想流鶯下苑墻〔五〕。

孤生投老急菟裘，萬里雲山已倦游〔六〕。共喜石交逢異縣，更陪綵筆賦春愁〔七〕。無心俯仰猶多事，與世浮湛已拙謀〔八〕。冷雨吹花作寒食，三杯軟飽且眠休〔九〕。

【校】

① 稱虜地：文淵閣本作「非漢土」，據南圖藏本改。

【箋注】

〔一〕友人：不詳。不知元幹是否故諱言之。

〔二〕「往昔」二句：大梁：今河南開封市西北。本戰國魏都，隋唐以後通稱今之開封地。韓愈《送僧澄觀》：「愈昔從軍大梁下，往來滿屋賢豪者。」然燭：燃燭。九衢香：寒食清明之時內府「賜火」於外臣燃蠟爲節事，此蓋古俗也。韓翃《寒食》：「春城無處不飛花，寒食東風御柳斜。日暮漢宮傳蠟燭，輕烟散入五侯家。」實爲元幹所本。九衢：《楚辭·天問》：「靡蓱九衢，枲華安居。」王逸注：「九交道曰衢。」謂街市繁華也。按，此蓋隱指己嘗受知朝廷也。

〔三〕「車聲」二句：馳道：古代供君王行駛車馬的道路。《禮記·曲禮下》：「歲凶，年穀不登，君膳不祭肺，馬不食穀，馳道不除，祭事不縣。」禁溝：同「御溝」，流經宮苑的河道。《中華古今注》：「長安御溝……亦曰禁溝，引終南山水從宮內過，所謂御溝。」韓愈《早春遊楊尚書林亭》：「墻下春渠入禁溝，渠冰初破滿渠浮。」宮柳黄：謂內府春色之盛。李白《古風》八：「咸陽二三月，宮柳黄金枝。」宋祁《春帖子詞夫人閣十首》九：「一番宮柳黄烟重，百種盤蔬紫甲新。」

〔四〕「陵邑」二句：陵邑：見前《感事四首丙午冬淮上作》注七。祇今：即今，目前。唐裝：泛指中華服飾。宋周紫芝《新作布裘二絶》二：「但知野服尋山便，不學唐裝又晉裝。」自注：「近時士大夫衣冠制度，往往有效二代者，謂之唐裝、晉裝。」元幹《呂公像》一：「巾裹唐裝本布衣，平生唯識一鍾離。」此謂不染雜胡風。

〔五〕「傷心」二句：傷心寒食：宋郭祥正《書無想山先域屋壁二首》二：「寒食年年一度來，傷心搯涕陟崔嵬。」宋賀鑄《送潘景仁之官嶺外兼寄桂林從叔》：「傷心客路逢寒食，回首家園但夕陽。」當時事：未詳。「夢想」句：仍冀下情有所上達也。夢想：本謂夢中生想。司馬相如《長門賦》：「忽寢寐而夢想兮，魄若君之在旁。」轉指空想，妄想。蘇軾《贈清凉寺和長老》：「老去山林徒夢想，雨餘鐘鼓更清新。」流鶯下苑墻，温庭筠《題柳》：「羌管一聲何處曲，流鶯百囀最高枝。千門九陌花如雪，飛過宮墻兩不知。」唐鄭谷《燕》：「千言萬語無人會，又逐流鶯過短墻。」釋德洪《和余慶長老春十首》之四：「葉雲誰剪茈花身，花底何人笑語頻。應是流鶯訴心事，窺墻欲見恨無因。」元幹蓋兼此數意鎔鑄之，而晦其言，蓋所以免於因言賈禍耳，全篇遂愈益所謂風人之趣。

〔六〕「孤生」二句：孤生：孤陋者。自謙之詞。《後漢書·周榮傳》：「榮曰：『榮江淮孤生……今復得備宰士，縱爲竇氏所害，誠所甘心。』」柳宗元《南磵中題》：「去國魂已遠，懷人淚空垂。孤生易爲感，失路少所宜。」范仲淹《與韓魏公書》：「前時寵示第三文字，極切當，頗爲孤生之助。」投老：垂老，臨老。《後漢書·循吏傳·仇覽》：「母守寡養孤，苦身投老，奈何肆忿於一朝，欲致子以不義乎？」陶潛《感士不遇賦》：「夷投老以長飢，回早夭而又貧。」急菟裘：以得隱居之地爲急。菟裘：地在今山東泗水縣。《左傳·隱公十一年》：「羽父請殺桓公，以求大宰。公曰：『爲其少故也，吾將授之矣。』使營菟裘，吾將老焉。」杜預注：「菟裘，魯邑，在泰山梁父縣南。不欲復居魯朝，故别營外邑。」謂告老退隱所居也。白居易《重修香山寺畢題二十二韵以紀之》：「可憐終老地，此是我菟裘。」蘇軾《和子由四首》一《韓太祝送游太山》：「聞道逢春思濯錦，便須到處覓菟裘。」萬里雲山：蘇軾《贈王子直秀才》：「萬里雲山一破裘，杖端閑挂百錢游。」宋廖剛《題歸安寺》：「少陵祇爲趨朝懶，萬里雲山取次歸。」

〔七〕「共喜」二句：石交：友朋之交誼堅固者。語出《史記・蘇秦列傳》：「大王誠能聽臣計，即歸燕之十城。燕無故而得十城，必喜；秦王知以己之故而歸燕之十城，亦必喜。此所謂棄仇讎而得石交者也。」《三國志・蜀書・楊洪傳》：「石交之道，舉讐以相益，割骨肉以相明，猶不相謝也。」黄庭堅《和邢惇夫秋懷》七：「萬里投諫書，石交化豺虎。」異縣：他鄉。參前《賦漳南李幾仲安齋詩》「異鄉縣」。「更陪」句：謂得讀友人大作，感動於心，必有淺薄之篇與彼唱和。此篇中應題之法也。綵筆：典出《南史・江淹傳》：「(淹)又嘗宿於冶亭，夢一丈夫自稱郭璞，謂淹曰：『吾有筆在卿處多年，可以見還。』淹乃探懷中得五色筆一以授之。爾後爲詩絶無美句，時人謂之才盡。」後率以喻文華之美。杜甫《秋興》八：「綵筆昔曾干氣象，白頭吟望苦低垂。」春愁：南朝梁元帝《春日》：「春愁春自結，春結詎能申。」唐張祜《折楊柳枝》一：「傷心日暮烟霞起，無限春愁生翠眉。」按，元幹此篇，皆賦春日感興，亦所謂「春愁」也。

〔八〕「無心」二句：浮湛：隨波逐流。司馬遷《報任安書》：「故且從俗浮湛，與時俯仰。」顔師古注：「湛，讀曰沈。」《説文》：「湛，没也。」段玉裁注：「古書『浮沈』字多作『湛』。『湛、沈』古今字。『沉』又『沈』之俗也。」范成大《次韻耿時舉苦熱》：「浮湛放蕩從今始，悔把長裾强沐薰。」拙謀：計謀笨拙無智巧者。語出《書·盤庚上》：「予亦拙謀作乃逸。」韓愈《宿曾江口示姪孫湘二首》二：「嗟我亦拙謀，致身落南蠻。」宋羅大經《鶴林玉露》卷一：「昔孔明斬馬謖，已爲失計，魏公襲其事，幾於自壞萬里長城，至於詐張端旗，尤爲拙謀，徒足以召敵人之笑，沮我師之氣耳。」

〔九〕「冷雨」二句：「冷雨」句：姚合《送馬戴下第客遊》：「鳥啼寒食雨，花落暮春風。」梅堯臣《梨花憶》：「開因寒食雨，落盡故園風。」范成大《次韻唐幼度客中幼度相別數年復會於錢塘湖上》：「西湖冰泮緑生鱗，料峭東風欲中人。花片不禁寒食雨，鬢絲猶那湧金春。」元幹同此詩意。「三杯」句：蘇軾《發廣州》：「三杯軟飽後，一枕黑甜餘。」自注：「浙人謂飲酒爲軟飽。」其後遂用此爲典實。宋釋紹嵩《再代和通字韵》：「三杯軟飽千林暝，萬事從來一笑空。」王洋《以芋易酒于應求》：「岷田到死無饑苦，軟飽三杯醒又飢。」劉一止《太簡齋即事二首》：「自酌甕醅能軟飽，借人布被得奇温。」休：助詞，唐宋恒語，猶言「耳」、「罷」。杜甫《徐卿二子歌》：「丈夫生兒有如此二雛者，名位豈肯卑微休！」楊萬里《江行七日阻風至繁昌舍舟出陸》：「山行辛苦水行愁，只是詩人薄命休！」按，此實牢騷語也。

訪親于連江，因過筠溪，叩門循行，嘆其荒翳不治，有懷普現居士，口占此章〔一〕

筠莊主人何未歸，溪畔長林穿翠微〔二〕。此去功名時欲至，箇中車馬迹全稀〔三〕。茅茨漏久蝸涎篆，籬落欹多蛛網圍〔四〕。公肯借菴容我老，爲公朝夕掃柴扉。

【箋注】

〔一〕連江：屬福建。筠溪：在連江西山，亦稱「濂湖」。元幹《青玉案》四：「誰道筠溪歸計近。秋風催去，鳳池難老，長把中書印。」亦有其語。本謂叢竹中流也。杜牧《適高秋企望題詩十韵》：「蘭畹晴香嫩，筠溪翠影疏。」荒翳不治：蕪没不理。紹興十六年作，參《年譜》頁二一五。

〔二〕筠莊主人：李彌遜。彌遜（一〇八九—一一五三），字似之，號筠溪，又號普現居士，吴縣（今江蘇蘇州）人，撰子。大觀三年進士，政和間累官起居郎，以封事切責，貶知廬江縣，垂二十年。靖康間歷知饒州，紹興七年復還起居郎，鯁切如初。秦檜當國，贊和議，彌遜極論之，遂引疾去，知端漳二州。歸隱連江西山，十餘年間，常憂國，無怨懟意。《宋史》卷三八二有傳。參《研究》頁一〇六。

〔三〕「此去」二句：箇中：此中。唐寒山《詩》之二五五：「若得箇中意，縱横處處通。」陸游《春殘》：「箇中有佳處，袖手看人忙。」車馬迹全稀：謂門無塵雜也。其意實本之陶潛《飲酒二十首并序》五：「結廬在人境，而無車馬喧。」鮑照《代邊居行》：「陋巷絶人徑，茅屋摧山岡。不睹車馬迹，但見麋鹿場。」

〔四〕「茅茨」二句：茅茨漏：庾信《小園賦》：「崎嶇兮狹室，穿漏兮茅茨。」茅草所結屋頂，謂茅屋。《墨子·三辯》：「昔者堯舜有茅茨者，且以爲禮，且以爲樂。」蝸涎篆：蝸涎如篆字之蜿蜒宛轉也。宋文同《訪古寺老僧不遇書壁》：「蛛絲網窗户，蝸涎篆墻壁。」宋曾幾《東軒小室即事五首》之二言之最妙：「鼠迹印塵几，蝸涎篆書帷。兒童勿除去，佳處正在兹。人言有何好，此段真成癡。俗子徒敗意，幽懷定誰知。」蝸涎：蝸行之迹。杜牧《華清宫》：「鳥啄摧寒木，蝸涎蠹畫梁。」籬落欹：唐薛能《桃花》：「籬落欹臨竹，亭台盛間松。」按，二句謂居所破敗而不事修葺，蓋示心逃物役也。

奉同公直圯老過應夫石友齋〔一〕

王郎胸次鬱崢嶸，鑿牖開軒不浪名〔二〕。疾世政須論石友，絶交今已見方兄〔三〕。我曹自笑真同病，吾道誰當爲主盟〔四〕。但得此心如此老，故人寧復負平生。

【箋注】

〔一〕公直：不詳。圮老：黄石（一一一〇—一一七五），字圮老，松山人。喜論國家利害。紹興七年上書，言内事可治者七，外事可治者四，衆議以爲「切時可行」，頗邀稱賞。八年中進士，歷任福州、建康教授，校書郎，著作佐郎，司封員外郎，右司員外郎，左司員外郎，江東轉運副使等職。唐仲友評爲「静而能謀，柔而不傾。學耻虚文，而實用之爲貴；論不阿世，而君民之爲從。可以爲天子近臣」。卒葬岱山（松山）。應夫：王應夫，作者友人，石友齋，其齋號也。

〔二〕「王郎」二句：王郎：主人王應夫。欝峥嶸：喻氣格俊邁。歐陽修《鵯鵊詞》：「龍樓鳳閣欝峥嶸，深宫不聞更漏聲。」宋蘇過《和任况之》：「西山欝峥嶸，氣勢翔天際。」「鑿牖」句：鑿牖，語本《老子》：「鑿户牖以爲室，當其無，有室之用。」宋謝逸《寄洪駒父戲效其體》：「築室名壁陰，鑿牖延朱光。」蘇過《北山雜詩十首》三：「墻東新鑿牖，朝陽催我起。」皆寓高逸之意。開軒：開設窗户。阮籍《詠懷》十五：「開軒臨四野，登高望所思。」孟浩然《過故人莊》：「開軒面場圃，把酒話桑麻。」不浪名：不成虚名。范仲淹《蘇州十詠》九《觀風樓》：「高壓郡西城，觀風不浪名。」

〔三〕「疾世」二句：疾世：憎惡世俗。《論衡·非韓》：「性行清廉，不貪富貴，非時疾世，義不苟仕。」蘇軾《次韵子由送蔣夔赴代州學官》：「代北諸生漸狂簡，牀頭雜説爲爬梳。歸來問雁吾何敢，疾世王符解著書。」東漢王符忿疾當世凉薄之俗而著《潛夫論》行於世。石友：潘岳《金谷集作詩》：「投分寄石友，白首同所歸。」本指石崇。通謂友情堅如金石者。杜牧《奉和門下相公送西川相公兼領相印出鎮全蜀》：「同心真石友，寫恨蔑河梁。」黄庭堅《次韵奉酬劉景文河上見寄》：「珍重多情惟石友，琢磨佳句問潛郎。」絶交：《論衡·定賢》：「是故百金之家，境外無絶交。」《抱朴子·交際》：「乃發憤著論，杜門絶交。」方兄：「孔方兄」之省。語出晉魯褒《錢神論》。黄庭堅《戲呈孔毅父》：「管城子無食肉相，孔方兄有絶交書。」省作「方兄」。楊萬里《食鷓鴣》：「方兄百輩買一隻，可惜羽衣錦狼藉。」

〔四〕「我曹」二句：我曹自笑：杜甫《戲爲六絶句》：「王楊盧駱當時體，輕薄爲文哂未休。爾曹身與名俱滅，不廢江河萬古流。」元幹故反用其意。同病：同病相憐，實謂有同好也。漢趙曄《吴越春秋·闔閭内傳》：「子不聞《河上歌》乎？同病相憐，同憂相救。」吾道：我輩所奉行之立身處世準則。《論語·里仁》：「子曰：『參乎！吾道一以貫之。』」杜甫《屏迹》二：「用拙存吾道，幽居近物情。」主盟：盟主，盟主。李綱《小閣晚望書懷一百韵示仲弟并簡顧子美》：「文社誰襟袖，詩壇爲主盟。」

宫使樞密富丈和篇高妙，所謂壓倒元白，末句許予尤非所敢承，謹用前韻叙謝〔一〕

脩門一出十經春，相業時來自奮身〔二〕。袖手深謀終活國，揮毫佳句且驚人〔三〕。話言每許聞前輩，賓客何堪接後塵〔四〕。待掃欃槍洗兵馬，兩翁玄語記天津〔五〕。

【箋注】

〔一〕宫使：某宫主管。曾慥《類説》卷四一引宋錢易《南部新書·九成宫使》：「天寶七載，以給事中楊釗充九成宫使，宫使之名自此始。」富丈：富直柔（？—一一五六），字季申，河南府洛陽（今屬河南）人。富弼之孫。靖康初，以晁説之薦召試，賜同進士出身，除秘書省正字。建炎中，歷任右諫議大夫、御史中丞、簽書樞密院事等職。紹興元年，除同知樞密院事。與右司諫韓璜屢攻宰相吕頤浩之短，又與秦檜爭進，被劾罷任奉祠。後歷知衢州、泉州，以失入死罪，落職奉祠。尋復端明殿學士。徜徉山澤，放意吟詠，與蘇遲、葉夢得諸人遊，以壽終於家。《宋史》卷三七五有傳。壓倒元白：詩才勝過元稹、白居易。許：稱許。

〔二〕「脩門」二句：脩門：語出《楚辭·招魂》：「魂兮歸來，入脩門些。」王逸注：「脩門，郢城門也。」代指國都之門。曾鞏《丁元珍挽詞》一：「舊學資詳正，新儀屬討論。誰憐一麾出，終不反脩門。」元幹《隴頭泉》：「事大謬，轉頭流落，徒走出脩門。」亦用此語。相業：宰相之功業。《宋史·陳堯佐傳論》：「堯佐相業雖不多見，世以寬厚長者稱之。」

〔三〕「袖手」二句：袖手：見前《過宿趙次張郊居二首》注九。活國：見前《上張丞相十首》注一〇。「揮毫」句：揮毫，杜甫《飲中八仙歌》：「張旭三杯草聖傳，脱帽露頂王公前，揮毫落紙如雲烟。」王安石《和王微之登高齋》三：「揮毫更想能一戰，數窘乃見詩人才。」本指書畫，此謂寫作。佳句驚人：杜甫《江上值水如海勢聊短述》：「爲人性僻耽佳句，語不驚人死不休。」

〔四〕「話言」二句：話言：美善之言論。《詩·大雅·抑》：「其維哲人，告之話言，順德之行。」毛傳：「話言，古之善言也。」歐陽修《同年秘書丞陳動之挽詞二首》二：「盛德不忘存誌刻，話言能記有朋親。」「賓客」句：謂己不堪被富之款接，自謙語。接後塵：追隨於後。杜甫《戲爲六絶句》五：「竊攀屈宋宜方駕，恐與齊梁作後塵。」宋馮山《赴辟利臺吕少蒙運判以詩回贈依韻謝之》：「自憐蹭蹬居前粃，豈意蹉跎接後塵。」後塵：《文選·鮑照〈舞鶴賦〉》：「逸翮後塵，翱翥先路。」李善注：「言飛之疾，塵起居鶴之後。」喻居他人之後。

〔五〕「待掃」二句：「待掃」句：謂平定戰亂。欃槍：彗星。古人以爲凶星，主不吉。《爾雅·釋天》：「彗星爲欃槍。」郭璞注：「亦謂之孛，言其形孛，孛似掃彗。」《文選·張衡〈東京賦〉》：「欃槍旬始，群凶靡餘。」杜甫《奉送郭中丞兼太僕卿充隴右節度使三十韻》：「幾時迴節鉞，戮力掃欃槍。」兩翁玄語：謂天下太平，已與富皆年老，乃得作玄談。懸擬將來逍遥之辭。玄語：言論不切實際者。《管子·輕重丁》：「議論玄語，終日不歸。」文天祥《生日》：「牢愁寫玄語，初度感騷經。」天津：即天津橋。故址在今洛陽市西南。隋煬帝大業元年遷都，以洛水貫都，有天漢津梁氣象，因建浮橋，名曰天津。隋末爲李密燒毁，唐宋屢有改築。文人多稱「天津」。李白《扶風豪士歌》：「天津流水波赤血，白骨相撑如亂麻。」張耒《和周廉彦》：「修禊洛濱期一醉，天津春浪緑浮堤。」

子立昆仲垂和遊天宫詩，既工且敏，義不虚辱，再此見意〔一〕

華裾緑髮等青春，詩似機雲定後身〔二〕。家學乃翁真具眼，祖風當代豈凡人〔三〕。字中仙爪便搔癢，句裏靈犀解辟塵〔四〕。萬壑争流君看取，西興從此是通津〔五〕。

【箋注】

〔一〕子立：蔡振（？—一一四九），字子立，閩縣（今福建福州）人。家鼓山下。高宗紹興十七年，嘗與莆田鄭樵論儒釋之學。十九年卒（《夷堅志·甲志》卷九）。義不虚辱：謂應命酬唱而不令對方空有所命也。

〔二〕「華裾」二句：華裾：美服。李賀《高軒過》：「華裾織翠青如蔥，金環壓轡搖玲瓏。」緑髮：青春年少髮多而色黑貌。李白《游泰山》三：「偶然值青童，緑髮雙雲鬟。」「詩似」句：意謂彼昆仲詩才堪比晉之二陸。機雲：晉陸機（二六一—三〇三）、陸雲（二六二—三〇三）兄弟，善文章詩辭，有名當時。定：果真。《世説新語・言語》：「鄧艾口吃，語稱『艾艾』。晉文王戲之曰：『卿云艾艾，定是幾艾？』」杜甫《第五弟豐獨在江左近三四載寂無消息覓使寄此二首》二：「聞汝依山寺，杭州定越州？」後身：佛教謂轉世之身爲「後身」。《太平御覽》卷三六〇引《裴子語林》：「張衡之初死，蔡邕母始孕。此二人才貌相類，時人云邕是衡之後身。」《能改齋漫録・議論》：「然聖俞諸公以功甫爲李白後身，求諸詩文。」

〔三〕「家學」二句：豈凡人：非凡人，非常人。蘇軾《胡完夫母周夫人挽詞》：「豈似凡人但慈母，能令孝子作忠臣。」

〔四〕「字中」二句：仙爪搔癢：典出葛洪《神仙傳・麻姑傳》：「漢孝桓帝時，神仙王遠，字方平，降于蔡經家……獨坐久之，即令人相訪（麻姑）……麻姑鳥爪。蔡經見之，心中念言，背大癢時，得此爪以爬背，當佳。」杜牧《讀韓杜集》：「杜詩韓筆愁來讀，似倩麻姑癢處搔。」靈犀：古人以爲犀角能鎮妖、解毒、分水、辟塵，故稱。歐陽修《再和聖俞見答》：「如其所得自勤苦，何憚入海求靈犀。」又有海獸「辟塵犀」，古人以爲其角可去塵，故名。唐劉恂《嶺表録異》卷中：「又有駭雞犀、辟塵犀、辟水犀、光明犀，此數犀，但聞其説，不可得而見之。」原注：「（辟塵犀）爲婦人簪梳，塵不著也。」唐韓偓《八月六日作》：「威鳳鬼應遮矢射，靈犀天與隔埃塵。」便、解：皆今言善能也。《三國志・魏書・呂布傳》：「布便弓馬，膂力過人，號爲飛將。」《晉書・宣帝紀》：「帝聞而笑曰：『吾便料生，不便料死故也。』」蘇軾《六月二十日夜渡海》：「參横斗轉欲三更，苦雨終風也解晴。」按，二句蓋謂其書與詩之清雅非凡也。

〔五〕「萬壑」二句：萬壑争流：極言山川之美。《世説新語・言語》：「顧長康從會稽還，人問山川之美。顧云：『千岩競秀，萬壑争流，草木蒙籠其上，若雲興霞蔚。』」蘇軾《郭熙秋山平遠二首》二：「要看萬壑争流處，他日終煩顧虎頭。」西興：津渡名。在浙江蕭山西。唐郎士元《送李遂之越》：「西興待潮信，落日滿孤舟。」王安石《送張宣義之官越幕二首》一：「唯有西興渡，靈胥或怒張。」按，二句蓋寓頌禱之意，願子立昆仲之能有所達也。

端常觀察被旨入蜀迎母夫人，所得贈行詩文成巨軸矣，臨别亦辱見索，匆遽中愧乏好語，掇拾諸公餘意，勉成四韵〔一〕

鬈𪗋分携幾見春，它時有侍獨常顰〔二〕。何期萬里漂零後，忽報三巴信息真〔三〕。素髮輕安膺晚福，遠懷悲喜望征人〔四〕。王孫盛事今雙美，及早歸來奉紫宸〔五〕。

【箋注】

〔一〕端常：趙端常。觀察：唐代於不設節度使之轄域設觀察使，省稱「觀察」，在州以上。宋之觀察使則爲虛銜。韓愈《論變鹽法事宜狀》：「其餘觀察及諸州刺史、縣令、録事、參軍多至每月五十千。」辱：猶言辱蒙。自謙語。

〔二〕「髫齓」二句：髫齓：髫齓，亦作「髫齔」。謂幼年。《後漢書・文苑傳下・邊讓》：「髫齓夙孤，不盡家訓。」元稹《祭禮部庾侍郎太夫人文》：「教自髫齓，成於冠婚。」分携：離別。李商隱《飲席戲贈同舍》：「洞中屐響省分携，不是花迷客自迷。」蘇軾《贈別》：「殷勤莫忘分携處，湖水東邊鳳嶺西。」携：分離，乖離。《左傳・僖公七年》：「招携以禮，懷遠以德。」杜預注：「携，離也。」幾見春：猶今言經過了幾個春天。宋周紫芝《次韵子紹立春二首》一：「自息中原門，長安幾見春。」宋釋紹曇《偈頌一百一十七首》九十四：「子規苦勸人歸去，血濺巖花幾見春。」它時：異時。疑指以往言。有恃：有恃無恐之省。《左傳・僖公二十六年》：「齊侯曰：『室如懸罄，野無青草，何恃而不恐？』對曰：『恃先王之命。』」常顰：時常皺眉。憂慮貌。猶言「時顰」。宋曾豐《致敬五公祠堂》：「高山日矯行人首，喬木時顰故老眉。」按，二句謂端常夙有成人之性而早憂國事也。

〔三〕「何期」二句：何期：意想不到。萬里漂零：宋徐鈞《杜甫》：「萬里飄零獨此身，詩魂終戀浣花村。」蘇軾《過湯陰市得豌豆大麥粥示三兒子》：「玉食謝故吏，風餐便逐臣。漂零竟何適，浩蕩寄此身……何當萬里客，歸及三年新。」漂零：同飄零。三巴：晉常璩《華陽國志・巴志》：

「建安六年，魚復蹇允白璋争『巴』名，璋乃改永寧爲巴郡，以固陵爲巴東，徙羲爲巴西太守，是爲三巴。」《資治通鑑・晉安帝元興三年》：「玄以桓希爲梁州刺史，分命主將戍三巴以備之。」胡三省注：「三巴，巴郡、巴東、巴西也。杜佑曰：渝州，古巴國，謂之三巴。以閬、白二水東南流，曲折三迴，如『巴』字也。」泛指四川。楊炯《後周明威將軍梁公神道碑》：「遵文翁之遺訓，學富三巴。」信息真：音信確實可靠。宋釋顯萬《郴陽道中二首》一：「草荒驛路欲迷人，未見梅花信息真。」宋張道洽《梅花七律》二：「南堂深處向陽身，第一東風信息真。」

〔四〕「素髮」二句：素髮：白髮。輕安：輕健安康也。唐齊己《贈劉五經》：「群經通講解，八十尚輕安。」宋羅大經《鶴林玉露》卷十一：「朱文公有足疾，嘗有道人爲施鍼熨之術，旋覺輕安。」膺：受也。《尚書・畢命》：「予小子永膺多福。」孔傳：「我小子亦長受其多福。」《文選・班固〈東都賦〉》：「天子受四海之圖籍，膺萬國之貢珍。」李善注：「膺，猶受也。」杜甫《送魏司直》：「才美膺推薦，君行佐紀綱。」晚福：老年之福。

〔五〕「王孫」二句：雙美：唐宋以降文人好用此語，而所指隨文不同。李商隱《奉和太原公送前楊秀才戴兼招楊正字戎》：「仙舟尚惜乖雙美，綵服何由得盡同。」謂尊貴而且長壽。宋魏野《送謂師赴王寺丞召寫碑》：「雙美便堪傳萬古，羲之書法退之文。」謂好詩篇而兼好書法。此則謂盡孝於家而盡忠於國也。奉紫宸：朝天子也。紫宸：天子所居，唐宋時爲内朝正殿。杜甫《冬至》：「杖藜雪後臨丹壑，鳴玉朝來散紫宸。」轉指帝王、帝位。《晉書・后妃傳序》：「若乃作配皇極，齊體紫宸，象玉床之連後星，喻金波之合羲璧。」按，二句相祈其早還京師也。

次韻文老使君宗兄見贈近體佳什兩篇，僕與公别四十餘年，一旦邂逅，情著於辭〔一〕

使君元自錦官來，百丈重尋灎澦回〔二〕。化閱行年如伯玉，心成全德過王駘〔三〕。把麾政爾人生貴，持橐終期間世才〔四〕。莫問桃花今老矣，劉郎去後任渠栽〔五〕。

舊游蘭若盡英才，坐上高談亦壯哉〔六〕。老去語音雖記憶，衆中容貌各驚猜〔七〕。津亭夜雨故人少，樽酒燈花鄉信來〔八〕。茂苑相逢話京洛，梔樓猶喜待春回〔九〕。

【箋注】

〔一〕文老使君：文驥，文同（與可）孫，蘇轍外孫。元幹《跋蘇黄門帖》云：「蘇黄門頃自海康歸許下，安居云久。政和二年，晚生猶及問之。衣冠儼古，語簡而色莊，真元祐間巨公也。已而與其外孫文驥德稱相遇澶淵，出書帖甚富。」徽宗政和間，元幹與文驥均在澶淵，文驥爲開德府主簿。邂逅：偶遇。情著於辭：《周易・繫辭下》：「聖人之情見乎辭。」著：顯明，同「見」。參《研究》頁一一六、《年譜》頁二〇五。

〔二〕「使君」二句：錦官：成都的別稱。成都舊有大城、少城，少城有掌管織錦的官員之署，故名錦官城。「百丈」句：此言舟行出蜀艱難，幸而平安也。百丈：牽船篾纜。《宋書・朱超石傳》：「時軍人緣河南岸，牽百丈，河流迅急，有漂渡北岸者，輒爲虜所殺略。」宋程大昌《演繁露・百丈》：「杜詩舟行多用『百丈』，問之蜀人，云，水峻岸石又多廉稜……故劈竹爲大瓣，以麻索連貫其際，以爲牽具，是名『百丈』。」杜甫《十二月一日》一：「一聲何處送書雁，百丈誰家上瀨船。」灩澦：灩澦堆，在江水中，極其險絶，出蜀舟行所必經。黄庭堅《雨中登岳陽樓望君山二首》一：「投荒萬死鬢毛斑，生出瞿塘灩澦關。」蘇過《次信中韵》：「尋源不必武陵客，過眼驚看灩澦堆。」重尋：事不可知。

〔三〕「化閱」二句：「化閱」句：謂其年及五十。化閱：殆謂造化經歷之時光。蘇軾《次韵錢穆父紫薇花二首》一：「閱人此地知多少，物化無涯生有涯。」化，教化。閱，經歷。行年：所經年歲。《荀子・君道》：「以爲好麗邪？則夫人行年七十有二，齳然而齒墮矣。」杜甫《狂歌行贈四兄》：「與兄行年校一歲，賢者是兄愚者弟。」（「校一歲」，相差一歲。）伯玉：蘧瑗，字伯玉。春秋衛靈公時大夫。其人外寬而内直，直己而不直人，勤于改過，見稱於孔子。《淮南子・原道訓》：「故蘧瑗伯玉年五十，而有四十九年非。」「心成」句：謂其德不讓古人。心成：精神成就，內心充實。語出《莊子·德充符》：「魯有兀者王駘，從之游者與仲尼相若。常季問于仲尼曰：『王駘，兀者也，從之游者與夫子中分魯。立不教，坐不議。虛而往，實而歸。固有不言之教，無形而心成者邪？是何人也？』仲尼曰：『夫子，聖人也……丘將以爲師……』」郭象注：「怪其殘形而心乃充足也。」全德：道德上完美無缺。語出《莊子·天地》：「天下之非譽，無益損焉，是謂全德之人哉。」《後漢書·桓榮傳論》：「而佚廷議戚援，自居全德，意者以廉不足乎？」李賢注：「全德，言無玷缺也。」

〔四〕「把麾」二句：把麾：猶持節。杜牧《將赴吴興樂游原》：「欲把一麾江海去，樂游原上望昭陵。」宋張守《和曾宏父告别兼簡幕屬》：「奉詔辭北闕，把麾到南州。」持槖：謂受學也。《漢書·趙充國傳》：「印家將軍以爲(張)安世本持槖簪筆事孝武帝數十年。」顔師古注：「槖，所以盛書也，有底曰囊，無底曰槖。簪筆者，插筆於首。」吕公弼《送桂州張田經略遷祠部》：「王佐才高時望治，歸來持槖上蓬瀛。」蘇軾《次韵范純父涵星硯月石風林屏詩》：「與君持槖侍帷幄，同到温室觀堯蓂。」間世才：不世出之才。詩言不多見。李綱《讀四家詩選四首》二《永叔》：「廬陵間世才，妙手歸大匠。」間世：隔代，謂不世出。劉長卿《奉和杜相公新移長興宅呈元相公》：「間世生賢宰，同心奉至尊。」

〔五〕「莫問」二句：此全用劉禹錫《玄都觀桃花》：「玄都觀裏桃千樹，都是劉郎去後栽。」任渠栽：反語。宋劉敞《戲作二首》一：「洞裏桃花莫相笑，劉郎今是老劉郎。」按，文人好詠桃花，亦好藉以爲喻。桃花老：王安石《送張明甫》：「南去北來人自老，桃花依舊笑春風。」郭祥正《寄吴著作》：「春風來已老，落盡桃花紅。」蘇軾《過都》：「鄱陽湖上都昌縣，燈火樓臺一萬家。水隔南山人不渡，東風吹老碧桃花。」此喻彼此衰老，應題「別四十餘年」，是其事。

〔六〕「舊遊」二句：「舊遊」句：言故人乃俊傑之士。蘭若：蘭草、杜若，皆香草。《文選・顏延之〈和謝監靈運〉》：「芬馥歇蘭若，清越奪琳珪。」李周翰注：「蘭若，香草。」李白《題嵩山逸人元丹丘山居》：「爾能折芳桂，吾亦采蘭若。」王禹偁《酬种放徵君一百韻》：「致之向懷袖，日夕芬蘭若。」喻人才之突出。盡英才：語同陳師道《酬應物見戲》：「書省不應煩乳媪，一時除目盡英才。」（「除目」，即「除書」，選拔官吏之名册。）「坐上」句：同座之人情志投合而且議論蜂起。坐上：同座人，實謂同道者。蘇軾《首夏官舍即事》：「坐上一樽雖得滿，古來四事巧相違。」高談：高明、雄辯之談吐。議論熱烈貌。三國魏劉劭《人物志・接識》：「是故多陳處直，則以爲見美，靜聽不言，則以爲虛空，抗爲高談，則爲不遜。」亦壯哉：嘆辭，猶今言了不起，詩家恒語。徐鈞《田單》：「鼓譟奔牛亦壯哉，一城力挽衆城回。」張耒《西城三絶句》其二《梁王城宋韓維觀洛漲》：「何人共此乘桴志，直到蓬瀛亦壯哉。」此謂意氣風發也。宋周師成《新亭》：「昔日新亭今則舊，百年名義只如新。高談坐上無安石，灑淚尊前有伯仁。」頗疑元幹云云，其事實與此近似，皆北定中原之志願也。

〔七〕「老去」二句：「老去」句：謂鄉音不因年老而變改喪失。語音記憶：不忘鄉音。唐賀知章《回鄉偶書》：「少小離家老大回，鄉音無改鬢毛衰。」蘇軾《臨江仙・夜到揚州席上作》：「輕舸渡江連夜到，一時驚笑衰容。語音猶自帶吳儂。」驚猜：驚恐猜疑。唐高適《奉和鶺賦》：「望鳳沼而輕舉，紛羽族以驚猜。」蘇轍《次韻沈立少卿白鹿》：「白鹿何年養，驚猜未肯馴。」按，二句之意，實因蘇軾《子由將赴南都……且以慰子由云》一：「猶勝相逢不相識，形容變盡語音存。」

〔八〕「津亭」二句：津亭夜雨：黃庭堅《次韻寄滑州舅州》：「舫齋聞有小溪山，便是壺公謫處天。想聽瑣窗深夜雨，似看葉水上江船。瞻相白馬津亭路，寂寞雙鳧古縣前。舅氏知甥最疏懶，折腰塵土解哀憐。」元幹此似用之。津亭：渡旁亭子供人暫歇者，蓋送別之所。王勃《江亭夜月送別》一：「津亭秋月夜，誰見泣離群？」燈花鄉信來：燈花示吉，以故鄉音訊之來。范成大《道中》：「客愁無錦字，鄉信有燈花。」元幹語與此同。燈花：燈心餘燼所結花狀物。庾信《對燭賦》：「刺取燈花持桂燭，還却燈檠下燭盤。」舊俗以爲吉兆。杜甫《獨酌成詩》：「燈花何太喜？酒綠正相親。」鄉信：家人故鄉來信。孟浩然《初年樂城館中卧疾懷歸作》：「往來鄉信斷，留滯客情多。」

〔九〕「茂苑」二句：「茂苑」句：謂重逢江南而只以故都爲念。茂苑相逢：本謂舊地重遊。高適《別董大二首》二：「六翮飄颻私自憐，一離京洛十餘年。丈夫貧賤應未足，今日相逢無酒錢。」賀鑄《小重山》四：「月月相逢只舊圓……茂苑想依然……」茂苑：左思《吴都賦》：「造姑蘇之高臺，臨四遠而特建。帶朝夕之濬池，佩長洲之茂苑。」古之名苑，故址在今江蘇蘇州西南。白居易《初到郡齋寄錢湖州李蘇州》：「霅溪殊冷僻，茂苑太繁雄。」此蓋泛言江南之地，不必確指相聚所在。話京洛：謂追憶故都故事。按，話京洛，乃南宋一代愛國文人渴望北定中原而志不伸願不遂者共有之最主要話題與最深刻經驗。范成大《次韻朱嚴州從李徽州乞牡丹三首》

一：「莫對溪山話京洛，碧雲西北漲黄埃。」彼輩當此天崩地坼，創深痛巨，文人感觸，自然如此，元幹與范氏，所以不約而同者，其故在此。柂樓待春回：宋程俱《同趙奉議離吴興江仲嘉與其兄仲舉送百餘里醉中戲作此句一首》：「眉間黄色袪綵服，舵樓長嘯春風回。」柂樓：大船後艙上樓。亦指大船。杜甫《陪鄭廣文游何將軍山林》二：「翻疑柂樓底，晚飯越中行。」按，此或兼指邂逅之處，蓋在舟行中也。

冬夜書懷呈富樞密①〔一〕

耳聾無用問新聞，矯首何妨目作昏〔二〕。癡絶已甘投老境，背馳寧受乞憐恩〔三〕。難陪年少從渠薄，賴得春回爲我温〔四〕。京洛交遊頻檢校，渡江今有幾人存〔五〕？

【校】

① 詩題：國圖藏本無「密」字。「富樞」，省稱，疑是。

【箋注】

〔一〕富樞密：見前。

〔二〕「耳聾」二句：無用，不用。新聞：宋時小報，其説每有別於正式朝報者。宋趙昇《朝野類要·文書》：「朝報，日出事宜也。每日門下後省編定，請給事叛報，方行下都進奏院報行天下。其有所謂内探、省探、衙探之類，皆衷私小報，率有漏泄之禁，故隱而號之曰『新聞』。」此蓋泛指新消息而言。唐李咸用《春日喜逢鄉人劉松》：「舊業久抛耕釣侶，新聞多説戰争功。」矯首：昂首。杜甫《又上後園山脚》：「窮秋立日觀，矯首望八荒。」情緒不平貌。目作昏：視物不明，眼睛發花。梅堯臣《目昏》：「我目忽病昏，白晝若逢霧。」黄庭堅《午寢》：「目昏生䵝花，耳聵喧鼓鼙。」按，二句謂耳目不便，則世事之慘酷者可得不聞不見。蓋至痛切，故作反語也。

〔三〕「癡絶」二句：癡絶：典出《晉書·顧愷之傳》：「愷之在桓温府，常云：『愷之體中癡黠各半，合而論之，正得平耳。』故俗傳愷之有三絶：才絶，畫絶，癡絶。」謂藏拙或不合流俗也。蘇軾《次韵韶守狄大夫見贈》二：「才疏正類孔文舉，癡絶還同顧長康。」投老境：臨老之際。王安石《題勇老退居院》：「道人投老寄山林，偶坐翛然洗我心。夢境此身能且在，明年寒食更相尋。」投老：垂老；臨老。背馳：「背道而馳」之省。《文選·曹攄〈感舊詩〉》：「今我唯困蒙，郡士所背馳。」李周翰注：「言我困於蒙暗，而群賢、士子皆背我而走。」蘇軾《次韵子由·東亭》：「仙山佛國本同歸，世路玄關兩背馳。」乞憐：求人憐憫。韓愈《應科目與人書》：「俯首帖耳摇尾而乞憐者，非我之志也。」

〔四〕「難陪」二句：「難陪」句：言寧任後生躁進者菲薄而不與之爲伍。陪年少：被迫與後生同伍。宋李呂《七夕次韵》：「欲搜好句陪年少，病士慚無工部才。」年少：後進者。從渠薄：任其輕視。杜甫《戲爲六絶句》：「王楊盧駱當時體，輕薄爲文哂未休。爾曹身與名俱滅，不廢江河萬古流。」元幹實隱括此意。按，「年少」云云，當有事實，但無從考見矣。「賴得」句：言富與己有知待之恩，己心感激如受春温。賴得：幸有，幸虧。唐宋口語。元稹《人道短》：「若此撩亂事，豈非天道短，賴得人道長。」周邦彦《玉團兒》：「賴得相逢，若還虚過，生世不足。」

〔五〕「京洛」二句：頻檢校：謂仔細列舉。按，二句謂舊友零落殆盡，深寄感慨珍重之意也。

次韻趙元功贈李季言之什〔一〕

赤縣飄零未易逢，那知今夕一樽同〔二〕。好招明月共清影，托與白雲行太空〔三〕。惝怳舊遊如隔世，蹉跎壯志莫論功〔四〕。兩公秉燭還相對，情話從渠半醉中〔五〕。

【箋注】

〔一〕趙元功：名公懋，魏王廷美六世孫。紹興十八年四甲進士。官至左朝請大夫知臨江軍，卒贈大中大夫。李季言：名綸，李綱少弟。紹興十八年作。

〔二〕「赤縣」二句：赤縣：「赤縣神州」之省。南朝梁沈約《答陶華陽》：「故鄒子以爲赤縣，於宇内止是九州中之一耳。」楊巨源《寄昭應王丞》：「瑞靄朝朝猶望幸，天教赤縣有詩人。」一樽同：見前《喜王性之見過千金村》注五。

〔三〕「好招」二句：明月清影：李白《月下獨酌》：「舉杯邀明月，對影成三人。」蘇軾《水調歌頭》「明月幾時有」：「起舞弄清影，何似在人間。」白雲行太空：宋王炎《用元韵答鄧宰兼簡華容孟宰》：「心雖入俗不受塵，出岫白雲行太空。」按，二句喻精神高潔超逸不爲物染。

〔四〕「惝怳」二句：惝怳：模糊；怳忽。《楚辭·遠遊》：「視儵忽而無見兮，聽惝怳而無聞。」梅堯臣《還吴長文舍人詩卷》：「譬如遊國都，惝怳失阡陌。」隔世：猶言恍如隔世。喻久別乃得重逢。蹉跎壯志：猶「壯志消磨」。蹉跎：虚度光陰，常指失意。李白《憶襄陽舊遊贈馬少府巨》：「壯志恐蹉跎，功名若雲浮。」莫論功：不要争論、誇耀功勞。唐武元衡《幕中諸公有觀獵之作因繼之》：「爲報府中諸從事，燕然未勒莫論功。」歐陽修《奉使道中五言長韵》：「深慚漢蘇武，歸國不論功。」

〔五〕「兩公」二句：情話：知心話。陶潛《歸去來兮辭》：「悦親戚之情話，樂琴書以消憂。」宋米芾《鷄黍》：「傾倒不知情話密，衰隤深畏酒行頻。」從渠：由他，任憑他。唐宋口語，文人喜用者。張籍《贈崔十娘》：「從渠痛不肯，人更別求天。」半醉中：將醉未醉之間。白居易《自詠》：「鬚白面微紅，醺醺半醉中。」晏幾道《晚春》：「一春無事又成空，擁鼻微吟半醉中。」按，二句喻在座諸人之灑落不拘也。

次韻元功才友道中見貺，因以解嘲〔一〕

當時勇决徑歸休，更有人愚似我不〔二〕？何許置錐寧免累，直須畢娶始無憂〔三〕。頻遭白眼傷流俗，誰向青門念故侯〔四〕。客裏題詩相慰藉，羨君椽筆盍螭頭①〔五〕。

【校】

① 盍：諸本同。唯文淵閣本作「合」。今從諸本。

【箋注】

〔一〕元功：趙公懋。紹興十八年作。

〔二〕「當時」二句：當時：昔時。《韓詩外傳》卷一：「臣先殿上絶纓者也。當時宜以肝膽塗地。負日久矣，未有所致。今幸得用於臣之義，尚可爲王破吴而强楚。」唐曹唐《劉阮再到天台不復見仙子》：「桃花流水依然在，不見當時勸酒人。」勇決：勇敢而果斷。漢徐幹《中論·虚道》：「故夫才敏過人未足貴也，博辯過人未足貴也，勇决過人未足貴也，君子之所貴者遷善懼其不及，改惡恐其有餘。」杜甫《留花門》：「北門天驕子，飽肉氣勇決。」徑歸休：此應讀爲「徑歸、休」，不得讀爲「徑、歸休」。休：唐宋口語，當文言之「已矣」，今白話之「罷了」，恨辭，牢騷之甚者。徑歸休者，謂堅決遠離功名利禄之區返回舊居故鄉之地，如此而已；非言「直接」「歸休」，否則出句「勇決」之意遂無著落。徑歸：即徑直歸去。宋劉敞《狎鷗亭》：「未醉那宜徑歸去，夕陽猶在杏花山。」陳與義《同家弟用前韵謝判府惠酒》二：「所須唯酒非虚語，以醉爲鄉可徑歸。」愚似我：蓋用《論語·公冶長》：「子曰：『甯武子邦有道則知，邦無道則愚；其知可及也，其愚不可及也。』」《三國志·魏書·荀攸傳》：「智可及，愚不可及，雖顏子、甯武不能過也。」「愚不可及」，謂大智若愚、非常人能及。

〔三〕「何許」二句：何許：何所，何處。陶潛《五柳先生傳》：「先生不知何許人。」杜甫《宿青溪驛奉懷張員外十五兄之緒》：「我生本飄飄，今復在何許？」置錐：「置錐之地」之省，極小處所。喻賴以安身立命之地。韋應物《答故人見諭》：「况本濩落人，歸無置錐地。」蘇軾《次韵晁無咎學士相迎》：「有子不爲謀置錐，虹霓吞吐忘寒飢。」語出《莊子·盜蹠》：「堯舜有天下，子孫無置錐之地。」免累：免乎塵俗羈絆。唐獨孤及《酬梁二十宋中所贈兼留别梁少府》：「意猶負深衷，未免名迹累。」宋田况《成都遨樂詩二十一首》十七《伏日會江瀆池》：「吾儕未能免俗累，近日頗困炎景長。」寧：能不能。問辭。畢娶：典出《後漢書·逸民傳·向長》：向長隱居不仕，「男女娶嫁既畢，敕斷家事勿相關」，於是與同好「俱遊五嶽名山，竟不知所終」。後遂用爲子女婚事料理結束即避世優遊故實。《文選·謝靈運〈初去郡〉詩》：「畢娶類尚子，薄遊似邴生。」

吕延濟注：「尚子平男娶女嫁畢，敕斷家事，勿復相關。」

〔四〕「頻遭」二句：頻遭白眼：屢次遭受輕薄侮慢之目光。周紫芝《送關康子將還青陽治舊田》：「不到青雲知有命，頻遭白眼坐無官。」頻遭：猶言屢受。庾信《哀江南賦》：「屢犯通中，頻遭刮骨。」白眼：目視人而顯露眼白，以示鄙薄厭惡。典出《晉書・阮籍傳》：「籍又能爲青白眼，見禮俗之士，以白眼對之。」杜甫《丹青引贈曹將軍霸》：「途窮反遭俗眼白，世上未有如公貧。」傷流俗：爲流俗之薄俗而憫傷。青門故侯：即故侯瓜故事。典出《三輔黄圖・都城十二門》：「長安城東，出南頭第一門曰霸城門。民見門色青，名曰青城門，或曰青門。門外舊出佳瓜，廣陵人召平爲秦東陵侯，秦破，爲布衣，種瓜青門外。」阮籍《詠懷》六：「昔聞東陵瓜，近在青門外。」陳子昂《感遇》十四：「西山傷遺老，東陵有故侯。」故侯：蓋元幹兼以自況。

〔五〕「客裏」二句：題詩相慰藉：宋許景衡《再和張敏叔》：「多謝題詩相慰藉，應憐涉世最艱難。」椽筆：《晉書・王珣傳》：「珣夢人以大筆如椽與之，既覺，語人云：『此當有大手筆事。』俄而帝崩，哀册謚議，皆珣所草。」後因以指大手筆，譽人文筆出衆。王安石《英宗皇帝挽辭》一：「誰當授椽筆，論德在瓊瑶。」螭頭：本宫殿臺階欄杆雕有螭頭者，此爲「螭頭官」之省稱。螭頭官，唐史官起居郎、起居舍人之别稱。《唐國史補》卷下：「兩省謔起居郎爲螭頭，以其立近石螭也。」《雲麓漫鈔》卷七：「唐制，起居郎、起居舍人在紫宸内閣，則夾香案立殿下，直第二螭首，和墨濡筆，皆即坳處，時號螭頭。」

奉送晁伯南歸金谿〔一〕

君家諸父多人傑，半是平生親舊間〔二〕。莫話故園空矯首，相從逆旅足開顔〔三〕。文元勛業金甌字，昭德風流玉筍班〔四〕。此去騰驤吐虹氣，何由來伴老夫閒〔五〕？

【箋注】

〔一〕晁伯南：晁迥後裔，世爲澶州清豐（今屬河南）人，生平不詳。金谿：江西撫州屬縣。

〔二〕「君家」二句：君家：晁氏。諸父：伯父叔父輩。《莊子·列禦寇》：「如而夫者，一命而呂鉅，再命而於車上儛，三命而名諸父，孰協唐許也。」成玄英疏：「諸父，伯叔也。」韓愈《祭十二郎文》：「念諸父與諸兄，皆康彊而早世。」人傑：才智傑出者。《文子·上禮》：「行可以爲儀表，智足以决嫌疑，信可以守約，廉可以使分財，作事可法，出言可道，人傑也。」《史記·高祖本紀》：「（張良、蕭何、韓信）此三者，皆人傑也。吾能用之，此吾所以取天下也。」平生親舊：一生故交。黄庭堅《曹村道中》：「明月風烟如夢寐，平生親舊隔湖湘。」

〔三〕「莫話」二句：「莫話」句：意謂休云在故園遂得昂然自得。莫話：休言。唐戎昱《逢隴西故人憶闕中舍弟》：「莫話邊庭事，心摧不欲聞。」故園空矯首：在故鄉自得自在。宋張嵲《閩中早春》：「出門矯首望四郊，滿目都無故園樹。」矯首：昂首，自得貌。范仲淹《祭蔡侍郎文》：「初矯首於王庭，冠天下之英雄。」逆旅：旅舍。陶潛《自祭文》：「陶子將辭逆旅之館，永歸於本宅。」叶適《剡溪舟中》：「自傷憔悴少筋骨，半生逆旅長太息。」

〔四〕「文元」二句：文元：晁迥。據《文獻通考》卷二三四《經籍考六一》，晁氏五世祖諱迥（九五一—一〇三四），字明遠，澶州人。太平興國五年進士，至道末擢右正言，直史館，知制誥；入翰林爲學士，加承旨。天禧中祈解近職，判西京，留司御史臺。居六年請老，以太子少保致仕。終少傅，年八十四，謚文元。金甌字：典出《新唐書·崔義玄傳》：「初，玄宗每命相，皆先書其名，一日書琳等名，覆以金甌，會太子入，帝謂曰：『此宰相名，若自意之誰乎！即中，且賜酒。』太子曰：『非崔琳、盧從愿乎？』帝曰：『然。』賜太子酒。」後遂爲譽人材大望重爲國家選用之熟典。蘇頌《重次前韵奉酬子由子開叔貢三舍人二首》一：「姓名昨夕金甌覆，手筆他年玉簡題。」宋無名氏《百字令》：「玉殿詩書，金甌姓字，簡記宸衷裏。」元幹亦一再用之，如《望海潮·爲富樞生朝壽》《十月桃·爲富樞密》即是。字：姓名、名字也。《唐語林》卷三《夙慧》云「玄宗善八分書，將命相，皆先以御札書其名於案上」，更明言「御札」，則「字」者天子書法也。宋李新《送張少卿赴召十首》五：「天子清閒問侍臣，當年張姓復其名。金甌已灑銀鈎字，庭下宣麻不用驚。」是其義。金甌：盤盂之類金製者。《搜神記》卷四：「婦以金甌、麝香囊與婿別，涕泣而分。」昭德風流：宋王洋《和鄭侍郎贈晁倅》：「昭德文公百孫子，存者風流今尚幾。」昭德：即晁公武（一一〇五—一一八〇），字子止，人稱「昭德先生」，濟州鉅野（今屬山東）人，晁沖之之子。目録學名家。玉筍班：《北夢瑣言》卷五《沈蔣人物》：「沈詢侍郎，精粹端美，神仙中人也……唐末朝士中有人物者，時號『玉筍班』。」原注：「沈詢子仁偉，官至丞郎，人物酷似先德，所謂世濟其美。又外郎班者粲不雜，亦號『玉筍班』也。」鄭谷《九日偶懷寄左省張起居》：「渾無酒泛金英菊，漫道官趨玉筍班。」按，二句稱晁人材之美。

〔五〕「此去」二句：騰驤：翻騰馳騁。《文選·張衡〈西京賦〉》：「負筍業而餘怒，乃奮翅而騰驤。」薛綜注：「騰，超也；驤，馳也。」謂宦途得意也。司馬光《和吴沖卿崇文宿直睹壁上題名見寄並寄邵不疑》：「沖卿居京邑，青雲正騰驤。」吐虹氣：氣吐虹霓，喻氣格之雄健豪邁。梅堯臣《送永興通判薛虞部》：「西州吏人氣吐虹，摧鱗斂角聽相公。」樓鑰《壽安撫伯父》：「少年慷慨吐虹氣，文詞元不減儕輩。」虹氣：天地之精氣。《詩·鄘風·蝃蝀》「蝃蝀在東」，毛傳：「蝃蝀，虹也。夫婦過禮，則虹氣盛。」老夫閒：謂退隱閒居。白居易《香山寺二絶》一：「空山寂静老夫閑，伴鳥隨雲往復還。」元幹自指。按，二句謂此別晁將大展抱負，何日更來相聚話舊，頌禱而兼以惜别之意結題，正法也。

【附録】

張元幹《望海潮·爲富樞生朝壽》

麒麟圖畫，貂蟬冠冕，青氊自屬元勛。緑野舊遊，平泉雅詠，霞舒烟卷朝昏。風月小陽春。照玳筵珠履，公子王孫。雪度崧高，影横伊水慶生申。早梅長醉芳尊。況中興盛際，有密宗臣。琳館奉祠，金甌覆字，和羹妙手還新。光射紫微垣。看五雲朝斗，千載逢辰。開取八荒壽域，一氣轉洪鈞。（《蘆川詞箋注》卷下）

奉簡才元探梅有作兼懷舊遊〔一〕

遮莫胡僧問劫灰，且陪東閣賦官梅〔二〕。春梢慣識宫妝様，花信偏隨驛使回〔三〕。痛飲我曹身總健，浩歌誰怕老相催〔四〕？疏枝氣壓群芳盡，羞殺墻陰錦被堆〔五〕。

【箋注】

〔一〕才元：范才元。見前《范才元參議求酒於延平使君邀予同賦謹次其韵》注一。

〔二〕「遮莫」二句：遮莫：儘管，任憑。六朝以來口語。《搜神記》卷十八：「狐曰：『我天生才智，反以爲妖，以犬試我，遮莫千試萬慮，其能爲患乎？』」蘇軾《次韵答寶覺》：「芒鞋竹杖布行纏，遮莫千山更萬山。」胡僧問劫灰：見前《題王巖起樂齋》注七。李商隱《寄惱韓同年二首時韓住蕭洞》：「簾外辛夷定已開，開時莫放豔陽回。年華若到經風雨，便是胡僧話劫灰。」東閣：宰相延客宴賓之所。李商隱《九日》：「郎君官貴施行馬，東閣無因再得窺。」蘇軾《九日次韵王鞏》：「聞道郎君閉東閣，且容老子上南樓。」官梅：官府所種梅花。杜甫《和裴迪登蜀州東亭送客逢早梅相憶見寄》：「東閣官梅動詩興，還如何遜在揚州。」南朝梁何遜官揚州時，官府中有梅，常吟詠其下。按，二句謂國難姑不管，且盡情賞梅，其實暗含牢騷。

〔三〕「春梢」二句：皆用梅花之典。宋劉敞《木香花》：「粉刺叢叢鬥野芳，春風摇曳不成行。只因愛學宫粧樣，分得梅花一半香。」宫妝樣：宫中女子妝束。春梢：春條末梢。杜牧《代人寄遠》二：「繡領任垂蓬鬠，丁香閒結春梢。」高適《聽張立本女吟》：「危冠廣袖楚宫妝，獨步閑庭逐夜凉。」驛使：典出《太平御覽》卷九七〇引南朝宋盛弘之《荆州記》：「陸凱與范曄相善，自江南寄梅花一枝，詣長安與曄，並贈花詩曰：『折花逢驛使，寄與隴頭人。江南無所有，聊寄一枝春。』」梅堯臣《京師逢賣梅花五首》二：「驛使前時走馬迴，北人初識越人梅。」

〔四〕「痛飲」二句：痛飲：蓋用《世説新語·任誕》：「王孝伯言：名士不必須奇才，但使常得無事痛飲酒，熟讀《離騷》，便可稱名士。」杜甫《陪章留後侍御宴南樓》：「寇盜狂歌外，形骸痛飲中。」身總健：身體都强健。宋鄧深《施食》：「它鄉身總健，每食飯何如。」浩歌：放聲高歌。《楚辭·九歌·少司命》：「望美人兮未來，臨風怳兮浩歌。」杜甫《玉華宫》：「憂來藉草坐，浩歌淚盈把。」老相催：杜甫《江畔獨步尋花七絶句》七：「不是愛花即欲死，只恐花盡老相催。繁枝容易紛紛落，嫩蕊商量細細開。」

〔五〕「疏枝」二句：疏枝：此謂梅花。錦被堆：薔薇。蘇軾《遊張山人園》：「壁間一軸烟蘿子，盆裹千枝錦被堆。」王文誥輯注引劉子翬曰：「錦被堆，一名粉團兒。花如月桂而小，粉紅色，或微黄色。葉亦相類，而有刺，枝柯纖長丈餘，往往作架承之。」《益都方物略記·錦被堆》：「俗謂薔薇爲錦被堆花。」按，二句贊梅花氣質清高，不與群芳争豔，蓋有所托焉。

才元思如湧泉，愈和愈好，晨興遺騎扣門，披衣疾讀，走筆再酬嚴韵〔一〕

陽和生發驗葭灰，但見江梅欠蠟梅〔二〕。風味向人忘冷落，歲寒乘月重徘徊〔三〕。從來對酒遭花惱，何獨題詩被雨催〔四〕。公子唾珠無限思，更看鐵畫寫離堆〔五〕。

【箋注】

〔一〕此篇疊上篇韵。遺騎：派使者。

〔二〕「陽和」二句：陽和生發：春氣萌動。《史記·秦始皇本紀》：「維二十九年，時在中春，陽和方起。」借指春天。《世説新語·方正》：「雖陽和布氣，鷹化爲鳩，至於識者，猶憎其眼。」又謂陽氣。《抱朴子·至理》：「接煞氣則彫瘁於凝霜，值陽和則鬱藹而條秀。」驗葭灰：定節候也。

葭灰：葭莩之灰。古人燒葦膜成灰，置律管中，處之密室，以占氣候，凡一節候至，則相應管中葭灰飛出。《後漢書·律曆志上》：「候氣之法，爲室三重，户閉，塗釁必周，密佈緹縵。室中以木爲案，每律各一，内庳外高，從其方位，加律其上，以葭莩灰抑其内端，案曆而候之。氣至者灰動。」李商隱《池邊》：「玉管葭灰細細吹，流鶯上下燕參差。」江梅：范成大《梅譜》：「江梅，遺核野生、不經栽接者，又名直脚梅，或謂之野梅。凡山間水濱荒寒清絶之趣，皆此本也。花稍小而疏瘦有韵，香最清，實小而硬。」杜甫《江梅》：「梅蕊臘前破，梅花年後多。」欠臘梅：不見臘梅也。欠：少也。

〔三〕「風味」二句：風味：風度；風采。忘冷落：喻江梅之清高矜持。王安石《酬微之梅暑新句》：「江梅落盡雨昏昏，去馬來牛漫不分。」蘇軾《和王晉卿送梅花次韵》：「江梅山杏爲誰容，獨笑依依臨野水。」乘月重徘徊：張若虚《春江花月夜》：「可憐樓上月裴回，應照離人妝鏡臺……不知乘月幾人歸，落月摇情滿江樹。」裴回，同徘徊。宋蔡襄《和夜登有美堂》：「忽聞乘月上層臺，正值江湖夜色開……縱使羈懷多感慨，若逢清致少徘徊。」按，二句賦梅，而兼寫人，以起下。

〔四〕「從來」二句：遭花惱：指花氣撩人，因愛深而反致惱恨。杜甫《江畔獨步尋花七絶句》一：「江上被花惱不徹，無處告訴只顛狂。」蘇軾《和秦太虚梅花》：「東坡先生心已灰，爲愛君詩被花惱。」黄庭堅《王充道送水仙花五十枝欣然會心爲之作詠》：「坐對真成被花惱，出門一笑大江横。」題詩被雨催：唱和往來敏捷貌，兼指天氣。杜甫《陪諸貴公子丈八溝携妓納凉晚際遇雨二首》一：「片雲頭上黑，應是雨催詩。」宋釋德洪《次韻見寄喜雨》：「議郎詩膽久崔嵬，敏句無煩急雨催。」

〔五〕「公子」二句：唾珠：「咳唾珠璣」之省。喻談吐議論或文辭之美有如珠玉。語本漢趙壹《刺世疾邪賦》：「勢家多所宜，咳唾自成珠。」陳師道《嘲秦觀》：「若爲借與春風看，無限珠璣咳唾中。」無限思：極言思念之甚。劉禹錫《柳花詞三首》二：「撩亂舞晴空，發人無限思。」宋趙瑕《山陽韋中丞罷郡因獻》：「今日尊前無限思，萬重雲月隔烟波。」鐵畫：喻筆法剛勁。宋林光朝《次韻呈胡侍郎邦衡》：「至竟銀鈎並鐵畫，相傳海北到天南。」宋王十朋《立高桂坊》：「嘉名換扁榜，鐵畫新揮毫。」寫離堆：蓋謂文辭之美可寶，故得高手書之勒石也。宋趙明誠《金石録》卷七：「第一千三百八十一：唐《離堆記》上。顔真卿撰並正書。寶應元年。」又鄭樵《通志·金石略·顔真卿》著録同。離堆：蜀地，有二。一在都江堰。《史記·河渠書》：「蜀守冰鑿離碓，辟沫水之害，穿二江成都之中。」集解引晉灼曰：「（碓）古『堆』字也。」一在今四川南部縣東南。顔真卿《鮮于氏離堆記》：「閬州之東百餘里，有縣曰新政。新政之南數千步，有山曰離堆。斗入嘉陵江，直上數百尺，形勢縮矗，欹壁峻肅，上峥嶸而下迴洑，不與衆山相屬，是之謂離堆。」此不能確指，蓋泛指蜀地。按，二句言范之詩才見重於蜀中，故得題刻於勝迹也。

奉酬才元席上所賦前韵〔一〕

夜飲華堂燭屢灰，暗香浮處數枝梅〔二〕。坐中一笑對三粲，客裏此歡能幾回〔三〕。醉後不知歌扇去，歸時還是曉鐘催〔四〕。露濃月白溪橋路，但記群山翠作堆〔五〕。

【箋注】

〔一〕此篇三疊前韵。

〔二〕「夜飲」二句：燭屢灰：喻歡聚時間過去迅速。唐劉商《琴曲歌辭·胡笳十八拍》十八：「明燭重然煨燼灰，寒泉更洗沈泥玉。」唐許渾《秋夕宴李侍御宅》：「燭換三條燼，香銷十炷灰。」暗香浮：林逋《山園小梅》：「疏影横斜水清淺，暗香浮動月黄昏。」

〔三〕一笑對三粲：相對歡愉貌。王維《齊州送祖三》：「相逢方一笑，相送還成泣。」黄庭堅《再和寄子瞻聞得湖州》：「解歌使君詞，樽前有三粲。」粲：亦笑也。

〔四〕「醉後」二句：歌扇去：謂宴罷。宋朱敦儒《蘇幕遮》二：「酒壺空，歌扇去。」歌扇：歌舞時用扇。庾信《和趙王看伎》：「緑珠歌扇薄，飛燕舞衫長。」蓋謂歌女也。還是：仍是。曉鐘催：

謂天欲明時。賈島《送皇甫侍御》：「曉鐘催早朝，獨自赴嘉招。」宋李之儀《除夜小舟中雨不止而作雪寄德麟》：「曉鐘催去路，明日又新年。」

〔五〕「露濃」二句：「露濃」句：謂夜深獨行之時。柳永《歸朝歡》：「別岸扁舟三兩只。葭葦蕭蕭風淅淅。沙汀宿雁破烟飛，溪橋殘月和霜白。」溪橋：唐戎昱《早梅》：「一樹寒梅白玉條，迥臨村路傍溪橋。」唐李群玉《寄友二首》一：「野水晴山雪後時，獨行村路更相思。無因一向溪橋醉，處處寒梅映酒旗。」按，此皆用寫梅之句。

冬夜癡坐似聞才元作集有日矣，因和前韵奉呈〔一〕

擁爐書帙易塵灰，覽古臨窗獨對梅。未瘖徑須呼子慎①，常奴何得比方回〔二〕？虛名到底將安用，能事從來不受催〔三〕。似許相過陪客醉，胸中那復有愁堆〔四〕？

【校】

① 慎：國圖藏本、文瀾閣本作「謹」。

【箋注】

〔一〕此篇四疊前韵。作集：編詩文集。

〔二〕「未寤」二句：「未寤」句：彼此敬重友愛。子慎：服虔字。虔經學家，精《春秋左傳》學。典出《世説新語·文學第四》：「服虔既善《春秋》，將爲注。欲參考同異，聞崔烈集門生講傳，遂匿姓名，爲烈門人賃作食。每當至講時，輒竊聽户壁間。既知不能逾己，稍共諸生叙其短長。烈聞，不測何人。然素聞虔名，意疑之。明早往，及未寤，便呼：『子慎！子慎！』虔不覺驚應，遂相與友善。」「常奴」句：奴僕之平庸者。方回：郗愔字。愔雅以文藝見稱於時。《世説新語·品藻》：「郗司空家有傖奴，知及文章，事事有意。王右軍向劉尹稱之。劉問：『何如方回？』王曰：『此正小人有意向耳，何得便比方回！』劉曰：『若不如方回，故是常奴耳。』」元幹自謙語。

〔三〕「虚名」二句：將安用：猶今言哪裏會有什麽用。自嘲之辭，文人好用此語。宋陳造《贈相者二首》二：「材同樗櫟將安用，官帶笭箵亦漫爲。」宋王炎《寓江陵能仁僧舍二首》一：「拙直將安用，飛騰敢自期。」「能事」句：擅長之事不待推動。杜甫《戲題王宰畫山水圖歌》：「能事不受相促迫，王宰始肯留真迹。」能事：語出《易·繫辭上》：「引而伸之，觸類而長之，天下之能事畢矣。」此應題「作集」。按，上二句皆一指范，一自指。

〔四〕「似許」二句：愁堆：喻憂愁之多。李山甫《南山》：「霽色陡添千尺翠，夕陽閑放一堆愁。」柳永《傾杯樂》：「算伊别來無緒，翠消紅減，雙帶長拋擲。但淚眼沈迷，看朱成碧。惹閑愁堆積。」其意皆同。按，二句豪邁，相與寬解意也。

遊東山二詠次李丞相韻〔一〕

寒木高蘿幾曲溪，斷碑零落卧荒祠〔二〕。澄潭想像雲頭湧，懸瀑依稀雨脚垂〔三〕。地軸漫煩龍虎戰，天符那得鬼神私〔四〕？茫茫造物殊難曉，要是爲霖自有時〔五〕。

右鱣溪〔六〕

公如謝傅暫閒身，我亦歸來效季真〔七〕。山屐數陪銷暇日，詩篇常許和陽春〔八〕。虚懷寄傲三休外，洗眼旁觀萬態新〔九〕。谷口榴花解迎客，騎鯨端爲謫仙人〔一〇〕。

右榴花谷〔一一〕

【箋注】

〔一〕東山：在福州。李丞相：李綱。紹興八年作，參《年譜》頁二一三。

〔二〕「寒木」二句：寒木：松柏之類耐寒不凋而其色蒼翠。多借以喻節操之堅貞。《文選・陸機〈演連珠〉》五十：「是以迅風陵雨，不謬晨禽之察；勁陰殺節，不凋寒木之心。」劉孝標注：「夫冒霜雪而松柏不凋，此由是堅實之性也。」朱熹《伏讀雲臺壁間秘閣郎中盤谷傳丈題詩輒次元韵呈諸同遊》：「只有空山無歲月，倚天寒木但蒼然。」高蘿：藤蘿濃密者。杜甫《長江二首》一：「孤石隱如馬，高蘿垂飲猿。」陸龜蒙《奉和襲美太湖詩二十首・銷夏灣》：「古岸過新雨，高蘿蔭横流。」幾曲溪：溪水曲折貌。宋宋庠《和中丞晏尚書憶譙渦二首》二：「沿緣緑篠無窮岸，縈帶香荷幾曲溪。」宋宋祁《漢南州按行江涘以詩見寄》：「輕筒絡繹傳清唱，知在春烟幾曲溪。」斷碑零落：碑碣破損荒棄貌。黄庭堅《病起荆江亭即事》五：「楊綰當朝天下喜，斷碑零落卧秋風。」元幹蓋泛言，不必坐實。

〔三〕「澄潭」二句：雲頭湧：即雲湧。宋張擴《題子温姪舫齋》：「夜闌闕月雲頭湧，風月填窗不成夢。」雲頭：即雲。白居易《河亭晴望九月八日》：「風轉雲頭斂，烟銷水面開。」雨脚垂：密雨灑落。陳師道《和黄預久雨》：「甲子仍逢夏，連朝雨脚垂。」雨脚：謂密雨。杜甫《茅屋爲秋風所破歌》：「牀頭屋漏無乾處，雨脚如麻未斷絶。」按，此聯句法，蓋用杜甫《詠懷古迹五首》四：「翠華想像空山裡，玉殿虚無野寺中。」又按，上四句賦地理。

〔四〕「地軸」二句：地軸：大地之軸。語本張華《博物志》卷一：「地有三千六百軸，犬牙相舉。」泛指大地。宋賀鑄《題甘露寺浄名齋兼寄米元章》：「日出天垠露，江横地軸分。」漫煩：猶言徒煩也。龍虎戰：李白《古風》一：「龍虎相啖食，兵戈逮狂秦。」宋白玉蟾《贈潘高士》之二：「龍虎戰百六，烏兔交七九。」「龍虎戰」，蓋指鱣溪故事也。詳下「鱣溪」。天符：上天所垂符命。《吕氏春秋·知度》：「唯彼天符，不周而周。」《漢書·王莽傳上》：「天符仍臻，元氣大同。」鬼神所私愛，謂隨意而失其至公。宋李覯《書松陵唱和》：「意古直摩軒昊頂，言微都洩鬼神私。」此處所指，不得而詳。按，此聯句法，蓋用杜甫《喜聞盜賊總退口號五首》一：「北極轉愁龍虎氣，西戎休縱犬羊群。」元幹此二句賦形勢，謂李丞相之功，與天地鬼神比其高。

〔五〕「茫茫」二句：「茫茫」句：言天道隱晦神秘無從測度。茫茫造物：李廌《送杭州使君蘇内相先生某用先生舊詩方丈仙人出渺茫高情猶愛水雲鄉爲韵作古詩十四首》之七：「下民今喁喁，造物太茫茫。」又其八：「造物雖茫茫，至人自嚚嚚。」爲霖：落雨。特指雨量豐沛者。唐錢起《中書遇雨》：「濟旱惟宸慮，爲霖即上台。」宋李覯《中春苦雨書懷》：「春秋書大雨，三日已爲霖。」按，二句賦時雨，藉以發揮，稱頌李丞相之能布德澤天下也。

〔六〕鱣溪：在福州東郊。鱣：俗音訛爲「鱔」。《三山志》云：「方言誤以爲之鱔，鱔微物也，豈能化爲龍？」元幹「龍虎戰」云云，蓋亦有所依據耶？《閩都記》：「越王郢時，有大鱔蟠溪上爲民害。郢第三子乘白馬來此地，射中之，鱔纏以尾，人馬俱没，害遂絶。里人立廟祀之，名鱔溪。」《名勝志》：「宋紹興七年秋，大雨，水暴出，聲聞數十里。詰朝有石高廣二丈，時廟後如堵，水左右注，庭除無恙。淳祐八年，郡守陳塏禱雨至此，謂神親殺鱔，靈在神，不在鱔也，改名善溪。」

〔七〕「公如」二句：謝傅：東晉謝安。安起用之前，嘗高卧東山，避世逍遥。此以謝比李綱。季真：賀知章。知章字季真，老歸田園，自稱「四明狂客」。

〔八〕「山屐」二句：山屐：野行郊遊之屐。《宋書·謝靈運列傳》：「靈運……尋山陟嶺，必造幽峻，岩嶂千重，莫不備盡。登躡常著木履，上山則去前齒，下山去其後齒。」劉長卿《送嚴維赴河南》：「山屐留何處，江帆去獨翻。」和陽春：與人佳作相唱和。自謙語。李白《答王十二寒夜獨酌有懷》：「巴人誰肯和陽春，楚地由來賤奇璞。」陽春：《文選·宋玉〈對楚王問〉》：「其爲《陽阿》《薤露》，國中屬而和者數百人，其爲《陽春》《白雪》，國中屬而和者不過數十人而已。」李周翰注：「《陽春》《白雪》，高曲名也。」泛指高雅之曲，此稱對方詩好也。

〔九〕「虛懷」二句：襲用杜甫《贈王二十四侍御契四十韻》：「洗眼看輕薄，虛懷任屈伸。」寄傲：寄托傲岸放曠情懷。陶潛《歸去來兮辭》：「倚南窗以寄傲，審容膝之易安。」洗眼：猶拭目，謂仔細看。范仲淹《寄潤州龐籍》：「春山雨後青無限，借與淮南洗眼看。」旁觀：猶言周覽，周遍觀察。《史記》司馬貞《補〈三皇本紀〉》：「旁觀鳥獸之文，與地之宜，近取諸身，遠取諸物，始畫八卦。」唐劉斌《登樓望月二首》一：「下瞰千門静，旁觀萬象生。」萬態新：即萬象新。李綱《久不飲酒春日得家問喜甚與宗之對酌調馬驛中速飲數觥徑醉醉中和東坡醉題四首》四：「歸休巖穴間，坐閲萬態新。」

〔一〇〕「谷口」二句：花迎客：庾信《和宇文內史春日遊山詩》：「風逆花迎面，山深雲濕衣。」張耒《感春十三首》十一：「野花迎客來，啼鳥驚我去。」解：知也，能也。解迎客：能迎客也。騎鯨：語出《文選·揚雄〈羽獵賦〉》：「乘巨鱗，騎京魚。」李善注：「京魚，大魚也。字或爲鯨。鯨亦大魚也。」後因以喻隱遁或遊仙。晁補之《少年游·次季良韻》：「它日騎鯨，尚憐迷路，與問衆仙真。」謫仙人：仙人之謫居世間者。典出《南齊書·高逸傳·杜京産》：「永明中會稽鍾山有人姓蔡，不知名。山中養鼠數十頭，呼來即來，遣去便去。言語狂易。時謂之『謫仙』。」唐孟棨《本事詩·高逸》：「李太白初自蜀至京師，舍於逆旅。賀監知章聞其名，首訪之。既奇其姿，復請所爲文。出《蜀道難》以示之。讀未竟，稱嘆者數四，號爲『謫仙』。」則借指被謫官吏。

〔一一〕榴花谷：在鱣溪左近。清《乾隆福州府志·古迹》：榴花洞，在東山。《閩中實録》：「唐代宗永泰中，樵者藍超遇白鹿，逐之，渡水入石門，始極窄，忽然有雞犬人家。主者曰：『吾避秦人也，留卿可乎？』超曰：『欲與親舊訣，乃來。』遂與榴花一枝而出，恍若夢中，既而尋之，不知所在。」宋蔡襄《榴花洞》：「洞裏花開無定期，落紅曾見逐泉飛。仙人應向青山口，管却春風不與歸。」

【附録】

李綱《還自鼓山過鱓溪遊大乘榴花洞瞻禮文殊聖像漫成三首》

其一

一派寒流作小池，松篁深處有叢祠。千年鱔骨專車在，百丈靈湫瀑布垂。粳稻豐穰欣歲樂，笳簫清咽報神私。更將小雨爲滂潤，正是農夫播麥時。

其二

乞得明時多病身，歸來林下養天真。芒鞋竹杖未全老，藥灶酒壺隨分春。山寺遞傳鐘磬晚，田家

收拾稻粱新。試窮溪上榴花洞，恐有桃源避世人。（《梁谿集》卷三二）

留寄黄檗山妙湛禪師〔一〕

晨發薌城越數峰，我來師出失從容〔二〕。白雲遮日蔽秋寺，青嶂聞猿驚暮鐘〔三〕。世亂可無閒地隱，山深偏覺老僧慵〔四〕。他年芋火談空夜，雪屋松窗約過冬〔五〕。

【箋注】

〔一〕黄檗山：在福建福清西，唐斷際禪師希運出家于此。又一寺在江西百丈山，希運禪師得道於此。宋翁卷《福州黄蘗寺》：「天下兩黄蘗，此中山是真。」妙湛禪師，嘗創報恩寺於黄檗山焉。

〔二〕「晨發」二句：薌城：在福建漳州。從容：斡旋；周旋。《漢書·酈食其陸賈等傳贊》：「陸賈位止大夫，致仕諸吕，不受憂責，從容平勃之間，附會將相以彊社稷，身名俱榮，其最優乎！」《唐語林·補遺三》：「（宣宗）每上殿與學士從容，未嘗不論儒學。」「失從容」，謂不得相見也。

〔三〕「白雲」二句：白雲、青嶂：文人好以二語對待結構，數見不鮮。張九齡《晚霽登王六東閣》：「連空青嶂合，向晚白雲生。」宋韓駒《游定林寺》：「曲檻以南青嶂合，高堂其上白雲深。」元幹下篇二聯亦如此。青嶂：青山綿延如屏障。《文選·沈約〈鍾山詩應西陽王教〉》：「鬱律構丹巘，崚嶒起青嶂。」吕向注：「山横曰嶂。」按，二句賦山寺之幽深僻静。

〔四〕「世亂」二句：閒地：空地。許渾《下第寓居崇聖寺感事》：「東門有閒地，誰種邵平瓜？」按，二句謂主人遠離亂世得享安閒。

〔五〕「他年」二句：芋火：煨芋之火。相傳唐代衡岳寺僧明瓚性懶食殘，號懶殘。李泌嘗讀書寺中，異其所爲，深夜往謁，懶殘撥火取芋以啖之，曰：「慎勿多言，領取十年宰相。」後泌果顯達，封鄴侯。事見《宋高僧傳》卷十九。蘇軾《次韻毛滂法曹感雨》：「他年記此味，芋火對懶殘。」談空：談論佛教義理。空：佛教以諸法無實性謂空，與「有」相對。此泛指佛理。南齊孔稚圭《北山移文》：「談空空於釋部，覈玄玄於道流。」孟浩然《游明禪師西山蘭若》：「談空對樵叟，授法與山精。」約過冬：相約一同過冬。按，二句謂他年當重來談論，預卜後期也。

用折樞韵呈李丞相二首〔一〕

參陪仍許瘦筇支，長者登臨敢後期〔二〕。鐘斷白雲飛雨過，月生青嶂夜凉時〔三〕。心知勝地都忘睡，喜聽連牀共和詩〔四〕。蓮社風流增荔子，餘生長健更何爲〔五〕？

莫問蒲萄出月支，不緣瓜棗訪安期〔六〕。輕紅滿地人慵掃，空翠霑衣雨足時〔七〕。松蔭晴泉聽落澗，蟬嘶晚吹助裁詩〔八〕。公乎此去歸廊廟，無用山中怨鶴爲〔九〕。

【箋注】

〔一〕折樞：折彥質。紹興六年折簽書樞密院，七年十二月起知福州，九年四月離職。紹興八年作，參《年譜》頁一二九。

〔二〕「參陪」二句：參陪：參贊陪侍。蘇轍《謝除尚書右丞表》：「才不逮於中流，幸則過於前輩，出入數歲，參陪大猷。」范成大《次韵知郡安撫九日南樓宴集》：「珠履參陪北海觴，仍邀擁節舊中郎。」瘦笻支：以笻杖扶持。宋康與之《遊慧力寺》二：「江上濃陰曉未開，瘦笻支我上蒼苔。」宋曾協《和剡宰二首》一：「更許瘦笻支病骨，玉山影裏聽絃歌。」瘦笻：笻竹可作手杖，而節高幹細，故稱。敢後期：不敢遲到。期：約定之時候。

〔三〕「鐘斷」二句：鐘斷：鐘聲停止，或隱約不連貫。唐許渾《泛舟尋鬱林寺道玄上人遇雨而返因寄》：「棹移灘鳥没，鐘斷嶺猿啼。」宋李新《送劉金部三首》二：「禁墻鐘斷翻新雨，劍嶺雲寒想去鴻。」飛雨過：雨飛過。雨勢猛烈貌。劉禹錫《牛相公林亭雨後偶成》：「飛雨過池閣，浮光生草樹。」宋葉夢得《爲山亭後有小池叢石間得石罅因以斛汲水導注之》：「驟喜忽聞飛雨過，却疑驚起老龍眠。」青嶂：見前《留寄黃檗山妙湛禪師》注三。按，二句賦彼此交誼之深。

〔四〕「心知」二句：勝地：佳處，勝境。南朝齊王中《頭陀寺碑文》：「東望平皋，千里超忽，信楚都之勝地。」又指美妙境界。《世説新語・任誕》：「王衛軍云：『酒正自引人著勝地。』」都忘睡：完全忘睡。連牀：並榻或同牀而卧。情誼篤厚貌。白居易《奉送三兄》：「杭州暮醉連牀卧，吴郡春遊並馬行。」按，二句寫實。

〔五〕「蓮社」二句：蓮社風流：泛指方外之深交。東晉廬山東林寺高僧慧遠，與僧俗十八賢結社念佛，因寺池有白蓮，故稱白蓮社。宋李之儀《送芝老》：「忽然别我下廬山，蓮社風流指顧間。」宋釋德洪《師復作水餅供出五詩送别謝之》：「已欣蓮社風流在，更覺溪山氣味新。」增荔子：因荔枝而增其風流。蓋彼此有荔枝熟時相見之約故也。長健：見前《叔易自三吴歸同赴竹菴荔子之集二首》注四。

〔六〕「莫問」二句：蒲萄出月支：此比興之法。以上言荔子，故連累而及。蒲萄：《漢書・西域傳上・大宛國》：「漢使采蒲陶、目宿種歸。」唐李頎《古從軍行》：「年年戰骨埋荒外，空見蒲桃入漢家。」月支：即「月氏」。古族名，曾於西域建月氏國。其族先遊牧於敦煌、祁連間。李白《寄遠》十：「魯縞如玉霜，筆題月支書。」瓜棗安期：安期棗。事本《史記・封禪書》：「安期生，仙者，通蓬萊中，合則見人，不合則隱。」又：「臣嘗游海上，見安期生，安期生食巨棗大如瓜。」元稹《和樂天贈吴丹》：「冥搜方朔桃，結念安期棗。」按，二句謂來而不爲求仙也。

〔七〕「輕紅」二句：輕紅：荔枝。荔枝色淡紅，故以借代。杜甫《宴戎州楊使君東樓》：「重碧拈春酒，輕紅擘荔枝。」黄庭堅《浪淘沙・荔枝》：「憶昔謫巴蠻，荔子親攀，冰肌照映柘枝冠。日擘輕紅三百顆，一味甘寒。」空翠霑衣：即王維《山中》：「山路元無雨，空翠濕人衣。」空翠：山林霧氣涵蘊草樹碧色者。謝靈運《過白岸亭詩》：「近澗涓密石，遠山映疏木。空翠難强名，漁釣易爲曲。」

〔八〕「松蔭」二句：晴泉聽落澗：悠閒自在貌。唐裴度《西池落泉聯句》：「東閣聽泉落，能令野興多。」宋釋文珦《送僧還山》：「後夜有誰相伴住，自聽泉落翠微間。」晚吹：晚風。杜牧《傷猿》：「無端晚吹驚高樹，似裊長枝欲下來。」蘇軾《秋興三首》一：「誰家晚吹殘紅葉，一夜歸心滿舊山。」裁詩：作詩。杜甫《江亭》：「故林歸未得，排悶强裁詩。」宋沈遘《西舍》：「少年裁詩喜言老，誰知老大都無心。」

〔九〕「公乎」二句：山中怨鶴：南朝齊孔稚圭《北山移文》：「蕙帳空兮夜鶴怨，山人去兮曉猿驚。」意謂鶴因隱士出山、蕙帳空空而愁怨。范鎮《奉和馮允南二首》二：「林間怨鶴久招隱，花外啼鵑仍勸歸。」李綱《次韵子美寄彦章同遊惠山之作》：「山中蕙帳不落寞，無復怨鶴啼驚猿。」無用……爲：不必，勿須。爲：疑問語助詞。按，二句蓋慶李綱之復見任用也。

再和李丞相遊山〔一〕

海山幻出化人宫，樓觀新崇萬指容〔二〕。雲霧入檐銀色界，藤蘿昏雨妙高峰〔三〕。放懷久已參黄檗，雅志無疑伴赤松〔四〕。欲去更聞獅子吼，忘歸橋下興猶濃〔五〕。

【箋注】

〔一〕紹興八年作，參《年譜》頁二一三。

〔二〕「海山」二句：化人宫：仙人所居。《列子·周穆王》：「化人之宫構以金銀，絡以珠玉；出雲雨之上，而不知下之據，望之若屯雲焉。」萬指：即千人。本喻奴僕之衆多。杜牧《題村舍》：「潛銷暗鑠歸何處？萬指侯家自不知。」蘇軾《答吕梁仲屯田》：「付君萬指伐頑石，千錘雷動蒼山根。」萬指容：蓋謂規模宏大可容遊人之多。

〔三〕「雲霧」二句：銀色界：銀色境界，銀色世界。宋蔣堂《吴淞江》三《中秋對月》：「佛氏解爲銀色界，仙家多住玉壺中。」宋黄裳《次齊守巖老見示東湖之韵》二：「天地會通銀色界，亭臺還合水晶宫。」昏雨：謂因雨朦朧不明也。

〔四〕「放懷」二句：參黄檗：謂學習黄檗希運所傳禪法。黄檗禪，見前《留寄黄檗山妙湛禪師》注一。赤松：赤松子，上古神仙名。文獻所載，頗有異同。《史記·留侯世家》：「願弃人間事，欲從赤松子游耳。」索隱引《列仙傳》：「神農時雨師也，能入火自燒，崑崙山上隨風雨上下也。」相傳晉人皇初平得道成仙，亦號赤松子。見葛洪《神仙傳》。此蓋泛云有方外之想也。

〔五〕「欲去」二句：獅子吼：佛教語。喻佛菩薩説法時震懾一切外道邪説之神威。見《維摩詰經》卷一《佛國品》：「獅子吼，無畏音也。（佛）凡所言説，不畏群邪異學，喻獅子吼，衆獸下之。」泛指傳經説法。劉禹錫《送鴻舉游江西》：「與師相見便談空，想得高齋獅子吼。」蘇軾《聞潮陽吴子野出家》：「當爲獅子吼，佛法無南北。」此或兼指李綱深謀遠猷之論。忘歸橋：蓋遊山所經之處。

次錢申伯遊東山韵二首〔一〕

東麓坡陁盡梵宫，我來泉上照衰容〔二〕。解衣又作茶瓜客，倚檻同看烟雨峰〔三〕。何用苦吟凌鮑謝，要須高節配喬松①〔四〕。海冰永閟錐沙畫，絶嘆故人遺墨濃〔五〕。

掃榻開軒走寺宫，吾曹終日得從容〔六〕。夕陽初落鱣溪路，雲氣半遮獅子峰〔七〕。試問丹砂回白髮，何如瀑布煮枯松〔八〕？暮年縱有壯心在，歸意已勝山色濃〔九〕。

【校】

① 喬松：文津閣本、文瀾閣本作「雲松」。

【箋注】

〔一〕此二首，疊前韻。紹興八年作，參《年譜》頁二一三。

〔二〕「東麓」二句：坡阤：即「坡陀」，山勢起伏貌。杜甫《北征》：「坡陀望鄜畤，岩谷互出没。」蘇軾《次前韵答馬忠玉》：「坡陀巨麓起連峰，積累當年慶自鍾。」梵宫：佛寺。南朝梁沈約《瑞石像銘》：「永言鷲室，栖誠梵宫。」王勃《梓州郪縣兜率寺浮圖碑》：「梵宫霞積，香閣星浮。」照衰容：唐李紳《在端州知家累以九月九日發衡州因寄》：「想見病身渾不識，自磨青鏡照衰容。」宋周紫芝《水調歌頭·雨後月出西湖作》：「問明月，應解笑，白頭翁。不堪老去，依舊臨水照衰容。」元幹尤與周意相通。

〔三〕「解衣」二句：解衣：閒散自適貌。杜甫《立秋日雨院中有作》：「解衣開北户，高枕對南樓。」曾鞏《京師觀音院新堂》：「解衣堅坐瞑忘返，飲水清談心亦足。」意近「解衣盤礴」，或即其省文。釋道潛《再賦温泉》：「解衣盤礴南窗下，骨肉都融到日曛。」此意比杜尤深婉。茶瓜客：來客，蓋謂遊賞之客。杜甫《巳上人茅齋》：「枕簟入林僻，茶瓜留客遲。」宋曹勛《賦友人竹軒》：「茶瓜雅納開懷客，俱喜高材似主人。」宋李吕《絶塵軒》：「結客登臨去，茶瓜勿憚煩。」茶瓜：蓋謂主人待客之設。「倚檻」句：憑欄同看山色之秀。唐張志和《漁父》：「秋山入簾翠滴滴，野艇倚檻雲依依。」南唐李中《和潯陽宰感舊絶句五首》二：「曾上虚樓吟倚檻，五峰擎雪照人寒。」烟雨峰：陳子昂《與東方左史虬修竹篇》：「峰嶺上崇崒，烟雨下微冥。」曾鞏《送撫州錢郎中》：「翠幕管絃三市晚，畫堂烟雨五峰秋。」

〔四〕「何用」二句：凌鮑謝：謂詩藝之卓。杜甫《遣興》五：「賦詩何必多，往往凌鮑謝。」黄庭堅《題孟浩然畫像》：「賦詩真可凌鮑謝，短褐豈愧公卿尊。」鮑謝：或謂鮑照、謝朓，或謂鮑照、謝靈運，皆南朝著名詩人。喬松：王子喬、赤松子，皆古仙人。《戰國策·秦策三》：「君何不以此時歸相印，讓賢者授之，必有伯夷之廉，長爲應侯，世世稱孤，而有喬松之壽。」《三國志·魏書·董昭傳》：「居有泰山之固，身爲喬松之偶。」配喬松：與王子喬、赤松子之德行相稱。按，二句蓋言不必詩好，但得隱居逍遥耳。

〔五〕「海冰」二句：海冰永閟：事未詳。閟：掩蔽；隱藏。南朝梁江淹《别賦》：「春宫閟此青苔色，秋帳含兹明月光。」錐沙畫：即「錐畫沙」，謂書家筆法之正。唐褚遂良《論書》：「用筆當如錐畫沙，如印印泥。」黄庭堅《書扇》：「魯公筆法屋漏雨，未減右軍錐畫沙。」按，二句蓋謂前人題詠遺墨之佳也。

〔六〕「掃榻」二句：寺宫：蓋即僧院。得從容：得逍遥周旋也。從容：盤桓逗留。《楚辭·九章·悲回風》：「寤從容以周流兮，聊逍遥以自恃。」唐白行簡《三夢記》：「夜已久，恐不得從容，即當睽索。」參前《留寄黄檗山妙湛禪師》注二「失從容」。

〔七〕獅子峰：福州名勝。

〔八〕「試問」二句：丹砂回白髮：服食丹藥以却老。范成大《過松江》：「莫將塵土涴朱顔，却待丹砂回白髮。」瀑布煮枯松：以枯松煮飛泉爲飲。方岳《採蕨》：「野燒初肥紫玉圓，枯松瀑布煮春烟。」按，二句謂服食求長生，不如親近自然之爲愈。句法實用黄庭堅《追和東坡壺中九華》：「試問安排華屋處，何如零落亂雲中。」

〔九〕「暮年」二句：暮年壯心在：曹操《龜雖壽》：「烈士暮年，壯心不已。」「歸意」句：歸意，即歸計，退隱之心。李商隱《送阿龜歸華》：「草堂歸意背烟蘿，黄綬垂腰不奈何。」梅堯臣《和吴沖卿江鄰幾二學士王景彝舍人秋興》：「予慚異群公，歸意如陶潛。」勝山色，唐貫休《遇葉進士》：「山寺偶相逢，眼青勝山色。」宋周紫芝《次韵羅仲共教授閑居三首》一：「懸知嚼蠟世味薄，未抵撲衣山色濃。」按，此句謂美景如斯，令人流連，而已退隱之念，比山色更甚。此所謂「已勝」者，略如李白《贈汪倫》「桃花潭水深千尺，不及汪倫送我情」之「不及」，皆以虚寫實法也。

次韻錢申伯遊東山既歸述懷之章〔一〕

山人不省大明宫，懷昔幽尋自改容〔二〕。廬阜東西二林寺，錢塘南北兩高峰〔三〕。百年有盡雲歸壑，萬事無邊月挂松〔四〕。滿院蒼苔重到日，秋光欲滴向人濃〔五〕。

【箋注】

〔一〕此篇更疊前韻。紹興八年作，參《年譜》頁二一三。

〔二〕「山人」二句：山人：隱居者。南朝齊孔稚圭《北山移文》：「蕙帳空兮夜鶴怨，山人去兮曉猿驚。」王勃《贈李十四》一：「野客思茅宇，山人愛竹林。」元幹自稱。不省：不識。杜甫《見王監兵馬使説近山有白黑二鷹……賦詩二首》二：「黑鷹不省人間有，度海疑從北極來。」李綱《望廬山》：「多年不省廬山面，江上初從望中見。」大明宫：唐宫殿名，高宗以後，諸帝常居於此。内有麟德、含元、宣政、紫宸等殿，宣政殿左右爲中書、門下二省。參宋王溥《唐會要·大明宫》等。此蓋泛指帝京，兼指朝廷。幽尋：即尋幽。謝靈運《讀書齋詩》：「春事時已歇，池塘曠幽尋。」王績《遊山贈仲長先生子光》：「幽尋多樂處，勿怪往還遲。」改容：動容。恭謹嚴肅貌。

《莊子·德充符》：「子産蹴然改容更貌曰：『子無乃稱！』」蘇軾《送程德林赴真州》：「元豐天子爲改容，我時匹馬江西東。」

〔三〕「廬阜」二句：「廬阜」句：廬山有東林寺、西林寺。唐齊己《寄匡阜諸公二首》二：「峰前林下東西寺，地角天涯來往僧。」「錢塘」句：杭州西湖有南北兩高峰。按，二句蓋指錢遊歷廣大。文人頗好以「東西、南北」組織爲文。北周王褒《别王都官詩》：「東西御溝水，南北會稽雲。」唐道世《頌六十二首》十一：「浮雲南北竟無歸，子客東西何可依。」杜甫《嚴中丞枉駕見過》：「川合東西瞻使節，地分南北任孤萍。」諸文皆泛言，唯元幹二句，更得自然無湊泊之巧。

〔四〕「百年」二句：百年：一生，終身也。陶潛《擬古》二：「不學狂馳子，直在百年中。」杜甫《登高》：「萬里悲秋常作客，百年多病獨登臺。」蘇軾《渚宫》：「百年人事知幾變，直恐荒廢成空陂。」百年有盡：即人生有死也。雲歸壑：唐儲光羲《終南幽居獻蘇侍郎三首時拜太祝未上》二：「雲歸萬壑暗，雪罷千崖春。」宋李彌遜《次韵暘叔見示伽陀》：「雲歸夜壑空難狀，月落秋江影自生。」月挂松：宋周紫芝《六月八日始開北窗得數峰于林樾間命力斬惡木而山態始盡出》：「落月挂長松，悲風繞危磴。」宋郭印《次韵喻存道二首》二：「寄宿僧寮清不寐，一輪明月挂枯松。」按，二句言雲休息月高懸，皆自然之事，不足强之。

〔五〕「滿院」二句：謂秋光濃時重來相見也。宋釋寶麐《題逆旅壁》：「滿院秋光濃欲滴，老僧倚杖青松側。只怪高聲問不應，嗔余踏破蒼苔色。」按，寶麐，光州、黄州間僧人，有狂名，好遊歷。蘇軾親見此篇，特爲五古一首相贊，見其集。

哭鄒德久二首用前韻〔一〕

出守真成夢蟻宫，天台雲色亦愁容〔二〕。時來盍錫萬釘帶，仙去俄歸群玉峰〔三〕。川上可驚如逝水，歲寒徒有後凋松〔四〕。煩將老眼銀河淚，共灑西風絮酒濃〔五〕。

窮達那知十二宫，由來與世不相容〔六〕。乃翁極諫牽龍衮，百謫同愁割劍峰〔七〕。前輩品題推玉樹，平生憂患挺蒼松〔八〕。傷心身後夸君賜，泉路恩光底事濃〔九〕。

【箋注】

〔一〕鄒德久：名柄，晉陵（今江蘇常州）人，浩子。弱冠棄科舉，從楊時游。才高識遠，靖康初權給事中，出守天台。行其所學，類多善政。元幹與之同爲李綱屬官，有文集二十卷、《伊川語録》一卷。此篇疊前韻，紹興八年作，參《年譜》頁四〇五。

〔二〕「出守」二句：真成：見前《次韵晁伯南飲董彦達官舍心遠堂》注二。夢蟻宫：即淳于棼夢至槐安國故事，後因以指夢境。蓋喻空幻也。見前《乙卯秋奉送王周士龍閣自貶所歸鼎州太夫人侍下》注一〇。天台：天台縣。雲色亦愁容：雲色陰沉可傷貌。隋孫萬壽《東歸在路率爾成詠詩》：「人愁慘雲色，客意愧風聲。」唐孔德紹《王澤嶺遭洪水》：「地籟風聲急，天津雲色愁。」

〔三〕「時來」二句：盍：何不。錫：賞賜。萬釘帶：蓋章服所用玉帶，朝廷所賜。《隋書·楊素列傳》：「優詔褒揚，賜縑二萬匹，及萬釘寶帶。」歐陽修《子華學士儤直未滿遽出館伴病夫遂當輪宿輒成》：「萬釘寶帶爛腰鐶，賜宴新陪一笑歡。」黄庭堅《别蔣穎叔》：「萬釘寶帶雕猊席，獻納論思近赭袍。」按，萬釘帶蓋古常見之物，故人多不言其形制。據今人考證，西域粟特人服飾，腰帶有所謂萬釘寶鈿金帶，其制，革帶而雜飾衆寶，上佩刀劍。群玉峰：群峰如玉，仙山。《穆天子傳》：「癸巳，至於群玉之山。」注：「即《山海經》玉山，西王母所居者。」李白《清平調》：「若非群玉山頭見，會向瑶臺月下逢。」歐陽修《懷嵩樓新開南軒與群僚小飲》：「會須乘醉携嘉客，踏雪來看群玉峰。」

〔四〕「川上」二句：《論語·子罕》：「子在川上曰：『逝者如斯夫！不舍晝夜。』」《論語·子罕》：「歲寒，然後知松柏之後凋也。」按，二句痛德久之有德不壽也。

〔五〕「煩將」二句：二句痛悼之甚。銀河淚：極言淚多。宋周紫芝《詹伯尹挽詞二首》二：「斗酒淋漓澆宿草，西風老淚不勝多。」又《方桐川挽詞》：「欲問哭君多少淚，未能注海亦傾河。」陸游

《望永阜陵》：「傾河尚恨難供泪，衛社何由得致身。」哀淚傾河，是弔祭常語，元幹更鑄新詞。絮酒：祭奠用酒。《後漢書・徐稚傳》：「徐稚嘗爲太尉黄瓊所辟，不就。及瓊卒歸葬，稚乃負糧徒步到江夏赴之，設雞酒薄祭，哭畢而去，不告姓名。」李賢注引謝承《後漢書》曰：「稚諸公所辟雖不就，有死喪負笈赴吊。常于家預炙雞一隻，以一兩綿絮漬酒中暴乾以裹雞，徑到所起冢隧外，以水漬綿使有酒氣，斗米飯，白茅爲藉，以雞置前，醊酒畢，留謁則去，不見喪主。」後遂以「隻雞絮酒」指以菲薄祭品悼念亡友而傷痛至摯。楊炯《爲薛令祭劉少監文》：「蒼烟漫兮紫苔深，陳絮酒兮涕沾襟。」

〔六〕「窮達」二句：十二宫：天文學術語。日月週行黄道，一年會合十二次，分黄道周天三百六十度爲十二分，每分三十度，稱十二宫，依次名曰降婁、大梁、實沉、鶉首、鶉火、鶉尾、壽星、大火、析木、星紀、玄枵、娵訾。古人以爲生出日辰與某宫相值，則有或休或咎之徵，謂之「命犯某宫」。按，二句蓋謂德久之不偶於當世也。

〔七〕「乃翁」二句：乃翁：德久父鄒浩（一〇六〇——一一一一）。浩事，見《宋史》本傳。牽龍衮：猶言牽御衣，極諫貌。宋吴子良《荆溪林下偶談》卷四：「陳止齋……有《周禮説》，嘗以進光廟。紹熙間，光廟以疾不過重華宫，止齋力諫，至牽御衣，衣爲之裂。除中書舍人，不拜命而去。」龍衮：天子禮服，上綉龍紋。《禮記・禮器》：「禮有以文爲貴者：天子龍衮，諸侯黼，大夫黻。」杜甫《冬日洛城北謁玄元皇帝廟》：「五聖聯龍衮，千官列雁行。」愁割劍峰：喻愁之極。柳宗元《與浩初上人同看山寄京華親故》：「海畔尖山似劍芒，秋來處處割愁腸。若爲化作身千億，散向峰頭望故鄉。」

〔八〕「前輩」二句：品題：謂評論人物，定其高下。李白《與韓荆州書》：「今天下以君侯爲文章之司命，人物之權衡，一經品題，便作佳士。」宋王禹偁《有傷》：「陶鑄官資經化筆，品題名姓在文場。」前輩品題：事不詳。玉樹：《世説新語·言語》：「謝太傅問諸子姪：『子弟亦何預人事，而正欲使其佳？』諸人莫有言者。車騎答曰：『譬如芝蘭玉樹，欲使其生于階庭耳。』」後以「玉樹」稱美佳子弟。平生憂患：南朝宋謝惠連《秋懷詩》：「平生無志意，少小嬰憂患。」意謂一生身心，但有憂國憂民也。宋郭祥正《次韵元輿見寄二首》二：「霜雪蕭然滿鬢鬚，平生憂患更無如。」挺蒼松：挺特傑出如蒼松，喻品格之堅貞。蒼松：喻品節之高潔。南朝梁范雲《奉和齊竟陵王郡縣名詩》：「白馬騰遠雪，蒼松壯寒風。」宋釋延壽《山居詩》三四：「遁逸從來格自高，莫將泰嶽比秋毫。冷烟寒月真吾侣，瘦竹蒼松是我曹。」按，二句稱頌德久之才德。

〔九〕「傷心」二句：恩光：猶恩澤。南朝梁江淹《獄中上建平王書》：「大王惠以恩光，顧以顏色。」元稹《爲蕭相謝告身狀》：「如臣寵榮，豈足爲諭，慚惶踊躍，進退難安，拜受恩光，戰汗交集。」底事：何故。濃：深厚貌。按，二句蓋指朝廷褒贈之隆崇也。

再用前韻哭德久〔一〕

女無美惡妬深宫，盛德如公果不容〔二〕。何遽蓋棺臨禹穴，未應藏骨在秦峰〔三〕。論文平日樽中酒，挂劍它年冢上松〔四〕。點檢交親秖解少，存亡悲感老情濃〔五〕。

【箋注】

〔一〕此篇更疊前韻。紹興八年作，參《年譜》頁四〇五。

〔二〕「女無」二句：「女無美惡」句：駱賓王《代李敬業傳檄天下文》：「入門見嫉，蛾眉不肯讓人。」美惡：美醜。盛德：美德。按，二句謂德久不能見容於世也。

〔三〕「何遽」二句：何遽：何忽。南朝梁江淹《傷内弟劉常侍詩》：「誰疑春光昃，何遽秋露輕。」唐沈佺期《傷王學士》：「痛哉玄夜重，何遽青春姿。」宋陳師道《黄無悔挽詞四首》四：「子逝今何遽，吾生孰與居。」按，何遽，本爲如何意。《墨子·公孟》：「子墨子曰：『雖子不得福，吾言何遽不善？而鬼神何遽不明？』」梁元帝《金樓子·立言》：「夫浴者，將使表裏潔也，内苟含瑕，何遽浴耶？」但後世文人用之，實兼取「遽」義。遽：奄忽，特指時間之迅速、生命之短暫。臨禹穴：鄰近禹穴。唐姚合《送韋瑶校書赴越》：「寄家臨禹穴，乘傳出秦關。」禹穴，舊傳禹之葬地，在紹興之會稽山。《史記·太史公自序》：「二十而南遊江、淮，上會稽，探禹穴。」集解引張晏曰：「禹巡狩至會稽而崩，因葬焉。上有孔穴，民閒云禹入此穴。」李白《越中秋懷》：「何必探禹穴，逝將歸蓬丘。」秦峰：秦望山。在杭州西南。見前《次韵送友人過山陰郡時夜别于舟中》注三。李白《送友人尋越中山水》：「東海横秦望，西陵繞越臺。」王琦注：「施宿《會稽志》：『秦望山，在會稽縣東南四十里，舊經云衆嶺最高者。』」辛棄疾《漢宫春·會稽蓬萊閣懷古》：「秦望山頭，看亂雲急雨，倒立江湖。」蓋棺、藏骨：皆死之事。按，二句似謂德久死後歸葬不得而久殯越地。

〔四〕「論文」二句：「論文」句：杜甫《春日憶李白》：「何時一尊酒，重與細論文。」論文：討論詩文。庾信《奉和永豐殿下言志詩十首》二：「論文報潘岳，詠史答應璩。」樽中酒：語出《後漢書·孔融傳》：「（融）好士，喜誘益後進。及退閒職，賓客日盈其門。常嘆曰：『坐上客常滿，尊中酒不空，吾無憂矣。』」陶淵明《雜詩十二首》四：「觴弦肆朝日，樽中酒不燥。」「挂劍」句：《史記·吴太伯世家》曰：「季札之初使，北遇徐君。徐君好季札之劍，口弗敢言。季札心知之，爲使上國，未獻。還至徐，徐君已死，於是乃解其寶劍，繫之徐君冢樹而去。」後遂用爲心許亡友、終始不渝所諾之意。杜甫《哭李尚書》：「欲挂留徐劍，猶迴憶戴船。」宋羅公升《感舊》：「誰與持麥飯，一灑冢上松。」按，二句謂己與德久友愛情重也。

〔五〕「點檢」二句：「點檢」句：謂友人日益零落。晏殊《木蘭花》：「當時共我賞花人，點檢如今無一半。」元幹化用其意。點檢：清點。見前《解嘲示真歇老人二首》注七。交親：知己。陳子昂《送東萊王學士無競》：「寶劍千金買，平生未許人。懷君萬里別，持贈結交親。」高適《送董判官》：「逢君説行邁，倚劍別交親。」衹解少：衹發覺越來越少。衹解：衹知，猶今言衹覺、衹會。劉長卿《疲兵篇》：「漢月何曾照客心，胡笳衹解催人老。」元幹此處，意義、情態，實不盡同，宜稍分別。存亡：存，己；亡，德久。

再用前韻重哭德久賢使君〔一〕

風撼棠梨對殯宮，中郎談笑孰形容〔二〕？不居上界神仙府，當在補陁孤絶峰〔三〕。至論每符磁石鐵，長生空問茯苓松〔四〕。九原可作還知否，底處返魂香最濃〔五〕？

【箋注】

〔一〕紹興八年作，參《年譜》頁四〇五。

〔二〕「風撼」二句：殯宮：停柩之所。《儀禮·既夕禮》：「遂適殯宮，皆如啓位。」南朝梁沈約《齊武帝謚議》：「晦朔不居，殯宮將啓。」棠梨：唐李郢《寒食野望》：「舊墳新隴哭多時，流世都堪幾度悲。烏鳥亂啼人未遠，野風吹散白棠梨。」元幹命意似近之，或兼寫實。棠梨：野梨，落葉喬木，花白色。即甘棠。三國吴陸璣《毛詩草木鳥獸蟲魚疏》：「甘棠，今棠梨，一名杜梨。」中郎談笑：蘇軾《寄呂穆仲寺丞》二聯云：「楚相未亡談笑是，中郎不見典刑存。」自注：「杭有伶人善學呂，舉措酷似。別後常令作之以爲笑。」蓋追想鄒之滑稽善諧謔嘲戲也。中郎：蔡中郎，即古南戲《趙貞女蔡二郎》之蔡伯喈。或有本事，不得而知，至其何以必嫁名古人蔡邕，尤不可解，而竟成典實。陸游《小舟遊近村捨舟步歸四首》四：「斜陽古柳趙家莊，負鼓盲翁正作場。死後是非誰管得，滿村聽説蔡中郎。」

〔三〕「不居」二句：補陁：補陁落迦，即普陀，佛教聖地。《雲麓漫鈔》卷二：「補陁落迦山，自明州定海縣招寶山泛海東南行，兩潮至昌國縣，自昌國縣泛海到沈家門，過鹿獅山，亦兩潮至山下。」宋葛勝仲《喜晴》：「補陁香供走人天，赴感隨緣舊所傳。」宋釋居簡《送錢竹岩宰常熟》一：「無日游天竺，新除問補陁。」按，二句謂鄒不歸仙則入佛，蓋許可其人也。

〔四〕「至論」二句：磁石鐵：磁石吸鐵，喻相與爲知己。曹植《矯志詩》：「磁石引鐵，於金不連。」蘇軾《石芝》：「古來大藥不可求，真契當如磁石鐵。」空問：徒求。茯苓松：松根茯苓。指長壽。杜甫《嚴氏溪放歌行》：「知子松根長茯苓，遲暮有意來同煮。」李商隱《送阿龜歸華》：「因汝華陽求藥物，碧松根下茯苓多。」茯苓：菌類植物，寄生於松根，狀如甘薯，皮黑褐色，菌肉面白色或粉紅色。《淮南子·説山訓》：「千年之松，下有茯苓。」古人以爲有延年益壽之用。按，二句謂德久學問深湛，有如磁石與鐵之相得；而壽命不永，不得茯苓與松之可徵。

〔五〕「九原」二句：九原可作：《國語·晉語八》：「趙文子與叔向游于九原曰：『死者若可作也，吾誰與歸？』」作：起也，謂復活。後謂設想死者再生也。杜牧《長安雜題長句》四：「九原可作吾誰與，師友琅琊邴曼容。」還知否：究竟知道不知道。返魂香：托名東方朔撰《海内十洲記》：「聚窟洲，在西海中申未之地……山多大樹，與楓木相類，而花葉香聞數百里，名曰反魂樹……伐其木根心，於玉斧中煮取汁，更微火煎如黑錫狀，令可丸之，名曰驚精香，或名之爲震靈丸，或名之爲反生香，或名之爲震檀香，或名之爲人鳥精，或名之爲却死香，一種六名。斯靈物也，香氣聞數百里，死者在地，聞香氣乃却活，不復亡也。」南朝陳陰鏗《和樊晉陵傷妾詩》：「名香不可得，何見返魂時。」唐張祜《南宮嘆亦述玄宗追恨太真妃事》：「何勞却睡草，不驗返魂香。」返魂，復活。按，二句言願鄒之復生，蓋傷之之深也。

與富樞密同集天宫寺①〔一〕

和氣從容一笑春，如公今是暫閑身〔二〕。伊蒲饌設無多客，薝蔔花繁正惱人〔三〕。已遣爐熏通鼻觀，更分茗碗瀹心塵〔四〕。僧房長夏宜幽僻，杖屨頻來願問津〔五〕。

【校】

①詩題：文淵閣本無「同集天宫寺」五字，今據諸本補。

【箋注】

〔一〕天宫寺：在福建連江三望嶺，元豐二年始建。參《連江縣志》卷七。紹興十六年作，參《年譜》頁四三三。按，本篇李彌遜有和韵。

〔二〕「和氣」二句：和氣：天地間陰陽二者交合而成之氣能生萬物者。語本《老子》：「萬物負陰而抱陽，沖氣以爲和。」《韓非子・解老》：「孔竅虚，則和氣日入。」王安石《次韵和甫春日金陵登臺》一：「萬物已隨和氣動，一樽聊與故人來。」一笑春：一笑生春。喻春風之宜人。蘇軾《和蘇州太守王規父侍太夫人觀燈之什余時以劉道原見訪滯留京口不及赴此會二首》一：「洛濱侍從三人貴，京兆平反一笑春。」劉敞《黄薔薇》：「何人解賞傾城態，一笑春風與萬金。」暫閑身：暫離公事束縛之身。韓愈《和僕射相公朝回見寄》：「盡瘁年將久，公今始暫閑。」宋趙抃《初赴杭州遊風水洞》：「風穴有聲連水洞，聽風觀水暫閑身。」

〔三〕「伊蒲饌」二句：伊蒲饌：佛家素齋。宋胡繼宗輯、陳玩直解《書言故事・釋教》：「齊供食曰伊蒲饌。」「齊供」即齋供。無多客：安静寂寞貌。唐儲光羲《同王十三維偶然作十首》八：「賓客無多少，出入皆珠履。」宋文同《將赴洋州書東谷舊隱》：「晚客無一來，獨步入東谷。」薝蔔：梵語Campaka音譯。義譯郁金花。《酉陽雜俎》卷十八：「陶貞白（弘景）言，梔子翦花六出，刻房七道。其花香甚，相傳即西域薝蔔花也。」《本草綱目・木三・卮子》集解引蘇頌曰：「今南方及西蜀州郡皆有之。木高七八尺，葉似李而厚硬。又似樗蒲子，二三月生白花，花皆六出，甚芬香，俗説即西域薝蔔也。夏秋結實如呵子狀，生青熟黄，中仁深紅。」唐盧綸《送静居法師》：「薝蔔名花飄不斷，醍醐法味灑何濃。」花繁惱人：繁花可愛撩人喜人。蘇軾《和秦太虚梅花》：「東坡先生心已灰，爲愛君詩被花惱……萬里春隨逐客來，十年花送佳人老。」宋周紫芝《次韵黄文若春日山行過秦德久六首》二：「眼前風物一番新，江上桃花惱殺人。」

〔四〕「已遣」二句：爐熏：爐中香烟。梅堯臣《和人雪意》：「趨閤展熊席，卷幔飄爐熏。」鼻觀：佛教觀想法，謂觀鼻端白。蘇軾《和黄魯直燒香》一：「不是聞思所及，且令鼻觀先參。」黄庭堅《題海首座壁》：「香寒明鼻觀，日永稱頭陀。」淪：浸漬。《儀禮・既夕禮》：「菅筲三，其實皆淪。」賈公彦疏：「筲用菅草，黍稷皆淹而漬之。」《説文・水部》：「淪，漬也。」心塵：心中灰塵。喻雜念。南朝齊張融《答周顒書》：「至夫游無蕩思，心塵自拂。」南朝梁武帝《净業賦》：「外清眼境，内净心塵。」按，二句謂香烟清茶之氣令人心神寂定也。

〔五〕「僧房」二句：「杖屨」句：古尊老之禮。《禮記・曲禮上》：「侍坐于君子，君子欠伸，撰杖屨，視日蚤莫，侍坐者請出矣。」鄭玄注：「撰猶持也。」孔穎達疏：「撰杖屨者，則君子自執杖，在坐著屨。」《舊唐書・宦官傳・楊復恭》：「詔復恭致仕，賜杖屨。」敬稱老者、尊者。杜甫《咏懷》二：「南爲祝融客，勉强親杖屨，結托老人星，羅浮展衰步。」仇兆鰲注：「盧注：衡山有祝融峰，董鍊師在焉，故思一親其杖屨。」司馬光《祭潁公文》：「承乏諫垣，造請有禁，不親杖屨，殆將再期，豈意一朝，忽爲永訣。」問津：語出《論語·微子》：「長沮、桀溺耦而耕，孔子過之，使子路問津焉。」謂尋訪，探求。陶潛《桃花源記》：「南陽劉子驥，高尚士也；聞之，欣然規往。未果，尋病終。後遂無問津者。」按，二句謂富致仕之後，宜得襌悦逍遥也。

止戈堂〔一〕

譙門直北望燕山，乙巳年來例破殘〔二〕。可但中原仍禍結，誰令東粤獨偷安〔三〕？西師有請君侯力，南顧無憂聖慮寬〔四〕。惡少至今猶膽落，雲臺須入畫圖看〔五〕。

八州賢牧喜休兵，千騎重來竹馬迎〔六〕。萬瓦連甍存比屋，十年回首賴長城〔七〕。舉觴談笑精明甚，緩帶登臨步武輕〔八〕。多是門墻舊賓客，願公黄髮佐昇平〔九〕。

【箋注】

〔一〕止戈堂：在福州。方回《桐江詩話》：「程進道，紹興初帥閩中，殄滅諸寇，以武庫爲止戈堂。

一時諸公題詠甚多。」進道，程邁字。《三山志》：「在燕堂東安撫廳後，架閣庫北，元豐四年，劉瑾建，舊爲甲仗庫。建炎四年，建寇范汝爲猖獗，程邁乞師于朝，韓少師世忠討平之，歛至于此，遂以名堂。」明王應山《閩都記》「郡城東北隅侯官縣」條：「止戈堂，舊安撫廳架閣庫之北，宋元豐四年郡守劉瑾建……建炎四年，建州寇范汝爲猖獗，福州守程邁乞師于朝。詔參政孟庾、少師韓世忠率禁兵討平之。歛至于此，更名其堂曰『止戈』云。」李綱《甌粤銘》：「相彼甌粤，民俗剽悍。負氣尚勇，輕生喜亂。巨盜挺之，蜂附蟻從。曾未期年，同惡内訌。王師之來，如雷如霆。討叛舍服，千里震鳴。鋒猬斧螗，猶敢强拒。轉戰逐北，嬰城自固。怒其觳觫，以抗犇獄。翹其萌芽，以激霜雹。肥牛儥豚，一舉碎之。宥彼協從，戮其鯨鯢。凶徒逆儔，尸相枕藉。諮爾甌民，自今以往，愛育子孫，尊君親上。焚爾甲胄，折爾甌兵。服勤耒耜，以保爾生。孝慈以忠，砥勵名節。勒銘山阿，敢告耆耋。」是所謂「止戈」也。綱，邵武人，以故相謫居福州。同時李彌遜《題止戈堂》、朱松《止戈堂》皆以記此，可參看。紹興十二年作，參《年譜》頁四二四。

〔二〕「譙門」二句：譙門：城門有望樓者。《漢書・陳勝傳》：「攻陳，陳守令皆不在，獨守丞與戰譙門中。」顔師古注：「譙門，謂門上爲高樓以望者耳。」柳宗元《柳州東亭記》：「出州南譙門，左行二十六步，有棄地在道南。」直北：正北。《史記・封禪書》：「漢文帝出長安門若見五人于道北，遂因其直北立五帝壇，祠以五牢具。」杜甫《小寒食舟中作》：「雲白山青萬餘里，愁看直北是長安。」燕山：燕然山；借指邊塞。庾信《楊柳歌》：「君言丈夫無意氣，試問燕山那得碑？」李賀《馬詩》五：「大漠沙如雪，燕山月似鉤。」今人葉葱奇注：「指燕然山，即今蒙古人民共和國的杭愛山。」宋宣和四年改燕京爲燕山府。後以指燕京，即今北京市。「乙巳」句：乙巳，徽宗宣和七年（一一二五）。是年十二月，斡離不、粘罕分道入侵。見《大金國志》卷三。《三朝北盟會編》卷二十五：「是年十二月二十日戊午，下罪己求真言詔：『言路壅蔽，導諛日聞，恩倖持權，貪饕得志……賦斂竭生民之財，戍役困軍伍之力。多作無益，靡侈成風……』」例：一例，例皆，一概。《南史·劉苞傳》：「少好學，能屬文，家有舊書，例皆殘蠹，手自編輯，筐篋盈滿。」唐釋智嚴《十二時·普勸四衆依教修行·夜半子》二：「死又生，生又死……一例無常歸大地。」破殘：殘害，破壞。《朝野僉載》卷二：「路悲號，聲動山谷，皆稱楊務廉人妖也。天生此妖，以破殘百姓。」文天祥《先太師忌日》：「弟妹俱成立，家鄉忍破殘。」

〔三〕「可但」二句：可但：豈止。唐嚴武《巴嶺答杜二見憶》：「可但步兵偏愛酒，也知光禄最能詩。」王安石《次韻陸定遠以謫往來求詩》：「可但風流追甫白，由來家世出機雲。」禍結：戰争、灾禍連續不斷。《漢書·匈奴傳下》：「漢武帝選將練兵，約賫輕糧，深入遠戍，雖有克獲之功，胡輒報之；兵連禍結三十餘年。」唐李欽止《漢武帝祈仙臺》：「四方禍結與兵連，海内空虚在末年。」

〔四〕「西師」二句：西師有請：疑用申包胥乞秦師存楚國故事，見前《葉少藴生朝》注一七。君侯：韓世忠。按，二句謂亂平也。

〔五〕「惡少」二句：惡少：年少品行惡劣者。《荀子·修身》：「偷儒憚事，無廉恥而嗜乎飲食，則可謂惡少者矣。」杜甫《錦樹行》：「自古聖賢多薄命，姦雄惡少皆封侯。」此指建寇也。膽落：猶喪膽。形容恐懼之甚。見前《奉送李叔易博士被召赴行在所》注一一。

〔六〕「八州」二句：八州：中國全土。我國自古有九州之稱，自京畿而言，則爲八州。賈誼《過秦論》：「然秦以區區之地，致萬乘之勢，序八州而朝同列，百有餘年矣。」杜甫《入奏行贈西山檢察使竇侍御》：「八州刺史思一戰，三城守邊却可圖。」賢牧：良牧守。牧：《國語·魯語下》：「日中考政，與百官之政事，師尹維旅、牧、相宣序民事。」韋昭注：「牧，州牧也。」南朝梁陸倕《以詩代書別後寄贈詩》：「江派資賢牧，宗英出建旟。」李商隱《行次西郊作一百韵》：「例以賢牧伯，征人司陶鈞。」千騎重來：主司牧守重鎮地方。千騎：雄兵，兼指牧守翊衛。宋呂陶《和三月二十一日遊海雲》：「玉節重來鎮此州，暫驅千騎上峰頭。」竹馬迎：典出《後漢書·郭伋傳》：「始至行部，到西河美稷，有童兒數百，各騎竹馬，道次迎拜。」後用爲稱頌地方長官之典。唐許渾《送人之任邛州》：「群童竹馬交迎日，二老蘭觴初見時。」蘇軾《次前韵再送周正孺》：「竹馬迎細侯，大錢送劉寵。」竹馬：兒童嬉戲，騎竹竿爲馬。按，二句止戈堂本事，謂地方重歸王化也。

〔七〕「萬瓦」二句：「萬瓦」句：房屋連片、坊市繁華貌。唐虞世南《凌晨早朝》：「萬瓦宵光曙，重簷夕霧收。」宋宋祁《登樓望郡中美人物之盛》：「曉色青烟萬瓦間，飛譙極望盡通闤。」比屋連甍：晉左思《蜀都賦》：「比屋連甍，千廡萬室。」甍：屋脊。李世民《帝京篇十首》一：「連甍遥接漢，飛觀迥凌虛。」杜甫《曲江三章章五句》：「比屋豪華固難數。」賴長城：憑仗楨幹之臣。高適《酬河南節度使賀蘭大夫見贈之作》：「股肱瞻列岳，脣齒賴長城。」長城：喻可資倚重之人物。《宋書·檀道濟傳》：「道濟見收，脱幘投地曰：『乃復壞汝萬里之長城。』」陸游《書憤》：「塞上長城空自許，鏡中衰鬢已先斑。」此以頌程之能捍禦也。

〔八〕「舉觴」二句：精明：耳目聰明，精力旺盛。董仲舒《春秋繁露·循天之道》：「是故身精明，難衰而堅固，壽考無忒，此天地之道也。」杜牧《奉送中丞姊夫儔自大理卿出鎮江西叙事書懷因成十二韻》：「精明如定國，孤峻似陳蕃。」步武輕：脚步輕健。柳宗元《植靈壽木》：「循翫足忘疲，稍覺步武輕。」宋慕容彦逢《和劉著作偉明貢院即事韵》：「納試庭除晚，遄歸步武輕。」步武：脚步。《國語·周語下》：「夫目之察度也，不過步武尺寸之間。」韋昭注：「六尺爲步，賈君以半步爲武。」按：二句頌主人身心平善也。

〔九〕「多是」二句：門墻：《論語·子張》：「夫子之墻數仞，不得其門而入，不見宗廟之美，百官之富。得其門者或寡矣。」後因稱師門爲「門墻」。漢揚雄《法言·修身》：「或問：『人有倚孔子之墻，弦鄭衛之聲，誦韓莊之書，則引諸門乎？』曰：『在夷貉則引之，倚門墻則麾之。』」唐顧雲《上池州衛郎中啓》：「自隨鄉薦，便托門墻。」黄髪佐昇平：太平世人多壽，則高年適足爲太平之徵。宋陳汝錫《壽時相》：「壽杖終扶黄髪老，衮衣今拜黑頭公。彭聃豈足延遐算，願助昇平到不窮。」黄髪：見前《李丞相綱生朝三首》注四。佐昇平：正賦詩題堂名，結法之正也。

次友人書懷〔一〕

此生無意入修門，粗飽鷄豚短褐温〔二〕。卜築幾椽臨水屋，經營數畝傍山園〔三〕。酒杯賸喜故人飲，書帙能遮老眼昏〔四〕。身世頗同猿擇木，功名誰問鶴乘軒〔五〕？

腸斷春風楊柳花，中原何日再京華〔六〕？將軍未報歌三箭，樂府徒傳舞兩蛙①〔七〕。會見敵營如竹破，不應淮甸又兵加〔八〕。頻年寒食常爲客，强索芳樽樂有涯〔九〕。

布穀催春惜雨乾，白鷗江上未盟寒〔一〇〕。且傾客子酴醾酒，共享先生苜蓿盤〔一一〕。我已懸車羞碌碌，公當鳴珮稱珊珊〔一二〕。休文才思雖多病，可是空吟紅藥闌〔一三〕。

【校】

① 蛙：文淵閣本作「娃」，據文津閣本改。

【箋注】

〔一〕紹興十一年作，參《年譜》頁四一七。

〔二〕「此生」二句：修門：楚國郢都城門。《楚辭·招魂》：「魂兮歸來！入修門些。」王逸注：「修門，郢城門也。」後泛指京都城門。「粗飽」句：衣食勉强充足。粗飽：勉强吃飽。蘇轍《題李公麟山莊圖·勝金岩》：「肴蔬取行籠，粗飽有遺味。」李綱《和陶淵明歸田園六首》四：「衣食粗飽暖，身在即有餘。」雞豚：《孟子·梁惠王上》：「雞豚狗彘之畜，無失其時。」劉禹錫《武陵書懷五十韻》：「來憂禦魑魅，歸願牧雞豚。」短褐：粗布短衣。古貧賤者之服。《墨子·非樂上》：「昔者齊康公，興樂萬，萬人不可衣短褐，不可食糟糠。」陶潛《五柳先生傳》：「短褐穿結，簞瓢屢空，晏如也。」今人逯欽立注：「短褐，粗布短衣。」

〔三〕「卜築」二句：臨水屋、傍山園：皆鄉野屋舍，隱居者所有。宋無名氏《賀新郎·生日自壽》：「我有數間臨水屋，隨分田園些个。」楊萬里《與子仁登天柱岡過胡家塘蕁塘歸東園四首》三：「數間茅屋傍山根，一隊兒童出竹門。」按，二句謂有隱居之志也。

〔四〕「酒杯」二句：賸喜：猶言「真喜」、「甚喜」。「賸」，甚辭。見前《喜王性之見過千金村》注五。宋陳師道《寄兖州張龍圖文潛二首》二：「賸喜開三面，旋聞乞一州。」宋李光《贈池元堅》二：

「漁樵臘喜皆予伍，鷗鷺相忘不我猜。」老眼昏：衰憊貌。宋周紫芝《次韵黄子才野步飯懷禪師道場》：「歸和山中句，挑燈老眼昏。」

〔五〕「身世」二句：猿擇木：鳥獸選擇樹木栖息。喻擇主而事。語本《世説新語·言語》：「李弘度常嘆不被遇。殷揚州知其家貧，問：『君能屈志百里不？』李答曰：『《北門》之嘆，久已上聞。窮猿奔林，豈暇擇木？』遂授剡縣。」唐張均《江上逢春》：「擇木猿知去，尋泥燕獨過。」擇木，語出《左傳·哀公十一年》：「〔孔子〕命駕而行，曰：『鳥則擇木，木豈能擇鳥？』」喻選擇官職。鶴乘軒：鶴乘高車，喻濫厠禄位者。事本《左傳·閔公二年》：「衛懿公好鶴，鶴有乘軒者。將戰，國人受甲者皆曰：『使鶴！鶴實有禄位，餘焉能戰？』」《鶴林玉露》卷五：「仕而有愧，鶴軒虎冠也。」又兼用爲自謙才德不備而得禄位之語。孟浩然《宴衛明府宅遇北使》：「舞鶴乘軒至，遊魚擁釣來。」宋趙抃《次韵高陽吴中復待制見寄》：「素志未容龜曳尾，誤恩深愧鶴乘軒。」按，二句謂遭際不諧，功名無成也。

〔六〕「腸斷」二句：腸斷春風：春風令人生發極大感觸。古人好爲此言，幾爲寫春色熟套。唐沈佺期《折楊柳》：「玉窗朝日映，羅帳春風吹。拭淚攀楊柳，長條踠地垂。白花飛歷亂，黄鳥思參差。妾自肝腸斷，傍人那得知。」元稹《桃花》：「春風助腸斷，吹落白衣裳。」《太平廣記》載唐「隔窗鬼」《題窗上詩》：「千里思家歸不得，春風腸斷石頭城。」云出《聞奇録》，注謂：「明經王紹，夜深讀書，有人隔窗借筆，紹借之，於窗上題詩，題訖，寂然無聲，乃知非人也。」（洪邁《萬首唐人絶句詩》有之，題曰「無名人《題王紹窗上》」。）腸斷：喻極悲痛；極感動。典出干寶《搜神記》卷二十：「臨川東興，有人入山，得猿子，便將歸。猿母自後逐至家。此人縛猿子於庭中樹上，以示之。其母便搏頰向人，欲乞哀狀，直謂口不能言耳。此人既不能放，竟擊殺之，猿母悲喚，自擲而死。此人破腸視之，寸寸斷裂。」春風楊柳花：春意盎然貌。南朝梁簡文帝《春日想上林詩》：「春風本自奇，楊柳最相宜。柳條恒著地，楊花好上衣。處處春心動，常惜光陰移。」白居易《前有別楊柳枝絶句夢得繼和云春盡絮飛留不得隨風好去落誰家又復戲答》：「誰能更學孩童戲，尋逐春風捉柳花。」按，二句謂一年又一年，何日得反正於汴京也。

〔七〕「將軍」二句：將軍三箭：唐朝名將薛仁貴故事。《新唐書·薛仁貴傳》：「詔副鄭仁泰爲鐵勒道行軍總管。時九姓衆十餘萬，令驍騎數十來挑戰，仁貴發三矢，輒殺三人，于是虜氣懾，皆降……軍中歌曰：『將軍三箭定天山，壯士長歌入漢關。』」蘇軾《次韵王晉卿奉詔押高麗宴射》：「天山自可三箭取，海國何勞一葦杭。」按，此句深嘆中國禦敵之無人也。「樂府」句：實謂公家空有富貴標的耳。唐宋樂府，有「兩蛙部」，其制未詳。蘇軾《次韵述古過周長官夜飲》：「二更鐃鼓動諸鄰，百首新詩間八珍。已遣亂蛙成兩部，更邀明月作三人。」宋許及之《題惠崇小景》四：「兩蛙隨步武，先後得位置。不作渴雨鳴，豈不賢鼓吹。」王邁《再和陳起予二首》二：「一誦君詩一點頭，華摛春艷氣凌秋。耳邊厭聽兩蛙部，眼底新詩五鳳樓。」皆指此。兩蛙：喻草萊自然之樂。蓋出《南史·孔稚圭傳》：「珪風韵清疏，好文咏，飲酒七八斗……不樂世務。居宅盛營山水，憑机獨酌，傍無雜事。門庭之内，草萊不剪。中有蛙鳴，或問之曰：『欲爲陳蕃乎？』珪笑答曰：『我以此當兩部鼓吹，何必期效仲舉。』王晏嘗鳴鼓吹候之，聞群蛙嗚，曰：『此殊聒人耳。』珪曰：『我聽鼓吹，殆不及此。』晏甚有慚色。」按，二句蓋言將帥無人可以破敵，使人空想太平而不可得也。

〔八〕「會見」二句：會見，終見。淮甸：淮河流域。南朝宋鮑照《潯陽還都道中》：「登艫眺淮甸，掩泣望荆流。」劉禹錫《代謝貸錢物表》：「壽春固壘以備盜，淮甸興師以扞姦。」兵加：猶言「加兵」。加兵：以武力侵凌；發動戰争。《韓非子·有度》：「（魏安釐王）加兵於齊，私平陸之都。」宋劉克莊《登城五首》三：「漢人稱勁粤，累世不加兵。」據《宋十朝綱要》卷二三，紹興十一年正月己未，金人陷壽春府，丙寅，入廬州，己巳，犯商州；二月壬申，兀朮分兵陷和州，又陷滁州。

〔九〕「頻年」二句：寒食常爲客：喻流離之無奈。寒食必到家祭祀先人，而乃爲客，故屬轉徙事。宋鄒浩《觀牡丹》：「去年寒食已爲客，今年寒食未還家。」宋周紫芝《寒食日歸郡舟中作二首》二：「白湖爲客久，寒食到家遲。」其情事如此。芳樽：酒器之精者，轉指美酒。《晉書·阮籍等傳論》：「嵇阮竹林之會，劉畢芳樽之友。」杜甫《贈虞十五司馬》：「過逢連客位，日夜倒芳樽。」樂有涯：娱樂有限之生命。宋强至《喜晴》：「更待高樓今夜月，一樽且樂有涯身。」宋汪晫《沁園春·次韵李明府勸農》：「高唱《豳風》，敬酬令尹，王道桑麻樂有涯。」有涯：語出《莊子·養生主》：「吾生也有涯，而知也無涯。」

〔一〇〕「布穀」二句：「布穀」句：杜甫《洗兵馬》：「田家望望惜雨乾，布穀處處催春種。」「白鷗」句：黄庭堅《去歲和元翁重到雙澗寺觀余兄弟題詩之篇總忘收録病中記憶成此詩》：「素琴聲在時能聽，白鳥盟寒久未尋。」寒盟：背盟。《左傳·哀公十二年》：「公會吴于橐皋，吴子使大宰嚭請尋盟。公不欲，使子貢對曰：『盟，所以周信也，故心以制之，玉帛以奉之，言以結之，明神以要之。寡君以爲苟有盟焉，弗可改也已。若猶可改，日盟何益？今吾子曰「必尋盟」，若可尋也，亦可寒也。』乃不尋盟。」《鐵圍山叢談》卷三：「不數年，金國寒盟，遂有中土，兩都皆覆。」按，二句徑用前人詩句，略表望太平、求退隱之意，出句又兼明時候。

〔一一〕「且傾」二句：客子酴醾酒：唐賈至《春思二首其二》：「紅粉當壚弱柳垂，金花臘酒解酴醾。笙歌日暮能留客，醉殺長安輕薄兒。」宋王洋《和秀實答仲嘉》：「未春先以約春期，載酒如何却負時。摇想醉狂哦舴艋，也知歸客趁酴醾。」酴醾酒：古指重釀酒；後又指酒以酴醾花浸漬者。唐無名氏《輦下歲時記·鑽火》：「新進士則於月燈閣置打毬之宴，或賜宰臣以下酴醾酒，即重釀酒也。」宋龐元英《文昌雜録》卷三：「京師貴家多以酴醾漬酒，獨有芬香而已。」此不能確指。先生苜蓿盤：蘇軾《和子由柳湖久涸忽有水開元寺山茶舊無花今歲盛開二首》之二：「久陪方丈曼陀雨，羞對先生苜蓿盤。」陳與義《道中寒食》：「刺史蒲萄酒，先生苜蓿盤。」苜蓿盤：見前《次韵奉呈公澤處士》注三。

〔一二〕「我已」二句：懸車：致仕。古人通以年七十歲而辭官家居，廢車不用。班固《白虎通·致仕》：「臣年七十懸車致仕者，臣以執事趨走爲職，七十陽道極，耳目不聰明，跂踦之屬，是以退老去避賢者……懸車，示不用也。」指隱居不仕。《後漢書·陳寔傳》：「時三公每缺，議者歸之，累見徵命，遂不起，閉門懸車，栖遲養老。」羞轆轆：怕聽車來，蓋恐妨隱居清閒。轆轆，車行聲。鳴珮珊珊：古人腰佩玉飾，步趨則相擊作聲。《文選·謝朓〈直中書省〉詩》：「兹言翔鳳池，鳴珮多清潔。」李周翰注：「鳴珮，所佩玉也。」周紫芝《時宰生日詩六首》一：「奕奕峨長纓，珊珊鳴珮玦。」珊珊：玉佩聲。杜甫《鄭駙馬宅宴洞中》：「自是秦樓壓鄭谷，時聞雜佩聲珊珊。」佩玉既貴人所服，遂可以喻出仕。

〔一三〕「休文」二句：「休文」句：典出《宋書·沈約傳》：「初，約……與徐勉素善，遂以書陳情于勉曰：『……而開年以來，病增慮切……外觀傍覽，尚似全人，而形骸力用，不相綜攝，常須過自束持，方可黽勉。解衣一卧，支體不復相關。上熱下冷，月增日篤，取暖則煩，加寒必利，後差不及前差，後劇必甚前劇。百日數旬，革帶常應移孔；以手握臂，率計月小半分……』」休文：沈約字。南唐李璟《浣溪沙》三：「風壓輕雲帖水飛，乍晴池館燕争泥。沈郎多病不勝衣。」按，此以沈約比友人也。紅藥闌：遍生芍葯之欄杆。紅葯：芍葯花。唐花蕊夫人徐氏《宫詞》五十五：「不知紅藥闌干曲，日暮何人落翠鈿。」歐陽修《醉蓬萊》「紅葯闌邊，惱不教伊過。」此蓋實寫友人所居。

和楊聰父聞雨書懷〔一〕

坎壈如公莫怨天，謫居端是坐無氈〔二〕。時來要自有歸路，客散不妨頻醉眠〔三〕。雲氣久能浮蜃屋，雨聲殊未透龜田〔四〕。回思風雪圍爐夜，何處聯衾擁木綿〔五〕。

【箋注】

〔一〕楊聰父：名里不詳。元幹與之唱和甚多，蓋交遊甚深者。當作於紹興十一年。

〔二〕「坎壈」二句：坎壈如公：杜甫《丹青引贈曹將軍霸》：「途窮反遭俗眼白，世上未有如公貧。但看古來盛名下，終日坎壈纏其身。」坎壈：困頓、不得志貌。嵇康《答二郭》二：「坎懔趣世教，常恐嬰網羅。」端是：正是。宋劉敞《和聖俞逢賣梅花五首》三：「落去能無怨羌笛，折來端是亂鄉愁。」黄庭堅《再和公擇舅氏雜言》：「烏虖端是萬乘器，紅絲潭石之際知才難。」坐無氈：貧寠貌。《晉書·良吏傳·吴隱之》：「以竹篷爲屏風，坐無氈席。」唐無名氏《和漁父詞》十二：「料理絲綸欲放船，江頭明月向人圓。尊有酒，坐無氈，抛下漁竿踏水眠。」宋祁《天台梵才師長吉在都數以詩筆見授因答以轉句》五：「有人官冷抱窮愁，客坐無氈塵影流。」

〔三〕「時來」二句：「時來」句：謂終究有所解脱困境。有歸路：本謂有所趨之處，轉指有可歸之地。唐宋人恒語。唐許渾《長安旅夜》：「門前有歸路，迢遰洛陽城。」蘇軾《和陶讀〈山海經〉》十三：「仇池有歸路，羅浮豈徒來。」「客散」句：謂人逐勢利而去，正宜獨自醉眠逍遥也。按，二句蓋所以慰楊，亦以自寬也。

〔四〕「雲氣」二句：蜃屋：蓋謂雨霧紛飛，遂使屋舍有似幻化者。皮日休《吴中苦雨因書一百韵寄魯望》：「狂蜃吐其氣，千尋勃然蹙。一刷半天墨，架爲欹危屋。」蘇轍《寄濟南守李公擇》：「流沙翳桑土，蛟蜃處人屋。」龜田：駱賓王《上兗州崔長史啓》：「佐龜陰而演化，務肅百城；輔麟壤以宣風，恩覃千里。」即龜陰田。春秋時魯龜山之北地爲齊侵奪，後歸之。山之北爲陰。典出《左傳·定公十年》：「齊人來歸鄆、讙、龜陰之田。」事亦載《史記·孔子世家》。後遂以喻歸還失地或失物。按，此蓋喻大宋失地未歸也。

〔五〕「回思」二句：聯裘：共裘覆身禦寒。宋劉攽《寄楊十七》：「陰風朔雪五湖凍，歲窮高卧思同裘。」宋謝枋得《謝劉純父惠布》：「綈袍望不及，共裘心自仁。」木綿：寒衣木綿所填充者。唐章碣《送謝進士還閩》：「却擁木綿吟麗句，便攀龍眼醉香醪。」蘇轍《益昌除夕感懷》：「永漏侵春已數籌，地爐猶擁木綿裘。」按，二句蓋謂知己情重，有手足同袍之厚也。

筠溪居士跳出隨順境界，把住放行，自在神通，縱横妙用，已是摸索不著，妙現老子猶貶句中眼，可謂善知識用心，謹次嚴韵上呈〔一〕

珍重筠谿舊主人，我知明水是前身〔二〕。如何一念初無過，便有多生未了因〔三〕。止酒裙襦成厭雜，逃禪槌拂要比鄰〔四〕。雲居嫡子重拈出，流布諸方此話新〔五〕。

【箋注】

〔一〕筠谿居士：李彌遜。李從雲居圓悟克勤禪師習禪，精進不已，當時即有名。《五燈會元》卷十九《昭覺勤禪師法嗣·侍郎李彌遜居士》云：「李彌遜，號普現居士。少時讀書，五行俱下。年十八，中鄉舉，登第京師。旋歷華要，至二十八歲，爲中書舍人。常入圓悟室，一日早朝回，至天津橋馬躍，忽有省，通身汗流。直造天寧，適悟出門，遥見便唤曰：『居士！且喜大事了畢。』公厲聲曰：『和尚眼花作甚麽？』悟便喝，公亦喝。於是機鋒迅捷，凡與悟問答，當機不讓。公後遷吏部，乞祠禄歸閩連江，築庵自娱。忽一日示微恙，遽索湯，沐浴畢，遂趺坐，作偈曰：『謾説從來牧護，今日分明呈露。虚空摎倒須彌，説甚向上一路。』擲筆而逝。」跳出隨順境界：蓋謂擺脱世相俗諦之執著束縛。隨順：依順，依從。韓愈《答陳生書》：「所謂順乎在天者，貴賤窮通之來，平吾心而隨順之，不以累乎其初。」把住放行：禪門接引學人之法，而成禪師常用話頭。「把住」，謂師家教導學人之時，先打破、否定其既有信念見解，俾由困惑絶望而獲向上進步契機；「放行」，指師家放任學人，使其自在自主修行，爲向下順應學人之法。語出《碧岩録》七十五則：「細如米末，冷似冰霜。逼塞乾坤，離明絶暗。低低處觀之有餘，高高處平之不足。把住放行，總在這裏許，還有出身處也無？」又《天童如浄禪師續語録》云：「放行也，瓦礫生央諉煒煒煌煌。把住也，真金失色而暗暗默默。」謂把住時一切静止無一物，放行時萬象顯然活躍，擒縱與奪，無不自在。後文人喜用之。宋朱敦儒《朝中措》：「先生筇杖是生涯。挑月更擔花。把住都無憎愛，放行總是烟霞。」《朱子語類》卷二：「如實有一物，把住、放行在我手裏，不是漫説『收其放心』，某蓋嘗深體之。此個大頭腦本非外面物事，是我元初本有底。」自在神通：進退無礙，謂之自在；又心離煩惱之繫縛，通達無礙，謂之自在。《法華經・序品》曰：「盡諸有結，心得自在。」《唯識演秘四》末曰：「施爲無擁，名爲自在。」神通：神爲不測之義，通爲無礙之義。不可測又無礙之力用，謂爲神通或通力。是爲五種通之一，有五通，六通，十通之别。《法華經・序品》曰：「此瑞神通之相。」《大乘義章》二十本曰：「神通者就名彰名，所爲神異，目之爲神。作用無擁，謂之爲通。」句中眼：詩眼，詩句中最精煉傳神之字句。《苕溪漁隱叢話前集・半山老人一》引惠洪《冷齋夜話》：「荆公『江月轉空爲白晝，嶺雲分晚作黄昏』，又曰『一水護田將緑繞，兩山排闥送青來』，東坡《海棠》曰『只恐夜深花睡去，故燒紅燭照新妝』，又曰『我携此石歸，袖中有東海』，山谷曰：『此詩謂之句中眼。學者不知此妙，韻終不勝。』」善知識：佛教語。善友、好伴侣之意。後亦以泛指高僧。《華嚴經・十迴向品八》：「常樂大願，修習菩提，依善知識，離諂曲心。」《景德傳燈録・慧能大師》：「諸善知識，汝等各各净心聽吾説法。」

〔二〕「珍重」二句：筇谿舊主人：即彌遜。舊主人：謂昔嘗相訪，而李爲之主人，蓋以尊之。白居易《座上贈盧判官》：「莫言不是江南會，虚白亭中舊主人。」明水前身：未詳。明水：净水，祭祀所用晨露。《周禮・秋官・司烜氏》：「以鑑取明水於月。」孫詒讓正義：「竊意取明水，止是用鑑承露。」元幹或只用其「晨露」義，蓋謂人命短暫，如《金剛經》所說。待考。

〔三〕「如何」二句：一念：佛家語。一動念間；一個念頭。北魏曇鸞譯《無量壽經優婆提舍願生偈注》卷上：「六十刹那爲一念。」《翻譯名義集・時分》：「一念中有九十刹那。」沈約《却出東西門行》：「一念起關山，千里顧兵窟。」初無過：從來無過。多生：佛教語，多重生死輪迴。白居易《味道》：「此日盡知前境妄，多生曾被外塵侵。」蘇軾《入寺》：「多生宿業盡，一氣中夜存。」未了因：佛教語，謂此生未經了却之因緣。蘇軾《獄中寄子由》二：「與君世世爲兄弟，更結人間未了因。」宋釋了惠《捨錢建閣深都寺》：「共行難行道路，欲了未了因緣。」按，二句蓋因東坡之句，謂彼此有緣，當結想來生，共爲知音也。

〔四〕「止酒」二句：止酒：戒酒。陶潛《止酒》：「平生不止酒，止酒情無喜。」陸游《驛舍見故屏風畫海棠有感》：「杜門復出嘆習氣，止酒還開慚定力。」裙襦：裙子與短襖。語出《莊子・外物》：「未解裙襦，口中有珠。」後專指女子之服。《陳書・孝行傳・殷不害》：「簡文又以不害善事親，賜其母蔡氏錦裙襦、氈席、被褥，單複畢備。」借指婦女。《清異録・黑心符》：「守一州則夫人並坐，論道經邦；奮庸熙載則于飛對内殿，連理入都堂，粉黛判賞罰，裙襦執生殺矣。」厭雜：本不清净而可憎嫌貌，此蓋謂妨礙修道也。逃禪：遁世而學佛。宋劉克莊《贈梅巖王相士詩二絶》二：「和靖詩高千古瘦，逃禪畫妙一生貧。」槌拂：佛門法器，槌所以鳴鐘擊磬，拂所以去塵助談也。宋吴則禮《過智海呈陳無己》：「道人槌拂總無用，身世俱忘鬢已華。」言「至尊」、「道人」，其事至明。要比鄰：邀鄉鄰、鄰居。《漢書・孫寶傳》：「後署寶主簿，寶徙入舍，祭竈請比鄰。」陶潛《雜詩》一：「得歡當作樂，斗酒聚比鄰。」要，邀請。《史記・項羽本紀》：「張良出，要項伯。」此蓋謂有修道同伴。按，二句謂李捨棄家人歡樂而虔心修佛也。

〔五〕「雲居」二句：雲居嫡子：語出宋東京法雲禪寺住持傳法佛國禪師惟白集《建中靖國續燈録》卷十一《廬山清原山行思禪師第十二世・筠州大愚曉舜禪師法嗣・蔣山佛慧禪師》：「僧曰：『恁麼則雲居嫡子，韶石兒孫？』師云：『多將甕響作鐘聲。』」此指李爲得雲居圓悟真傳之正宗弟子。《佛祖歷代通載》卷二十載，建炎元年十一月，高宗召見圓悟克勤問「西竺道要」，答曰：「陛下以孝心理天下，西竺法以一心統萬殊。真俗雖異，一心初無間然。」帝大悦，賜號「圓悟」。時克勤師兄清遠之弟子高庵住持雲居山真如禪寺，年老而多病，克勤因請移住之。敕可。但僅住持二年，即避紛争而去之。李蓋於此時而爲圓悟弟子。嫡子：謂得真傳。流布：流傳散布。《東觀漢記・明德馬皇后傳》：「太后詔書流布，咸稱至德，莫敢犯禁。」話：善言；嘉話。《詩・大雅・抑》：「慎爾出話，敬爾威儀。」毛傳：「話，善言也。」

次韻聰父見遺二首〔一〕

十年遷客北歸時，旁海相逢嘆渺瀰〔二〕。枝上烟光忙蛺蝶，尊中風味奪酴醾〔三〕。老來詩思真枯井，别後心情似亂絲〔四〕。喜故將軍殊矍鑠，家山小築未爲遲〔五〕。

鷄嶼洋邊桃李穠〔六〕，岸沙遮海暮雲重。乘槎我自犯牛斗，掘獄誰何藏劍鋒〔七〕？世路肯遵前覆轍，交游誰識後凋松？此生但得長相見，一笑能輕禄萬鍾〔八〕。

【箋注】

〔一〕聰父：即楊聰父。見前《和楊聰父聞雨書懷》注一。見遺：贈詩於我。紹興十一年作。

〔二〕「十年」二句：十年：自紹興元年致仕，已十載矣。遷客：指遭貶斥放逐之人。南朝梁江淹《恨賦》：「或有孤臣危涕，孽子墜心，遷客海上，流戍隴陰。」劉長卿《聽笛歌别鄭協律》：「舊遊憐我長沙謫，載酒沙頭送遷客。」旁海：並海，沿海也。此言海畔。渺瀰：水流曠遠貌。《文選·木華〈海賦〉》：「沖瀜沆瀁，渺瀰湠漫。」李善注：「渺瀰湠漫，曠遠之貌。」張九齡《南還以詩代書贈京師舊僚》：「樹晚猶葱蒨，江寒尚渺瀰。」按，二句賦時地，紀實也。

〔三〕「枝上」二句：枝上烟光：枝頭霧靄。南朝梁蕭繹《和劉尚書侍五明集詩》：「露光枝上宿，霞影水中輕。」皮日休《病中庭際海石榴花盛發感而有寄》：「一夜春光綻絳囊，碧油枝上晝煌煌。」宋李德載《早梅芳近》：「殘臘裏，早梅芳。春信報新陽。曉來枝上鬥寒光。」烟光，霧氣。黃庭堅《題宗室大年畫》一：「水色烟光上下寒，忘機鷗鳥恣飛還。」忙蛺蝶：蛺蝶忙。唐吴融《靈寳縣西側津》：「柳花無賴苦多暇，蛺蝶有情長自忙。」歐陽修《暮春有感》：「蛺蝶無所爲，飛飛助其忙。」「尊中」句：家釀勝過酴醿酒。奪：勝過。酴醿酒：見前《次友人書懷》注一一。

〔四〕「老來」二句：詩思如枯井。蘇轍《讀舊詩》：「思如枯泉，轆轤不下瓮盎乾。」心情似亂絲：司馬光《送李汝臣同年謫官導江主簿》：「愁來若亂絲，疏解當以理。」黃庭堅《次韵王稺川客舍二首》二：「身如病鶴翅翎短，心似亂絲頭緒多。」按，二句一嘆己身衰老、文章衰退，一言牽挂李而心煩意亂。

〔五〕「喜故」二句：喜：慶幸。故將軍：漢名將李廣。《史記·李將軍列傳》：「頃之，家居數歲。廣家與故潁陰侯孫屏野居藍田南山中射獵。嘗夜從一騎出，從人田間飲。還至霸陵亭。霸陵尉醉，呵止廣。廣騎曰：『故李將軍。』尉曰：『今將軍尚不得夜行，何乃故也！』止廣宿亭下。」庾信《哀江南賦》：「豈知霸陵夜獵，猶是故時將軍；咸陽布衣，非獨思歸王子！」此只稱美對方也。矍鑠：老人目光炯炯、精神健旺貌。《後漢書·馬援傳》：「援據鞍顧眄，以示可用。帝笑曰：『矍鑠哉，是翁也！』」劉禹錫《贈致仕滕庶子》：「矍鑠據鞍時騁健，殷勤把酒尚多情。」家山小築：宋沈與求《寄次律兄學士柯田山新居》：「似聞小築終年就，應是幽扉盡日關。爲報添丁護鴉觜，夜寒歸夢繞家山。」小築：居室小巧雅致者，每築于幽静之處。杜甫《畏人》：「畏人成小築，褊性合幽栖。」

〔六〕鷄嶼洋：在今福建外海。

〔七〕「乘槎」二句：乘槎犯牛斗：謂登仙境。唐趙璘《因話録》：「《漢書》載張騫窮河源，言其奉使之遠，實無天河之説。惟張茂先《博物志》，説近世有人居海上，每年八月，見海槎來不違時。賫一年糧，乘之到天河，見婦人織，丈夫飲牛。遣問嚴君平，云：『某年某月某日，客星犯牛斗，即此人也。』」乘槎：異説甚多。庾信《哀江南賦・序》：「况復舟楫路窮，星漢非乘槎可上；風飈道阻，蓬萊無可到之期。」「掘獄」句：本謂得寶劍，此謂不得藏鋒芒。掘獄：典出《晉書・張華傳》：「晉張華善望氣，見斗牛間常有紫氣，固命雷焕爲豐城令訪之。焕到縣，掘獄屋基，得龍泉、太阿兩寶劍，華與焕各佩其一。」杜甫《秦州見敕目除薛三璩畢四曜兼述索居》：「掘獄知埋劍，提刀見發硎。」按，二句蓋言己將造訪，而楊不得更埋没寶劍光華也。

〔八〕「此生」二句：長相見：李白《琴曲歌辭・雙燕離》：「玉樓珠閣不獨棲，金窗繡户長相見。」杜甫《病後過王倚飲贈歌》：「但使殘年飽喫飯，只願無事常相見。」輕禄萬鍾：宋韓琦《依前韵再答》：「一品坐來恩固重，萬鍾抛去禄何輕。」司馬光《和江鄰幾六月十一日省宿書事》：「回視萬鍾禄，飄撇如飛蠅。」萬鍾：禄利優厚者。鍾：古量器名。《孟子・告子上》：「萬鍾則不辯禮義而受之，萬鍾於我何加焉？」

次聽父見遺韵

拙速還知勝巧遲，男兒功業要逢時〔一〕。不妨唾面辱高馬，似有泥坑規病鴟〔二〕。老去尚堪蘇子印，興來須到習家池〔三〕。此心畢娶無餘事，且向春江理釣絲〔四〕。

【箋注】

〔一〕「拙速」二句：拙速巧遲：本兵家之事。《孫子·作戰》：「兵聞拙速，未睹巧之久也。」杜牧注：「攻取之間，雖拙于機智，然以神速爲上。」後世文人借擬文章寫作構思之不同狀態。晉張協《雜詩》七：「巧遲不足稱，拙速乃垂名。」元幹意謂人之博取功名，與其以巧僞而進遲，寧以敦樸而速成，蓋所以寬楊也。

〔二〕「不妨」二句：「唾面」句：杜甫《三韵三篇》一：「高馬勿唾面，長魚無損鱗。」杜本謂在上者不得自恃富貴而驕人，元幹反用之，所謂翻案法，意謂居下者亦得輕視富貴人。唾面：鄙視、侮辱他人貌。語本《戰國策·趙策四》：「有復言令長安君爲質者，老婦必唾其面。」高馬：馬之高大者，代指達官顯貴。杜甫《歲晏行》：「高馬達官厭酒肉，此輩杼柚茅茨空。」泥坑規病鴟：

謂退避隱居，乃自我精進之良法。泥坑：所謂侮辱之處。規：規箴。元幹本此。病鴟：鴟鳥負傷者。韓愈《病鴟》：「勿諱泥坑辱，泥坑乃良規。」宋李公麟《謹次元韵奉酬慎思學士年友》：「病鴟帖帖乃汙隍，白雲隴望因俶裝。」按，二句謂有自立於内，則無妨鄙他人之通顯、無庸傷一己之困躓也。

〔三〕「老去」二句：蘇子印：典出《史記·蘇秦列傳》：「于是六國從合而並力焉。蘇秦爲從約長，並相六國，北極趙王，乃行過雒陽，車騎輜重，諸侯各發使送之甚衆，疑于王者。」王維《魏郡太守上堂苗公德政碑》：「蘇公佩印，始歸鄉里盡歡；疏傅散金，不與子孫爲計。」宋陳造《次韵王知軍夜坐有懷》：「腰下誰懸蘇子印，城中人笑董生帷。」習家池：又名高陽池，襄陽峴山名勝。漢侍中習郁養魚之所。晉山簡鎮襄陽，名之曰高陽池，蓋取酈食其高陽酒徒之意。《晉書·山簡傳》：「簡優游卒歲，唯酒是耽。諸習氏，荆土豪族，有佳園池，簡每出嬉游，多之池上，置酒輒醉，名之曰高陽池。時有童兒歌曰：『山公出何許，往至高陽池。日夕倒載歸，茗艼無所知。』」杜甫《從驛次草堂復至東屯茅屋二首》一：「非尋戴安道，似向習家池。」此謂得酣飲爲樂。

〔四〕「且向」句：閒適自得貌。杜甫《嚴公雨中見寄一絶奉答兩絶》一：「江邊老病雖無力，强擬晴天理釣絲。」宋徐俯《鷓鴣天》：「西塞山前白鷺飛，桃花流水鱖魚肥。朝廷若覓元真子，晴在長江理釣絲。」

李丞相綱生朝三首〔一〕

梁溪萬折必流東，間氣英姿叶夢熊〔二〕。出入三朝推大老，險夷一節合蒼穹〔三〕。守關虎豹徒窺闖，得雨蛟龍定長雄〔四〕。衮繡未歸聊袖手，不妨閑作黑頭公〔五〕。

將壇丙午贊親征，相印元年佐聖明〔六〕。賊子亂臣俱破膽，皇天后土實同盟。扶持更係民休戚，進退元知勢重輕。捨我其誰公健在，乞身贏得見昇平〔七〕。

濟世功名肯力爲，風雲遇合貴逢時。欲知辟穀師黃石，便是扁舟號子皮〔八〕。後進忌能逾日月，敵人用間果蓍龜〔九〕。福城東際笙歌地，且祝千齡醉荔支。

【箋注】

〔一〕李丞相綱生朝：李綱生於元豐元年閏六月。紹興四年作，參《年譜》頁二一一。

〔二〕「梁溪」二句：萬折必流東：水之流必循理，雖萬折必東流，以喻君子非其道不由，非其位不處也。語本《荀子·宥坐》：「以出以入，以就鮮絜，似善化。其萬折也必東，似志。是故君子見大水必觀焉。」「間氣」句：見前《李丞相生朝》注四。叶夢熊：符合夢熊之兆。叶：和洽，相合。夢熊：生男之兆。語本《詩·小雅·斯干》：「吉夢維何？維熊維羆。」又：「大人占之，維熊維羆，男子之祥。」鄭玄箋：「熊羆在山，陽之祥也，故爲生男。」劉禹錫《蘇州白舍人寄新詩有嘆早白無兒之句因以贈之》：「幸免如新分非淺，祝君長咏夢熊詩。」句謂李出生非凡。

〔三〕「出入」二句：出入三朝：唐李德裕《離平泉馬上作》：「十年紫殿掌洪鈞，出入三朝一品身。」大老：老人德高望重爲世所尊者。語出《孟子·離婁上》：「二老者，天下之大老也。」二老，指伯夷、太公。險夷一節：無論順逆，始終堅守忠貞不二之節操。語本《抱朴子·行品》：「端身命以徇國，經夷險而一節者，忠人也。」歐陽修《狎鷗亭》：「險夷一節如金石，勛德俱高映古今。」李綱《顔魯公畫像贊》：「蹇蹇匪躬，險夷一節。」險夷：艱難與順利。司空圖《太尉琅琊王公河中生祠碑》：「何以祝之，祝公之福，險夷不渝，保是寵禄。」合蒼穹：謂合乎天道。

〔四〕「守關」二句：窺闖：窺伺冒犯。宋劉才邵《贈劉升卿》：「古人用意處，窺闖應已遍。」又《方景南出示館中諸公唱和分茶詩次韵》：「天教飛步出凡倫，窺闖天巧終不真。」得雨蛟龍：語本《管子·形勢》：「人主待得民，而後成其威，故曰：蛟龍得水，而神可立也，虎豹得幽，而威可載也。」原喻人主得民心，即能成其威望，有所作爲。長雄：爲首、稱雄。《漢書·鮑宣傳》：

「以爲其地宜田牧，又少豪俊，易長雄，遂家于長子。」顔師古注：「長，爲之長帥也；雄，爲之雄豪也。」劉禹錫《原力》：「彼力也長雄于匹夫，然猶驛其騑，餼其食。」按，二句謂李之於國，猶虎豹之守關、蛟龍之得雨，既能爲之首領，而令不逞之徒喪氣破膽也。

〔五〕「衮繡」二句：黑頭公：本謂少壯而居大位者。《世説新語·識鑒》：「諸葛道明初過江左……先爲臨沂令，丞相（王導）謂曰：『明府當爲黑頭公。』」《晉書·王珣傳》：珣弱冠與謝玄爲桓温掾，温嘗謂之曰：「謝掾年四十，必擁旄仗節；王掾當作黑頭公：皆未易才也。」「黑頭」者，壽徵，兼切生朝，頌李之長保康健。宋汪藻《盡心堂爲張丞相題》：「主人歸來頭正黑，劍履未給黄門扶。」按，二句反語，謂其罷官家居，姑可從容，以待起復，而後重領朝權，蓋所以寬之也。

〔六〕「將壇」二句：丙午：靖康元年（一一二六）。是年正月，金兵圍攻汴京，以兵部侍郎綱爲尚書右丞、東京留守，又爲親征行營使，率衆禦敵，捍衛京師。贊：參謀。

〔七〕「捨我」二句：捨我其誰：自豪貌；又指義不容辭。《孟子·公孫丑下》：「如欲平治天下，當今之世，舍我其誰也？」舍，後作「捨」。乞身：古代以作官爲委身事君，故稱請求辭職爲乞身。語本《史記·張儀列傳》：「今齊王甚憎儀，儀之所在，必興師伐之，故儀願乞其不肖之身之梁，齊必興師伐之。」《東觀漢記·張况傳》：「時年八十，不任兵馬，上疏乞身。」蘇軾《玉堂栽花周正孺有詩次韵》：「故山桃李半荒榛，粗報君恩便乞身。」

〔八〕「欲知」二句：辟穀師黄石：謂養生。宋陳造《戲作》：「婪酣任人嗤穀伯，何如辟穀高人師黄石。」意同。辟穀：養生術，謂不食五穀。辟穀時，仍食藥物，並須兼作導引等工夫。《史記·留侯世家》：「乃學辟穀，道引輕身。」《南史·隱逸傳下·陶弘景》：「弘景善辟穀導引之法，自隱處四十許年，年逾八十而有壯容。」黄石：黄石公，古仙人，善服食導引者。扁舟號子皮：《史記·越王勾踐世家》：「范蠡浮海出齊，變姓名，自謂鴟夷子皮。」范蠡，春秋時爲越大夫，助越勾踐滅吴，後自避禍至陶，經商致富，又稱陶朱公。

〔九〕「後進」二句：後進：後輩。亦指學識或資歷較淺者。語出《論語·先進》：「先進於禮樂，野人也；後進於禮樂，君子也。」邢昺疏：「後進，謂後輩仕進之人也。」張繼《送顧況泗上覲叔父》：「吴鄉歲貢足嘉賓，後進之中見此人。」逾日月：語本《論語·子張》：「叔孫武叔毁仲尼。子貢曰：『無以爲也。仲尼不可毁也。他人之賢者，丘陵也，猶可逾也；仲尼，日月也，無得而逾焉。人雖欲自絶，其何傷于日月乎？多見其不知量也。』」用間：採用反間計。其事不詳。果著龜：謂其明能預知是非休咎，比之漢張良也。宋徐鈞《崔浩》：「智謀斷國灼蓍龜，自比留侯果是非。」蓍龜：古人以蓍草與龜甲占卜，因以指占卜。《易·繫辭上》：「探賾索隱，鉤深致遠，以定天下之吉凶，成天下之亹亹者，莫大乎蓍龜。」《史記·龜策列傳》：「王者决定諸疑，參以卜筮，斷以蓍龜，不易之道也。」

代上折樞彥質生朝二首〔一〕

天扶王室挺生申，瑞啓中興社稷臣〔二〕。樽俎折衝常自任，廟堂康濟更何人〔三〕？秋風玉帳軍容肅，冷月鈴齋夜宴新〔四〕。願掃妖氛開壽域，衮衣端爲轉洪鈞〔五〕。

秋水爲神吉夢隨，上公冠佩儼朝儀〔六〕。風雲感遇千齡會，日月依光四海知。筆陣詞鋒明藻色，龍韜豹略繫安危〔七〕。頑金從此歸鑪錘，歲歲門闌獻壽詩〔八〕。

【箋注】

〔一〕紹興八年作，參《年譜》頁四〇三。

〔二〕「天扶」二句：挺生：挺拔生長，謂傑出。《後漢書·西域傳論》：「靈聖之所降集，賢懿之所挺生。」南朝梁劉峻《辯命論》：「聞孔墨之挺生，謂英睿擅英響。」杜甫《秋日荆南述懷》：「昔承推獎分，愧匪挺生才。」生申：申伯誕生之日。申：故地在今南陽北。語本《詩·大雅·崧高》：「崧高維岳，駿極于天。維崧降神，生甫及申。」後爲生日之祝辭。元幹《望海潮·爲富樞生朝壽》：「雪度崧高，影横伊水慶生申。」亦用此。

〔三〕「樽俎」二句：樽俎折衝：謂不用武力而在酒宴談判中制敵取勝。語本《戰國策・齊策五》：「何必此臣之所謂比之堂上，禽將户内，拔城于尊俎之間，折衝席上者也。」晉張協《雜詩》七：「何必操干戈，堂上有奇兵折衝樽俎間，制勝在兩楹。」康濟：安民濟世。《書・蔡仲之命》：「康濟小民。」僞孔傳：「汝爲政，當安小民之居，成小民之業。」《北齊書・武帝紀》：「君有康濟才，終不徒然。」宋薛利和《謝王介甫》：「一路生靈陡頓貧，廟堂康濟豈無人。」元幹蓋反用其語。更何人：更有何人，猶言捨我其誰。唐姚合《和太僕田卿酬殷堯藩侍御見寄》：「淺才唯是我，高論更何人。」蘇軾《聞喬太博換左藏知欽州以詩招飲》：「馬革裹屍真細事，虎頭食肉更何人。」

〔四〕「秋風」二句：秋風玉帳：喻兵氣之肅殺。杜甫《奉和嚴大夫軍城早秋》：「秋風褭褭動高旌，玉帳分弓射虜營。」宋周紫芝《親征詔下朝野歡呼六首》五：「誰知黄鉞臨戎地，江上秋風玉帳寒。」玉帳：帥帳，取如玉之堅義。顔之推《觀我生賦》：「守金城之湯池，轉絳宫之玉帳。」鈴齋：州郡長官之衙署。唐韓翃《贈鄆州馬使君》：「他日鈴齋内，知君亦賦詩。」范仲淹《依韵答賈黯監丞賀雪》：「鈴齋賀客有喜色，飲酣歌作擊前籌。」

〔五〕「願掃」二句：衮衣：《詩・豳風・九罭》：「我覯之子，衮衣綉裳。」毛傳：「衮衣，卷龍也。」陸德明釋文：「天子畫升龍于衣上，公但畫降龍。」借指帝王或上公。南朝梁沈約《梁三朝雅樂歌・俊雅》：「衮衣前邁，列辟雲從。」轉洪鈞：猶言旋轉乾坤。黄庭堅《戲贈家安國》：「但使一氣轉洪鈞，此老矍鑠還冠軍。」元幹《望海潮》：「看五雲朝斗，千載逢辰。開取八荒壽域，一氣轉洪鈞。」亦用此。洪鈞：指天。《文選·張華〈答何劭〉詩》二：「洪鈞陶萬類，大塊禀群生。」李善注：「洪鈞，大鈞，謂天也；大塊，謂地也。言天地陶化萬類，而群化禀受其形也。」喻國家政權。唐李德裕《離平泉馬上作》：「十年紫殿掌洪鈞，出入三朝一品身。」

〔六〕「秋水」二句：秋水爲神：精神朗澈有如秋水。杜甫《徐卿二子歌》：「大兒九齡色清澈，秋水爲神玉爲骨。」杜詩此句出，幾同熟語，其後多襲用者，元幹亦小變化之如此。上公：太傅，漢制，位在三公上，號上公。《後漢書·百官志》：「太傅，上公一人。」儼朝儀：爲朝廷百官表率。

〔七〕「筆陣」二句：筆陣詞鋒：謂其多文才。筆陣：南朝梁蕭統《正月啓》：「談叢發流水之源，筆陣引崩雲之勢。」詞鋒：文筆、口才犀利者。南朝陳徐陵《與楊僕射書》：「足下素挺詞鋒，兼長理窟，匡丞相解頤之説，樂令君清耳之談，向所諮疑，誰能曉喻。」明藻色：謂以己才能輔翼聖人之事業也。語本《法言·先知》：「聖人文質者也，車服以彰之，藻色以明之，聲音以揚之，詩書以光之。」宋《郊廟朝會歌辭·紹興朝會十三首》二《酒一行用文舞》：「文物以紀，藻色以明。」龍韜豹略：古兵書《六韜》有《龍韜》《豹韜》兩章。後轉指高明兵法。宋無名氏《滿江紅·壽盧侯》：「緑鬢將軍，是人道、天生韓霍。最奇處、虎頭燕頷，龍韜豹略。」

〔八〕「頑金」二句：頑金：堅金難於冶煉者。宋俞文豹《吹劍三録》：「難疑答問之外，則薰陶其氣質，矯揉其性情，輔成其材品，如良工之揉曲木，巧冶之鑄頑金。」宋文彦博《送知府給事赴闕》：「頑金雖自況，巧冶欲誰憑。」元幹正以自況。歸鑪錘：加以鍛煉。黄庭堅《次韵奉送公定》：「斯人萬户侯，造物付鑪錘。」喻造就人才。門闌：門户檻欄。《史記·楚世家》：「敝邑之王所甚説者無先大王，雖儀之所甚願爲門闌之廝者亦無先大王。」王安石《賀韓魏公啓》：「瞻望門闌，不任鄉往之至。」按，二句謂欲歸折麾下相追隨備驅使也。

福帥生朝二首〔一〕

玉帳生朝香霧飛，秋風欲到碧梧枝〔二〕。回思十載折衝地，還鎮八州安静時〔三〕。淇澳會須歌緑竹，渭濱猶待獵非羆〔四〕。止戈堂上多珠履，争獻龐眉春酒詩〔五〕。

金貂赫奕照來仍，雅意諸郎以壽稱〔六〕。矍鑠儀形千歲鶴，扶摇風力九霄鵬〔七〕。黄雲䆉稏人皆醉，丹荔芳敷俎正登〔八〕。請看君侯高閣宴，層梯無用一枝藤〔九〕。

【箋注】

〔一〕福帥：即福建安撫大使程邁。邁（一〇六八—一一四五）字進道，徽州黟縣（今屬安徽）人。哲宗元符三年進士。爲仁和尉，捕盗有功，改西安縣，徙知鹽城。後除提舉江西常平，除直秘閣。高宗即位，遷太府卿，知福州。歷知温州、平江府、鎮江府、饒州，再知福州。官至顯謨閣直學士。有《漫浪編》等。紹興十二年壬戌作，參《年譜》頁二一四。

〔二〕「玉帳」二句：玉帳、秋風：見前《代上折樞彦質生朝二首》注四。香霧：香氣。南朝梁劉孝標《送橘啓》：「南中橙甘，青鳥所食。始霜之旦，采之風味照座，劈之香霧噀人。」蓋謂宴會酒饌之香也。碧梧枝：杜甫《秋興八首》八：「香稻啄餘鸚鵡粒，碧梧栖老鳳凰枝。」五代吴仁璧《鳳仙花》：「此際最宜何處看，朝陽初上碧梧枝。」句謂時當秋日也。

〔三〕「回思」二句：十載：蓋約指程前後知福州之年數。折衝：見前《李丞相生朝》注七。

〔四〕「淇奥」二句：「淇澳」句：稱美程之能爲國盡忠。語出《詩・衛風・淇奥》：「瞻彼淇奥，緑竹猗猗。」毛傳：「奥，隈也。」《序》：「《淇奥》，美武公之德也。有文章，又能聽其規諫，以禮自防，故能入相於周。」舊時用以稱頌佐國者。《左傳・昭公二年》：「自齊聘於衛，衛侯享之。北宫文子賦《淇奥》。」杜預注：「言宣子有武公之德。」「渭濱」句：言見顧朝廷，有如周文王之有姜子牙。非羆：語出《六韜・文師》。本指太公望，後因以爲老而遇合之典。李商隱《咏懷寄秘閣舊僚二十韵》：「圖形翻類狗，入夢肯非羆。」

〔五〕「止戈」二句：止戈堂：見前《止戈堂》注一。珠履：珠飾之履，借指貴盛者。《史記・春申君列傳》：「春申君客三千餘人，其上客皆躡珠履。」唐儲光羲《同王維偶然作》八：「賓客無多少，出入皆珠履。」「争獻」句：祝壽之儀盛大貌。龐眉：眉毛黑白雜色。形容老貌。唐錢起《贈柏岩老人》：「龐眉忽相見，避世一何久。」春酒：冬釀春熟之酒；或指春釀秋冬始熟者。語出《詩·豳風·七月》：「爲此春酒，以介眉壽。」毛傳：「春酒，凍醪也。」孔穎達疏：「此酒凍時釀之，故稱凍醪。」馬瑞辰通釋：「春酒即酎酒也。漢制，以正月旦作酒，八月成，名酎酒。周制，蓋以冬釀經春始成，因名春酒。」《文選·張衡〈東京賦〉》：「因休力以息勤，致歡忻于春酒。」李善注：「春酒，謂春時作，至冬始熟也。」

〔六〕「金貂」二句：金貂：即貂蟬，天子侍臣冠飾。見前《代上張丞相生朝四首》注一五。借稱侍從貴臣。《文選·江淹〈雜體詩·效王粲「懷德」〉》：「賢主降嘉賞，金貂服玄纓。」李善注：「時粲爲侍中，故云金貂。」赫奕：鮮明顯赫貌。《風俗通·過譽·汝南陳茂》：「謹按《春秋》，王人之微，處于諸侯之上，坐則專席，止則專館，朱軒駕駟，威烈赫奕。」《魏書·酷吏傳·李洪之》：「〔洪之〕富貴赫奕，當舅戚之家。」來仍：泛指後輩。《爾雅·釋親》：「孫之子爲曾孫，曾孫之子爲玄孫，玄孫之子爲來孫……晜孫之子爲仍孫。」《舊唐書·白居易傳》：「白居易字樂天，太原人。北齊五兵尚書建之仍孫。」

〔七〕「矍鑠」二句：「矍鑠」句：稱美程得壽者之相。儀形：儀容。謝靈運《廬山慧遠法師誄》：「從容音旨，優游儀形，廣演慈悲，饒益衆生。」前蜀杜光庭《虯髯客傳》：「觀李郎儀形器宇，真丈夫也。」千歲鶴：謂得仙道而壽。典出《搜神後記》卷一：「丁令威，本遼東人，學道于靈虚山。後化鶴歸遼，集城門華表柱。時有少年，舉弓欲射之。鶴乃飛，徘徊空中而言曰：『有鳥有鳥丁令威，去家千年今始歸。城郭如故人民非，何不學仙冢壘壘。』遂高上沖天。」「扶搖」句：此隱括《莊子·逍遥遊》文，謂程猶當爲國自振。九霄鵬：杜甫《贈特進汝陽王二十韵》：「霜蹄千里駿，風翮九霄鵬。」曾鞏《寄留交代元子發》：「預想明年雙節召，九霄鵬翼看横飛。」

〔八〕「黄雲」二句：「黄雲」句：指新酒成禮，喻時候之吉。黄雲穲稏：稻豐熟貌。此蓋隱指糧食大獲，因得以釀美酒而醉客。黄雲：稻名。蘇軾《登玲瓏山》：「翠浪舞翻紅罷亞，白雲穿破碧玲瓏。」王十朋集注引李厚曰：「罷亞，稻多貌。」芳敷：佳果鮮美熟成貌。敷：開花。宋張耒《波稜乃自波陵國來蓋西域蔬也甚能解麪毒予頗嗜之因考本草爲作此篇》：「清霜嚴雪凍不死，寒氣愈盛方芳敷。」陸游《杏花》：「芳敷正當晨露重，盛麗欲擅年華新。」

〔九〕「請看」二句：「層梯」句：不須扶杖而得自在登樓，强健貌。層梯：樓梯。唐司空圖《華陰縣樓》：「丹霄能有幾層梯，懶更揚鞭聳翠蜺。」宋韓琦《和邃卿學士霽登秘閣》：「曉來延閣步層梯，春色周圍一望低。」一枝藤：藤杖。李商隱《北青蘿》：「獨敲初夜磬，閑倚一枝藤。」

葉少藴生朝三首〔一〕

絳節霓旌下九天，括蒼初識地行仙〔二〕。桃華海上三千歲，鳳曆人間五百年〔三〕。可但彤弓尋節制，要知黔首望陶甄〔四〕。香凝燕寢森蘭玉，會見貂冠總附蟬〔五〕。

綠髮翱翔翰苑春，昇平三輔已朱輪〔六〕。詩成山谷句中眼，名應石林天上人〔七〕。耆舊政須廊廟具，蕃宣聊寄股肱臣〔八〕。生朝剩欲爲公壽，醉裏蘋花度曲新〔九〕。

元戎玉帳凜霜威，談笑何妨羽扇揮〔一〇〕。平日丹心馳象闕，長年綵服奉慈闈〔一一〕。誰無五馬人生貴，獨有三奇命世稀〔一二〕。志在麟經成事業，頗聞天子詔公歸〔一三〕。

【箋注】

〔一〕葉少藴生朝：參前《葉少藴生朝》注一。紹興十四年，參《年譜》頁四三一。

〔二〕「絳節」二句：絳節：使者所持符節紅色，故曰絳節。梁簡文帝《讓驃騎揚州刺史表》：「故以彈壓六戎，冠冕九牧，豈止司隸絳節，金吾緹騎。」駱賓王《從軍中行路難》：「絳節朱旗分日羽，丹心白刃酬明主。」霓旌：旗幟雜綴五色羽毛者，帝王儀仗之一，亦借指帝王。杜甫《哀江頭》：「憶昔霓旌下南苑，苑中萬物生顏色。」下九天：言從天上來，喻天子尊之。地行仙：語出《楞嚴經》卷八：「人不及處有十種仙：阿難，彼諸衆生，堅固服餌，而不休息，食道圓成，名地行仙……是等皆于人中煉心，不修正覺，别得生理，壽千萬歲，休止深山或大海島，絶于人境。」因以喻高壽者。蘇軾《樂全先生生日以鐵拄杖爲壽》之一：「先生真是地行仙，住世因循五百年。」

〔三〕「桃華」二句：「桃華」句：此頌美葉之能壽，乃得如神仙護持也。《太平廣記》卷三引《漢武内傳》：七月七日，西王母降，以仙桃四顆與帝。帝食輒收其核，王母問帝。帝曰：「欲種之。」王母曰：「此桃三千年一生實，中夏地薄，種之不生。」帝乃止。因桃而及花，兼美盛意。三千歲，久長而兼稱壽之辭。曹丕《臨高臺》：「願令皇帝陛下三千歲。」盧綸《送餞從叔辭豐州幕歸嵩陽舊居》：「白鬚宗孫侍坐時，願持壽酒前致詞……吾翁致身殊得計，地仙亦是三千歲。」鳳曆：語本《左傳·昭公十七年》：「我高祖少皞摯之立也，鳳鳥適至，故紀於鳥，爲鳥師而鳥名，鳳鳥氏，曆正也。」後因以稱歲曆，兼涵曆數正朔之意。庾信《周宗廟歌·昭夏》：「龍圖革命，鳳曆歸昌。」杜甫《上韋左相二十韻》：「鳳曆軒轅紀，龍飛四十春。」人間五百年：唐呂巖《仙樂侑席》：「曾經天上三千劫，又在人間五百年。」宋饒節《再用韵戲作二庵圖》：「誰能爲作虎頭畫，傳與人間五百年。」

〔四〕「可但」二句：彤弓：朱漆弓。天子賜諸侯或大臣使專征伐者。《尚書·文侯之命》：「用賚爾秬鬯一卣，彤弓一，彤矢百。」孔傳：「諸侯有大功，賜弓矢，然後專征伐。彤弓以講德習射，藏示子孫。」《左傳·僖公二十八年》：「彤弓一，彤矢百，玈弓矢千。」楊伯峻注：「彤弓、彤矢與下菸弓矢，俱以所漆之色言之。」節制：節度法制。《荀子·議兵》：「秦之鋭士，不可以當桓文之節制；桓文之節制，不可以敵湯武之仁義。」引申爲指揮，管轄。《尉繚子·兵令下》：「將能立威，卒能節制，號令明信，攻守皆得。」黔首：平民。《禮記·祭義》：「明命鬼神，以爲黔首則。」鄭玄注：「黔首，謂民也。」孔穎達疏：「黔首，謂萬民也。黔，謂黑也。凡人以黑巾覆頭，故謂之黔首。」《史記·秦始皇本紀》：「二十六年……更民名曰黔首。」陶甄：陶冶，教化。《文選·張華〈女史箴〉》：「茫茫造化，二儀既分。散氣流形，既陶既甄。」李善注：「如淳曰：陶人作瓦器謂之甄。」《晉書·樂志上》：「弘濟區夏，陶甄萬方。」唐薛逢《送西川杜司空赴鎮》：「莫遣洪鑪曠真宰，九流人物待陶甄。」按，二句謂葉出將入相，俱爲天才所望也。

〔五〕「香凝」二句：「香凝」句：喻室家之美而子弟之盛。香凝燕寢：宋郭祥正《代先書寄廬郡朱龍圖》：「豈容燕寢自頤養，畫戟森衛清香凝。」宋釋德洪《晚秋溪行》：「歸來半掩殘經在，燕寢香凝碧未消。」香凝：本指先代德澤，此徑指葉自身。燕寢：《顏氏家訓·勉學》：「夫聖人之書，所以設教，但明練經文，粗通注義，常使言行有得，亦足爲人，何必『仲尼居』即須兩紙疏義，燕寢講堂，亦復何在？」今人王利器集解：「燕寢，閑居之處。」蘭玉：芝蘭玉樹，喻佳子弟。顏真卿《祭侄季明文》：「惟爾挺生，夙標劭德，宗廟瑚璉，階庭蘭玉。」蘇軾《書劉君射堂》：「蘭玉當年刺史家，雙韝馳射笑穿花。」「會見」句：句蓋頌其子弟早得成就也。貂冠總附蟬：見前《代上張丞相生朝四首》注一五，此謂受知朝廷。

〔六〕「緑髮」二句：緑髮：見前《葉少藴生朝》注四。翱翔翰苑：從事文章之事而進退得體貌。沈約《齊太尉文憲王公墓銘》：「翺翔禮園，優遊文館。」王勃《上武侍極啓》：「攀翰苑而思齊，傃文風而立志。」翺翔：語出《詩·齊風·載驅》：「魯道有蕩，齊子翺翔。」毛傳：「翺翔，猶彷徉也。」《漢書·司馬相如傳上》：「於是楚王乃弭節徘徊，翺翔容與。」顔師古注引郭璞曰：「翺翔容與，言自得也。」三輔：西漢治理京畿地區三職官合稱，亦指其所轄地區。《漢書·景帝紀》：「三輔舉不如法令者，皆上丞相御史請之。」顔師古注：「此三輔者，謂主爵中尉及左右內史也。」《太平御覽》卷一六四引《三輔黄圖》：「武帝太初元年改内史爲京兆尹，以渭城以西屬右扶風，長安以東屬京兆尹，長陵以北屬左馮翊，以輔京師，謂之三輔。」朱輪：王侯顯貴所乘車，以朱紅漆輪。富貴貌。《文選·楊惲〈報孫會宗書〉》：「惲家方隆盛時，乘朱輪者十人。位在列卿，爵爲通侯。」李善注：「二千石皆得乘朱輪。」唐羅隱《送雲川鄭員外》：「明時塞詔列分麾，東擁朱輪出帝畿。」

〔七〕「詩成」二句：山谷句中眼：見前《筠溪居士跳出隨順境界……謹次嚴韵上呈》注一。石林：夢得自號石林居士。天上人：誇言神仙。按，二句謂葉有文章之美而得神仙之壽也。

〔八〕「耆舊」二句：廊廟具：能擔負國家重任之棟梁材。具：才具。《晉書·王羲之傳》：「吾素無廊廟具。」杜甫《自京赴奉先縣咏懷五百字》：「當今廊廟具，構厦豈云缺。」蕃宣：即藩垣。蕃、藩通用，宣、垣音同。本指藩籬與垣墻，引申爲藩屏護衛。語本《詩·大雅·崧高》：「四國于蕃，四方于宣。」曾鞏《襄州與交代孫頎啓》：「方圖間燕之宜，自請蕃宣之便。」

〔九〕「生朝」二句：謂獻詩祝壽。唐劉希夷《江南曲八首》三：「果氣時不歇，蘋花日自新。」宋釋紹曇《送辯兄歸松江》：「一曲吴歌歸棹穩，松江雪點白蘋花。」度曲：賦詩，此指獻詩祝壽。

〔一〇〕「元戎」二句：元戎：統帥。南朝陳徐陵《移齊王》：「我之元戎上將，協力同心，承稟朝謨，致行明罰。」柳宗元《故連州員外司馬淩君權厝志》：「以謀畫佐元戎，常有大功。」霜威：嚴威。《晉書·索綝傳》：「孤恐霜威一震，玉石俱摧。」李白《至鴨欄驛上白馬磯贈裴侍御》：「情親不避馬，爲我解霜威。」「談笑」句：態度從容貌。蘇軾《念奴嬌·赤壁懷古》：「羽扇綸巾，談笑間，强虜灰飛烟滅。」

〔一一〕「平日」二句：象闕：宫庭的闕門，借指宫室、朝廷。唐許渾《汴河亭》：「百二禁兵辭象闕，三千宫女下龍舟。」「長年」句：謂彩衣以娱親。見前《葉少藴生朝》注二三。慈闈：代稱母親。宋趙抃《送何孟侯先生之平原》：「也知賢帥須青眼，應念慈闈已白頭。」宋張綱《滿庭芳·榮國生日》：「慈闈，春不老，山河象服，恩被絲綸。」

〔一二〕「誰無」二句：五馬：漢時太守以五馬駕轅，因指太守車駕。《玉臺新詠·日出東南隅行》：「使君從南來，五馬立踟躕。」梅堯臣《送胥太傅湖州倅》：「不羨乘五馬，却逢羅敷羞。」三奇：古術數家以乙、丙、丁爲天上三奇，甲、戊、庚爲地下三奇，辛、壬、癸爲人間三奇。「三奇」順布年月日則吉。按，二句謂天命非凡故得現世富貴也。

〔一三〕「志在」二句：「志在」句：謂志在《春秋》大業。麟經：即麟史，指《春秋》。舊謂孔子見魯公獲麟而作《春秋》。唐張説《崔司業挽歌》二：「鳳池傷舊草，麟史泣遺編。」李商隱《賀相國汝南公啓》：「仲尼麟史，不令游夏措辭。」「頗聞」句：蓋謂朝議欲其起復。

題企疏堂〔一〕

出處當師漢大夫〔二〕，立朝常擬賦歸歟。賜金端爲供行樂，燕客猶疑是送車〔三〕。欲識吳門重解組，要符潭府向移書〔四〕。聞知剩有閑風月，宅相須留待小疏〔五〕。

【箋注】

〔一〕企疏堂：元幹舅父向子諲所筑。子諲于紹興九年三月致仕，歸隱臨江別墅薌林（在今江西清江縣），不久於中筑此堂。堂成，一時名賢題之者甚衆，如李光《爲向伯恭題》云：「榮涂拂衣歸，安坐薌林中。作堂榜企疏，進退聊比蹤。」李彌遜《筠溪集》卷十三亦有《寄題向伯恭侍郎企疏堂》。元幹此詩亦當作于紹興九年企疏堂落成不久，詩中既云「聞知」，則當爲「寄題」，參《年譜》頁一四五。

〔二〕漢大夫：蓋指漢宣帝名臣疏廣及其姪疏受。事見下。

〔三〕「賜金」二句：賜金、燕客、送車：典出《漢書·疏廣傳》：「疏廣字仲翁……廣兄子受……拜受爲少傅……太子每朝，因進見，太傅在前，少傅在後，父子並爲師傅，朝廷以爲榮。在位五歲，皇太子年十二……廣遂稱篤，上疏乞骸骨，上以其年篤老，皆許之，加賜黄金二十斤，皇太子贈以五十斤。公卿大夫故人邑子設祖道，供張東都門外，送者車數百輛，辭決而去。廣既歸鄉里……數問其家金餘尚有幾所，趣賣以供具。……廣曰：『……又此金者，聖主所以惠養老臣也，故樂與鄉黨宗族共饗其賜，以盡吾餘日，不亦可乎！』于是族人悦服。」燕客：宴請賓客。

〔四〕「欲識」二句：解組：辭免官職。《梁書·謝朏傳》：「雖解組昌運，實避昏時。」梅堯臣《和酬裴君見過》：「我昨謝銅章，解組猶脱屣。」潭府：深淵。《文選·郭璞〈江賦〉》：「若乃曾潭之府，靈湖之淵。」李善注：「曾，重也。」王逸注《楚辭》曰：『楚人名淵曰潭府。』」韓愈《符讀書城南》：「一爲公與相，潭潭府中居。」潭潭，深邃貌。後因以尊稱他人宅邸。移書潭府：事不詳。移書：泛指行公牘。又「向」似兼元幹舅氏之姓氏，可謂諧而巧矣。

〔五〕「聞知」二句：宅相：謂住宅風水之相。轉指外甥成就外家榮耀。典出《晉書·魏舒傳》：「少孤，爲外家甯氏所養。甯氏起宅，相宅者云：『當出貴甥。』外祖母以魏氏小而慧，意謂應之。舒曰：『當爲外氏成此宅相。』」代稱外甥。唐趙元一《奉天録》卷四：「王賁侍郎，即令公之宅相也，志大氣雄，酷似其舅。」小疏：即疏廣兄子受也。按，此句蓋謂向氏門風高潔，足以傳家，而必有子弟發揚光大之也。

左舉善人物高妙，才具敏特，要當爲世用，而乃携拏撫孤，以不二價從事丹壺中，其胸次詎可窺耶？一日出示諸公篇軸，邀老夫同賦，義不可辭〔一〕

小隱丹壺時凭欄，它年興在跨黃斑〔二〕。不妨游戲橘中樂，政爾經營湖上山〔三〕。誰識胸懷容萬頃，聊將身世寓三間〔四〕。故人有子猶流落，我輩逢渠轉厚顔〔五〕。

【箋注】

〔一〕左舉善：名鄯，左譽之弟，台州人，張孝祥門客。王明清《玉照新志》卷四：「紹興乙卯，張安國爲右史，明清與仲信兄（在）、左鄯舉善、郭世模從范、李大正正之、李泳子永多館于安國家，春日諸友同游西湖，至普安寺。」人物：指才能杰出或聲望卓著、有地位者。《後漢書・許劭傳》：「劭與靖俱有高名，好共覈論鄉黨人物。」杜甫《贈崔十三評事公輔》：「舅氏多人物，無慚困翮垂。」又指人之品格、才幹。《唐國史補》卷中：「貞元中，楊氏、穆氏兄弟人物氣概不相上下。」才具：才能。《三國志・蜀書・彭羕傳》：「卿才具秀拔，主公相待至重。」携拏撫孤：撫育子弟存恤遺孤。不二價：價錢一律。用晉韓康伯賣藥故事。見前《乙卯秋奉送王周士龍閣自貶所歸鼎州太夫人侍下》注七。蓋謂左解醫藥事。語本《孟子・滕文公上》：「從許子之道，則市賈不貳。國中無僞，雖使五尺之童適市，莫之或欺。」從事丹壺：謂行醫。詎可：豈可。篇軸：詩卷。

〔二〕「小隱」二句：小隱：謂隱居山林。晉王康琚《反招隱》：「小隱隱陵藪，大隱隱朝市。」跨黄斑：騎虎。跨虎，「跨虎騎龍」之省，皆丹家修煉服食之事。唐吕巖《敲爻歌》：「再安爐，重立鼎，跨虎乘龍離凡境。」宋鄒浩《謁女貞何氏祠》：「騎龍跨虎越宇宙，豈但洗滌無愆尤。」黄斑：虎之別名。典出《隋書・五行志上》：「陳初有童謡曰：『黄斑青驄馬，發自壽陽涘。來時冬氣末，去日春風始。』其後陳主果爲韓擒所敗。擒本名擒獸，黄斑之謂也。」按，「擒獸」實名「擒虎」，唐諱「虎」，故改曰「擒獸」也。「黄班」即黄斑。宋吴處厚《青箱雜記》卷一：「昨夜黄斑入縣來，分明踪迹印蒼苔。」龍虎，汞鉛也，所以煉丹者。朱熹《〈周易參同契〉考異》：「坎離水火龍虎鉛汞之屬，只是互換其名，其實只是精氣二者而已。精，水也，坎也，龍也，汞也；氣，火也，離也，虎也，鉛也。」唐李咸用《送李尊師歸臨川》：「塵外烟霞吟不盡，鼎中龍虎伏初馴。」蘇軾《和章七出守湖州》二：「鼎中龍虎黄金賤，松下龜蛇緑骨輕。」按，二句謂左精醫術，樂修煉。

〔三〕「不妨」二句：橘中樂：典出《太平廣記》卷四十《神仙四十・巴邛人》（出唐牛僧孺《玄怪録・巴邛人》）：「有巴邛人，不知姓。家有橘園，因霜後，諸橘盡收，餘有二大橘，如三四斗盎。巴人異之，即令攀摘，輕重亦如常橘。剖開，每橘有二老叟，鬚眉皤然，肌體紅潤，皆相對象戲，身僅尺餘，談笑自若……一叟曰：『王先生許來，竟待不得，橘中之樂，不減商山，但不得深根固蒂，爲摘下耳。』又一叟曰：『僕饑矣！須龍根脯食之。』即於袖中抽出一草根，方圓徑寸，形狀宛轉如龍，毫釐罔不周悉。因削食之，隨削隨滿。食訖，以水噀之，化爲一龍。四叟共乘之，足下泄泄雲起，須臾風雨晦冥，不知所在。巴人相傳云：百五十年已來如此，似在隋唐之間，但不知指的年號耳。」後遂稱象棋之戲爲「橘中戲」。此蓋專指求長生之事。政爾：同「正爾」，見前《奉送李叔易博士被召赴行在所》注一七。湖上山：泛指避世逍遥之處。岑參《送滕亢擢第歸蘇州拜親》：「湖上山當舍，天邊水是鄉。」蘇軾《送鄭户曹》：「遊遍錢塘湖上山，歸來文字帶芳鮮。」

〔四〕「誰識」二句：胸懷容萬頃：極言胸襟開闊。典出《世説新語·德行》：「郭林宗至汝南……詣黄叔度，乃彌日信宿。人問其故，林宗曰：『叔度汪汪如萬頃之陂，澄之不清，擾之不濁，其器深廣，難測量也。』」宋陳淵《再用送昭遠詩韵寄昭遠昆仲》：「胸中容萬頃，一一黄叔度。」寓三間：居住三間茅屋。三間：謂茅屋三間。猶言陋室。白居易《香爐峰下新卜山居草堂初成偶題東壁》：「五架三間新草堂，石階桂柱竹編墻。」蘇軾《次韵答滿思復》：「自甘茅屋老三間，豈意彤庭綴兩班。」按，二句蓋謂左居貧而志遠也。

〔五〕「故人」二句：「故人」句：不詳所指。轉：更加。《百喻經·就樓磨刀喻》：「如是數數往來磨刀，後轉勞苦。」韓愈《賀雨表》：「青天湛然，旱氣轉甚。」按：二句蓋謂左遭遇不佳，而不以介意，其高逸之態，乃令舊友輩自慚。

【附録】

史浩《少卿楊公雅喜士左舉善又東南之秀假樓居爲丹壺以濟人既謝以詩因出示輒次其韵》

烟柳葱葱鎖玉欄，樓頭偉觀熟窺斑。不因置酒垂青目，安得開窗面北山。廛市故知容隱者，聲名無奈落人間。胸中賸有安民術，且把丹壺與駐顔。（《鄮峰真隱漫録》卷五）

病中示彭德器

老病無堪正坐貧，交遊相見賴情親〔一〕。從渠造物小兒戲，不礙維摩老子神〔二〕。三顧九遷成底事，一區二頃盍由人①〔三〕。君侯論議高千古，略假毫端問大鈞〔四〕。

【校】

① 盍：諸本同，唯文淵閣本作「合」，今從諸本。

【箋注】

〔一〕「老病」二句：坐貧：因爲貧困。情親：親人；知交。《吕氏春秋·壹行》：「今行者見大樹，必解衣懸冠倚劍而寢其下，大樹非人之情親知交也，而安之若此者，信也。」南朝宋鮑照《學古》：「北風十二月，雪下如亂巾，實是愁苦節，惆悵憶情親。」孟浩然《九日得新字》：「茱萸正可佩，折取寄情親。」

〔二〕「從渠」二句：造物小兒：戲稱司命之神。典出《新唐書・文藝傳上・杜審言》：「審言病甚，宋之問、武平一等省候何如，答曰『爲造化小兒相苦，尚何言？然吾在，久壓公等，今且死，固大慰，但恨不見替人』云。少與李嶠、崔融、蘇味道爲文章四友，世號『崔李蘇杜』。」宋沈與求《子修步屧相過屬疾不能倒屣戲贈》：「造物小兒相，妒我得暫休。」維摩老子：維摩詰，佛教名居士，以智慧辯才稱，曾爲佛弟子演説大乘教義。參《佛説維摩詰經》、《大唐西域記》卷七。黄庭堅《病起荆江亭即事十首》：「翰墨場中老伏波，菩提坊裏病維摩。」「維摩老子五十七，大聖天子初元年。」自稱「病維摩」、「維摩老子」。此蓋以黄擬彭，藉以贊嘆其詩藝高超也。老子：尊稱之辭。

〔三〕「三顧」二句：三顧：用劉備禮聘諸葛亮事。九遷：多次升遷。漢蔡邕《表太尉董公可相國》：「昭發上心，故有一日九遷。」韓愈《上張僕射書》：「苟如是，雖日受千金之賜，一歲九遷其官，感恩則有之矣。」成底事：不成底事，猶今言「算不了什麼」也。底事：何事。清趙翼《陔餘叢考・底》：「江南俗語，問何物曰底物，何事曰底事。唐以來已入詩詞中。」唐劉肅《大唐新語・酷忍》：「天子富有四海，立皇后有何不可，關汝諸人底事，而生異議！」「一區」句：蓋謂屋宅田畝，皆不著意經營，猶言不計得失耳。一區二頃：典出《後漢書・劉盆子傳》：「賜宅人一區，田二頃。」按，二句謂君王眷顧，迭蒙拔擢，皆非彭所樂，而清貧自守，盡得如願也。

〔四〕「君侯」二句：君侯：見前《希道使君見遺古風謹次嚴韵》注一。此指彭。「略假」句：稍分才力於詩文，亦必參造化。毫端：筆下。南朝梁庾肩吾《〈書品〉序》：「其轉注假借之流，指事會意之類，莫不狀範毫端，形呈字表。」問大鈞：猶言問蒼天。劉禹錫《問大鈞賦・序》：「居五年，不得調。歲二月，有事于社。前一日致齋，孤居慮静，滯念欻起，伊人理之不可以曉也，將質諸神乎！謹貢誠馳精，敢問大鈞。其夕有遇，寤而次第其辭以爲賦。」大鈞：《文選・賈誼〈鵩鳥賦〉》：「雲蒸雨降兮，糾錯相紛。大鈞播物兮，坱圠無垠。」李善注：「如淳曰：『陶者作器於鈞上，此以造化爲大鈞。』應劭曰：『陰陽造化，如鈞之造器也。』」陶潛《神釋》：「大鈞無私力，萬物自森著。」按，二句謂德器有命在天，所以相寬，正問病之意也，結題。

挽李丈然明〔一〕

眼看流輩上青雲，拂袖歸來晝掩門〔二〕。心計豈容生事拙，時名長與故山存〔三〕。不妨開徑栽花卉，政復藏書遺子孫〔四〕。八十光陰無可恨，聊歌楚些爲招魂〔五〕。

【箋注】

〔一〕李丈然明：李堯俞，字然明，成都人。仁宗景祐元年進士，皇祐間知處州。紹興十一年作。

〔二〕「眼看」二句：流輩：同輩。南朝梁沈約《奏彈王源》：「而托姻結好，唯利是求，玷辱流輩，莫斯爲甚。」元稹《酬周從事望海亭見寄》：「年老無流輩，行稀足薜蘿。」青雲：喻高官顯爵。《史記·范雎蔡澤列傳》：「須賈頓首言死罪曰：『賈不意君能自致於青雲之上。』」司馬光《和任屯田感舊叙懷》：「自致青雲今有幾？化爲異物已居多。」晝掩門：閒適，不交塵雜貌；又冷落貌，喻哀痛。蘇軾《次韻錢越州見寄》：「莫將牛弩射羊群，卧治何妨晝掩門。」孔平仲《哭張子禮》：「花木春無主，蒿萊晝掩門。」

〔三〕「心計」二句：生事：生計。晉常璩《華陽國志·蜀志》：「山原肥沃，有澤漁之利……土地易爲生事。」白居易《觀稼》：「停杯問生事，夫種妻兒穫。」「時名」句：謂故鄉不忘其人。梅堯臣《依韻和刁經臣讀李衛公平泉山居詩碑有感》：「廢宅長春草，故山存舊碑。」

〔四〕「不妨」二句：此化用黄庭堅《郭明甫作西齋于潁尾請予賦詩二首》一：「萬卷藏書宜子弟，十年種木長風烟。」按，二句謂李教子有方，風雅傳家。

〔五〕「聊歌」句：作挽歌以招魂。楚國古招魂之歌，其言句尾皆有語氣詞「些」。《楚辭·招魂》：「魂兮歸來！東方不可以托些。長人千仞，惟魂是索些。十日代出，流金鑠石些。彼皆習之，魂往必釋些。歸來兮！不可以托些。」後因以「楚些」(chǔ suò)指招魂歌。梅堯臣《隨州錢相公挽歌三首》二：「憂愁傳楚些，殄悴感周詩。」

再次前韻即事〔一〕

太一遊行遍九宫，世間無地可寬容〔二〕。坤維莫傍劍門閣，衡嶽何依天柱峰〔三〕。睨柱儻能回趙璧，思鱸安用過吴松①〔四〕？群羊競語遽如許，欲息兵戈氣甚濃〔五〕。

【校】

① 松：文津閣本作「淞」，文瀾閣本作「儂」。

【箋注】

〔一〕前韻：即《再和李丞相遊山》韻。紹興八年作，參《年譜》頁四〇七。

〔二〕「太一」二句：「太一」句：謂天神巡檢之地。元方回《讀素問十六首》八：「方士祠太一，貴神分九宫。」太一，亦作「太乙」。天神名。《史記·封禪書》：「天神貴者太一。」索隱引宋均云：「天一、太一，北極神之别名。」九宫，《易》緯家有「九宫八卦」之説。《後漢書·張衡傳》：「臣聞聖人明審律曆以定吉凶，重之以卜筮，雜之以九宫。」李賢注：「《易乾鑿度》曰：『太一取數以行九宫。』鄭玄注云：『太一者，北辰神名也。下行八卦之宫，每四乃還于中央。中央者，北辰之所居，故謂之九宫。』」遊行：行走。曹植《毀鄄城故殿令》：「鄄城有故殿，名漢武帝殿，昔武帝好遊行，或所幸處也。」「無地」句：極言無可自我安頓也。《戰國策·趙策三》：「來年秦復求割地，王將予之乎？不與，則是棄前貴而挑秦禍也；與之，則無地而給之。」

〔三〕「坤維」二句：坤維：西南地。見前《代上張丞相生朝四首》注九。劍門閣：即劍閣，古棧道，在四川廣元，大小劍山之間。《水經注·漾水》：「又東南徑小劍戍北，西去大劍三十里，連山絶險，飛閣通衢，故謂之劍閣也。」衡嶽：南嶽衡山。《尚書》曰：「五月南巡狩，至於南岳。」僞孔傳：「南嶽，衡山。」山有七十二峰，其中祝融、雲密、紫蓋、石廪、天柱五峰最高而著。天柱峰，地屬廣東韶關。按，二句賦上「無地寬容」也。

〔四〕「睨柱」二句：「睨柱」句：用藺相如故事，蓋言若得所用，己之智勇不遜藺相如也。睨柱：《史記·廉頗藺相如列傳》：「相如持其璧睨柱，欲以擊柱。」終得完璧歸趙，不辱使命。庾信《哀江南賦》序：「荆璧睨柱，受連城而見欺。」能回趙璧：黄庭堅《追和東坡壺中九華》：「能回趙璧人安在，已入南柯夢不通。」儻能：或許可能。思鱸：用晉張翰故事，蓋言己於利禄無所貪戀，己之廉退不讓張翰也。《世説新語·識鑒》：「張季鷹辟齊王東曹掾，在洛見秋風起，因思吴中菰菜羹、鱸魚膾，曰：『人生貴得適意爾，何能羈宦數千里以要名爵！』遂命駕便歸。俄而齊王敗，時人皆謂爲見機。」吴松，指吴之松江。按，二句謂若當時能得使臣如藺相如之守節不撓、臨機不辱，則失地庶幾有恢復之望，而人亦無須如張翰之窺破長安危機、藉口思念故鄉美味而脱身遠禍也。

〔五〕「群羊」二句：「群羊」句：典出《後漢書·方術列傳下·左慈》：「後（曹）操出近郊，士大夫從者百許人，慈乃爲齎酒一升，脯一斤，手自斟酌，百官莫不醉飽。操怪之，使尋其故，行視諸鑪，悉亡其酒脯矣。操懷不喜，因坐上收欲殺之，慈乃却入壁中，霍然不知所在。或見於市者，又捕之，而市人皆變形與慈同，莫知誰是。後人逢慈於陽城山頭，因復逐之，遂入走羊群。操知不可得，乃令就羊中告之曰：『不復相殺，本試君術耳。』忽有一老羝屈前兩膝，人立而言曰：『遽如許。』即競往赴之，而群羊數百皆變爲羝，並屈前膝人立，云『遽如許』，遂莫知所取焉。」遽如許：猶言竟然如此也。驚怪之辭。蘇軾《次韵答頓起二首》二：「早衰怪我遽如許，苦學憐君太瘦生。」葉夢得《賀新郎》：「驚舊恨，遽如許。」氣甚濃：猶言壯懷激烈。按，二句蓋痛時事之不可爲，而不欲質言也。按，此或只用其語不用其事，詭言以斥當時朝臣之萎靡持和議者。

再用韵奉留聰父〔一〕

長飢方朔笑侏儒，歲晚還驚大小餘〔二〕。客裏論文聊把酒，閑來會面勝通書〔三〕。薄寒欺醉悲清夜，孤月流光悵碧虚〔四〕。何苦相逢又相别，不如供米寓僧居〔五〕。

【箋注】

〔一〕紹興十一年春作，時與聰父告别，參《年譜》頁四一七。

〔二〕「長飢」二句：「長飢」句：此用東方朔故事。《史記·滑稽列傳·東方朔》：「朱儒長三尺余，奉一囊粟，錢二百四十。臣朔長九尺余，亦奉一囊粟，錢二百四十。朱儒飽欲死，臣朔饑欲死。」大小餘：古天文學術語。凡不滿一甲（即六十）餘下之日數爲大餘，不滿一日（包括夜）餘下之分數爲小餘。《史記·曆書》：「大餘五十四，小餘三百四十八；大餘五，小餘八。端蒙單閼二年。」此處泛指歲末所餘短暫時光。元稹《景申秋》五：「無酒銷長夜，回燈照小餘。」按，二句謂歲底自嘲功名不立而歲月蹉跎也。

〔三〕「客裏」二句：客裏：事不可詳。論文聊把酒：同飲而研討文學。杜甫《春日憶李白》：「何時一尊酒，重與細論文。」黄庭堅《伯氏到濟南寄詩頗言太守居有湖山之勝同韵和》：「歷下樓臺追把酒，舅家賓客厭論文。」通書：通書信。《史記·屈原賈生列傳》：「賈嘉最好學，世其家，與余通書。」張繼《奉寄皇甫補闕》：「潮至潯陽回去，相思無處通書。」宋庠《送太常魚博士通守漢州》：「布刀多計吏，行矣數通書。」

〔四〕「薄寒」二句：「薄寒」句：謂清夜寒氣逼人，雖有醉意亦不能敵。元方回《用夾谷子括吴山晚眺韵十首》一：「雅知山對吟肩瘦，未怯霜欺醉面寒。」欺醉：壓過醉意。宋徐積《臨卧》：「臨卧更飲一杯酒，自唱仙謡拍雙手。春風欺醉入懷來，留下亂花香一斗。」欺：勝過。蘇軾《徐大正閑軒》：「早眠不見燈，晚食或欺午。」碧虚：碧空；青天。南朝梁吴均《咏雲》：「飄飄上碧虚，藹藹隱青林。」張志和《玄真子・碧虚》：「碧虚冥茫，飄輪斡乎乾，湫盤浮乎坤。」按，二句謂清夜醉酒，感嘆流光也。

〔五〕「何苦」二句：相逢又相别：古人别易而會難，最易振觸心懷，故多此語。宋邵雍《所失吟》：「偶爾相逢却相别，乍然同喜又同悲。」宋蔡襄《過南劍州芋陽鋪見桃花》：「七年相别復相逢，墻外千枝依舊紅。」宋吕本中《送張子直西歸》二：「萬里相逢又相别，落花時節却思君。」皆其著者。供米寓僧居：施米僧寺而得如客居。語本杜甫《酬高使君相贈》：「古寺僧牢落，空房得寓居。故人供禄米，鄰舍與園蔬。」文人多與僧徒遊者，杜詩遂同典實。王安石《題正覺相上人籜龍軒》：「不須乞米供高士，但與開軒作勝游。」唐庚《閒居二首》二：「菜足尚堪分地主，米餘翻欲供鄰僧。」按，二句謂相逢雖歡樂，而相别必悲酸，不如留寓僧舍、時相過從之爲得也。應題，示挽留也。

辛酉别楊聰父〔一〕

春風著意送將歸，爲賦清江落日低〔二〕。惜别更留烹玉鱠，寓居長記對青猊〔三〕。家山彼此歸心速，歧路東西客夢迷〔四〕。重把一樽成悵望，鶯啼緑暗草淒淒〔五〕。

【箋注】

〔一〕辛酉：紹興十一年。參《年譜》頁二一四。

〔二〕「春風」二句：春風著意：宋人恒語。晁説之《寒甚》：「二月春風著意來，氈裘北客尚低回。」劉才邵《冬日牡丹五絶句》五：「更祝春風重著意，行看拂檻露華濃。」釋師範《達磨祖師贊》三：「一花五葉自芬披，不在春風著意吹。」著意：特意。清江落日低：杜甫《畏人》：「萬里清江上，三年落日低。」元幹用此。按，清江落日，南宋人尤喜此語，蓋清江在南北衝突交戰密集處，故時人於此，最能觸動感慨。李流謙《泛舟呈元質照老》二：「落日清江闊，臨流一慨然。」丘崈《水調歌頭・登賞心亭懷古》：「淮山淡掃，欲顰眉黛喚人愁。落日歸雲天外，目斷清江無際，浩蕩没輕鷗。」

〔三〕「惜别」二句：玉鱠：鱸魚膾，其質如玉。常借指東南佳味。唐馮贄《雲仙雜記》卷十引《南部烟花記》：「吴都獻松江鱸魚，煬帝曰：『所謂金虀玉膾，東南佳味也。』」皮日休《新秋即事三首》一：「共君無事堪相賀，又到金虀玉鱠時。」青猊：疑指熏爐狀如狻猊者，「青」蓋謂其色澤之深。李白《連理枝》：「噴寶猊香燼麝烟濃，馥紅綃翠被。」唐戴叔倫《寄禪師寺華上人次韻三首》二：「禪心如落葉，不逐曉風顛。猊坐翻蕭瑟，皋比喜接連。」五代貫休《送顥雅禪師》：「天花娉婷下如雨，狻猊座上師子語。」此物蓋傍於座隅。按，二句言交誼之深，而形諸當時往還情事也，惜乎不能詳知。

〔四〕「家山」二句：歸心速：思歸心切。蘇軾《烏夜啼》：「莫怪歸心速，西湖自有蛾眉。」古人好以爲言。客夢迷：流浪情緒紛亂貌。宋王令《秋日寄滿子權》：「三年客夢迷歸路，一夜西風老壯心。」元幹意頗近之。客夢：游子愁懷。唐郎士元《送李敖湖南書記》：「誠知客夢烟波裏，肯厭猿鳴夜雨中。」

〔五〕「重把」二句：「重把」句：當分別而寄意重逢，不勝怏怏也。宋沈遼《召邵彥瞻》：「一樽欲與魯山醉，悵望車馬來何遲。」成悵望：《詩人玉屑》載唐唐彥謙《惜花》斷句：「獨來成悵望，不去泥欄干。」王禹偁《山僧雨中送牡丹》：「擬戴却休成悵望，御園曾插滿頭歸。」「鶯啼」句：此蓋賦別時景象，而皆使離別人不快者。鶯啼：謂鶯聲如泣。唐錢起《酬王維春夜竹亭贈別》：「惆悵曉鶯啼，孤雲還絶巘。」緑暗：謂鮮花失色。宋祁《秋陰》：「杜若汀洲殘緑暗，芙蓉池沼墜紅稀。」蘇軾《惜花》：「夜來雨雹如李梅，紅殘緑暗吁可哀。」草凄凄：謂草色亦有凄凄含哀傷意。唐趙嘏《昔昔鹽二十首・那能惜馬蹄》：「雲中路杳杳，江畔草凄凄。」五代孫光憲《清平樂》一：「愁腸欲斷，正是青春半。連理分枝鸞失伴，又是一場離散。掩鏡無語眉低，思隨芳草凄凄。憑仗東風吹夢，與郎終日東西。」。按，元幹此篇，尤堪通乎孫詞。

次韻陳德用明府贈別之什〔一〕

人欺季子弊貂裘，誰信班生萬里侯〔二〕。小隱故山今去好，中原遺恨幾時休〔三〕！春争殘臘寒梅早，雨澀晴冬宿麥憂〔四〕。老眼相看炯無語，濁醪何日更澆愁〔五〕。

【箋注】

〔一〕陳德用：陳若沖，字德用，福建福清人。紹興二年進士，終承議郎通判廣州。以經學、詞章爲汪彦藻、趙鼎所知，自號樂全，著有《藍溪集》。參《年譜》頁一〇八。

〔二〕「人欺」二句：季子弊貂裘：《論語·公冶長》：「子路曰：『願車馬衣輕裘與朋友共，敝之而無憾。』」季子：子路，名季，字仲由。「弊」，與「敝」同。班生萬里侯：由立功邊遠地區而受封侯爵。班生：後漢班超。《後漢書·班超傳》：「生燕頷虎頸，飛而食肉，此萬里侯相也。」王勃《春思賦》：「都護新封萬里侯，將軍稍定三邊地。」

〔三〕「小隱」二句：「小隱」句：謂隱居山林。晉王康琚《反招隱》：「小隱隱陵藪，大隱隱朝市。」故山今去好：言今正宜歸休家鄉。唐宋文人每好以「故山歸去」爲言。唐李端《憶故山贈司空曙》：「漢主金門正召才，馬卿多病自遲迴。舊山暫別老將至，芳草欲闌歸去來。」宋文同《遺興三首》二：「故山有松菊，待賦歸去來。」蘇軾《臨江仙·送王緘》：「故山知好在，孤客自悲涼。坐上别愁君未見，歸來欲斷無腸。」去，即「歸去來」。「中原」句：言中原淪喪之痛。遺恨幾時休：晏幾道《生查子》四：「遺恨幾時休，心抵秋蓮苦。墜雨已辭雲，流水難歸浦。」按，二句言故鄉不難歸，而中原故土却欲歸不得，贈别如此，尤深沈痛。

〔四〕「春爭」二句：寒梅：梅花凌寒而放者。柳永《瑞鷓鴣》：「天將奇豔與寒梅。」殘臘：殘冬。雨澀：乾旱。宿麥：麥之即將涉年者。宿：謂隔年。蘇軾《送杭州杜戚陳三掾罷官歸鄉》：「期君正似種宿麥，忍飢待食明年麨。」宿麥憂：疑謂旱情可憂也。陸游有《冬暖》詩云：「日憂疾疫被齊民，更畏螟蝗殘宿麥。」不知所指是否一致。待考。

〔五〕「老眼」二句：「老眼相看」句：言臨老相對，臨別依依而反無語。唐呂端《贈李公》：「主恩至重何時報，老眼相看淚兩行。」宋李處權《賦郭令南軒梅》：「老眼相看渾幾許，幽人獨折未多開。」炯無語：謂心緒不寧而不知所言也。炯：猶言「耿耿」。煩躁不安。「濁醪」句：言何時得更共飲以解釋離別之苦。宋陳東《自許昌如蔡與石士繇酌別一章》：「黄葉翻翻慘離思，濁醪沃沃澆愁腸。」濁醪：濁酒。左思《魏都賦》：「清酤如濟，濁醪如河。」澆愁：以酒去愁。宋劉摯《次韵答王定國》：「我有白羊新賜酒，澆愁聊可一杯傾。」

希道使君弭節合沙館，奉太夫人游鼓山，乃蒙封示所和夢錫贈行佳句，輒次嚴韵，少叙别懷〔一〕

淮海元龍公輩流，何勞老手鎮方州〔二〕？雍容行色自登覽，邂逅故人仍倡酬〔三〕。眼界蚤驚雲子熟，官期能爲荔枝留〔四〕。臨分莫話中原事，想見家山只夢游〔五〕。

【箋注】

〔一〕希道使君：時流有耿南仲號希道，但其人持和議，似未必元幹所推者。待考。弭節：駐節，停車。節：車行之節度。《楚辭·離騷》：「吾令羲和弭節兮，望崦嵫而勿迫。」洪興祖補注：「弭，止也。」顔延之《祭屈原文》：「訪懷沙之淵，得捐珮之浦，弭節羅潭，艤舟汨渚。」蘇軾《次韻孔文仲推官見贈》：「候吏報君來，弭節江之湄。」

〔二〕「淮海」二句：「淮海」句：稱美對方高尚，乃陳元龍一流人。輩流：流輩，同輩。《北史·李穆傳》：「惇於輩流中特被引接，每有遐方服玩珍奇，無不班賜。」曾鞏《亳州謝到任表》：「臣性姿固塞，人品眇微。獨於輩流，素嗜文學。」老手：熟手。蘇軾《至真州再和王勝之》：「老手王摩詰，窮交孟浩然。」《唐語林·補遺三》：「二軍老手，咸服其能。」

〔三〕「雍容」二句：雍容：舒緩；從容不迫。《文選·班固〈兩都賦〉序》：「雍容揄揚，著于後嗣。」吕向注：「雍，和；容，緩。」晉郭璞《江賦》：「迅蜼臨虚以騁巧，孤玃登危而雍容。」行色：猶行旅。宋王禹偁《送柴侍御赴闕序》：「廷尉評王某，從宦屬邑，受恩煦深，收涕揮悍毫，以序行色。」「邂逅」句：故人偶然相逢，乃唱酬爲歡。王安石《次韻酬宋玘六首》二：「邂逅故人唯有酒，醉中衣幘任攲斜。」宋彭汝礪《和李潛夫同年并簡甯文淵時二君在鄱陽》：「薄宦從容憂自少，故人邂逅樂應多。」

〔四〕「眼界」二句：「眼界」句：謂彼早欲脱略塵俗。宋郭祥正《置酒西樓呈主公龍圖》：「新樓與客一凭欄，眼界方驚阿堵寬。」宋李之儀《陪子重游長蘆寺》：「安得心田荒萬有，便驚眼界失千重。」雲子熟：宋釋居簡《送潔老歸碧雲新居》：「小小如巢便稱懷，鄰無百萬買洪崖。炊雲子熟呼仙餉，借雪精游與俗乖。」疑元幹暗含此意。雲子：杜甫《與鄠縣源大少府宴渼陂》：「飯抄雲子白，瓜嚼水精寒。」宋許顗《彦周詩話》：「杜詩：『飯抄雲子白。』……葛洪《丹經》用『雲子』，碎雲母也。今蜀中有碎礫，狀如米粒圓白，雲子石也。」

〔五〕「臨分」二句：中原事：恢復河山之事。按，二句反語，實謂國事至痛至慘，無可言説，而作此自我安慰。可與上篇「老眼相看炯無語，濁醪何日更澆愁」合看。

希道使君入山再有佳句見及，復次元韵因簡老禪〔一〕

古澗寒泉可枕流，從渠庚伏在炎州〔二〕。杖藜端欲事幽討，杯酒未容相勸酬〔三〕。坐上縱無居士客，山間聊爲老禪留〔四〕。臨滄亭外忘歸路，他日逢君望舊游〔五〕。

【箋注】

〔一〕見及：給我看；提到我。老禪：不能確指。

〔二〕「古澗」二句：枕流：「枕流漱石」之省。《世説新語·排調》：「孫子荆年少時欲隱，語王武子當枕石漱流，誤曰漱石枕流。王曰：『流可枕石可漱乎？』孫曰：『所以枕流，欲洗其耳；所以漱石，欲礪其齒。』」喻寄迹江湖。唐韓偓《余卧疾深村聞一二郎官因成此篇》：「枕流方采北山薇，驛騎交迎市道兒。」從渠：任他。庚伏：即三伏。初伏、中伏分别自夏至後第三、第四庚日始，末伏自立秋後第一庚日始。蘇轍《謝入伏早出狀》二：「候極南訛，日臨庚伏。」此言時候。炎州：《楚辭·遠游》：「嘉南州之炎德兮，麗桂樹之冬榮。」後因以泛指南國。杜甫《得廣州張判官書》：「忽得炎州信，遥從月峽傳。」

〔三〕「杖藜」二句：事幽討：謂尋討幽隱。杜甫《贈李白》：「李侯金閨彦，脱身事幽討。」勸酬：互相勸酒。《資治通鑑·梁敬帝紹泰元年》：「薛嬪有寵於帝，久之，帝忽思其與岳通，無故斬首，藏之于懷，出東山宴飲。勸酬始合，忽探出其首，投于柈上。」宋趙鼎《雪中與洙輩飲》：「門闌終日斷還往，父子一樽相勸酬。」

〔四〕「坐上」二句：言彼與老僧談禪也。按，二句用黄庭堅《過平與懷李子先》名句「世上豈無千里馬，人中難得九方皋」句法。

〔五〕「臨滄」二句：臨滄亭：鼓山名勝。鼓山石門有紹興十九年己巳元幹與友人游鼓山題刻云：「錫山袁復一太初，自富沙如温陵，道晉安東山，登白雲峰。訪臨滄亭，盡攬海山之勝。郡人張元幹仲宗、安固丘鋒文時、莆田余祉中錫、晉陵孫軒子輿同來，太初仲子嘉猷侍。紹興己巳十月戊辰。丹陽蘇文津桴中題。」可參。

五言絶句

龍眠墨梅〔一〕

江南一枝春，歲久暗香滅〔二〕。怪得深夜寒，荒村映殘雪〔三〕。

【箋注】

〔一〕龍眠：李公麟（一〇四九—一一〇六），字伯時，號龍眠居士，舒州（今安徽桐城）人，名畫家，尤以畫馬稱。與並世名士蘇軾、黄庭堅輩交好，蘇、黄均極推重之。

〔二〕「江南」二句：一枝春：見前《奉簡才元探梅有作兼懷舊遊》注三。黄庭堅《劉邦直送早梅水仙花》一：「欲問江南近消息，喜君貽我一枝春。」暗香：猶幽香。唐羊士諤《郡中即事》二：「紅衣落盡暗香殘，葉上秋光白露寒。」

〔三〕「怪得」二句：怪得：猶今言難怪、怪不得。唐曹唐《小游仙詩》四四：「怪得蓬萊山下水，半成沙土半成塵。」殘雪：唐杜審言《大酺》：「梅花落處疑殘雪，柳葉開時任好風。」按，全篇謂李氏所作墨梅精彩傳神，畫中墨梅背景殘雪，尚使觀者疑爲梅花深夜所映真雪，遂能頓生寒意也。

歲寒三友圖〔一〕

蒼官森古鬣，此君挺剛節〔二〕。中有調鼎姿，獨立傲霜雪〔三〕。

【箋注】

〔一〕歲寒三友：指松、竹、梅，三者耐寒，故稱。

〔二〕「蒼官」二句：「蒼官」句：賦松。松針如馬鬃鬣。宋洪芻《萬松亭用蘇黃舊韵》：「夾道蒼官似異時，峨峨冠劍想秦儀。」宋韓琦《和潤倅王太博林畔松》：「古鬣自隨仙日老，孤風不入俗人看。」「此君」句：賦竹。此君：典出《世説新語·任誕》：「王子猷嘗寄空宅住，便令種竹。或問：『暫住何煩爾？』王嘯詠良久，直指竹曰：『何可一日無此君！』」後因代稱竹。岑參《范公叢竹歌》：「此君托根幸得地，種來幾時聞已大。」蘇軾《於潛僧緑筠軒》：「若對此君仍大嚼，世間那有揚州鶴？」剛節：竹之品格。曾鞏《贈安禪懃上人》：「水竹迸生剛節老，秋山過抱翠嵐新。」

〔三〕「中有」二句：二句賦梅。調鼎姿：本謂治國才能，古人烹飪，以鹽梅調和，後專指宰相之事。

調鼎：《能改齋漫録·事始一》：「《左傳》：『晏子曰：「水火醯醢鹽梅，以烹魚肉。」』是古人調鼎用梅醢也。」此指烹飪也。轉喻任宰相以治國。語本《韓詩外傳》卷七：「伊尹，故有莘氏僮也，負鼎操俎調五味，而立爲相，其遇湯也。」《書·説命下》：「若作和羹，爾惟鹽梅。」孔傳：「鹽鹹梅醋，羹須鹹醋以和之。」「梅」實爲梅子。此則反借「調鼎」以指鹽梅，更藉鹽梅之梅子指梅花耳。傲霜雪：總括「三友」之高尚也。蘇轍《次韻答魏孝先檻竹》：「叢長傲霜雪，根瘦耻泥塗。」宋朱敦儒《念奴嬌》一：「見梅驚笑，問經年何處，收香藏白……千林無伴，澹然獨傲霜雪。」

墨菊〔一〕

老眼驚花暗，斜枝落紙愁〔二〕。晚來聞冷雨，幻出一籬秋〔三〕。

【箋注】

〔一〕此亦題畫詩，非即景。

〔二〕「老眼」二句：花暗：花濃而色深。賦墨菊。落紙愁：喻圖畫動人。愁：感動。李綱《次韻志宏秋曉見示古風二首》一：「欲賦秋風辭，烟雲愁落紙。」落紙：落筆。曾鞏《答葛藴》：「想當經營初，落紙有如神。」按，二句實寫圖畫。

〔三〕「晚來」二句：一籬秋：唐薛能《雕堂》：「鳴蛩孤燭雨，啅雀一籬秋。」按：二句虛寫，意謂墨菊圖畫之姿如生，聞説夜雨，遂覺秋來。幻出：題畫詩恒式。

六言絶句

次韵王性之題篠叢枯木〔一〕

犖確有岱華勢，輪囷無斤斧痕〔二〕。我來翻君古錦，老眼洗盡眵昏〔三〕。

【箋注】

〔一〕王性之：王銍，字性之。見前《喜王性之見過千金村》注一。篠叢：竹叢，猶言叢竹。篠：細竹。釋居簡《石罅蘭竹》：「篠叢疏薄總虛心，傾國香葩闖石陰。」

〔二〕「犖確」二句：犖確：怪石嶙峋貌。韓愈《山石》：「山石犖確行徑微，黄昏到寺蝙蝠飛。」岱華：東岳泰山、西岳華山。輪囷：盤曲貌。《文選·鄒陽〈獄中上書自明〉》：「蟠木根柢，輪囷離奇。」李善注引張晏曰：「輪囷離奇，委曲盤戾也。」宋王禹偁《送光禄王寺丞通判徐方》：「戲馬臺荒春寂寞，斬蛇鄉古樹輪囷。」斤斧痕：經受砍伐痕迹。宋王銍《縉雲縣仙都山黄帝祠宇》：「瓊樓金闕滌地盡，松柏半帶斤斧痕。」斤斧：斧子。《管子·乘馬》：「其木可以爲棺，可以爲車，斤斧得入焉。」

〔三〕「我來」二句：古錦：畫幅。眵昏：目多眵而昏花。眵：目汁凝結，俗稱眼屎。韓愈《短燈檠歌》：「夜書細字綴語言，兩目眵昏頭雪白。」按，二句謂畫卷令人眼明。

七言絶句

上平江陳侍郎十絶并序〔一〕

先生儒門老尊宿也，立朝行己，三十年間，堅忍對峙，略不退轉，直與古人争衡。自有清議，不復贊嘆。頃在宣和庚子年，獲拜先生於南康，留山中者久之，蒙跋大父手澤，某佩服訓誨，自知無用。辛亥休官，忽忽二十九載，行年七十矣，日暮塗遠，恐懼失墜，輒追記平昔所得先生話言，裁爲十絶句，書以獻於蘇州使君待制公克肖。以是謹守一家法，庶幾流傳不泯，俾天下後世尊其所聞，常仰之如泰山北斗，則小子與有榮焉〔二〕。

了堂先生古遺直，貶剥私史專尊堯〔三〕。二蔡懷姦首排擊，始終大節不同朝〔四〕。灼見禍機寧有死，剖心立敵肯忘言〔五〕？向來逆料無遺恨，徹底孤忠抱至冤〔六〕。

前賢一節皆名世，此道終身公獨行〔七〕。每見遺編須掩泣〔八〕，晚生期不負先生。

南荒百謫愈不屈，便道忽聞天遣來〔九〕。峨帽焚香姑拱立，果無片楮可成灾〔一〇〕。此事實親得於先生其說如此。

酒酣怒髮上衝冠，四十年前廬阜南〔一一〕。杖履周旋痛開警，爲言小子頗嘗參〔一二〕。

英靈精爽平生話，尚記先生苜蓿槃〔一三〕。仙去星辰終不滅，至今夢想骨毛寒〔一四〕。

功名啐啄與時同，譬似青天白日中〔一五〕。不覺片雲隨雨雹，適從何處運神通？先生嘗云：丈夫建立功名，要當坐進此道。〔一六〕

常佩了堂一則語，睢陽舉似劉潞州〔一七〕。大期不復見丙午，二老信然成古丘〔一八〕。先生嘗委達意於器之待制劉公云。

先生許可能尊祖，詞采今存幹蠱身〔一九〕。碑版燦然垂世譽，要知忠肅有門人〔二〇〕。

傷心頓拜公牀下，一氣飄零餘幾人〔二一〕。七十衰翁誰信及，話言端欲廣書紳〔二二〕。

【箋注】

〔一〕陳侍郎：陳正同，字應之，陳瓘子。《建炎以來繫年要録》卷一七七：紹興二十七年九月，「中書門下省檢正諸屬公事兼權樞密院都承旨陳正同刑部侍郎兼職如故」。陳瓘（一〇五七—一一二二），字瑩中，號了翁，又號華嚴居士。南劍州沙縣（今屬福建）人。祖世卿，官至秘書郎加太常博士。瓘元豐二年探花，紹聖元年擢太學博士，勸章惇以「消朋黨，持中道」。蔡京之弟卞及林自等欲毀《資治通鑑》，瓘故于太學考試引神宗御序，使其事不遂。元符三年爲左正言，擢左司諫，以直諫名。因抨擊皇太后干政等事，罷監揚州糧料院，不久改命差知無爲軍。宣和四年卒，謚「忠肅」。有《了齋集》。紹興三十年作，參《年譜》頁二二〇。

〔二〕尊宿：高僧年老有名望者。賈島《送靈應上人》：「遍參尊宿遊方久，名嶽奇峰問此公。」用爲敬稱。蘇軾《與楊君素書》二一：「某去鄉二十一年，里中尊宿零落殆盡，惟公龜鶴不老，松柏益茂，此大慶也。」此指正同父瓘。行己：謂立身行事。《論語・公冶長》：「子謂子産有君子之道四焉：其行己也恭，其事上也敬，其養民也惠，其使民也義。」對峙：亦即堅忍。釋德洪《南玄沙宗一禪師真贊》：「心法對峙，破碎真如。」不退轉：佛教語。謂不使功行減退、道心退縮等。《法華經・序品》：「菩薩摩訶薩八萬人，皆於阿耨多羅三藐三菩提，不退轉。」《敦煌變文集・太子成道變文》：「常持苦行，心無退轉。」清議：謂當時輿論。宣和庚子年：宣和二年。是年元幹拜謁陳瓘於南康，參《年譜》頁二〇六。辛亥休官：紹興元年。是年初，元幹辭官還鄉，年四十一。行年七十：紹興三十年庚辰，元幹七十歲。日暮塗遠：喻力竭計窮而年老力衰。《史記・伍子胥列傳》：「吾日莫途遠，吾故倒行而逆施之。」庾信《哀江南賦》序：「日暮途遠，人間何世！」恐懼失墜：恐懼喪失本志、墮落。失墜：喪失。《左傳・文公十八年》：「先大夫臧文仲教行父事君之禮，行父奉以周旋，弗敢失隊。」「失隊」，即「失墜」。話言：美善之言。《詩・大雅・抑》：「其維哲人，告之話言，順德之行。」毛傳：「話言，古之善言也。」待制：本唐置。太宗命京官五品以上更宿中書、門下兩省，以備訪問。其後著令，正衙待制官日二人。宋因其制，於殿、閣均設待制之官，如「保和殿待制」、「龍圖閣待制」之類，典守文物，位在學士、直學士之下。參《新唐書・百官志二》《宋史・職官志二》。尊其所聞：《漢書・董仲舒傳》：「曾子曰：『君子尊其所聞，則高明矣；行其所聞，則廣大矣。』」尊：尊重。所聞：謂君子之道。仰之如泰山北斗：德高望重或卓有成就而爲人敬仰者。《新唐書・韓愈傳贊》：「自愈没，其言大行，學者仰之如泰山、北斗云。」小子：學生；晚輩。《詩・大雅・思齊》：「肆成人有德，小子有造。」鄭玄箋：「成人謂大夫士也，小子其弟子也。」用爲自稱謙詞。韓愈《芍藥歌》：「花前醉倒歌者誰？楚狂小子韓退之。」與有榮焉：宋以來常語，猶今語所謂「跟著沾光」也。

〔三〕「了堂」二句：了堂先生：即陳瓘。瓘號了翁，了堂蓋其書齋名。古遺直：直道而行，有古人遺風者。語出《左傳・昭公十四年》：「仲尼曰：『叔向，古之遺直也，治國製刑，不隱于親，三數叔魚之惡，不爲末減。』曰：『曰義也夫，可謂直矣！』」杜預注：「言叔向之直，有古人遺風。」蘇軾《〈田表聖奏議〉叙》：「嗚呼！田公古之遺直也，其盡言不諱。」貶剥私史：貶低責難私修史書。《東都事略・陳瓘傳》：「又以書抵曾布，論《（神宗）日録》及國用事，以爲『尊私史而壞宗廟，緣邊費而壞先政』。」貶剥：貶斥。宋釋德洪《卧病次彦周韵》：「戲將平時説禪口，貶剥諸方呵佛祖。」私史：私家所撰史書。《建炎以來朝野雜記甲集・朝事二・嘉泰禁私史》：「頃秦丞相既主和議，始有私史之禁。」《宋史・寧宗本紀》：「（嘉泰二年二月）丁亥，修《高宗正史》《寶訓》。戊子，頒《治縣十二事》以風厲縣令。癸巳，禁行私史。」尊堯：未詳。其事或秘，恐觸時諱，故晦其言。瓘有《四明尊堯集》。邵伯温《邵氏聞見録》：「瑩中撰《尊堯集》，今行於世。」

〔四〕「二蔡」二句：二蔡：蔡京、蔡卞父子。事迹具《宋史・奸臣傳》。排擊：打擊。賈誼《治安策》：「屠牛坦一朝解十二牛，而芒刃不頓者，所排擊剥割，皆衆理解也。」《宋書・晋平刺王休祐傳》：「休祐素勇壯有氣力，奮拳左右排擊，莫得近。」始終大節：關乎君子出處所守之正理恒道。爾時常語。亦作「終始大節」。黄庭堅《東坡先生真贊三首》二：「計東坡之在天下，如太倉之一稊米。至於臨大節而不可奪，則與天地相終始。」《揮塵後録》卷九：「（趙）立起自行伍，奮不謀身，較其時與勢，比（張）巡、（許）遠爲尤難也，列其終始大節與攻戰百數特詳焉，庶幾爲後世忠臣義士之勸。」大節：志節、節概高遠宏大者。《後漢書・馬援傳》：「（劉秀）且開心見誠，無所隱伏，闊達多大節，略與高帝同。」不同朝：謂不與二蔡奸黨同朝也。按，此章疑指陳之遏阻毁《資治通鑑》事。

〔五〕「灼見」二句：灼見：洞察。《尚書・立政》：「灼見三有俊心。」孔傳：「（文武）灼然見三有賢俊之心。」蘇軾《賜范純仁辭免恩命不允斷來章批答》：「卿篤於憂國，明於知人，灼見朕心，宜在此位。」禍機：隱伏待發之禍患。《文選·鮑照〈苦熱行〉》：「生軀蹈死地，昌志登禍機。」李善注：「《莊子》曰：『其發若機栝，其司是非之謂也。』司馬彪曰：『言生以是非臧否交接，則禍敗之來若機栝之發。』班固《漢書》述曰：『禍如發機。』」剖心：謂掬誠相示。曹操《楊阜讓爵報》：「子貢辭讓，仲尼謂之止善，君其剖心以順國命。」李白《駕去温泉後贈楊山人》：「一朝君王垂拂拭，剖心輸丹雪胸臆。」立敵：此蓋爾時常語，意謂公然對立、不持兩端、不肯苟且。程顥、程頤撰《河南程氏遺書》卷二一上《伊川先生語》（門人張繹録）七上《師説》：「又鮮于綽《傳信録》云：『舊例，行香齋筵，兩制以上及臺諫官并設蔬饌，然以粗糲，遂輪爲食會，皆用肉食矣。元祐初，崇政殿説書程正叔以食肉爲非是，議爲素食，衆多不從。一日，門人范醇夫當排食，遂具蔬饌。内翰蘇子瞻因以鄙語戲正叔。正叔門人朱公掞輩銜之，遂立敵矣。是後蔬饌亦不行。』」忘言：謂忘己之言責而不進諫也，非得意忘言之意。肯：不肯也。按，此聯蓋謂陳爲諫官，能忘身安危進諫也。

〔六〕「向來」二句：逆料：預見。逆：預料，猜度。諸葛亮《後出師表》：「臣鞠躬盡瘁，死而後已；至於成敗利鈍，非臣之明所能逆睹也。」逆料無遺恨，猶言「算無遺策」，謂謀劃周密，從不失誤。徹底孤忠：完全無欠缺之孤忠。孤忠：忠貞自持、不求人諒察之節操。曾鞏《韓魏公輓歌詞》：「覆冒荒遐知大度，委蛇艱急見孤忠。」至冤：蓋指其父子蒙冤下獄事，詳見本傳，兹不贅。

〔七〕「前賢」二句：一節：即序言「始終大節」。宋石介《獵》：「雉守一節死，兔緣三穴藏。」歐陽修

《狎鷗亭》：「險夷一節如金石，勛德俱高映古今。」名世：名顯于世。《孟子·公孫丑下》：「五百年必有王者興，其間必有名世者。」朱熹集注：「名世，謂其人德業聞望，可名於一世者。」此句與陸游《書憤》「出師一表真名世」同一句法。唯孰先孰後，不可判知也。

〔八〕遺編：謂陳瓘之遺著也。瓘有《了齋集》等。

〔九〕「南荒」二句：南荒：南方遥遠荒凉之地。《晉書·陸機傳》：「輶軒騁於南荒，衝輣息於朔野。」《太平廣記》卷二六四引唐房千里《投荒雜録·南荒人娶婦》：「南荒之人娶婦……往趨虚路以偵之，候其過，即擒縛，擁歸爲妻。」百謫：百次譴責。蓋言其多。《漢書·遊俠傳·陳遵》：「又日出醉歸，曹事數廢。西曹以故事適之，侍曹輒詣寺舍白遵曰：『陳卿今日以某事適。』遵曰：『滿百乃相聞。』故事，有百適者斥，滿百，西曹白請斥。」顔師古注：「適，讀曰『謫』。」王安石《次韵酬朱昌叔五首》二：「去年音問隔淮州，百謫難知亦我憂。」陳以直言獲罪貶謫。便道：猶即行。指拜官或受命後不得入朝陛辭。陸機《謝平原内史表》：「拘守常憲，當便道之官，不得束身奔走，稽顙城闕。」宋程大昌《考古編·便道之官》：「『便道』云者，猶曰即行，不得入見也。」天遣來：謂天子遣使來也。

〔一〇〕「峨帽」二句：峨帽：高冠。峨：高。陸游《登灌口廟東大樓觀岷江雪山》：「我生不識柏梁建章之宫殿，安得峨冠侍遊宴。」拱立：肅立。唐牛僧孺《玄怪録·齊推女》：「自日宴至于夜分，終不敢就坐，拱立於前。」文同《大熱見田中病牛》：「牧童默坐罷牽挽，耕叟拱立徒嗟咨。」「果無」句：謂朝廷更無詔令使其更獲重譴。片楮：片紙。不詳所指。疑謂上書曾布而獲譴也。

按：二句似反語。

〔一一〕「酒酣」二句：怒髮上衝冠：用藺相如故事。「四十年前」句：元幹《跋〈了堂先生文集〉》云：「宣和庚子春，拜忠肅於廬山之南。」忠肅：陳瓘謚。又《祭少師相公李公文》云：「往在宣和庚子，拜了堂先生於廬山之南。心知天下將亂，陰訪命世之賢。」四十年前：即指徽宗宣和二年庚子（一一二〇）。廬阜：廬山。

〔一二〕「杖履」二句：杖履：謂拄杖漫步。唐朱慶餘《和劉補闕秋園寓興》三：「逍遥人事外，杖履入杉蘿。」周旋：交遊，應酬。《孟子・盡心下》：「動容周旋中禮者，盛德之至也。」曹操《與荀彧追傷郭嘉書》：「郭奉孝年不滿四十，相與周旋十一年，險阻艱難，皆共罹之。」開警：開悟警覺。敏鋭貌。隋煬帝《寶臺經藏願文》：「人能弘法，非道弘人。恕己深恩，即是自爲。今陳此意，乃似執著。若不開警，則不深固。」宋魏了翁《跋陳了齋責沈》：「又以理之最切近者開警後學。」參：參學也。

〔一三〕「英靈」二句：英靈：資質之英明靈秀。《後漢書・王劉張李等傳論》：「觀其智略，固無足以憚漢祖，發其英靈者也。」吴曾《能改齋漫録・記詩》：「方叔祭東坡文云：『皇天后土，實表平生忠義之心；名山大川，復收自古英靈之氣』。」又指傑出人才。謝朓《酬德賦》：「賴先德之龍興，奉英靈之電舉。」王維《送綦毋潛落第還鄉》：「聖代無隱者，英靈盡來歸。」精爽：精神。《左傳・昭公七年》：「用物精多，則魂魄强，是以有精爽至於神明。」《三國志・魏書・蔣濟傳》：「歡娱之耽，害於精爽；神太用則竭，形太勞則弊。」洪邁《夷堅乙志・承天寺》：「自爾以來，精爽常鬱鬱。」

〔一四〕「仙去」二句：仙去：死之婉辭。宋無名氏《仁宗御容赴景陵宫奉安導引》：「彩雲縹緲，海上隱三山，仙去莫能攀。」《梅澗詩話》卷上引宋李昴英詩注：「山谷謫居宜州城樓，得熱疾，病中以簷溜濯足，連稱『快哉』，未幾仙去。」星辰不滅：謂逝者精神長存。《莊子·大宗師》：「傅説得之，以相武丁，奄有天下，乘東維，騎箕尾，而比於列星。」陸德明《釋文》：「崔（譔）云：『傅説死，其精神乘東維，托龍尾，乃列宿。今尾上有傅説星。』」杜甫《可嘆》：「死爲星辰終不滅，致君堯舜焉肯朽。」夢想：夢中懷想。司馬相如《長門賦》：「忽寢寐而夢想兮，魄若君之在旁。」梁武帝《與何胤敕》：「本欲屈卿暫出，開導後生，既屬廢業，此懷未遂。延佇之勞，載盈夢想。」骨毛寒：驚悚貌。禪宗文獻屢見此語。《頌古三十一首》：「北斗藏身句，商量幾萬般。貪觀天上月，誰覺骨毛寒。」「骨毛」猶言「毛骨」，以平仄故倒言之。謂毛髮與骨骼。蘇舜欽《演化琴德素高……因爲作歌以寫其意云》：「風吹仙籟下虚空，滿坐沈沈竦毛骨。」「竦毛骨」，猶言「骨毛寒」也。

〔一五〕「功名」二句：啐啄與時同：雞子孵化時，小雞將出，即在殼内吮聲，謂之「啐」；母雞爲助其出而同時齧殼，稱爲「啄」。佛家因以「啐啄同時」比喻機緣相投或兩相吻合。宋蔡絛《鐵圍山叢談》卷五：「老志又曰：『紫府真人，實陰官之貴，匪天仙。魏公功德茂盛，近始陞諸天矣。其初玉華真人下侍者也。』小天疾應曰：『乃玉華真人下侍者也。』二人相語，即啐啄同時。」青天白日：天氣晴好貌。韓愈《同水部張員外曲江春遊寄白二十二舍人》：「漠漠輕陰晚自開，青天白日映樓臺。」喻政治清明。王建《寄分司張郎中》：「青天白日當頭上，會有求閒不得時。」陳亮《謝羅尚書啓》：「内韜駿發之才，蔚負老成之望。青天白日，有是清明；霽月光風，終然灑落。」蓋爾時文人慣用語。

〔一六〕「不覺」二句：片雲：極少的雲。梁簡文帝《浮雲詩》：「可憐片雲生，暫重復還輕。」杜甫《野老》：「長路關心悲劍閣，片雲何事傍琴臺。」適從：猶依從。謝靈運《相逢行》：「斷金斷可寶，千計莫適從。」杜甫《早發》：「賤子欲適從，疑誤此二柄。」按，句謂運數有常有變，皆天之功。坐進：坐而進，猶言從容而進也。

〔一七〕「常佩」二句：了堂一則語：蓋即序所言其跋元幹祖父手澤語。「睢陽」句：舉似：奉告。禪籍多有此語。金段成己《題蒲城董公龍窩圖》：「探懷出新圖，一語煩舉似。」即其比。劉潞州：即劉安世（一〇四八—一一二五），因其曾被貶知潞州，故稱。安世，字器之，號元城、讀易老人。宋後期重臣，以直諫聞名，時人稱之爲「殿上虎」。《宋史》卷三四五有傳。睢陽：宋州治所。劉安世晚年寄居處。瓘與安世感情甚篤，所謂「最宗元城」。

〔一八〕「大期」二句：大期：指死期。《列女傳·周郊婦人》：「君子謂周郊婦人，惡尹氏之助亂，知天道之不祐，示以大期，終如其言。」《南齊書·武帝紀》：「始終大期，聖賢不免，吾行年六十，亦復何恨。」丙午：即靖康元年。此年爲靖康之變之始。信然：確實如此。《後漢書·段熲傳》：「熲于道僞退，潛于還路設伏。虜以爲信然，乃入追熲。」成古丘：歸於墳墓，即死。李白《登金陵鳳凰臺》：「吴宫花草埋幽徑，晉代衣冠成古丘。」

〔一九〕「先生」二句：幹蠱：「幹父之蠱」之省。謂兒子能繼承父志，完成父親未竟之業。《易·蠱》：「幹父之蠱，有子，考無咎。」王弼注：「以柔巽之質，幹父之事，能承先軌，堪其任者也。」唐獨孤及《唐故虢州宏農縣令天水趙府君墓志》：「有子若干人，訓以義方，咸能被服文藝，幹父之蠱。」此言正同能不墜家聲也。

〔二〇〕「碑版」二句：碑版：泛指碑志之屬。謝靈運《入華子岡是麻源第三谷詩》：「圖牒復磨滅，碑版誰聞傳。」唐張説《韋譙公挽歌二首》二：「安知杜陵下，碑版已相望。」要知：果真可知。

〔二一〕「傷心」二句：頃拜：傾倒拜服。一氣：聲氣相通者，志同道合者。《論衡·變虚》：「人君有善行（善言），善行動於心，善言出於意，同由共本，一氣不異。」唐崔國輔《奉和華清宫觀行香應制》：「雲物三光裏，君臣一氣中。」

〔二二〕「七十」二句：七十衰翁：元幹自指。信及：語出《易·中孚》：「豚魚吉，信及豚魚也。」喻信義昭著，及於微物。此處意同「信任」。端欲：正需要；實謂正應當。黄庭堅《次韵寄上七兄》：「荷鋤端欲相隨去，邂逅青雲恐疾顛。」宋廖剛《和逸道春雪》：「憑仗東風吹更暖，桃源端欲訪仙家。」書紳：把要牢記的話寫在紳帶上。後亦稱牢記他人格言以自訓誡話爲書紳。語本《論語·衛靈公》：「子張書諸紳。」邢昺疏：「紳，大帶也。子張以孔子之言書之紳帶，意其佩服無忽忘也。」晉孫綽《答許詢》九：「且戢讜言，永以書紳。」

甲戌正月十四日書所見，來日驚蟄節〔一〕

老去何堪節物催，放燈中夜忽奔雷〔二〕。一聲大震龍蛇起，蚯蚓蝦蟆也出來〔三〕。

【箋注】

〔一〕甲戌：紹興二十四年。

〔二〕「老去」二句：節物催：節候景物催人衰老。歐陽修《聞沂州盧侍郎致仕有感》：「少年相與探花開，老病惟愁節物催。」宋王洋《和徐思遠歲除》：「節物催人莫自悲，開顔且喜看君詩。」節物：當季風物景色。陸機《擬明月何皎皎》：「踟躕感節物，我行永已久。」放燈：舊俗，正月十五夜於河道内放紙燈以祈福避禍。可參洪邁《容齋隨筆三筆》卷一、朱翌《猗覺寮雜記》等。奔雷：激雷發動。杜甫《朝》二：「巫山終可怪，昨夜有奔雷。」

〔三〕「一聲」二句：大震：即猛烈雷聲。龍蛇起：《易·繫辭下》：「龍蛇之蟄，以存身也。」《説文》：「震，劈歷振物者。」雷震而「龍蛇起」，是所謂驚蟄也。「蚯蚓」句：喻驚蟄之廣泛。蚯蚓蝦蟆：皆生物之卑下者。梅堯臣《梅雨》：「三日雨不止，蚯蚓上我堂……東池蝦蟆兒，無限相跳梁。」宋釋慧遠《偈頌一百零二首》之三：「蝦蟆跳上梵天，蚯蚓驀過東海。」宋人無論緇素，似皆頗好以二物爲譬。

走筆次廷藻韻二絶〔一〕

風雨聲中過半春，泥深郊水阻游人。老夫不出渾閒事，但覺年來白髮新〔二〕。

小蘇一物絶風流，竹杖芒鞋愛討幽〔三〕。招隱歸來吐佳句，何時一笑共重遊〔四〕？

【箋注】

〔一〕廷藻：蘇著，字庭藻，丹陽人，蘇庠侄孫，蘇從周之子。張孝祥與之往還，有《即事簡蘇庭藻著》《題蘇庭藻所作張漢陽傳》等篇。參《年譜》頁四五〇。

〔二〕「老夫」二句：老夫不出：杜甫《秋雨嘆三首》三：「長安布衣誰比數，反鎖衡門守環堵。老夫不出長蓬蒿，稚子無憂走風雨。」黄庭堅《阮郎歸》五：「貧家春到也騷騷。瓊漿注小槽。老夫不出長蓬蒿。」元幹此篇言春事，尤與黄詞意近。渾閒事：純粹爲尋常之事。陸游《買油》：

「冬裘不贖渾閑事，且爲吾兒續短檠。」白髮新：新生白髮。武周李崇嗣《覽鏡》：「歲去紅顔盡，愁來白髮新。」白居易《聽夜箏有感》：「江州去日聽箏夜，白髮新生不願聞。」

〔三〕「小蘇」二句：一物絶風流：不詳；或即言下「竹杖芒鞋」也。小蘇：蘇轍。蘇轍《次韵子瞻獨覺》：「咄咄書空中有怪，内熱搜膏發癰疥。羹藜飯芋如固然，飽食安眠真一快。午鷄鳴屋呼不起，欠伸吉貝重衾裹。此身南北付天工，竹杖芒鞋即行李。夜長却對一燈明，上池溢流微有聲。幻中非幻人不見，本來日月無陰晴。」蓋發揮乃兄，所謂「討幽」也。蘇軾《定風波·三月七日沙湖道中遇雨雨具先去同行皆狼狽余獨不覺已而遂晴故作此》：「莫聽穿林打葉聲。何妨吟嘯且徐行。竹杖芒鞋輕勝馬。」按，此以蘇轍擬蘇著。

〔四〕「招隱」二句：招隱：招隱寺。在今丹徒招隱山，舊傳謂南朝宋名士戴顒隱居處。一説梁昭明太子蕭統讀書處。招隱：招人歸隱。駱賓王《酬思玄上人林泉》：「聞君招隱地，髣髴武陵春。」

高尚居士〔一〕

卜室高垣桑柘邊，空中來往盡飛仙〔二〕。似聞一舉三千里，更待成功上九天〔三〕。

往在澶淵過我家，自憐凡骨走天涯〔四〕。丹青始識先生面，點化何時一粒砂〔五〕。

【箋注】

〔一〕高尚居士：未詳。據詩語，蓋隱居修道者。

〔二〕「卜室」二句：卜室：即卜宅。選擇居室。宋沈遼《奉送世美歸陽羨》：「飄飄數年如一夢，爾來卜室齊山西。」桑柘邊：謂鄉野。桑柘：桑木與柘木。《禮記·月令》：「（季春之月）命野虞無伐桑柘。」高適《同群公題張處士菜園》：「耕地桑柘間，地肥菜常熟。」飛仙：仙人能飛行自在，故曰飛仙。《海内十洲記·方丈洲》：「（蓬萊山）周回五千里外別有圓海繞山，圓海水正黑，而謂之冥海也，無風而洪波百丈，不可得往來……惟飛仙有能到其處耳。」蘇軾《赤壁賦》：「挾飛仙以遨遊，抱明月而長終。」按，二句稱其所處有如仙境也。

〔三〕「似聞」二句：二句皆言飛仙之事。李白《草創大還贈柳官迪》：「一舉上九天，相携同所適。」唐吕巖《七言》四十七：「刀圭餌了丹書降，跳出塵籠上九天。」宋徐積《鶴》：「任教雞鶩争糠秕，脱身一舉三千里。」一舉：一飛，飛舉。成功，成就修煉之功。三千里：語出《莊子·逍遥遊》：「《齊諧》者，志怪者也。《諧》之言曰：『鵬之徙於南冥也，水擊三千里，摶扶摇而上者九萬里，去以六月息者也。』」。九天：天空最高處。《孫子·形篇》：「善攻者，動于九天之上。」梅堯臣注：「九天，言高不可測。」

〔四〕「往在」二句：澶淵：春秋衛地。地在今河南濮陽市。《春秋·襄公二十年》載晉齊等諸侯「盟于澶淵」，即此。宋與遼國「澶淵之盟」，在此。政和五年，元幹任於此，高尚居士蓋其時所交友人。「自憐」句：句謂自傷質地不足登仙。宋王邁《問邵武守劉無競克遜求邵武紅硃三首》三：「自憐凡骨本難仙，安得泥壇七返丹。」宋袁甫《送池陽張倅奉祠歸清江二首》二：「自憐凡骨未能仙，每對仙都輒爽然。」元幹語近似。凡骨：凡人；凡人軀體、氣質。唐曲龍山《玩月詩》：「曲龍橋頂玩瀛洲，凡骨空陪汗漫遊。」陸游《登上清小閣》：「欲求靈藥換凡骨，先挽天河洗俗情。」走天涯：奔走天涯。宋祁《移病還臺凡閱半歲乃愈始到家園視園夫治畦植花因成自嘆二首》一：「十年獨漉走天涯，耗盡流光得鬢華。」按，二句意謂彼不求仙人長生而復奔走世俗也。

〔五〕「丹青」二句：「丹青」句：謂因見畫圖而初見其人。丹青：指寫真。杜甫《詠懷古迹五首》三：「畫圖省識春風面，環佩空歸月夜魂。」元幹蓋用此句法。先生：即高尚居士。「點化」句：意謂得丹藥資助更得仙人啓發接引然後成仙也。一粒砂：丹藥。砂，丹砂，煉丹要素之一。蘇轍《次韵子瞻臨皋新葺南堂五絶》二：「旅食三年已是家，堂成非陋亦非華。何方道士知人意，授與爐中一粒砂。」按，二句稱其修道有得，必能成就也。

祖穎漕使、希道使君以絶句相酬答，聊成二章解嘲，併發一笑〔一〕

從渠冷蕊籬邊少，未放浮蛆甕面空〔二〕。高燭幾時催夜飲，隔簾度曲也英雄〔三〕。

薰爐玉煖雲生岫，曉鑑鸞窺翠掃空〔四〕。未許尊前聽金縷，兩公新句漫争雄〔五〕。

【箋注】

〔一〕祖穎漕使、希道使君：見前《奉和希道新句兼簡祖穎漕使》注一。併：一併。參《年譜》頁一二六。

〔二〕「從渠」二句：冷蕊：指梅花。杜甫《舍弟觀赴藍田取妻子到江陵喜寄》二：「巡簷索共梅花笑，冷蕊疏枝半不禁。」宋釋道潛《探梅》：「問訊風篁嶺下梅，疏枝冷蕊未全開。」未放：不許，不使。唐竇梁賓《雨中看牡丹》：「東風未放曉泥乾，紅藥花開不奈寒。」白居易《夜歸》：「歸來未放笙歌散，畫戟門開蠟燭紅。」按，元幹句法亦同此。浮蛆甕面：甕中酒面泡沫或漂浮膏狀物。宋陶穀《清異録・酒漿》：「舊聞李太白好飲玉浮粱，不知其果何物。余得吴婢，使釀酒，因促其功。答曰：『尚未熟，但浮粱耳。』試取一盞至，則浮蛆酒脂也。乃悟太白所飲蓋此耳。」歐陽修《招許主客》：「樓頭破鑑看將滿，甕面浮蛆撥已香。」曾鞏《簡翁都官》：「浮蛆滿瓮嘗春酒，垂露臨窗理素書。」

〔三〕「高燭」二句：高燭：特長蠟燭。元結《夜宴石魚湖作》：「高燭照泉深，光華溢軒楹。」蘇軾《海棠》：「只恐夜深花睡去，故燒高燭照紅妝。」度曲：即按曲譜歌唱。張衡《西京賦》：「度曲未終，雲起雪飛。」杜甫《陪李梓州泛江》二：「翠眉縈度曲，雲鬢儼成行。」也英雄：亦見豪邁灑脱也。宋人偶有此語。宋李壁《東帥少才兄寵貺七言一首口占八句以謝》：「紅旆碧油雖貴重，清泉白石也英雄。」

〔四〕「薰爐」二句：薰爐：即熏爐。薰，自其能言之；熏，自其功言之。玉煖雲生岫：玉色爐烟漫散有如雲之出山。李商隱《無題》：「滄海月明珠有淚，藍田日暖玉生烟。」陶潛《歸去來兮辭》：「雲無心以出岫，鳥倦飛而知還。」唐陳羽《酬幽居閑上人喜及第後見贈》：「風動自然雲出岫，高僧不用笑浮生。」翠掃空：山秀映天。掃空：掠空。語出蘇軾《秀州報本禪院鄉僧文長老方丈》：「每逢蜀叟談終日，便覺峨眉翠掃空。」轉指眉樣鮮明仿佛接天，誇言容貌之美。孫覿《寄題胡茂老樞密横山堂》：「修眉畫新就，一抹翠掃空。」按，二句疑用黄庭堅《病起荆江亭即事十首》之八分詠陳、秦二人法：「閉門覓句陳無己，對客揮毫秦少游。」正字不知温飽未，西風吹淚古藤州。」亦各指一人，甚且暗以李、蘇爲比。存此待質。

〔五〕「未許」二句：聽金縷：蘇軾《作書寄王晉卿忽憶前年寒食北城之遊走筆爲此詩》：「何時東山歌采薇，把盞一聽金縷衣。」李彌遜《虞美人・東山海棠》：「去年携手聽金縷。正是花飛處。」金縷：《金縷衣》，蓋古人席上多歌之以爲樂。疑特指唐無名氏《雜曲歌辭・金縷衣》：「勸君莫惜金縷衣，勸君須惜少年時。有花堪折直須折，莫待無花空折枝。」杜牧《杜秋娘詩》：「老濞即山鑄，後庭千蛾眉。秋持五斝飲，與唱金縷衣。」自注：「『勸君莫惜金縷衣……』李錡長唱此詞。」宋人更改爲慢詞歌之，無名氏《慶金枝令》：「惜金縷衣。勸君惜、少年時。花開堪折直須折，莫待折空枝。一朝杜宇才鳴後，便從此、歇芳菲。有花有酒且開眉。莫待滿頭絲。」兩公：即祖穎、希道二人也。公，尊敬之稱，未必謂二人年長。漫争雄：意謂不相上下。宋韓淲《次韵晁仲二同倉使遊靈巖》：「邂逅五湖應自適，縱橫七國漫争雄。」此言二人之作各皆精彩。

次韵奉送李季言四首〔一〕

向來敵帥窺吴越，穩泛樓船捨騎兵〔二〕。開闢所無顛倒事，可能今日獨橫行〔三〕？

藩鎮各傳新號令，山河那復舊提封〔四〕。歸時牘語騎鯨老，堅卧無如澗底松〔五〕。幾年脱迹冠冕窟，一味偷生兵火中〔六〕。不見君家好兄弟，何人憐我最奇窮〔七〕？我輩避讒過避賊，此行能飽即須歸〔八〕。山川久有真消息，世上從渠閑是非〔九〕。

【箋注】

〔一〕李季言：李綱弟李綸。建炎四年作，參《年譜》頁三八〇—三八一。

〔二〕「向來」二句：向來：先前。穩泛：即穩泛舟，穩穩操船。宋人恒語。范純仁《和王微之同持國泛舟登樓》：「畫船穩泛平溪淥，層觀高横落日紅。」李光《用孟博寄孟堅韵》：「夢遊滄海休回首，路入浯瀧穩泛舟。」樓船：大戰艦起樓櫓者。

〔三〕「開闢」二句：開闢所無：天地開闢以來未曾有者。顛倒事：反常逆倫之舉。指北寇。元稹《樂府古題·人道短》：「車馬煌煌，若此顛倒事。豈非天道短，豈非人道長。」宋李濤《題僧院》：「走却坐禪客，移將不動尊。世間顛倒事，八萬四千門。」可能：豈能。反詰語，痛恨貌。横行：猶言縱横馳騁。語本《吴子·治兵》：「寧勞於人，慎無勞馬，常令有餘，備敵覆戰。能明此者，横行天下。」此用其貶義，指行爲猖狂無忌憚。顧況《從軍行二首》之一：「寄語塞外胡，擁騎休横行。」按，宋石介有《植萱》篇，言「一人横行，武王則羞。今西夷之鬼，抗中國而敵萬乘。西夷之服，升黄堂而驕諸侯。尊於天子，滿於九州。王法不禁，四民不收」云云，狀所謂「横行」者尤備悉，堪爲元幹語先聲也。

〔四〕「藩鎮」二句：藩鎮：本中唐以後所立軍鎮，本以藩屏朝廷者，設節度使以主之，凡節度使九及經略使一，時稱「天寶十節度」。此泛指諸州軍事力量。那復：即今言哪裏還是。提封：猶版圖，疆域。隋薛道衡《老氏碑》：「牂牁、夜郎之所，靡漢、桑乾之地，咸被聲教，并入提封。」杜甫《提封》：「提封漢天下，萬國尚同心。」

〔五〕「歸時」二句：賸語：本謂冗贅之言。宋釋惠洪《冷齋夜話·般若了無賸語》：「此老人於般若横説竪説，了無賸語，非其筆端能吐此不傳之妙哉。」宋人好用此語，係名詞；此則謙辭，實謂不能已於言、必須相告者，乃動詞。騎鯨老：騎鯨魚之老人家，即指李。李白《贈張相鎬二首》一：「諸侯拜馬首，猛士騎鯨鱗。」其後遂成典實，文人用之不絶。梅堯臣《寄潘歙州伯恭》：「醉來欲學李白騎鯨魚，又思阮籍跨蹇驢。」鄭獬《和張公達暮春寄宋使君》：「騎鯨李白時過我，未引金尊先説君。」皆其顯例。此文人以同姓故事賦答之常法也。騎鯨，語本《文選·揚雄〈羽獵賦〉》：「乘巨鱗，騎京魚。」李善注：「京魚，大魚也，字或爲『鯨』。鯨亦大魚也。」後以喻隱遁或游仙。堅卧：本謂按兵不動。語出《漢書・周勃傳》：「夜，軍内驚，内相攻擊擾亂，至於帳下。亞夫堅卧不起。頃之，復定。」後轉謂堅不出仕或隱居。元稹《使東川郵亭月》：「君多務實我多情，大抵偏嗔步月明。今夜山郵與蠻嶂，君應堅卧我還行。」澗底松：松樹生於低處者，喻位卑而格高。晉左思《詠史》二：「鬱鬱澗底松，離離山上苗以彼徑寸莖，蔭此百尺條。世胄躡高位，英俊沉下僚。地勢使之然，由來非一朝。」此反其意，蓋以慰之。唐王季友《還山留别長安知己》：「惟餘澗底松，依依色不改。」

〔六〕「幾年」二句：脱迹：脱略形迹，不顯性質。陸機《漢高祖功臣頌》：「脱迹違難，披榛來洎。」元稹《寄吴士矩端公五十韵》：「亦從酒仙去，便被書魔惑；脱迹壯士場，甘心豎儒域。」冠冕窟：喻名利富貴之區。周紫芝《次韵次卿林下行歌十首》八：「冠冕窟中元不到，雲山堆裏復誰知。」

〔七〕「不見」二句：君家好兄弟：李綱兄弟也。元幹甚見知待於綱。君家：敬稱。《續資治通鑑・宋寧宗嘉泰三年》：「我與君家是白翎雀，他人鴻雁耳！」奇窮：猶困厄、厄運。蘇轍《飲酒過量肺疾復作》：「衰年足奇窮，一醉仍坎坷。」宋鄒浩《讀從外祖書》：「流言聳動知公旦，削迹奇窮見仲尼。」

〔八〕「我輩」二句：避讒：逃避讒言。庾信《擬連珠》：「是以韓非客秦，避讒無路；信陵在趙，思歸有年。」陸游《神山歌》：「避讒奔楚僅得免，歷聘返魯終不遭。」能飽：意謂勉强充飢不至成餓殍。此蓋暗用《論語》顏回簞食瓢飲典故以相激勵。即須歸：盡快歸去，以避讒慝也。

〔九〕「山川」二句：真消息：真正奥秘。唐章孝標《日者》：「我來本乞真消息，却怕呵錢卦欲成。」唐馬湘《還丹口訣歌》：「不知火候真消息，夜夜起來空費力。」宋周行己《送禪照大師四首》一：「海雁年年自往來，迢迢此去幾時回。春風滿路真消息，應是桃花處處開。」消息：消長。《易·豐》：「彖曰：『……日中則昃，月盈則食，天地盈虚，與時消息……』」消長者，造化之功用，故得轉指機巧。閑是非：進退榮辱無關痛癢者。宋元人好爲此語。朱熹《鷓鴣天·叔懷嘗夢飛仙爲之賦此歸日以呈茂獻待郎當發一笑》：「看成鼎内真龍虎，管甚人間閑是非。」宋魏了翁《洞庭春色·再用初八日韵謝通判運管以下》：「滿目浮榮何與我，只贏得一場閑是非。」

范才元道中雜興

遐想吴門人姓梅，高踪千古共徘徊〔一〕。橘中儻有商山樂，不必胡僧問劫灰〔二〕。

山晚江寒春雨踈，比來消息定何如〔三〕？竹輿行倦異鄉縣，賴得金樓引睡書〔四〕。

底處烟林飛伯勞，春生詩思賸摇毫〔五〕。歸來準擬扶頭醉，日射花梢三丈高〔六〕。

君家鼻祖大范老，氣壓賀蘭威鳳鳴〔七〕。文采風流今未泯，耳孫胸次似冰清〔八〕。

名姓未能隨老變，政須卜宅近前峰〔九〕。看君決策上封事，攬取奇勛銘鼎鐘〔一〇〕。

【箋注】

〔一〕「遐想」二句：吴門人姓梅：蓋共談神仙之事也。曾豐《寄衡陽尉徐智伯》一：「千古南昌尉，神仙人姓梅。」宋陳傑《和鄧中齋至日舟中七言》：「相從導引學仙去，吴市不知人姓梅。」梅福仙去曾隱吴市，典出《漢書·楊胡朱梅雲傳·梅福》：「梅福字子真……至元始中，王莽顓政，福一朝棄妻子，去九江，至今傳以爲仙。其後，人有見福於會稽者，變名姓爲吴市門卒云。」高踪：高尚之迹，謂隱退。《漢書·蓋寬饒傳》：「君不惟蘧氏之高踪，而慕子胥之末行，用不訾之軀，臨不測之險，竊爲君痛之。」顔師古注：「蘧伯玉，邦無道，則可卷而懷之。」盧照鄰《初夏日幽莊》：「聞有高縱客，耿介坐幽莊。」共徘徊：相與往還，彼此追隨。魏劉妙容《宛轉歌》：「願爲星與漢，光景共徘徊。」韋應物《對雨贈李主簿高秀才》：「終朝狎文墨，高興共徘徊。」

〔二〕「橘中」二句：橘中商山樂：見前《左舉善人物高妙……義不可辭》注三。「不必」句：謂不必得胡僧而詢問劫灰之事。宋許及之《净光丈室開小窗頗得江山之勝次壁老壁間韵》：「現前一宿圓成案，懶向胡僧問劫灰。」胡僧劫灰：見前《題王巖起樂齋》注七。

〔三〕比來：近來；近時。《三國志·魏書·徐邈傳》：「比來天下奢靡，轉相仿效，而徐公雅尚自若，不與俗同。」韓愈《與華州李尚書書》：「比來不審尊體動止何似？」定如何：猶今言究竟如何，到底怎樣。陶潛《擬古九首》：「我心固匪石，君情定何如？」李商隱《木蘭》：「瑶姬與神女，長短定何如？」

〔四〕「竹輿」二句：竹輿：竹轎。《漢書·嚴助傳》「輿轎而隃領」，顔師古注引臣瓚曰：「今竹輿車也，江表作竹輿以行是也。」宋陳淵《過崇仁暮宿山寺書事》：「驛路泥塗一尺深，竹輿高下歷千岑。」金樓：不詳。疑指梁元帝所撰《金樓子》。《梁書》本紀：「帝博覽群書，著述詞章，多行於世。其在藩時，嘗自號金樓子，因以名書。」引睡書：謂書使人欲睡。白居易《晚亭逐涼》：「趁涼行繞竹，引睡卧看書。」蘇軾《次答邦直子由五首》一：「忘懷杯酒逢人共，引睡文書信手翻。」引睡：催眠。

〔五〕「底處」二句：底處：何處。烟林：山林升騰霧靄者。張九齡《高齋閑望言懷》：「風物動歸思，烟林生遠愁。」司馬光《早春寄東郡舊同僚》：「應恨春來晚，烟林已數遊。」伯勞：即鵙，又名鵙，善鳴。《詩·豳風·七月》：「七月鳴鵙。」毛傳：「鵙，伯勞也。」《玉臺新咏·古詞〈東飛伯勞歌〉》：「東飛伯勞西飛燕，黄姑織女時相見。」後借指親友分隔者。賈島《送路》：「别我就蓬蒿，日斜飛伯勞。」「春生」句：蓋謂詩情勃興不暇筆録。摇毫：握筆書寫。

〔六〕「歸來」二句：準擬：準備；料想。韓愈《北湖》：「應留醒心處，準擬醉時來。」扶頭醉：醉貌。亦謂醉倒。白居易《早飲湖州酒寄崔使君》：「一榼扶頭酒，泓澄瀉玉壺。」宋王禹偁《回襄陽周奉禮同年因題紙尾》：「扶頭酒好無辭醉，縮項魚多且放饞。」宋釋德洪《次韵蘇通判觀牡丹》：「東風背立知誰家，扶頭醉韵中流霞。」三丈高：泛言甚高。司馬光《早朝書事》：「太白明如李，東方三丈高。」蘇轍《種松》：「他年期汝三丈高，獨立仙翁毛髮緑。」

〔七〕「君家」二句：鼻祖：始祖。《漢書·揚雄傳上》：「有周氏之蟬嫣兮，或鼻祖于汾隅。」顔師古注：「雄自言系出周氏而食采于揚，故云始祖于汾隅也。」元好問《濟南廟中古檜同叔能賦》：「瀨鄉留耳孫，闕里傳鼻祖。」大范老：即范雍。仲淹曾禦西夏。事詳《宋史》本傳，兹不贅。孔平仲《孔氏談苑·軍中有范、西賊破膽》：「賊聞之曰：『無以延州爲意。今小范老子腹中有數萬甲兵，不比大范老子可欺也。』戎人呼知州爲『老子』，大范謂雍也。」朱熹《五朝名臣言行録》卷七《參政范文正公仲淹》採之。陸游《老學庵筆記》卷一：「予在南鄭，見西陲俗謂父爲『老子』，雖年十七八，有子亦稱『老子』，乃悟西人所謂『大范老子、小范老子』，蓋尊之以爲父也。」范雍（九七九—一〇四六）：字伯純。河南人。真宗咸平三年進士，補洛陽縣主簿，累官河南通判。黄河决滑州，充京東路轉運副使，平水患。拜樞密副使，遷給事中。玉清昭應宫火灾延燎幾盡，抗言勿葺，以息天下之力。累官知永興軍，匿詔修城，后西夏兵至邠、岐間，而永興獨不憂。官終禮部尚書。卒謚忠獻。《宋史》卷二八八有傳。李曾伯《代襄閫宴新除史制卿樂語口號》：「一從棋折佐籌帷，凛凛威名塞漢知。大范老今歸去矣，小申公爲易新之。」賀蘭：賀蘭山，在河北邯鄲磁縣西北，南宋抗金戰場，岳飛曾駐此練兵。威鳳：鳳凰爲瑞鳥，舊説以有威儀，故名。《關尹子・九藥》：「威鳳以難見爲神，是以聖人以深爲根。」謝朓《隋王鼓吹曲十首》三《鈞天曲》：「威鳳來參差，玄鶴起凌亂。」劉禹錫《樂天寄洛下新詩兼喜微之欲到因以抒懷也》：「微之從東來，威鳳鳴歸林。」

〔八〕「文采」二句：「文采」句：杜甫《丹青引贈曹將軍霸》：「英雄割據雖已矣，文采風流今尚存。」元幹化用之。文采風流：謂才華横溢，風度瀟灑。耳孫：玄孫之曾孫，即八世孫。又曰仍孫。因去高曾祖父遠，但能耳聞而已，故稱。冰清：喻德行高潔。《東觀漢記・樊準傳》：「樊準字幼陵，爲别駕從事，臨職公正，不發私書，世稱冰清。」唐皎然《送烏程李明府得陟狀赴京》：「士林推玉振，公府薦冰清。」

〔九〕「名姓」二句：名姓：姓名，實謂名譽。老變：老而變衰。蘇軾《和陶神釋》：「二子本無我，其初因物著。豈惟老變衰，念念不如故。」宋釋德洪《夜歸示卓道人》：「心知家本住仇池，傲睨人間老變衰。」

〔一〇〕「看君」二句：上封事：臣下上書言事，皂囊緘封章奏以進，藉防泄漏，謂之「上封事」。劉禹錫《蘇州謝恩賜加章服表》：「務進者争先，上封者潛毁。功言易信，孤憤難申。」史浩《送王嘉叟編修倅洪州》：「匹馬從軍游，叫閽上封事。」銘鼎鐘：銘文於鐘鼎。古於鐘鼎鑄刻銘文以旌有功者。《三國志·魏書·陳思王植傳》：「每覽史籍，觀古忠臣義士，出一朝之命，以徇國家之難，身雖屠裂，而功銘著于鼎鐘，名稱垂于竹帛，未嘗不拊心而嘆息也。」宋劉摯《題致政朱郎中适園林》：「生涯適意最難事，安用勛業銘鼎鐘。」

圓通秀禪師送遜公首座赴明水請元豐二年也，遜乃閩清黄氏子〔一〕

卷衲和雲離五老，派分三峽濟臨川〔二〕。興波作浪從風鼓，莫學世流空度緣〔三〕。

【箋注】

〔一〕圓通秀禪師、遜公首座：其人俱不詳。首座：寺僧資望較高且輔於方丈者。《慈明禪師語録》：「先是汾陽預語首座：『非久有異僧至，傳持吾道。』」明水：屬四川。閩清：屬福建。

〔二〕「卷衲」二句：五老：廬山五老峰。五峰形如五老人並肩聳立，故稱。李白《登廬山五老峰》：「廬山東南五老峰，青天削出金芙蓉。」臨川：屬江西。

〔三〕「興波」二句：「興波」句：白居易《郡齋暇日憶廬山草堂兼寄二林僧社三十韵多叙貶官已來出

處之意》：「正從風鼓浪，轉作日銷霜。」黃庭堅《南山羅漢贊十六首》六：「無明風起作浪波，方會如來同覺海。」世流：時世流俗事態。唐龐藴《詩偈》一百十六：「身隨世流心不流，夜來眼睡心不睡。」空度緣：不甚可解。疑指爲度而度而言。按，二句蓋謂姑且聽由風作波浪，自有主張不可喪失，必得真有緣人度之而後可也。

伽陀二首送了可首座歸四明〔一〕

净因曾識楷山東，擔板因緣古佛風〔二〕。後代兒孫仰孤硬，能超五位見芙蓉〔三〕。

問訊天童今老子，偶同庚甲事如何〔四〕？他時要向山中去，容我一菴遮薜蘿〔五〕。

【箋注】

〔一〕伽陀：亦作「伽他」。即偈。梵語、巴利語之音譯。佛經中贊頌之詞，亦名句頌、孤起頌、不重頌等。參閲《翻譯名義集·十二分教》。了可首座：不詳。四明：舊寧波府，以境内有四明山得名。

〔二〕「净因」二句：净因：佛緣。唐慧能《自性真佛解脱頌》：「淫性本是清净因，除淫即無净性身。」唐盧綸《洛陽早春憶吉中孚校書司空曙主簿因寄清江上人》：「年來百事皆無緒，唯與湯師結净因。」曾識楷山東：不詳。擔板因緣：禪師指拘執一邊不知兼顧統觀之人曰「擔板漢」，又曰「睦州擔板漢」，謂被睦州所責也。《景德傳燈録》卷十二《前洪州黄檗山希運禪師法嗣·陳尊宿》：「初居睦州龍興寺，晦迹藏用，常製草屨密置於道上，歲久人知，乃有『陳蒲鞋』之號焉。時有學人叩激，隨問遽答，詞語峻險。既非循轍，故淺機之流往往嗤之，唯玄學性敏者欽伏，由是諸方歸慕，謂之『陳尊宿』。……師尋常或見衲僧來即閉門，或見講僧乃召云『座主』，其僧應諾，師云：『擔板漢。』」後遂成典實，流傳道俗。宋釋守卓《睦州擔板》：「腦後與一錐，頭頭墮坑坎。直饒唤不迴，也是虚擔板。休擔板，透過睦州關，乾坤一隻眼。」宋釋從瑾《偈頌二十五首》：「睦州擔板漢，從來見一邊。淺深三尺水，上下兩重天。」蓋謂蓋人負板而行，必障一邊，不得兩邊皆見，因此執著，遂妨圓照而失中道。《佛果圜悟真覺禪師心要》：「椎拂之下，開發人天，俾透脱生死，豈小因緣。應恬和詞色，當機接引勘對，辨其由來，驗其存坐，攻其所偏墜，奪其所執著，直截指示，令見佛性，到大休大歇安樂之場。所謂抽釘拔楔，解黏去縛，切不可將實法繫綴人，令如是住如是執，勿受別人移倒，此毒藥也。令渠喫著一生，擔板賺誤，豈有利益耶？」所言最爲明晰。「擔板賺誤」，略同死板舛誤。擔板：當時口語。黄庭堅《送昌上座歸成都》：「箇是江南五味禪，更往參尋莫擔板。」按，句謂了可首座知巧妙接引，是有高僧之風也。

〔三〕「後代」二句：後代兒孫：傳法之人。兒孫：《佛果圜悟真覺禪師心要》：「今既作其兒孫，須存它種草。」五位：即曹洞五位。曹洞宗洞山良价禪師爲廣接諸根有緣而開五位，創此禪法。借《易經》卦爻而來，以陰陽二爻擬君臣，配合變化，更圖爲黑白之圜，得「正中偏、偏中正、正中來、偏中至、兼中到」，而有種種闡述。可參《佛學大辭典》。仰孤硬：蓋謂持心堅忍。芙蓉：芙蓉禪師，宋左街十方浄因禪院禪師道楷。《五燈會元》卷十四：「東京天寧芙蓉道楷禪師……大觀初……即賜紫方袍，號定照禪師。內臣持敕命至，師謝恩竟……於是修表具辭。復降旨京尹堅俾受之。師確守不回，以拒命坐罪……乃恬然就刑，而行從之者如歸市。及抵淄川，僦居，學者愈親。明年冬，敕令自便。庵於芙蓉湖心，道俗川湊。」見芙蓉，蓋謂證得超生死之知見也。《五燈會元》卷十四「（徽宗政和）八年五月十四日，索筆書偈，付侍僧曰：『吾年七十六，世緣今已足。生不愛天堂，死不怕地獄。撒手橫身三界外，騰騰任運何拘束。』移時乃逝。」其辭世偈如此，元幹蓋隱以應之，所以勉勵了可禪師也。

〔四〕「問訊」二句：天童老子：天童正覺禪師。天童：四明天童禪寺，始建於晉朝。老子：老人，尊之之辭。《三國志・吳書・甘寧傳》「寧益貴重，增兵二千人」，裴松之注引晉虞溥《江表傳》：「因夜見權，權喜曰：『足以驚駭老子否？』」「老子」，猶今言老頭兒，指曹操。此則爲戲稱。庚甲：舊時星命家據人出生年月日時干支配合之八字推算命運，謂之庚甲。宋岳珂《桯史・大小寒》：「又爲日者，弊帽持扇過其旁，遂邀使談庚甲，問以得禄之期。」

〔五〕「他時」二句：遮薜蘿：以薜荔、女蘿蔭覆己身。《楚辭·九歌·山鬼》：「若有人兮山之阿，被薜荔兮帶女蘿。」王逸注：「女蘿，兔絲也。言山鬼仿佛若人，見于山之阿，被薜荔之衣，以兔絲爲帶也。」後藉指隱者或高士之服。《南齊書·高逸傳·宗測》：「量腹而進松朮，度形而衣薜蘿。」按，二句謂己亦有參禪之志。

病起枕上口占三絶句，奉呈公實嶠之賢伯仲一笑〔一〕

天上寶囊無盡藏，向來密賜被先王〔二〕。自憐門下老賓客，燕寢飽曾聞妙香〔三〕。

素馨茉莉及玫瑰，清馥渾同雪裹梅〔四〕。六入不分初病起，眼前欠此共裴回〔五〕。

海外緑洋來萬里，齊驅黎母鷓鴣斑〔六〕。肯分種種篋中富，不用公家金博山〔七〕。

【箋注】

〔一〕三篇皆談香事。唯本事不可考見。

〔二〕「天上」二句：天上寶囊：天子所賜香囊。無盡藏：佛教語。謂佛德廣大無邊，作用於萬物，無窮無盡。《大乘義章》十四：「德廣難窮，名爲無盡。無盡之德苞含曰藏。」泛指事物之取用無窮者。蘇軾《前赤壁賦》：「惟江上之清風，與山間之明月，耳得之而爲聲，目遇之而成色，是造物者之無盡藏也。」「向來」句：言夙以受知先王。密賜被先王：《漢官儀》卷上載，漢桓帝時，侍中乃存年老口臭，上出雞舌香與含之。雞舌香即丁香。其後凡尚書上殿奏事，口含此香。《初學記》卷一一引《漢官儀》：「尚書郎含雞舌香伏奏事，黄門郎對揖跪受，故稱尚書郎懷香握蘭，趨走丹墀。」後遂用爲見知於天子之典。劉禹錫《郎州竇員外見示與澧州元郎中郡齋贈答長句二篇因而繼和》：「新恩共理犬牙地，昨日同含雞舌香。」蘇軾《景純復以二篇仍次其韵》：「蟾枝不獨同攀桂，雞舌還應共賜香。」按，二句美對方之得先王賞遇也。

〔三〕「自憐」二句：燕寢：見前《葉少藴生朝》注二一。按，二句謂己亦蒙對方賞識親愛也。

〔四〕「素馨」二句：素馨：原産印度，常緑喬木，性畏寒，秋則作花，色白而芳香。宋吴曾《能改齋漫録・方物》：「嶺外素馨花，本名耶悉茗花，叢脞幺麽，似不足貴。唯花潔白，南人極重之，以白而香，故易其名。」元幹《青玉案・生朝》二：「素馨風味，碎瓊流品，别有天然處。」蓋當時常物。玫瑰：玫瑰花。按玫瑰本寶石名，《説文》云「火齊珠」，《尸子》卷下：「楚人賣珠於鄭者，爲木蘭之櫝，薰以桂椒，綴以玫瑰。」《文選・司馬相如〈子虚賦〉》：「其石則赤玉玫瑰。」李善注引晉灼曰：「玫瑰，火齊珠也。」此則花名。落葉灌木名。似薔薇，枝密有刺，花紫紅或白，其香頗濃。温庭筠《握柘詞》：「楊柳縈橋緑，玫瑰拂地紅。」然或謂與今世流行之西洋玫瑰未必相同。清馥：清香。宋江緯《和李處勸題萃清閣》：「林泉無俗韵，松檜有清馥。悠然夢幻身，忍把利名束。」渾同：全同。宋郭印《再和四首》四：「日車難把長繩挽，春事渾同去水流。」雪裏梅：雪中梅香。喻其珍貴。唐崔日用《奉和人日重宴大明宫恩賜綵縷人勝應制》：「曲池苔色冰前液，上苑梅香雪裏嬌。」宋舒亶《和石尉早梅二首》二：「短笛樓頭三弄夜，前村雪裏一枝香。」

〔五〕「六入」二句：六入：佛教語。謂六根（眼、耳、鼻、舌、身、意）爲内六入，六塵（色、聲、香、味、觸、法）爲外六入；六根、六塵互相涉入，即眼入色，耳入聲，鼻入香，舌入味，身入觸，意入法，而生六識。《文選・王中〈頭陁寺碑文〉》：「氣茂三明，情超六入。」李善注：「《維摩經》曰：六入無積，眼耳鼻舌身心已過。」此泛指人之官能。舊謂六根失序則人感疾病。共裴回：即共徘徊，友朋相聚。

〔六〕「海外」二句：緑洋：緑洋香。真臘所出名香。明周嘉胄《香乘》卷一《香品》引宋葉廷圭《南番香録》：「沈香所出非一，真臘者爲上，占城次之，渤泥最下。真臘之香又分三品，緑洋極佳，三濼次之，勃羅間差弱。」元好問《從希顔覓篤耨香》一：「緑洋奇亦賽濃梅，永憶熏爐試淺灰。尤物也知人愛惜，簾篩風動只縈回。」即以此物比南美之篤耨香。齊驅：并肩驅馳。喻才力相等。唐張説《讓兵部尚書平章事表》：「臣頗與二子齊驅，然校德考年，彼皆有一日之長。」黎母鷓鴣斑：海南名香。黎母：黎母山，即五指山。范成大《桂海虞衡志・志蠻・黎》：「海南四郡塢，土蠻也。塢直雷州，由徐聞渡，半日至。塢之中有黎母山，諸蠻環居四傍，號黎人。」地蓋産名香。清陸次雲《峒溪纖志》：「相傳太古之時，雷攝一卵至山中，遂生一女。歲久，有交阯蠻過海採香者，與之相合，遂生子女，是爲黎人之祖。因名其山曰黎母山。」鷓鴣斑：香名。《桂海虞衡志·志香》：「鷓鴣斑香，亦得之於海南沈水、蓬萊及絶好箋香中。槎牙輕鬆，色褐黑而有白斑點點，如鷓鴣臆上毛，氣尤清婉似蓮花。」「臆上毛」，前胸羽毛。黄庭堅《惠江南帳中香者戲答六言》二：「螺甲割崑崙耳，香材屑鷓鴣斑。」按，二句謂外洋奇香，堪同我國所産者媲美也。

〔七〕「肯分」二句：肯分：若肯分與。以假設語，擬求乞意，實稱彼家所蓄之富也。篋中富：箱篋中所蘊珍寶。韓愈《送文暢師北遊》：「開張篋中寶，自可得津筏。」宋鄭剛中《傅經幹以所業一編出示戲贈一絶》：「萬里一身同影到，自餘無物與偕來。篋中驟富人休怪，新得明珠十一枚。」自注：「所惠詩文大小十一篇。」元幹指對方多藏諸名香也。金博山：銅熏爐。銅製，其體鑄爲層疊山巒狀。鮑照《擬行路難》之二：「洛陽名工鑄爲金博山，千斲復萬鏤，上刻秦女携手仙。」唐劉復《夏日》：「銀瓶綆轉桐花井，沈水烟銷金博山。」按，二句謂若分得名香自燃之，則無須往彼府上奉擾，此所謂「戲」也，結末應題。

題忠上人墨梅〔一〕

寒梢的皪點昏鴉，雪後風前皎月華〔二〕。結習未除羞老眼，更看淡墨幻空花〔三〕。

【箋注】

〔一〕忠上人：不詳。

〔二〕「寒梢」二句：寒梢的皪：寒枝鮮明，文人摹寒梅恒用之。宋韓元吉《暉仲惠梅花數枝》二：「莫問南枝與北枝，幽香先與小春期。直從的皪寒梢數，看到飄零似雪時。」宋袁説友《題陳日華二友堂》：「料君捧詔還朝日，老蓋寒梢應的皪。」寒梢：寒枝。的皪：鮮明貌。左思《魏都賦》：「丹藕淩波而的皪，緑芰泛濤而浸潭。」昏鴉：寒鴉。烏鴉停枝不動，有如昏昏沈默。杜甫《對雪》：「無人竭浮蟻，有待至昏鴉。」司馬光《和君貺任少師園賞梅》：「昏鴉散亂傳呼出，歸路林間燭影斜。」雪後風前：賦梅常語。唐鄭述誠《華林園早梅》：「曉日東樓路，林端見早梅……素彩風前豔，韶光雪後催。」宋舒亶《和石尉早梅二首》一：「相思誰向風前寄，更晚那辭雪後芳。」

〔三〕「結習」二句：結習未除：習慣積久難除。多用爲自謙語。《維摩經·觀衆生品》：「時維摩詰室有一天女，見諸大人，聞所説法，便現其身，即以天華散諸菩薩大弟子上。華至諸菩薩，即皆墮落，至大弟子便著不墮……結習未盡，華著身耳，結習盡者，華不著也。」空花：亦作「空華」，雪花。宋洪朋《喜雪》：「漫天乾雨紛紛暗，到地空花片片明。」又爲佛教語，指隱現于眼病中之繁花狀虚影。喻紛繁妄想以及諸假相。《楞嚴經》卷四：「亦如翳人，見空中華；翳病若除，華于空滅。忽有愚人，于彼空華所滅空地，待華更生；汝觀是人，爲愚爲慧？」南朝梁蕭統《講解將畢賦》：「意樹發空花，心蓮吐輕馥。」按，二句謂己不免對畫圖而生幻想舊習，猶從淡墨而仿佛見雪花——此以實爲虚，兼括所謂禪意也。

岷山萬松圖

疊嶂連娟入翠微，喬松蔽日有孫枝〔一〕。江流不盡松聲遠，雲棧行人力困時〔二〕。

【箋注】

〔一〕「疊嶂」二句：疊嶂：峰巒重疊者。梁武帝《直石頭》：「夕池出濠渚，朝雲生叠嶂。」連娟：卷曲纖細貌。《史記·司馬相如列傳》：「長眉連娟，微睇綿藐。」索隱引郭璞曰：「連娟，眉曲細也。」蘇軾《王晉卿作烟江疊嶂圖僕賦詩十四韵晉卿和之語特奇麗因復次韵不獨紀其詩畫之美亦爲道其出處契闊之故而終之以不忘在莒之戒》：「欲將巖谷亂窈窕，眉峰修嫮誇連娟。」翠微：山色濃深貌。《爾雅·釋山》：「未及上，翠微。」郭璞注：「近上旁陂。」郝懿行義疏：「翠微者……蓋未及山頂孱顔之間，葱郁葐蒀，望之谸谸青翠，氣如微也。」李白《贈秋浦柳少府》：「摇筆望白雲，開簾當翠微。」孫枝：新枝。此以人爲喻而成語。《太平御覽》卷九五六引漢應劭《風俗通》：「梧桐生於嶧山陽巖石之上，採東南孫枝爲琴，聲甚清雅。」蘇軾《次韵子由送千之侄》：「江上松楠深復深，滿山風雨作龍吟。年來老幹都生菌，下有孫枝欲出林。」

〔二〕「江流」二句：江流不盡：畫圖中有江水蜿蜒也。梅堯臣《金陵有美堂》：「江流不盡月不死，寒浪素影東西翔。」松聲遠：對畫圖想象風過松林之響悠悠而來。宋許棐《題趙子固春山上寺圖》：「風遞松聲遠，雲連草色閑。」雲棧：棧道懸於半空者，喻其形勢之險。白居易《長恨歌》：「黄埃散漫風蕭索，雲棧縈紆登劍閣。」宋李質《艮岳賦》：「險羊腸於九折，昇雲棧而心驚。」

江梅

密雪飛花萬木僵，南枝的皪待朝陽〔一〕。還知百果輸先手，政爲孤根壓衆芳〔二〕。

【箋注】

〔一〕「密雪」二句：萬木僵：極言寒冷。南枝的皪：賦梅恒語。蓋言梅枝向南者稍温而先發也。宋郭印《次韵探梅二絶》一：「淡妝曾記出疏籬，歲晚南枝的皪稀。」宋李洪《聽雨軒四首》四：「不覺哦詩成獨立，南枝的皪露春機。」的皪：鮮明貌。待朝陽：宋祁《殘月》：「陰光隨落宿，有意待朝陽。」

〔二〕「還知」二句：謂終見他花不及梅之先得春意也。百果：亦即百花。花、果相對，此以格律故曰「果」。白居易《東坡種花二首》一：「持錢買花樹，城東坡上栽。但購有花者，不限桃杏梅。百果參雜種，千枝次第開。」輸先手：處於落後之勢。先手，先下手取得主動權。孤根：本謂孤獨無依或孤獨無依者。張九齡《叙懷》：「孤根亦何賴？感激此爲鄰。」范仲淹《依韵酬府判龐醇之見寄》：「直節羨君如指佞，孤根憐我異凌霄。」此指江梅單株獨立。壓衆芳：喻出衆。

宋韓琦《牡丹二首》二：「青帝恩偏壓衆芳，獨將奇色寵花王。」宋李綱《梅花二首》一：「寒梅昨夜洩春光，標格依然壓衆芳。」

菊

秋風著意菊叢黄，不怕東籬五夜霜〔一〕。曾記南陽飲潭水，要令道骨合仙方〔二〕。

【箋注】

〔一〕「秋風」二句：東籬：陶潛《飲酒》五：「采菊東籬下，悠然見南山。」後因以指種菊之處。楊炯《庭菊賦》：「憑南軒以長嘯，坐東籬而盈把。」五夜霜：天明前之霜氣。五夜：即五更。《文選·陸佐公〈新刻漏銘〉》：「六日無辨，五夜不分。」李善注引《漢舊儀》：「晝夜漏起，省中用火，中黄門排五夜。五夜者，甲夜、乙夜、丙夜、丁夜、戊夜也。」唐沈佺期《和中書侍郎楊再思春夜宿直》：「千廬宵駕合，五夜曉鐘稀。」

〔二〕「曾記」二句：飲潭水：《後漢書·鄧張徐張胡列傳·胡廣》：「胡廣……靈帝立，與太傅陳蕃參録尚書事，復封故國。以病自乞。會蕃被誅，代爲太傅，總録如故。時年已八十，而心力克壯。」李賢注引盛弘之《荆州記》曰：「菊水出穰縣。芳菊被涯，水極甘香。谷中皆飲此水，上壽百二十，七八十者猶以爲夭。太尉胡廣所患風疾，休沐南歸，恒飲此水，後疾遂瘳，年八十二薨。」古人以爲餐菊有養生之用。楊萬里《李聖俞郎中求吾家江西黄雀醢法戲作醢經遺之》：「渴飲南陽菊潭水，饑啄藍田粟玉芝。」道骨：修道之軀體。王昌齡《就道士問〈周易參同契〉》：「嗟余無道骨，發我入太行。」

桂井

移根一户蟾光溢，分派銀河地脈靈〔一〕。定與蘇仙雙橘井，他年續入酈元經〔二〕。

【箋注】

〔一〕「移根」二句：移根：遷種。庾信《枯樹賦》：「昔之三河徙植，九畹移根，開花建始之殿，落葉睢陽之園。」蟾光：月光。南朝梁蕭統《錦帶書十二月啓·太簇正月》：「飄飄餘雪，入簫管以成歌；皎潔輕冰，對蟾光而寫鏡。」皎然《溪上月》：「蟾光散浦溆，素影動淪漣。」「分派」句：意謂此地得天地之靈氣也。分派銀河：言從銀河得分支流。地脈：地下水。唐孟雲卿《放歌行》：「地脈日夜流，天衣有時掃。」唐鮑溶《題吴徵君巖居》：「地脈發醴泉，巖根生靈芝。」

〔二〕「定與」二句：「定與」句：謂定將與蘇仙公「橘井」爲雙也。蘇仙橘井：舊題葛洪《神仙傳・蘇仙公》云，蘇仙公得道，且仙去，謂母曰：「明年天下疾疫，庭中井水，簷邊橘樹，可以代養。井水一升，橘葉一枚，可療一人。」來年果有疾疫，遠近悉求其母治療，皆得井水及橘葉而癒。杜甫《入衡州》：「門闌蘇生在，勇鋭白起强……橘井舊地宅，仙山引舟航。」自注「蘇生，侍御涣」，正以蘇仙公相比也。酈元經：酈道元《水經注》。

艅艎齋〔一〕

人間日日有風波，不繫虚舟奈若何〔二〕？袖取平生濟川手，行藏終與爾同科〔三〕。

【箋注】

〔一〕艅艎齋：不詳。艅艎：吴王大艦名。後泛稱巨艦。晋郭璞《江賦》：「漂飛雲，運艅艎。」唐陸龜蒙《自遣詩》四：「長鯨好鱠無因得，乞取艅艎作釣舟。」

〔二〕「人間」二句：不繫舟：喻自由而無所牽挂。《莊子・列禦寇》：「巧者勞而知者憂，無能者無所求，飽食而敖遊，汎若不繫之舟，虛而敖遊者也。」白居易《適意》一：「豈無平生志，拘牽不自由。一朝歸渭上，泛如不繫舟。」虛舟：喻人事飄忽，播遷無定。高適《同薛司直諸公秋霽曲江俯見南山作》：「片雲對漁父，獨鳥隨虛舟。」

〔三〕「袖取」二句：袖手：藏手於袖，謂不能或不欲與事。《晉書・庾敳傳》：「參東海王越太傅軍事，轉軍諮祭酒。時越府多儁異，敳在其中，常自袖手。」陸游《書憤》二：「關河自古無窮事，誰料如今袖手看。」牢騷語，元幹意近似。濟川：渡河。語出《尚書・説命上》：「爰立作相，王置諸其左右。命之曰：『朝夕納誨，以輔台德。若金，用汝作礪；若濟巨川，用汝作舟楫。』」後多以喻輔佐帝王。唐獨孤及《庚子歲避地至玉山酬韓司馬所贈》：「已無濟川分，甘作乘桴人。」行藏：見前《建炎感事》注二八。同科：方法、模樣一致。《論語・八佾》：「爲力不同科，古之道也。」何晏集解引馬融曰：「爲力，力役之事，亦有上中下，設三科焉，故曰不同科。」《魏書・食貨志》：「賦税齊等，無輕重之殊；力役同科，無衆寡之别。」按，二句謂姑且漠視世事，而雙方人生態度彼此一致，皆牢騷之甚，故爲反語。

麥秋亭〔一〕

東坡喜雨事如此，吾舅名亭思不群〔二〕。不問兩岐何許秀，且看十頃卷黄雲〔三〕。

【箋注】

〔一〕麥秋亭：不詳。

〔二〕「東坡」二句：喜雨：蘇軾有《喜雨亭記》，膾炙人口。喜雨亭，在陝西鳳翔府城東北。軾嘉祐六年簽判鳳翔，明年作此記。吾舅：向子諲，字伯恭，元幹舅父。《苕溪漁隱叢話前集》卷五十四：「向伯恭，仲宗之舅也。」名亭：爲亭子命名。思不群：見解超倫；志願非凡。杜甫《春日憶李白》：「白也詩無敵，飄然思不群。」宋朱翌《雨止讀陶詩有感》：「涓涓泉溜木欣欣，便覺居閑思不群。」

〔三〕「不問」二句：兩岐：一莖二穗，古人以爲祥瑞。《後漢書·張堪傳》：「拜漁陽太守……乃於狐奴開稻田八千餘頃，勸民耕種，以致殷富。百姓歌曰：『桑無附枝，麥穗兩岐。張君爲政，樂不可支。』」唐吕温《道州觀野火》：「遍生合穎禾，大秀兩岐麥。」卷黄雲：謂麥熟如雲捲。喻麥秋之景。

題獨愛軒〔一〕

此君風味極不淺，户外俗人來未曾〔二〕。老石寒藤同一笑，我知公是在家僧〔三〕。

【箋注】

〔一〕獨愛軒：未詳。獨愛：韋應物《對新篁》：「清晨止亭下，獨愛此幽篁。」釋德洪《華光仁老作墨梅甚妙爲賦此》：「笑笑先生獨愛竹，雪壁風梢麝煤掃。」

〔二〕「此君」二句：此君風味：竹之精神。宋賀鑄《題承天寺竹軒》：「赤日黄塵畏途裏，此君風味可能忘。」宋鄭剛中《對竹》：「勞生分素定，大患天所辱。時於塵埃中，許我對修竹。此君風味高，瘦骨不生肉……細響侑孤斟，洗却一生俗。」陸游《即席四首》三：「今朝林下煨苦筍，更覺此君風味高。」皆言竹。「户外」句：謂無俗人來擾。來未曾：不曾來。蘇軾《於潛僧緑筠軒》：「可使食無肉，不可使居無竹。無肉令人瘦，無竹令人俗。人瘦尚可肥，俗士不可醫。」

〔三〕「老石」二句：同一笑：謂相與友愛知賞。在家僧：謂不出家而謹守戒律者。蘇軾《和黄魯直食筍次韻》：「一飯在家僧，至樂甘不壞。」黄庭堅《謝楊履道送銀茄》三：「戎州夏畦少蔬供，感君來飯在家僧。」許尹注：「《集福德三昧經》曰：『若有菩薩作是三昧，雖在家，當説是人名爲出家。』山谷持律頗嚴，故自謂在家僧。」此言竹品格之堅貞。按，二句謂竹與老石寒藤爲伍，仿佛人之不出家而守戒律然也。

寄題悠然閣三絶句

林端結閣小躋攀，四面嵐光繞曲欄〔一〕。佛法本來南北異，箇中北望見南山〔二〕。此閣面北却有南山景。

登臨巧處屬僧家，隨分生涯度歲華〔三〕。莫待藤蘿滿山月，時來倚杖數昏鴉〔四〕。

誰標此閣作悠然，萬事無非信手拈〔五〕。參得東籬把菊意，不妨老遠引陶潛〔六〕。

【箋注】

〔一〕「林端」二句：躋攀：登攀。杜甫《白水縣崔少府十九翁高齋三十韵》：「清晨陪躋攀，傲睨俯峭壁。」嵐光：山間霧靄，經日光照射而作七彩。李紳《若耶溪》：「嵐光花影繞山陰，山轉花稀到碧璕。」

〔二〕「佛法」二句：「佛法」句：疑指禪宗有南頓北漸之派别。箇中：此中。寒山《詩》二五五：「若得箇中意，縱横處處通。」見南山：陶潛《飲酒》五：「采菊東籬下，悠然見南山。」北望見南山，則非因南望，此超越經驗之感受，所謂禪意斯在。

〔三〕「登臨」二句：隨分生涯：依據本性、適應本心之生活。宋謝逸《王立之寄書言其子阿宜漸學作詩及問余稚子夢玉安否作詩奉戲》：「求田問舍是何時，隨分生涯可樂飢。」宋周銖《鶩山溪》：「家住十洲西，算隨分、生涯自好。」隨分：《文心雕龍·鎔裁》：「謂繁與略，隨分所好。」今人周振甫注：「隨分所好，跟著作者性分的愛好。分，性分，天性，個性。」

〔四〕「莫待」二句：藤蘿月：月色籠罩之藤蘿。杜甫《秋興八首》二：「請看石上藤蘿月，已映洲前蘆荻花。」宋汪藻《宿上方院》：「藤蘿月不到，鐘磬寒愈清。」藤蘿：紫藤通稱。亦泛指植物有匍匐莖及攀援莖者。楊炯《群官尋楊隱居詩序》：「寒山四絶，烟霧蒼蒼；古樹千年，藤蘿漠漠。」倚杖數昏鴉：散漫自在貌。宋李石《山亭三首》三：「柴門何所待，倚杖數昏鴉。」

〔五〕「誰標」二句：標：題名。信手拈：即信手拈來。蘇軾《次韵孔毅父集古人句見贈五首》三：「前生子美只君是，信手拈得俱天成。」

〔六〕「參得」二句：老遠引陶潛：謂廬山慧遠與陶潛爲塵外之交。老遠：猶言「遠老」，尊而親之之辭。按，慧遠與陶之交往，今所知多傳説，事實已不能詳。元幹此處只牽就題目「悠然」而敷衍成文，不必以爲確指也。

跋趙唐卿所藏訪戴圖〔一〕

萬壑千巖一剡溪，漫天雲凍雪風飛〔二〕。人踪鳥迹俱沉絶，獨有扁舟興盡歸〔三〕。

王孫胸次足丘壑，幻出山陰訪戴圖〔四〕，草屋柴扉閉風雨，客來空去得知無〔五〕。

【箋注】

〔一〕趙唐卿：趙汝仿，字唐卿，太宗八世孫，居晉江。紹興初，與父善新、弟汝契同舉進士，郡守表曰「三秀」。歷官通判德慶府，築堤障晉康江，三十里瀕江之田，遂稱上腴。改知賓州，築城覆之以屋，居民舊江汲，爲鑿七井於城中，民甚便之。按，此兩篇一論圖，一論人，秩序井然。

〔二〕「萬壑」二句：萬壑千巖：極言畫中山巒之重疊繁複。南朝宋鮑照《登廬山詩二首》一：「千巖盛阻積，萬壑勢回縈。」唐玄宗《過大哥山池題石壁》：「澄潭皎鏡石崔巍，萬壑千巖暗綠苔。」

〔三〕「人踪」二句：此實化用柳宗元《江雪》：「千山鳥飛絶，萬徑人踪滅。孤舟蓑笠翁，獨釣寒江雪。」言雪景之寂静。興盡歸：「訪戴」故事，所謂「乘興而行，興盡而返，何必見戴？」見前《冬夜有懷柯田山人四首》注五。

〔四〕「王孫」二句：「王孫」句：黄庭堅《題子瞻枯木》：「胸中元自有丘壑，故作老木蟠風霜。」元幹實遵用之。王孫：趙乃宗室，是真王孫。胸次足丘壑：宋王洋《乙酉閏八月二十一日出南城遊峴山壁間讀東坡詩感而有作》：「平生丘壑胸次間，長情自恨無時閑。」宋饒節《青原臺詩》：「五馬胸中足丘壑，駐車決遣有餘樂。」元幹語同。「幻出」句：此句蓋題畫成式，自宋以後，人累用之，不避重復，見前《墨菊》注三。幻出：變化而成。按，二句謂趙氣格非凡，乃能賦高尚於畫圖，仿佛從胸懷間幻化而來者。

〔五〕「草屋」二句：草屋柴扉：貧者或高士所居，猶言陋室。唐顔萱《過張祜處士丹陽故居》：「柴扉草屋無人問，猶向荒田責地征。」客來空去：即訪戴故事，重應題。猶言「客空來去」也。得知無：猶言「知否、知否」，唐宋口語有之。白居易《即事重題》：「身穩心安眠未起，西京朝士得知無。」又《繡婦嘆》：「雖凭繡牀都不繡，同牀繡伴得知無。」宋楊備《層城觀》：「秋星如彈月如梳，宫妓香添乞巧爐。萬縷千針同一意，眼穿腸斷得知無。」按，二句解訪戴圖而更進一解，謂高人非但在來訪而瀟灑不拘之王，被訪之戴能從容塵世紛擾之外，亦自不凡；且客來彼此不見，二者之通脱乃其高尚處，無關知與不知也。

跋東坡木石〔一〕

玉局老仙天下人，平生愛與石傳神〔二〕。長江絶島風濤裏，千古常令墨色新〔三〕。

【箋注】

〔一〕東坡木石：蘇軾作《木石圖》。今傳本有《枯木怪石圖》，無款。據劉良佐、米芾題跋，以及宋人所記，美術史家或謂即蘇作。

〔二〕「玉局」二句：玉局老仙：蘇軾。軾曾提舉成都玉局觀，許任便居住。後人遂以「玉局」相稱，且不久即戲尊曰「玉局老仙」。宋謝薖有詩，題曰《送邑尉朱登仕告老歸華亭用玉局老仙寄王慶源韵》，即用軾《慶源宣義王丈以累舉得官爲洪雅主簿雅州户掾遇吏民如家人人安樂之既謝事居眉之青神瑞草橋放懷自得有書來求紅帶既以遺之且作》韵而作，則其以「玉局老仙」尊蘇至明。李綱《以墨戲歸志宏復有詩來次韵答之》：「玉局老仙人共許，秀骨于今已黄土。」亦以軾之能畫方人。老仙：老仙翁，蓋仙人皆有壽，故以老爲稱，敬辭也。唐皎然《寓興》：「天下（一作上）生白榆，白榆直上連天根。高枝不知幾萬丈，世人仰望徒攀援。誰能上天採其子，種向人問笑桃李。因問老仙求種法，老仙咍我愚不答。」天下人：才德非凡爲天下所尊之士。宋鄧肅《和謝吏部鐵字韵三十四首》三《紀德十一首》：「珍重謝公天下人，冷居林泉曾不嗔。」猶言「天下士」。《史記·魯仲連鄒陽列傳》：「始以先生爲庸人，吾乃今日知先生爲天下之士也。」高適《咏史》：「不知天下士，猶作布衣看。」「平生」句：謂蘇一生好爲奇石寫真傳神。蘇軾《題過所畫枯木竹石三首》一：「老可能爲竹寫真，小坡今與石傳神。山僧自覺菩提長，心境都將付卧輪。」其自言如此。傳神：謂繪畫寫其形貌傳其精神。《世説新語·巧藝》：「顧長康畫人，或數年不點目精。人問其故，顧曰：『四體妍蚩，本無關于妙處，傳神寫照，正在阿堵中。』」

〔三〕「長江」二句：長江絶島：唐名家小李將軍李思訓有《長江絶島圖》傳世，至宋真迹猶在。蘇軾乃爲之作詩，曰《李思訓畫〈長江絶島圖〉》：「山蒼蒼，水茫茫，大孤小孤江中央。崖崩路絶猿鳥去，惟有喬木攙天長。客舟何處來，棹歌中流聲抑揚。沙平風軟望不到，孤山久與船低昂。峨峨兩烟鬟，曉鏡開新粧。舟中賈客莫漫狂，小姑前年嫁彭郎。」絶島風濤裏，大孤山、小孤山、彭郎磯之屬，本皆孤嶼桀立江水之中。墨色新：唐韓偓《無題》：「茜袖啼痕數，香箋墨色新。」元幹此處默取其大意。按，二句蓋謂蘇畫木石，不啻「絶島」之具體而微，而彼乃反爲此增色，所以嘆美畫圖之能奪造化之功，此乃元幹詩心所在也。

題六代祖師畫像〔一〕

一葦浮江雙履歸，花開震旦共傳衣〔二〕。本來心印無文字，畫到盧能足是非〔三〕。

【箋注】

〔一〕六代祖師畫像：作者未詳。六代祖師：即禪宗南宗所主初祖菩提達摩及以下二祖慧可、三祖僧璨、四祖道信、五祖弘忍、六祖惠能。菩提達摩，南北朝禪僧，本南天竺人，屬婆羅門種姓，通徹大乘佛法，爲修習禪定者所宗。在嵩山創新禪法，經其弟子慧可等以下數代闡發，至惠能形成禪宗，以「教外别傳，不立文字」相標榜，更以頓悟成佛爲手段，以别於持漸悟説之神秀禪師一派，自名「南宗」。其修證之法簡單直捷，大爲僧俗所推。其法嗣神會禪師，弘闡南宗以爲正統，謂自達摩至惠能六代系一脉相承；繼得唐王朝認可，南宗禪法更大行其道，而「六代祖師」之名遂成定論。宋釋道寧《偈六十九首》四十九：「正法眼藏……三世諸佛，異口同宣。六代祖師，亞肩垂示。」宋釋正覺有《六代祖師畫像贊》六首，可參看。

〔二〕「一葦」二句：一葦浮江：即一葦渡江，禪宗達摩初祖故事。菩提達摩辭梁武帝而去建康，北過長江，折蘆葦一枝，浮而渡之。《佛祖統紀》卷三十七《法運通塞志第十七之四》略云：大通元年（五二七），南天竺菩提達摩泛海至廣州，詔入見（梁武）帝……帝不契，師遂渡江入魏。（自注：「圓悟（克勤）云：『後人傳折蘆渡江，未詳所出。』」）宋釋崇嶽《達摩贊》三：「一葦渡江，無處埋藏。」宋陳造《長蘆寺二首》一：「梁帝號用儒，顧有佞佛癖……矯矯隻履翁，談妙塵可析。冀上一言契，何意水投石。瓶錫翩然逝，北去甘面壁……至今利涉地，傳流何荒惚。渡江一葦爾，古今尚遺植……」浮江：渡江。杜甫《送韋書記赴安西》：「欲浮江海去，此別意蒼然。」宋劉攽《江南曲》：「輕舟浮江來，白露秋意早。」「花開」句：花開：喻教法弘闡。敦煌本《南宗頓教最上大乘摩訶般若波羅密經六祖慧能大師於韶州大梵寺施法壇經》述惠能大師言：「吾與汝誦先代五祖《傳衣付法頌》……第一祖達摩和尚頌曰：『吾本來唐國，傳教救迷情。一花開五葉，結果自然成。』」震旦：古印度人稱中國。《佛說灌頂經》卷六：「閻浮界内有震旦國。」王勃《益州德陽縣善寂寺碑》：「蛟臺蜃閣，俄交震旦之墟；月面星毫，坐照毗邪之國。」《翻譯名義集》云：「東方屬震，是日出之方，故云震旦。」或謂震旦、支那，皆言秦地。近人或云，「震」即秦，乃一聲之轉，「旦」，若所謂斯坦，譯義爲地，蓋言秦地耳。傳衣：即傳衣鉢。按：二句謂自達摩祖師北渡長江，禪宗遂大闡於中國，猶華之艷發然。

〔三〕「本來」二句：心印：猶言傳心之法，心者佛心，印者印可。《傳法正宗記》卷二：「夫心印者，蓋大聖人種智之妙本也；餘三昧者，乃妙本所發之智慧也。皆以三昧而稱之耳。心印即經所謂三昧王之三昧者也，如來所傳乃此三昧也。」無文字，禪宗提倡「教外別傳，不立文字」。《五燈會元》卷一《七佛·釋迦牟尼佛》：「世尊在靈山會上，拈花示衆。是時衆皆默然，唯迦葉尊者破顔微笑。世尊云：『吾有正法眼藏，涅槃妙心，實相無相，微妙法門，不立文字，教外別傳，付囑摩訶迦葉。』」丁福保《佛學大辭典》「拈花微笑」條説之甚詳，可參看。盧能：即慧能（六三八—七一三），通作「惠能」，中國禪宗第六祖，俗姓盧。參《宋高僧傳》等。足是非：意謂多生是非。《壇經·行由》：「五祖堂前，有步廊三間，擬請供奉盧珍畫《楞伽經》變相，及五祖血脉圖，流傳供養。」嗣後弟子神秀與惠能各呈「見性」之偈，遂生惠能受衣鉢爲六祖而禪宗分別南北宗等事。按，二句之意似不難曉。但前言「花開」，或正指五祖以下宗分南北而言。但以元幹個人經驗與事實論，則頓悟南宗禪法，始爲其所蘄向而親近者，則其未必欲指宗分南北爲「是非」。由此而言，若謂「足是非」乃足以是正天下種種修持之非，義亦可通。存疑待正。

吕公像〔一〕

巾裹唐裝本布衣，平生唯識一鍾離〔二〕。此中養得嬰兒就，世上行尸有許悲〔三〕！

秋空一劍岳陽樓，醉裏乾坤日夜浮〔四〕。五百年間興廢事，不知誰是赤松游〔五〕？

【箋注】

〔一〕呂公像：作者未詳。呂公，即呂巖（七九八—？），字洞賓，號純陽子。唐末道士。會昌間（八四一—八四六），兩舉進士不第，浪遊江湖，遇鍾離權授以丹訣，自謂得道，乃遊歷江淮兩湖兩浙間。後不知所終。

〔二〕「巾裹」二句：巾裹：頭巾。《新唐書・裴諗傳》：「（唐宣宗）取御奩果以賜，諗舉衣跽受。帝顧宮人，取巾裹賜之。」唐裝：唐朝人裝束。陸游《老學庵筆記》卷八：「翟耆年，字伯壽……巾服一如唐人，自名唐裝。」布衣：指平民。《大戴禮記・曾子制言中》：「布衣不完，蔬食不飽，蓬户穴牖，日孜孜上仁。」平民著布衣，故以爲代稱。鍾離：蓋即漢鍾離，謂東漢鍾離意也。俗所謂「八仙」之一。鍾離意事，見《後漢書》本傳。按，二句謂呂一生專注修仙也。

〔三〕「此中」二句：嬰兒：道教術語，常見於道教典籍。《悟真篇》：「戊己自居生數五，三家相見結嬰兒。嬰兒是一含真炁，十月胎圓入聖基。」此以人之孕育喻煉丹，「嬰兒」即「丹」。道教稱自身精氣神煉成的「丹」爲「内丹」，燒煉金石而成的「丹」爲「外丹」。此外又有「汞者……亦名嬰兒」（《金碧五相類參同契》）、「嬰兒者，腎之水也」（《道樞》）諸説，亦多與煉丹養身相關。就：成功，完成。「養得嬰兒就」大意指修煉成功。宋李昴英《城頭月・和廣帥馬方山韵贈斗南樓道士青霞梁彌仙》：「真氣長存，童顏不改，底用呵磨皺。一身二五之精媾。積得嬰兒就。」行尸：行尸走肉，徒有人形而雖生猶死者。晉王嘉《拾遺記·後漢》卷六：「夫人好學，雖死猶存；不學者，雖存，謂之行尸走肉矣。」葛洪《四非歌》：「莫與世人説，行尸言此難。」有許悲：有此悲。許：此。蓋當時口語。陸游《聞猿》：「也知客裏偏多感，誰料天涯有許悲。」按，二句謂吕修仙有成，遂斷絶世人行屍走肉輩死喪之悲也。

〔四〕「秋空」二句：一劍：吕巖《題道士蔣輝壁》：「醉舞高歌海上山，天瓢承露結金丹。夜深鶴透秋空碧，萬里西風一劍寒。」元幹蓋用此。謂岳陽樓竦峙桀立如寶劍也。「醉裏」句：杜甫《登岳陽樓》：「昔聞洞庭水，今上岳陽樓。吴楚東南坼，乾坤日夜浮。」宋程顥《和堯夫首尾吟》：「醉裏乾坤都寓物，閑來風月更輸誰。」黄庭堅《次韵元禮春懷十首》五：「醉裏乾坤知酒聖，貧中風物似詩魔。」元幹兼用之。

〔五〕「五百年間」二句：五百年間：語出《孟子·公孫丑下》：「（孟子）曰：『五百年必有王者興，其間必有名世者。』」不必實指。赤松游：赤松子，上古仙人。《史記·留侯世家》：「留侯乃稱曰：『家世相韓，及韓滅，不愛萬金之資，爲韓報仇强秦，天下振動。今以三寸舌爲帝者師，封萬户，位列侯，此布衣之極，于良足矣。願弃人間事，欲從赤松子游耳。』乃學辟穀，道引輕身。」宋張孝祥《于湖居士文集》卷三七《張大監》：「（紹興二十五年）乃慕赤松子游，褰裳去之。」按，二句謂天下興亡之事，誠難自持，故吕之志，實亦己之志，言人間富貴之不可貪戀，宜思及時隱退。此蓋元幹素志，非虚言也。參《研究》頁一三八。

瀟湘圖〔一〕

落日孤烟過洞庭，黄陵祠畔白蘋汀〔二〕。欲知萬里蒼梧眼，淚盡君山一點青〔三〕。按，此詩據《艇齋詩話》增。

【箋注】

〔一〕瀟湘圖：作者未詳。按，元韋居安《梅磵詩話》云：「澹安在謫所作《瀟湘夜雨圖》。」不知即此否，待考。

〔二〕「落日」二句：黄陵祠：祭祀舜妃娥皇、女英之廟，在洞庭湖南岸湘陰縣北。《水經注·湘水》：「湖水西徑二妃廟南，世謂之黄陵廟也。言大舜之陟方也，二妃從征，溺於湘江，神遊洞庭之淵，出入瀟湘之浦……故民爲立祠於水側焉。」白蘋汀：即「白蘋洲」，泛指沙洲滿長白蘋花者。唐李益《柳楊送客》：「青楓江畔白蘋洲，楚客傷離不待秋。」温庭筠《夢江南》：「過盡千帆皆不是，斜輝脉脉水悠悠。腸斷白蘋洲。」此以押韵故易曰「汀」。

〔三〕「欲知」二句：蒼梧眼：洞庭湖也。蒼梧：即九嶷山，相傳爲帝舜之死處及葬地。君山一點青：劉禹錫《望洞庭》：「遥望洞庭山水翠，白銀盤裏一青螺。」宋戴復古《柳梢青》：「變盡人間，「君山一點，自古如今。」君山：在洞庭湖偏北水域，相傳爲二妃居處。舜死，二妃面對湘江痛哭，眼泪滴於江邊竹上，點點成斑。按，二句似謂洞庭乃蒼梧山之眼，或極言乃湘妃之淚所聚，而能痛泣舜帝之死也。